KB262868

세계문학사의 전개

-그 양상의 총체적 서술을 위한 기본 설계-

조 동 일

지식산업사

세계문학사의 전개

초판 제1쇄 발행 2002. 6. 1.
초판 제2쇄 발행 2010. 1. 11.

지은이   조동일
펴낸이   김경희
펴낸곳   ㈜지식산업사
          본사: 경기도 파주시 교하읍 문발리 520-12
          서울사무소: 서울시 종로구 통의동 35-18
          전 화   본사: (031)955-4226~7   서울사무소: (02)734-1978
          팩 스   본사: (031)955-4228   서울사무소: (02)720-7900
          인터넷한글문패   지식산업사
          인터넷영문문패   www.jisik.co.kr
          전자우편   jsp@jisik.co.kr
          등록번호   1-363
          등록날짜   1969. 5. 8.

책값   25,000원

ⓒ 조동일(CHO, Dong-il), 2002
ISBN 89-423-0039-1 93800

이 책을 읽고 문의하고자 하는 이는 지식산업사 전자우편으로 연락 바랍니다.

세계문학사의 전개

—그 양상의 총체적 서술을 위한 기본 설계—

머리말

세계문학사는 인류가 하나임을 입증하는 의의를 가진다. 세계문학사라는 개념을 설정하고, 세계 도처의 문학을 관심의 대상으로 삼아, 세계문학사를 실제로 쓰는 작업을 유럽문명권 제1세계에서 한 세기 반도 더 되는 기간 동안에 열심히 해온 것은 평가할 일이다. 그 결과 이루어진 수많은 저술은 근대학문의 빛나는 업적으로 기억될 것이다. 다른 문명권에서는 그럴 수 없었던 것을 부끄럽게 여기고, 깊이 반성하지 않을 수 없다. 그렇다고 해서 그 전례를 뒤따르는 것을 능사로 삼지 말고, 한 걸음 더 나아가야 한다.

제1세계 세계문학사는 유럽 밖의 많은 민족을 침략하고 지배해온 제국주의의 사고방식에서 벗어나지 못하는 결함을 지니고 있다. 그 이유는 자료가 부족하고 사실 인식이 미흡한 데 있지 않다. 유럽문명권이 우월하다고 강변하려는 의도에서 유럽문명권중심주의 사고방식을 견지하고 있는 것이 부인할 수 없는 사실이다. 자기네 문학이 가장 우월하다고 강대국끼리 다투는 수단으로 세계문학사를 이용하고 있다.

아프리카인은 역사를 창조하지 못하고, 아시아에서 시작된 인류역사가 유럽에서 발전되었다고 하는 헤겔 역사철학에서 표명된 편견이 제1세계 세계문학사에 광범위하게 퍼져 있다. 그래서 아프리카문학은 돌볼 필요가 없다고 하고, 아시아문학은 이른 시기에 이룩한 것만 평가할 수 있다고 했다. 고대에서 시작해서 근대까지 일관된 발전을 보인 문학은 유럽문명권문학만이라고 했다.

제1세계 학문의 잘못을 크게 나무라고, 마르크스주의의 과학적 세계관에 입각한 세계문학사를 내놓겠다고 제2세계에서 선언한 것은 획기적인 일이지만, 이룬 성과는 실망스럽다. 문학사를 사회사에 직접 연관시켜 문학의 사회 반영과 사회적 기능을 고찰하는 데 치중하고, 문학사의 전개에 어떤 원리가 있는지 알아내려고 하지 않았다. 스스로 표방한 두 가지 원칙 가운데 유물론에 따른 연구는 제대로 진척시키지 않고, 당파성을 앞세워 진보적이라고 구분한 문학을 일방적으로 평가하는 데 머물렀다.

유럽문학사 서술에서 제1세계의 전례를 뒤집은 데는 다소 볼 만한 점이 있지만, 다른 문명권의 문학사는 여러 가닥으로 나누어놓고 앞뒤가 연결되지 않게 했다. 중세문학에서 근대문학으로의 이행과정을 이해하려고 하지 않고, 중세문학은 비난하고 근대문학은 예찬하면서, 근대문학은 유럽문학의 이식이라고 주장했다. 제2세계문학과 제3세계문학은 진보적인 점에서 서로 대등하다는 구실을 내세워, 제3세계문학의 의의를 폄하했다.

제1세계 세계문학사 서술은 1960년대 프랑스에서 6권, 1970년대에서 80년대에 걸쳐 독일에서 25권의 규모로 내놓아 분량에서는 상당한 정도에 이르렀다가, 이제는 거의 찾아보기 어렵게 되었다. 유럽문명권중심주의의 시각을 스스로 시정할 방도가 없고, 역사에 대한 신뢰를 상실한 해체적 경향의 학문이 유행하기 때문이다. 제2세계 세계문학사의 결정판을 보여주겠다고 10권으로 기획한 러시아의 세계문학사는 1980년대에서 90년대에 걸쳐 8권까지 나오다가, 사회체제가 달라져서 중단되었다.

이제 제3세계가 나서서 새로운 출발을 알려야 할 때가 되었다. 제3세계의 관점에서 제1세계뿐만 아니라 제2세계의 잘못도 비판하고 대안을 제시해야 인류 역사의 위기를 극복할 수 있다. 제3세계는 제1세계와 제2세계의 다툼을 중간에서 조절하는 절충 또는 화해의 구실을 담당한다는 소극적인 생각을 버리고, 근대를 극복하고 다음 시대를 이룩하는 설계도를 마련해야 한다.

제1세계가 지배하고 제2세계가 비판자 노릇을 한 근대라는 시대에는, 민족국가의 배타적인 경쟁에서 이기는 것이 가장 자랑스럽다고 하면서 역사를 왜곡했다. 그러면서 또한 폭력혁명을 하든 사회개혁을 하든 계급모순을 해결하면 민족모순은 저절로 해결되어 바람직한 미래 사회가 도래할 것이라는 선전을 일삼았다. 그 두 가지 노선은 서로 충돌을 일으켰지만, 민족모순이 가장 격심해진 오늘날의 위기를 조성하는 구실을 함께 했다.

이제 다시 출발해 민족화합의 새로운 시대를 만들어야 한다. 그렇게 하기 위해서, 민족문학사를 문명권문학사로 통합하고, 여러 문명권의 문학사가 만나 세계문학사를 이룩한 과정을 밝혀내고, 한 걸음 더 나아가 바람직한 미래상을 제시하는 작업을 수행해야 한다. 고대의 부정의 부정이 근대이듯이, 다음 시대는 중세의 부정의 부정이어야 한다. 고대문학·중세문학·근대문학 상관관계의 세계사를 새롭게 고찰해, 그 점을 분명하게 하는 것이 긴요한 과제이다.

새로 하는 작업에서는, 제1세계와 제2세계에서 이룩한 세계문학사 서술의 성과와 그 근거가 되는 학문연구의 업적을 배제하지 않고 수용하면서, 비판을 통해 활용한다. 그러면서 세계문학사의 총체적 서술을 실제로 이룩해, 제1세계·제2세계·제3세계의 인류가 서로 다르지 않고 각기 이룬 문화와 이념이 대등한 의의를 가진다는 사실을 입증한다. 인류문명의 대화합을 이룩하는 것이 다음 시대의 과제임을 명시한다. 그것은 다양성과 대립을 포함한 화합이다. 갈등이 조화이고, 조화가 갈등인 生克 구현의 길이다.

여기서 제시하는 세계문학사는 오랜 준비과정을 거쳐 이루어졌다. 먼저 한국문학사를 자세하게 쓰고, 그 성과를 동아시아문학사에, 다시 다른 여러 문명권의 문학사에 적용하고 확장했다. 여덟 가지 언어로 이루어진 38종의 기간본 세계문학사를 검토하고 비판한 데 이어서, 세계문학사 서술의 방법과 문제점을 고찰하는 저서를 여럿 내놓았다. 이제 그 성과를 종합하고 새로운 내용을 보태 세계문학사를 쓰는 용단을 내렸다. 준비는 오랜 시간을 두고 많이 할수록 좋지만, 내게 주어진 시간이 한정되어 있다는 사실을 겸허하게 받아들여, 가장 힘든 공사를 늦지 않게 한다.

이 책은 얼마든지 길게 쓸 수 있으나 단권으로 줄였다. 그래야 세계문학사의 전개를 한 눈으로 볼 수 있다. 세계문학사 완성판을 혼자서 쓸 수 있다는 망상은 떨쳐버리고 그 설계도를 마련하는 것으로 만족한다. "그 양상의 총체적 서술을 위한 기본 설계"라는 부제를 붙인 것이 그 때문이다. 설계도는 한눈으로 볼 수 있어야 잘잘못이 드러난다.

인용구를 빼면 분량을 줄일 수 있으나, 작품 실물이 보이지 않는 문학사는 도판 없는 미술사와 같다. 산문은 전모를 설명하려고 애쓸 수밖에 없지만, 시는 한 대목이라도 내놓아야 이해가 가능하다. 세계도처의 단형 시구를 고루고루 가져다놓아 그것만으로도 지금까지의 편벽된 문학이해를 바로잡는 데 기여하고자 한다. 각주를 달지 않은 것은 내 자신의 번역이다. 그 가운데 중역이 적지 않아 미안하고, 정확하게 옮겼는지 의문이지만, 이해가 가능하게 하려고 애썼다.

각주를 생략하면 분량을 줄일 수 있으나 그럴 수 없다. 작품을 직접 읽어 스스로 알아내지 않고 남의 책을 통해 안 사실은 출처를 명시해야 표절의 혐의를 벗고, 잘못에 대한 책임을 나누어 가질 수 있다. 지면 관계로 말하지 못한 내용을 독자가 찾아보는 데 필요한 참고서적을 제시하는 것도 책 쓰는 사람의 사명이다. 출처가 내 자신이 이미 써낸 책에 있는 경우에는 괄호 안에 적어 분량을 줄이고, 그렇지 않은 것은 각주에다 적었다.

원문을 직접 해득하지 못하면서 세계 수많은 언어를 사용한 사람 이름을 읽고 작품명을 옮기는 것은 아주 어려운 일이어서 차질을 빚어내지 않을 수 없다. 로마자 표기가 각기 달라 음가를 정확하게 알지 못한다. 로마자만으로 부족해 다양하게 사용하는 보조기호는 잘 알고 있는 프랑스어와 독일어의 것들, 그리고 그 두 언어에서 사용하는 것과 동일한 것들만 그대로 적고, 나머지는 이해 부족과 자료 미비 때문에 생략하지 않을 수 없다. 대강 비슷한 그림을 그리는 데 그치고 마는 잘못을 고백하고 용서를 구한다.

이 책 또한 선행 작업들과 마찬가지로 강의를 하면서 집필하고 수정했다. 2000년 2학기 박사과정 강의에서, 이 책 제1차 초고 복사본을 매주 발표하고, 다음 주에는 수강학생 전원이 검토하고 비판하도록 했다. 국문학 전공의 국내학생 이민희, 권정은, 심우장, 김석준, 중국에서 온 이춘희, 미국학생 나수호, 그리고 종교학 전공의 임재규가 강의에 참가해 다각적인 기여를 했다. 다시 2001년 1학기 석사과정 강의에서 제2차 초고를 검토했다. 김경희, 전주현, 김성준, 박현숙, 안준호, 이윤정, 조수아, 최규백, 그리고 중국학생 이려추가 원고 수정에 참여했다.

그런 과정을 거쳐 다시 다듬은 원고를 복사해 2001년 2학기 교양과목의 강의 교재로 사용하면서 학생들의 질의와 토론에 힘입어 다시 수정했다. 책자로 만든 것을 읽고 수정해야 할 곳을 추가로 지적해준 최문정, 이경하, 정길수, 이종석을 비롯한 여러분에게 감사한다. 그 밖의 많은 사람의 성원과 관심이 이 책 탄생을 도왔다.

이 작업은 한국학술진흥재단의 2000년도 선도연구자지원 연구비에 의해 이루어졌다. 3700만원이나 되는 연구비를 2년에 걸쳐 지원해주어 큰 도움이 되었다. 필요한 책을 세계 도처에 주문해 사고 또한 몇 차례 해외출장을 할 수 있었다. 새로 생긴 제도의 혜택을 입어 과연 가능할까 염려하던 작업을 끝낼 수 있게 되었다.

차례

머리말 / 5

0. 서　장 13

1. 원시문학 23

2. 고대문학 35
  2. 1. 신화와 서사시 / 35
  2. 2. 금석문과 역사서 / 49
  2. 3. 신앙시·사상시·서정시 / 57
  2. 4. 사상 표현의 산문 / 69

3. 중세문학 79
  3. 1. 공동문어의 시대 / 79
  3. 2. 서정시에서 제시한 규범 / 89
  3. 3. 중심부·중간부·주변부의 상관관계 / 109
  3. 4. 서사시의 중세화 / 127
  3. 5. 중세의 금석문·역사서·여행기 / 156
  3. 6. 성자전의 양상 / 194
  3. 7. 민족어 교술시의 위상 / 214

4. 중세에서 근대로의 이행기문학 ·························· 233
  4. 1. 사회사와 문학사 / 233
  4. 2. 사고방식의 전환 / 238
  4. 3. 공동문어시와 민족어시 / 246
  4. 4. 서사시의 변모 / 275
  4. 5. 연극의 다양한 모습 / 293
  4. 6. 우언의 기여 / 314
  4. 7. 소설의 형성 / 333

5. 근대문학 ·· 371
  5. 1. 전반적 문제점 / 371
  5. 2. 유럽 중심부의 근대문학 / 378
  5. 3. 유럽 변방의 분발 / 397
  5. 4. 유럽문학의 확대와 변모 / 427
  5. 5. 후발주자들의 선택 / 447
  5. 6. 동아시아문학의 향방 / 467
  5. 7. 북아프리카에서 동남아시아까지 / 485
  5. 8. 사하라 이남 아프리카 / 516

6. 다음 시대 문학을 위한 전망 ·························· 535

0. 서 장

이 책은 긴 여정의 도달점이면서 또한 새로운 출발점이다. 《한국문학통사》(제1판 1982~1989)(약칭 "통사")에서 시작한 문학사 탐구를 《한국문학과 세계문학》(1989)(약칭 "한세"), 《동아시아문학사비교론》(1993)(약칭 "동비")으로 확장한 데 이어서, 세계문학사 이해의 새로운 원리를 발견하고 점검한 작업을 여기서 총괄한다. 그런 성과를 근거로 세계문학사를 이해하는 방향을 제시하고자 한다.

지금까지 이룩한 선행 작업의 목록을 제시하면 다음과 같다.

(1) 《세계문학사의 허실》(1996)(약칭 "허실")

(2) 《인문학문의 사명》(1997)(약칭 "인문")

(3) 《카타르시스·라사·신명풀이》(1997)(약칭 "카타")

(4) 《동아시아 구비서사시의 양상과 변천》(1997))(약칭 "동아")

(5) 《하나이면서 여럿인 동아시아문학》(1999)(약칭 "하나")

(6) 《공동문어문학과 민족어문학》(1999)(약칭 "공동")

(7) 《문명권의 농질성과 이질성》(1999)(약칭 "문명")

(8) 《철학사와 문학사 둘인가 하나인가》(2000)(약칭 "철학")

(9) 《소설의 사회사 비교론》(2001)(약칭 "소설")

이들 기존 저서에는 모두 약칭을 부여해 앞으로는 책 이름을 다 들지 않는다. 선행 작업의 성과를 이 책으로 가져올 때에는 약칭과 면수를 괄호 안에 적는다. 기존 저술이 아닌 다른 자료를 이용할 때에는 각주를 달아 출처를 밝힌다.

(1)에서는 8개 언어로 된 38종의 기존 세계문학사를 비판하고, 세계문학사를 다시 써야 하는 이유를 밝혔다. (2)에서는 인문학문의 새로운 사명을 통합학문의 방법을 통해 구현하는 방향을 제시했다. (3)에서는 연극미학의 세 가지 기본원리를 문학사와 종교사를 연결시키는 관점에서 해명했다. (4)에서는 서사시의 역사를 동아시아에서 시작해서 세계 전체의 범위로까지 확대해서 고찰하면서, 문학사와 정치사의 상관관계를 문제삼았다.

(5)에서 (7)까지는 서정시를 중심으로 중세문학의 특징과 의의를 고찰하면서, 문학사와 언어사를 합치는 이론을 마련했다. (8)에서는 철학의 사고가 문학에서 나타난 양상을 논의하면서, 문학사와 철학사의 관계를 밝혔다. (9)에서는 세계소설사의 전개를 광범위하게 검토하면서, 문학사와 사회사의 통괄을 모색했다.

기존 작업에서 문학의 어느 영역을, 문학사와 다른 어느 역사와의 관련을 통해 고찰한 성과를, 여기서는 하나로 합쳐 세계문학사 전개를 통합학문의 새로운 방법으로 총괄적으로 해명한다. 연극, 서정시, 교술시, 소설 등의 갈래가 구비문학·공동문어문학·민족어문학의 영역에 걸쳐 어떤 상관관계를 가지고 전개되었는지를, 문학을 중심으로 문화사와 사회사에 대해 총체적인 이해를 하는 관점에서 서술한다. 이 작업을 지구 전역의 여러 문명권, 많은 민족의 경우를 널리 다루면서 진행해 어느 한쪽에 치우치지 않으려 한다.

그렇다고 해서 세계문학사를 다 쓰겠다는 것은 아니다. 세계문학사를 제대로 서술하는 작업은 국제기구에서 주관하고 세계 전역의 학자들이 참여해야 가능하다. 기존의 세계문학사를 훨씬 능가하는 분량이 되는 것이 바람직하다. 그런 작업을 하는 데 필요한 기본설계를 마련하는 것이 이 책에서 할 일이다. 사실 설명이 아닌 문제 해결이 연구의 기본내용이다. 해결해야 할 문제 가운데 다음과 같은 것들이 특히 긴요하다.

세계문학사는 단일체인가? 여러 문명권, 많은 민족의 문학이 생성과 변화에서 어떤 공통점이 있는가? 원시문학, 고대문학, 중세문학, 중세에서 근대로의 이행기문학, 근대문학이 어떤 보편적인 의의가 있는가? 문학이 역사의 총체적인 이해에서 어떤 의의를 가지는가? 문학사에서 조화와 갈등, 생성과 극복은 어떤 관계가 있는가? 문학사에서 선진과 후진은 어떤 관계가 있는가? 유럽 중심의 근대를 극복하는 다음 시대는 어떤 시대인가?

이런 문제를 적절한 예증을 들어 논의해 타당한 해답을 얻고자 한다. 예증이 지면을 차지해 책이 너무 늘어나게 되는 폐단을 자아내더라도, 긴요한 대목은 인용해야 깊은 이해가 가능하다. 해당 시기 문학의 특성을 선명하게 나타내는가, 세계문학의 유산을 대표할 수 있는가 하는 것이 선택의 기준이다. 여러 문명권, 많은 민족의 문학작품 가운데 그런 조건을 갖춘 것들을 고루 골라내 어느 한쪽에 편중되지 않게 한다.

논의의 순서는 시대별로 한다. 문학사의 시기를 원시문학, 고대문학, 중세문학, 중세에서 근대로의 이행기문학, 근대문학으로 구분하고, 각 시기 문학의 전반적 특징과 지역별 양상을 고찰하면서 위에서 제기한 문제를 다룬다. 한 시대의 문학을 통괄하는 논의를 여러 측면에서 진행하고, 시대를 다시 세분하는 작업은 논의 과정에서 필요한 대로 진행하기만 한다.

고대·중세·근대의 삼분법은 유럽문명권역사 이해에서 마련한 선입견을 세계 전체로 확대하는 구실을 하고, 또한 시대구분을 더 자세하게 하기 어렵게 하는 두 가지 결함이 있으나, 버리면 혼란이 커지고 대안을 만들어내는 데 필요한 발판이 없어진다. 첫째 결함은 여러 문명권에서 공통되게 나타난 시대의 특징을 찾아내서 해결하면 된다. 둘째 결함은 고대·중세·근대를 다시 나누거나, 고대와 중세 사이에, 중세와 근대 사이에 또 하나의 시대가 있다고 하는 방식으로 해결할 수 있다.

시대구분에서 중세의 성격을 명확히 하는 것이 선결과제이다. 중간에 든 시대인 중세가 어떤 시대인지 알아내야 앞뒤 시대의 특성을 규정할 수 있는 준거를 마련할 수 있다. 문명권은 중세에 형성되었으므로, 민족문학사에서 문명권문학사로 나아가려면 중세문학을 먼저 다루어야 한다. 중세에는 어느 문명권도 세계를 제패하지 못하고 여러 문명권이 각기 그 나름대로의 주체성을 확보했으므로, 중세문학론을 이해하면 세계문학사에 대한 균형 잡힌 이해가 가능할 것이다.

중세문학은 문명권 전체의 공동문어문학이 민족어문학과 공존한 이중구조의 문학이다. 그보다 앞 시기의 고대문학은 공동문어문학이 성립하기 전 단계의 문학이다. 중세 다음 시기의 근대문학은 공동문어문학을 청산하고 민족어문학이라야 민족문학이라고 한 시대의 문학이다. 그 점을 확인하는 것이 문학사의 시대구분을 복잡하지 않고 명확하게 해서 널리 타당한 결과를 얻는 일차적인 작업이다.

중세의 공동문어문학의 영역에서는, 신분적 특권을 지닌 문인이 최고의 문학으로 삼은 서정시를 통해, 세계종교에서 제공하는 보편주의의 이상을 나타내는 작업을 주도했다. 이렇게 말해서 최소한 필요한 규정을 얻고, 한층 복잡하고 심층적인 이해로 나아갈 수 있다. 중세 앞뒤 시기의 문학은, 신분적 특권을 지닌 문인과는 상이한 집단이 서정시가 아닌 다른 문학갈래에서, 보편주의와는 다른 이념을 나타내는 작업을 수행한 사실을 밝혀 논하면, 그 다음 작업이 구체화한다. 언어사용·문학갈래·문학담당층을 가려서 중세를 다시 중세전기와 중세후기로 나누고, 중세와 근대 사이에 중세에서 근대로의 이행기가 있었음을 밝히는 것도 가능하고 필요하다.

원시문학은 사냥을 생업으로 하던 사람들이 춤추고 굿하면서 하는 말이었으며, 짐승과 사람의 관계를 나타냈다. 고대문학에서는 정치적 지배자 집단의 우월성을 나타내는 자기중심주의가 다양한 형태로 표현되었으며, 문자를 사용하기 시작해 기록문학을 이룬 것도 있었다. 중세문학의 시기에 이르면, 한문, 산스크리트, 아랍어, 라틴어 등의 공동문

어문학에서 제시한 보편주의를 민족어 기록문학을 가지고도 서로 다른
양상으로 재창조했으며, 구비문학 또한 거기 상응하는 변화를 보였다.

중세에서 근대로의 이행기문학에서는 민중의식의 성장으로 구비문
학의 재창조가 활성화되고, 공동문어문학이 민중문학 또는 민족문학에
접근했으며, 민족어기록문학이 민족문학의 주역으로 성장했다. 근대문
학에서는 공동문어문학이 청산되고 민족어문학을 민족문학으로 숭상
하면서 민족주의를 새로운 이념으로 제시했다. 근대문학이 발전이 지
나쳐 해체의 위기에 이르면서 새로운 전환이 요망되는 것이 지금의 상
황이다.

세계문학사를 온당하게 이해하기 위해서는 널리 알려진 문학, 광범
위한 영향력을 행사하는 문학, 세계를 제패하는 나라의 문학이라야 세
계문학이라고 하는 차등의 관점을 버려야 한다. 인류가 산출한 문학이
모두 세계문학이라고 하는 대등의 관점을 마련해야 이름과 실상이 합
치되는 세계문학사를 쓸 수 있다. 민족국가를 이루지 못한 소수민족의
문학은 관심의 대상에서 제외하는 잘못을 시정하고, 어떤 소수민족의
문학이라도 세계문학으로서 인식하고 평가해야 한다. 제3세계문학에서
한 걸음 더 나아가 제4세계문학을 정당하게 이해해야 한다.

세계문학은 개별적인 문학의 집합체라고 여기면 세계문학사는 성립
되지 않는다. 세계문학은 온 세계에서 이루어진 문학의 총체이면서 그
구성요소가 각기 독자성을 가진다. 세계문학사 전개의 어느 국면을 밝
힐 수 있는 소중한 증거를, 지금까지 흔히 무시해온 문학에서 발견할 수
있다. 세계문학사 전개의 보편적인 양상을 선명하게 보여주는 사례를
널리 찾아내, 통일성과 다양성을 함께 확인하는 것이 긴요한 과제이다.

세계문학사를 민족문학사끼리의 각축장으로 여기는 관습을 청산하
고, 그 상위영역으로 관심을 돌려야 한다. 민족문학사의 상위영역인 문
명권문학사에서는 다수의 민족문학이 하나이면서 여럿이고, 문명권문
학사의 상위영역인 세계문학사에서는 다수의 문명권문학이 하나이면서
여럿인 다층적인 구조를 밝혀내야 한다. 문명권 밖의 문학은 문명권 안

의 문학과 비교를 통해서 그 성격과 위치를 파악할 수 있다.

문학은 문명권·민족·계급·개인의 차원에서 서로 다르면서 같고 같으면서 다르며, 싸우면서 화합하고 화합하면서 싸운다. 같은 것과 다른 것을 서로 매개로 삼아 확인하면서, 화합과 싸움이 하나이면서 둘이고 둘이면서 하나임을 밝혀내야 한다. 표면상의 승리가 이면에서는 패배일 수 있고, 싸우는 쌍방이 화합을 이루는 공동 창조의 작업을 함께 수행하기도 한다. 그래서 변화가 생기고 발전이 이루어진다. 모든 것이 다 그런 보편적인 이치를 문학에서 특히 선명하게 파악할 수 있다.

그 모든 현상을 다 파악하는 작업은 영원히 계속되어야 할 탐구의 과제여서, 세계문학사를 한 번 써서 감당할 수는 없다. 이 책에서 진행하는 작업은 그 일부에 지나지 않으며, 차등의 편견을 버리고 세계문학사의 전개를 대등의 관점에서 이해하는 것을 가장 긴요한 과제로 삼는다. 수나 힘의 우세 때문에 문학의 승패가 결정되지 않고, 문학은 표면의 승패를 역전시키는 기능을 수행하면서 다음 시대 창조의 방향을 제시한다고, 사실 차원에서 밝혀 논해야 한다.

역사가 시작된 이래로 줄곧 있어온 우세집단과 열세집단, 중심부와 변방, 다수민족과 소수민족 사이의 불평등, 근대 이후 세계를 제패한 유럽열강과 그 피해지역의 불행한 관계에 대해서 반론을 제기하는 것이 문학의 사명이다. 정치나 경제의 우위가 사상과 의식에서는 역전된다는 것을 보여준다. 표리의 역전이 선후의 역전으로 바뀐다. 이렇게 말할 수 있는 결과를 구체적인 증거를 갖추어 제시해야 한다.

지금 말할 수 있는 원리에서 사실 입증으로 나아가면 할 일을 다 하는 것은 아니고, 그 둘을 합치는 더 큰 작업을 해야 한다. 과거와 현재를 연결시키는 데서 더 나아가, 미래를 예견해야 한다. 세계 어디에서 사는 사람들이라도 역사를 창조하면서 세계사 발전에 동참해온 과정을 밝혀내는 새로운 역사철학을 정립해야 한다. 오늘날 세력을 떨치고 있는 세계체제론의 일방적인 주장에서 벗어나, 자본주의 세계체제의 주변부에서 다음 시대 창조를 선도할 수 있다는 것을 입증해야 한다.

경제성장에 따른 빈곤 해결, 정치적 자유의 확대와 신장뿐만 아니라, 내심의 표현을 함께 즐기는 행위에서 얻는 자기만족의 고조, 세계인식의 역동적인 경험 축적 또한 역사발전이다. 그 가운데 어느 한쪽의 일방적인 발전은 다른 쪽의 후퇴를 가져온다. 외면의 발전을 지나치게 추구하면서 남들과의 경쟁에서 승리하는 것을 능사로 삼는 쪽은 내면이 황폐화되어 세계사의 장래를 암담하게 만드는 데 가담한다.

피해자가 된 쪽은 인간의 존엄성과 문화의 주체성을 지키기 위한 힘든 노력을 하면서 평화의 이상을 더욱 고양시켜 인류의 지혜를 향상하는 데 기여한다. 그 가치를 스스로 인식하면 세계를 변혁하고 재창조할 수 있는 활력을 얻는다. 가해에 반드시 수반되는 자해행위는 스스로 알아차리지 못해 계속 키우다가 회복되기 어려운 지경에 이르러 자멸의 원인이 된다. 그렇게 해서 승리가 패배이고, 패배가 승리이게 하는 커다란 전환이 이루어진다.

그것이 바로 陽이 극에 이르면 陰이 시작되는 이치이다. 정치나 경제의 위력을 자랑하는 강자가 세계를 유린하는 이면에서, 패배가 승리이고, 갈등이 조화임을 입증하는 문화의 반격이 진행되어 후진이 선진이게 하는 것이 지금의 상황이다. 양기의 강성함을 다투어 예찬하는 다른 여러 학문과 결별하고, 음기의 성장을 주목하고 평가하는 더욱 중요한 일을 문학사학에서 감당한다.

구비문학보다 기록문학이, 필사본보다는 인쇄본이, 기증용의 인쇄본보다는 영리적인 출판물이 전달의 범위가 넓다는 점에서는 발전된 문학이다. 그러나 그런 발전의 이면에 창조자와 향유자 사이의 거리가 멀어져서 공감의 밀도가 흐려지는 퇴보가 있다. 중세국가의 지배민족이 기록문학을 확립하고, 근대화를 먼저 달성한 사회에서 영리적 인쇄본 기록문학 발전을 선도한 것은 평가할 만한 일이지만, 그 때문에 상실된 가지노 지석해서 말해야 한다. 지배민족의 기록문학에 구비문학으로 대응하는 소수민족, 근대화의 중심권에서 밀어닥치는 출판물의 일방적 우세에 구비문학의 가치를 다시 입증하는 창조활동으로 맞서는 제3세계

작가는 후진이 선진임을 입증한다.

역사를 이해하는 관점을 중세의 순환론에서 근대의 발전론으로 바꾸어놓았다고 오랜 논란이 해결된 것은 아니다. 순환론과 발전론은 둘 다 한쪽에 치우쳐 있어 잘못되었다. 순환이 발전이고, 발전이 순환임이 진실이다. 발전은 순환을 갖추면서 이룩해야 한다. 순환은 발전을 동반해야 의의가 입증된다. 중세의 순환론과 근대의 발전론을 하나로 합칠 수 있어야 역사를 실상대로 인식하고 올바르게 창조할 수 있다.

순환을 배제하고 일방적으로 추진하는 발전은 지속적인 의의를 스스로 부인하는 위태로운 모험이다. 발전을 거부하고 순환에만 집착하면 침체에 빠지고 생기를 잃어 수호해야 할 가치가 무엇인지 모호하게 된다. 그 양극단에서 벗어나 음양의 화합과 투쟁이 생성과 극복으로 나타나는 양면이 둘이면서 하나이고 하나이면서 둘임을 밝혀, 순환이 발전이고 발전이 순환임을 분명하게 해야 한다.

문학사의 시대구분은 민족문학과 문명권문학, 중심부의 문학과 주변부의 문학, 외면의 역사와 내면의 역사, 역사의 발전과 순환의 상관관계를 명시하면서 이루어져야 한다. 그 양상이 민족문학사마다, 문명권문학사마다 다르다는 것을 말해주는 개별작업보다는, 민족문학사끼리, 문명권문학사끼리 같다는 것을 말하는 통괄작업이 지금은 더욱 긴요하다. 통괄작업을 먼저 진행하면서 그것을 매개로 해 개별작업에도 힘쓰는 것이 마땅한 방법이다.

시대구분을 하기 위해서는 명확한 데서 불명확한 데로, 단순한 데서 복잡한 데로, 문학만의 현상에서 문학과 다른 것들이 서로 얽혀 있는 현상으로 나아가는 것이 그 반대의 경우보다 유리하고 유익하다. 사회적 토대의 역사를 먼저 밝혀야 그 상부구조에 해당하는 문학사에서도 시대구분을 할 수 있다는 주장은 인정할 만한 결과를 이룩하지 못하고, 불필요한 서론만 연장시키는 폐단을 자아냈다. 문학사에서 사회사로 나아가는 일은 문학사학에서 하고, 사회에서 문학으로 나아가는 일은 사회사학에서 해서 장차 그 둘이 하나가 되기를 기약하는 것이 마땅하다.

　자기 시대에 이르러 역사가 완결되었다고 한 과거의 모든 착각은 허위로 판명되었다. 근대가 문학사의 도달점이라는 생각을 버리고, 역사가 끝났다고 하는 따위의 거짓말에 현혹되지 말고, 다음 시대를 예견하고 창조하는 방안을 마련해야 한다. 현재에서 미래로 나아가기 위해서는 과거에서 현재까지의 변화과정에 대한 탐구가 반드시 필요하다.

　근대를 이룩하면서 중세를 부정하고 고대를 계승한 것이 당연한 일이었듯이, 근대를 극복하기 위해서는 중세를 긍정하고 계승해야 한다. 중세의 신분차별을 시정하고, 민족 공동체의 구성원은 원칙적으로 평등하다고 한 근대의 공적은 평가해야 한다. 그러나 중세의 이상이었던 보편주의를 부정하는 배타적 민족주의를 내세워 침략과 억압을 일삼는 근대의 과오를 용납할 수 없다.

　근대를 극복하기 위해서 고대 또는 원시 시기의 문학을 다시 활용할 필요가 있다. 기존의 강자를 무너뜨리고 새로운 역사를 창조한 고대영웅서사시 주인공의 투지는, 그런 서사시를 아직까지 구전하고 있는 집단의 짓밟힌 주체성을 고양시키는 발판이 되고, 더 나아가 오늘날의 세계체제 전체를 뒤집어놓을 수 있게 하는 의지의 표상이기도 하므로 널리 받아들일 만하다. 원시서사시에서 제시한 사람과 다른 생물, 생명체와 무생물 사이의 화합은, 오직 투쟁만 소중하다고 여기는 근대인의 가해와 자해를 치유하는 지혜의 원천으로 삼을 수 있다.

　고대에는 뒤떨어진 민족이 중세를 만드는 데 앞섰다. 이슬람교를 창건한 아라비아 사람들이 그런 비약을 성취했다. 중세의 열등생이 근대화를 선도했다. 영국인과 일본인이 그 좋은 본보기를 보여주었다. 과거의 사실에 대한 인식을 미래의 설계에 적용해 근대를 극복하고 다음 시대를 만드는 작업에서도 후진이 선진일 수 있는 원리를 정립하고, 실제 작업에서 입증하는 것이 세계문학사 서술에 부과된 과제이다.

　그 모든 작업을 하는 기본 원리는 동아시아철학의 가장 소중한 유산을 재창조한 生克論이다. 조화로운 생성 과정인 相生과 모순을 투쟁으로 해결하는 극복의 과정인 相克이 둘이 아니고 하나라고 하는 것이 그 기본명제이다. 그렇게 해서 제1세계 세계문학사의 기본전제를 마련한 헤겔의 관념변증법, 제2세계 세계문학사 서술의 지침이 된 마르크스의 유물변증법에 대한 대안을 제시한다. 그 둘이 상극으로 이룩되는 발전을 일방적으로 강조한 데 맞서서, 상극이 상생이고 상생이 상극이며, 발전이 순환이고 순환이 발전임을 밝혀 막힌 길을 활짝 연다.

이제 동아시아가 선두에 나서서 다른 곳을 이끌어야 하는 것은 아니다. 유럽문명권의 독주 때문에 빚어진 불행한 역사를 청산하고 다음 시대를 열기 위해서 일제히 노력하는 데 동아시아도 다른 여러 문명권과 함께 적극 기여하는 것이 마땅하고, 한국에서도 할 일을 해야 한다. 나는 내 나름대로 그 임무의 일단을 수행하면서, 주위의 다른 사람, 이웃 나라 학자, 다른 문명권 학계의 분발을 촉구한다.

생극론은 내가 맡아서 개발하고 있어도 내가 지적 소유권을 주장할 수 없는 우리 모두의 공유물이다. 동아시아 학자들만 그 지분을 가진 것도 아니다. 말이 달라 용어는 같지 않아도 기본적으로 같은 발상을 하는 동지들이 세계 도처에 있다고 믿는다. 이 책을 내놓으면서 모두 힘을 합쳐 세계사 전환의 거대한 과업을 담당하자고 널리 제안한다.

1. 원시문학

　인류가 남겨놓은 예술표현의 가장 오랜 형태는 조형예술이다. 세계 도처에 남아 있는 암각화에는 일찍이 구석기시대에 만든 것도 있어, 예술의 기원을 말해준다. 행위예술이나 언어예술도 조형예술과 함께 생겨났으리라고 생각되지만, 직접적인 증거가 남아 있지 않다. 조형예술로 말하고자 했던 바를 추측하면서, 그 내용을 이른 시기의 행위예술이나 언어예술 가운데 오늘날까지 전승되고 있다고 인정되는 것들과 견주어 보면, 문학사의 시작을 이해하는 단서를 찾을 수 있다.

　이른 시기의 행위예술이면서 언어예술인 것 가운데 노동요가 오늘날까지 가장 잘 전해지고 있다. 노동을 하면서 노동요를 부르는 것은 지구 위 모든 인류의 공통된 생활방식이다. 노동하는 동작이 같아서 거기 맞추어 부르는 노동요의 율격 또한 서로 다르지 않다. 노동요의 율격에 근거를 두고 '토막'이 모여 '줄'을 이루고, '줄'이 모여서 '연'을 이루기도 하는 공통의 율격구조를 세계의 모든 시가 일제히 갖추고 있다. 그 점에서 세계문학은 단일체이다.

　노동하는 방식에 따라 노래 부르는 방식이 달라졌다. 여럿이 일하면서 일제히 부르는 노래, 한 대목씩 주고받으면서 부르는 노래, 여럿이 함께 일하면서 한 사람이 앞소리를 하고 여럿이 뒷소리를 하는 노래, 혼자 일하면서 부르는 노래가 서로 다르다. 그 넷에 각기 근거를 두고 생겨난, 한 연으로 이루어진 단시, 연이 구분된 시, 연이 구분되지 않은 장시가 세계 어디에든지 있다.

노동의 종류나 방법이 노래의 특성을 결정한다. 사냥인가 농사인가, 어떤 작물을 재배하는 농사인가, 농사의 어느 과정인가 하는 차이점에 따라 노래의 특성이 더욱 세분화된다. 그 때문에 율동과 가락이 달라지고, 율격의 차이점이 더욱 구체화될 뿐만 아니라, 사설에서 하는 말이 상이해진다.

그러나 이른 시기 노동요의 사설이 무엇이었는지는 알지 못한다. 언어예술로 나타낸 내용은 지금까지 남아 있는 조형예술을 통해서 짐작해볼 수밖에 없다. 그 좋은 본보기가 스페인 알타미라(Altamira) 동굴의 벽화이다. 그것은 약 2만 년 전 구석기인의 작품으로 추정된다. 짐승의 모습을 실상과 흡사하게 바위에다 새기고 그리고 채색했는데, 솜씨 자랑을 하려고 한 것은 아니고 실용적인 목적이 있었을 것이다. 짐승이 많이 모여들고 많이 늘어나기를 바라고 그런 수고를 했다고 생각된다. 짐승이 하는 짓을 나타내는 춤도 추고 노래도 불러, 조형예술·행위예술·언어예술을 하나로 연결시켰을 것이다.

그런 암각화 창조자 가운데 하나인 오스트레일리아 원주민은 그 자리에 그대로 살고 있다. 구석기 시대의 생활을 하고 있다가 영국인의 침략을 받아, 다음 단계로 나아가는 역사발전이 중단되고 멸종의 위기를 가까스로 넘기고 오늘날까지 남아 있으면서, 오랜 내력을 가진 춤을 추고 노래를 부르며 이야기도 간직하고 있다.(동아, 272~) 아프리카 여러 곳에 암각화를 남긴 사람들은 뒤에 이주해온 여러 사람들과 어울려 역사발전을 겪으면서, 암각화에서 보여준 것과 상통하는 내용의 행위예술과 언어예술을 전승해왔다.

암각화에서는 동물과 사람이 서로 겹친 모습을 보여주며, 춤을 추고 노래를 부를 때에도 그렇게 한다. 그 이유는 두 층위로 나누어 이해할 수 있다. 사람이 짐승의 모습을 흉내 내면 짐승이 많이 모여들어 사냥을 잘할 수 있다는 것이 첫째 층위이다. 둘째 층위에서는 사람과 짐승은 하나여서 서로 구별이 없다고 여겼다. 춤을 추면서 열광을 하면 현상 이면의 본질적인 영역인 둘째 층위에 들어서서 신통력을 가질 수 있다고 믿었다.

동물의 춤을 추면서 부른 이른 시기의 노래는 급박하게 진행되어 이야기를 전할 수는 없었다. 처음에는 서사시가 없었던[1] 이유를 그렇게 이해할 수 있다. 신화라고 할 수 있는 이야기는 노래와는 별도로 전승되었다. 천체의 유래를 사람과 관련시켜 설명하거나, 어느 짐승이 사람의 선조라고 하거나, 짐승의 모습을 하고 신통력을 발휘하는 사람에 대해서 말하는 것이 신화에서 흔히 볼 수 있는 내용이다.

문학갈래가 하나이면서 여럿인 관계를 거기서 확인할 수 있다. 첫째 층위의 노래는 노동요로 이어져 서정시를 산출했다. 둘째 층위의 춤을 추는 사람들이 짧게 주고받는 노래는 연극의 기원을 이루었다. 이야기 형태의 신화는 서사문학의 모체가 되었다. 그런 것들을 두고 설명하는 말도 있어 교술문학의 영역을 이루었다. 서정·서사·연극·교술의 갈래를 함께 갖추고 있다는 점에서도 세계문학은 단일체이다.

신화를 이루는 내용을 이야기로 전승하는 데 그치지 않고 긴 노래로도 나타낸 것은, 수렵에 종사하는 사람과는 별도로 무당이 생겨나서 이루어진 변화라고 생각된다. 무당은 둘째 층위를 쉽사리 드나들어 대단한 신통력을 가진다고 인정되었다. 누구나 할 수 있는 이야기보다 훨씬 권위가 있는 형태를 갖춘 굿을 해서 신화에서 다루는 의문을 한층 설득력 있게 풀어주는 것이 무당의 임무였다.

짐승과 사람의 관계는 계속 가장 큰 관심사였다. 짐승과 사람이 서로 같고 다른 양면을 어떻게 연결시킬 것인가 하는 의문에 대해 해답을 제시해야 했다. 짐승과 사람 사이에는 단계적인 차이가 있다는 것이 가능한 추론이었다. 그래서 지금의 인류보다 먼저 나타난 선행인류가 동식

---

1) C. M. Bowra, *Primitive Song* (New York : The World Publishing Company, 1963), 60~62에서 지적한 사실인데 그 이유는 밝히지 않았다.

물로 변해 남아 있다고 하는 착상이 생겨났다. 북미대륙의 원주민 사이에 그런 신화가 널리 퍼져 있다. 늑대 비슷한 동물인 코요테가 선행인류의 변신 가운데 특히 소중한 위치를 차지하고 있다고 하면서 〈코요테의 여행〉을 노래로 전승한다.(동아, 473) 그 주인공은 동물이면서 선행인류이고, 선행인류는 신이로운 존재이므로 신이기도 하다고 한다.

그런 신화를 무당이 노래로 부른 것을 최초의 서사시, 그 가운데 신앙서사시라고 할 수 있다. 사건 전개가 미비하고, 신을 숭앙해야 한다는 생각이 뚜렷하게 나타나 있지는 않은 그런 서사시라도 구석기시대에는 만들기 어려웠을 것이다. 신석기시대가 되어 어느 정도 생활에 여유가 생기고 사회가 분화되자, 오랜 문제를 새롭게 다루어 수렵생활의 체험을 정리하는 서사시를 창조하게 되었다. 큰 변화가 일어나지 않은 곳에는 그 단계의 전승이 이어진다.

세계 여러 곳에 남아 있는 최초의 서사시 가운데 아이누민족의 '가무이 유카르'(kamui yukar)는 전승 상태에서나 채록된 자료의 분량에서나 최상의 유산이다.(동아, 151~) '가무이'란 '神'이라는 말이고, '유카르'는 '서사시'여서, '가무이 유카르'라는 말 자체가 '신의 서사시'라는 뜻이다. 일본어로는 '神謠'라고 일컫는 것이 관례이다. '가무이 유카르'는 '아이누 유카르'(ainu yukar)와 구별된다. '아이누'는 '사람'이라는 말이고, '아이누 유카르'는 '사람의 서사시'이다. 그것은 고대서사시이므로 다음 기회에 고찰한다.

'가무이 유카르'는 짐승을 신으로 섬기는 노래이다. 그런 짐승 가운데 곰이 으뜸이다. 〈곰의 노래〉를 보자. 곰을 사냥하는 것을 곰을 신으로 섬기는 행위라고 바꾸어놓고서, 곰이 스스로 자기 일에 관해서 말하는 일인칭 서술로 사건을 전개한다.(동아, 152~153)

나는 산악을 다스리고 있는 신이다.
털빛이 아름다운 아내를
너무나도 사랑해,

물 긷고 불 때는 일도 하지 말라고 했다.
우리가 오래 오래 사노라니,
사랑스러운 아이가 태어났다.
오래 오래 살아가던 어느 날
이런 생각이 내게 떠올랐다.
"내가 집을 떠나면
없는 동안 일어날 일이 걱정스럽겠지만,
아래쪽 하늘을 다스리는 신을
만나보러 가야 한다."

이 노래의 서술자이자 사건 전개의 주인공은 곰이고 신이면서 또한 사람이다. 사는 곳이 산이고, 털빛이 아름다워 사랑스럽다는 것은 곰을 두고 하는 말이다. 산을 다스리고, 아래 하늘을 다스리는 다른 신을 만나보러 간다는 것은 신의 거동이다. 물을 긷고 불을 땐다는 것은 사람이 살아가는 모습이다. 곰이 자기 일을 일인칭으로 서술하는 노래를 곰을 신으로 받드는 사람이 부른다. 그럴 수 있는가? 사냥의 대상이 되어 사람의 생존에 불가결한 동물과 사람의 관계를 가장 바람직하게 맺는 최상의 발상이 그렇게 나타나 있다고 하면 이해하지 못할 것이 없다.

신들의 관계에서 곰이 위의 신이고, 사람은 "아래쪽 하늘을 다스리는 신"에 지나지 않는다. 위의 신이 왕림하는 것이 아래에 있는 신으로서는 큰 영광이다. 그러나 곰과 사람의 관계는 그것과는 반대이다. 산 아래로 내려온 곰을 사람이 잡아 죽이는 것이 그 뒤에 이어지는 사건이다. 곰은 죽었으나 그 혼령은 산으로 돌아가서 신의 영광을 계속 누린다고 하면서, 곰의 신이 자기에게 바친 술을 가지고 산 위로 가서 잔치를 벌인다고 했다. 사람이 우월하고 곰은 열등한 관계가 확인된 사냥과는 반대가 되는 굿을 거행해 원래 곰이 존귀하고 사람이 열등하다고 했다.

사람의 사냥감인 곰을 신이라고 받드는 것은 그 자체로 거짓이다. 그러나 사냥하는 이보다 사냥감이 존귀하고, 사람보다 짐승이 더욱 신령스럽다고 믿어야, 양쪽이 서로 대등하게 된다. 힘이 있다고 해서 짐승을 함부로 죽이지 않고 보호하는 데 힘써야 하는 지침이 마련된다. 해마다 일정한 시기에 곰을 섬기는 굿을 하면서 이런 노래를 불러, 사람 때문에 희생되는 다른 생명체를 최대한 존중하도록 하는 성스러운 가르침을 거듭 확인했다.

피노우그르아민족도 수렵 행위와 관련된 신앙서사시를 이어오고 있다.(동아, 474) 그런 좋은 예를 칸티(Khanty)민족과 만시(Mansi)민족에게서 찾을 수 있다. 러시아공화국에 속하는 그 두 민족은 우랄산맥 동쪽 시베리아 서쪽의 칸티-만시자치구에 함께 거주하고 있다. 그곳에서 곰을 섬기는 굿을 할 때 일인칭으로 전개되는 신앙서사시를 부르는 것이 아이누의 경우와 같다.

그런데 곰 노릇을 하는 인물과 다른 인물이 굿에 함께 등장하고, 다른 인물이 일인칭 노래를 하는 점은 특이하다. 만시민족의 노래에서는 서술자가 신성한 곰의 뜻을 거역했다가 화를 당했다는 이야기가 나온다. 칸티민족의 노래에서는 짐승 가죽을 몸에 걸치고 발에 신은 신령이 하늘에서 내려와 곰에게 인사를 하고 사람들을 찾는다.

곰의 구실을 하는 사람이 굿에 등장하는데도, 다른 등장인물이 노래를 하는 것은 신앙의 대상에서 신앙의 주체로 관심이 옮겨간 증거이다. 칸티민족의 노래에서는 곰과 신령이 분리되어 있다. 수렵의 신인 신령이 곰과 사람 사이의 매개자 노릇을 한다고 이해할 수 있는 위치에 있다. 그 신령은 짐승 가죽을 두르고 있어 사냥을 하는 사람의 행위를 나타내고 있다. 그 점에서 제주도 신앙서사시에서 섬기는 신령과 같다.

사냥이 잘되도록 하는 굿에서 부르는 신앙서사시가 처음에는 아이누의 경우처럼 수렵의 대상 가운데 특별한 것을 토템동물로 삼아 숭상하다가, 단계적인 변화를 보였다고 할 수 있다. 토템동물을 섬기는 쪽의 이야기를 듣게 된 것이 첫 단계의 변화라면, 토템동물과 사람들 사이를 매개하는 신령을 별도로 설정한 것이 두 번째로 나타난 변화가 아니었던가 한다. 그런 신을 신앙의 대상으로 하고, 신과 사람의 관계를 이야기 내용에 포함시키는 그 다음 단계의 변화가 제주도에서 발견된다고 보면, 전후의 과정을 모두 이해할 수 있다.

제주도의 〈서귀포본향당본풀이〉에는 '바람운'이라는 바람의 신이 못난 본부인을 버리고 아름다운 첩과 함께 제주도에 이르러 한라산에 자리잡고, 새 삶을 시작해 사냥을 하고 부부관계를 갖는다.(동아, 52~) 그 광경을 우연히 목격한 김봉태라는 사냥꾼이 반갑게 여겨 절을 하자, 자기를 받들어 모시라고 했다. 사냥의 신이 스스로 사냥을 해서 모범을 보이고 사냥감이 번성하게 하는 것을 고맙게 여겨 신앙의 대상으로 삼은 내력을 그렇게 풀이했다.

북극권에 사는 이누이트(Inuit, 일명 에스키모) 또한 소중한 유산을 간직하고 있다.(동아, 473~) 생활 영역에 흔히 있으며 수렵의 대상인 고래나 곰 가운데 아주 거대한 모습을 한 신이 있다고 믿는 점이 특이하다. 그런 신의 내력과 업적을 설명하는 노래에 신앙서사시라고 할 것과 창세서사시라고 할 것이 함께 들어 있다. '태초의 무당할머니'가 까마귀이면서 사람인 남자를 만들어냈으며, 그 인물이 여성무당과 싸워 이기고, 고래를 작살로 잡고, 빛과 어둠의 비율을 조절했다고 한다.

신의 내력을 그렇게 설명한 가운데 창세신화나 영웅서사시의 내용이 일부 들어 있다. 빛과 어둠의 비율을 조절했다는 것은, 다른 데서 해와 달을 활로 쏘아 수를 적절하게 했다는 것과 상통한다. 무당이 신통력을 가지게 된 과정을 말하고, 조상의 시련과 투쟁을 말하는 대목에는 영웅서사시의 원초형태라고 할 것이 있다.

부모를 잃고 삼촌에 의해 양육되던 어린아이가 무당이 되어 다른 무당들과 싸우다가 죽었다고 하는 사건을 다룬 것이 상당한 분량으로 이어져, 영웅서사시의 원형을 이룬다고 할 수 있다. '영웅의 일생'이 거기 나타나기 시작했다. 조상이 사냥을 나갔다가 실제로 겪은 모험과 조난을 전하는 것도 있다. 역사적 사실을 다루는 영웅서사시는 그런 데서 비롯했다고 할 수 있다.

아이누의 전승에서는 신앙서사시가 독립되어 있다. 짐승을 많이 잡을 수 있게 하는 굿을 하면서 짐승을 신으로 섬긴다고 하거나 사냥의 신을 모시게 된 내력을 노래한 것이 신앙서사시이다. 이누이트서사시보다 후대의 형태여서 그렇다고 할 것은 아니다. 이누이트의 사냥보다 아이누의 사냥은 규모가 크고, 많은 사람의 협력을 필요로 하는 차이점이 있어 사냥노래인 신앙서사시가 필요했을 수 있다.

신석기시대로 이행하면서 신화에도 변화가 나타났다. 신석기시대에 들어선 지 한참 되어 농업사회가 정착하자, 농사가 어떻게 해서 가능한가 하는 의문에 대한 해답을 찾고 있을 시간여유가 생겼다. 추상적인 개념을 사용해 복잡한 사고를 하는 것이 가능하고 필요해, 천지가 창조되고 작용하게 된 내력을 설명하는 창세신화가 이룩되었다. 태초에 어떤 기운이 있어 둘로 갈라지고 다시 여럿으로 나뉘어 운동을 한 결과 천지만물이 되었다고 하고, 그 기운을 남녀나 형제로 의인화해서 이야기를 만들어냈다. 천지만물을 각기 나타내는 신들의 활약상도 흥미롭게 형상화했다.

아프리카 말리의 도곤(Dogon)민족은 최초의 원리인 '암마'(Amma)가 '놈모'(Nommo) 둘로 나뉘어 서로 작용하면서 천지만물이 생겨났다고 한다.(철학, 64) '암마'는 '氣'이고 '놈모'는 '陰陽'이다. 중국에서는 '음양'을 남녀의 모습을 한 '伏羲'와 '女媧'로 나타냈다. 중국 서남부의 白族의 전승에서는, 태초에 盤古와 盤生이라는 거인 형제가 각기 하늘과 땅이 되고, 신체가 흩어져서 천체와 초목이 되었다고 한다.(철학, 66~)

천지가 창조된 내력에 대한 그런 설명은 말로 전하기도 하고 노래로 전하기도 한다. 노래로 전하는 것은 창세서사시이다. 신화와 서사시가 애초에 어떤 관계에 있었던가 하는 의문은 풀기 어렵다. 그러나 신화는 어느 때든지 말할 수 있지만, 서사시는 굿을 하는 자리에서만 불렀다고 보는 것이 타당하다. 그렇다면 신화는 비공식, 서사시는 공식의 전승이라고 할 수 있다.

신앙서사시와 창세서사시는 굿을 하는 자리에서 부르는 공식의 전승이라는 점이 서로 같으면서, 전승자의 자격이 서로 달랐다고 생각된다. 수렵의 신을 섬기는 신앙서사시는 누구나 자기 스스로 주술사 노릇을 하면서 부를 수 있었다. 그러나 천지창조나 인류기원의 내력을 알리는 창세서사시는 신과 사람을 매개하는 신이로운 능력을 지녔다고 하는 무당이 전승했다. 자연의 재앙을 물리치고, 생산을 잘하는 데 필요한 주술을 사용할 수 있는 무당 권력자가 사회를 이끌던 시기, 원시에서 고대로의 이행기의 가장 긴요한 문학갈래가 바로 창세서사시였다.

신앙서사시는 구체적인 기능을 수행하면 그만이지만, 창세서사시는 신성하다고 여겨 크게 존중되었다. 신앙서사시는 구전되기만 하지만, 창세서사시는 기록되기도 한 이유가 거기 있다. 중국 納西族의 〈東巴經〉, 중앙아메리카의 〈포풀 부〉(Popol Vuh), 하와이의 〈쿠무리포〉(Kumulipo)가 그 좋은 본보기이다.[2] 그 가운데 일찍 기록된 것은 고대는 물론 중세까지도 민족종교의 경전으로 인정되어 크게 숭상되었다.

〈東巴經〉은 納西族이 고유문자인 東巴문자로 기록한·민족종교의 경전이다.(동아, 200) 그 가운데 〈창세기〉라고 일컬어지는 대목에 다른 데서도 흔히 볼 수 있는 창세서사시가 잘 정리되어 있다. 구전에 내맡겨 변할 수 있도록 하지 않고, 문자로 기록해서 경전을 만들었으므로 그렇게 되었다. 창세의 과정은 크게 보아 네 단계로 이루어져 있다.

첫째는 천지창조이다. 해와 달이 생긴 내력이다. '眞'과 '實相'이 합쳐져서 해를 이루고, '虛'와 '假相'이 합쳐져서 달을 이루었다고 했다. 천신 아홉 형제가 하늘을 열고, 지신 일곱 자매가 땅을 이룩했다고 했다. 둘째는 인류발생이다. 흰 기운이 변해서 흰 이슬이 되고, 흰 이슬이 바다로 변한 다음 바다에서 알이 생겨, 그 속에서 사람이 태어났다고 했다.

셋째는 대홍수이다. 대홍수의 물결이 하늘까지 닿았을 때 利恩이라

---

2) 이 셋은 모두 책의 분량을 이루고 있지만 글과 구별하지 않고 한국어로 옮긴 제목에는 〈 〉표를 달고 로마자로 표기한 명칭은 이탤릭체로 쓴다. 모든 작품을 이와 같이 표기한다. 책과 글을 구별하는 것이 무의미하고 많은 경우에 불가능하기 때문이다.

는 사람이 天女를 아내로 삼았다고 했다. 넷째는 그 뒤의 역사이다. 그 사람이 땅으로 돌아와서 세 아들을 낳아, 각기 티베트족·納西族·白族의 시조가 되었다고 했다. 삼형제가 세 민족으로 나누어져 있다고 해서, 인류는 모두 형제라는 생각을 나타내고 그 세 민족이 특별히 가까운 관계임을 말하는 두 가지 의미를 찾을 수 있다.

〈포풀 부〉는 '공동체의 책'을 뜻한다. 중앙아메리카 키체(Quiche)민족의 전승을, 누군지 모를 원주민이 키체어를 로마자로 표기해서 전한다. 기록된 시기는 16세기이지만, 7백년 전 마야문명시대부터 구전되었다고 인정되며, 종교의례로도 나타내던 내용이다.[3] 산문으로 기록되어 있으나 서사시로 만들어 외어야 제대로 기억할 수 있을 만큼 복잡하다.

4부 가운데 제1부에서 천지창조와 인류유래를 설명했다.[4] 테페우(Tepeu)와 구쿠마츠(Gucumatz)라고 일컬어지는 두 창조주가 하늘과 땅, 여러 동물을 만들고서, 사람을 창조할 때에는 실패를 거듭했다. 처음에는 진흙을 사용한 탓에 몸이 너무 물러 다 없앴다. 다시 나무막대로 만들고 보니 몸이 너무 야위어 볼품이 없었다. 대홍수를 일으켜 그런 나무막대 인류를 쓸어 없앴는데, 일부는 남아서 원숭이가 되었다. 그 뒤에 다시 옥수수를 이용해 만든 사람이 지금의 인류라고 했다.

사람 창조의 실패작이 원숭이가 되었다는 것은 원숭이와 사람의 관계를 진화론적 관점에서 설명한 견해라고 할 수 있다. 옥수수를 재료로 쓰자 사람 창조가 비로소 성공할 수 있었다는 것은 그 곳 사람들이 옥수수를 주식으로 하고 있는 사실과 연관되어 있다. 사람은 진흙이나 나무막대를 먹고 살 수는 없고 옥수수를 먹고 살아야 한다는 생각을 사람 창조의 실패와 성공으로 나타냈다고 할 수 있다.

---

3) Karl Taube, *Aztec and Maya Myths* (Austin : University of Texas Press, 1995), 53~67

4) Delia Goetz and Sylvanus G. Morley tr., *Popol Vuh, the Sacred Book of the Ancient Quiche Maya* (Norman : University of Oklahoma Press, 1950) ; 고혜선 역, 《마야인의 성서 포풀 부》(서울 : 문학과지성사, 1999)

사람이 나타나거나 창조되는 과정에 몇 단계의 커다란 변화가 있었다고 하는 생각은 세계 도처에서 보여 이른바 유사신화의 하나를 이룬다. 인도나 그리스에서도 처음에는 황금시대가 있어 사람이 아주 만족스럽게 살다가 그 뒤에는 불행해졌다고 했다. 기독교의 〈성서〉나 유대교의 〈탈무드〉(Talmud)에서는 사람이 신의 뜻을 어겨 낙원에서 쫓겨나서 불행해졌다고 했으며, 대홍수를 불행해진 인간이 죄를 지은 데 따르는 징벌이라고 했다.

〈포풀 부〉 제2부에서는 신이면서 사람인 쌍둥이, '사냥꾼'이라는 뜻을 가진 후나푸(Hunahpu)와 '새끼 호랑이'라는 뜻을 가진 익스발랑케(Ixbalanque)가 자기네를 천대하는 적대자들을 골탕먹인 이야기를 다채롭고 흥미롭게 전개했다. 두 소년은 아버지가 지하왕국의 지배자에게 피살된 뒤에 태어나, 할머니에게 양육되었다. 미워하는 사람들이 적지 않고, 형들도 극성스럽게 괴롭혔지만, 예사롭지 않은 능력을 타고났으므로, 그런 도전을 모두 쉽사리 극복했다.

그 대목에서 쌍둥이가 주인공으로 등장하는 것은 창조신을 두 쌍으로 설정한 것과 같은 발상이다. 무엇이든지 쌍으로 있어야 한다는 사고방식을 나타낸다. 쌍둥이는 지하세계를 소탕하고 해와 달이 되었다. 쌍둥이는 신이면서 또한 사람이다. 생애가 영웅의 일생의 유형을 잘 보여주고 있다. 그 점에서는 영웅서사시의 주인공으로 등장했다고 할 수 있다. 제1부의 창세서사시가 제2부에서는 영웅서사시로 바뀌었다. 그렇게 해서 원시문학과는 다른 고대문학이 추가되었다.

아스텍의 전승인 〈케찰코아틀〉(Quetzalcoatl)은 기록될 기회가 없고 구전되기만 해서 〈포풀 부〉만큼 분명하지 않으나, 성격이 비슷하다.[5] 케찰코아틀은 '날개 달린 뱀'이라는 뜻이며, 그런 형상이 여러 조형물에 나타나 있다. 뱀을 숭상해서 만들어낸 신앙의 대상인데, 천지창조의 창

---

5) John Bierhost, *Four Masterworks of American Indian Literature* (New York : Farrar, Straus and Giroux, 1974), 3~105

조주이기도 하고, 인류의 조상이기도 하다. 옥수수 재배법을 인류에게 알려준 문화영웅이기도 하다. 계절의 순환을 나타내는 농업의 신이면서, 죽음과 삶의 순환을 구현하기도 한다고 이해된다.

〈쿠무리포〉는 '창조의 노래'라는 뜻이다.(동아, 422~) 하늘의 별, 지상의 동식물, 하와이 또는 폴리네시아 전체에서 널리 숭앙하는 신들, 왕가의 선조라고 여기는 신격화된 통치자 등을 연결시켜 노래하는 내용이며, 하와이왕국에서 소중하게 여기면서 전승해온 것이다. 밤·어둠·신령의 세계를, 낮·빛·사람의 세계를 다루는 구성을 갖추어, 그것들이 생겨난 과정을 하나씩 설명한다. 자연물과 신령을 연결시켜 노래하면서 신앙서사시와 창세서사시를 겸한 내용을 보여주다가, 신령과 사람을 겸한 존재들을 주인공으로 등장시켜 창세서사시에서 영웅서사시로 나아갔으며, 맨 끝장에서 왕가의 족보를 열거했다. 그 대목에서는 고대서사시로 바뀌고, 중세서사시에 근접하기까지 했다.

원시서사시는 어느 것이든 사람과 다른 생명체, 사람과 자연의 바람직한 관계를 되찾게 한다. 사람은 다른 생명체를 마음대로 죽이고, 자연을 얼마든지 정복해서 이용할 수 있다고 하는 근대인의 편견을 시정하고, 우주 안의 모든 것이 서로 대등한 관계에서 화합을 이룩해야 마땅하다는 가르침을 간직하고 있다. 아이누인의 곰서사시에서 사람이 곰을 죽여 먹이로 이용하면서 곰을 신으로 섬긴다고 하는 것은, 둘 사이의 우열관계를 대등관계로 만드는 역전이고, 곰 사냥이 어느 때든지 함부로 할 수 없는 엄숙한 의식임을 일깨워준다.

원시서사시 가운데 특히 창세서사시는 천지의 생성과 인류의 역사가 바로 연결되어 있음을 알려준다. 인류는 여러 번 창조되었다 하고, 일찍 창조된 인류가 코요테라는 늑대의 무리이기도 하고 원숭이이기도 하다고 해서 인류만 홀로 위대하다는 편견을 깬다. 과학의 발달로 우주의 형성에서 인류의 진화에 이르기까지 많은 사실을 알아냈으나 아직 미진하다. 창세서사시는 과학이면서 통찰이다. 과학인 점에서는 효력을 많이 잃었지만, 통찰의 기능은 다른 것으로 대체되지 않았다.

2. 고대문학

2. 1. 신화와 서사시

원시문학이 고대문학으로 바뀐 과정을 이해하려면 먼저 문학담당층의 변화를 살펴봐야 한다. 원시시대에는 누구나 대등한 관계를 가지고 문학창작에 함께 참여했는데, 특별한 권능을 가진 사제자가 정치적인 지배자 노릇도 하면서부터 원시에서 고대로의 이행기가 시작되었다. 천체의 운행을 바로잡고, 사람이 사는 데 반드시 필요한 조건을 만든 문화영웅이 신화나 서사시에 등장한 것이 그 때문이다.

그러다가 정치지배자가 사제자보다 우위에서 권력을 장악해 국가를 창건하고 정복전쟁을 일으키면서 원시문학과 분명하게 구분되는 고대문학을 이룩했다. 하늘에 있는 창조주의 아들인 지상의 지배자가 영웅적인 투쟁을 해서 승리자가 된 과정을 이야기하고 노래하면서 자연과의 관계보다 사람들 사이의 관계가 더욱 중요한 관심사로 등장했다. 지배자 자신 외에 전문적 사제자, 지배층의 일원으로 참여한 다른 사람들도 문학 창작에 참여해 문학의 폭이 많이 확대되었다. 일부 지역에서는 문자를 만들어 시를 석는 데 이용했으며, 금석문, 역사기록, 사상을 나타내는 산문을 쓰기도 했다.

고대문학은 지배자의 문학이었다. 지배자만 홀로 우월하다는 자기중심주의를 지배자 집단의 표상을 통해 나타낸 것이 구비문학과 기록문학 양쪽에서 함께 확인되는 공통된 특징이다. 통치의 대상이 되는 피지배자나 정복의 대상이 되는 다른 집단은 다 같은 사람이 아니라고 여겨 살육과 약탈을 함부로 했다. 힘이 진리이고, 용맹이 무엇보다도 자랑스러웠다. 강자와 약자가 함께 받들어야 할 이치는 없었다. 사람은 누구나 사람이라고 하는 보편주의는 다음 시기인 중세에 이르러 비로소 나타났다.

먼저 신화에서 나타난 변화를 살피자. 태초에 어떤 기운이 있어 남녀와 형제로 나누어져 운동한 결과 천지창조가 이루어졌다고 하던 신화가 변해서 기운 대신에 창조주를 내세워, 창조주가 천지를 만들어냈다고 하게 되자 원시신화와는 다른 고대신화가 이룩되었다. 창조주의 등장은 청동기시대 이후에 사람들 사이에서 권력자가 등장한 변화를 반영한다. 권력자와 다른 사람의 관계에 따라서 신들끼리, 신과 사람 사이의 관계를 재조절했다.

중국 주변의 여러 민족들은 처음에는 흔히 盤古와 盤生이라는 거인 형제가 하늘과 땅에서 천지만물로 바뀌었다고 하다가, 반생은 없애고 반고만 남겨 창조주 노릇을 하게 한 데서 최초의 변화가 확인된다. 반고는 창조만 하고 사후관리는 하지 않았으니, 신화의 내용이 미비하다. 최고의 신이 창조뿐만 아니라 지속과 파괴를 담당하고, 신들 사이의 질서를 재정비하고, 인류의 역사를 계속 관장한다고 하는 등의 후속 조처가 있어야 고대신화 창조가 완성되었다. 그런 작업이 세계 도처에서 이루어져 그 비슷한 신화가 흔히 발견된다.

이집트에서 원시신화를 이룩할 때 동물의 형상을 하고, 자연현상의 어느 것을 표상하는 여러 신을 만든 것은 어디서나 볼 수 있는 바와 같다. 그런데 그 가운데 하나인 오시리스(Osiris)는 처참하게 살해되었다가 가까스로 살아났다고 하면서 농작물이 쇠멸하고 소생하는 과정을 보여주어 농업신 노릇을 하면서 최대의 숭앙을 받았다.[6] 그런데 고대신화가 이룩되는 단계에서는 태양의 신인 레(Re)가 다른 모든 신 위에 군림하는 최고의 신이라고 했다.[7] 이집트의 제왕 파라오는 그 신의 아들이므로 신성하고 절대적인 권력을 가진다고 했다.

인도에서는 번개의 신, 불의 신, 공기의 신 같은 것들을 많이 설정해 두루 섬기다가, 그 상위에 창조의 신 '브라흐마'(Brahma)가 있다고 하게 되었다. '브라흐마'는 창조를, '비쉬누'(Vishinu)는 지속을, '시바'(Shiva)는 파괴를 맡아, 최고의 신은 하나이면서 셋이라고 했다. 그 가운데 비쉬누는 사람으로 변신해 남들과 어울려 활동하기를 즐긴다고 해서 신과 인간의 간격을 좁혔다. 그 밖에도 많은 신이 있어 각기 다양한 활동을 벌이지만 화합을 근본적인 원리로 하고 있어 서로 충돌하지 않으며, 사람에게 고통을 안겨주지는 않는다고 한다.

인도신화와 그리스신화는 서로 대비할 수 있는 공통점이 많지만,[8] 지향점이 달랐다. 그리스에서는 번개의 신인 '제우스'(Zeus)가 여러 신들을 거느리는 통치자의 위치에 올라 기존의 거인신들의 지배를 무너뜨리고 새로운 왕국을 세웠다고 했다. 그 왕국에서 자연이나 문명의 어느 한 면을 관장하는 수많은 신이 부부관계나 가족관계를 가지고 서로 사랑하기도 하고 미워하기도 한다고 한다. 도덕적 행실에서 조금도 우월할 것이 없는 신들의 횡포 때문에 사람은 운명의 시련을 겪어야 한다고 한다.

그런데 히브리에서는 창조주 노릇을 한 유일신이 선악을 가리고 심판을 하는 일까지 맡아 역사를 종말에 이르기까지 관장한다고 한다. 천지만물 가운데 맨 나중에 신의 형상으로 창조된 사람은 신이 준 낙원에서 자기 잘못 때문에 쫓겨나고, 신의 뜻을 어기다가 대홍수의 징벌을 받았다고 하는 신화로 인류역사를 설명한다. 그러다가 시련을 겪고 자

---

6) R. T. Rundle Clark, *Myth and Symbol in Ancient Egypt* (London : Thames and Hudson, 1959), 97~156

7) 같은 책, 195~208

8) U. P. Arora, *Motifs in Indian Mythology, their Greek and Other Parallels* (New Delhi : Munshiram Monoharlal, 1981)

라난 지도자 모세(Moses)가 신이 내린 율법으로 구출하고 인도해 자기 민족은 구원받을 수 있는 존재가 되었다고 한다.

제왕은 신의 아들이거나 신의 대리자여서 신과 특별한 관계를 가진 다는 것은 왕권신화의 공통된 내용이다. 하늘에 있어야 할 신의 아들이 언제 어떻게 지상에 내려와서 나라를 세웠는가 하는 내력을 말하는 건 국신화 또한 세계 도처에 있다. 천신의 아들이 사람의 세계를 바람직하 게 다스리고자 지상에 내려와 지상의 여성과 결혼해 낳은 아들이 건국 의 시조 檀君이나 朱蒙이 되었다는 한국의 전승은 그런 신화의 전형적 인 모습을 보여주면서 신화와 역사를 연결시키고 있다.

고대신화가 오늘날 어떤 의의를 가지는가 하는 물음에 대해서는 한 말로 대답할 수 없다. 온 세계에 전파된 보편종교의 경전이 된 것도 있 고, 한 문명권 안에서 상상력의 원천 노릇을 하는 것도 있고, 민족의식 의 근거로 인식되기도 해서 기능이 다양하다. 그 가운데 어느 것을 가 려내 특별히 평가하는 것은 마땅하지 않다. 오늘날은 내용이나 기능이 아주 달라 갈등의 원인이 되는 신화가 원래는 인류역사의 공통된 전개 를 입증하는 자료였음을 확인하는 것이 가장 긴요한 과업이다.

신화다운 사고를 뜻하는 넓은 의미의 신화는 조형예술, 행위전승, 언 어표현 등 여러 형태로 구현되어왔다. 언어표현은 이야기일 수도 있고, 노래일 수도 있었다. 이야기는 좁은 의미의 신화이고, 노래는 표현형태 에서 그것과 구별되는 서사시이다. 말로 이야기하는 신화는 나타낸 내 용에서 조형예술로 표현된 신화와 같다고 할 수 있다. 새기거나 그려놓 은 신의 모습은 누구나 어느 때든지 볼 수 있듯이, 신화를 말하는 데도 자격이나 기회의 제한이 없었다. 그러나 서사시 구연은 행위전승의 일 부여서 독점적인 권능을 가진 무당이라야 할 수 있었을 것이다.

신화 가운데 일부가 서사시로 전해진다. 이집트와 히브리에는 신화 를 노래하는 서사시가 없다. 그리스신화나 인도신화는 어느 대목만 서 사시에서 다루었다. 신화에서 서사시로 논의를 옮기면, 고대문학의 유 산 가운데 일부만 대상으로 하지만 한층 자세하게 살필 수 있다. 신화는 이른 시기에 기록된 것이라도 본래의 맥락에서 벗어난 문학적 윤색과 종교적 개변을 많이 겪었다고 생각되지만, 서사시는 전문적인 전승자가 있어서 오늘날까지 구전되는 동안에도 원래의 모습을 어느 정도는 지녀올 수 있었다.

신앙서사시와 창세서사시로 구분된 원시서사시는 신을 주인공으로 하고 있어 신령서사시라고 총칭할 수 있다. 그러다가 고대에 이르면 영웅을 주인공으로 한 영웅서사시가 나타났다. 왕권신화에 대응되는 왕권서사시, 건국신화에 대응되는 건국서사시라는 말을 쓸 수 있으나, 서사시의 역사를 말하기 위해서는 영웅서사시라는 말을 널리 사용하는 것이 마땅하다.

무당을 대신해서 제왕이 권력을 가지면서 영웅서사시가 이루어졌다. 무당이 천지창조나 인류기원의 신이로운 내력을 알고 있다고 자랑하면서 창세서사시를 전승한 것처럼, 제왕은 자기와 같은 위치의 영웅이 탁월한 능력을 발휘해 거듭 닥쳐오는 고난을 이기고 역사창조의 거대한 과업을 완수한다고 자부하기 위해서 영웅서사시를 필요로 했다. 영웅서사시라고 해서 제왕이 스스로 부른 것은 아니다. 무당이 제왕을 위해 봉사하는 기능인 노릇을 하면서 자기 서사시와 제왕의 서사시를 함께 노래했다.

창세서사시의 주인공은 창세신이기도 하고, 신에 의해서 특별히 선발된 영웅일 수도 있어 영웅서사시로의 이행을 알려준다. 중국 서남부 彝族서사시에서는 신에게 특별히 선발된 영웅이 신의 능력을 물려받았다고 한다.(동아, 206~) 그런 영웅이 했다는 가장 중요한 일은 해와 달의 수를 조절하고, 인류에게 기근이나 재앙을 가져오는 괴물을 퇴치한 것이다. 사람이 살아가는 데 필요한 도구를 마련하는 문화영웅 노릇도 함께 했다. 그런 것은 원시에서 고대로의 이행기서사시라고 할 수 있다.

창세서사시와 영웅서사시의 관련양상은 경우에 따라서 다르다. 세계 전체를 돌아보고, 그 양상을 몇 가지로 정리할 수 있다. 창세서사시가 영웅서사시보다 우세한 곳에 마오리(Maori) 민족, 중국 서남부 여러 민족, 아이슬란드 등이 있다. 창세서사시와 영웅서사시가 대등하게 전승되는 곳에 제주도, 아이누 등이 있다. 창세서사시와 영웅서사시가 한 작품에서 연속되어 있는 곳에 하와이, 키체 등이 있다. 창세서사시보다 영웅서사시가 우세한 곳에 필리핀, 니양가, 바빌로니아, 고대그리스, 아일랜드 등이 있다.

창세서사시가 영웅서사시보다 우세한 곳은 고대영웅의 등장이 불분명해서 원시에서 고대로의 이행기의 종교적 지배자가 계속 강력한 영향력을 행사한 경우이다. 지금 뉴질랜드라고 하는 곳의 주인인 마오리민족은 하와이인과 함께 폴리네시아인에 속한다. 양쪽의 창세서사시는 거의 같다. 그런데 하와이의 영웅서사시와 같은 것을 마오리민족에게서는 찾기 어렵다. 마오리서사시에는 창세서사시는 여러 편 있으나 영웅서사시라고 할 것은 빈약하다.(동아, 478면) 창세서사시와 영웅서사시를 연결시켜 단일작품을 만들지도 않았다. 하와이에서는 국가가 창건되면서 정치지배자의 힘이 커졌으나, 마오리의 경우에는 그런 변화가 일어나지 않았다.

미국인이 하와이를 차지할 때에는 강력한 통치력을 가진 단일 지배체제 하와이왕국을 무너뜨리는 비열한 술책을 부려야 했다. 그 때문에 하와이왕국은 어처구니없이 무너지고, 민중의 저항은 없었다. 영국인이 뉴질랜드를 가로챌 때에는 술책을 부릴 상대가 없어 마오리민족을 닥치는 대로 살육하는 방법을 써서 산발적인 항거를 분쇄했다. 오늘날 하와이 원주민보다 마오리민족이 수가 더 많고 주체성을 지키며 독립을 요구하는 데서도 앞서 있다. 〈쿠무리포〉는 구전이 사라지기 전에 하와이왕국의 국왕 자신이 기록했기 때문에 전해지지만, 마오리의 서사시는 구전이 살아 있다. 왕국의 서사시는 연구 자료가 되고, 민족의 서사시는 문화적 자각의 원천 노릇을 한다.

중국 서남부 여러 민족의 경우에는 고대영웅을 등장시키는 국가 창건의 과업이 순조롭게 이루어지지 않았다. 정치적인 권력자는 작은 집단을 다스리기만 해서 큰 힘을 발휘하지 못하고, 종교적 지도자가 정치적 분열을 넘어서 있는 민족 전체의 구심점 노릇을 했다. 창세서사시를 전승하면서 민족적 자부심과 단합을 위한 상징으로 삼았다.

창세서사시는 지역에 따른 차이가 그리 크지 않고, 인류 공통의 경험을 나타낸다. 그러나 영웅서사시는 역사 창조를 각기 다르게 한 자취를 보여주고 있다. '영웅의 일생'의 기본적인 전개가 서로 같은 경우에도 어떤 고난을 어떻게 극복하고 누구와 싸워 권력을 장악했는가 하는 데서는 많은 차이점이 있다.

창세서사시와 영웅서사시가 대등하게 전승되는 곳의 경우는, 종교적 지도자의 영향력을 밀어내고 정치적 지배자가 다른 데서 등장해서 국가 창건의 과업을 수행했다. 제주도에서는 창세서사시를 받드는 집단의 주도권을 앗아간 다른 세력이 탐라국을 건국하면서 영웅서사시를 만들어냈던 것으로 보인다. 아이누의 경우에는 그런 세력교체가 확인되지 않으나, 창세서사시가 약화되어 있고, 천지창조나 인류기원에 관한 내용은 없으며 문화영웅의 활약상만 보여주는데, 그 이유는 사제자의 권력이 일찍 약화되는 정치적인 변동이 일어났기 때문이라고 생각된다.

창세서사시와 영웅서사시가 한 작품에 연속되어 있는 곳은, 종교지도사의 후손이 동치사로 등장해서 그 둘 사이에 난설이 없는 경우이다. 하와이의 〈쿠모리포〉뿐만 아니라 키체의 〈포풀 부〉, 아스텍의 〈케찰코아틀〉에 창세서사시 다음에 영웅서사시가 수록되어 있는 것은 그 때문이다. 창세서사시의 주인공이었던 인물이 영웅서사시의 주인공 노릇을 겸하고 있어서 영웅서사시의 주인공을 별도로 설정하지 않았다.

케찰코아틀에 관한 서사시는 신앙서사시·창세서사시·영웅서사시의 성격을 함께 지녔다고 할 수 있다. 신앙서사시를 이용해서 창세서사시를 만들고, 영웅서사시를 지어냈다. 통치자가 자기네 권위를 높이는 데 필요한 영웅서사시를 마련하면서 다른 인물을 주인공으로 내세우지 않고 케찰코아틀을 거듭 이용했다. 케찰코아틀 전승과 〈포풀 부〉는 서로 가까운 곳의 유산이며, 세 가지 서사시가 공존하며 인류가 거듭 창조되었다고 하는 일치점까지 있다.

그러나 〈포풀 부〉에서는 그 세 가지 서사시가 순차적으로 이어져 있으며, 주인공이 달라진다. 케찰코아틀 전승에서는 하나로 얽혀 있던 것들이 분화되었다고 할 수 있다. 케찰코아틀 전승에서는 출현 단계에 머무른 영웅서사시가 〈포풀 부〉에서 본격적으로 성장했다. 아스텍왕국에서는 종교지도자가 정치권력을 장악하면서 종교적인 권능을 뽐냈으나, 마야-키체왕국에서는 종교에 직접 의존하지 않은 정치권력이 성장했으므로 영웅서사시가 별도로 생겨났다고 할 수 있다. 그런 변화는 마야시대 이후에 키체왕국에 이르러서 현저하게 진행되어 〈포풀 부〉의 후반부가 새롭게 창작되었을 것이다.

아이슬란드의 서사시 〈에다〉(*Edda*)는 중세에 기록되었지만, 창세서사시와 영웅서사시가 연속되어 있는 작품의 또 한 가지 좋은 본보기이다.(공동, 445~447) 시로 기록되어 있는 것의 앞부분 〈신들의 에다〉에서는 오딘(Odin)을 비롯한 여러 신이 천지를 창조하고 파괴하는 과정을 보여주고, 뒷부분을 이루는 〈영웅들의 에다〉에서는 헬기(Helgi), 시구르드(Sigurd) 등의 영웅이 투쟁하는 모습을 그렸다. 영웅서사시가 통일된 줄거리를 갖추고 있지는 않다.

창세서사시보다 영웅서사시가 우세한 곳의 경우에는, 원시에서 고대로의 이행기까지의 종교지도자를 밀어내고 고대의 정치지배자가 등장하는 역사의 변동이 일제히 일어났다. 종교지도자가 섬기던 신이나 종교지도자의 표상인 문화영웅을 밀어내고 군사력으로 정치지배자의 위치에 선 새 시대의 주인공이 자기 모습을 그리면서 지배이념을 선포한 문학이 영웅서사시이다. 그렇다고 해서 종교지도자가 없어진 것은 아니고, 國巫 또는 神官 노릇을 하면서 귀족의 반열에 끼어 영웅서사시의 구연을 맡았다.

창세서사시는 거의 다 구비서사시이지만, 영웅서사시는 구비서사시이기도 하고 기록서사시이기도 했다. 제왕서사시는 통치 도구인 문자기록을 이용해 정착시킬 필요가 있었기 때문이다. 일찍 기록된 영웅서사시는 고대문학사의 서두를 장식하는 위치에 있으면서, 인류의 고전으로 숭앙된다. 그러나 오래 되었다고 해서 원형을 보여주는 것은 아니고, 표준형으로 평가해야 할 이유도 없다. 이른 시기에 기록된 서사시는 오늘날까지 구전되는 서사시와 비교를 통해 이해해야 한다.

영웅서사시가 구전되기만 하는 곳의 한 본보기로 필리핀을 들 수 있다.(동아, 360~) 필리핀의 서사시는 기록되지 못해 구전되기만 하고, 구전되는 서사시는 대부분 고대의 영웅서사시라고 해야 할 것들이다. 창세서사시는 발견되지 않고, 그런 내용을 영웅서사시에서 조금만 받아들였으며, 창세신화는 서사시와 관련 없이 별도로 구전된다. 필리핀 역사를 이해할 수 있는 자료가 부족해 그 이유가 무엇인지 설명하는 것은 쉽지 않으나, 원시사회와 그 문화를 청산한 정치지도자들이 도처에서 등장해 고대를 이룩하는 과업은 철저하게 완수하고서, 중세화를 하는 데까지는 나아가지 못한 것이 아닌가 추정해볼 수 있다.

영웅서사시는 탁월한 능력을 지니고 태어난 영웅이 시련과 싸워 승리를 거두는 과정을 다루고 있다. 태어나자마자 버림받아 죽을 고비에 이르렀으나 구출·양육자를 만나 위기를 극복했다고 하는 '영웅의 일생'이 구비영웅서사시에서는 널리 분포되어 있다. 지역이 서로 아주 멀리 떨어져 있어, 영향이나 차용은 생각할 수 없다. 기록되어 전하는 영웅서사시는 내용의 탈락이나 개작 때문에 달라졌다고 보는 것이 타당하다.(동아, 420~421)

그 아이는 어머니의 손바닥에서 태어났다. 땅으로 몸을 던지더니, 걷고 말을 했다. 약이 들어 있는 가방을 겨드랑이에 끼고 나왔다. '므윈도 므보루'라고 하는 사내 아이였다. 소꼬리로 만든 군주의 홀을 또한 손에 쥐고 나왔다…… 아버지 '쉐므윈도'는 자기 아내가 사내 아들을 낳은 것을 보고 몹시 화가 나서, 집사들에게 명해 방금 태어난 이이를 내디버리리고 했다…… 그런데 놀랍게도, 이튿날 날이 밝자, '므윈도 므보루'는 무덤에서 벗어나 아버지의 집으로 갔다.

이것은 아프리카 니양가(Nyanga)민족의 서사시 〈므윈도〉(*Mwindo*)의 주인공 출생 대목이다. 니양가의 서사시도 필리핀의 경우처럼 구전되기만 했으면서 고대영웅서사시의 특징을 잘 보여주고 있다. 이 작품의 주인공 므윈도는 영웅의 일생이 어떻게 시작되는지 확인할 수 있는 전형적인 사례를 제공한다. 므윈도의 모습을 일찍 기록되어 전하는 고대영웅서사시의 주인공과 견주어보자. 바빌로니아서사시 〈길가메쉬〉(*Gilgamesh*)를 그런 자료로 택한다. 길가메쉬가 얼마나 놀라운 인물인지 말한 대목을 보자.(동아, 445~446)

> 이 사람 길가메쉬, 태어날 때부터 얼마나 당당했는가!
> 삼분의 이는 신이고, 삼분의 일은 사람이다.
> 창조의 신이 이렇게 빚어냈다……
> 우룩의 영역 안을 왔다 갔다 하면서,
> 머리를 처들고, 황소처럼 힘이 있다고 뽐낸다.
> 무서운 병장기를 휘두르면서
> 호위 군사들을 어느 때나 출동하게 한다, 명령만 있으면.
> 그렇지만, 우룩의 젊은이들은 자기도 모르게 떨리는 것을 멈출 수 없다.
> 길가메쉬는 아버지에게 아들을 하나도
> 남겨두지 않으리라고, 그네들은 말한다.

하나는 오늘날도 구전되고, 다른 하나는 기원전 17세기경에 수메르어로 기록되고 기원전 10세기에는 아카디아어로 번역되어 전하니, 시간상의 거리가 아주 멀다. 그런데 영웅이 얼마나 놀랍고 무서운가 잘 보여주는 공통점이 있으면서, 구전 쪽이 더욱 생동하는 내용을 갖추었다. 기록된 자료가 오히려 많이 축약되었다고 할 수 있다.

〈길가메쉬〉 다음 순서로 기원전 9세기경에 기록되었다고 추정되는 고대그리스서사시 〈일리아스〉(*Ilias*)와 〈오딧세이아〉(*Odysseia*)는 서사시의 전범이라고 하는데 그럴 수 없다. 아킬레스(Achilles) 같은 영웅의 투쟁은 고대인의 사고방식을 잘 보여주지만, 일생의 전폭을 다루지 않고 사건의 중간에서 시작되며, 말이 너무 많고 수식이 과다해서 길게 늘어난 점이 특이하다. 작자라고 알려진 호메로스(Homeros)가 구전을 받아들여 자기 나름대로 재창작한 결과가 그렇게 나타났다고 생각된다. 기록과정에서 이루어진 축약뿐만 아니라 확대도 원형 이탈이다.

고대그리스의 서사시가 구전될 때에 지녔던 모습을 그 근처 발칸반도 여러 곳에서 찾고자 하는 노력이 있었으나, 지금 이용할 수 있는 자료는 중세 이후의 서사시이고 고대서사시가 아니므로 납득할 만한 성과를 얻지 못한다. 자료가 남아 있어 비교 가능한 유럽의 고대서사시에는 아이슬란드 것과 아일랜드 것이 있어, 그 쪽으로 관심을 돌릴 필요가 있다. 아이슬란드 것은 이미 살핀 바와 같이 창세서사시와 영웅서사시가 연속된 형태이지만, 아일랜드 것은 영웅서사시로 일관하므로 호메로스의 작품과 더욱 근접해 있다.

아일랜드는 서사시의 나라이다. 여러 영웅의 활약상을 각기 다룬 작품이 아주 많이 구전되다가 그 일부가 12세기 이후에 기록되어 상당한 분량의 자료가 전한다. 대표작으로 드는 〈쿨리의 가축 약탈〉(*Tain Bo Cuailnge*)을 보면, 쿠추라인(Cuchulainn)이라고 하는 주인공이 아킬레스 못지않은 용맹을 발휘하면서 갖가지 적대자들과 무자비하게 싸웠다. 사제계급에 대한 무사계급, 모권집단에 대한 부권집단의 도전을 그렇게 형상화했다고 한다.[9] 고대의 남성영웅은 그런 싸움에서 승리하는 투사이다.

영국에도 고대서사시의 모습을 간직한 서사시가 있다. 7세기말에서 8세기초 사이에 기록된 것으로 보이는 〈베오울프〉(*Beowulf*)는 용맹한 영웅이 바다 건너 덴마크 땅으로 가서 괴물을 퇴치하고 나라를 구한 내용인데, 고대의 구비서사시를 기독교의 사고방식으로 개작했다.[10] 괴물

---

9) Thomas Kinsella tr., *The Tain from the Irish Epic Tain Bo Cuailnge* (Oxford : Oxford University Press, 1969), xii

10) Fr. Klaeber, "The Christian Coloring", Joseph F. Tuso ed., *Beowulf* (New

과 싸울 때에는 초인적인 능력을 발휘하는 영웅의 투지를 발휘하는 베오울프를, 따르고 찬양하는 대목에서는 후덕한 군주라고 했다.

독일의 〈힐데브란트의 노래〉(*Hildebrandslied*)는 8세기후반의 기록에 남아 있는 미완의 작품인데, 고대영웅서사시의 오랜 주제인 부자간의 싸움을 다루었다. 아내와 자식을 버리고 멀리 떠나갔던 주인공이 30년 뒤에 돌아와 아들과 싸우지 않을 수 없게 되었다고 한다. 작품이 거기서 끝나 결말을 알 수 없다. 다른 자료에서는 아버지가 아들을 죽였다고도 하고, 둘이 화해를 했다고도 한다.[11] 앞의 것은 고대서사시의 특성을 유지하고, 뒤의 것은 중세의 사고방식을 받아들였다고 할 수 있다.

영웅서사시의 주인공이 모두 남성인 것은 아니다. 여성영웅도 있고, 남성영웅도 있다. 그 가운데 여성영웅서사시가 더욱 오랜 형태라고 생각되는데, 지금은 전하는 곳이 많지 않다. 한국, 중국 서남부의 侗族, 필리핀, 타밀 등지의 전승에서 찾아볼 수 있을 따름이다. 남성서사시가 득세해서 여성서사시를 밀어냈기 때문에 그렇게 되었다고 생각된다. 侗族의 〈薩歲之歌〉와 타밀의 〈칠라파티카란〉(*Cilappatikaram*)에서는 원통하게 죽은 여인을 민족수호신으로 삼았다.

영웅서사시에는 고대영웅서사시도 있고 중세영웅서사시도 있다. 중세영웅서사시는 고대의 자기중심주의와 다른 중세의 보편주의를 나타내면서, 강력한 힘을 가진 영웅을 지혜로운 덕을 지닌 영웅으로 바꾸어 놓았다. 그런 중세서사시에는 고대서사시를 중세의 사고방식에 맞게 고친 것이 적지 않다. 인도의 〈마하바라타〉(*Mahabharata*)와 〈라마야나〉(*Ramayana*)는 원래 고대서사시인데, 중세사상의 모형이 될 만한 내용을 추가하고, 중세문학의 규범이 되는 문체로 가다듬어 거작이 된 형태로 전해온다.

고대문학인 영웅서사시는 고대의 이념인 자기중심주의를 나타냈다.

York : Norton, 1975)에서 그 점을 밝혀 논했다.
11) 볼프강 보이틴 외, 허창운 역, 《독일문학사》(서울 : 삼영사, 1993), 8

중세보편주의를 거부하고 민족주의를 표방하는 근대의 건설자들은 고대의 자기중심주의를 재평가하면서 영웅서사시에 대단한 의의를 부여했다. 그렇기 때문에 고대서사시는 근대를 만드는 데 이미 써버려 다시 찾을 이유가 없고, 새삼스러운 갈등을 조성하기나 할 것 같지만 그렇지 않다.

근대국가 지배민족의 고대자기중심주의는 철저하게 이용되어 긍정적 의의가 소진되었지만, 피지배민족이나 소수민족의 경우에는 사정이 다르다. 근대를 이룩하는 과정에서 자주성을 잃고 소수민족의 지위로 떨어지고, 제국주의의 지배를 받다가 독립한 제3세계 국가에서조차 핍박받고 있는 제4세계민족은 아직까지 전승하고 있는 고대영웅서사시에서 자각의 근거를 찾는 것이 정당하다. 그런 위치에 있는 민족의 해방투쟁이 격렬하게 일어나야 근대를 넘어선 다음 시대의 화합을 이룩할 수 있다.

고대서사시는 새로운 역사가 창조되는 내부적인 과정을 보여주어 또한 소중하다. 불행하게 태어나 버림받은 가련한 어린 영웅이 엄청난 시련을 투쟁으로 극복한 능력을 발휘해 간악한 권력자를 무너뜨리고 새로운 역사를 창조하는 고대영웅서사시의 공통된 전개가 바로 극복이 생성임을 일깨워주는 행동 지침이다. 어린 영웅은 가까운 관계에 있는 박해자를 단호하게 물리치며, 자기 아버지마저도 서슴지 않고 제거한다. 나약하고 신중한 중세인의 사고방식으로는 도저히 용납할 수 없는 크나큰 도전을 성취해서 역사발전에는 반드시 놀라운 비약이 있어야 한다는 것을 입증한다.

신화의 내용을 행위로 전승하는 예술형태는 연극이다. 고대신화가 있던 곳이면 모두 그런 연극이 있었으나 별도로 고찰할 필요는 없다. 연극이 굿에서 분리되어 독립된 공연물이 되고 작가의 창작을 필요로 하게 된 것은 예외라고 할 수 있다. 그런 연극은 그리스에서만 발견된다. 그리스에서는 연극을 별도의 행사로 독립시키고, 희곡작가들의 작품을 공모해 공연했다. 연극을 비극과 희극으로 나누고, 세계관의 고민

을 나타내는 비극은 높게, 현실 문제를 다루는 희극은 낮게 평가한 것
도 그리스에서만 볼 수 있는 일이다.

그리스의 비극에서는 신화적 질서가 사람에게는 부당한 시련이 되는
것을 보여주었다. 신이기도 하고 사람이기도 해서 神人이라고 일컬어지
는 영웅이 신의 지상 대리자 노릇을 하는 데 만족하지 않고 신의 영역
에 들어서려고 하다가 좌절하는 것은 다른 곳에서도 흔히 볼 수 있는
데, 그리스에서 특별하게 문제로 삼았다. 거기서 더 나아가 신이 횡포를
부려 사람으로서는 최선을 다해도 가혹한 운명에서 벗어날 수 없다고
하는 사고방식을 일반화하기까지 했다.

대표작이라고 거론되는 소포클레스(Sophocles)의 〈오이디푸스 왕〉
(*Oidipous tyrannos*)을 보자. 자기 아버지를 죽이고 어머니와 결혼했다
는 사실을 알고 눈을 찔러 장님이 된 주인공의 처지를 통해, 사람은 아
무리 슬기로워도 운명의 시련에서 벗어나지 못한다는 것을 그렸다. 그
것은 특별한 사람이나 겪는 아주 예외적인 시련일 것 같은데, 누구에게
나 다가올 수 있다고 했다.(카타, 116)

죽어야 할 인간일랑 어느 누구도 행복하다고 기리지 말라.
삶의 종말을 지나 고통에서 해방되는 때까지는.

관중은 그런 비참한 일을 보면서 자기 마음속에 맺혀 있는 불만의 응
어리를 풀어내는 정화작용을 경험한다는 것이, 유럽문학이론의 원천인
아리스토텔레스(Aristoteles)의 〈시학〉(*Peri poietikes*)에서 말한 '카타
르시스'(katharsis)의 원리이다. '카타르시스'는 중세연극의 원리인 '라
사'(rasa)와 견주어보면, 고대의 특징을 그 나름대로 잘 보여준다. 유럽
에서도 중세 동안에는 사라졌던 '카타르시스'가, 중세를 부정하고 고대
를 계승하면서 근대를 이룩하고자 한 시기 이후에 재평가되고 계승된
것은 당연하다.

고대의 신화·서사시·연극은 지역에 따라 상당한 차이가 있기는 하지

만, 이질성보다는 동질성이 더욱 두드러져, 세계문학사를 단일체로 파악하고, 대등의 관점에서 세계를 인식할 수 있는 논거를 제공한다. 그런데도 유럽문명권의 고대문학만 일방적으로 확대해서 다루고 부당하게 평가해서 생긴 편견이 누적되어 있다. 그리스서사시가 세계서사시의 전범이라고 하는 것도 잘못이지만, 연극에 관한 논의에는 더 큰 문제점이 있다. 고대연극의 원리였던 '카타르시스'가 근대유럽에서 재평가되고 계승되었다고 해서, 그것을 세계연극의 유일한 원리라고 하는 것은 유럽문명권중심주의의 한층 심각한 증세이므로 힘써 시정해야 한다.

2. 2. 금석문과 역사서

문자는 인류의 위대한 발명품이다. 고대문명의 발상지인 몇몇 곳에서 문자를 사용하기 시작해서 세계사의 전환점을 마련했다. 문자문명을 이룩한 데서 고대로의 전환을 선도했다. 구술문명에 머무르고 있는 곳이라고 해서 원시시대를 벗어나지 못한 것은 아니며, 고대로의 전환은 세계사의 보편적인 변화과정이었음을 구비전승 자료들 들어 입증할 수 있다. 그러나 고대문명을 문자화한 표현물은 구전하는 형태보다 월등한 정도로 선명하게 구체화해 광범위한 통제력을 발휘했다. 문자를 사용하는 경우에만 강대한 제국을 건설했다.

처음에는 그림의 형태를 가진 문자를 신성한 부호로 여겨 주술이나 종교의 행사에서 사용했다. 점을 친 내용을 새겨놓은 중국의 갑골문이 그 좋은 예이다. 미주대륙의 마야인이나 잉카인이 남긴 그림문자도 종교적인 이유에서 필요했던 것들이다. 그런 방식의 문자 기록물은 나라 무당이 독점해서 사용하고 널리 공개하지 않았으므로, 기능을 보아서는 종교적 상징물의 다른 형태와 근본적인 차이가 없었다.

그런 단계를 청산하고, 문자가 고대문명의 발전을 선도하는 구실을 하기 위해서는 세 가지 변화가 일어나야 했다. 문자를 그림과 분리시켜 독자적인 기호가 되게 했다. 문자를 누구나 알아볼 수 있게 하고, 사용을 개방했다. 문자의 기본기능이 종교에서 정치로 바뀌었다. 문자를 행정이나 조세 등의 국가통치 업무에 사용하면서 고대국가가 성립되고 발전했으며, 거대제국을 이룩하는 것도 가능하게 되었다.

문자기록은 공간의 한계를 넘어서 멀리까지 전달되고, 시간의 한계를 넘어서 항구적으로 지속될 수 있는 두 가지 이점이 있다. 문자 사용의 주역은 국가 통치의 당면한 과제를 처리하는 데 만족하지 않고, 항구적인 기록을 남기는 것이 또한 긴요하다고 판단해 금석문을 만들고 역사서를 편찬하는 데도 힘썼다. 그런 과업을 이룩한 국가가 고대문명을 한층 수준 높게 창조해 오늘날까지 찬탄을 자아내는 업적을 이룩했다.

금석문을 만드는 데 앞장 선 곳은 이집트이다.(문명, 113~) 신전의 벽면마다 가득가득 그림을 곁들여 써둔 상형문자의 기록이 가장 이른 시기에 이룩된 가장 풍부한 금석문이다. 고대이집트의 통치자 파라오는 자기 자신이 신이거나 신들과 특별한 관계에 있음을 금석문에다 새겨 나타냈다.

파라오가 전쟁에서 이기거나 나라를 통치한 역사를 기록한 금석문도 있어, 국사 기록의 기능을 수행했다. 기원전 15세기의 투트모스(Thutmose) 3세가 아시아 쪽을 침공해서 지금의 팔레스타인 지역에 있던 나라를 복속시켜, 제국의 영토를 크게 넓힌 사실을 기록한 금석문을 보자. 신전의 벽에다 커다랗게 새겨 누구나 우러러보게 했다. 역사적 사실은 산문으로, 종교적 진실은 율문으로 나타내서 두 가지 문체의 용도를 명확하게 구분했다.

산문으로 쓴 서두의 기록에서는, 어느 해 몇 월에 있었던 일인지 각 항목에서 먼저 밝히고, 실제로 있었던 일을 구체적으로 자세하게 적어 실록이 되게 했다. 그 다음의 율문 대목에서는 태양의 신인 레(Re)를 서술자로 등장시켰다. 태양의 신이 자기 아들인 파라오에게 "나는 너에 대한 사랑 때문에 빛을 내며, 네가 나의 사원으로 오는 선행을 보고 기뼈한다”고 하고, “나는 너에게 모든 땅에서 승리를 거둘 용기를 주고, 모든 나라가 너의 힘을 두렵게 여기도록 한다”는 등의 말을 길게 늘어놓았다.(문명, 116) 확인 가능한 역사적 사실은 산문으로, 신이 하는 말은 율문으로 나타내는 것이 일관된 방법이어서 다른 제왕을 칭송하는 금석문에서도 계속 사용되었다.[12]

고대금석문 본래의 모습을 잘 간직하고 있는 또 한 가지 풍부한 자료를 페르시아에서 찾을 수 있다. 기원전 6세기말에서 5세기초에 거대한 제국을 이룩한 페르시아의 통치차 다리우스(Darius)는 최고의 신 ‘아후라마즈다’(Ahuramazda)가 왕권을 수호하고 다른 나라에 대한 승리를 보장해준다고 칭송하고 자랑한 글을 돌에다 새겼다. 고대페르시아어, 엘람어 (Elamite), 바빌로니아어의 세 가지 언어를 함께 사용하면서 모두 설형문자로 표기했다. 복속해서 통치하고 있는 여러 민족의 백성들에게 복종을 요구하고 반역을 막고자 그렇게 했다.

페르시아의 금석문은 줄을 바꾸면서 썼으니 ‘율문체’를 사용했다고 하겠으나, 시라고 인정할 만한 표현은 없다. 필요한 용건만 전달하고 글을 아름답게 꾸미려는 생각이 없다. 그 점에서도 이집트의 금석문과 상당한 차이가 있다. 글을 잘 써야 위엄이 높아진다고 여기지 않고 제왕이 지니는 위엄이 글을 통해 바로 전달될 수 있도록 했다.

그리스의 금석문에는 신전을 지어 신에게 바치는 봉헌문, 위대한 인물의 공적을 기리는 찬양문, 죽은 사람의 행적을 적은 묘비, 나라와 나라 사이의 협약 같은 것들이 있다. 로마의 금석문 또한 종류가 다양하고 수가 많으나, 내용이 단순하고, 글이 길지 않은 것이 상례이다. 그리스의 금석문과 크게 달라진 점은, 황제를 칭송의 대상으로 한 것이다.

기원전 3세기경에 인도에서 대제국을 건설한 아쇼카(Ashoka)왕은 “진리에 관한 칙령”이라는 금석문을 남겼다. 정복전쟁 때문에 너무 많

---

12) Adolf Erman, Aylward M. Blackman tr., *Ancient Egyptian Poetry and Prose* (New York : Dover, 1995), 258~281

은 희생자가 생긴 것을 보고 크게 뉘우쳐서 전쟁을 부인하고 사랑을 베풀기로 했다고 한다. 백성을 자식이라 여기고, 진리의 말씀으로 가르치려고 했다. 그런 말이 당시에 사용되던 여러 지방의 다양한 구어로 기록되어 있다. 문자도 통일되어 있지 않다.(문명, 125~126)

　　왕은 말한다 :
　　이렇게 하기로 하노라. 나는 진리에 관한 말씀을 반포하겠노라. 진리에 관한 말씀을 백성에게 반포하노라. 이 말씀과 가르침을 듣고서 백성은 진리를 따르리라. 몸을 일으켜, 진리와 함께 나아가리라. 그렇게 하기 위해서 나는 덕행과 신앙에 관한 제반의 교훈을 제정하노라.
　　수많은 백성을 다스리는 관원들이 진리에 관한 가르침을 펴리라. 백성을 돌보는 일을 맡은 지방 수령들에게 당부해서, 백성을 이 진리에 헌신하도록 이끌도록 했노라.

통치자는 가르치고 피치자는 가르침을 받는다고 했다. 정치적인 통치행위가 도덕적·종교적 교화라고 했다. 이승뿐만 아니라 저승에서도 소중하게 여겨야 할 진리에 관한 교화를 베푼다고 했다. 진리의 내용은 화합이다. 상하 양쪽에 대해서 서로 화합하는 자세를 가져 갈등을 일으키지 않아야 한다고 했다. 그런 사고방식을 앞질러 나타내 중세에 근접했다.

중국에서 秦始皇은 아쇼카왕보다 조금 앞선 시기인 기원전 221년에 통일제국을 만들었다. 정복해서 통합한 땅 곳곳을 순행하면서, 자기 위업을 나타내는 글을 바위에 새기게 했는데, 그것을 秦刻石이라고 일컫는다. 황제는 제도를 정비하고, 법령을 엄정하게 하고, 백성이 안심하고 생업에 종사하게 한다는 말을 네 자씩 짝을 지운 율문으로 나타내면서, 함축적이고 장식적인 표현을 사용했다. 그 점에서 중세 공동문어문학의 연원을 마련했다고 할 수 있다.

금석문과 역사서는 서로 대응되는 관계를 가졌다. 둘 다 구비전승을 대신하는 기록물이면서, 금석문은 당대에 새겨 후대에 전하고, 역사서는 앞 시대의 일을 나중에 정리했다. 금석문은 고대문명이 시작되어 문자를 사용할 때부터 있었으나, 역사서는 문자생활이 일반화해 독서인구가 늘어났을 때 이루어졌다. 금석문은 여러 곳에서 남겼으나, 역사서는 그리스와 중국에서만 뛰어난 것을 내놓았다.

기원전 5세기 후반에 그리스에서는 헤로도투스(Herodotus)가 〈역사〉(*Historiai*)를, 기원전 1세기초에 중국의 司馬遷은 〈史記〉를 써서 상응하는 위업을 이룩했다. 둘 다 역사적 사실을 종합해서 기록한 최초의 역사서여서 획기적인 의의가 있다. 신화나 서사시에 의존하던 역사인식을 역사서의 소관으로 삼고, 금석문 수준의 기록을 크게 넘어서서 고대문명의 위세를 한껏 드높였다. 두 사람 모두 "역사의 아버지"라고 일컬어지면서, 만대의 전범을 마련했다고 평가되는 것은 당연한 일이다. 그러면서 두 사람이 한 작업에는 상당한 차이점도 있다.

헤로도투스의 〈역사〉는 도시국가의 범위를 넘어서 그리스인의 역사를 총체적으로 서술했다. 그러면서 그리스인과 이민족의 관계를 다루는 데 힘썼다. 해외로 진출해 교역을 하고 식민지를 개척하는 과정에서 그리스의 역사가 전개되어 왔으므로 그렇게 했다. 그리스인과 이민족이 대등한 위치에서 평화적인 관계에 있는 것이 바람직하다고 하지 않고, 그리스인은 우월한 문명인이고 이민족은 열등한 야만인이라고 하는 자기중심주의를 표방했다. 그리스인이 페르시아인과 싸워 이긴 것은 당연하다고 했다.

헤로도투스가 이용한 자료는 서사시, 전설 등이 대부분이고, 전해들은 말이 많아 정확하지 않다. 여러 민족의 활동을 서술하면서도 외국어는 하나도 알지 못했다. 잡다한 신을 믿고, 신탁을 받아들여 운명을 점치는 것 같은 풍속에 대해서도 의문을 가지지 않았다. 그 점에서는 호메로스와 다를 바 없었다. 그러나 헤로노두스는 역사적 사실을 진하는 데 만족하지 않았다. 그리스와 페르시아의 충돌이 어째서 생기고, 어떻게 전개되었는지를 밝히는 원인 추적의 작업을 줄기차게 다각도로 전개해 역사가의 독자적인 임무를 분명히 했다. 그것이 서사시에서는 볼 수 없는 역사서의 서술 태도이다.

사마천도 많은 자료를 수집해서 이용한 것을 가장 큰 가치로 삼으면서 당시까지 알려져 있는 역사 전체를 다루었다. 그 점에서 선행 역사서인 〈書經〉·〈春秋〉 같은 것들보다 월등하다. 그러나 역사서가 자료집일 수는 없다. 자료를 정리하고 배열해서 체계를 만든 것이 저술의 내용이고 주제이다. 책 말미에 있는 〈太史公自序〉에서 저술의 의도를 밝힌 대목을 보자.(문명, 214)

천하에 흩어지고 망실된 舊聞을 수집·망라해, 임금의 자취가 나타난 근원을 밝히고 종말을 살피며, 성하고 쇠한 것을 보려고 했다. 그 행적을 논의하고 고찰해 三代에 관해 개략적인 추론을 하고, 秦·漢의 역사를 기록했다.

자료를 많이 모아 힘써 다루고자 한 과제는 통치자의 권력이다. 역대의 제왕이 국가를 세워 흥하고 망한 내력의 자료를 최초의 제왕에서 시작해서, 자기 당대의 漢武帝에 이르기까지 '本紀' 12편으로 정리한 것이 근간을 이루었다. '본기'를 종축으로 해서 역사의 전개를 한 줄기로 정리하고, 거기다 여러 횡축의 곁가지를 붙였다. 두 축을 연결시키는 접합점은 '年表'이다. '書'는 제도 측면의 횡축이고, '世家'와 '列傳'은 사람 측면의 횡축이다. 권력의 서열에서 상위의 인물은 '세가'에다, 하위의 인물은 '열전'에다 소속시켰다.

본기의 황제가 세가의 권력자들과 '열전'의 인재들을 거느리고, '연표'의 시간과 '서'의 제도 속에서 천하를 다스린다는 것을 보여주었다. 그런 제국은 전에 없던 통치체제인데, 과거의 역사도 같은 구조에서 전개되었다고 이해되게 해서 사실을 변조했다. 각기 독립되어 있고 서로 대등했던 권력자들을, 역사의 종축을 하나로 만들기 위해서 어느 쪽은 본기에, 어느 쪽은 세가에 소속시켜 주종관계를 맺었던 것처럼 만들었다.

종축은 시간을, 횡축은 공간을 나타내게 했다. 종축의 중심에서 횡축의 주변으로 가면서 시간에 대한 배려가 줄어드는 것만큼 공간에 대한 배려가 늘어나도록 했다. '본기'에서는 제왕의 재위 연도에 따라 사건을 배열했다. '연표'는 여러 가닥으로 나누어진 시간을 보여주어, 시간을 공간과 연결시켰다. '세가'의 인물들은 각기 그 나름대로의 시간에서 독자적인 통치행위를 했다. '열전'에는 정치권력과 직접 관련되지 않은 인물도 적지 않아, 어느 때든지 있을 수 있는 다양한 삶을 보여주도록 했다. 인물의 성격과 행동을 서사적인 수법을 사용해서 문학적인 형상화를 하는 데 깊이 유의하면서 '열전'을 써서 역사서술이 곧 문학창작일 수 있음을 입증했다.

헤로도투스는 사건의 원인을 추적하고, 사마천은 서사적 전개를 단선적으로 보여주는 종축에다 공간적 구성물인 횡축을 다양하게 보탰다. 횡축에서 제시한 사실들도 시간적인 전개를 갖춘 점에서 역사서술의 상례를 따랐지만, 여럿이 동시에 전개되었다. 거기서 개개의 사건이나 인물이 그 나름대로 지닌 특성을 생생하게 묘사해 기본 줄거리의 단조로움을 보충했다.

헤로도투스는 서사적인 전개에 독자가 흥미를 느끼고 탐독하면서 그리스인이 정당하다고 하는 데 동의하도록 만들었는데, 사마천은 종횡으로 얽혀 있는 다채로운 구조물을 보고 경탄하면서 거대한 제국을 이룩하기까지에 이른 중국사의 전개에 대해 자부심이나 존경심을 가지면서, 그 안에서 활동한 여러 인물에 대해서 친근감을 가지게 했다. 헤로도토스의 시간구성과 사마천의 공간구성은 역사 서술뿐만 아니라 문학 창작에서도 널리 사용되는 두 가지 기본방식이다.

한쪽에서는 시간구성을, 다른 쪽에서는 공간구성을 택한 것은 입지가 서로 달랐기 때문이다. 헤로도투스는 지중해 세계에서 여러 민족이 벌이는 생쟁에서 그리스가 시린을 이기고 승리자가 된 경과를 서사시에서처럼 이야기해야 했다. 사마천은 중국대륙 중심부에서 벌어진 수많은 정치집단과 인물들의 활약을 모두 아우르고 들어선 한나라 제국의 거대한 판도를 공간적인 구성물을 통해서 나타내야 했다.

이민족과의 투쟁은 양쪽의 공동관심사인데, 서로 다르게 처리했다. 헤로도투스는 그리스인과 이민족의 투쟁을 다루는 것을 역사 서술의 기본 주제로 삼았는데, 사마천은 이민족은 없고 중국인 한족만 역사를 펼친 듯이 착각하게 했다. 한나라가 위대하게 보이도록 하기 위해서 무리한 짓을 했다. 그리스가 페르시아와 싸워야 했던 것처럼, 한나라는 匈奴의 위협에서 벗어나려고 국운을 걸어야 했던 사실을 부당하게 축소하거나 은폐했다.

헤로도투스가 그리스와 페르시아의 관계를 그렇게 다루었듯이, 사마천 또한 한나라와 흉노의 싸움이 생긴 이유와 경과를 서술하는 데 커다란 비중을 두고 〈사기〉를 저술하는 것이 마땅한 일이었다. 역사의 실상을 알려주면서, 상대방이 부당하고 자기 쪽이 정당하다고 합리화하는 이중의 목적을 달성하기 위해서는 그렇게 해야 했다. 그런데 사마천은 흉노와의 싸움을 최소한으로 줄여 서술해서 흉노를 격하하는 방법을 썼다.

헤로도투스와 사마천의 역사서는 뛰어난 저술이어서 선진과 후진의 격차를 결정적으로 벌어지게 했다. 역사를 구전하고 있는 곳은 물론 금석문에다 새겨두는 데 그치는 쪽과도 분명하게 다른, 문자기록의 금자탑을 이룩해 우러러보게 했다. 문명권 전체가 불멸의 고전으로 받들고 인류 전체의 자랑스러운 유산으로 평가되는 업적을 남겼다.

그러나 표면에 나타나 있는 공적이 큰 만큼 다른 한편으로 비난받을 수 있는 여지도 적지 않다. 고대자기중심주의의 심각한 증후를 반론의 여지가 없는 듯이 고착화시킨 것이 문제이다. 자기 고장 그리스나 漢제국 사람만 정상이라고 하고 이민족은 함부로 폄하해 세계사를 왜곡한 것을 그대로 받아들일 수 없다. 중세보편주의를 들어 시정하려고 했어도 없어지지 않은 그런 편견이, 근대에는 더 큰 폐단을 자아냈고 인류화합의 다음 시대로 나아가는 데 장애가 되고 있다.

헤로도투스 이후 그리스의 역사서는 외견상 많이 달라진 것 같다. 거의 동시대인인 투키디데스(Thucydides)는 자기 당대에 일어난 전쟁에

서 적국이 승리하고 자국이 패배한 사건을 사실 그대로 기술해 자기중
심주의를 살리지는 못했으나, 역사는 전쟁 승패사라고 하는 관점은 재
확인했다. 그리스가 로마에 복속된 기원전 2세기에 폴리비우스
(Polybius)는 또 하나의 〈역사〉(*Historia*)를 써서 로마제국이 싸울 때
마다 이겨 지중해의 지배자가 된 이유를 밝히고자 했다. 기원 1세기의
플루타르코스(Plutarchos)는 패배를 감수하지 않고 〈대비되는 생애〉
(*Bioi paralleloi*)에서, 그리스와 로마의 뛰어난 인물은 서로 대등하다고
했다. 전쟁의 승패에 대한 관심과 영웅 숭배의 전통을 중세 동안에는
밀어두었다가 근대유럽에서 적극 계승했다.

중국의 역사서는 〈사기〉의 서술 방식을 거의 그대로 지속했다. 특정
한 사건의 전말을 중점적으로 다루지 않고 통치질서를 보여주는 공간
구성을 후대까지 이었다. 〈三國志〉와 〈漢書〉가 이어져 나오고, 〈後漢
書〉가 그 뒤를 이어, 한 시대의 역사를 정리하는 모형을 정착시키면서,
주변민족에 대한 중국의 우위를 거듭 확인했다. 〈淸史〉까지의 25史는
기본적인 특징이 서로 같다. 고대에 시작된 역사 서술의 방식이 중세는
물론 중세에서 근대로의 이행기까지 변함없이 이어져 중세보편주의 구
현에 차질을 빚어낸 것이다. 다른 문명권에서 볼 수 없는 일이다.

2. 3. 신앙시·사상시·서정시

시의 내력을 살피는 데 가장 좋은 증거는 중국에서 찾을 수 있다. 기
원전 12세기경까지 소급될 수 있는 자료를 기원전 6세기 이전에 문자로
정착시킨 〈詩〉는 노래의 종류를 두루 갖추고 있어 詩歌總集이라고 일
컬어진다.[13] 세 부분 가운데 '風'은 일노래, '雅'는 잔치노래, '頌'은 굿노

---

13) 中國社會科學院 文學硏究所·少數民族文學硏究所, 《中華文學通史》 1 (北京 :
華藝出版社, 1997), 25

래에서 유래해서, 일하고 잔치하고 굿하면서 노래를 부른 사정을 두루 이해할 수 있게 한다.

‘풍’은 지역별로 수록하고, ‘아’는 용도에 따라 작은 잔치노래인 ‘小雅’와 큰 잔치노래인 ‘大雅’로 나누었다. ‘풍’은 서정시의 모습을 갖추고 있고, ‘아’에는 서사시라고 할 것들이 들어 있다. 하층의 전승과 상층의 창작, 민간의 전승과 국가의 의례를 한 책에 수록했다. 신앙시에서 서정시까지 분포되어 있는 고대의 시를 이처럼 잘 보여주는 다른 자료는 찾을 수 없다.

비슷한 시기에 기록된 다른 여러 자료와 비교해보면, 그런 다양성의 의의가 무엇인지 더욱 뚜렷하게 드러난다. 〈길가메쉬〉, 〈일리아스〉, 〈라마야나〉 등의 서사시는 ‘대아’에 수록된 것과 같은 서사시를 길게 늘였다. 다음에 드는 인도의 신앙시는 ‘송’이 특별히 발달하고 장편으로 늘어난 형태라고 할 수 있다. ‘풍’에 해당하는 노래는 세계 도처에 있어 새삼스럽지 않다고 할 수 있지만, 이른 시기에 모아서 책을 만든 곳은 중국뿐이다.

노동요이면서 서정시인 ‘풍’을 특히 소중하게 여겨 시 창작의 전범으로 삼은 것이 중국에서 시작된 동아시아문학의 독자적인 전통이다. 그리스의 아리스토텔레스는 비극과 함께 서사시를 특히 중요시해서 자세하게 논의한 것과 대조가 되게, 중국의 孔子는 詩를 “思無邪”라고 간단하게 말해 서정시론은 길게 전개할 필요가 없다는 전례를 남겼다. 그렇지만 그 말 속에 순수한 서정시가 사람의 마음을 깨끗하게 하는 작용을 한다는 생각이 암시되어 있다. 다른 곳에서는 장황한 언사를 늘어놓아 이루려고 하는 목표를, 동아시아에서는 말을 최대한 줄인 짧은 시에서 달성하려고 했다.

동아시아의 중세인은 원래 〈詩〉에 지나지 않던 책 이름을 〈詩經〉이라고 하고 유학의 경전으로 숭상하면서 중세이념의 원천을 제시했다고 해석하려 했다. 그것은 다음에 드는 인도의 신앙시가 고대문학이면서 중세보편주의의 원천 노릇을 한 것과 상통한다고 할 수 있으면서, 또한 중요한 차이도 있다. 고대의 유산을 중세의 고전으로 삼는 작업이 인도의 신앙시에서는 주석이 아닌 원문에 근거를 두고 한층 자연스럽게 이루어졌다.

인도에서는 오랫동안 〈베다〉(*Veda*)라는 신앙시를 전승하다가 그것과는 다른 〈우파니샤드〉(*Upanishad*)를 지었다.(철학, 86~) 〈베다〉는 종교적인 예배를 위한 시이고, 〈우파니샤드〉는 철학적 명상으로 종교적 수행의 방법을 삼은 시이다. 〈베다〉에서는 천지만물에는 각기 신이 있다고 하면서 수많은 신을 섬겼는데, 〈우파니샤드〉는 세계 인식의 경험을 합리적인 총체로 파악하려는 노력을 나타냈다. 〈베다〉는 원시문학이고, 〈우파니샤드〉는 고대문학이다.

〈우파니샤드〉는 단일한 저술이 아니다. 2백 개가 넘는 것이 모두 작자 미상이고, 성립 연대도 확실하지 않다. 기원전 8세기에서 기원전 3세기 사이에 이루어진 것이라야 진본이라고 한다. 그 수는 많이 보면 18개, 적게 보면 11개라고 하는 것이 관례이다. 초기작과 후기작은 상당한 차이가 있다. 초기작은 여럿을 한 데 모아 길이가 길며, 산문을 사용하기도 했으나, 후기작은 일관된 구성을 갖춘 단일한 작품이며 전문이 시이다. 내용의 차이는 더 크다. 처음에는 신화에서 철학으로 나아가는 자취를 보여주다가, 신화를 부정하는 철학이 뚜렷하게 부각된 변화가 확인된다.

신화를 존중하는 쪽에서는 모든 것을 하나로 포괄하는 원리를 찾는 데 관심을 가지지 않고, 외계의 사물과 인간의 신체활동을 각기 관장하고 있는 여러 신을 섬기는 재래의 신앙을 복잡한 종교의례를 통해서 이어나가고자 했다. 그래야만 신들의 가호를 입어 사람이 행복을 누릴 수 있다고 했다. 철학을 원하는 쪽에서는 잡다한 것들이 혼재한 허상의 이면에 있는 하나의 궁극적인 원리를 스스로 깨닫는 것이 구원의 길이라고 했다.

그 두 가지 삶의 길 가운데 어느 쪽을 택할 것인가 하는 논란을 〈카타 우파니샤드〉(*Katha Upanishad*)에서 흥미로운 우언을 갖추어 전개해 문학적 형상이 뛰어난 작품을 마련했다. 와즈슈라와(Vajasravasa)라는 사제자가 신들에게 제사를 지내는 것을 보고서, 아들인 나치케타(Naciketa)는 제사는 지내 무얼 하며, 늙어빠진 암소를 바쳐서 무슨 소용이 있는지 거듭 물었다. 그 다음에는 부자 사이에 다음과 같은 대화가 오고갔다.(철학, 90)

> 아들이 아버지에게 물었다.
> "아버지, 그럼 저는 누구에게 바칠 건가요?"
> 두 번, 세 번 똑같은 질문을 하자
> 아버지는 화가 나서 말했다.
> "죽음에게 주어버리겠다."

"죽음에게 주어버리겠다"고 한 것은 짜증이 나서 공연히 한 말이고, 그렇게 할 뜻이 있었던 것은 아니다. 그런데 아들은 죽음의 신 야마(Yama)를 찾아가서, 만날 때까지 기다리겠다고 작정하고 문 앞에서 사흘이나 머물러 있었다. 죽음의 신이 기다리게 해서 미안하다며 자기에게 올 때가 되지 않았으니 돌아가라고 하면서, 세 가지 소원을 들어주겠다고 했다.

첫째 소원은 돌아가면 아버지가 화를 내지 않고 아들로 받아들이도록 해달라고 하는 것이라고 하니, 들어주었다. 둘째 소원은 제사를 관장하는 불의 신 아그니(Agni)에 대해서 알고 싶다고 하니, 알려주었다. 셋째 소원은 죽음에 대해서 알고 싶은 것이라고 하니, 그것은 곤란하다면서 부귀영화나 다른 무엇을 원한다고 말하라고 했다. 그래도 끈질기게 요구하자, 우주의 본체인 '브라흐마'(Brahma)가 마음속에 갖추어진 '아트만'(Atman)인 줄 알면 깊은 깨달음을 얻어 죽음을 극복하고 윤회에서도 벗어난다고 했다.

〈우파니샤드〉의 시는 신앙시가 아닌 사상시이다. 그러나 사상의 내용 설명보다 이치의 근본에 관해 명상해서 얻은 깨달음을 나타내는 데 더욱 힘썼다. 그 때문에 서정시의 영역에 들어섰다고 할 수 있는 것도 적지 않다. 후대의 인도시인들은 거기 있는 사상을 표현법과 함께 이어 받으면서 깊은 사상을 지닌 서정시를 이룩했다.

서사시 〈마하바라타〉의 일부로 전하면서 독립된 작품으로도 애독되는 〈바가바드 기타〉(*Bagavad Gita*) 또한 사상시로서 소중한 의의를 지닌다. 〈우파니샤드〉가 진리가 무엇인지 밝혔다면, 〈바가바드 기타〉는 진리를 실천에 옮기는 데 따르는 고민을 문제삼았다. 실천의 문제는 구체적인 상황에서 제기되었다.

지금 눈앞에서 전투가 벌어지는 긴박한 상황에 어떻게 대처해야 하는가, 나가서 싸워야 하는가, 그래야 하는 이유는 무엇인가 하고 고민하는 영웅 아르주나(Arjuna)가 자기 말을 모는 마부와 문답한 말로 〈바가바드 기타〉는 진행된다. 신인 크리슈나(Krishna)가 몸을 낮추어 마부 노릇을 한다고 했다. 신이 인간에게 하고 싶은 말을 한껏 낮은 자리에서 전해, 의미를 구체화하고 설득력을 확대했다.(철학, 288)

> 선행의 격정과 암흑의 요소를 지닌 존재들마다
> 나로부터 나옴을 알지어다.
> 그러나 나는 그것들 안에 있지 않으며
> 그것들은 내 안에 있도다.

이렇게 한 말을 간추리면, "신은 만물과 하나이면서 하나가 아니다"는 것이다. 신과 만물이 하나인 이유는 만물이 신에게서 나왔고 신은 만물의 가장 순수한 형태이기 때문이다. 그러므로 만물에서 신으로 나아가는 길이 열려 있다. 신과 만물이 하나가 아닌 이유는, 신은 만물이 각기 지닌 속성을 넘어서는 그 나름대로의 고유한 특성이 있기 때문이다. 그러므로 만물에서 신으로 나아가려면 반드시 비약이 있어야 한다.

만물에서 신에게로 나아가는 길이 열려 있으므로, 만물과 더불어 사는 사람의 일상적인 삶은 그 나름대로 의의가 있다. 맡은 일을 성실하

게 수행하는 것이 마땅하다. 그러나 만물에서 신으로 나아가려면 일상
적인 삶을 넘어서야 한다. 일상적인 삶을 버려야 하는 것은 아니다. 가
장 긴박한 상황에서 마땅한 행동을 하는 것이 불변의 원리를 실천하는
비약이고 초월이다.

〈우파니샤드〉나 〈바가바드 기타〉는 브라만교와 힌두교의 경전이다.
브라만교에 대해 반론을 전개하면서 시작된 불교에서 더욱 방대한 경
전을 마련했다. 팔리어를 사용하던 초기에는 시를 사용하는 경우가 많
았다. 그 가운데 가장 널리 알려진 것이 〈담마파다〉(*Dhammapada*)이
다.(공동, 206~) "진리에 이르는 길"이라는 말을 표제로 하고 있어서,
한역에서는 〈法句經〉이라고 했다. 형성 시기는 기원전 3세기로 추정
된다.[14]

> 우리 삶은 마음에서 만들어지고,
> 우리는 생각하는 대로 나아간다.
> 나쁜 생각에는 고통이 따르나니,
> 수레 끄는 소를 바퀴가 따르듯이.

처음 한 편을 들면 이와 같다. 쉬운 말을 반복하면서 생각을 전개한
다. 구체적인 사실을 들어서 삶의 이치를 깨닫게 한다. 그래서 누구든지
알아들어 따를 수 있게 한다. 전편을 다 읽어보아도, 어렵고 복잡한 내
용은 없다. 순수한 마음을 지니면 행동을 바르게 하게 되고, 그 결과 세
상을 바꿀 수 있다고 하는 가르침을 친근한 어조로 편 내용이다. 불교
는 어려운 문제를 쉽게 풀어나가는 길을 열어 널리 환영받았다.

페르시아에서는 기원전 6세기 무렵의 인물이라고 추정되는 조로아스
터(Zoroaster, 일명 Zarathustra)가 빛과 어둠, 선과 악의 이원론을 기본
교리로 삼는 종교를 이룩했다. 일명 拜火敎라고도 하는 조로아스터교는

---

14) Bimala Churn Law, *A History of Pali Literature* (First edition 1933,
   Varanasi : Indica, 2000), 65

교조가 뚜렷하고 교리가 잘 정비된 고대종교의 대표적인 예이며 대단
한 영향력을 가졌다. 문학의 유산 또한 풍부해 신앙의 영역을 넘어서도
높이 평가된다.

교리를 시로 나타낸 〈아베스타〉(*Avesta*)라는 경전 가운데 〈가타〉
(*Gatha*)라는 부분은 조로아스터가 직접 지었다고 추정된다. 거기서 이
원적 대립의 원리를 윤리적 분별, 사람의 마음가짐과 관련시켜 노래했
다. 사상시가 그 서두를 장식한 것은 페르시아가 앞서 나간 증거이다.
그런데 후대에 첨가했다고 인정되는 〈야스트스〉(*Yasthts*)라는 대목에
는 신들을 찬양하는 노래와 신앙생활의 마땅한 자세를 말하는 노래가
수록되어 있다. 사상시가 신앙시로 바뀐 것은 인도에서 볼 수 있는 변
화와는 반대이다.[15]

> 태초부터 쌍둥이 관계인 두 가지 신격이 있어,
> 꿈속, 생각이나 말, 행동에서 악과 선으로 갈라진다.
> 슬기로운 사람은 잘 분별하지만, 무지하면 알지 못한다.
>
> 처음에 함께 나타날 때 그 둘이 존재와 비존재를 창조해,
> 끝내 거짓을 좇는 악인은 최악의 경험을 하게 하고,
> 진실을 따르는 선인은 최상의 마음을 간직하게 한다.

〈가타〉에서 두 구절을 들면 이와 같다. 이런 논리로 선악을 구분해
선인이라고 자처하는 지배집단의 권력을 정당화하면서 고대자기중심주
의를 분명하게 하는 작업을 이집트나 바빌로니아의 종교보다 더 잘 갖
추어, 조로아스터교가 크게 행세할 수 있었다. 페르시아제국의 국교가
되어 위세를 떨치고 그 바깥의 영역까지 널리 전파되어 영향을 끼쳤다.
그러나 고대의 훌륭한 종교는 중세종교로 전환될 수는 없었다. 브라

---

15) Ehsan Yarshater ed., *Persian Literature* (Albany, New York : Biblica
   Persica, 1988), 45

만교의 일원론은 모든 것이 평등하다는 중세사상을 전개하는 원천이 될 수 있었으나, 조로아스터교의 이원론은 중세화를 거부했다. 이웃의 후진지역 아랍에서 이슬람교가 나타나자 덧없이 무너진 것도 그 때문이다. 본바닥에서는 〈아베스타〉가 종교적 의의가 배제된 페르시아 민족문학의 고전으로 평가되었다. 멀리 인도 일부 지역에만 조로아스터교가 남아 있어 그것이 경전 노릇을 한다.

헤로도투스와 사마천의 역사서와 〈우파니샤드〉·〈바가바드 기타〉·〈담마파드〉는 고대사상을 전개한 언어표현으로서 우열을 가리기 어려운 서로 대등한 위치에 있다. 그러면서 중요한 차이가 있다. 한쪽은 개인의 저작이고, 한쪽은 집단의 전승이다. 개인의 저작은, 자기네만 우월하다는 고대자기중심주의를 입증한 것을 자랑으로 삼고 있어 극복의 대상이 된다. 집단의 전승으로 이룩한 업적에서는 궁극적인 원리는 하나이고 누구든지 그것을 깨달아 실현할 수 있다고 해서 중세보편주의로 나아가는 길을 열었다. 근대에는 앞의 것을 크게 평가했지만, 근대를 극복하고 다음 시대로 나아가기 위해서는 뒤의 것을 재인식해야 한다.

유럽에서 철학을 처음 마련할 때 그리스의 파르메니데스(Parmenides)는 시를 지었다.(철학, 102~) 여신을 만나서 들은 말을 적었다고 하면서, 신을 부정했다. 천지만물의 궁극적인 실체는 하나이고, 불변이며 무한하다는 것이다. 그것을 말하자 철학이 시작되었다. 그런데 궁극적인 하나가 변화하는 것들과 어떤 관계가 있는지, 사람과는 어떤 관계가 있는지 말하지 않아서, 논의가 크게 미흡하다.

기원 전후의 시기에 로마시인 루크레티우스(Lucretius)가 지은 〈사물의 본성〉(*De rerum natura*)은 사상시의 좋은 본보기이다.(철학, 115~) 신에게 기도하는 말로 시작되지만, 신앙시는 아니다. 죽음의 두려움에서 벗어나려면 어떻게 해야 하는가 하는 문제를 두고 생각한 결과, 천지만물은 물질의 작은 입자인 원자의 운동으로 이루어진다고 하고, 사람의 영혼도 원자로 구성되어 있어서 죽으면 흩어진다고 했다. 죽음이란 아무 것도 아니라는 결론을 얻었다. 죽음에서 벗어날 수는 없지만,

죽음을 악이라고 여기는 것은 부당하다고 말했다. 신들은 부정할 수 없지만, 사람이 사는 데 개입하지 않는다고 했다. 신을 섬기는 것은 헛되다고 하는 대담한 주장을 폈다.

파르메니데스나 루크레티우스의 시를 〈우파니샤드〉와 견주어보면, 언어가 모호하고, 생각이 혼란되어 있으며, 논의가 미비한 결함이 두드러진다. 〈우파니샤드〉는 〈베다〉에서 발달한 시를 이용해서 그 내용을 뒤집었지만, 그리스에서는 〈베다〉에 해당하는 신앙시가 발달되어 있지 않아서 그랬다고 할 수 있다. 기존 신앙시를 철학시로 전환시키지 못하고 철학시를 쓰고자 하니 뜻대로 되지 않았다. 〈우파니샤드〉는 커다란 규모의 공동창작이었지만, 파르메니데스나 루크레티우스는 자기들만의 특별한 시도를 했다.

서정시는 노동요에 연원을 두었다. 자연 속에서 일하면서 자연과 하나가 되는 즐거움이 서정시의 한 가지 원천이다. 사냥할 동물의 번식을 촉구하려고 남녀가 결합하는 놀이를 하고 노래도 부르는 주술에서 사랑가가 유래했다. 그런 노래에서 동물은 비유의 매체가 되고 남녀의 사랑이 더욱 긴요한 관심사가 되면서 서정시가 생겨났다.[16)]

구욱구욱 물수리는
강가 숲에서 우는데
대장부의 좋은 배필
아리따운 아가씨는 어디 있는고?

〈시경〉의 서두 '風'의 첫 작품이다. 후대 유학자들은 왕후의 덕을 기린 노래라고 해석했으나, 젊은이가 짝을 구하는 노래로 보는 것이 마땅하다. 원래는 강가에 사는 사람들이, 먹거리인 물수리의 번식을 남녀의 결합을 통해 유도하고자 하던 주술적인 노래가, 배필을 구하고 싶은 미

---

16) 김학주 역, 《시경》(서울 : 명문당, 1971), 34

음을 물수리에 빗대서 나타내는 서정시로 바뀌었다고 볼 수 있다.[17]

기독교 〈구약성서〉는 히브리어로 이루어진 여러 형태의 문학을 수록한 종합적인 작품집이다.[18] 서사시라고 할 것을 대부분 산문으로 기록해서 본래의 모습에서 벗어난 것 같다. 〈시편〉의 시는 전형적인 신앙시이다. 자연을 노래하고 율법을 노래하고 사람을 노래하면서 "하느님이 세계를 통치하신다"는 진리를 거듭 깨닫도록 했다. 원래 구비시였으나 신앙생활에서 소중한 구실을 했기 때문에 기록해서 보존했다.

그러나 〈아가〉는 서정시이다. 남녀의 사랑을 노래했다. 지혜와 영광을 함께 자랑하면서 히브리의 역사를 빛낸 군주 솔로몬(Solomon)이 지었다고 하고, 하느님과 사람의 사랑을 노래한 신앙시라고 여겨 〈성서〉에 수록되었지만, 실상은 그렇지 않다. 작자는 확실하지 않고, 이루어진 시기는 기원전 4세기경으로 추정된다.[19] 신앙시라고 본 것은 〈시경〉의 애정시에 대한 후대 유학자들의 빗나간 해석과 상통한다.

〈아가〉는 남녀 사이의 사랑의 노래가 서정시의 연원이고 본령임을 확인하게 한다. 신부와 신랑이 주고받는 노래에 합창단이 끼어드는 방식으로 전개된다. 〈시경〉의 애정시보다 훨씬 장편이고, 여성 쪽에서 애정을 적극적으로 희구하는 점이 크게 다르다. 신부가 한 노래에서 한 대목 들어본다.[20]

> 임께서 나를 그토록 그리시니,
> 임이여, 어서 들로 나갑시다.
> 이 밤을 시골에서 보냅시다.
> 이른 아침 포도원에 나가
> 포도나무 꽃이 피었는지

---

17) 朱炳祥, 《中國詩歌發生史》(武漢 : 武漢出版社, 2000), 182~232에서 이와 비슷한 착상을 길게 논술했다.
18) 조신권, 《성서문학의 이해》(서울 : 연세대학교출판부, 1978)
19) 박대선 외, 《구약성서개론》(서울 : 대한기독교서회, 1960), 429
20) 《성서 공동번역 가톨릭용》(서울 : 대한성서공회, 1977), 1101

> 석류나무 꽃이 망울졌는지 보고,
> 거기에서 나의 사랑을 임에게 바치리라.

　그리스의 경우에는 서사시·서정시·희곡 순서로 주도적인 갈래가 교체되었다고 한다. 그런 것들이 어느 시대든지 공존하고 있다가 시대 여건에 따라서 어느 하나가 특별한 의의를 가지게 되었다는 말이다. 서사시 시대에는 집단으로 살면서 공동의 발상을 나누어 가지다가, 기원전 7세기에서 5세기 사이에 개인의 자각이 이루어지면서 서정시가 큰 구실을 하게 되었다고 한다.[21]

　서정시에서 가장 애용되는 소재는 애정이다. 그리스에도 그 전부터 있던 남녀가 짝을 구하면서 부른 애정의 노래를, 자기 이름을 남긴 시인들이 개인의 서정시로 다듬어 내놓은 시기가 서정시의 시대이다. 이름난 시인을 몇 든다면, 사포(Sappho), 알캐우스(Alcaeus), 아나크레온(Anacreon) 등이며, 사포는 여자이다.

　그런 시인들의 서정시도 노동요에 근원을 두고 남녀가 짝을 찾는 노래를 이었으며, 신을 찬양하는 신앙시이기도 했다. 그러나 오랜 주제를 자기 나름의 느낌을 통해서 나타냈다. 사포가 남긴 사랑의 노래는 자기의 체험의 산물이어서 생동하는 사연을 갖추고 있다. 사랑의 여신에게 바친 찬미가라는 것을 보면, 서두에서는 통상적인 언사를 갖추었으나 본론은 딴판이다. 자기가 겪고 있는 사랑의 번민을 해결할 수 있게 해 달라고 했다.[22]

> 이리 오셔서, 고통에서 벗어나게 하소서,
> 마음속의 간절한 소망 이룰 수 있게 하소서.

---

21) Burno Snell, *The Discovery of the Mind, the Greek Origins of European Thought* (New York : Harper, 1960), 43~70.

22) Bruno Snell, 위의 책, 57 ; Suzanne Saïd et al., *Histoire de la littérature greque* (Paris : Presses Universitaires de France, 1997), 90

이 싸움에서 이기도록 제 편이 되어주소서.

그리스의 서정시는 노래로 불렀다. 그리스의 서정시를 받아들여 한층 정교하게 다듬은 로마의 서정시는 낭송용 작품이 되어, 시인들이 기량을 다투도록 했다. 그 가운데 특히 뛰어난 기원전 1세기의 호라티우스(Horatius)는 다양한 율격과 표현방법을 갖추고, 심각한 것에서 가벼운 것까지 서로 다른 어조를 함께 나타내는 솜씨를 자랑했다. 그 수준이 아주 높아, 후대의 라틴어시인들이 추종자 노릇이나 하고 중세의 질서관을 제시하는 한 단계 더 진전된 창조물을 마련하지 못하게 만들었다.

아랍어문명권에는 〈시경〉이나 〈성서〉 같은 것이 고대에 이루어지지 않아 고대의 서정시가 구전되어 후대에 전해졌다. 고대서정시가 구전되는 것은 세계 어디서나 있었던 일이어서 새삼스럽지 않다고 할 수 있다. 서정시는 서사시나 신앙시처럼 존중되지 않아 구전하는 동안에 많이 변해서 고대의 모습을 간직하지 못하고 있는 것이 상례이다. 그러나 아랍어 고대서정시는 많은 시간이 경과하지 않았을 때 기록되어 원래의 모습을 어느 정도나마 알 수 있다.[23]

구전하는 시를 기록에 올려 시선집을 편찬하는 일을 8세기의 이슬람 제국에서 국가사업으로 추진했다. 이슬람교의 성립과 더불어 새롭게 마련된 시가 종교적이고 정치적인 내용에 치중한 폐단을 시정하기 위해, 그 이전 시기의 시를 재인식할 필요가 있어 그렇게 했다. 그러나 구전되던 유산을 모두 거둔 것은 아니다. 애정시는 소용이 없다고 판단해 버리고, 시인이 정신적 지도자 노릇을 하면서 집단의 삶을 되돌아본 건전한 기풍의 작품을 힘써 모아, 시다운 시를 다시 창조하는 데 필요한 모형으로 삼고자 했다.

살아가는 근심을 말하고, 유목민의 가장 소중한 반려자인 낙타를 예

---

23) Albert Arazi, *La réalité et la fiction dans la poésie arabe ancienne* (Paris : G. -P. Maisonneuve et Larose, 1989)

찬한 것이 두드러진 내용이다. 알라신을 받들지 않던 몽매한 시대에도 건전한 기풍이 있었음을 말해주는 점이 후대의 평가를 받았다. 그것은 순수한 서정시를 되살리는 데 필요한 지침이 되었다. 그러나 그 형식과 표현은 그대로 잇지 않고 세련되게 정비해서 월등한 수준의 중세시를 만들어냈다.

아랍문명권의 고대시와 중세시의 관계는, 라틴어시에서 고대에 이룩한 규범을 중세에 이어받기나 하고 새롭게 가다듬지 못한 것과 아주 다르고, 한문문명권에서 〈시경〉의 시보다 월등하게 정비된 중세시를 만든 것과 상통한다. 산스크리트문명권에는 고대에 서정시라고 할 것이 없다가 중세를 일찍 시작하면서 대단한 서정시를 내놓았다. 고대시가 잘 나가면 중세시는 뒤떨어지고, 고대시가 변변치 못하면 중세시는 비약적인 발전을 했다.

2. 4. 사상 표현의 산문

고대에는 사람이 어떻게 살아가야 하는가 하는 의문에 대한 해답을 종교의 사제자가 관장했다. 사제자는 제왕을 받들어 정치를 하는 권력자였으므로 神官이라고 부르는 것이 마땅하다. 신관은 사회동요를 막기 위해 종교나 사상의 규범을 엄격하게 지켰다. 신관이 관장하는 신화, 종교교리, 종교의례에 관한 사항 등은 구전되는 것이 상례이지만, 문자사용을 일찍 시작한 곳에서는 기록되기도 했다. 바빌로니아의 쐐기문자, 중국의 갑골문, 그리고 이집트의 상형문자, 마야의 그림문자 같은 것들이 그런 용도로 이용되었다.

신관이 종교를 담당하던 고대에도 혁신운동이 있었다. '브라만'이라고 일컬어지는 신관 내부에서 기원전 8세기 이후에 신진세력이 나타나 〈베다〉와는 다른 〈우파니샤드〉를 만들어내서, 신들을 섬기는 신앙 대신에 이치의 근본을 따지는 철학을 제시했다. 페르시아의 조로아스터가 새로운 종교를 이룩한 것도 혁신운동의 성과이다. 그러나 그런 것들은 기존의 종교를 보강해 고대의 위세가 더 높아지게 했을 따름이고, 시대 변화를 요구하는 데까지는 나아가지 않았다. 시로 이루어진 경전을 내놓아 외며 따르도록 하고, 이치의 근본에 대해 질문하고 따지는 산문을 사용하지는 않았다.

그러다가 고대 말기에 지배체제가 흔들릴 때, 사상을 혁신하려는 한층 진전된 운동이 일제히 나타났다. 신관이 아니어서 사상에 대해서 말할 자격이 없는 사람들이 정통에서 벗어난 주장을 갖가지로 펴는 사태가 중국, 인도, 그리스 등지에서 비슷한 시기에 함께 나타났다. 그런 사람들을 중국에서는 '諸子百家', 그리스에서는 '소피스트', 인도에서는 '沙門', 히브리에서는 '예언자'라고 했다. 그 어느 것도 명예로운 칭호가 아니다. 각기 자기 나름대로 깨달은 바 있다고 자처하면서 서로 다른 소리를 해서 세상을 어지럽힌다는 이유에서 좋지 못한 평가를 얻었다.

그런 사람들이 남긴 저술은 시가 아니고 산문이다. 이치를 밝히고 반론에 응답하면서 토론을 전개하는 데 알맞는 산문을 사용했다. 내용과 표현이 둘 다 산만해, 정통종교의 경전과 맞설 수 있는 권위를 가질 수는 없었다. 그 가운데는 잊혀진 사람이 대부분이고 저술이 남아 있는 덕분에 후대까지 성명이 전해져도 높이 평가되지 않는 것이 상례이다. 다만 몇몇 사람만 중세에 특별히 선택되어 이치의 근본을 분명히 해서 정통사상을 마련했다고 숭앙받았다. 고대가 끝나고 중세가 시작되자, 가치평가의 기준이 아주 달라져 문명권 전체 보편종교의 연원을 그 사람들에게서 찾았다.

대등한 위치에 있던 중국의 '諸子百家' 가운데 후대에는 孔子가 으뜸이라고 했다. 공자의 유교가 다음 시대인 중세 정통사상의 자리를 굳혀, 다른 여러 사상은 이단으로 지목됐다. 그러나 문학사의 관점에서 보면 평가가 달라진다. 〈論語〉에 나타난 孔子의 생각과는 다른 주장을 편 〈老子〉나 〈莊子〉가 문학작품으로서는 더욱 소중하다.(철학, 78)

> 천하가 모두 아름다움을 아름다움이라고 알고 있는 것은 추악함일 따름이다. 모두 착함을 착함이라고 알고 있는 것은 착하지 않음일 따름이다. 그러므로 있고 없음이 相生하고, 어렵고 쉬움이 相成하고, 높고 낮음이 相傾하고, 음과 소리가 相和하고, 앞뒤가 相隨한다. 그런 까닭에 성인은 無爲의 일에 처하고, 不言의 가르침을 행한다.

〈老子〉는 이처럼 역설로 이루어진 단상을 사용해 고정관념을 깨는 방식을 즐겨 사용했다. 孔子가 이름을 분명히 해야 한다는 正名의 사상을 펴서 진리는 하나라고 한 데 맞서서, 老子는 모든 것은 상대적이므로 어느 한쪽에 치우치는 것은 잘못이라고 했다. 그릇된 판단을 실천에 옮기거나 함부로 발설하지 말고 '無爲'나 '不言'이 마땅한 줄 알아야 한다고 했다. 양쪽의 주장 가운데 어느 쪽이 옳은지 판단하기는 어렵다. 그러나 헛된 욕망을 버리는 '無爲'의 행위가 문학하는 사람의 자세이고, 말로써 말을 없애는 '不言'의 언설이 문학으로서 더욱 소중하다는 것은 분명하게 판가름할 수 있다.(철학, 82)

> 내가 시험삼아 네게 묻는다. 사람은 축축한 곳에서 자면 허리에 병이 나서 반신이 마비되는데, 미꾸라지는 어떤가? 나무에 산다면 두려워 떨리고 겁나는데, 원숭이는 어떤가? 셋 가운데 누가 올바른 거처를 아는가?

이것은 〈莊子〉의 한 대목이다. 천지만물의 이치를 다 알고 있는 것 같은 훌륭한 스승이, 제자가 묻는 말에 이렇게 되물었다. 스승이 자기는 안다고 하면서 가르쳐주지 않고, 물음을 제기한 제자뿐만 아니라 글을 읽는 독자도 스스로 알아차리게 했다. 진실을 깨우치기 위해 꾸며낸 이런 이야기를 寓言이라고 했다.

그리스에 나타난 '소피스트'라는 이늘도 혁신자였다. 재래의 신앙에서 규범화한 법도를 따르지 않고, 사람이 어떻게 살아가야 하는가 하는 문제에 대한 소견을 함부로 늘어놓으면서 그것이 진리라고 했다. 소크라테스(Socrates)도 그 가운데 한 사람이었지만 "너 자신을 알라"며, 자기는 진리를 말하지 않고 "진리를 사랑하는 학문"을 할 따름이라고 했다. 그런데도 그런 말을 하고 다니다가, 신앙을 해치고 청년들을 오도한다는 죄로 사형당했다.

소크라테스의 제자 플라톤(Platon)은 종교와 정면으로 충돌하지 않아 박해를 면하면서 자기 사상을 전개하는 작전을 면밀하게 강구했다. 소크라테스에게서 이어받은 사상을 방대한 저작을 통해 전하면서, 충돌은 피하고 설득력이 커지도록 하는 수법을 힘써 개발했다. 플라톤은 극작가의 재능을 가진 사람이다. 극작을 하다가 철학자가 되어 극작의 수법과 재능을 적극 활용했다.

플라톤이 쓴 글도 우언이다. 〈莊子〉의 우언과 같으면서 다르다. 〈莊子〉에서는 이야기에 대화를, 플라톤은 대화에다 이야기를 넣었다. 플라톤의 우언은 소크라테스와 그 주위 인물들 사이의 대화와 토론으로 이어진다. 그것은 글쓰기 방식뿐만 아니라 문화의 차이이다.

중국의 '諸子百家'는 대부분 생애를 알기 어렵지만 저술이 남아 있어, 사상사가 저술의 역사이게 한다. 인도에서 〈우파니샤드〉를 지은 사람들은 모두 자기를 숨겼다. 그런데 그리스인들은 말을 많이 하고 글을 길게 쓰면서 다른 사람들과 논란을 벌여 이름을 남겼다. 자기가 처한 특수한 상황에서 보편적인 진리를 추구하면서, 남들과 다른 주장을 펴는 것을 자랑으로 삼았다.

플라톤이 남긴 저작 가운데 〈공화국〉(Politeia)은 길이가 가장 길고, 내용이 풍부해서 대표작으로 인정된다. 소크라테스가 다른 몇 사람과 함께 정의란 무엇인가 하는 문제를 두고 논란을 벌인 내용을, 누군지 명시하지 않은 제3자에게 전해주는 내용으로 이루어져 있다. 제7장 서두에서 동굴의 비유를 들어 '이데아'를 설명한 대목은 플라톤 사상의 핵심을 보여준다고 이해된다. 이야기를 이끌고 있는 소크라테스가 "교육이 있는 경우와 없는 경우에 우리 인간의 본성이 어떤지 다음과 같은 상태와 견주어보라"며, 이런 이야기를 시작했다.(철학, 111)

땅 밑에 있는 동굴 모양의 거처에서 살고 있는 사람들을 상상하라. 길게 뻗어 있는 입구가 빛이 있는 쪽을 향해서 동굴 전체의 넓이만큼 열려 있다. 그리고 그 사람들은 그 거처 속에서, 어려서부터 발과 목이 묶여 있기 때문에 같은 자리에만 머물러 있고, 그 사슬로 해서 머리를 뒤로 돌릴 수도 없어, 그저 앞만 보고 있게 되네.

이런 상상의 상황을 설정해놓고, 동굴에 갇혀 있는 사람들이 동굴 밖의 실물은 보지 못하고 벽에 비친 그림자만 보는 것처럼, 사람이 사물을 잘못 인식한다고 했다. 잡혀 있는 사람 가운데 어느 누가 머리를 뒤로 돌려 빛나는 곳을 보면, 비로소 실제 사물의 참 모습인 '이데아'를 알 수 있다고 했다. '이데아' 가운데서도 으뜸인 '선행의 이데아'는 보기 어렵지만, 한번 보기만 하면 그것이 진리의 근거임을 확신할 수 있다고 했다.

플라톤이 말한 최고의 '이데아' 인식은, 천지만물의 근본이치인 '브라흐만'과 일치하는 '아트만'을 사람의 마음속에서 찾아내자고 하는 〈우파니샤드〉의 가르침과 상통한다. 그렇지만 이치와 표현 양면에서 많이 어둔하다. 〈老子〉에서 "있고 없음이 相生"한다고 한 것과 견주어보면 발상이 단순하다고 하지 않을 수 없다. 그런데도 유럽에서는 그 이상의 것이 없기 때문에, 중세보편주의를 기독교를 통해 전개하면서 플라톤의 사상을 적극 계승하고 활용했다.

인도에서 沙門이라고 한 사람들 가운데 석가(Sakyamuni)와 마하비라(Mahavira)가 가장 광범위하게 인정되는 업적을 이룩해 새로운 종교의 교조로 숭상된다. 깨달아 가르친 바를 후계자들이 기록해, 기존의 브라만교와는 확연하게 구별되는 불교와 자이나교의 경전을 편찬했다. 히브리에서 마지막 예언자이자 예언의 완성자라고 하는 예수는 유대교를 혁신한 기독교를 창건해 〈신약성서〉의 주인공이 되었다.

그런 종교의 경전은 모두 문학으로 이해하고 평가할 수 있는 내용이나 표현을 갖추었지만, 불교경전이 특히 주목할 만하다. 널리 개방되어 있어 광범위한 소재를 받아들이고, 후대에 다시 지어 보탤 수 있는 것이 불교경전의 특징이다. 진정한 깨달음에 이르기 위해서 사용하는 방편은 무엇이든 가릴 필요가 없다고 하고, 문학의 표현을 다채롭게 활용한 설법을 경전에 적극 수용했다.

이른 시기인 기원전 3세기 이전에 이루어졌다고 추정되는 팔리어 경전에 〈자타카〉(*Jataka*)라는 것이 있다.(공동, 209) 그것은 "출생의 이야기"라는 말이며, 한역에서는 〈本生談〉이라고 했다. 석가가 성불하기 전에 이 세상에 수없이 많이 태어났다고 하며, 그때마다 있었다는 이야기 5백여 편을 산문과 율문을 섞어 기록했다. 누구나 쉽게 이해할 수 있는 내용으로 이루어져 있어 대단한 인기가 있었다. 그 전편이나 거기 수록된 개별 이야기를 남북 양쪽의 불교에서 함께 받아들이고 적극 활용해 수많은 형태로 번역하고 개작했다. 석가의 전·후생에 관한 설화가 아시아문학의 원천으로서 커다란 구실을 하고, 아시아를 하나이게 했다.[24]

윤회전생을 겪는 동안에 석가는 갖가지 별난 경험을 하면서 자기를 희생하는 자비를 베풀었으니, 훌륭한 행실을 본받아 바른 마음을 가지고 착한 일을 하라고 그런 책을 만들었다. 이야기마다 석가가 제자들에게 이야기를 하는 상황, 석가가 말한 자기 전생의 이야기, 그 이야기에 관한 노래인 偈頌, 짧은 논평, 과거와 현재를 연결시키는 말의 다섯 단계 구성을 갖추고 있다. 상황 설정이 구체적이고 이야기가 진솔해서 감동을 준다. 이른 시기 인도의 사회상을 알 수 있는 자료로도 평가된다.

사슴 임금이 자기 몸을 던져 배고픈 짐승들이 먹도록 했다고 해서, 자비를 가르쳤다. 나무에 불이 붙자 슬기로운 새는 날아가고 어리석은 새는 그냥 있다가 타서 죽었다고 일러, 지혜를 가르쳤다. 보물을 캐낸 사람이 그것을 감추어두느라고 너무 깊이 묻었다가 잃어버리고 말았다고 말해, 집착에서 벗어날 것을 가르쳤다. 도적에게 잡힌 임금이 고통을

---

24) Mary Cummings, *The Lives of the Buddha in Art and Literature of Asia* (Ann Arbor : Center for South and Southeast Asia, The University of Michigan, 1982)

잘 참아 도적들이 감복하고 개심하게 했다고 해서, 인내를 가르쳤다.

이른 시기 불교경전의 하나인 〈밀란다 판하〉(*Milanda Panha*)라는 것도 문학서로 평가할 만하다.(공동, 208~) 〈밀란다의 질문〉이라고 번역할 수 있는 표제를 내걸고, 불교 교리를 풀어 밝힌 내용이다. 밀란다는 기원전 2세기에 인도 북쪽 박트리아(Bactria)를 다스리던 그리스인 군주 메난데르(Menander)로 확인된다. 불교를 의심스럽게 보는 군주의 질문에 학식 많은 승려가 응답하는 내용이다. 원래는 산스크리트나 북인도의 구어 가운데 어느 것으로 썼으리라고 짐작되는데, 지금은 팔리어본만 남아 있다.[25] 응답자의 이름을 따서 〈那善比丘經〉이라고 한 한역본도 있다.

질문과 응답이 오가는 상황을 아주 흥미롭게 설정했다. 외래의 제왕 밀란다가 어려운 질문을 하고서 아무도 대답하지 못하자 "인도가 텅 비었구나"라고 얕보았다. 그러자 천상에 있던 尊者가 이 세상에 태어나 나가세나(Nagasena)라는 불교승려가 되어, 까다로운 질문에 다 응답하면서 인생에 대한 갖가지 절실한 고민을 불교를 믿어 해결하는 길을 제시했다. 대답하는 말을 직설법으로 설명하고, 비유로 말하고, 노래로 옮기는 세 가지 방법을 고정된 순서에 따라 함께 사용해서, 그 세 가지 표현방법이 각기 긴요하다는 것을 보여주었다.

이스라엘의 유대인은 '가르침'(Torah), '예언자'(Nevi'im), '저술'(Ketuvim)이라고 일컬어지는 세 부분으로 이루어진 민족종교 유대교의 경전을 기원전 11세기부터 기원전 2세기까지의 기간 동안 만들어 신앙생활의 지침으로 삼았다. 유일신 하느님이 천지를 창조하고 생명체를 만들면서 사람을 으뜸으로 삼고, 유대민족을 가장 사랑하는 뜻을 받들어야 한다는 것을, 신화와 역사, 시와 산문을 다채롭게 들어 말했다. 기독교에서는 그것을 〈구약성서〉라고 한다.

기원 1세기에 유대교와 다른 기독교가 이루어져 민족종교를 보편종

---

25) Bimala Churn Law, 위의 책, 359~360

교로 바꾸면서 새로운 경전을 마련했다. 하느님의 아들 예수가 사람으로 태어나 신앙의 올바른 자세를 가르치다가 로마군에게 잡혀 사람이 지은 죄를 모두 짊어지고 처형되었다고 하고, 사후에 부활해 승천했다고 하는 생애의 기록을 앞에다 두어 교조전을 마련했다. 제자들이 그리스를 거쳐, 로마제국까지 진출해 예수의 가르침을 펴다가 박해를 받은 내력을 다룬 성자전을 그 뒤에 붙였다.

2세기까지 기록된 그런 내용의 문서 가운데 긴요한 것들을 모아 〈신약성서〉를 편찬했다. 그 때 선택되지 않은 자료는 外經이라고 일컬어지면서 별도로 유통되다가 대부분 없어졌다. 〈신약성서〉는 사용하는 언어도 바꾸었다. 〈구약성서〉의 언어이자 예수와 그 제자들의 언어인 히브리어를 버리고, 당시의 국제어인 그리스어를 사용해 새로운 종교가 널리 전파될 수 있는 조건을 갖추었다.

그런데 유대인은 기독교를 인정하지 않고, '학습'을 뜻하는 〈탈무드〉(Talmud)라는 지침서를 만들어 유대교 신앙의 순수성을 지키고자 했다.[26] 1세기에 로마군에 추방되어 국가와 국토를 잃고 고통을 겪는 동안에, '랍비'(rabbi)라고 하는 종교지도자들이 흥미로운 이야기로 살아가는 지혜를 설명한 내용을 6세기경에 집성했다. 자기 고장에서 기록한 것과 바빌로니아에서 기록한 것이 있는데, 후자가 더욱 존중된다.

마니교(Manichaeism)는 고대말기에 등장한 새로운 종교이다. 창설자는 페르시아의 지배를 받던 3세기 바빌로니아 사람 마니(Mani 또는 Manes)이다. 자기는 조로아스터·석가·예수 이후에 다시 나타난 최후의 예언자라고 자처하다가, 이단의 종교를 퍼뜨린다는 죄목으로 처형되었다. 그런데 선행 예언자들이 불분명한 구전만 남겨 제자들이 교리를 왜곡하게 한 잘못을 자기는 되풀이하지 않겠다고 하면서, 〈샤부흐란간〉(Shabuhrangan)이라는 경전을 페르시아어를 사용해 집필했다고 한다.

---

26) 마아빈 토케이어, 김광진 역, 《탈무드》(서울 : 문조사, 1991) ; H. L. Strack and G. Stemberger, *Introduction to the Talmud and Midrash* (Minneapolis : Fortress Press, 1992)

  예언자의 명단을 통해 알 수 있듯이, 마니교는 조로아스터교를 일부 이으면서, 불교의 자극을 받고, 기독교와는 더욱 밀접한 관련을 가져 그 변형으로 간주되기도 했다. 마니는 과거의 종교는 모두 지역종교이지만 자기가 창건한 종교는 세계종교라고 하면서 광범위한 지역에 선교하는 데 힘썼다. 그 결과 서쪽으로는 북아프리카, 동쪽으로는 내륙아시아를 거쳐 중국에 이르는 광범위한 지역에 마니교가 전파되고, 그 경전이 여러 언어로 번역되었다.

  그렇지만 조로아스터교에서 물려받은 이원론을 가지고, 어둠과 악 쪽이 아닌 빛과 선 쪽의 특별한 사람들만 종교적으로 순수하다고 하는 기본교리가 지속적인 발전에 장애가 되었다. 바로 그 점 때문에 고대 자기중심주의를 청산하고 중세보편주의로 나아가기 어려웠다. 한편으로는 기독교와, 다른 한편으로는 이슬람교와 힘겨운 경쟁을 하다가 패배해 거의 사라졌다.

  마니교의 실패는 이슬람교의 성공과 좋은 대조를 이룬다. 이슬람교 또한 기독교의 교리를 부분적으로 받아들인 새로운 종교이다. 창설자 무함마드가 예수 이후에 다시 나타난 최후의 예언자라고 자처한 점은 마니와 같다. 그러나 무함마드는 소수의 순수한 사람을 특별히 가려내지 않고, 다수의 대중이 서로 대등한 자격으로 신앙생활을 하는 종교를 창건했다. 절대적인 위치에 있는 유일신 신앙을 확립하고, 보조적인 구실을 하는 신격을 전혀 인정하지 않아, 모든 이치는 하나이고 누구에게든지 예외 없이 적용된다는 점을 분명히 했다. 중세보편주의로 나아가는 논리를 특별한 지식이 없어도 바로 이해할 수 있게 갖추어 광범위한 지지를 쉽사리 얻었다.

  이슬람교의 경전은 ‘낭송’을 뜻하는 〈쿠란〉(*Quran*)이라고 일컬어진다. 예언자 무함마드(Muhammad)가 한 말을 제자들이 기록했다고 하면서, 여러 시대에 걸쳐 누적된 자료를 이용하지 않고 일거에 기술한 장점이 있다. 보편종교의 경전 가운데 가장 늦은 7세기에 이루어진 덕분에, 잘 정비된 교리를 빼어난 표현으로 나타낸 우수한 창조물일 수 있었다.

각 장에 제목을 붙이고, 두 번째 것부터는 긴 장에서 시작해서 짧은 장으로 나아가는 순서로 배열해놓았다. 쉽게 이해할 수 있는 일화나 비유를 들면서 신이 예언자에게 한 말을 전한다고 했다. 산문인데도 말이 아름다워 시처럼 느껴진다.. 번역하지 말고 어디서든지 원문그대로 낭송하도록 해서, 거기서 사용한 아랍어가 인종과 지역을 넘어서서 누구나 함께 사용하는 공동문어가 될 수 있었다.

아랍인은 고대에 이집트, 바빌로니아, 페르시아 등의 선진문명국보다 크게 뒤떨어져 고대의 관점에서 평가하면 무지몽매하다고 할 수밖에 없던 후진민족이다. 그렇기 때문에 다음 시대 중세를 만드는 과업을 선도할 수 있었다. 고대자기중심주의의 유산이 없었기 때문에 중세보편주의의 논리를 과감하고 명료하게 펼 수 있었다. 고대의 지배체제를 옹호하는 어렵고 복잡한 논리를 전개하지 않은 탓에 순수한 마음을 간직하고 있어, 모든 이치는 하나이고 사람은 누구나 대등하다고 할 수 있었다. 그것이 바로 후진이 선진이고, 선진이 후진인 생극론의 이치이다.

3. 중세문학

3. 1. 공동문어의 시대

중세는 공동문어의 시대였다.(공동, 1~) 한문, 산스크리트, 고전아랍어, 라틴어, 이 네 언어가 특히 중요한 공동문어로 인정되어 널리 사용되면서, 민족문화권 상위에 문명권이 이루어진 시대가 중세이다. 중세를 그 전후의 고대나 근대와 구분하는 징표 가운데 이만큼 분명하고, 적용 범위가 넓은 것은 없다.

중세의 공동문어는 문명권 전체의 보편적 이상을 나타내는 규범어 노릇을 하면서, 민족문화의 특성을 보여주는 민족어와 상하의 서열을 가지고 함께 사용되었다. 그 둘의 관계는 시기에 따라 달라졌다. 민족어가 공동문어의 자극을 받고 성장해 용도를 넓히면서 중세전기에서 중세후기로, 중세후기에서 다시 중세에서 근대로의 이행기로 넘어왔다. 그러다가 마침내 공동문어를 버리고 민족어를 공용어로 삼고 국어로 육성하자 근대가 시작되었다.

동아시아 공동문어인 한문은 원래 고대중국의 글이었다. 한문을 공동문어로 만드는 데는 한족 외에 다른 여러 민족이 참가했다. 춘추전국 시대에 이룩된 유학의 경전에서 사용한 언어가 한문의 연원을 이룬다. 秦·漢에서는 한문의 문자와 문법을 통일시켜 사용하고자 했으며,

한문이 국제어가 되는 것도 그때 시작된 일이다. 남북조 시대를 거치면서 한문이 불교의 경전어가 되고, 중국 안팎의 여러 민족이 한문경전을 통해 불교를 받아들이면서, 한문이 동아시아의 공동문어가 되었다. 7세기 중국에 隋·唐제국이 들어섰을 때 한문이 공동문어의 위치를 확고히 하면서, 동아시아 유교·불교문명권의 판도가 크게 넓어졌다.(공동, 75~)

산스크리트는 인도에 이주한 아리안민족의 언어에서 유래했다. 〈베다〉(*Veda*)를 기록하는 데 사용되어 베다어(Vedic)라고 하던 구어가 시대에 따라 변하는 것을 막고, 불변의 규범을 갖추도록 한 문어가 산스크리트이다. 2세기에 카니시카(Kanishka) 황제가 쿠사나(Kushana)제국의 공용어로 삼으려고 학자들을 불러 모아 다듬은 산스크리트는 5세기 전후의 굽타(Gupta)제국 시대에 공동문어의 위치를 확립하고, 문학창작에서 널리 활용되었다.[27] 그때부터 산스크리트를 인도아대륙에서 널리 사용하고, 동남아 각지에서 배워갔다.[28]

아랍어는 메카를 중심지로 한 아라비아에서 사용하던 언어이다. 그곳 출신의 종교지도자 무함마드가 이슬람교를 창건하고 자기 언어로 〈쿠란〉(*Quran*)을 구술해, 이슬람교의 경전어인 고전아랍어가 출현했다. 고전아랍어를 공동문어로 확립하고, 문학창작에서도 널리 사용한 것은 8세기 전후 압바시드제국 시대의 일이다.[29] 이슬람교를 믿고 아랍어를 모국어로 하는 사람은 모두 아랍인으로 인정되어 대등한 자격을 가진다고 해서, 서아시아 및 북아프리카 일대의 여러 민족이 자진해 자기네 언어를 버리고 그쪽에 합류했다.

---

27) Subhas Chandra Basu and Bimal Kanti Moitra, *Glimpses of Indian History* (Calcutta : Jnanaloke, 1997), 55, 65.

28) Himansu Bhusan Sarkar, *Literary Heritage of South-East Asia* (Calcutta : Firma KLM, 1980)

29) Julia Ashtiany et al. ed., *Abbasid Belles-Lettres* (Cambridge : Cambridge University Press, 1990)

라틴어는 원래 라티움(Latium)이라고 일컬어지던 로마 지방에서 쓰던 말이다. 라티움 사람들이 로마제국을 세워 영역을 크게 확장하면서 그 언어를 널리 사용했다. 라틴어를 문어로 고정시킨 것은 그 뒤 중세 때의 일이다.[30] 로마제국이 망한 뒤에 게르만민족의 대이동을 겪으면서 정치적으로 큰 혼란에 빠진 서유럽을 정신적으로 통일시키는 구심체가 된 기독교교회에서 라틴어를 지키면서 경전어로 삼아 라틴어를 공동문어로 하는 서유럽문명권을 이룩하는 주역 노릇을 했다.

로마제국의 언어인 고대라틴어가 바로 중세라틴어로 된 것은 아니다. 로마제국 말기부터 변화를 보이던 라틴어 구어는, 제국이 망하고 게르만민족이 밀어닥치자 지역에 따른 차이가 생기고 여러 게르만어와도 섞여 속화하는 길에 들어섰다. 그런데 로마제국 밖의 아일랜드에서 기독교를 통해 받아들인 라틴어는 문어의 상태에 머물러 6세기의 聖 콜룸바누스(St. Columbanus)가 그 좋은 본보기를 보여주었듯이 원래의 규범과 품격을 간직했다.[31] 그 쪽의 라틴어를 유럽대륙의 기독교 교회에서 받아들여 중세라틴어의 모형으로 삼고, 샤를마뉴제국과 신성로마제국에서 공용어로 사용했다.

네 가지 공동문어는 무두 보편종교의 경전어이다. 한문은 유교와 불교, 산스크리트는 힌두교와 불교, 고전아랍어는 이슬람교, 라틴어는 기독교의 경전어이다. 유교의 한문 경전, 힌두교의 산스크리트경전은 그 언어가 공동문어가 되기 전인 고대에 이루어졌는데, 중세에 와서 보편종교의 경전으로 숭상받고, 공동문어의 원형이 되었다. 산스크리트불교경전과 아랍어이슬람교경전은 중세보편종교의 교리를 정립할 때 창작

---

30) Ernst Robert Curtius, *Europäische Literatur und lateinische Mittelalter* (Bern : Francke, 1948) ; Michel Banniard, *Genèse culturelle de l'Europe Ve-VIIIe siècle* (Paris : Seuil, 1989) ; Michael Richter, *Studies in Medieval Language and Culture* (Dublin : Four Courts, 1995)

31) Richard Fletcher, *The Conversion of Europe, from Paganism to Christianity 371~1386 AD* (London : HarperCollins, 1997), 93~96, 136~143

되었다. 한문불교경전과 라틴어기독교경전은 번역본인데 원본의 지위를 획득했다.

경전어는 신이 전해준 말이거나 신과 통하는 말이므로 함부로 바꾸지 못했다. 신에게 말하고 신의 말을 전하는 종교의식에서는 그 말을 사용해야 했다. 경전은 말이 변하지 않아야 불변의 진리를 나타낸다고 인정되었다. 경전에 관해서 논하는 글도 경전의 말을 따라야 했다. 공동문어경전을 일상구어로 옮겨 이해하는 것은 좀처럼 허용되지 않았다. 그런 일은 중세 동안에는 부분적으로 시도되다가, 근대에 이르러서 비로소 일반화되었다.

네 가지 공동문어는 보편종교의 경전어이면서 또한 거대제국의 공용어이다. 두 가지 조건이 갖추어졌을 때 공동문어의 시대가 정착되었다. 거대제국이 언제 성립되었는지 살펴보면 공동문어가 확립된 시기를 말할 수 있다. 그 기간은 5세기에서 9세기까지의 중세전기이다. 공동문어는 또한 문학창작을 위한 규범을 제공하는 언어였다. 공동문어를 사용하는 것만으론 불충분하고, 정해진 격식을 따라야 제대로 된 문학을 한다고 하면서, 문학의 규범화를 통해서 사고와 발상을 정리하고, 사회를 유지하는 질서를 이룩했다.

규범화한 표현을 능숙하게 구사하는 창작 능력을 기르려면 많은 수련을 거쳐야 했다. 그럴 수 있는 자격이 미리 정해져 있지 않다고 해서 아무나 나설 수 있는 것은 아니었다. 여유가 전제가 되고 재능도 있는 극소수만 뜻한 바를 이루었다. 문학의 규범화는 인재 선발에 차등을 두는 것을 합리화하는 근거가 되었다. 과거제도가 마련되어 있지 않은 곳에서도 능력이 있어야 쓰인다고 하면서, 신분 차별을 무리하지 않게 합리화할 수 있게 했다.

정해진 규범을 구속이라고 느끼지 않고 활용하면서, 자기 나름대로 지닌 개성을 공인할 수 있는 수준으로 발휘해야 높이 평가될 수 있었다. 그런 놀라운 경지에 이른 사람들이 실제로 있어, 공동문어는 익히기 어렵고 글쓰기에서 너무 많은 것을 요구한다고 불평하는 것은 못난 탓으로 돌릴 수 있었다. 그래서 중세의 질서가 도전받지 않고 유지되었다. 자유의 기수인 것처럼 행세하는 최고의 문인이 질서의 수호자 노릇을 했다.

공동문어문학의 규범화는 사원에서도 이루어지고, 궁정에서도 이루어졌다. 궁정에서 이루어진 것이 더욱 적극적인 규범화였다. 사원의 성직자들은 교리를 고정시키고 신앙을 통일시키기만 하면 되었지만, 궁정에서는 화려하고 개성적인 창조를 건축이나 회화를 통해서 이룩하듯이 문학에서도 보여주어 통치자의 위엄을 자랑할 필요가 있었다.

라틴어문명권에서는 문학을 규범화하는 데 기독교교회가 더욱 적극적인 기능을 해 궁정에서는 그 성과를 이용하면 되었고, 그 둘 사이의 경쟁이나 갈등이 없었다. 라틴어문학은 승려가 담당했을 따름이고, 승려가 아닌 세속의 귀족은 군인이기만 해서 문화 수준이 낮고 라틴어를 제대로 구사하지 못했다. 그 점에서는 라틴어문명권이 다른 문명권보다 뒤떨어졌다고 말하지 않을 수 없다.

산스크리트는 브라만계급의 언어이다. 브라만교의 경전은 브라만계급의 독점물이었다. 불교가 나타나서 그런 구분을 깨자 충격을 받은 브라만교가 대중종교 힌두교로 바뀌었으나, 산스크리트 사용이 일반화할 수는 없었다. 브라만계급은 산스크리트를, 그 이하의 계급은 서로 다른 구어를 사용해서 문학을 하는 것이 원칙이었다. 국왕을 위시한 궁정의 귀족들은 무사계급 크샤트리아 출신이지만 산스크리트를 어느 정도 알아 산스크리트문학의 애호가가 되었다. 그래서 궁정문학이 성립되고 발전할 수 있었다.

〈쿠란〉의 언어인 아랍어는 승려만 독점해서 학습하고 전수하는 것이 아니다. 누구든지 자기 언어로 삼아 능숙하게 사용하면 서로 평등한 관계를 가진 형제가 되었다. 성직자가 별도로 없어서, 브라만계급과 같은 독자적인 계급을 형성하지도 않고, 기독교의 수도사들처럼 수도원에서 생활하지도 않은 것이 이슬람교의 특징이다. 성직자와 세속인과는 다른 '혈통귀족'과 '서기귀족'으로 구성된 아랍문명권의 지배층 가운데 '서기

귀족'이 아랍어를 문명어로 가다듬는 일을 맡았다.

정복전쟁의 주역인 무장과 그 후손인 '혈통귀족'이 위세를 누렸는데, 정복이 끝나 통치가 시작되고, 우마야드제국이 압바시드제국으로 바뀐 다음에는 사정이 달라졌다. 행정을 하고 법률을 운용하고, 문화와 교육에 관한 일을 담당하는 것이 더욱 중요한 임무가 되었다. 가문이 아닌 능력으로 진출해서 그런 일을 맡은 '서기귀족'이 크게 활동해서 '혈통귀족'의 기득권을 축소했다. 문학창작은 그런 '서기귀족'이 담당하는 기본과업의 하나였다.

한문은 '士'라고 통칭되는 사람들이 사용했다. '사'를 한국에서 '선비'라고 한 말을 널리 사용하기도 한다. '선비'는 아랍문명권의 '서기귀족'과 상통한다. '혈통귀족'에 해당하는 군사적인 지배자가 기득권을 근거로 나라를 다스리다가, 과거제가 실시되면서 선비가 집권세력으로 올라섰다. 신라의 六頭品이 과거제가 실시된 고려시대에는 지배자의 위치로 올라선 데서 그런 변화가 특히 선명하게 나타난다. 그러나 일본에서만은 선비가 계속 지배자를 보조하는 구실을 담당했다.

선비는 유교의 사제자이면서 국가의 서기라는 이중의 성격을 지니고 있다고 할 수 있으나, 그 어느 쪽의 기능도 뚜렷하지 않아 폐쇄적인 계급은 아니다. 한문을 익혀서 사용하면 누구든지 선비가 될 수 있게 자격이 개방되어 있었다. 그러나 한문을 익히는 것이 아주 힘든 일이므로 실제로는 선비의 범위가 쉽사리 확대되지 않았다.

불교의 승려는 선비의 한문을 가져다 썼으며, 한문이 본래 승려의 글인 것은 아니다. 선비였던 사람이 승려가 되기도 했으며, 한문을 익힌 승려는 선비에 버금가는 위치에 있다고 인정되었다. 불교의 승려는 한문을 경전어로 삼고 불교논설이나 의식에서도 한문을 사용하는 한편, 선비가 하고 있는 문학에 자기네 나름대로 동참하기도 했다.

한문은 말이 아니고 글인 점에서 다른 세 가지 공동문어와 이질적이다. 다른 공동문어는 모두 표음문자를 사용하지만, 한문은 표의문자를 사용했다. 한문은 책을 통해 멀리서도 배울 수 있었다. 여러 나라 사람들이 각자 자기 나름대로 발음하면서 독자적인 방식대로 읽어, 공동문어이면서 민족어인 양면이 있었다. 그 때문에 한문을 민족어로 대치해야 할 필요성이 절실하지 않았다.

공동문어문학을 담당한 서기 출신의 궁중문인은 군주가 불러주어야 자기 능력을 발휘하고 대접을 받아 생계를 유지할 수 있었다. 그러나 군주와의 관계가 항상 원활한 것은 아니었다. 군주에게 발탁되지 못해 불만을 가진 경우가 많고, 구속이 싫어 떠나가야 하는 시인도 있었다. 그 때문에 자기 심정을 술회하면서 문학창작의 새로운 경지를 개척해야 했다.

승려가 공동문어문학의 시인 노릇을 할 때에는 그런 문제가 생기지 않는 것이 원칙이었다. 보편종교의 교단을 누가 지배하고 있어서 승려 시인이 소외당한 것은 아니었다. 그러나 정통에서 벗어난 이단의 사상을 품고, 공식적으로 허용되는 범위를 넘어서 자유로운 문학활동을 하고자 하는 승려 시인도 있어 갈등을 겪어야 했다.

그런데 중세후기에 이르면 궁정을 떠나 山野로 가는 문인이 정통교단의 교리를 벗어난 종교적 진실을 추구해서, 세속의 문인과 승려를 구분하기 어려운 사태가 벌어졌다. 한문문명권에서는 士林과 禪僧이 나뉘어 있었지만, 산스크리트문명권의 '박티'(bhakti)나 아랍어문명권의 '수피'(sufi)는 사림과 선승 양쪽의 성격을 함께 지녔다. 이들 새로운 문학담당층은 공동문어문학에 머무르지 않고, 민족어문학을 개척했으며, 서정시와 함께 교술시를 창작했다.

네 공동문어 한문·산스크리트·아랍어·라틴어를 각기 사용하는 네 문명권은 서로 대등하면서도 부등한 관계에 있었으며, 시대에 따라서 부등의 서열이 바뀌었다. 그러한 사실을 확인하기 위해서 먼저 산스크리트문명권과 한문문명권의 관계를 살펴보기로 하자. 중세전기에는 산스크리드문명권이 한문문명권보다 우위에 있어서, 불교가 동쪽으로 전파되었다. 그 대신에 한문문명권에서 산스크리트문명권으로 전해준 것은 없었다.

한문문명권에서 산스크리트문명권으로 간 수많은 求法僧의 노고가 두 문명권의 격차를 말해준다. 불교세계 전역의 유학생들이 모여 공부를 한 인도의 나란다(Nalanda) 불교대학은 산스크리트문명의 위세가 얼마나 대단했던가 잘 나타낸다. 당시 세계 최고 수준이던 그곳의 학문을 불교에 힘입어 적극 받아들인 덕분에 한문문명권에서도 철학에 관한 물음을 심각하게 제기할 수 있었다.

그러나 많은 것을 받아들인 쪽이 다음 시대에는 앞서나갔다. 한문문명권에서 중세후기의 시대변화와 상응하는 새로운 문화를 더욱 적극적으로 창조할 수 있었던 것은 그 때문이다. 산스크리트문명권은 혁신이 모자라 침체기에 들어섰을 때, 한문문명권에서는 뒤떨어진 것을 깨닫고 열심히 노력했다. 산스크리트문명권에서 받아들인 불교를 독자적인 전통의 힘으로 넘어서기 위해 生克으로 창조한 결과를 신유학의 理氣철학으로 제시해서 사회변화를 이끌었다. 중세전기에서 중세후기로 넘어오면서 선진이 후진이 되고, 후진이 선진이 되었으며, 중세에서 근대로의 이행기에는 그 격차가 더 벌어졌다.

산스크리트문명권은 중세전기에 아랍어문명권보다도 선진이었다. 그런데 중세후기에는 아랍어문명권의 확대 때문에 타격을 입었다. 산스크리트문명에 속했던 아프가니스탄, 인도의 서북부, 말레이반도와 인도네시아 등지가 아랍어문명권으로 편입되었다. 중세후기사상으로서는 이슬람교가 커다란 설득력을 가졌기 때문이다.

아랍어문명권이 위세를 떨친 것은 강력한 군사력을 가진 제국이 들어섰기 때문이라고 여기는 것은 잘못이다. 압바시드제국이 무너지고 통일제국이 다시 등장하지 않은 중세후기의 분열기에 아랍어문명권은 더욱 확대되어, 사하라 이남의 아프리카로 진출해서 새로운 영역을 확보했다. 산스크리트문명권의 일부를 끌어들인 것도 그 때의 일이다.

라틴어문명권은 중세전기 동안 아랍어문명권뿐만 아니라 동방기독교의 그리스어문명권에 견주어도 열세를 면하지 못했다. 그러다가 1453년에 비잔틴제국이 망해서 가까이 있는 경쟁자가 사라졌다. 1492년에

콜럼부스가 아메리카대륙을 발견한 것이 라틴어문명권의 팽창을 예고
하는 전환점이었다. 그 무렵에 일어난 이탈리아의 문예부흥에서도 열세
를 만회할 전기를 마련했다. 라틴어문명권은 비잔틴제국과 이슬람세계
양쪽에서 이어오던 고대그리스문명의 유산을 부지런히 받아들여 오랜
공백을 메워야 했다.

라틴어문명권은 중세의 열등생이어서 근대를 이룩하는 데 앞설 수
있었다. 산스크리트문명권·아랍어문명권·한문문명권·라틴어문명권 순
서이던 중세의 우열이 근대에 이르러서는 완전히 뒤바뀌어 뒤의 것이
앞으로 갔다. 선진이 후진이 되고, 후진이 선진이 되는 변화가 인류역사
상 가장 큰 규모로 이루어졌다.

중세문명권은 상호간의 관계 때문에 흥망을 겪을 뿐만 아니라 내부
의 사정 때문에 부침이 일어나기도 했다. 그런 과정에서 다양한 변화가
나타났다. 원래의 공동문어를 대신하는 제2의 공동문어가 등장하기도
했다. 보편종교의 교파 대립 때문에 공동문어가 달라지기도 했다. 그래
서 기존의 거대문명권에서 작은 규모의 하위문명권이 파생하는 일도
있었다.

티베트에서는 산스크리트 불경을 그대로 이용하지 않고 티베트어로
옮겨, 티베트어가 제2의 경전어가 되게 했다. 티베트어 불경이 몽골에
전해졌다. 경전어로 채택되어 변화를 멈추고, 또한 국제화한 티베트문
어는 공동문어의 요건을 갖추고 티베트어문명권을 형성하는 구실을 했
다. 티베트문학은 외부와 교섭이 거의 없이 독자적인 개념과 갈래체계
를 이룩했다.[32]

북방의 대승불교에 맞서서 상좌불교를 받든 남방불교권 스리랑카와
동남아시아 각국에서는 팔리어를 경전어로 삼아 팔리어문명권을 만들
었다. 팔리어는 산스크리트보다 앞선 시기에 불경에서 사용한 언어인

---

32) José Ignacio Cabezón and Roger R. Jackson ed., *Tibetan Literature, Studies in Genre* (Ithaca, New York : Snow Lion, 1999)

데, 13세기 이후에 대승불교를 거부하고 상좌불교를 일으키는 운동이 동남아시아 일대에서 일어나 팔리어를 되살렸다. 산스크리트경전을 버리고 팔리어경전을 정통으로 삼았을 뿐만 아니라, 고전이 될 만한 작품을 팔리어로 쓰기도 했다.[33]

아랍어문명권에서 페르시아어문명권이 갈려나왔다. 자기 언어로 수준 높은 고대문화를 이룩한 페르시아인들은 아랍어를 공동문어로 받아들여 자기 문화를 풍부하게 하고, 이슬람교를 전파하는 데 사용해서, 페르시아 이동 지방에서는 페르시아어가 또 하나의 공동문어가 되었다.[34] 그러나 아랍어 경전을 번역하지 않고, 종교에 부수된 정치적 문화적 활동에서만 페르시아어를 사용했으므로, 페르시아문명권이 아랍어문명권에서 독립할 수 없었다.

서방기독교 라틴어문명권은 동방기독교 그리스어문명권과 기독교문명권이라는 공통점을 가지면서 서로 맞서 있었다.[35] 문화적인 역량에서는 그리스어문명권이 우위에 있어 질투의 대상이 되었다. 그러다가 그리스어문명권의 구심체인 비잔틴제국이 이슬람의 공격을 받고 망한 뒤에는 기독교세계의 주도권을 라틴어문명권이 차지했다. 그리스어문명권의 동방기독교에서는, 문명권 주변부의 여러 민족이 경전을 자기 말로 번역해 사용하도록 허용해서 작은 범위의 경전어가 공동문어로 등장하게 되었다. 그 가운데 가장 큰 범위를 차지한 것은 슬라브인의 교회슬라브어이다.[36]

---

33) Bimala Churn Law, *A History of Pali Literature* (First edition 1933, Varanasi : Indica, 2000).
34) Jahn Rypka ed., *History of Iranian Literature* (Dordrecht : D. Reidel, 1968)
35) 동방기독교문명권의 그리스어 공동문어문학에 대한 전반적인 고찰은 Hans-Georg Beck, *Das byzantinische Jahrtausend* (München : C. H. Beck, 1994)와 같은 문명사에 포함되어 있다.
36) Ihor Sevcenko, *Byzantium and the Slaves, in Letters and Cultures* (Cambridge, Mass. : Harvard University Press, 1991)

3. 2. 서정시에서 제시한 규범

공동문어로 쓴 글이 모두 문학인 것은 아니었다. 일정한 규범이나 격식을 갖추고 창작해 형식미가 뛰어난 글이라야 문학이라고 인정했다. 질서를 무엇보다도 존중하는 그 시대의 이상을 정신문화의 창조물 가운데 으뜸인 문학으로 보여주려는 것은 당연한 일이었다. 산문보다는 시가, 시 가운데는 서정시가 으뜸이라고 하는 서열을 분명하게 해서, 질서 구현의 규범을 가다듬었다. 다른 것들은 서정시와 가까운 정도에 따라, 서정시에서 마련한 규칙을 따르는 정도에 따라 가치가 평가되었다.

중세의 질서는 모든 것이 서로 대등한 관계를 가지지 않고 상하의 서열을 분명하게 해야 이루어질 수 있었다. 단일한 신이 천지만물을 다스리고, 신과 바로 통하는 마음의 본체가 신체활동을 하는 그 작용보다 우위에 있다고 믿는 것이 서열 구분의 기본논리였다. 문학갈래도 그렇게 나누어, 세계를 자아화해서 고요하고 순수한 마음의 본체가 드러나게 하는 서정시가 천지만물과 교섭하는 신체활동에 관해서 말해주는 다른 문학보다 우위에 있는 것이 당연하다고 했다.

자아를 세계화하는 교술은 잡다해서 격이 떨어지고, 자아와 세계의 대결인 희곡과 서사시는 고요한 데 머무르지 않고 격동에 휩싸여 미천하다고 여겼다. 교술·희곡·서사라도 산문이 아닌 율문으로 이루어지고 서정시와 상통하는 표현을 사용하면 서정시에 버금가는 가치를 가진다고 여겼다. 교술시는 서정시를 따르다가 나중에 독립을 선언했다. 희곡은 조화로운 아름다움을 숭상하는 품위 있는 시로 이루어진 것이라야 지체가 높다고 인정되었다. 서사시는 그 나름대로의 기능이 있어 서정시와 쉽사리 가까워질 수 없었으나, 서정시에서 옹호하는 가치의 외곽 수비대 노릇을 임무로 삼았다.

문학창작의 규범을 확립하는 작업은 시의 율격을 가다듬는 데서 시작되었다. 그 경과를 살피기 위해서는 율격의 유래부터 알아보아야 한다. 시의 율격은 노동요에서 유래했다. 노동의 동작과 노동하는 방식이 이미 고대문학 시기에 노동요의 율격을 결정했으며, 그것이 후대의 시로 이어졌다.

그러면서 또한 율격은 언어의 특질에 따라서 유형이 구분되었다. 다음절의 단어가 많은가 단음절의 단어가 많은가, 모음의 고저·장단·강약이 의미 구분에 필수적으로 관여하는가 하는 차이에 따라 '토막'을 형성하고 '줄'을 만드는 방식이 달라진다. 그래서 단순율·장단율·강약율·고저율이라고 일컬어지는 네 가지 율격 형태가 이루어졌다.

다음절의 단어가 많고 모음의 고저·장단·강약이 의미 구분에 필수적으로 관여하지 않는 언어의 율격은 단순율이다. 다음절의 단어가 많고 모음의 장단이 의미 구분에 필수적으로 관여하는 언어의 율격은 장단율이다. 다음절의 단어가 많고 모음의 강약이 의미 구분에 필수적으로 관여하는 언어의 율격은 강약율이다. 단음절의 단어가 많고 모음의 고저가 의미 구분에 필수적으로 작용하는 언어의 율격은 고저율이다.

한시의 율격은 고저율이다. 산스크리트시·아랍어시·라틴어시의 율격은 장단율이어서, 양쪽 다 특별한 율격을 갖추고 있다. 언어의 특성 때문에 저절로 그렇게 된 것은 아니고, 노력해서 가다듬은 결과이다. 처음에는 고저나 장단을 율격에서 활용하지 않아 단순율에 머물렀었는데, 그 단계를 힘써 극복해 공동문어시의 규범을 확립했다.

한시의 연원으로 인정되는 〈詩經〉의 시는 한 행을 이루는 음절수가 가변적인 단순율을 사용했다. 그런 자연스러운 율격으로 만족하지 않고, 5세기 무렵에는 음절수를 다소 정비하고 고저율의 특징을 어느 정도 갖춘 시형을 마련했다. 7세기의 당나라 시인들은 앞의 것을 古詩라 하고 새로운 시인 近體詩를 이룩해 더욱 엄격한 규칙을 제정했다. 음절수가 5언과 7언으로 고정되고, 仄聲이라는 고음과 平聲이라는 저음이 일정하게 교체되는 고저율을 확립했다. 그것이 문명권 전역에 전파되어 천여 년 동안이나 위세를 누렸다.

산스크리트시의 연원을 이루는 〈베다〉(Veda)의 시도 처음에는 단순율을 사용했다. 율격의 규칙을 가다듬는 것이 바람직하다는 생각이 막연하게 나타나 후기의 〈베다〉에서는 장단율을 지향하는 조짐을 보였다. 베다어를 가다듬어 산스크리트를 만들고 산스크리트문학을 규범화하는 작업을 율격 정비에서도 진행해, 엄격한 규칙을 갖춘 장단율을 확립했다. 율격의 규칙 정리 작업이 여러 차례 있다가 11세기가 시작될 무렵 케다라바타(Kedarabhatta)의 〈브리타라트나카라〉(*Vrittaratnakara*)에서 완성되어, 장단의 규칙과 음절수가 각기 다른 136개의 시형을 정리했다. 그것이 산스크리트문명권 전체에 널리 전파되어 불변의 규범 노릇을 했다.[37]

팔리어도 공동문어가 되면서 시를 쓰는 방식을 규칙화해야 했다. 13세기에 상가라크키타(Sangharakkhita)가 〈부토다야〉(*Vuttodaya*)에서 그 작업을 하면서, 산스크티트시의 율격을 참고하고 그 용어를 받아들인다고 했다.[38] 그러나 나타난 결과는 같을 수 없었다. 장단율을 규칙화하고, 모음의 장단에다 자음의 요건을 보탰다. 단모음에 자음 하나까지만인 짧은 음절과, 장모음에 자음이 두 개 이상인 긴 음절이 다양한 방식으로 교체되는 여러 시형을 만들어냈다.

아랍어시의 율격도 그 둘과 비슷한 과정을 거쳐 정비했다. 이슬람 이전의 구비시는 보음이 있는 사음과 모음이 없는 사음이 교체되는 율격을 사용했다.[39] 아랍어가 이슬람문명권의 공동문어가 된 시기에는 그 정도로 만족하지 않고 장단율의 정교한 규칙을 마련했다. 8세기에 아흐마드(al-Khalil bin Ahmad)가 정비한 규칙에 따라, 자음과 단모음이 결합된 짧은 음절과, 자음 또는 자음과 장모음이 결합된 긴 음절을 교체

---

37) Maurice Winternitz, Subhadra Jha tr., *History of Indian Literature vol. III* (Delhi : Motilal Banarsidass, 1985), 31~34
38) Kanai Lal Hazra, *Pali Language and Literature* (New Delhi : D. K. Printworld, 1994), 755~756
39) Adonis, Catherine Cobham tr., *Arab Poetics* (Austin : University of Texas Press), 25~26

하는 방식을 다양하게 규칙화했다.

라틴어문학의 경우에는 장단율의 규칙을 마련하는 작업을 이미 고대 로마에서 완성해 중세에 새삼스럽게 할 필요가 없었다. 고저율이나 장단율 같은 특별한 율격을 갖추는 작업을 이미 해서 다른 문명권 공동문어시와 대등할 수 있었다. 그것은 우연의 일치라고 보기 어렵다. 격조 높은 시는 특별한 율격을 갖추어 그렇지 못한 것들과 구별해야 한다는 생각이 공통되게 작용해 공동문어시의 위상을 일제히 높였다.

공동문어시를 확립하기 위해서는 율격의 규칙을 마련하는 데 그치지 않고, 표현의 기교를 정비하고, 보편주의의 이념을 지향하는 격조 높은 시상을 갖추어야 했다. 그 작업을 온전하게 한 시는 최상위의 문학으로 인정되었다. 문명의 수준을 과시하고, 이념의 타당성을 입증하고, 창조자의 능력을 입증하는 데 공동문어시만한 것이 없었다. 엄격한 규칙에 맞추어 공식화한 사고를 전하면서 창의적인 발상을 천연스럽게 갖추어 충격을 주는, 서로 모순된 양면의 신이로운 통일을 이룩한 걸출한 시인은 시대의 한계를 뛰어넘어 항구적인 칭송의 대상이 되었다.

공동문어시를 그런 수준으로 이룩하는 데는 산스크리트문명권이 앞섰다. 산스크리트를 사용하는 불교문학이 그 과업을 선도했다. 불교는 원래 브라만교 사제자의 언어인 산스크리트를 배척하고 대중이 이해할 수 있는 말을 사용했다. 석가는 구어로 설법했으며, 초기 경전은 구어에 가까운 팔리어로 기록했다. 그러나 불교가 중세의 보편종교로 등장하는 단계에서는 브라만교보다 문학과 철학 양면에서 우위에 있음을 입증할 필요가 있어, 브라만교의 언어 산스크리트를 사용해 경전을 편찬하고 작품을 창작했다.

그것은 기존 산스크리트문학의 부정적 계승이다. 고대문학을 부정하면서 거기 이미 내포되어 있던 중세 지향의 요소를 새롭게 재창조했다. 이미 상당한 범위까지 진행된 고대에서 중세로의 이행기 과업을 완수해 중세를 창조했다고 할 수도 있다. 그런 운동이 큰 성과를 거두어 뛰어난 작품이 산출된 것이 2세기의 일이다. 산스크리트문명의 중세화는 다른 곳보다 몇 세기 먼저 이루어졌다.

불교시의 개척자는 남인도 출신의 승려 나가르주나(Nagarjuna, 한문이름 龍樹)였다. 산스크리트를 경전어로 한 대승불교 사상을 편 여러 저술 가운데 〈中道에 관한 시〉(*Madhyamakakarika*), 한문으로 번역할 때에는 〈中論〉이라고 한 것이 뛰어난 업적이다.(철학, 141~) 〈우파니샤드〉를 경쟁 대상으로 삼아, 신의 말을 전하는 시에 맞서서 신을 부정하는 논의를 시로 전개했다. 있음의 근원을 말하는 것이 헛되다 하고, 없음을 밝혀 논했다.(철학, 157)

> 緣起인 것 그것을
> 우리들은 空性이라고 말한다.
> 그것은 의존된 假名이며,
> 그것은 실로 中道이다.

모든 사물은 그 자체로 독립되어 있지 않고 다른 것들과 관계에서 상대적으로 존재하므로 '緣起'가 아닌 다른 무엇은 인정되지 않는다. '연기'로 존재한다는 것은 없다는 것과 같으니 '空性'이라고 일러 마땅하다. 있음과 없음에 관해 어떻게 말하더라도, 하는 말은 방편인 '假名'에 지나지 않는다. 가명이라고 해서 배격할 것은 아니다. 가명의 방편이 바로 있음과 없음의 중간을 말하는 진리인 '中道'이다. 모든 것을 포괄하는 진리와 그것에 대한 명명 방식을 이처럼 간명한 말로 남김없이 지적했으니 놀라운 일이다. 사상을 논하는 데 그치지 말고, 시의 가치를 최대한 끌어올린 공적을 또한 평가해야 한다.

"문학이란 가명이다"라고 하면 이치가 분명해진다. 문학은 가명이므로 연기와 공성 가운데 어느 한쪽에 치우치지 않고 둘을 한꺼번에 나타내며 둘이 하나임을 말해줄 수 있다. 가명이 중도에 이르는 길이고, 중도 자체임을 밝힐 수 있다. 가명이 아닌 '眞名'으로 말을 한다면 연기와 공성 가운데 어느 한쪽에 치우쳐 중도에서 벗어난다. 문학은 진리가 무엇이라고 들어 말하지 않으므로 진리에 이를 수 있다는 이론이 도출된다.

산스크리트시가 최고 수준의 세련된 표현을 갖추어 전성기를 맞이했다고 평가된 시기는 5세기부터이다. 그 시기 문학을 주도한 칼리다사(Kalidasa)는 브라만 출신이며, 굽타제국의 궁중문인으로 크게 활약하면서 행복하게 살았다고 한다.(공동, 137~) 힌두교를 정신세계로 삼았으나 종교사상보다는 서정시, 희곡, 서사시 등 여러 영역에 걸쳐 문학성이 두드러진 작품을 창작했다.

그 가운데 서사시는 고대로부터 전승된 것들에 견주어 모자란다고 하고, 서정시와 희곡은 산스크리트문학의 절정을 보여주었다고 평가된다. 서정시의 대표작은 〈구름의 使者〉(*Meghaduta*)이다. 작품의 기본설정은 힌두교신화에서 가져와서 널리 이해하기 어렵다. 그러나 멀리 귀양 가는 신이 지나가는 구름에게 부탁해서 자기 아내에게 소식을 전해달라고 하는 사연은 누구나 공감할 수 있다. 情과 景이 하나가 되어 情景을 이루도록 하는 과업을 탁월한 착상과 기발한 표현을 갖추어 수행했다. 한 대목을 들어보자.[40]

가는 길에 니르빈디야 강을 만나면 연인으로 삼으려무나,
그 허리춤에서 물결이 소란스럽게 굴고 새들이 지저귀리니.
소용돌이로 아름다운 배꼽을 보여주는 몸뚱이의 향기를 즐겨라.
그런 요염한 거동은 여인이 연주하는 첫 번째 서곡이니라.

니르빈디야(Nirvindya)강이 어느 강이라도 상관없다. 강 위로 지나가는 사람이 구름과 동일시되었다. 구름은 남성형이고, 강은 여성형이다. 구름이 물결치는 강 위로 지나가는 광경을, 사랑하는 남녀의 만남으로 이해될 수 있게 노래했다. 이처럼 정교하게 만든 약 110개의 연이 연결

---

40) "Meghaduta", C. R. Devadhar ed., *Works of Kalidasa II Poetry* (Delhi : Montilal Banarsidass, 1993), 11

되어 서정시 치고는 상당한 장편이다.

산스크리트문학에는 중세의 이념을 구현한 수준 높은 희곡이 있었으며, 칼리다사는 희곡 작가로도 높이 평가된다. 희곡 창작에서 공동문어를 사용한 것은 특이한 일이다. 아랍어문명권의 이슬람교는 연극 공연을 금지했다. 한문문명권이나 라틴어문명권에는 불교 또는 기독교 행사로 거행되는 연극이 있었으나 격조 높은 문학작품은 아니었다.

다른 문명권에서는 민속극의 영역을 넘어선 창작극이라도 민족어를 사용하고, 중세에서 근대로의 이행기에 이르러서 뚜렷한 성장을 보였다. 그런데 산스크리트문명권에서는 중세전기 공동문어문학의 최고봉에 희곡이 당당하게 참여했다. 그리스연극이 서사시보다 고대문학의 특징을 더 잘 보여주었듯이, 인도연극은 서정시에서 마련된 중세문학의 규범을 더욱 높였다.

산스크리트연극에는 오랜 내력을 가진 이론서가 있다. 2세기경에 바라타(Bharata)가 지었다는 〈나티아사스트라〉(*Natyasastra*)에서는, 아리스토텔레스의 〈시학〉에서 편 것과 대조가 되는 연극미학을 전개했다. 그리스연극에서 전개하는 갈등을 보고 관중이 '카타르시스'를 경험한다고 한 것과는 달리, 인도연극은 '라사'(rasa)라고 일컬어지는 원만하고 만족스러운 느낌을 준다고 했다. '라사'는 문학의 모든 영역에서 함께 받드는 공통의 미의식인데, 연극에서 특히 잘 나타났다.

그 책에서 연극이 무엇인지 설명한 말을 들어보자. 신이 마귀에게 하는 말로, 연극은 "신, 마귀, 사람, 삼자의 감정을 나타내고 전달"해서 "무기력한 이에게는 대담성을, 자기가 용감하다고 여기는 이에게는 정열을, 생각이 모자라는 이에게는 분별을, 배우는 이에게는 지혜를 가져다준다"고 했다.(카타, 91~92) '카타르시스'연극의 神人不合의 파탄이 '라사'연극에서는 神人合一의 조화로 바뀌었다. 연극은 보는 사람에 따라서 다양한 의미를 가지지만, 어느 경우든 자기 발현을 촉진하는 구실을 수행해 유익하다는 긍정론을 폈다.

칼리다사 희곡의 대표작은 〈사쿤탈라〉(*Sakuntala*)이다. 그 작품은 표면에 나타나 있는 사건을 보면, 임금과 시골소녀 사이의 사랑 이야기이다. 임금이 사냥을 나갔다가 만난 소녀를 사랑해서 아내로 삼았고 반지를 정표로 주었다. 그런데 왕궁으로 찾아간 소녀를 임금이 알아보지 못하고, 소녀는 그 반지를 잃어버려 파탄이 생겼다. 그러나 파국으로 치닫지 않고, 시련이 쉽게 회복되어, 두 사람은 신들의 축복을 받으면서 재회의 기쁨을 누리게 되었다.

그런데 내면의 진실을 알고 보면, 시골 소녀의 어머니는 신이다. 임금과 시골소녀 사이의 격차를 넘어서는 그 이면에서, 사람과 신 사이의 더 큰 구분이 무너졌다. 사람들과 신들이 함께 어울린 공동의 영역에서 그런 일이 이루어졌다. 두 사람의 결혼은 우주의 경사이므로 놀랄 만한 결과를 이룩했다. 아들이 자라나 거대한 제국을 자비롭게 다스리면서 진리를 널리 펴는 위대한 통치자 轉輪聖王이 되었다.

2세기와 5세기 그 두 단계의 노력을 거쳐 확립된 산스크리트고전문학은 중세전기문학의 전형적인 모습을 보여준다. 여러 문명권에서 일제히 마련된 중세전기문학 가운데 산스크리트문학이 가장 앞서고, 표현의 품격이 월등하게 높으며, 기교가 특히 세련되어 우뚝한 위치를 차지했다. 중세전기 산스크리트문학의 품격을 보여주는 기교 구사의 방법을 '카비야'(kavya)라고 지칭했다. '카비야'문학을 창작하는 '카비'(kavi)는 브라만의 위세를 자랑하면서, 국왕의 직접적인 애호를 받고 궁중에서 활동했으며, 사회에서 가장 선망하는 사람이어서 상인들도 후원자가 되고자 했다.[41]

'카비야'는 작품의 전범과 이론을 함께 갖추었다. '카비야'의 규범을 여러 차례 정리한 것 가운데서, 6세기에서 7세기 사이의 시인인 단딘(Dandin)의 저작이라는 〈카비야 교본〉(*Kavyadarsa*)이 특히 자세한 내용을 갖추고 있다고 높이 평가되어, 산스크리트문명권 전체에서 널리

---

41) A. K. Warder, *Indian Kavya Literature, Volume One Literary Criticism* (Delhi : Motilal Banarsidass, 1989), 200~218

받아들여 숭앙했다.[42] 산스크리트를 사용한 글이라고 해서 모두 훌륭하지는 않고, 칼리다사의 전범을 따르고 단딘이 말한 규칙을 지켜야 제대로 된 문학이라고 하는 데 대해서는 어디서도 반론을 제기할 수 없었다. 중세문학의 규범화에서 산스크리트문학은 다른 공동문어문학보다 더욱 엄격했다.

한문문명권의 보편종교는 원래 유교인데 종교로서의 기능이 미흡했다. 유교사상을 수준 높게 구현해 널리 편 공동문어시의 고전이 없는 것도 그 때문이다. 유교만으로 부족하기 때문에 불교를 받아들여 보편종교의 기능을 더욱 충실하게 수행하게 했다. 나가르주나와 아스바고사의 시를 〈中論〉과 〈佛所行讚〉이라는 제목으로 번역해서 이치의 근본을 밝힌 지침으로 삼았다. 그 영향을 받아 義湘의 〈華嚴法界一乘圖〉 같은 불교시가 이룩되어, 한문문명권의 공동문어시도 중세보편주의 사상을 보여줄 수 있었다.

그러나 불교시는 번역시이든 창작시이든 문학으로 평가되지 않았다. 유학의 소양을 가지고 문학창작에 종사하는 일반문인들의 시가 문학의 주도권을 차지하고, 인생살이의 다채로운 경험을 격조 높은 표현을 갖추어 나타냈다. 그런 작업이 처음에는 궁중에서 이루어지다가 문학이론을 갖추어 구체화되었다. 화려한 수식을 갖춘 표현이 이론과 창작 모두에서 특히 존중되었다.

3세기에 晉의 궁정문인 노릇을 한 陸機는 〈文賦〉를 지어, '理'라고 한 내용은 "실질을 북돋우어 줄기가 되고", '文'이라고 한 표현은 "가지를 드리워 열매가 풍성하게 한다"고 했다.(공동, 78) 6세기초의 劉勰은 〈文

---

42) Maurice Winternitz, 위의 책, 13~18 ; P. V. Kane, *History of Sanskrit Poetics* (Delhi : Motilal Banarsidass, 1971), 88~102 ; Ganga Ram Garg, *An Encyclopedia of Indian Literature, Sanskrit, Pali, Prakrit and Apabhramsa* (Delhi : Mittal, 1982), 89~90, 182~183 ; Sheldon Pollock, "The Cosmopolitan Vernacular", *The Journal of Asian Studies 57*, No. 1 (Salt Lake City : The Association for Asian Studies, University of Utah, 1998)

心雕龍〉에서, 유교와 불교를 합친 관점에서 도리를 표현하는 것과 문장을 가다듬는 일이 둘이 아니고 하나임을 보여주어, 한문학의 갈래와 작법에 관한 이론을 정비해 실제 창작을 위한 지침이 되게 했다. 문학이 대단하다는 것을 다음과 같은 말로 나타냈다.(공동, 78)

> 五行의 빼어남을 갖추었으니, 실로 天地의 마음이다. 마음이 생기니 말이 이루어진다. 말이 이루어지면, 글이 밝아진다. 이것은 자연의 도리이다.

劉勰은 〈文心雕龍〉으로 평가를 얻어 梁나라 조정에 발탁되고, 태자 蕭統과 교분을 가지게 되었다. 蕭統은 〈文選〉을 엮어 역대의 명문을 널리 찾아 '賦'·'詩'·'騷'에서 '行狀'·'弔文'· '祭文'에 이르기까지 37종으로 분류해 수록해, 한문학 창작의 기본교본이 되게 했다. 그 두 저작이 동아시아 각국에 전해져서 공통의 교본이 되었다. 〈文心雕龍〉은 문학원론이고 〈文選〉은 문학독본이어서 서로 보완하는 구실을 했다. 문학의 본질과 기능에 관한 이해에서도 실제 창작의 격식이나 규범에서도 정해진 범위를 넘어서지 못하게 했다.

〈文賦〉에서 〈文選〉까지는 화려한 기풍의 宮庭문학을 평가하고 자랑해서 한쪽에 치우쳤다. 그런 경향에 반발하면서 소박한 삶을 소중하게 여기면서 내심의 만족을 찾는 山野문학이 동아시아 중세문학의 또 하나의 흐름을 이루었다. 산야문학의 연원을 마련한 사람은 5세기초의 陶淵明이다. 도연명은 하급관원이 되었다가 관직을 버리고 향리로 돌아가면서 〈歸去來辭〉를 지어 전원생활로 복귀하는 것이 자연스러운 삶을 편안하게 누리는 길이라고 했다. 그런 뜻을 시로 나타낸 〈歸田園居〉에서는 다음과 같이 노래했다.(공동, 80)

> 젊어서부터 속된 가락과는 맞지 않고,
> 천성이 본디 산과 언덕을 좋아했다.

먼지 덮인 세상 그물에 잘못 떨어져
한꺼번에 삼십 년이나 흘러갔다.

벼슬하는 삶을 "먼지 덮인 세상 그물"이라고 하고, 그곳에서 하는 문학의 기풍을 "속된 가락"이라고 했다. 자기는 그런 것을 가지고는 뜻을 펼 수 없고 편안하다고 느끼지 못해 전원으로 돌아가 산을 벗 삼아 농사를 짓는 생활을 하겠다고 했다. 그렇다고 농민이 된 것은 아니다. 농민들의 마을과는 어느 정도 거리를 둔 곳에서 전원의 삶을 누리면서, 살고 죽는 것은 자연에 맡겨 천성을 온전하게 하겠다고 했다. 그래서 궁정문학과는 다른 산야문학, 관인의 시와는 다른 寒士의 시를 이룩했다.

그 두 가지 노선은 계속 따로 놀지 않고 다음 시기 당나라의 문학에서 하나로 모아졌다. 그래서 한문문명권의 중세문학이 완성되었다. 7세기의 唐나라는 5세기 산스크리트문명권의 굽타제국, 8세기 아랍어문명권의 압바시드제국, 9세기에 라틴어문명권 샤를마뉴가 세운 제국보다 중세제국을 더욱 뛰어나게 완성하고, 문학의 규범을 마련하는 일도 모범적으로 완수했다. 다른 문명권에서는 중세전기에는 궁정문학만 하다가, 중세후기에 들어서야 산야문학의 반론이 일어났는데, 한문문명권에서는 그 둘이 중세전기에 이미 공존해 문학의 수준을 높이는 데 큰 구실을 했다.

당나라 시기에 산문과 시를 둘 다 혁신해 중세문학의 규범을 재확립했다. 산문에서는 형식미를 지나치게 추구하다 내용이 공허해진 '騈儷文'이 궁정문학을 주도한 데 불만을 가지고, 실질적인 내용에 형식이 따르도록 하는 '古文'을 마련했다. 시에서는 그 반대의 폐단이 있어 지나치게 단순하고 소박한 기풍을 지닌 '古詩'에 불만을 가지고, 율격을 엄격하게 가다듬고 표현이 더욱 정교한 '近體詩'의 형식을 만들어냈다.

한문문명권 공동문어시의 절정을 보여준 시인은 李白과 杜甫이다. 두 사람 다 율시의 엄격한 규칙을 능숙하게 휘어잡아 자기 삶을 술회한 사연이 뛰어났다. 이백은 한때 당나라 玄宗의 부름을 받아 궁중시인의 지위를 얻었으나 자유분방한 성격이라 견디지 못하고 뛰쳐나가 거리낄 것 없이 살아가면서 산수와 술을 즐기면서 노래했다. 두보는 난리를 만나 가족과 헤어져 유랑하는 신세가 되었어도 나라를 근심하는 마음을 버리지 않았다.

한문문명권 공동문어시의 정점을 보여준 사람이 그 둘 가운데 누구냐 하는 것은 영원한 시비거리이고 정답이 없다. 시구를 다듬어 쓴 자취를 보려면 두보의 시를 들어야 하지만, 천연스러운 기풍을 더욱 소중하게 여겨 이백을 든다. 〈早發白帝城〉이라고 한 이백의 시 전문을 들면 다음과 같다.

아름다운 구름에 쌓인 白帝를 아침에 떠나
천리나 되는 江陵 하루에 다다랐도다.
양쪽 강기슭 원숭이 울음 그치지 않고,
가벼운 배 이미 만 겹의 산을 지났네.

7자씩 네 줄로 이루어진 七言絶句 형식의 아름다움은 번역에 나타나 있지 않으나, 웅건하고 호쾌한 시상은 쉽사리 알아볼 수 있다. 몇 마디 되지 않는 말로 큰 그림을 그렸다. 그 속을 달리는 벅찬 느낌이 지명의 연속 때문에 현실에서 유리되지 않았다.

아랍문명권의 공동문어시는 다른 곳보다 늦게 발달했다. 이슬람교가 7세기에 나타난 이후에 아랍어가 공동문어가 되었다.(공동, 235~) 아랍어문학의 발달이 절정에 이른 것은 8세기 압바시드제국 시대의 일이다. 그 때 서로 다른 언어를 사용하던 수많은 민족이 공동문어인 아랍어를 일상생활에서도 사용해서 모국어를 잊었으며, 여러 곳에서 각기 창조된 문화가 서로 만나 공동의 문명을 이룩했다.

언어구사를 세련되게 해서 글을 잘 다듬어 쓰는 것을 지칭하는 '아다브'(adab)라는 용어가 그때 확립됐다. 그 말은 중세적인 규범을 갖춘 문학을 뜻하며, 산스크리트문명권의 '카비야'와 상통한다. '아다브' 가운데

서 서정시가 문학의 중심임을 재확인하고, 서정시 창작의 수법을 재정
립한 '바디'(badi)라는 시를 만들어냈다. '바디'는 '새로운 문체'를 뜻하는
말이며, '새로운 시'를 일컬었다. 한문문명권의 '근체시'와 같은 것을 아
랍어문명권에서도 만들어내 중세문학의 위상을 높였다.

아랍문명권에는 시론도 많다. 그 가운데 9세기에 이븐 알-무타즈(Ibn
al-Mutazz)가 쓴 〈바디의 역사〉(*Katib al-Badi*)가 특히 뛰어나며, '새
로운 시'에 관해서 특히 주목할 만한 논의를 폈다. "새롭고, 독창적이고,
아름다운 것"을 '새로운 시'의 세 가지 특징으로 들고, 은유, 익살, 반복,
변증법적 전개 등의 제반 요소를 다 잘 갖추어야 그런 시를 쓸 수 있다
고 한 것이 그 핵심이다.(공동, 237)

시인 아부 누와스(Abu Nuwas)는 페르시아 사람인데 압바시드제국
의 전성기인 8세기에 칼리파의 총애를 받는 궁정시인이 되어, 격식과
법도에 구애되지 않은 기발한 착상을 나타내는 기교를 자랑했다. 칼리
파 궁정의 향락적인 분위기가 자기 기질과 들어맞았다. 이슬람교에서
술을 금하는 율법에 구애되지 않을 수 있는 자유를 누려, 술에 대한 시
를 쓰기를 좋아했다. 그 가운데 한 편을 들어보면 다음과 같다. 마치 술
이 영혼과 육체를 갖추고 있는 것처럼 의인화시킨 발상과 표현이 기발
하다.(공동, 238)

> 여전히 나는 천천히 술의 영혼을 뽑아내고 있다.
> 상처 입은 육체로부터 나는 그 피를 마신다.
> 하나의 육체에 두 개의 영혼이 들어가
> 내가 둘이 될 때까지……
> 술은 영혼이 없는 시체가 되어 팽개쳐져 있다.

10세기의 시인 무다납비(al-Mutanabbi)는 순수한 아랍인인데, 압바
시드제국이 무력해지고 칼리파가 실권을 상실한 시기에 여러 이민족
술탄의 조정을 찾아다니면서 받아들여지기를 바랐으나 뜻을 이루지 못

했다. 그 때문에 자탄의 사설을 늘어놓아야 했으며, 정제된 표현을 찾지 않았다. 예찬시를 지을 때에는 과장된 표현을 쓴 잘못이 있다고 비판받는다. 자기 신세를 한탄할 때에도 사연이 장황하지만, 진실성을 갖추고 있어 공감을 자아낸다. 자탄의 시를 한 편 들어본다.(공동, 239)

> 내가 만약 고통스러운 삶에 만족한다면
> 나의 존엄성은 어디 있겠는가?
> 나의 멸망이 불운 속에 있고 나의 고통이 행운 속에 있는 한
> 나는 영원히 방황할 것이다.
> 나는 죽음의 운명과 더불어
> 목이 높은 말을 몰고 다닐 생각이오.

라틴어문명권의 공동문어시는 대부분 기독교의 성직자가 찬송가로 창작해서, 문학적 가치는 인정하기 어려웠다. 그러나 4세기말에서 5세기초의 프루덴티우스(Prudentius, Prudence)는 동시대의 다른 성직자들과 달리 라틴어시의 격조를 높이는 데 창조적인 역량을 발휘했다. (공동, 373~) 상투적인 표현을 버리고, 삶의 모습을 생동하게 그리는 언어를 구사해서, 중세라틴어 서정시의 최고봉을 보여주었다고 평가된다.

프루덴티우스는 스페인 사람인데, 로마를 찾아가 기독교 전래와 수난의 자취를 돌아보고서, 문명과 야만의 세계, 기독교도와 이교도의 대조적인 모습에서 받은 감명을 시로 나타냈다. 라틴어고전에서 물려받고, 문법과 수사학 학습을 통해서 체득한 문학창작 역량을 새로운 사상인 기독교와 결합시켜 기독교라틴어문학을 처음으로 예술작품의 경지에 올려놓았다. 〈죄의 근원〉(*Hamartigenia*)이라는 시의 한 대목을 들어본다.[43]

---

43) Caroline White, *Early Christian Latin Poets* (London : Routledge, 2000), 81~82

> 신이 주신 재능의 선물 알맞게 쓰면서
> 분수에 맞게 즐거워하는 사람 복되도다.
> 겉모습 번쩍이는 유혹으로 가득 찬 보화
> 이 세상에 아무리 넘쳐나도 정신차리고,
> 바보 같은 정열의 철없는 노예가 되지 않으며
> 거짓 기쁨에는 독이 든 줄 아는 사람 복되도다.

6세기에 보에티우스(Boethius)가 지은 〈철학의 위안〉(*De consola-tione philosophiae*) 또한 중세 라틴어문학으로서 소중한 의의가 있다. (철학, 133) 보에티우스는 로마의 귀족이며, 대대로 기독교 신자였으나 성직자는 아니었다. 아테네에 가서 그리스철학을 공부했다. 고위 관직에 올랐다가 반대파의 무고로 사형수가 되어 유배되었을 때 〈철학의 위안〉을 썼다. 죽음이 무엇이며 그 고민에서 어떻게 벗어날 수 있는가 하는 문제를 기독교철학의 관점에서 해결하려고 한 작품이다.

작품의 서두에서 시를 물리치는 철학의 주장을 폈다. "이 자들이 하는 짓이란 감정이라는 열매도 없는 가시로써 풍성한 결실을 맺는 이성의 수확을 말살하며, 인간의 정신을 병에서 해방시키려는 것이 아니라 병이 만성이 되게 하는 것이다"라고, '철학의 신'이 '시의 신'을 나무랐다. '철학의 신'이 일러주는 진리의 말씀을 시로 나타내다가, 자기가 나서서 다음과 같이 절규하는 데 이르렀다.(철학, 139)

> 만유의 운명을 좌우하시는 신이시여!
> 이제 가련한 이 세상을 돌보시옵소서.
> 당신이 만드신 만물 중에
> 가장 고귀한 우리 인간이
> 운명의 모진 풍랑으로 이렇듯 시달리오니
> 이 세찬 파도를 진정시켜주옵소서.

라틴어문명권의 공동문어시는 다른 문명권보다 뒤떨어지지 않아 4세기에서 5세기 사이에 뚜렷한 모습을 드러내고, 보편종교의 이념을 표현하는 구실을 모범적으로 수행했다. 그러나 시의 형식과 표현에서는 로마시대 라틴어시를 잇기만 하고 새로운 창조를 하지 못했다. 한문문명권의 '고문'과 '근체시', 산스크리트문명권의 '카비야', 아랍어문명권의 '아다브'나 '바디'에 해당하는 중세문학의 미의식이나 형식을 정립하지 못했다.

그 이유는 라틴어문학을 성직자들이 담당하고, 세속의 귀족은 대부분 라틴어에 능숙하지 않았던 데 있었다고 할 수 있다. 제국의 건설자 샤를마뉴가 교회문학과는 다른 궁정문학을 일으키면서 라틴어문학을 크게 일으키려 했을 때에도 유럽 각지에서 초빙되어 그 일을 맡은 사람들은 성직자였다. 그 가운데 영국인 알퀸(Alkuin), 스페인의 고트족인 테오둘프(Theodulf)가 특히 뛰어난 역량을 지녀 라틴어문학을 창작하고 교육하는 일을 주도했다. 그러나 남긴 작품이 많지 않고 그리 높이 평가되지도 않는다. 칼리다사, 李白, 아부 누와스가 자기네 문명권에서 누리는 것 같은 위치에 이르지 못했다.

중세는 모든 것에 상하의 등급을 나누었다. 문학갈래 또한 그런 원리에 따라 서열이 정해져 있었다. 시가 산문보다 우위에 있고, 시 가운데서도 서정시가 으뜸이었다. 신앙시나 철학시도 서정시다운 표현을 갖추어야 문학으로 인정되고 평가될 수 있었다. 산문은 시보다 하위에 있다고 인정되었으며, 시에 버금가는 격식을 갖추어야 가치가 있다고 했다.

한문문명권에서는 '駢儷文'이나 '古文'의 격식을 갖추었다고 인정되는 산문이 그런 범위 안에 들어갔다. 산스크리트문명권에서는 '카비야'라고 하는 표현의 규범이 시에 적합한 것인데, 산문에도 함께 적용되어 시에 근접한 산문이라야 높이 평가하도록 했다. 그래서 실용적인 지식을 전하는 글도 시로 쓰는 관례가 생기고, 사실을 정확하게 기술하는 산문이 발달하지 못했다.

아랍어문명권의 '아다브'도 시에 적합한 규범을 산문에까지 적용한 점에서 '카비야'와 같다. 그러나 '아다브'를 존중하는 풍조 때문에 시의 영역이 확대되거나 산문의 발달이 저해되지는 않고, 사실 전달의 산문은 그것대로 건재했다. 다만 시처럼 운이 달려 있고 표현의 격식이 아주 중요시되는 산문 '마카마'(maqama)를 별도로 갖추어, 산문도 기교를 자랑할 수 있게 했다. 그런데 라틴어문명권에서는 시를 쓰는 격식을 새롭게 마련하지 못하고, 산문을 격식화하는 수법의 개발에는 더욱 소홀했다.

공동문어문학의 규범을 받아들여 민족어문학이 성장했다. 구비문학에서 시작된 민족어문학이 기록문학이 되기 위해서는 공동문어문학과의 만남이 필수 조건이었다. 민족어 기록문학은 구비문학을 어머니로 하고, 공동문어문학을 아버지로 해서 태어난 자식이라고 할 수 있다. 어머니 쪽에서는 내질을, 아버지 쪽에서는 외형을 더 많이 물려받았다.

민족어 기록문학에서 외형이라고 할 수 있는 것은 우선 문자사용이다. 민족어를 기록할 수 있는 문자는 공동문어 문자에서 가져오는 것이 상례이다. 문자를 차용하고, 글쓰기 규칙도 배웠다. 그 가운데 시의 율격도 있다. 시의 율격은 언어의 특질에 따라 이미 결정되어 있어 내질에 속한다고 해야 하지만, 공동문어시의 율격을 경험하고서 민족어시의 율격을 의식하고 힘써 정비한 측면은 외형에 해당한다고 할 수 있다.

어느 문명권에서든지 변방의 여러 민족은 중심부에서 가져온 공동문어시를 같은 방식으로 창작하려고 하다가, 공동문어시의 율격을 자기네 민족어시에서도 재현해 민족어시도 품격을 높이려고 했다. 그 희망이 이루어질 수 있는가는 민족어의 특성에 달려 있었다. 공동문어시의 율격을 받아들일 수 있는 자질이 민족어에 있는 경우와 그렇지 않은 경우가 각기 달랐다. 공동문어시의 율격을 받아들일 수 있는 경우에도 다소의 변형이 불가피하고, 그렇지 못하다 해도 가능한 재현을 부분적으로 시도했다.

한문문명권의 여러 민족 가운데 월남인과 白族은 단음절의 단어가 많고 모음의 고저가 의미 구분에 필수적으로 작용하는 언어를 사용해 고저율의 규칙을 받아들일 수 있었다. 그러나 한국인·일본인·만주인은 다음절의 단어가 많고 모음의 고저·장단·강약이 의미 구분에 필수적으로 관여하지 않는 언어를 사용하므로, 단순율이 아닌 다른 율격을 마련하지는 못했다. 단순율을 정비하면서 한시의 율격에 대응하는 규칙을 갖추고자 했다.

한문문명권의 여러 민족은 한자를 이용해서 민족어를 표기하는 방법을 일제히 고안했다. 한국에서는 '鄕札', 일본에서는 '假名', 白族은 '白文', 월남에서는 '字喃'이라고 하는 차자표기를 마련했다. '鄕札'은 자기 고장의 글이라는 뜻이다. '假名'이라는 말은 한문을 '眞名'이라고 여겨서 만들어낸 상대어이다. '白文'은 '漢文'과 구별되는 白族의 글이다. 월남에서 한문은 선비의 글이라 '字儒'라고 하는 데 대한 상대어로 만든 '字喃'은 민중의 글을 뜻한다. '喃'은 한자어가 아니고 '민중'을 뜻하는 월남어의 字喃 표기이다.

한국에서 鄕札로 지은 시는 '鄕歌'라고 했다. 일본에서 假名으로 지은 시는 '和歌'라고 했다. 白族이 白文으로 지은 시는 '白文詩'라고 했다. 월남에서 字喃으로 지은 시는 '國音詩'라고 했다. 문자 이름에 상응하는 시 이름을 각기 갖추었으면서, 한쪽에서는 '歌'라고 하고 다른 쪽에서는 '詩'라고 하는 돌림자를 쓴 점이 서로 다르다.

민요는 '歌'이고, 한시는 '詩'라고 하는 용어 구분은 어디서나 공통되게 사용했다. 그 둘 사이의 민족어기록율문은 노래할 수 있으니 '가'이고, 글로 지었으니 '시'인 이중의 성격을 지니고 있는 중간물이므로 어떻게 일컬어도 되지만 어느 한쪽을 택해야만 했다. 민족어기록율문이 한시와 가까운 점을 강조해서 말하려면 '시'라고 하고, 민요와 동질성이 크다고 하려면 '가'라고 하는 것이 바람직한 구분이었다. 백문시와 국음시는 앞의 것이고, 향가와 화가는 뒤의 것이다. 그러나 여기서는 공통된 명칭이 필요해서 '민족어시'라는 말을 일관되게 썼다. 그것을 '민족어노래'라고 하면 민요와 혼동될 염려가 있어, 적합하지 않다.

한시와 민족어시의 율격 형성 조건이 비슷한 경우에는 그 둘을 결합시키기 쉬웠다. '백문시'가 바로 그런 경우이다. '백문시'는 민요의 율격을 사용하면서 한시와 '음절수'와 '정보량' 양면에서 대등할 수 있었다. '국음시'에서도 한시와 '정보량'과 '음절수' 양면을 대등하게 하려고, '음절수'에서 민요를 버리고 한시를 따랐으나, 그 차이가 그리 크지 않았다.

그런데 '향가'나 '화가'는 율격을 형성하는 조건이 한시와 달라서, '정보량'을 대등하게 하는 것과 '음절수'를 대등하게 하는 것 가운데 하나를 택하지 않을 수 없었다. 그 둘 가운데 '향가'는 '정보량'의 대등함을, '화가'는 '음절수'의 대등함을 택해 서로 다른 길로 나아갔다. 그 결과 '향가'는 '음절수'를 민요에서 가져와 민요와 연결되었으나, '화가'는 '정보량'에서도 민요와 멀어졌다.

백족의 '백문시'와 월남의 '국음시'는 '정보량'과 '음절수' 가운데 하나를 택하지 않고, 그 둘 다 한시와 대등할 수 있는 공통점이 있었다. 그러나 '음절수'를 대등하게 하는 방법이, '백문시'에서는 민요의 율격을 받아들인 것이고, '국음시'에서는 민요의 율격을 버리고 한시를 따르는 것이었다. 그래서 '국음시'는 '백문시'보다 더욱 품격 높은 시가 될 수 있었지만, 민요와 어긋난 것이 말썽거리여서 오래 지속되지 못하고, 내부의 와해와 외부의 도전을 겪다가 붕괴되지 않을 수 없었다.

일본 '화가'의 음절수 57577을 이루는 5음절과 7음절이 민요에 자주 보여도, 그 둘은 구조가 전혀 다르다. 5음절이나 7음절이 '화가'에서는 한 줄을, 민요에서는 그 하위 단위인 한 토막을 이룬다. 그런데 월남 '국음시'의 7777은 월남민요의 6868과 율격형성의 기본원리가 같아, 그 둘을 갈라놓는 장벽이 없다. 그래서 민요에서 국음시의 위엄을 대단치 않게 여기고 원래의 규칙을 파괴하는 도전을 감행할 수 있었다.

한시와 대등하게 되면서 민요와도 가장 가까워진 '백문시'와는 반대쪽에, 한시와 대등하게 되려고 민요와 가장 멀어진 '화가'가 있다. '국음시'와 '향가'는 둘 다 그 중간에 있으면서 '국음시'는 한시와 대등한 품격을 샀순 상층의 '시'이고, '향가'는 상하층이 함께 노래할 수 있는 '가'의 특성을 각기 지닌 점이 서로 달랐다.

만주족의 '淸宮滿文詩'는 민요와 멀어진 정도가 중간 등급이면서 '가'

108

라고 하지 않고 '시'라고 한 점에서 월남의 '국음시'와 유사하다. 일시적
인 창안물에 그쳤으며, 오랜 기간 동안 지속되면서 문학의 기능을 수행
하고, 문학사적 변화를 겪은 것은 아니다. 그 두 가지 사유 때문에, 다른
넷과 대등한 사례로 인정하기 어렵다.

산스크리트문명권의 경우에도 타밀과 캄보디아는 서로 대조가 되는
길을 택했다. 타밀시는 산스크리트시의 율격과 구별되는 특징을 가진
독자적인 장단율을 마련했다. 모음으로 끝나는 음절과 자음이 첨가된
음절을 교체하는 것이 특별한 사항이다.[44] 그러나 캄보디아어시는 언어
의 특성 때문에 장단율일 수 없고 단순율이다.[45]

팔리어시가 민족어시에 수용된 양상은 타이와 라오스의 경우를 통해
살필 수 있다. 두 곳의 시는 원래 음절수의 규칙을 가진 단순율이다. 그
런데 타이시에서는 장단율을 자기네 방식대로 받아들여 독자적인 율격
을 이루었다.[46] 라오스시에서는 장단율을 받아들였으나 규칙화하지는
않고 경우에 따라 선택할 수 있는 것으로 했다.[47]

페르시아시에서는 아랍어시의 장단율을 재현하면서 다소 융통성 있
게 고쳤다.[48] 터키에서도 그렇게 하려고 했으나, 터키어시의 율격은 원
래 단순율이어서 뜻대로 되지 않았다. 상이한 율격이 공존하면서 갈등
을 빚어내다가 결국 단순율이 승리했다.(공동, 277~278) 아프리카의 하
우사인은 구비시에서 이미 사용하던 장단율을 아랍시의 전범을 받아들

---

44) O. M. Anujan, "Metrical Structures of South Indian Languages", Arabinda
Poddar ed., *Indian Literature, Proceedings of a Seminar* (Simla : Indian
Institute of Advanced Study, 1972)
45) Judith M. Jacob, *The Traditional Literature of Cambodia* (Oxford : Oxford
University Press, 1996), 53~64
46) Thomas John Hudak, *The Indigenization of Pali Meters in Thai Poetry*
(Athens, Ohio : Ohio University Center for International Studies, 1990)
47) Anatole-Roger Peltier, *Le roman classique lao* (Paris : École Française
d'Extrême-Orient, 1988), 41~46
48) Reuben Levy, *An Introduction to Persian Literature* (New York : Columbia
University Press, 1969), 175~176

여 재창조했다.[49] 스와힐리시는 하우사시 못지않게 아랍시의 영향을 받았으면서도 단순율로 일관했다.[50]

라틴어시의 장단율은 문명권 전체 여러 민족의 시에서 그대로 따르려고 했지만 그 어느 쪽에서도 잇지 못했다. 라틴어를 이어받은 이탈리아어와 프랑스어의 시는 장단을 상실한 탓에 그런 노력을 한 보람 없이 단순율에 머물렀다. 게르만인은 강약이 의미 구분에 관여하는 언어를 사용해 라틴어시도 강약율로 읽었으며, 라틴어시의 장단율을 재현한 결과가 강약율로 나타나는 것을 피할 수 없었다. 강약율은 공동문어문학에는 없고 후대에 출현한 민족어시의 율격이라는 점에서, 중세의 기준에서 본다면 다른 여러 곳의 단순율과 같은 저급한 율격이다.

독일인이나 영국인은 라틴어시의 장단율에 상응하는 자기네의 강약율 규칙을 라틴어시에서 쓰는 것과 같은 용어를 사용해 지칭했다. 그러나 주변부 가운데서도 주변부인 아이슬란드에서는 라틴어시를 자극의 원천으로 삼고, 거기 대응되는 자기네 강약율을 독자적으로 발견하고 정비하려는 노력을 일찍부터 했다. 13세기초에 스노리 스털루손(Snorri Sturluson)이 민족서사시의 전승을 정리한 〈산문 에다〉에서, 〈시형의 목록〉이라는 항목을 두고 자기네 언어에서 사용하는 율격에 대해 길고 자세한 논의를 편 것이 주목할 만한 일이다.(공동, 448~449)

3. 3. 중심부·중간부·주변부의 상관관계

중세의 공동문어는 문명권 전체의 공동자산이었다. 중심부에서만 사용한 문어는 공동문어가 아니고, 공동문어 사용에 참가하지 않은 민족

---

49) Mervyn Hiskett, *A History of Hausa Islamic Verse* (London : School of Oriental and African Studies, University of London, 1975), 175~181

50) Jan Knappert, *Four Centuries of Swahili Verse* (London : Darf. 1988), 37~45

은 중세인일 수 없었다. 공동문어는 기록을 위해서 필요한 것만은 아니었다. 문화수준을 높이는 것이 더욱 긴요한 기능이었다. 공동문어문학을 수준 높게 이룩하는 데 동참해야 중세문명권의 일원으로서 인정되었다.

중심부에서 공동문어문명을 받아들인 변방은 성격이 단일하지 않았다. 중심부와 가깝고 먼 등급을 가려, 중간부와 주변부로 나눌 수 있다.(공동, 436~) 중심과 변방 둘뿐이라고 하면 너무 단순하며 처음부터 더 많이 나누면 번다하므로, 중심부·중간부·주변부의 삼단계 구분을 하는 것이 총론을 무리 없이 전개하는 데 유리하다. 중심부·중간부·주변부에 각기 중심부·중간부·주변부가 있을 수 있다고 하면서 필요에 따라 세분하는 길을 열어두면, 중간부나 주변부에 해당하는 곳이 여럿이고 특성이 각기 다른 개별적인 양상을 파악하는 각론을 전개할 수 있다.

중세는 공동문어문학의 시대만이 아니고, 공동문어문학과 민족어가 상하로 나누어진 양층언어의 관계를 가지면서 함께 사용되던 시대였다. 그 사실을 바로 알아야 중심부·중간부·주변부의 상관관계를 바르게 파악할 수 있다. 공동문어문학의 육성에서는 중심부가 앞서고 중간부가 그 뒤를 따르고, 중간부보다 주변부는 더욱 뒤떨어진 선진과 후진의 격차가 있었다. 민족어문학의 성장은 그 반대여서 중심부보다 중간부가, 중간부보다는 주변부가 앞섰다. 어느 한쪽이 일방적으로 자랑스럽다고 할 것은 아니다.

문명권의 중심부에서 확립한 공동문어문학을 다른 곳에서도 중심부와 대등한 수준으로 이룩하려 한 시기가 중세전기이다. 중심부가 아닌 곳에서는 공동문어문학을 독자적으로 이룩하면서, 공동문어문학의 이념을 받아들인 민족어문학도 함께 육성한 시대가 중세후기이다. 공동문어문학을 민족어문학의 영향 아래 두면서 민족어문학을 공동문어문학보다 더욱 발전시킨 시대가 중세에서 근대로의 이행기이다.

중세전기에는 중심부의 위세가 대단했다. 다른 곳에서도 중심부와 대등한 수준으로 공동문어문학을 이룩하려는 희망은 실현될 수 없었다. 중세후기는 중간부가 두드러진 구실을 하는 시대였다. 중심부의 공동문어문학은 시대변화에 따른 혁신을 겪지 못해 창조력을 잃었으나, 중간부에서는 공동문어문학을 독자적으로 이룩한 성과를 뚜렷하게 보여주었고, 주변부의 공동문어문학은 여전히 수준 미달이었다. 중세에서 근대로의 이행기에는 주변부의 활동이 돋보였다. 중간부에서 공동문어문학과 민족어문학을 근접시킨 것보다 주변부에서 민족어문학을 그 자체로 발달시킨 것이 더욱 주목할 만한 변화였다.

중국·한국·일본은 한문문명권의 중심부·중간부·주변부이다. 그 세 곳이 중세전기, 중세후기, 중세에서 근대로의 이행기 동안에 공동문어문학과 민족어문학을 어떻게 이룩했는가 보여주는 전형적인 본보기이다. 그래서 다른 문명권의 문학사에도 널리 적용할 수 있는 보편적인 원리를 제시한다.

한국이 중간부이고 일본은 주변부라고 하는 가장 뚜렷한 증거는 과거제 실시 여부이다. 한문학의 능력을 시험해 인재를 등용하는 과거제를 중국에서는 7세기부터, 한국에서는 10세기부터 실시하고, 일본은 끝내 받아들이지 않았다. 그 결과 일본은 한문을 읽는 데 치중해 글 쓰는 능력이 모자랐다. 원래의 격식을 따르지 않고 자기네 말의 요소가 들어간 '變體漢文'을 쓰는 경우가 많았다.[51] 그 대신에 민족어 글쓰기를 일찍부터 발전시켜 8세기에 민족어시집 〈萬葉集〉을 편찬하고, 11세기에는 장편서사시문학 〈源氏物語〉를 이룩했다.

중세전기에 중국의 귀족문인들이 공동문어문학의 가치를 한껏 높이면서 창작 규범을 확립하고 문명권 전체의 고전을 창조할 때, 한국이나 일본에서는 부러워하면서 배우고 따르고자 했다. 변방의 '夷'를 버리고 중원의 '華'를 받아들이는 것 외에 다른 길은 없다고 생각했다. '夷'의 영역에 속하는 민족어문학, 그 가운데서도 부녀자들이 쓴 글이야 평가할

---

51) 峰岸 明, 《變體漢文》(東京 : 東京堂, 1986)

가치가 없다고 하고, 구비문학은 문학으로 인정하지도 않았다.

그러다가 중세후기로의 전환이 일어날 때 한국이 주도적인 구실을 했다. 12세기말에 무신란이 일어나 중앙의 귀족이 숙청되자, 진출의 기회를 얻은 지방의 중소지주 출신 신흥관료 士大夫가 그 일을 맡았다. 한국뿐만 아니라 동아시아 전체에서 전환이 요망되는 시기에 중세전기를 청산하고 중세후기를 창조하는 중심세력이 나타난 것이다. 그 선구자의 한 사람인 陳澕는 金나라에 사신으로 가면서, 동아시아 전체의 역사가 전환기에 이르렀다는 인식을 이런 한시를 써서 나타냈다.(통사 2, 26)

서쪽으로 중국은 이미 쓸쓸해지고,
북쪽 변방은 아직 혼미하기만 하다.
앉아서 문명의 새벽을 기다리노라니,
하늘 동쪽에서 해가 붉어지는도다.

그런 경험과 각성을 집약해서 나타내는 창작활동을 한층 광범위하게 펼치면서, 李奎報는 한시가 민족과 민중에 대한 인식과 표현을 갖추어 생기를 지니게 했다. 〈東明王篇〉이라는 서사시가 그런 성과의 하나이다. 자기 주위의 "어리석은 남녀"가 흔히 하는 이야기를 듣고 의심을 가지다가, 오랜 기록을 찾아 사실을 확인하고서, 고구려 건국시조의 신이한 행적을 재평가한 감격을 나타냈다. 중국에서 전래된 한시에는 없는 영웅서사시를 창작해 민족문학의 전통을 이었다.(통사 2, 90)

스스로 생각하니, 天帝의 손자가
마구간 치다꺼리나 하니 부끄러워라
가슴 만지며 언제나 몰래 일렀나니,
내 삶은 죽음만도 못하구나.
뜻은 장차 남쪽으로 내려가
나라와 城市를 세우는 데 있건만.

"天帝의 손자"라고 자부하는 영웅이 미천한 일을 하면서 시달리고 있는 고난을 이렇게 노래했다. 고난을 분발을 위한 자극으로 삼고 커다란 비약을 이룩하리라고 다짐했다. 같은 처지에 있다고 생각하는 사람이라면 누구든지 이것을 자기가 하는 말로 삼을 수 있다. 시련에서 창조가 이룩된다는 것은 이규보 자신을 포함한 당대의 많은 사람의 경험이고, 민족사의 교훈이며, 항구적인 진실이다.

이규보는 한문학의 규범을 충분히 휘어잡아서 중세전기까지의 전례와는 크게 다른 중세후기문학의 새로운 기풍을 과감하게 펼쳐 보였다. 민족의식과 현실인식으로 한문학이 생동하는 신천지를 열었다. 모방을 배격하고 새로운 착상을 독자적으로 구현하는 문학이라야 소중하다는 이론까지 갖추어 한 시대를 이끄는 문학운동을 선도했다. 동아시아 전체의 문학사에서 커다란 의의를 가져, 중국의 蘇軾과 더불어 중세전기가 끝나고 한국의 이규보에게서 중세후기가 시작되었다고 말할 수 있다.

이규보는 몽골의 침공에 완강하게 저항하는 데 앞섰다. 그 과정에서 다른 여러 시인들도 민중과 더욱 가까운 관계를 가지고 의식 혁신을 가속화했다. 조선왕조 창건과 더불어 새로운 역사 창조가 대규모로 진행되었다. 15세기에 독자적인 문자를 만들자 왕조서사시 〈龍飛御天歌〉와 불교서사시 〈月印千江之曲〉을 지어 서사시의 전통을 다시 활성화한 것을 비롯해 여러 형태의 격조 높은 민족어시가를 다채롭게 창작했다. 李滉이 연작시조 〈陶山十二曲〉에서 유학의 진실을 추구하는 구도자의 자세를 보여준 것도 그 가운데 하나이다.

그 시점에 이르러 중국은 한문학을 모범이 되게 창작하는 기능을 잃었다. 고전명문의 마지막 대가 唐宋八家가 활약하던 중세전기가 끝나자, 시문 어느 쪽에서도 주변의 여러 민족이 배우고 따라야 한다고 인정할 만한 것들이 다시 나타나지 않았다. 그렇다고 해서 민족어시를 만들어 그 결손을 보충할 수 있었던 것은 아니다. 다른 한편으로 문명권의 주변부인 일본에서는 새로운 문학담당층의 등장이 뚜렷하지 않아, 중세후기문학으로의 전환을 소극적으로, 부분적으로 보여주는 데 그쳤다.

중세에서 근대로의 이행기문학은 양상이 달라져 일본에서 대단한 발전을 보였다. 민족어문학인 소설과 희곡이 일본에서 가장 큰 인기를 누렸다. 소설은 중국이나 한국에서도, 희곡은 중국에서도 발달했으나, 일본의 소설은 출판과 판매가 활발하고, 창극이나 인형극의 흥행 또한 번영을 누려, 직업적인 작가가 생겨나게 했다. 일본의 시민인 '町人'은 중국이나 한국의 시민보다 앞선 능력을 가지고, 문학의 흥행을 적극 추진해서 그렇게 되었다.

한문문명권에는 다른 여러 민족집단이 공동문어문학 창작에 참여했다. 월남은 11세기에 과거제를 실시해 중간부로 등장했다. 한문학을 수준 높게 발전시키면서 자기 것으로 만들어, 중국의 거듭된 침공을 물리치는 자부심을 나타내고, 민족의 단합을 이룩하는 데 썼다. 15세기의 阮廌는 명나라에 복속된 조국을 해방시키는 전투를 문인의 식견으로 지휘하면서, 동족에게 하고 싶은 말을 한시와 민족어시 두 가지로 지어 전했다.(공동, 88)

> 삭풍이 바다로 불어닥치는 늠름한 기운으로,
> 시인의 배를 가볍게 일으켜 白藤江을 지나게 한다.
> 악어를 베고 고래를 쪼갠 산 모양 구비구비,
> 외가닥, 두가닥 창 부러지고 꺾인 해안 층층이.

〈白藤海口〉라고 한 한시 전반부이다. 배를 타고 백등강이 바다로 들어가는 곳을 지나가면서 경치를 읊은 시이다. 여기 저기 있는 섬들의 기괴하고 날카로운 모습을 실감나게 그렸다. 문명권 중심부를 그리워하지 않고 자기 나라 산천을 자랑스럽게 노래하는 것이 중세후기 변방의 시인이 할 일이었다.

백등강은 예사 강이 아니다. 중국이 월남을 침공할 때마다 전투가 벌어져 처참한 희생을 겪으면서 영웅적인 승리를 거둔 현장이다. 몽골군의 침공을 물리친 영웅 張漢超가 남긴 〈白藤江賦〉가 이 작품과 직접 연결된다. "악어를 베고 고래를 쪼갠" 것이 그 때의 전투 장면이고, "외가닥, 두가닥 창이 부러지고, 꺾인" 것은 용사들의 활약상이다. 장수의 임무를 맡은 시인이 늠름한 기상으로 그 곳을 다시 지나니 이번 싸움도 이길 수 있다고 확신해도 좋다.

이 작품은 이백의 〈早發白帝城〉과 흡사하다. 둘 다 자기 나라 강을 배를 타고 지나가는 느낌을 노래했다. 그러나 그 작품에서는 산천은 산천이기만 하고 시인은 시인일 뿐인데, 이 작품에서는 산천이 역사의 현장이고 시인이 구국의 임무를 맡고 있다. 문명권 중간부의 중세후기 시인은 사상과 문학 양면에서 보편주의를 독자적으로 구현하는 과업을 높은 수준으로 이룩해 조국을 지키고 문명을 빛냈다.

월남의 중세후기 한문학이 그렇게까지 떨치는 데 민족어문학은 충분히 호응하지 못했다. 阮廌가 한시와 대등한 수준으로 창작하고, 阮秉謙이 깊이 있는 작품으로 그 뒤를 이은 國音詩는 널리 숭상되기는 했어도, 한국의 시조나 가사, 일본의 和歌처럼 작자층이 늘어날 수는 없었다. 한자를 이용해 자국어를 표기하는 어려운 작업을 계속한 탓에 민족어 기록문학의 성장이 순조롭지 않았다.

다른 곳들도 사정이 좋지 못했다. 중국 서남부에 있던 白族의 나라 南詔는, 그 근처 여러 주변부 가운데서는 중심부라고 할 수 있을 정도로 한문학을 발전시켜 민족의식을 드높이고 민족어문학의 육성에도 힘썼으나 주권을 상실했다. 琉球 또한 한문문명권의 일원으로서 당당하게 등장했다가 지금은 일본의 일부가 되었다.

한문문명권의 중심부·중간부·주변부가 중세전기, 중세후기, 중세에서 근대로의 이행기에 가졌던 상관관계는 다른 문명권에서도 거의 같은 양상으로 나타나 세계문학사의 전개를 통괄해서 이해할 수 있게 한다. 여러 문명권의 중심부·중간부·주변부는 각기 그것들대로 공통점이 있다. 중세전기, 중세후기, 중세에서 근대로의 이행기는 어느 곳에서든지 기본적으로 같은 양상을 띠고 전개되었다. 세계문학사는 그 내부에 이질적인 것들이 아무리 많아도 전체적으로는 단일체인 증거가 바로 거기 있다.

산스크리트문명권의 중심부는 인도중원지방이다.(공동, 131~) 아리안족의 후예인 그곳 사람들의 구어는 산스크리트에서 파생되어 깊은 관련이 있다. 중간부는 남인도의 드라비다계 여러 민족의 문화권에서 동남아시아의 캄보디아까지이다. 주변부를 이루는 그 밖의 지역은 아주 넓어, 자바나 티베트의 경우를 대표적인 예증으로 삼아 특징을 고찰하기로 한다. 중간부나 주변부의 여러 곳에서는 산스크리트와 계통이나 구조가 아주 다른 민족어를 사용한다.

산스크리트 계통의 여러 언어 가운데 힌디어(Hindi)가 중심부 가운데서도 중심부의 위치에 있다. 힌디어는 문학창작에 사용된 시기가 인도의 다른 어느 언어보다 늦은 15세기이다. 브라만교가 대중종교로 다시 태어난 힌두교에 입각한 평등사상을 힌디어로 노래한 카비르(Kabir)가 새로운 시대 창조를 주도했다. 베 짜는 사람의 천한 신분에서 태어나 일자무식이었다고 하는 카비르는 모든 분열과 갈등을 넘어선 궁극적인 진리에 관해 스스로 깨달은 바를 자기 나름대로 나타냈다, 산스크리트 시인 칼리다사와는 아주 다르게 대중이 사용하는 힌디어를 사용해 아무런 수식을 갖추지 않은 노래를 지어, 여러 형태로 구전되면서 변형되게 했다.(철학, 299~300)[52]

남쪽의 드라비다계 민족들은 산스크리트문학과 민족어문학을 함께 육성하면서 민족문화의 역량을 발휘해 중세보편주의 이념을 재창조하는 데 힘썼다.[53] 산스크리트를 공동문어로, 불교와 힌두교를 보편종교로 삼은 문명권에 일찍 참여하고, 야만적인 아리안족의 침공 때문에 남쪽

---

52) J. N. Farquhar, *An Outline of the Religious Literature of India* (Delhi : Motilal Banarsidass, 1967), 333~335 ; Linda Hess, "Three Kabir Collections : a Comparative Study", Katherine Schomer and W. H. McLeod ed., *The Sants, Studies in a Devotional Traditions of India* (Delhi : Motilal Banarsidass, 1987)에서 한 이본고를 나중에 발견했다.

53) H. M. Nayak and B. R. Gopal ed., *South Indian Studies* (Mysore : Geetha Book House, 1990)에 수록된 여러 글에서 그 양상을 다각도로 고찰했다.

으로 밀려난 것을 원통하게 여기면서, 문화수준이 더 높은 선주민의 자부심을 지키려 했다. 그래서 문명권 전체의 보편적인 문명을 수준 높게 창조하는 데 적극 기여하면서, 민족어문학의 발전에 힘쓰는 이중의 작업을 추진했다.

문명권 전체를 이끌 산스크리트 철학서를 저술하는 과업은, 2세기의 나가르주나(Nagarjuna), 8세기의 산카라(Sankara), 12세기의 라마누자(Ramanuja)가 단계별로 맡아 수행했으며, 산스크리트 글쓰기를 18세기까지 활발하게 계속했다.[54] 그러나 계속 사용되는 산스크리트는 철학의 언어이지 문학의 언어는 아니었다. 산스크리트문학은 후대로 오면 특별히 내세울 것이 없었다. 문학은 민족어 사용을 활성화해 중세보편주의를 독자적으로 구현하는 방향으로 나아가면서 철학 못지 않게 놀라운 창조력을 보여주었다.

드라비다계 여러 민족이 각기 자기네 민족어문학 육성에 힘썼지만, 그 가운데 타밀(Tamil)민족이 보여준 열의가 특히 주목할 만하다. 동일한 문명권 안에 상이한 민족문화가 있어 독자적인 전통을 자랑한다는 사실을 거기서 가장 잘 보여준다. 민족문화 인식의 핵심 영역은 언어이다. 타밀인들은 타밀어를 '모국어'를 뜻하는 말인 '타이몰리'(taymoli)라고 일컬으면서 신앙의 대상으로 삼았다.[55]

타밀문학은 산스크리트문학과 만나기 전에 이미 대단한 수준으로 발전해 있었다고 하면서, 기원전 3세기에서 기원후 3세기까지 '상감'(Sangam)이라는 문학단체를 이루어 활동하던 시인들의 작품을 그 증거로 제시한다. 산스크리트문명권에 참가한 다음에도, 6세기경부터 10세기경까지 활동하던 순타라르(Cuntarar), 남말바르(Nammalvar)를 위

---

54) K. Krishnamoorthy, "Development of Sanskrit Literature in South India", 위의 책

55) Sumathi Ramaswamy, "Language of the People in the Worlds of Gods : Ideologies of Tamil before the Nation", *The Journal of Asian Studies 57*, No. 1 (Salt Lake City : The Association for Asian Studies, University of Utah, 1998)

시한 여러 성자-시인들이 힌두교 신앙의 깊은 체험을 나타낸 타밀어
노래가 풍부하게 이루어져 소중한 유산으로 평가한다. 그런 노래를 글
모르는 사람들도 외면서 깊은 감동을 받은 것을 자랑한다. 그런 노래를
모아 정리한 책을 민족의 고전으로 받들고 있다.(공동, 170)

> 거룩한 타밀의 노래로 그분을 칭송하면서
> 모든 신들이 존경하는 주님을 나는 본다.

순타라르는 이렇게 노래했다. 자기 나라 곳곳에 좌정하고 있는 힌두
교 신을 찾아 경배하는 성지순례를 하면서, 즉석에서 지어 부른 타밀어
노래로 최고의 진리를 추구했다. 그런 과정을 거처 수준 높게 축적된
정신적 각성의 성과를 라마누자가 가다듬은 산스크리트 저작이 중심부
로 전해져서 문명권 전체의 중세후기 이념을 제공했다. 카비르도 그 영
향을 받고 새로운 사상을 갖추었다.

캄보디아는 중세전기에 이미 산스크리트문학을 대단한 수준으로 이
룩해 자바의 후진성과 좋은 대조를 이루었다. 자바에서는 제대로 배우
지 못한 '섬나라 산스크리트'를 써서 '變體漢文'의 고장인 일본과 함께
문명권 주변부 후진성의 전형적인 모습을 보여주었다. 그 대신에 다른
나라보다 여러 세기 앞선 10세기부터 자기 언어로 글을 써서 다음 시대
로의 전환을 일찍 준비했다.[56]

중세전기에는 선진국이었던 캄보디아는 중세후기 이후에 쇠퇴의 길에
들어섰다. 산스크리트에서 팔리어로 공동문어를 바꾸는 전환에 뒤늦게
가담하면서 지난날의 위세를 상실했다. 캄보디아에 억눌려 지내던 후진
타이인이 그런 변화에 앞장서서 캄보디아가 뒤따르게 했다. 자바의 중세
후기문학은 아랍어문명권의 말레이문학과 유리한 위치에서 경쟁하다가,
중세에서 근대로의 이행기에는 우열이 역전되어 뒤로 밀리기 시작했다.

---

56) O. W. Wolters, *History, Culture and Region in Southeast Asian
Perspectives* (Singapore : Institute of Southeast Asian Studies, 1982), 47

티베트는 산스크리트문명을 받아들이자 바로 토착화해서 불경을 번역했다. 산스크리트경전을 직접 이용할 만한 지식층이 없었던 후진의 여건이 중세후기로의 전환을 촉진했다. 티베트어로 번역된 불경은 몽골에서도 함께 사용해 티베트어가 또 하나의 공동문어가 되게 했다. 티베트어 불교문학을 풍부하고 수준 높게 이룩해 중세후기를 자랑스러운 시대로 만든 성과가 대단하기 때문에 중세에서 근대로의 전환이 지연되었다.

팔리어문명권의 경우에는 중심부가 없어졌다.(공동, 197~) 팔리어가 특정 지역의 언어가 아니고, 팔리어 대신에 산스크리트를 사용하는 대승불교의 불교교단이 득세했기 때문이다. 팔리어는 문명권의 중간부라 할 수 있는 스리랑카에 보존되어, 민족어인 싱할리어와 양층언어의 관계를 유지하고 있었다. 그러다가 중세후기에 이르러 대승불교를 밀어내고 상좌불교를 일으키는 운동이 일어나자, 스리랑카의 팔리어를 동남아시아 여러 곳에서 배워갔다.

아랍어문명권의 중심부는 지금도 아랍어를 공용하는 지역이다.(공동, 227~) 그런 곳은 아랍제국의 일부가 되자 재래의 민족어가 없어지고 아랍어를 공동의 모국어로 사용하게 되었다. 공동문어인 아랍어를 서로 다르게 구어화한 것은 후대의 일이다. 아랍제국의 일부가 되었으면서도 민족어를 잃지 않고 아랍어와 함께 사용한 페르시아와 터키는 문명권의 중간부를 이루었다.

아랍문명권에서는 중세전기에 문명권 전체를 아우르는 제국이 망하고 다시 등장하지 않은 분열의 시대에 들어서면서 중세후기가 시작되었다. 그렇다고 해서 아랍문명권의 위세가 약화된 것은 아니다. 제국의 위엄과는 다른, 구도자의 정열에 의거해 진실성이 보장된 이슬람교는 멀리까지 전파되어, 평등한 사회를 이룩하고 현실의 삶에 충실하도록 하는 구실을 했다. 중세전기에 산스크리드문명권이 세계사 발진을 신도하고, 중세후기에는 아랍어문명권이 그 과업을 물려받았다. 두 문명의 접경지대에서 일어난 우열의 변화가 그 점을 잘 나타내준다.

아랍군의 침공을 받고 이슬람화한 페르시아에서 중세전기에는 아랍어문학을 하다가, 자기 발견의 진통을 겪고 페르시아어문학을 되찾았다. 전환의 주역 노릇을 한 11세기초의 페르도우시(Ferdowsi)는 이슬람침공 이전까지의 페르시아 역사를 〈왕들의 책〉(*Shah-nama*)에서 길게 노래해 아랍문학에는 없는 자기네 민족서사시의 전통을 되살렸다.(공동, 256) 이민족과의 싸움에 복잡하게 휘말려들어 누군지도 모르고 아들을 죽인 영웅의 비극을 그 중심에다 배치해, 당대의 현실을 되돌아보게 했다.

그러나 페르시아인은 이슬람교를 거부하지 않고 자기 종교로 만들어 더욱 발전시키는 주역으로 등장했다. 초월적인 각성의 심오한 경지를 체험한 '수피'의 노래를 페르시아어로 부른 아타르(Attar), 루미(Rumi), 사디(Sadi) 등의 시인이 문명권 전체의 중세후기문학의 가장 빛나는 업적을 이룩했다. 아타르는 수많은 새들이 자기네 군주를 찾아가는 과정을 그린 장시 〈새들의 회합〉(*Matnteq at-Tair*)을 지어 진리 탐구에서 생기는 갖가지 문제를 다루었다. 루미는 '수피'의 사상을 집대성한 장편 철학시 〈二行聯句集〉의 한 대목에서 이렇게 노래했다.(철학, 268)

여러 세대가 지나고 새 세대가 나타나면, 물은 달라져도 거기 비치는 달은 그대로 있다.

정의는 같은 정의이고, 학식도 같은 학식이지만, 사람들도 나라도 바뀌었다.

세대가 지나고 또 지나가지만, 오 친구여, 여기서 말하는 의미는 항상 그대로 있으며 영원하다.

흐르는 물은 여러 번 변하지만, 거기 비치는 달이나 별은 언제나 같다.

불교에서 말하는 '月印千江'과 같은 발상이다. 물이 계속 흘러가듯이 시대에 따라서, 나라에 따라서 사람도 달라지지만, 달에 해당하는 근본 이치는 변하지 않는다고 했다. 이슬람교를 창건한 아랍인이라고 해서 달에 가까이 가 있는 것은 아니다. 진지한 탐구의 자세를 가진다면 변방에서 진리를 더 깊이 체득할 수 있다. 중세전기의 아랍어시는 기교자랑이나 신세타령에 머물렀는데, 중세후기의 페르시아어시는 구도자의 진지한 자세를 보여주었다. 중세후기에 중간부의 문학에서 보인 특징은 한국이나 타밀에서도 확인되어 일반화할 수 있다.

페르시아어는 페르시아 이동 지역의 이슬람세계에서 널리 쓰여 또 하나의 공동문어가 되었다. 인도를 침공해 이슬람제국을 세운 사람들은 터키인이면서 페르시아어를 공용어로 사용하고, 페르시아어문학에 새로운 활기를 불어넣는 작업을 새 터전에서 수행했다. 페르시아어와 상하층 언어의 관계를 가진 우르두(Urdu)어가 성장해 우르두문학이 일어났다.

터키인이 세운 오스만제국은 중세에서 근대로의 이행기에 강력한 군사력으로 이슬람세계의 패권을 장악했으나, 문학에서는 그렇지 못했다. 아랍문학의 규범을 재현하는 데 치우쳐 독자적인 의의를 상실했다. 그러나 초원의 터키인은 민족문학의 전통을 지켰다. 문명권의 주변부를 이루고 있던 중앙아시아 쪽의 터키계 민족은 새로운 시대의 문학을 자유롭게 창조했다.

아랍어문학을 조금 경험하고 민족어문학을 이룩한 아프리카 하우사어(Hausa)와 스와힐리어(Swahili) 사용자들은 주변부의 양상을 잘 보여준다. 그 쪽은 아랍제국에 편입되지는 않았으며, 제국이 해체된 시기인 중세후기 이후에 아랍상인들과 관계를 가지면서 이슬람교와 아랍어를 받아들여, 민족문학을 기록문학으로 육성하는 데 필요한 사상을 마련하고 글쓰기 방법을 강구했다. 사하라 이남의 아프리카에서 그런 몇 곳만 유럽인의 침공이 시작되기 전에 문자문화를 이룩했다.

동남아시아의 말레이반도와 수마트라섬에서 말레이어 사용자들도 인도를 오가는 상인들과 접촉하면서 이슬람화해서, 문명권의 소속을 산스크리트문명권에서 아랍어문명권으로 바꾸면서 중세후기를 마련했다. 그 곳 사람들은 중심부에서 아주 먼 주변부 가운데서도 주변부에 자리

잡고 있어, 공동문어문학을 스스로 창조하는 역량이 부족하고 보편종교를 이해하는 수준도 낮았으나, 새로운 기풍으로 사회를 혁신하고 상하가 함께 즐기는 문학을 이룩해 큰 충격을 주었다.

말레이인은 앞 시대의 선도자 자바인과의 경쟁에서 승리해 중세에서 근대로의 이행기를 이룩하는 데 앞서나갔다. 오늘날 인도네시아의 중심지에서 가장 많은 사람이 사용하는 자바어는 버려두고 변방 사람들의 언어인 말레이어를 국어로 삼은 연유가 거기 있다. 그것은 선진과 후진의 교체가 일어난 흥미로운 사례의 하나이다.

문명권의 단일성을 보장하는 보편주의가 중세전기에 이룩되다가 중세후기에는 해체된 것은 널리 확인할 수 있는 현상이다. 중세전기에 산스크리트문명권과 한문문명권 양쪽에 함께 들어섰던 대승불교의 보편주의가 중세후기에는 해체되었다. 남아시아는 힌두교권과 이슬람교권으로 갈라지고, 동남아시아에도 상좌불교권과 이슬람교권이 생겨나고, 동아시아는 신유학을 지도이념으로 하는 사회가 되었다. 공동문어도 타격을 받아, 산스크리트권의 영역에 아랍어권·페르시아어권·팔리어권이 비집고 들어섰다.

그런 변화는 기본방향에서 주목할 만한 공통점이 있었다. 힌두교·이슬람교·상좌불교·신유학은 유래가 전혀 다른 사상이지만, 현실을 긍정해 이상과의 거리를 줄이고, 하층민을 존중해 상하층이 가까워지도록 한 점이 서로 같았다. 중세전기의 지배자인 대귀족을 대신해서, 동아시아의 사대부처럼 하층민과 어느 정도 가까운 위치에 있는 중소귀족이 정권을 담당하면서 그런 변화가 일제히 나타났다고 할 수 있다.

그리스어문명권의 중심부인 비잔틴제국에서는 중세후기까지 전환을 순조롭게 이룩해 공동문어문학과 민족어문학을 함께 육성했으나, 이슬람권의 침공으로 망하고 그 땅이 아랍어문명권의 일부가 되었다. 그리스어 성서를 자기네 언어로 번역해서 사용하던 에티오피아, 아르메니아, 그루지아, 러시아 등은 성서를 번역하는 데 사용한 언어를 제2의 공동문어로 삼아 작은 영역에서 각기 그 나름대로 중심부 노릇도 했다.

에티오피아는 아랍군의 공격을 견디어내면서 연원이 오랜 독자적인 기독교를 자랑스럽게 지켜내어 중간부라고 할 수 있을 지위를 누렸다. 종교문어인 게에즈(Ge'ez)와는 다른 언어인 암하릭(Amharic)을 사용하는 구어문학이 별도로 일어나기는 했으나 종교적 보수성에 눌려서 큰 구실을 하지 못했다. 주변의 강대민족 때문에 더욱 시달려온 아르메니아나 그루지아는 민족정신을 종교의 전통을 통해 지켜왔다.

그루지아는 아랍인의 침공을 받고 민족의 존립이 위태로운 지경에 이르러, 이슬람교에 맞서서 기독교를 옹호하고, 아랍어에 굴복하지 않고 그루지아어를 지키기 위해 투쟁했다. 10세기의 이오아네-조시메(Ioane-Zosime)는 시 작품으로서도 높이 평가될 수 있는 기독교의 찬미가를 풍부하게 창작했다. 그 가운데 다음과 같은 대목이 있다. 신과 바로 통하는 위치에 있어 다른 모든 언어보다 우월한 그루지아어가 수난을 피하기 위해 땅에 묻혀 잠들었지만 재림하는 구세주처럼 다시 살아날 것이라고 했다.(공동, 353)

그루지아의 언어는 묻혀 있다.
구세주의 재림을 기다리는 순교자처럼.
하느님은 보는 언어를
이 언어를 통해서 들으시리라.
그래서 이 언어는
아직 잠들어 있다.

에티오피아의 게에즈나 러시아의 교회슬라브어 같은 성서의 언어는 각자 자기네의 언어라도 구어와는 점점 멀어지면서 중세보편주의를 견지하고 시대 변화를 막는 보수적인 구실을 해왔다. 구어 상태의 민족어가 그것과 공존하려면 획기적인 전환이 있어야 했다. 중세보편주의문명을 민족문화로 만드는 데 앞선 자랑스러운 공적이 다음 시대로 나아가는 변화를 가로막는 역기능을 수행했다.

러시아에서는 키에프에 수도를 두었던 중세전기의 국가가 몽골군에게 망해, 모스크바에 중심을 둔 중세후기의 러시아가 시작될 수 있었다. 몽골군의 침공 때문에 러시아인이 겪은 시련을 다루면서 민족의식을 다진 작품이 많이 나와 문학사의 전환을 구체화했다. 그 좋은 본보기인 〈돈 강 이야기〉(*Zadonschchina*)를 보면, 1380년에 이르러 몽골군에게 최초의 승리를 거둔 군주의 위업을 기록하고, 그 말미에서 "영광의 도시 모스크바로 돌아가자", "우리는 명예와 영광스러운 이름을 얻었다"고 했다.[57]

몽골군의 침공은 러시아뿐만 아니라 유라시아대륙 전체를 흔들었다. 일본, 한국, 중국, 자바, 미얀마, 중앙아시아 여러 곳, 아랍세계, 러시아 등지에서 모두 중세전기의 국가를 무너뜨리거나 그 지배세력을 몰락시켰다. 민족수난에 대처하는 새로운 세력이 일어나 중세후기라는 새로운 시대를 이룩할 수 있는 계기를 만들었다. 그러나 몽골의 침공이 시대변화의 원인이 되지는 않았다. 그런 일이 없어도 시대는 변하게 되어 있었다. 그러나 시간적 격차를 많이 두고 일어났을 사건이 동시다발로 터지게 해서, 몽골군은 스스로 뜻하지는 않았지만 세계사의 시공자 노릇을 했다.

라틴어문명권에는 많은 나라가 있고, 서로 조금씩 달라 중심부의 중심부에서 주변부의 주변부까지 다양하게 분포되어 있다. 이탈리아·프랑스·독일·영국·스칸디나비아가 단계적인 차이를 보인다. 스칸디나비아에서도 덴마크·스웨덴·노르웨이·아이슬란드로 가면 주변부의 문학이 어떤지 더욱 구체적으로 파악할 수 있다. 어느 문명권에나 공통적으로 존재하는 현상이 유럽에는 나라가 많아 더욱 세분되어 나타난다.

이탈리아는 공동문어문학의 본고장이어서 민족어문학의 등장이 가장 늦었다. 14세기에 단테(Dante Alighieri)가 오랜 권위를 가진 문어 라틴어를 버리고 아직 구두어에 지나지 않는 천박한 이탈리아어로 〈신

---

57) 조주관 편역, 《러시아고대문학선집》(서울 : 열린책들, 1995), 1, 280

곡〉(*Divina comedia*)을 쓴 것은 대단한 결단이었다. 그래서 그 이유를 밝히는 글을 라틴어로 써서 남겨야 했다.

프랑스에서는 이탈리아보다 먼저 민족어문학을 일으켰으나 라틴어문학의 위세를 당해내지 못했다. 독일에서는 라틴어문학과 민족어문학이 대등한 비중을 가지고 공존했다. 문명권의 주변부인 영국에서는 일찍부터 민족어문학에 힘썼다. 중심부·중간부·주변부가 그렇게 다른 것은 전형적인 현상이다.

더욱 주변부인 아이슬란드 사람들이 글을 쓸 줄 알게 되자 민족어문학을 일으키는 길에 바로 들어선 점은 특이하다.[58] 11세기에 이르러야 기독교를 받아들이고 라틴어를 배워 중세화가 많이 늦었지만, 라틴어문학을 육성하는 데는 관심을 가지지 않고 라틴어에서 배운 방식을 민족어 글쓰기에 적용해, 후진이 선진이 되는 전환을 보여주었다. 12세기초의 성직자 아리 토르길손(Ari Thorgilsson)은 자국민의 내력에 관한 전승을 〈아이슬란드 사람들의 책〉(*Islendingabok*)에다 정착시켰다.(문명, 31) 13세기의 스노리 스투르루손(Snorri Sturluson)은 민족문화 정리 사업을 더욱 확대했다. 그런 업적이 유럽에서 가장 앞섰을 뿐만 아니라, 다른 여러 문명권의 주변부, 아랍어권의 스와힐리, 산스크리트권의 자바, 한문권의 일본보다 더욱 풍부하다.

중세문명의 두 기둥인 보편종교와 공동문어를 어떻게 평가할 것인가 하는 문제에 대한 해답은 입각점에 따라 다르다. 오랜 권위를 존중하는 중심부의 중세인은 민족신앙에 대한 보편종교, 민족어에 대한 공동문어의 우위를 확신했다. 주변부의 견해를 발전시킨 근대의 논자들은 보편종교가 민족문화의 발전을 저해하고, 공동문어 때문에 민족어 성장에 지장이 있었다고 한다. 그러나 그 중간이 진실임을 중간부에서는 일찍부터 알고 있었다. 보편종교와 민족신앙, 공동문어와 민족어는 생극의

---

58) T. M. Andersson, "The Emergence of Vernacular Literature in Iceland", R. G. Collins and John Wortley ed., *On the Rise of Vernacular Literatures in the Middle Ages* (Winnipeg, Canada : University of Manitoba Press, 1975)

관계를 가져 서로 다투면서 창조적인 역량을 발휘해왔다.

공동문어를 받아들인 것은 저주인가 축복인가? 저주가 아니라 축복이다. 공동문어를 받아들여 민족어와 생극의 관계를 가지게 하지 않고서 민족어를 글쓰기를 통해 가다듬고 통일시킨 곳은 하나도 없다. 일본이든 아이슬란드이든 공동문어문명의 일원이 된 덕분에 민족어 글쓰기의 오랜 역사를 자랑할 수 있었다. 공동문어의 간섭이 없었다면 민족어를 더욱 빛낼 수 있었으리라는 상상은 부당하다.

그러나 일본인과 다투던 아이누인, 아이슬란드 이웃의 이누이트는 공동문어권역에 들어서지 않아 문자문명을 누리지 못했으며, 오늘날 국가를 이루지 못하고 있고, 국어가 없음은 물론이다. 시베리아나 오세아니아의 여러 민족, 미주대륙의 원주민, 사하라 이남 아프리카의 대다수 사람들도 같은 처지이다. 필리핀이나 아프리카의 많은 나라는 상당한 크기의 독립국을 이룩하고 문화적 통합을 시도하면서도 그 핵심인 국어가 없어 고민하고 있다.

그렇지만 그런 곳의 문학이 변화를 겪지 않은 것은 아니다. 공동문어를 받아들여 민족어 글쓰기를 시작하지 않고 구비문학만으로 이어져온 문학에도 중세화를 지향한 노력이 나타난 경우가 있어 면밀하게 살펴야 한다. 독자적인 창조는 미완성에 그쳤어도 이식한 완성품보다 더욱 값질 수 있다. 그러한 사례는 공동문어권에 들어선 문학과 견주어 살피면서 발견하고 평가해야 한다.

중세화로 나아가고자 하는 노력은 부분적으로나 하고, 원시문학 또는 고대문학의 유산을 이어오는 데 힘쓴 것을 뒤떨어졌다고 폄하할 것이 아니다. 그런 유산을 생생하게 간직한 민족이나 집단은 인류의 장래를 위해 커다란 기여를 할 수 있다. 근대를 극복하고 다음 시대의 세계사를 창조하기 위해서 중세문명의 유산을 되살리는 것만으로는 부족하다. 고대문학이나 원시문학이 지닌 지혜를 다시 활용해야 한다. 발전이 순환이고 순환이 발전이라고 하는 생극론의 사관에서는, 원시 이래의 순환이 근대를 이룩한 발전 못지않게 소중하다.

3. 4. 서사시의 중세화

문명권의 중심부에서 이룩한 공동문어와 보편종교를 변방에서 받아들이면서 중세화가 이루어졌다. 그 대열에 들어서지 못한 민족은 중세화하지 못하고 그 이전 단계에 머물렀다. 아이누인, 필리핀인, 하와이인 등이 바로 그런 경우이다. 그러나 서사시 전승을 자세하게 살피면 중세화를 이룩하고자 한 자취가 확인된다.

그것은 세계사의 전개를 새롭게 이해하는 데 필요한 아주 소중한 자료이다. 중세화는 독자적인 모색과 외래의 자극이 합쳐져야 가능했으며, 그 어느 하나만으로는 불가능했다. 독자적인 모색의 증거는 외부의 자극을 받지 않아 중세화를 시도하다가 말았던 곳에서나 구체적으로 확인할 수 있고, 구비서사시가 거의 유일한 자료이다.

아이누인의 서사시에는 이미 살핀 '가무이 유카르'(kamui-yukar)라고 하는 원시 신앙서사시, '아이누 유카르'(ainu-yukar)라고 하는 고대 영웅서사시 외에, '메노코 유카르'(menoko-yukar)라고 하는 것이 하나 더 있다.(동아, 169~) 일본어로는 '婦女詞曲'이라고 일컫는 그 서사시의 주인공은 신도 영웅도 아니고 범인이며, 그 가운데 여성이다. 여성이 겪는 일을 다루는 생활서사시이며, 그 가운데 애정서사시라고 할 것들이 있다.

사랑싸움의 피해자가 된 주인공이 죽었다가 다시 살아나 복수하는 싸움을 벌인다. 애정을 성취하고자 하는 욕구가 강렬해 삶과 죽음의 경계를 넘나들기까지 하는 것을 보면, 세계 도처에서 발견되는 애정서사시 일반의 특징을 특이한 방식으로 나타냈다고 할 수 있다. 죽음에 대해서 말하기 위해 영웅서사시에는 없는 저승에 대한 생각을 펼쳐 보인 것이 주목할 만한 변화이다.

경제나 정치에서 아이누사회는 고대에 머물렀지만, 생활방식에서는 상당한 변화가 일어났다. 서사시를 사제자가 아닌 예사 사람들이 노래하고 부녀자도 전승과 창작에 참여하고, 영웅서사시와는 다른 애정서사시를 만들어내면서 남녀가 만나고 헤어지는 이유를 현세를 넘어선 영역을 개입시켜 설명하는 내세관을 갖춘 것이 함께 일어난 변화이다. 예사 사람들의 일상생활을 소중하게 여겨야 마땅하다는 요구가 사회 저변에서 대두해 중세화의 시발점을 마련했다고 할 수 있다.

필리핀인들도 중세화를 이룩하지 못했다. 상이한 집단이 자기중심주의를 내세우며 서로 싸우기만 하고, 중세국가가 나타나 보편적인 이념을 선포하는 데는 이르지 않았다. 그 어느 중세문명권에도 소속되지 않고 고립되어 있다가 라틴어문명권 스페인의 식민지가 되었다가 다시 미국의 통치를 받게 되었다. 기록문학은 스페인어를 사용하면서 시작되어 성립과 발전이 많이 뒤떨어졌으나, 장편 구비서사시의 풍부한 유산이 계속 발견되어 세계문학사의 전개를 새롭게 이해하는 증거를 제공한다.

대부분의 구비서사시는 영웅서사시이며, 자기 집단의 우월성을 과시하고 다른 집단과 싸워 이긴 승리를 찬양했다. 그런데 아주 복잡한 내용을 가장 장편으로 꾸민 〈아규〉(*Agyu*)라는 것은 그 이상의 내용을 갖추었다.(동아, 370~) 자기 집단의 지도자가 슬기로워 다른 집단과의 분쟁을 피해 멀리 이주해 패배를 승리로 바꾼 내력을 말하고, 비슷한 처지에 있어 독립을 아쉽게 여기는 다른 여러 민족집단을 불러모아 이상향에서 함께 살도록 했다고 했다.

거기서 여러 집단의 영웅들이 서로 싸워 피를 흘리며 죽는 일이 나날이 벌어진다고 하면서 그 광경을 요란스럽게 묘사했다. 그렇지만 그 싸움은 적대감의 표현이 아니라 긴장을 해소하는 놀이여서, 상처가 바로 아물고 죽은 사람이 곧 살아난다고 했다. 여러 민족이 소모적인 경쟁을 그만두고 단합해서 평화를 이루고자 하는 이상론을 제시하면서, 현실의 갈등은 무효로 돌리고자 해서 그런 구상을 마련했다. 고대의 갈등을 해소하고 평화와 화합을 이룩하는 중세보편주의 국가를 막연한 형태로 그렸다.

그런 생각을 하는 고대사회라면 중세로의 전환을 겪는 것이 당연히 요청되었다. 남쪽의 자바나 수마트라는 산스크리트문명권에 소속되고, 북쪽의 일본열도는 한문문명권에 들어가서 그런 희망을 이루었다. 그런데 필리핀은 자연조건이나 생활방식 또는 인종의 계통이 그 두 쪽과 비슷하면서도 문명권의 중심부나 중간부에서 조금 더 멀어 동등한 기회를 얻지 못했다.

중국 서남부의 여러 소수민족은 오랫동안 중국의 억압에 시달려야 했다. 민족서사시를 힘써 전승해 주체성 각성의 근거로 삼으면서 그것을 중세서사시로 발전시켜야 중국이 과시하는 중세적인 역량에 대처할 수 있었다. 국가를 이룩해 독립을 지키는 경우에는 중국에서 받아들인 한문문명을 자기 것으로 만들어 재창조하는 데 더욱 힘썼지만, 그렇지 못하고 흩어져 살면서 중국의 지배나 간섭을 받은 더 많은 경우에는 구비서사시를 응전의 방법으로 삼아야 했다.

원시의 창세서사시나 고대의 영웅서사시를 지키는 데 그치지 않고 중세서사시를 창조하는 데까지 이른 사례 가운데, 우선 주목할 만한 侗族의 〈薩歲之歌〉는 민족수호신으로 숭앙된 薩歲라고 하는 여성의 수난과 투쟁을 노래한 여성영웅서사시이다.(동아, 209~) 가난하고 미천한 처지에서 태어나 종살이까지 해야 했던 여인과 그 가족이 삼대에 걸쳐 겪은 수난을 다룬 내용이다. 神鐵을 찾아 寶刀를 만들고, 오랜 내력이 있는 神扇을 얻은 것이 화근이 되어, 적대민족 官兵의 핍박을 받아 가족이 모두 참살되는 비극을 겪어야 했다. 그 여인의 딸이 두 딸과 함께 바위에 투신해서 죽은 뒤에 신이 되어 '薩歲'라는 존칭을 얻고서, 官兵과 싸우는 자기 민족의 투쟁을 이끌었다고 했다.

그 이야기는 역사기록과 연관되어 있다. 당나라에서 郡을 설치한 곳이 "薩歲婢奔이 희생된 곳"이라고 한다. 작품 속의 官兵은 당나라 군사로 보아 마땅하다. 당나라의 압박 때문에 자기 민족이 희생된 내력을 서사시를 지어 서술하면서, 민족수호신을 받들게 된 경위를 설명하고, 자기 민족의 처지가 미천하고 가련했다는 사실을 강조해서 말했다.

侗族의 〈祖公之歌〉라고 하는 더욱 장편인 영웅서사시는, 다른 민족
들과 관련시켜 자기 민족의 역사를 총괄하는 일을 했다. 인류의 시조
章良과 章妹의 후손이 늘어나 사방에 퍼져 살게 되면서 네 민족이 분화
되었다 하고, 瑤族·漢族·苗族의 유래와 풍속에 관해서 말한 다음에 자
기 민족의 역사를 이야기했다. 자기 민족은 그런 이웃 민족들과 다르며,
그런 이웃 민족들의 박해를 받으며 살아왔다고 했다.(동아, 210)

조정은 없고, 사람들만 있도다.
관가는 없고, 薩歲의 신령만 있도다.
황제 있다고 말할 줄 모르고, 부모 있다고 말할 줄 안다.
곡식을 바칠 줄은 모르고, 농사를 지을 줄만 안다.

자기 민족에 관한 서술 서두에서 이렇게 말했다. 국가를 세우지 않고
살아가며, 한족의 황제를 받들지 않고 민족 수호신을 받든다고 했다. 그
래서 황제 나라의 침략 때문에 시달려야 했다. 민족 수호신을 받들어
주체의식을 드높인다고 해서 외침을 막을 수 있는 힘이 생기는 것은 아
니었다. 살 만한 땅을 찾아서 이주를 거듭하다가 지금의 주거지에 와서
자리를 잡은 시련의 역사를 구체적인 지명을 사용하면서 소상하게 밝
혀, 후손이 대대로 외면서 선조의 역사를 알도록 했다. 신화적인 설정은
멀리하고 역사적인 사실을 있었던 그대로 전하려고 했다.
자기 민족 용사들이 모여 활쏘기 시합을 할 때, 勞宜라는 장수가 쏜
화살이 황제의 궁전까지 날아가서 중앙의 기둥에 박히니, 신하들이 크
게 놀라고 황제가 진노해 화살 쏜 사람을 잡아오라고 했다. 그 때문에
민족 전체가 도망을 쳐서 삶의 터전을 다시 찾아야 했다. 한족의 황제
가 핍박해 주거지를 자주 옮기면서 어렵게 살아온 내력을 다룬 두 작품
가운데 하나는 신화적인 설정의 여성영웅서사시이고, 다른 하나는 역사
적인 내용의 남성영웅서사시여서 서로 보완하는 관계에 있다고 할 수
있다. 영웅서사시의 더욱 오랜 형태인 앞의 것을 먼저 만들고, 그것만으

로 부족하다고 여겨 뒤의 것을 새롭게 마련해서 양쪽을 함께 간직했다.

彝族의 영웅서사시 〈銅鼓王〉은 서두에서 창세서사시를 간략하게 서술한 데 이어서, 자기 민족의 역사는 중국의 三皇五帝보다 먼저 시작되었다고 했다.(동아, 211~) 그런데도 다른 민족의 침공 때문에 수난이 거듭되었다고 했다. 수난을 견디어내면서 민족의 정통성과 주체성을 지켜온 과정을 먼 선조가 만든 ‘銅鼓’라고 하는 구리북과 관련시켜 노래했다. 구리북을 만든 선조 부부를 ‘銅鼓王’이라고 칭하고 숭앙하면서, 민족의 역사를 노래했다. 구리북을 줄곧 지켜오면서 그것을 두드리고 노래 부르고 춤추는 축제를 계속해서 했다고 자랑했다. 서두의 〈序歌〉에서는 그 노래 전체의 성격을 다음과 같이 요약했다.(동아, 213)

> 영웅이 큰 과업을 이루니,
> 웅대한 뜻이 산하를 진동하네.
> 산하에 신령스러운 기운 보태지고,
> 광채가 역사책을 비춘다.

〈爭鼓〉라는 데서는 주위의 여섯 민족 六詔가 다투는 사건이 일어났다. 그 가운데 하나인 南詔王이 唐나라로부터 雲南王으로 책봉되자 횡포를 부려 이족을 침공했으나, 격퇴했다고 했다. 銅鼓王의 지위를 물려받은 彝族의 지도자가 적군을 맞이해서 슬기롭게 싸우는 모습을 그렸다. 그런 대목에서는 이 노래가 彝族 역사서 구실을 한다. 그러나 彝族이 정치적인 통일체를 이루고 국가를 지켜온 것은 아니다. 정치적인 결속은 없이 흩어져 살아와서, 구리북을 두드리며 노는 축제를 함께 벌이고 〈銅鼓王〉을 노래하면서 민족의 유대를 확인했다. 뒤로 가면 역사보다는 풍속에 관한 내용이 더 많아져서, 풍물시의 성격이 더욱 두드러진다.

중국 서남부 민족군은 범인을 주인공으로 한 생활서사시도 풍성하게 창조했다. 그 가운데 가장 긴요한 관심사는 애정이다. 사랑하는 남녀의 결연이 최상의 소재이다. 애정의 시련이나 파탄을 다루는 것이 예사이다. 그렇게 하면서 여성 쪽의 발언을 많이 나타냈다. 영웅서사시에서는 남성서사시가 우세했지만, 생활서사시에서는 여성서사시라고 할 수 있는 것이 더 큰 비중을 차지했다.

納西族의 〈魯般魯饒〉에서는 사랑하는 남자가 다른 여자와 결혼한 파탄을 그렸다. 白族의 〈青姑娘〉과 彝族의 〈阿詩瑪〉는 강압적으로 이루어지는 혼인의 비극을 다루었다. 〈梁山伯과 祝英臺〉는 白族과 侗族의 공동의 애정서사시이며, 중국에서는 설화로 전하는 내용이다. 한국에도 그 이야기를 다룬 소설과 서사시가 있다.

한국은 서사시가 많은 곳은 아니다. 한문학이 발달하면서 구비전승은 천대받고, 서정시가 서사시를 누른 탓에 동아시아 문명권 변방의 다른 여러 민족과 비슷한 양상으로 지녀온 구비서사시가 많이 손상되었다. 그런 시련을 겪으면서도 기층민중이 창조력을 발휘해 서사시의 중세화를 다양하게 이룩한 점이 특이하다.

고대서사시인 무속서사시는 원래의 의미에서 이탈하는 변화를 보였다. 거듭되는 죽음의 위기를 극복한 여성영웅 〈바리공주〉의 주인공이 커다란 투쟁은 버려두고, 딸에 대한 차별을 문제로 삼아 순종하는 자세로 해결책을 제시한다. 딸이라는 이유에서 자기를 버린 부모를 새로운 시련을 자청하면서 극진한 효도로 섬겨, 어떤 조건에서도 자식의 도리를 다하는 중세도덕을 실행하는 전범을 보인다.

제주도의 서사무가에서 마을 수호신을 섬기는 당본풀이와는 별도로 어디서나 받드는 신의 내력을 말하는 일반본풀이를 만들어낸 것이 커다란 변화이다. 중세의 창조물로 출현한 것으로 생각되는 일반본풀이가, 중세에서 근대로의 이행기 동안의 변화를 거치면서 무속의 사고방식을 넘어섰다. 지방 관아의 아전이 원님의 명령을 받고 저승의 염라대왕을 불러왔다고 하는 〈차사본풀이〉에서는, 이승에 대한 저승의 우위를 부정해 신앙비판서사시라고 할 것을 이룩했다. 〈이공본풀이〉는 저승에 가서 벼슬하는 사람의 아들이 헤어졌던 아버지를 찾고 어머니를 위기에서 구출하면서 겪은 고난을 이야기한 생활서사시이다.

한국에서는 서사시를 기록문학으로 창작하는 데도 힘썼다. 13세기에 李奎報는 〈東明王篇〉에서 이른 시기 건국의 시조를 칭송하는 영웅서사시를 한시로 지어, 공동문어문학을 민족문학의 새로운 창조를 위해 활용했다. 15세기의 〈龍飛御天歌〉에서는 조선왕조를 새롭게 창건한 위업을 민족어서사시로 노래해 칭송하면서, 중국 고전에 나타난 사례와 대비하는 방법을 써서 평가의 기준을 문명권 전체의 보편적인 이념에 두고자 했다.

불교서사시를 공동문어문학으로도, 민족어문학으로도 창작했다. 14세기 승려 雲默의 〈釋迦如來行蹟頌〉은 천지 창조, 인도의 역사, 석가의 생애와 득도, 불교의 전래 등의 내용을 두루 갖추었다. 15세기에 왕실에서 민족어로 창작한 〈月印千江之曲〉에서는 석가의 생애와 득도 부분을 집중해서 다루었다. 중국을 위시한 한문문명권의 다른 나라에서는 번역본 〈佛所行讚〉으로 만족했는데, 한국에서 불교서사시를 거듭 창작한 것은 구비서사시의 전통이 살아 있어 기록문학의 영역으로 치밀어 올라온 데서 그 이유를 찾을 수 있다.

〈龍飛御天歌〉와 〈月印千江之曲〉은 고유문자를 창제하고 사용을 시험하면서 거의 같은 시기에 창작했다. 서사시를 민족어 기록문학으로 내놓아야 하겠다는 잠재적인 요구가 커서 그렇게 했다고 생각된다. 양쪽에서 사용한 유사한 형식은 서사무가에서 가져온 것으로 이해된다. 한쪽에서는 여러 대에 걸쳐 건국의 시조들이 영웅적인 투쟁을 벌인 결과 마침내 새로운 왕조를 창건한 내력을, 다른 쪽에서는 여러 생을 거치면서 시련을 겪고 도를 닦다가 마침내 궁극적인 깨달음을 이룬 위업을 칭송한 점도 상통한다.

그러면서 〈용비어천가〉는 국가의 통치이념을 선포하는 유교서사시이고, 〈월인천강지곡〉은 왕실의 신앙을 위해 필요한 불교서사시여서 서로 대조가 된다. 유교서사시에서는 건국서사시의 오랜 진동을 이어 새 왕조 창건의 주역들을 칭송하면서, 천명을 받아 백성에게 덕치를 베푼다는 역사관을 구현해 중세이념을 확고히 했다. 국가에서 선포한 유교이념과는 상치되는 불교를 왕실 가족들의 내면적인 위안과 구원을 위한 길로 삼았다.

한문문명권을 벗어나 몽골인·티베트인·터키인이 사는 곳으로 가면, 서사시가 더 큰 의의를 가졌다. 중국에서 밀려오는 한문문명의 위세에 맞서서 민족의 전통을 수호하고 주체성을 확립하는 근거를 서사시에서 찾았다. 고대 이래의 전승보다 더 큰 규모로 다시 창작한 구비서사시 가운데 가장 우뚝한 것을 민족서사시의 대표작으로 삼아, 시대 변화에 대응하는 논리를 나타내는 중세문학의 자랑스러운 창조물이 되도록 했다.

몽골에 전승되고 있는 많은 서사시 가운데 〈장가르〉(*Djangar*, 江格爾)가 특히 우뚝한 위치를 차지하는 거작이다. 몽골제국의 원나라가 명나라의 공격을 받아 해체되고, 몽골민족이 북쪽으로 돌아가 北元을 이룩하고 있을 시기인 15세기에 과거에 대한 회고와 미래에 대한 소망을 그 작품에 나타냈다. 주인공을 징기스칸으로 하지 않고 장가르라는 가공의 인물을 등장시켜, 어느 때든지 다시 일어날 수 있는 일을 다루었다.

작품 서두에서 흉포한 마귀가 쳐들어와서 부모를 죽이고 장가르를 고아로 만들었다고 한 말은 명나라 때문에 몽골제국이 망한 것을 뜻한다고 이해할 수 있다. 장가르가 적을 물리치고 잃어버린 영토를 모두 회복했다고 한 것은 몽골제국 재건하자는 소망의 표현이다. 장가르는 세 살 때 평생 생사를 같이 할 神馬를 발견해 올라타고 싸움에 나서서, 마왕을 물리치기 시작했다. 일곱 살 때에는 일곱 나라를 정복해서 영웅의 이름을 사방에 떨치고, 해가 뜨는 동쪽 나라 공주와 혼인을 했다. 마침내 모든 투쟁에서 승리해 다음과 같은 이상을 달성했다고 했다.(동아, 294)

> 가장 빠른 말을 타고 앞서나가면서,
> 사자와 같은 영웅들을 거느리고,
> 42개 칸의 나라들을 공략해,
> 잃어버린 영토를 모두 회복했다.

백성들이 죽지 않고 오래 살면서,
25세의 청춘을 영원히 지니게 했다.

영웅에 대한 과도한 칭송은 고대적인 사고방식의 표출이라고 할 수
있다. 그러나 영웅이 위대한 힘을 발휘해서 홀로 우뚝하다고 하지 않고,
백성들의 간절한 소망을 이루어주어 영웅이 위대하다고 한 데서는 중
세적인 영웅관을 나타냈다고 보아 마땅하다. 자기 집단 내부의 요구인
愛民을 막연하게 표방하는 데 그치지 않고, 장가르의 통치가 정당함을
대외적으로도 과시하는 정치적 주장을 다채롭게 갖추었다.

몽골민족이 자랑하는 또 하나의 중세서사시가 티베트에서 받아들인
〈게사르〉(Gesar, 格薩爾)이다. 천하 모든 영역의 지배자를 예찬한 점
에서 〈장가르〉와 〈게사르〉는 서로 같다. 그러면서 장가르의 영역은 천
하로 한정되어 있지만, 게사르는 천상에서 내려온 부처여서 천상과 천
하를 아우른 점이 서로 다르다. 〈장가르〉에도 불교의 요소나 관념이 들
어와 있지만 일관된 의미를 지니는 것은 아니다. 그런데 〈게사르〉는 불
교서사시라고 할 수 있는 내용을 잘 갖추어 전개된다.

〈게사르〉에서는 중세보편주의의 원천을 인도에서 찾았다. 산스크리
트불교문명권에서 유래한 중세보편주의를 자기 것으로 재창조해서 한
문유교문명권을 압도하는 구상을 펼쳐 보였다. 〈장가르〉는 구비서사시
일 뿐인데, 〈게사르〉는 구비서사시면서 또한 기록서사시이다. 중국의
문자문화에 대해서 구전으로 맞서는 데 그치지 않고 또 하나의 문자문
화로 맞섰다.

창작연대는 12세기 전후로 보는 견해가 유력하다. 그때 티베트는 분
열되어 안으로 내전이 계속되고, 밖으로는 외적의 침략을 물리칠 능력
을 상실했다. 그래서 강력한 통일국가를 이룩해서, 자기네를 보호하고
나라를 지킬 영주가 나타나기를 갈망했다. 게사르는 가공의 인물이지
만, 티베트를 통일해서 강력한 국가를 건설한 송찬감포(Songtsen
Gampo) 같은 민족적 영웅의 모습을, 정치적으로 분열된 시대에 회고하

고 희구해서 설정했다고 할 수 있다.

티베트가 과거의 영광을 잃고 나약하게 된 것을 불만스럽게 여겨, 주변의 여러 민족을 정복하고 티베트민족의 기개를 드높이는 국왕의 위업을 작품에서 그려냈다. 부처이면서 또한 지상의 지배자인 게사르는, 중국의 천자가 하늘의 아들이라는 권위를 내세워 지상의 지배자 노릇을 하는 데 대해서 두 가지 반론을 제기해서 우월성을 입증했다. 막연하게 하늘의 아들이라고 지칭되는 인물보다는 하늘의 부처가 직접 하강한 게사르가 더욱 위대하다. 천자는 사람만 다스리지만, 게사르는 신·마귀·사람·동물을 모두 다스린다. 천자가 다스리는 사람은 정착민뿐이지만, 게사르가 다스리는 사람에는 정착민도 있고 유목민도 있다.

게사르는 티베트 백성을 지켜주고, 풍요롭고 행복하게 살도록 하는 임무를 수행했다. 그 점에서 게사르는 티베트의 건국서사시 또는 민족서사시의 주인공이다. 티베트인이 바라는 이상적인 통치자의 모습을 갖추고 있다. 애민의 이념을 내세우는 중세적인 통치자의 모습을 보여주고 있다. 게사르는 주변의 여러 나라나 민족을 정벌해서 대제국을 건설한 황제이다. 그런데 정벌에 그치고 통치는 하지 않았다. 정벌한 곳에서 전리품을 가져와서 티베트 백성들을 행복하게 하는 데 썼다고 했다.

〈게사르〉에서는 주변의 여러 나라가 동서남북에 배치되어 있다. 북쪽은 투르키스탄, 서쪽은 이란, 동쪽은 중국, 남쪽은 인도라고 해석할 수 있다. 동서남북 네 곳의 마왕을 제압하기 위해서 이 세상에 온 게사르는 오랫동안 왕위에 있으면서, 불법의 교화를 펴다가, 87세 때에 하늘로 돌아갔다. 마지막으로 오랜 명상을 끝내면서, 다음과 같은 소망이 이루어져야 한다고 당부하는 말을 남겼다.(동아, 309)

높은 산과 낮은 산을 구별하지 않기를.
강한 사람과 억눌린 사람을 차별하지 않기를.
부유한 사람과 가난한 사람의 처지가 다르지 않기를.
언덕이라고 해서 불룩 솟아 있기만 하지 않기를.

평원이라고 해서 한결같이 평평하지는 않기를.
누구든지 다 함께 행복을 누리기를.

 터키민족군의 한 갈래인 키르기스(Kirgiz)에서 전승하는 서사시 〈마나스〉(Manas) 또한 민족을 통일해서 국가를 창건해 외적의 침입을 물리치는 영웅의 시련과 투쟁을 그리고 있어, 〈장가르〉나 〈게사르〉와 나란히 놓을 수 있다. 〈마나스〉는 터키민족군의 여러 갈래가 널리 전승하고 있지만, 그 가운데서도 키르기스인이 큰 애착을 가지고 대단한 장편으로 발전시켜, 민족문화의 소중한 자산으로 삼았다.

 키르기스인도 터키민족군의 다른 집단처럼 돌궐의 후예이지만 제국을 세워 다른 여러 민족을 지배할 만큼 강성하지는 못했다. 키르기스의 역사는 외침에 맞서 싸워온 과정이다. 적대자는 중국인이기도 하고, 몽골인의 한 갈래인 칼무크(Kalmuck)인이기도 했다. 중국인은 대국의 위력을 멀리서부터 뻗쳐 침략을 일삼고, 가까이 있는 칼무크인은 신앙이 달라 충돌의 원인을 만들었다.[59] 그런 적대자들과의 싸움을 어렵게 전개하면서 민족의 주체성을 인식하고 드높이기 위해서는, 마나스와 그 후손들을 주인공으로 한 거대한 규모의 서사시가 있어야 했다. 창작 시기는 확실하지 않으며, 기록에는 올리지 않고 구전하기만 했다.

 키르기스국가가 여러 민족을 다스리는 제국이어야 한다는 생각은 작품에 나타나 있지 않았다. 마나스가 황제 노릇을 하는 데 필요한 정치철학을 제시하지도 않았다. 키르키스민족은 터키민족군의 다른 갈래들과 함께 이슬람교를 믿고, 아랍어를 공동문어로 사용하는 문명권의 일원이 되었으나, 이슬람교 사상을 역설한 것은 아니다. 마나스를 따르는 마흔 명의 용사들 가운데 주위의 다른 민족 출신이 적지 않다고 해서, 여러

---

59) G. M. H. Shoolbraid, *The Oral Epic of Siberia and Central Asia* (Blooming-
   ton : Indiana University Press, 1975), 46~48

민족이 사이좋게 지내야 한다는 생각을 나타내는 데 더욱 힘썼다.

자기 민족을 외침에서 구출하고 자기 나라 백성을 사랑하는 것이 마나스의 임무이다. 자기 용맹을 뽐내기 위해서 싸우는 것이 아니라, 민족의 삶을 지키고 백성 또는 인민에게 행복을 가져다주기 위해서 분투할 따름이라고 칭송했다. 그 점에서 고대서사시의 범위를 벗어나서 중세서사시가 되는 변화를 겪었다. 마나스를 칭송한 말을 들어보자.(동아, 323)

민중에게는 슬기로운 임금이 있어야 한다.
영명한 임금은 민중이 기댈 수 있는 산이다.
임금은 민중의 행복을 생각한다.
민중의 생활이 이제 편안하고 순탄해졌다.
사자 같은 영웅 마나스가 영명한 임금이시다.
민중에게서 세금을 받아가지 않는 분이다.

마나스는 게사르처럼 천상으로 복귀하지 않고, 지상에서 일생을 마쳤다. 싸우다가 부상당해서 죽었다. 그렇게 된 사연이 아주 비통하다. 아버지가 적과 내통해서 아들을 죽음으로 몰아넣었다. 고대영웅의 아버지는 아들이 태어나자 죽이려고 한 것과 상이하게, 마나스의 아버지는 아들이 누리고 있는 최고 영광을 비극으로 역전시키는 구실을 했다. 마나스가 죽자 남은 가족은 권력 찬탈자에게 박해를 받아 쫓겨나는 신세가 되었으며 목숨을 부지할 수 없게 되었다.

영웅의 일생이 예사 사람처럼 끝난 것은 납득할 수 없는 일이다. 그런 원통한 일을 그냥 두고 볼 수 없다. 패배의 참상은 다시 승리의 영광으로 되돌려놓아야 한다. 그래서 속편이 필요했다. 아들이 아버지의 원수를 갚고, 아버지가 못 다 이룬 과업을 맡아야 하는 것이 당연한 일이었다. 속편이 제8부까지 이어져 엄청난 장편을 이루었다.

터키민족군의 다른 집단의 서사시에도 주목할 것들이 적지 않다. 우즈베크가 전승의 중심지인 〈알파미슈〉(*Alphamysh*)는 도술 싸움을 벌

이는 영웅의 모습을 보여주고, 우구즈 쪽에서 풍부하게 구전하고 있는
〈코르쿠트〉(*Quorqut, Korgut*)는 통치자의 고문인 이슬람의 성자를
주인공으로 등장시켜 기독교와의 대결을 다루었다. 〈알파미슈〉는 고대
영웅서사시의 모습을 간직하고 있다고 하겠으며, 〈코르쿠트〉는 중세
시기 성자의 활약을 보여주는 서사시의 전형적인 예로 들 수 있다.(공
동, 268~) 창작 시기는 9세기에서 11세기 사이라고 추정되며, 16세기에
기록되었다고 인정되는 필사본이 전해져 기록문학의 영역에 들어섰다
고 인정된다. 영웅서사시 12편을 모아서 책을 엮고, 부록 한 편을 보탠
특이한 구성을 하고 있다.

　이슬람교의 성자 코르쿠트는 서로 다른 여러 사건에 출현해서 개별
적인 서사시를 연결시키는 구실을 한다. 코르쿠트를 주인공으로 한 서
사시가 아니고, 코르쿠트가 관여하고 보고한 사건들로 이루어진 서사시
라는 뜻으로 〈코르쿠트〉라는 표제를 내걸었다. 첫번째 노래에서 디르
세 칸(Dirse Khan)이라는 군주의 아들이 싸워서 황소를 죽이는 위업을
이룩하자, 코르쿠트가 그 아이를 아버지에게 데리고 가서 다음과 같이
노래했다고 하는 데서 코르쿠트가 어떤 구실을 하는지 쉽사리 확인할
수 있다.(공동, 269)

　　　오 디르세 칸이시여, 이 아이를 세자로 삼으소서.
　　　왕관을 내려주소서, 받을 만한 자격이 있나이다.
　　　목이 긴 아랍산 군마를 내려주소서,
　　　지략이 뛰어나, 타고나설 수 있나이다.

　이런 말로 시작되는 노래를 코르쿠트가 부르는 것을 듣고, 아버지 디
르세 칸은 그 아들을 세자로 삼아 세자의 관을 내렸다고 했다. 영웅이
영웅다운 행동을 했어도 코르쿠트가 확인하고 평가하는 설자를 거져야
비로소 공식적으로 인정되었다는 말이다. 그런 구실을 하는 코르쿠트는
군주에게 가르침을 베푸는 정신적 지도자이고 공인된 기록 담당자여서,

몇 백살이 될 때까지 계속 출현한다. 이슬람교의 지혜가 일관성을 가지고 역사에 깊숙히 개입하는 것이 마땅하다는 생각을 그런 방식으로 나타냈다. 영웅서사시 12편이 끝난 다음에 부록처럼 첨부한 마지막 한 편은 〈데데 코르쿠트의 지혜〉에 관한 것이다. 코르쿠트가 군주를 위해서 가르침을 베푼 말을 모아놓았다. 거기서는 이슬람 신앙의 중요성을 역설하고 정치를 하는 원리를 종교에서 찾으라고 했다.

한문문명권 중심부의 중국인에게는 없는 서사시를 변방의 다른 민족은 적극 전승하고 힘써 창작한 것과 같은 일이 아랍문명권에서도 나났다. 아랍어를 공동문어로 받아들여 민족어와 함께 사용하면서, 서사시를 무시하는 아랍문학의 관습을 따르지 않고 민족의 전승을 소중하게 여긴 변방 여러 곳에서 중세의 민족서사시가 풍부하게 마련되었다. 중세보편주의에 맞서서 민족주체성을 옹호하고, 중세보편주의를 독자적으로 재창조하는 과업을 서사시로 이룩했다.

터키계 여러 민족은 한문문명권과 아랍어문명권 사이에 널리 퍼져 있으면서 이중의 변방 노릇을 하고 양쪽의 위협에 맞서야 했으므로 다양한 서사시를 풍부하게 창조했다. 〈마나스〉에서 중국인과 싸우고, 〈코르쿠트〉에서는 이슬람사상을 지혜의 원천으로 삼았다. 한문문명권과 아랍어문명권의 중심부 가운데 한쪽에서는 민족주의를 촉발하고, 또 한쪽에서는 보편주의를 제공하는 구실을 더 많이 한 차이점을 확인할 수 있다.

페르시아인들이 아랍문명권 안에서 주체성을 되찾으려는 의지를 집약해, 페르도우시(Ferdowsi)는 11세기초에 〈왕들의 책〉(*Shah-nama*)이라는 방대한 서사시를 창작했다. 페르시아의 역사를 신화적인 기원에서 시작해서 이슬람 침공 이전까지 다루면서, 여러 영웅의 활약상을 중점적으로 부각시킨 가운데 로스탐(Rostam)이 이웃 나라 공주와의 사이에서 태어난 자기 아들 소흐라브(Sohrab)를 싸움터에서 만나 몰라보고 죽인 사건이 심각한 사연을 갖추었다. 소흐라브의 죽음을 알리는 말을 들어보자.(공동, 256)

소흐라브는 이 험한 세상을 떠났습니다.
이제 왕관이 아닌 당신이 마련해줄 관이 필요합니다.
"아버지"하고 외치며 차거운 바람에 숨을 몰아 쉬고
그 다음에는 크게 울더니 눈을 감고말았습니다."[60]

로스탐은 자기와 싸워서 심하게 다친 아들의 몸을 수습하기만 하고
죽음은 차마 자기 눈으로 보지 못해 외면하고, 마지막 소식을 다른 사
람이 이렇게 전했다. 아들을 죽인 비극적인 영웅 로스탐을 등장시켜, 외
적을 물리치고 나라를 지키기 위해서는 어떤 희생이라도 감수해야 한
다고 했다. 어떤 민족이라도 평소의 친선을 파기하고 페르시아를 침공
하는 것을 용납할 수 없는 만행이라고 단호하게 규탄했다. 자기 시대에
페르시아를 침공해 다스리는 아랍인들에 대한 저항의 의지를 그런 방
식으로 암시했다고 볼 수 있다.

이집트를 위시한 북아프리카 여러 곳의 아랍인들은 〈힐라리〉(*Hilali*)
라는 영웅서사시를 전승하고 있다.[61] 그런 이름을 가진 아랍인의 한 부
족이 8세기부터 시작해 9세기까지, 아라비아반도를 떠나 이집트로 이주
했다가 다시 튀니지까지 가면서 겪었던 모험과 투쟁을 다룬 내용이다.
14세기의 역사가 이븐 칼둔(Ibn Khaldun)이 한번 기록에 올린 뒤로는
문헌과는 인연이 없이 오늘날까지 구전되면서 대중적인 흥행물 노릇을
한다.

아프리카 말리에서 전승되고 있는 〈순자타〉(*Sunjata,* 또는 *Sondiata,*
Son-Jara)라는 서사시 또한 아랍문명권의 외곽에서 자라난 것이고 이

---

60) Jerome W. Clinton tr., *The Tragedy of Sohrab and Rostam, from the
    Persian National Epic, the Shaname of Abol-Qasem Ferdowsi* (Seattle :
    University of Washington Press, 1987), 165
61) Bridget Connelly, *Arab Folk Epic and Identity* (Berkeley ; University of
    California Press, 1986) ; Susan Slyomovics, *The Merchant of Art, an
    Egyptian Hilali Oral Epic Poet in Performance* (Berkeley : University of
    California Press, 1987)

142

슬람교사상을 지니고 있다.[62] 주인공이 어린 시절 겪은 시련과 투쟁은 아프리카에서 널리 발견되는 고대서사시의 모습을 그대로 지니고 있어 새삼스럽지 않다고 할 수 있으나, 작은 집단의 지배권을 장악하는 데 그치지 않고 이슬람교를 통치이념으로 삼은 말리(Mali)제국을 건설했다고 하는 데 이르러서는 중세서사시의 면모를 갖추었다. 그것은 13세기에 있었던 역사적 사실과 합치되는 내용이다.

말리제국의 뒤를 이어 15세기에 등장한 송하이(Songhay)제국 또한 이슬람교를 공동의 이념으로 삼아 많은 민족을 통합했다. 그 제국의 걸출한 제왕을 주인공으로 한 〈아스키아 모함메드〉(*Askia Mohammed*)라는 서사시 또한 출생·성장·투쟁에서는 고대의 전승을 이었으나, 이슬람교와의 관계 때문에 중세서사시의 면모를 지니게 되었다.[63] 전승의 영웅이 메카를 순례하고서 성자의 과업을 수행하기로 작정하고, 무력에 의한 정복보다 신앙 전파에 더욱 힘써 평화를 이룩했다고 했다.

그런 작품에서 영웅의 뒤를 이어 후손들이 통치자 노릇을 한 사실까지 연속해서 노래해 서사시가 역사시이게 했다. 사하라 이남의 아프리카에서도 중세보편주의를 실현하는 제국이 있었다는 것은 유럽인과 맞서서 자부심을 고취하는 데 크게 기여하므로, 그 내력을 다룬 서사시를 열심히 전승하면서 개작해왔다. 유럽인의 도전에 맞서서 아프리카를 옹호하는 데는 고대서사시보다 중세서사시가 월등한 의의를 가진다.

동아프리카 스와힐리어문학은 서사시가 풍부한 것을 특징으로 한다. '행동'을 뜻하는 어원을 가진 '우텐지'(utenzi, utendi)라는 말로 서사시를 일컫는다.[64] 이슬람교를 믿고 아랍어를 공동문어로 받아들여 자기

---

62) Ralph A. Austen, *In Search of Sunjata* (Bloomington : Indiana University Press, 1999)
63) Thomas A. Hale, *Scribe, Griot, and Novelist, Narrative Interpreters of the Songhay Empire followed by the Epic of Askia Mohammed recounted by Nouhou Malio* (Gaineville : University of Florida Press, 1990)
64) Jan Knappert, *Epic Poetry in Swahili and Other African Languages* (Leiden : E. J. Brill, 1983), 47

언어를 표기하고 기록문학을 마련하면서, 구비문학으로 전승되고 창작
되던 토착 서사시의 풍부한 전통을 이어받아 이슬람문학인 중세서사시
를 이룩했다. 중세화가 늦어서 17세기 이후에야 그렇게 할 수 있었다.

〈리옹고 서사시〉(*Utendi wa Liongo*)는 원래 고대서사시인데 중세서
사시로 개작되었다고 생각된다.[65] 구비서사시였던 것이 여러 형태로 기
록되어 전하며, 창작이나 기록의 연대는 알 수 없다. 토착사회의 영웅
리옹고가 뛰어난 용맹으로 이슬람 세력과 맞서 싸우는 활약상을 그리
면서, 전에 없던 술수 때문에 패배를 거듭하게 된 것을 안타깝게 여겼
다. 결국 이슬람의 지배자 술탄과 한편이 된 아들이 아버지를 살해하는
어처구니없는 일이 일어났다. 리옹고의 죽음을 어머니가 마을 사람들과
함께 확인하는 장면을 이렇게 그렸다.[66]

　　며칠이 지나지 않아
　　시체가 땅에 쓰러졌다.
　　사람들은 알아차렸다.
　　리옹고가 죽은 것을.

　　어머니가 여러 사람과 함께
　　가까이 가서 자세하게 보니
　　그것은 단검이었다.
　　리옹고가 찔려 있었다.

〈헤라클리오스 서사시〉(*Utendi wa Heraklios*)는 브와나 므웽고
(Bwana Mwengo)가 18세초에 지은 중세서사시이다. 독자적인 전통에

---

65) Jan Knappert, *Four Centuries of Swahili Verse, a Literary History and
　　Anthology* (London : Darf, 1988), 66~68
66) Donald S. Gochberg et al., ed., *World Literature and Thought Volume II
　　Middle Periods* (Fort Worth, Texas : Harcourt, 1999), 169

따른 창작방법으로 이슬람군이 동로마군과 싸운 사건을 다루어, 아랍세계 다른 어느 곳에서도 볼 수 없는 문명권 전체의 서사시를 마련했다. 헤라클리오스는 629년의 전투에서 아랍군을 물리친 동로마제국의 황제였던 실제 인물이다. 그런데 작품에서는 예언자 무함마드의 사위 알리(Ali)가 장인의 분부를 받들고 아랍군을 이끌고 나가 대단한 용맹을 발휘해 헤라클리오스를 무찌르고 승리를 거두었다고 했다.

처음에는 아랍군이 패배해 사상자가 늘어났다. 무함마드는 흐느껴 울면서 절망에 사로잡혔다가, 천사가 하늘에서 내려와 분발하라고 하자, 단호한 결심을 하고 알리에게 나가서 싸우라고 했다. 초인적인 능력보다는 인간다움을 더욱 소중하게 여겼다. 알리가 이기고 돌아가자 아내가 다정하게 맞이해 따뜻하게 포옹하고, 의자에 앉히고 갑옷을 벗기는 장면을 인상 깊게 서술했다. 아내가 싸움의 경과와 결과에 대해서 많은 것을 묻자, 알리는 자기의 용맹을 자랑하지 않고 전투에서 죽은 사람은 소수라고 하고, "남아 있는 포로들은 / 주님에 대한 신앙을 증언했다"고 했다.(공동, 303)

유럽인의 서사시는 고대그리스에서 시작되었다고 하지만, 그것이 후대로 이어진 것은 아니다. 유럽인에 속하는 여러 민족집단은 각기 나름대로 서사시의 전통을 이어오다가 중세서사시로 변모시켰다. 그렇게 하는 데 외부의 도전이 커다란 구실을 했다. 아시아에서 닥쳐오는 위협을 견디면서 주체성을 옹호하기 위해서 민족서사시를 힘써 전승하고 창작했다. 아르메니아, 비잔틴, 러시아, 세르보크로티아, 그리고 서유럽에서 그런 사례를 찾을 수 있다.

아르메니아인은 7세기에 침공한 아랍인과의 싸움을 소재로 해서 10세기경에 짓고, 터키, 페르시아 등에게 수난을 당하는 동안에 거듭 개작한 민족서사시를 오늘날까지 구전하고 있다. 거듭되는 시련 때문에 혈통이 가까스로 이어진 4대의 주인공을 등장시킨 연작 가운데 제3대의 다비드(David)에 관한 대목이 가장 장편이고 인기가 높다. 다비드는 이슬람교도의 위협을 제거하고 아르메니아의 민중이 편안한 삶을 누리도록 하기 위해서 분투한 영웅이어서, 뜨거운 지지와 깊은 공감을 얻었다. 싸우러 나가는 장면에서 이렇게 말했다.(공동, 350)

형제자매여, 두려워하지 말아라.
나는 신의 분부를 받고 나가 싸운다.
오 자매여, 조용하게 있어라.
오 어머님이시여, 조용하게 계십시오.

그런데 싸워서 죽인 적대자, 이슬람의 영웅이 사실은 자기 동생이었다. 아버지의 피를 함께 나눈 이복동생을, 그런 줄도 모르고 무찔러 승리를 구가했다. 다비드 자신도 혈육에게 살해되었다. 여성 술탄에게 유혹되어 낳은 딸이 그런 관계를 모르는 채 아버지인 다비드를 죽였다. 영웅의 투쟁이나 죽음이 모두 비극이라고. 했다.

왜 그렇게 말했는지 생각해볼 일이다. 역사적 사실의 반영이라는 관점에서 살피면, 아르메니아인과 그 주위의 이슬람교도들은 혈통상 상당한 관련이 있으면서도 종교가 달라서 불화하고 정치적인 이해가 엇갈려 충돌하지 않을 수 없었던 사정을 그런 방식으로 나타냈다고 할 수 있다. 아랍인의 지배에서 벗어나기 위한 자유화 투쟁을 전개했다고 해도 좋다.[67] 그러나 투쟁을 넘어선 화합의 이상에 대해서도 말했다. 서로 싸우고 죽이고 하는 사람들이 인류 공동체의 혈육임을 말하려 했다고 볼 수 있다.

비잔틴제국은 그리스어를 공동문어로 한 기독교문학을 이룩하는 데 힘쓰고 민간전승은 돌아보지 않았다. 그러나 중세후기가 되면 다른 종교와 관련된 소재를 구어를 사용해서 노래하는 시가 나타나는 것을 막을 수 없었다. 그 가운데 서사시가 몇 편 있는데, 영웅서사시이면서 범인서사시이 면모도 어느 정도 갓추고 있으며, 비잔틴문명이 폐쇄성을

---

67) Акдемия Наук СССР, *История ВсемирнойЛитературы 2* (Москва : Издательство Наука, 1984), 284~285

시정하고 다른 문명과의 교섭을 긍정하는 방향으로 나아갔다.

〈디게니스 아크리타스〉(*Digenis Akritas*)라는 것은 기독교도와 이슬람교도의 관계를 다룬 작품이며, 12세기경에 이루졌다고 추정된다.[68] 비잔틴의 땅을 습격해서 기독교도 처녀를 사로잡은 이슬람교도 족장이 그 처녀와 결혼을 하고, 자기 집단 전체가 기독교로 개종했다고 했다. 두 사람 사이에서 태어난 아이는 "두 가지 피를 지닌 변방 사람"이라는 뜻의 '디게니스 아크리타스'라고 이름지었다. 아이가 용맹스러운 젊은 이로 자라나 펼치는 투쟁과 사랑의 이야기가 그 뒤에 전개된다. 사랑을 성취하기 위해서 싸우고, 나라를 위협하는 도적을 물리쳐서 큰 공을 세웠다. 황제가 벼슬을 내려도 거절하고, 아내와 함께 조용하게 살겠다고 했다.

13세기에 이루어지고 15세기에 개작된 것으로 보이는 〈벨탄드로스(Belthandros)와 크리산트자(Chrysantza)〉 또한 인기 있는 서사시였다. 가상 인물인 황제의 둘째 아들이 아버지의 꾸중을 피해, 터키로 갔다가, 아르메니아로 향했다. 환상 속의 나라에 들어가 놀라운 모험을 되풀이했다. 마침내 안티오크의 공주를 아내로 맞이하고, 귀국해서는 황제의 자리에 올랐다. 문명권의 차이를 무시하고, 국경을 넘나들면서 이루어지는 모험과 사랑 이야기의 전형적인 모습을 갖추고 있다. 격식화된 문어문학의 폐쇄성과는 대조가 되는 구어문학의 개방적인 성향을 잘 나타내준다.

러시아인은 이민족의 압력에 시달리는 동안 자기 민족의 독자적인 전통인 구비서사시를 소중하게 지키고, 〈이고리 원정기〉(*Slovo o polku Igorevo*) 같은 기록서사시를 12세기말에 창작하기도 했다.[69] 북쪽 노브고로드의 공후 이고리와 그 친족들이 이고리의 사촌이자 주군인 키에프 대공의 뜻을 거스르고 터키-몽골군과 싸우다가 패배한 사건을 침통한

---

68) Corinne Jouanno tr., *Digénis Akritas, le héroes des frontières, une épopée byzantine* (Belgique : Brepolis, 1998)

69) Акдемия Наук СССР, 위의 책, 425~430

어조로 노래한 내용이다. 예사 영웅서사시와 상당한 차이가 있고, 길이
도 그리 길지 않다. 적대자로 등장한 터키민족과 교섭하면서 그쪽 서사
시의 영향을 받아 이루어진 작품이라고 하니, 서사시 창작에서도 러시
아는 열세에 있었음을 입증해준다 하겠다.

키에프러시아의 통제력이 현저하게 약화되고 지방의 공후들은 분열
의 조짐을 나타내고 있는 상황에서, 터키민족의 군대를 앞세운 몽골인
이 막강한 힘을 가지고 밀어닥치는 위기를 타개하기 위해 단결을 호소
하는 것이 창작의 의도라고 할 수 있다. 승리의 영광을 노래하는 대신
에 지고한 이상과 비참한 현실 사이의 괴리를 보여주는 비극적 정서 때
문에 관심을 끈다. 러시아 사람들은 이 작품을 대단하게 여긴다. 기록서
사시의 출현을 알려준 의의가 있다 하고, 러시아인의 애국정신을 불어
넣은 점을 높이 평가한다.

러시아가 몽골의 지배에서 벗어나 주권을 되찾은 14세기 이후에는
서사시가 수난을 당했다. 러시아 중앙정부와 밀착되어 질서 유지를 담
당하는 기독교교회의 탄압 탓에 광대들이 동북쪽 변방으로 밀려나 그
곳의 농민들에게 환영받는 노래를 즐겨 부르게 되었다. 그런 연유가 있
어 기록서사시는 발달하지 않고, '브일리니'(byliny)라고 하는 구비서사
시가 면면히 이어지면서 다채롭게 재창조되었다. 전체적인 성격은 영웅
서사시이지만, 영웅의 성격이 의적으로 바뀐 것도 있고, 범인처럼 된 것
도 있다. 교회나 귀족들에 대한 반감을 나타낸 노래가 적지 않다.[70]

세르비아를 비롯한 발칸 반도 슬라브족의 여러 갈래는 서사시 〈마
르코〉(*Marko*)를 자랑스럽게 전승하면서 민족의 자존심을 지키고자 했
다.[71] 오스만터키의 침공을 이겨내지 못하고 복속되어 통치를 받는 처
지에서, 침략자와 싸운 민족의 영웅을 칭송하는 노래를 부르면서 불운

---

70) Y. M. Sokolov, Catherine Ruth Smith tr., *Russian Folklore* (Hatboro,
 Pennsylvania : Folklore Associates, 1966), 298~300
71) Tatyna Popovic, *Prince Marko, the Hero of South Slavic Epics* (Syracuse,
 New York : Syracuse University Press, 1988)

을 한탄하기도 하고, 용기를 가지자고 다짐하기도 했다. 마르코는 죽지 않고 잠자고 있어 민중이 원할 때에는 다시 깨어난다는 신념을 가지고, 지난날의 패배를 안타까워하고 영광스러운 미래에 대한 희망을 나타냈다.

그러나 마르코의 행적을 장엄하게 노래해 비장한 느낌만을 자아낸 것은 아니다. 여러 지역에서 오래 전승하면서 많은 변이가 생기고, 광대마다 자기 기량을 자랑하면서 개작을 첨부하는 과정에서 시대변화에 호응하는 변화를 보였다. 영웅의 모습을 범인과 가깝게 그리면서, 아버지와의 갈등을 심각하게 다루고, 아내를 얻기까지 있었던 사건을 다양하게 꾸며 흥미를 끌었다. 터키인에게 사로잡혔다가 탈출해 집으로 돌아가니 아내가 다른 사람과 결혼식을 거행하고 있더라고 한 것도 있다.

멀리 동쪽에 자리 잡고 중국인에게 시달린 터키민족군의 한 갈래인 키르기스인이 〈마나스〉를 창조했듯이, 서쪽으로 진출한 터키민족군의 다른 갈래 때문에 시달린 세르보-크로티아인도 민족서사시 〈마르코〉를 마련해 대응방법으로 삼았다. 그런데 세르보-크로아티아민족을 복속한 오스만터키는 서사시를 갖추지 못했다. 유라시아대륙에 광범위하게 분포한 터키민족군의 어느 갈래든지 풍부하게 지녔던 서사시를 군사적이고 정치적인 성공의 대가로 상실했다.

유럽의 서사시에는 중세에 기록되어 전하지만 고대서사시의 모습을 많이 지닌 것들도 있다. 아이슬란드의 〈에다〉(*Edda*), 아일랜드의 〈쿨리의 가축 약탈〉(*Tain Bo Cuailnge*), 영국의 〈베오울프〉(*Beowulf*), 독일의 〈힐데브란트의 노래〉(*Hildebrandslied*)는 고대영웅의 활약상을 보인 오랜 전승을 기독교 시대의 글쓰기 방법을 이용해 기록에 올리면서 중세의 사고방식을 어느 정도 덧보탰다.

독일의 〈니베룽겐의 노래〉(*Nibelungenlied*)도 그런 작품의 하나이면서 중세화된 측면이 더 크며, 구비문학의 유산을 받아들여 기록문학으로 창작한 서사시의 대표적인 사례로 인정할 수 있다.[72] 용맹과 의리, 영웅 개개인의 활약상과 주종관계, 독일민족 내부 문제와 이민족과의 관계를 함께 보여주면서 고대에서 중세로 나아갔다. 13세기초에 형성되어 16세기까지 거듭 필사되었으며, 전후가 서로 다른 내용이다.

지그프리트(Sigfried)의 죽음을 다룬 전반부에서는 게르만민족 영웅들끼리의 쟁패를 다룬 오랜 전승을 수용했다. 지그프리트의 아내 크림힐트(Kriemhild)가 훈족왕의 왕비가 되어, 훈족의 힘을 빌려 남편 살해자를 죽이고 자기도 죽어 민족의 멸망을 초래했다고 하는 후반부는 성격이 다르다. 아시아에서 진출한 이교도와의 싸움이 나타나 문명권서사시의 특성을 보이고 있다.

〈니베룽겐의 노래〉 같은 재래의 영웅서사시는 중세화했어도 기독교문명 수호라는 주제를 적극적으로 다루기에는 부적합했다. 그 때문에 〈발타리우스〉(*Waltharius*)라는 서사시를 독일에서 다시 지었다. 문명권 전체의 공동문어 라틴어를 사용해 독자를 널리 구했다. 유럽을 공포의 도가니로 몰아넣은 훈족의 통치자 아틸라(Attila)에게 납치되었던 왕자들과 공주가 탈출해 서로 싸우기도 하고 결혼하기도 한 것이 기본 줄거리이다. 이교도 야만인의 도전을 물리치고 기독교문명을 수호하고 재정리하려는 소망을 그런 방식으로 구체화했다.

프랑스의 중세서사시 〈롤랑의 노래〉(*Chanson de Roland*)는 12세기에서 14세기 사이의 창작품이고, 기독교문명의 수호를 정면에서 내세운 점이 위에서 든 여러 작품과 다르다. 유럽을 통일해 로마제국의 영광을 재현하면서 기독교 세계가 하나가 되게 한 샤를마뉴가 778년에 피레네산맥을 넘어오는 아랍인의 침공을 물리친 공적을 기리면서, 그때 일어난 사건 하나를 자세하게 다루었다. 샤를마뉴의 조카이자 부하 장수인 롤랑이 별도의 임무를 수행하기 위해 한 계곡에 이르렀을 때 적군의 공격을 받고 거느린 군대와 함께 전멸했다.

전세가 불리해지자 지혜로운 올리비에(Olivier)는 이미 약속해둔 대

---

72) Ursula Schulze, "Niebelungenlied", Horst Albert Glaser her., *Deutche Literatur, eine Sozialgeschichte 1* (Reinbeck bei Hamburg : Rowohlt, 1988) ; 허창운 역, 《니벨룽겐의 노래》(서울 : 서울대학교출판부, 1996) 해설

로 뿔피리를 불어 구원을 청하자고 롤랑에게 말했는데, 자부심이 강한 기사인 롤랑은 용기 없는 소리 하지도 말라고 하면서 용맹스럽게 싸우다가 마침내 패배했다. 롤랑이 부상을 당해 숨을 거두는 장면을 거듭 묘사하면서 죽음이 헛되지 않았다고 했다. 그 가운데 한 대목을 들어보자.(175장)

> 롤랑은 자기 시간이 끝나는 것을 알고,
> 스페인 쪽이 보이는 가파른 언덕에서,
> 손으로 자기 가슴을 두드리면서 외쳤다.
> "하느님이시여, 태어나서 지금까지 저지른
> 크고 작은 죄를 모두 용서하옵소서."
> 오른쪽 장갑을 신을 향해 뻗치니,
> 하늘에서 내려온 천사가 다가왔다.

롤랑이 죽는 데서 작품이 끝난 것은 아니다. 신이 천사를 보내 롤랑을 천국으로 인도했다. 최후의 순간에 뿔피리를 불어 구원을 요청하는 소리를 듣고 샤를마뉴의 대군이 돌아와 최후의 승리를 거두었다고 했다. 롤랑의 죽음은 신에 대한 신앙, 군주에 대한 충성, 조국에 대한 사랑을 최대로 구현했다고 칭송하면서 길이 기억에 남게 했다.

이 작품은 광대들의 구전이 기록되었지만, 고대서사시의 전승을 이용하지 않은 중세서사시이다. 민족의 영웅이면서 문명의 수호자를 등장시켜 민족서사시가 문명권서사시인 이치를 보편종교의 원리로 나타낸 서사시의 좋은 본보기이다. 이슬람문명의 대결에서 기독교문명이 열세에 있었기 때문에 그런 비약적인 창조력을 보여야 했다.

스페인의 〈시드의 노래〉(*El poema del Cid*)는 당대에 창작된 서사시이다. 주인공이 역사상의 인물이고 환상을 배제한 현실생활 속에서 작품이 진행되는 점이 〈롤랑의 노래〉와 다르다. 왕의 명령을 받고 공물을 받으러 간 무장 시드가 공물을 가로챘다는 모함을 받고 왕의 명령으로 추방되었다가, 아랍인과의 싸움에서 이겨 전리품을 왕에게 바치고 신임을 다시 얻어 모함자를 물리친 사건을 다루었다. 군인이 아닌 예사 사람들이 다수 등장하고, 사회생활의 여러 면모가 나타나 있어, 범인서 사시에 가까워졌다.

'로망'(roman) 또는 '로맨스'(romance)라고 하는 갈래는 상상의 세계 에서 전개되는 기사모험담인데, 사랑을 기본관심사로 삼아 범인서사시 라고 할 수 있다. 원래 브르타뉴에서 유래한 것들을 유랑광대가 노래하 고 다녀 널리 알려졌는데, 12세기 후반에 크레티앙 드 트롸(Chrétien de Troyes) 같은 작가가 나타나 더욱 흥미롭게 작품화하면서 현실 인식을 보탰다. 그 성과가 서유럽 각처에서 널리 환영받아 새로운 창작을 위한 자극제가 되었다.

스코틀랜드에서는 바르부르(John Barbour, 1316?~1395)가 〈부루 스〉(*The Bruce*)라는 민족서사시를 자기네 말 스코트어(Scots)로 창작 해, 영국의 지배를 물리치고 독립을 이룩하기 위해 싸우는 영웅의 활약 상을 다루었다.[73] 그러면서 기사모험담에서 가져온 삽화를 많이 넣고, 자 유에 관한 찬사를 길게 폈다. 영국의 초서(Geoffrey Chaucer, 1340?~ 1400)는 비슷한 소재를 활용해 새로운 작품 〈캔터베리 이야기〉(*The Canterbury Tales*)를 지었다. 사원에 순례하러 가는 각계각층의 인물을 통해 세태를 생동하게 묘사해 범인서사시의 본보기를 보여주었다.

아랍어문명권이나 한문문명권의 경우에는 문명권의 중심부에 서사 시의 고전이라고 할 것이 아예 없어, 중심부의 횡포에 대응하는 변방의 의지가 서사시를 무대로 삼을 때 가장 적극적으로 표출되었다. 유럽의 중세인은 그리스서사시 〈일리아스〉나 〈오딧세이아〉에 대해서 알지 못 하고 각기 자기네 전통에 따라 중세서사시를 창작했으므로, 중세서사시 의 독자적인 특성을 뚜렷하게 보여줄 수 있었다. 그리스서사시를 발견

---

73) T. F. Henderson, *Scottish Vernacular Literature, a Succinct History* (Edinburgh : John Grant, 1910), 41~56 ; Kurt Wittig, *The Scottish Tradition in Literature* (Edinburgh and London : Oliver and Boyd, 1958), 11~32

152

하고 재평가해 서사시의 규범이라고 받들게 된 것은 문예부흥 이후의
일이다.

산스리트문명권에서는 〈라마야나〉(*Ramayana*)와 〈마하바라타〉(*Ma habharata*)가 산스크리트문학의 고전으로 뚜렷하게 자리 잡아 대단한
위세를 누렸다. 그 둘은 원래 고대서사시였는데, 오래 구전하다가 기록
되는 과정에서 중세적인 가치관을 지니고 공동문어 사용의 모범 사례로
평가될 수 있는 문장표현을 갖추었다. 두 작품이 계속 압도적인 영향력
을 행사해 중세서사시의 새로운 창조가 활발하게 이루어지지 못했다.

〈라마야나〉의 주인공 라마는 원래 적대자에게 아내를 빼앗겼다가 싸
워서 되찾은 영웅이기만 했는데, 모든 덕행을 갖춘 이상적인 군주라고
칭송받고 이 세상에 내려온 신이라고 숭앙받은 것이 중세적인 변모이
다. 〈마하바라타〉는 용맹을 뽐내는 영웅들이 왕권을 둘러싸고 벌이는
피투성이의 투쟁을 처절하게 그린 고대서사시인데, 싸워야 하는 이유를
고대자기중심주의에서 중세보편주의로 바꾸어놓으려고 말을 바꾸고 보
탰다. 진리를 실천하는 행위에 대한 신의 가르침이라는 〈바가바드 기
타〉를 삽입하기까지 해서 성스러운 작품으로 만들었다.

〈라마야나〉와 〈마하바라타〉는 힌두교 사제자들이 원문 그대로 전승
하면서 경전으로 삼은 것과는 별도로, 다양한 개작을 통해 새로운 의미
를 가지기도 했다. 한층 친근한 내용을 갖춘 〈라마야나〉의 개작이 더욱
활발하게 이루어졌다.[74] 11세기에 크세멘드라(Kshemendra)는 산스크리
트로 축약본을 만들어 접근하기 쉽게 했다. 민족어로 번역하고 개작하
는 작업은 남쪽에 먼저 시작되었다. 9세기에서 12세기 사이에 캄판
(Kampan)이 이룩한 타밀어(Tamil)본에서는 주인공의 행적을 더욱 높

---

74) R. Raghavan ed., *The Ramayana Tradition in Asia* (New Delhi : Sahitya
   Akademi, 1980) ; K. R. Srinivasa ed., *Asian Variations of Ramayana* (New
   Delhi : Sahitya Akademi, 1983) ; Paula Richman ed., *Many Ramayanas, the
   Diversity of a Narrative Tradition in South Asia* (Berkeley : University of
   California Press, 1991)

이 받들었다. 12세기에 체라만(Cheraman)이 그 일부를 재창작한 말라얄람어(Malyalam)본은 신앙시의 성격을 지닌다. 그 밖의 다른 민족어로 재창작하는 작업은 중세에서 근대로의 이행기에 더욱 확대되었다.

〈라마야나〉와 〈마하바라타〉의 지배에 맞서서 중세서사시를 만들어내는 일은 불교에서나 할 수 있었다. 2세기경에 아스바고사(Asvaghosa)라는 승려가 불타의 생애를 노래한 〈붓다차리타〉(Buddhacarita)는 표현과 내용 양면에서 중세서사시의 본보기를 마련했다. 산스크리트문학의 언어구사와 시작법을 훌륭하게 갖추어 〈라마야나〉나 〈마하바라타〉와 맞설 만한 명편을 쓰는 것이 불교를 드높이는 길이라고 판단해서 최고도로 세련된 작품을 내놓았다. 그래서 '마하카비야'(Mahakavya)라고 일컬어졌는데, 그것은 중세 산스크리트문학의 규범인 '카비야' 표현법을 훌륭하게 갖춘 위대한 작품이라는 말이다.[75]

작품을 보면 불타는 과거 서사시의 주인공들이 지녔던 자기중심주의의 편견을 넘어서서, 인류 전체의 보편적 이상을 실현하는 길을 무력과시가 아닌 깊은 깨달음을 통해 제시했다. 표현 또한 격조 높고 세련되어, 중세이념 정립 작업을 명실상부하게 추진했다. 불교문명권 전체에서 대단한 호응을 얻고, 티베트어로도, 한문으로도 번역되어 널리 읽혔다. 작자는 馬鳴이라고 하고 작품 이름은 〈佛所行讚〉이라고 한 한문본이 한문문명권 불교문학의 중심에 자리 잡고 많은 영향을 끼쳤다.

산스크리트 중세서사시의 또 한 가지 형태는 제왕서사시이다. 카슈미르 지방의 군주가 거듭되는 전쟁에서 이겨 통치권을 확보한 과정을 그리면서 이상적인 군주의 모습을 보여준, 12세기 시인 빌하나(Bilhana)의 〈비르크라마 임금의 행적〉(Virkramkadevacarita)이 그런 것이다.[76] 궁정시인의 어용문학답게 찬양을 과도하게 하고, 신의 개입이 지나쳐 진

---

75) J. K. Nariman, *Literary History of Sanskrit Buddhism* (Delhi : Motilal Banarsidass, 1992), 31

76) Franklin Edgerton tr., *Virama's Adventures or the Thirty Two Tales of the Throne* (New Delhi : Cosmos Publications, 2000)

154

실성을 잃었다고 하지만, 크고 작은 사건이 복잡하게 얽힌 이야기를 흥미롭게 펼쳐 관심을 끌고, 구전되어 인기를 확대했다.[77]

중세서사시의 더욱 진전된 형태는 민족어서사시이다. 민족어서사시는 타밀민족이 가장 적극적으로 창작했다.(동아, 391~) 타밀민족은 아리안족에게 밀려 남쪽으로 내려간 드라비다 계통 선주민의 후예 가운데 특히 주체성이 강하고 문화 수준이 높은 민족이어서, 산스크리트 고전에 대응이 되는 문학을 높은 수준으로 이룩하는 데 남다른 열의를 가지고, 서사시를 중요한 종목으로 삼았다. 그래서 이룩한 작품 가운데 가장 주목할 것이 〈발찌의 노래〉(*Cilappatikaram*)이다. 일란코 아티칼(Ilanko Atikal)이 지었다고 알려져 있고, 창작 연대는 450년경으로 추정된다.

타밀나라 군주가 북쪽을 정벌하고, 국가를 수호하는 여신을 섬기는 두 가지 훌륭한 공적을 이룩했다고 찬양한 내용이다. 그런데 그 여신의 내력을 설명한 전반부에는, 왕비의 발찌를 훔쳤다는 누명을 쓰고 처형된 남편의 억울한 사정에 항변해서 아내가 자결한 사건이 자세하게 전개된다. 사건의 발단이 그렇게 되어 〈발찌의 노래〉라는 제목이 붙었다.

〈라마야나〉는 주인공 라마가 아내를 찾기 위해 남쪽을 정벌한 사건을 다루면서, 남쪽 사람들을 야만인으로 취급했다. 거기 대항하기 위해서는 남쪽의 자랑스러운 군주가 북쪽을 정벌해 세계를 하나 되게 하는 위업을 이룩했다고 해야 했다. 그러나 이미 시효가 지난 고대풍의 영웅서사시를 다시 지어 타밀의 영웅은 아리안의 영웅보다 한층 용맹스러워 더욱 놀라운 승리를 거두었다고 하지는 않았다. 영웅에게서 범인으로, 제왕에게서 백성으로, 남성에게서 여성으로 관심을 돌리는 새 시대의 서사시를 창조했다.

범속한 여인의 수난사를 말하고서 그 여인을 수호신으로 받들게 되

---

77) K. Ayyappa Paniker ed., *Medieval Indian Literature, an Anthology Volume Four* (New Delhi : Sahitya Akademi, 2000), 87

었다고 한 또 한 가지 중요한 내용은 〈라마야나〉에 대한 간접적인 반론이라고 이해할 수 있다. 〈라마야나〉에서는 여자를 남자의 소유물로만 여겨, 라마의 아내가 납치되어 수난을 겪은 상황은 문제삼지 않고 정절을 잃었던가 하는 의문만을 크게 부각시켰다. 거기 맞서서 타밀 서사시는 미천한 여자를 주인공으로 등장시켰다. 남편의 원통한 죽음을 항변하다가 비참한 최후를 맞이한 여자에게 깊은 동정을 나타내고, 개인의 수난을 민족의 수난과 동일시해 그 여인을 민족 수호신으로 받들었다.

타밀 국왕이 북쪽을 정벌한 사건과 가련한 여인이 죽어서 수호신이 되었다는 사건은 서로 이질적이어서 따로 놀 수 있다. 그러나 수호신을 받든 것도 국왕이 이룩한 위업이라고 해서 그 둘을 연결시켜 결말이 하나로 모아지게 했다. 그 대목을 보자. 그 여인을 신으로 모셔 파티니(Pattini)라고 일컬었다.(동아, 396)

> 신들의 고장 히말라야에서
> 거기 있는 시바의 신에게 기도를 하고
> 가져온 돌에다가 파티니의 모습을
> 빼어난 솜씨로 새겨 봉안하고서,
> 교묘하게 장식하고 꽃으로 꾸며 경배한다.
> 사원 입구에는 수호신들을 새겨놓았다.
> 북쪽 나라들까지 통치권을 넓힌
> 왕들 가운데 사자 같은 분이,
> 봉안을 주관하시고 명령했다.
> "여신을 예배하고 제물을 바쳐라."

여기서 서사시 변천사를 요약해서 말할 수 있다. 여인의 수난사는 범인서사시라고 할 수 있다. 범인서사시를 신앙서사시로 만들고, 민족서사시로 받들었다. 신앙서사시는 원시서사시의 층위이고, 민족서사시는 고대서사시라면, 범인서사시는 중세서사시이다. 그 셋을 합쳐서 중세민족서사시를 창조했다. 범속한 인물의 훌륭한 행실을 칭송하는 정치를 하는 중세군주의 모습을 부각시켜, 민족적 자부심의 근거로 삼고자 해서 그렇게 했다.

중세에 범인서사시를 창조한 것은 세계 어디서나 있었던 일이다. 그러나 여성을 주인공으로 범인서사시를 민족서사시로 삼아 문명권 중심부의 횡포에 대한 반론을 마련한 것은 중국 서남부 侗族의 〈薩歲之歌〉와 타밀의 〈칠라파티카람〉에서나 볼 수 있는 특별한 일이다. 그런 작품은 여성영웅서사시를 밀어내고 남성영웅서사시가 크게 자리잡을 때 시작된 여성의 몰락에 대한 반론으로서도 소중한 의의가 있다.

3. 5. 중세의 금석문·역사서·여행기

문명권 중심부에서 생겨난 공동문어문학을 변방에서도 받아들여 자기 것으로 재창조한 양상은 원본에 근접한 정도에 따라 몇 가지로 나눌 수 있다. 공동문어문학의 규범을 재현하는 능력을 보인 것도 있다. 이 경우는 공동문어문학의 확산을 말해줄 따름이고 그 자체로는 특별한 의의가 없으므로, 논의의 대상으로 삼지 않아도 무방하다. 공동문어문학의 규범을 재현하면서 자기 민족의 삶을 나타내는 데 힘쓴 것도 있다. 이 경우는 변방 문학의 독자적인 의의를 입증하므로, 위의 항목에서 여러 문명권의 예를 구체적으로 고찰했다.

위의 둘보다 한 걸음 더 나아가, 공동문어문학을 중심부의 규범과는 다르게 창작하면서 자기 민족의 삶을 적극적으로 나타낸 것도 있다. 이 경우는 공동문어문학 창작의 주도권이 다원화한 양상을 보여주므로 더욱 주목할 필요가 있다. 이에 해당하는 사례는 공동문어의 시대가 시작된 중세전기에는 그리 많지 않다가, 그 뒤에 중세후기가 되고, 다시 중세에서 근대로의 이행기에 들어서면서 여러 곳에서 다양한 형태를 띠고 나타났다고 일반화해서 말할 수 있다.

그러나 중세전기의 공동문어문학을 변방에서 독자적으로 창작하는 새로운 경지를 보여준 사례도 있다. 국가의 위업을 나타내는 금석문이 그런 것이다. 공동문어로 금석문을 작성하는 규범은 중심부에서 받아들였지만, 자기 나라가 위대한 역사를 창조해 자랑스럽다고 칭송하는 금석문을 써서 주체성을 드높이는 작업은 전례를 따르지 않고 스스로 했다. 문명권의 중간부가 앞장서서 그렇게 하는 데 주변부가 가담하고 중심부도 뒤늦게 따르는 역전현상도 일어났다.

국가의 위업을 나타내는 금석문은 건국서사시의 기록이라고 할 수 있을 것 같지만, 고대의 자기중심주의와는 다른 중세의 보편주의를 주체성 인식의 근거로 삼은 데 커다란 차이가 있다. 하늘과 땅, 군주와 백성, 자국과 타국의 조화로운 관계를 널리 모범이 되게 이룩한 것을 자랑하면서, 이를 어기는 국내외의 책동을 용납하지 않는다고 했다. 뛰어난 문인이 당당한 어조로 쓴 격조 높은 명문을 문명권 전체에 내놓아, 중세문학의 최고 경지를 이룩했다.

산스크리트문명권의 사례가 그렇게 하는 데 모범을 보여주었다. 그 쪽에서는 문명권의 중심부에서 공동문어 금석문을 쓰는 규범이 정착한 과정부터 확인해 변화의 근원을 캘 수 있다. 그래야만 공동문어 글쓰기의 규범이 정밀하게 이루어져 금석문에서 사용된 양상을 밝히는 작업을 자세하게 할 수 있다. 또한 다른 문명권의 경우를 널리 살피는 데 필요한 척도를 제공해준다.

고대의 금석문은 아쇼카왕의 말을 새긴 것들에서 볼 수 있는 바와 같이 지방의 구어를 사용했다. 그러다가 공동문어 시대가 시작되면서 제왕의 위업을 기리는 비문을 산스크리트로 쓰는 관례가 이루어졌다.[78]

---

78) D. C. Sircar, *Indian Epigraphy* (Delhi : Motilal Banarsidass, 1965), 38~45 ; Gaurinath Sastri, *A Concise History of Classical Sanskrit Literature* (Delhi : Motilal Banarsidass, 1974), 55~57 ; M. Winternitz, Subhadra Jha tr., *History of Indian Literature* (Delhi : Motilal Banarsidass, 1985), II, 38

158

지르나르(Girnar)라는 곳 근처 바위에다 150년에 새겨놓은, 루드라다만
(Rudradaman)이라는 군주를 칭송한 글이, '카비야'(kavya)라고 일컬어
지는 세련된 기교를 가진 산스크리트 문체를 갖춘 금석문의 최초 사례
이다.

그런 문체를 사용해 제왕을 칭송하는 비문이 4세기 굽타(Gupta)제국
시대부터 일반화했다.[79] 최초의 걸작이 335년에 즉위한 제2대 황제 사무
드라굽타(Samudragupta)가 제국의 판도를 크게 넓힌 공적을, 소재지의
이름을 따서 알라하바드(Allahabad) 돌기둥이라는 것에다 새겨놓은 비
문이다. 고위직 궁정시인 하리세나(Harisena)가 글을 맡아 쓰면서 제왕
의 위업과 시인의 기법이 상응되게 하는 뛰어난 구상을 갖추었다.

비문은 세 부분으로 이루어졌다. 첫 부분은 제왕이 이룬 바를 칭송한
시이다. 사무드라굽타는 대제국의 건설자일 뿐만 아니라 문학을 육성한
공적이 또한 뛰어난 '시의 제왕'(kaviraja)이기도 하다고 했다. 산문으로
쓴 둘째 부분에서는 제왕의 생애를 자세하게 서술해 역사 이해를 위해
소중한 자료를 제공하고 있다. 셋째 부분은 다시 시로 써서, 제왕을 따
르는 사람들을 소개하면서 시인 자신이 여러 직분을 맡아 힘써 일하면
서 제왕이 베푼 커다란 은혜에 보답한다고 했다.[80]

> 궁중에 모아들인 문학 대가들의 보필을 받아,
> 시정신이 잘못된 작품을 규제할 수 있으셨으며,
> 뜻하는 바가 명료한 시를 손수 많이 창작하시어,
> 시인으로서도 이름이 널리 알려지도록 하시었도다.

첫 부분의 이런 대목에서 '시의 제왕' 노릇을 어떻게 했는지 말해준다.
국가를 통치하면서 질서를 유지하듯이 시를 바로잡았다. 문학의 대가들

---

79) Manabendu Baner, *Historical and Social Interpretations of Gupta Inscriptions*
   (Calcutta : Sanskrit Pustak Bhandar, 1989)
80) 같은 책, 27~28

을 궁중에 모여들게 해서 그렇게 한 것만은 아니다. 제왕 자신이 시인으로서도 뛰어난 능력을 가져 그럴 수 있었다. 그렇게 해서 위로는 신과 통하고 아래로는 천지만물을 바르게 하는 중세통치의 이상이 문학으로 드러나고 문학 가운데 시가 으뜸이라는 생각을 아주 잘 나타냈다.

그러나 그 의의를 지나치게 생각하면 시는 내용이 공허해진다. 그 뒤를 이어 굽타제국 역대 통치자를 칭송한 비문은 말하고자 하는 바는 적어지고 표현이 더욱 세련되고 격식화했다. 앞에다 율문을 뒤에는 산문을 두는 구성법, 갖가지 운율과 수사의 규칙을 얼마나 잘 갖추었는지 경쟁하는 데나 힘쓰고, 통치 질서의 이상이 특정의 역사적인 상황에서 어떤 의의를 가졌는지 인식하려고 하지 않았다. 그런 작품이 산스크리트문학의 갈래 가운데 두드러진 위치를 차지한다고 인정되지 않은 것이 그 때문이다.

굽타제국에서 마련한 제왕 칭송 금석문 작법은 제국과 책봉관계를 가진 여러 왕국에서도 받아들이고, 그 뒤에 일어난 제국이나 왕국에서도 일제히 사용했다. 6세기부터 8세기까지 구자라트지방에 있었던 마이트라카(Maitraka) 왕국의 금석문이 그 좋은 본보기이다.[81] 같은 것이 인도의 범위를 넘어서서 남아시아 전역, 그리고 동남아시아까지 널리 전파되어 산스크리트문명권의 공유물이 되었다. 그 가운데 동남아시아의 것을 특히 주목할 만하다.

동남아시아 각국에서는 산스크리트문학의 다른 갈래는 버려두고, 금석문을 특별하게 애호했다. 산스크리트문명권의 중세국가를 자랑스럽게 세운 내력을 밝히는 금석문을 세우는 데 대단한 열의를 가지고 서로 경쟁했다. 변방에서는 산스크리트문학을 다양하게 갖출 형편이 되지 못한 것이 그 이유라고 할 수 있다. 금석에다 새긴 글이 국가의 위엄을 높이고 통치자의 자부심을 나타내는 데 가장 큰 효과가 있다고 판단해,

---

81) H. G. Shastri, *A Historical and Cultural Study of the Inscriptions of Gujarat* (Ahmedabad : B. J. Institute of Learning and Research, 1989)

노력을 집중시켰다.

캄보디아 푸난(Funan, 扶南) 왕국에서는 3세기부터, 바다 건너 인도네시아 쪽에서는 5세기부터 산스크리트로 금석문을 짓기 시작했다. 그 밖에 오늘날의 스리랑카, 미얀마, 타이, 말레이, 남부 월남 등지에 있었던 여러 왕국에서 그런 일을 일제히 했다.[82] 그 가운데 7세기부터 13세기까지의 캄보디아 크메르제국 시대의 금석문이 특히 많고, 내용이 풍부하고, 표현의 격조가 높아, 널리 관심을 끌고 있다.

캄보디아의 금석문은 인도에서 마련한 규범을 충실하게 익히고 넘어섰다. 산스크리트문학의 수많은 표현법을 인도에서보다 더욱 능숙하게 사용했다. 금석문이 아닌 다른 기록은 거의 없어 금석문에다 모든 것을 맡겨야 했으므로, 수량이 많고 내용이 다양해야 했다. 중세국가 설립을 모범이 되게 이룩한 것을 주위의 다른 여러 민족에게 자랑하고자 하는 의욕이 커서 뛰어난 표현을 갖추었다.

인도에서 마련한 규범은 앞에다 율문을, 뒤에는 산문을 두는 구성을 갖추어 두 가지 문체의 용도를 구분한 것이었는데, 캄보디아에서는 한층 다양한 문체를 용도에 따라 구분하는 방식을 마련했다. 산스크리트 율문과 산문을 별도의 비문에서 사용하기도 하고, 한 비문에서 함께 사용하기도 했다. 일부 또는 전부를 민족구어인 캄보디아어로 쓴 것도 있다.

그 양상이 무척 복잡하지만 문체를 구분해 사용한 원리는 분명하게 정리할 수 있다. 산스크리트 율문은 제왕을 칭송하는 데 썼다. 제왕이 이룩한 공적이 신의 뜻과 합치되고 신이 알아주는 바라고 하려고, 신과 통하는 신성한 언어를 최상의 질서를 갖추어 사용했다. 산스크리트 산문은 사실을 기록하고, 관원들에게 소용되는 공문서를 전하는 데 썼다. 캄보디아어는 일반 백성도 알아야 할 사항을 기록했다. 캄보디아어로 쓴 글은 율문일 수 없고 산문이다.

금석문을 산문과 율문 두 가지 문체로 쓰면서 그 용도를 구분하는 것

---

82) D. C. Sircar, 위의 책, 202~218

은 고대 이집트시대부터 있던 일이다. 산스크리트로 비문을 쓰는 규범
을 마련하면서 인도에서 그 둘의 용법을 더욱 정밀하게 제정했다. 캄보
디아에서는 그런 전례를 수용하고 재정비해 중세국가 금석문의 다층적
인 구조를 확립했다.

  금석문의 주인인 제왕이 공동문어 율문으로 신과, 공동문어 산문으
로 지배층과, 민족구어로 피지배층과 통하는 삼중구조를 마련해 중세문
명의 모습을 명확하게 보여주었다. 피지배층과도 통해야 한다는 것이
중세가 고대보다 발전된 시대라는 증거이다. 그렇게 하는 과업을 문명
권의 중간부에서 맡아 수행했다. 중심부는 선진이라는 데 도취되어 피
지배층을 배제한 이중구조만 갖추고, 주변부는 후진의 형편 탓에 삼중
구조를 구비해야 할 필요성을 절감하지 못했다.

  실례를 찾아 7세기에 이룩된 이차나바르만(Icanavarman) 1세 비문을
보자. 여러 면에 겹겹이 새겨놓은 많은 글로 이루어져 있다. 더러는 산
스크리트 산문으로 써서 사실을 기록하고, 대부분 산스크리트 율문을
사용해 왕의 공적을 칭송하고, 마지막에 캄보디아어로 적은 대목을 덧
붙였다.(문명, 139~140)

  적군의 파괴자인 이 분이 움직이면 승리하는 군대의 발에서
  일어나는 먼지가 한낮의 태양을 가려 암흑천지를 만들었도다.

  세계를 움직이는 분의 정력이 땅 위 곳곳을 찾아 순행하면서
  잘못된 행실 때문에 생긴 과오를 산산조각으로 쳐부수었도다.

  칭송하는 노래를 몇 줄 들면 이와 같다. 제왕이 신의 뜻을 받들어 위
대한 업적을 이룩한 것을 신이 인정한다고 했다. 장문으로 거듭 쓴 이
런 시는 말미에다 붙인 캄보디아어 후기 몇 구절과 좋은 대조를 이룬
다. 거기서는 수고한 일꾼들의 명단을 적고, 노예의 우두머리에게 생활
비를 지급한다고 했으며, 노예를 누구에게 준다 하고, 또한 황소가 몇

마리이고, 물소가 몇 마리라고 하는 말을 적었다. 노예는 글을 모르지만 그렇게 썼다고 읽어 들려줄 수 있었다.

국가의 위업을 기리는 금석문을 쓸 때, 산스크리트와 함께 민족어도 사용하는 것은 동남아시아 여러 곳의 공통적인 현상이었다. 산스크리트로 쓴 글은 격식을 갖춘 운문이어서 훌륭한 문학작품일 수 있게 하고, 민족어는 실용적인 사항을 산문으로 기록하는 데 그친 점도 서로 같다.[83] 그런 원리는 다른 여러 곳의 금석문에서도 확인된다. 율문과 산문의 용도 구분은 이집트에서 볼 수 있는 바와 같이 고대부터 있었고, 공동문어와 민족어가 다르게 쓰인 중세 금석문의 사례는 한국에서도 찾을 수 있다.

그런데 인도네시아의 금석문은 예외라고 할 수 있다.(문명, 141~) 제왕의 위업을 기린 비문을 쓰면서 일찍부터 산스크리트와 민족구어 자바어를 함께 사용했다. 자바어를 많이 활용한 것은 산스크리트 글쓰기의 능력이 모자라 '섬나라 산스크리트'를 쓴다는 말을 듣는 처지였기 때문이다. 그것은 주변부의 특징이다.

11세기의 통치자 에르랑가(Erlangga)를 기린 비문을 본보기로 들어 보자. 산스크리트 율문으로 쓴 대목에서 백성과 사제자들의 요청을 받아들여 적대자를 물리치고 나라를 세운 공적을 찬양하고, 자바어 산문 대목에서는 왕의 치적을 구체적으로 서술했다. 캄보디아에서 볼 수 있는 공동문어 율문, 공동문어 산문, 민족어 산문의 삼중구조가 공동문어 율문, 민족어 산문의 이중구조로 바뀌었다. 공동문어 산문 대목은 없고, 공동문어 산문과 민족어 산문의 기능이 민족어 산문으로 통합되었다.

한문문명권은 금석문을 쓰는 데 산스크리트문명권 못지않은 열의를 보였다. 두 문명권은 국가의 위업을 나타내는 금석문을 공동문어로 쓴 과정이나 그 격식, 변방으로의 전파와 변이 등에서 주목할 만한 공통점

---

83) Vladimir Braginsky, *The Comparative Study of Traditional Asian Literatures* (Richmond : Curzon, 2001), 68~70

이 있다. 아랍어문명권과 라틴어문명권에는 같은 성격의 금석문이 발견되지 않아 함께 고찰할 수 없으나, 한문문명권과 산스크리트문명권에서 발견되는 동질성은 중세가 어떤 시대인지 해명하는 데 소중한 의의가 있다.

한문문명권에서도 공동문어로 비문을 쓰는 일은 중심부에서 시작되었다.(문명, 142~) 秦始皇이 기원전 221년에 통일제국을 이룩한 위업을 바위에 새겨 놓은 이른바 秦刻石이 국가의 위업을 나타내는 비문의 시초이다. 그런데 그 뒤에는 개인의 행적을 기리는 비문만 늘어나, 앞의 序는 산문으로, 뒤의 銘은 율문으로 쓰는 규범을 일제히 사용하면서 내용이나 표현이 고착화하는 경향을 보였다.

공동문어 비문을 쓰는 격식을 문명권의 중심부에서 마련한 점은 산스크리트문명권이나 한문문명권이나 다를 바 없었다. 그러나 국가의 위업을 나타내는 비문을 대규모로 이룩하는 작업은 변방의 여러 민족이 주도했으며, 중국이 그 뒤를 따랐다. 당제국이 서쪽으로 진출한 전공을 자랑한 〈平淮西碑〉가 거의 유일한 예인데, 817년의 것이다. 동아시아 다른 민족이 중국과 맞서서 민족사를 창조한 내력을 금석문을 써서 나타내는 일을 일제히 한 뒤에 중국에서도 그 비슷한 것을 마련했다. 당제국은 강성하니 두려워하라고 경고하는 내용이므로 명문장가 韓愈가 썼어도 감동을 줄 만한 구절이 없다.

그보다 네 세기 앞서서 414년에 고구려에서는 〈廣開土大王陵碑〉를 세워, 한문문명권에서 국가의 위업을 칭송한 비문을 공동문어로 쓰는 시대가 시작되었음을 알린다. 건국시조의 행적을 서두에다 소개하고, 그 후손인 당대의 제왕이 경쟁세력을 물리치고 강역을 크게 넓혀 나라를 튼튼하게 한 공적을 산문으로 길게 서술하고, 끝으로 무덤을 지키는 사람들의 준수사항을 적었다. 율문 대목을 앞에다 두어 격식을 어겼지만, 하늘의 뜻을 땅에서 받들어 백성을 돌보아 농업에 힘쓰면서 평화를 구가하게 했다고 한 사연을 다음의 말로 표현해 중세보편주의의 이상을 잘 나타냈다.(문명, 150)

은혜로운 혜택을 하늘에서 (받으시어)
위험 있는 무력을 사해에 떨쳤노라.
(나쁜 무리를) 쓸어서 제거하시니
뭇 사람이 편안히 생업에 종사하도다.
나라는 가멸고, 백성은 잘 살아
온갖 곡식이 풍성하게 익었도다.

고구려와 신라는 서로 밀고 밀리는 쟁패를 벌이면서 누가 백성을 더 잘 돌보는가 하는 경쟁을 금석문을 써서 벌였다. 승리자가 된 신라에서 더 많은 금석문을 만들어 한문문명권 중세문명을 드높이는 과업을 산스크리트문명권의 캄보디아처럼 수행했다. 신라의 금석문 또한 공동문어 율문, 공동문어 산문, 민족어 산문이 같은 기능을 분담하도록 하는 삼중구조를 갖추었다.

신라의 진흥왕이 국토를 크게 넓힌 것을 기념해 세운 568년의 〈黃草嶺碑〉에서는 序에다 銘을 붙이는 방식을 채택해 공동문어 산문과 율문의 기능을 구분하고서, "무릇 順風이 불지 않으면 世道가 진실과 어긋나고, 玄化가 이루어지지 않으면 사특한 행위가 다투어 일어난다"는 말을 앞세우고, 하늘의 뜻을 받들고 조상의 과업을 이어 나라를 다스린다고 했다.(문명, 153) 591년의 〈南山新城碑〉는 그것과 좋은 대조가 된다. 공사에 참여한 백성들이 알고 있어야 할 사항은 민족어를 표기한 산문으로 간략하게 열거했다.(문명, 155~)

771년의 〈聖德大王神鐘銘〉은 金弼奧가 썼다고 문면에 새겨놓은 글인데, 국가의 위업을 칭송하는 금석문의 완성형을 보여주었다. 종을 만들고 銘을 새기는 방식을 택해서, 종의 모습, 종에 쓴 글, 종소리가 일체를 이루게 했다. 불교신앙을 위한 梵鐘을 국가에서 만들고 국가의 상징으로 삼아, 불교사상과 국가이념을 일치시킬 수 있게 했다. 산문체의 序가 길게 이어진 다음 율문체의 銘이 있어, 그 두 가지 문체를 함께 사용하는 격식을 정착시켰다.

序는 "무릇 지극한 道는 형상 밖까지 둘러싸고 있으나, 눈으로 보아서는 그 근원을 알아볼 수 없어", "神鐘을 매달아놓고 一乘의 圓音을 깨닫는다"는(문명, 156~157) 말로 시작되어, 천지만물의 움직임을 하나로 포괄하는 크나큰 이치를 소리로 나타내 들어 알 수 있게 하기 위해서 종을 만든다고 했다. 銘에서는 신라가 본래 신령스러운 고장이고, 삼국통일을 이룩해서 무궁한 발전을 이룩하게 되었다고 했다. 그래서 크나큰 이치를 지상에서 나타낸다고 했다. 그 대목을 들어보면 다음과 같다.(문명, 157~158)

동해 바다 위에 뭇 신선이 숨어 있는 곳,
땅은 복숭아 골짜기며, 해 뜨는 곳과 경계가 닿네.
여기서 우리나라는 합쳐져 한 고장을 이루었으며,
어질고 성스러운 덕이 대가 뻗을수록 새로워라.
오묘하다 청명한 교화여 먼 곳일수록 더 잘 이르러,
장차 은혜가 멀리 미치어 모든 것을 고루 적시리라.

고구려, 신라뿐만 아니라, 南詔, 일본, 월남, 유구 등지에서 모두 국가의 위업을 나타내는 비문을 한문으로 써서 세우자 한문문명권이 형성되고 중세가 이루어졌다. 그 모든 나라가 중국 천자의 책봉을 받는 관계로 그 격식에 맞는 국서를 주고받았다. 그런데 앞에서 든 고구려나 신라의 예에서 볼 수 있듯이, 국가의 위업을 칭송하는 금석문을 쓸 때에는 제왕이 하늘의 뜻을 직접 실행한다고 하면서 자주성을 드높이는 것이 예사이다.

중국과 맞서서 자주성을 드높인 비문의 더 좋은 본보기는 오늘날의 중국 운남지방에 자리잡고 번영을 누리던 白族의 나라 南詔에서 765년경에 세운 〈德化碑〉이다.(문명, 164~) 그 비는 모두 5천여 자나 되어, 다른 어느 나라 것보다 장문이다. 사실을 기록하는 앞의 序는 산문으로, 공적을 찬양하는 뒤의 銘은 율문으로 쓰는 전형적인 방식을 택해 형식이 가지런하다. 序에서는 천지만물의 이치와 합치되는 국가의 질서를 이룩했다는 말을 앞세웠다. 銘에서는 당나라가 침공해오자 싸워서 물리친 공적을 자랑했다. 각기 한 대목씩 들어보자.(문명, 165~167)

삼가 듣건대, 淸濁이 처음 나누어지자, 陰陽이 움직여 만물이 생겨났다. 강과 산이 정해지자, 極元이 으뜸이 되어 팔방이 정해졌다. 그래서 알겠노라. 매달려 있는 형태로 빛을 내는 것은 일월보다 큰 것이 없고, 높은 자리를 숭상해 갈라서 서열을 나눈 데서는 군신보다 큰 것이 없다. 도를 다스리면 안팎이 평안하고, 정치가 어지러워지면 風雅가 변한다.

漢族은 덕행에 힘쓰지 않고, 힘으로 싸우려 하므로,
군사를 일으키고 장수들에게 명해서 고을을 두고, 성을 세웠노라.
삼군이 가서 토벌하자 일거에 평정하고,
뭇 관원을 면면히 포박해서, 하늘 같은 조정에 바치었다.

고구려·신라와 함께 남조의 금석문은 문명권 중간부에서 이룩한 업적의 좋은 본보기를 보여준다. 월남 또한 나중에 중간부의 특징을 보이는 문학을 했지만, 당나라가 망할 때까지 독립하지 못해서 국가의 위업을 나타내는 금석문을 일찍 이룩할 기회를 상실했다. 일본은 596년에 〈伊豫道後溫湯岡側碑〉를 세워 뒤떨어지지는 않았으나 통치의 이상을 말하기만 하고 구체적인 내용이 없으며,(문명, 161~) 국가의 위업을 빛내는 데 금석문이 계속 필요하다고 여기지도 않았다. 유구는 15세기가 되어서야 한문문명권의 일원임을 입증하는 금석문을 제작했다.

일본에서 공동문어 금석문을 적극 활용하지 않은 것은 문명권 주변부였기 때문이라고 할 수 있다. 인도네시아의 '섬나라 산스크리트'와 상통하는 '變體漢文'을 일본에서 많이 사용하는 것이 주변부 후진성의 공통된 증거이다. 그러면서 민족어 금석문이 인도네시아에는 있고 일본에는 없다. 그 이유는 금석문을 써서 위세를 겨룰 만큼 정치세력이 다원

화하지 않았고, 금석문은 지배층 일부에게만 소용되는 특별한 글이라고
여기고 백성과 만나는 통로를 열어두지 않았던 데 있었다고 생각된다.

월남은 장기간 중국의 통치를 받고 있다가 뒤늦게 독립해 오래 미루
어두었던 숙제를 일거에 해내고자 한 것 가운데 하나가 금석문이다.
1121년의 〈大越國當家第四帝崇善延齡搭碑〉가[84] 대표적인 예인데, 李朝
제4대 군주 仁宗이 훌륭하다고 칭송하는 말을 화려한 수식으로 이어
序도 銘도 대장편으로 늘어나게 했다. 또한 "妙體玄寂"이나 "非中非外"
니 하는 불교의 문자까지 동원해 정치와 종교가 하나임을 보여주고자
했다.

琉球는 한문문명권에 늦게 들어왔다가 일본에 병합되어 나라를 잃었
다. 그러나 국가의 위업을 나타내는 금석문은 일본보다 더 많이 남겼다.
1458년에 만들어 왕궁에 건 〈萬國津梁鐘〉의 명문은[85] "琉球國이라는
곳은 南海의 勝地이니, 三韓의 빼어남을 뭉치고, 大明으로 輔車를 삼고,
日域으로 脣齒를 삼는다"는 말을 앞세우고, 유구가 동아시아문명의 일
원으로서 어떤 위치를 차지하고 있는지에 대한 자각을 뛰어난 표현을
갖추어 나타냈다. 銘의 결말에서는 자기 나라에서 이루어야 할 이상을
다음과 같은 말로 제시했다.(문명, 170)

물결 가르는 임금 코끼리, 달을 향해 물 뿜는 화려한 고래,
四海가 넘치도록 梵音이 진동하는 이 곳에서,
긴 밤의 꿈을 깨고, 하늘에서 내린 정성을 받아 감격하면서,
堯임금의 바람이 길게 불고, 舜임금의 나날이 더욱 밝도다.

라틴어문명권은 공동문어 금석문이 빈약한 편이다. 대부분 로마 시
대의 전례를 이은 개인의 묘비명이고, 간략하고 상투적인 말을 사용했

---

84) 《李陳詩文 *Tho Van Ly-Tran*》 1 (Hanoi : Nha-Xuat Ban Khoa Hoc Xa Hoi,
1977), 388~395
85) 塚田清策, 《琉球國碑文記》(東京 : 啓學出版株式會社, 1970), 62

다. 금석문시라고 할 것이 문학의 한 갈래로 자리 잡고 있었으나, 오늘날의 문학사 서술에서 의의를 인정하지 않는다. 그런 가운데 중세보편주의 이념에 입각해 국가의 위업을 나타낸 금석문도 더러 있어 다른 문명권의 경우와 비교할 수 있다.

그런 본보기를 샤를마뉴(Charlemagne, 라틴어 이름 Carlus)의 제국에서 마련했다. 교황이 기독교문명권 전체의 황제로 책봉한 샤를마뉴는 제국의 공용어로 채택한 정통 라틴어를 보존하고 보급하는 것을 임무로 삼았다. 영국에서 초빙된 알퀸(Alkuin)이 그 과업을 주도하면서 라틴어 금석문을 쓰는 일도 맡았다. 제국의 수도 아헨(Achen, Aix-la-Chapelle)에다 황제의 위엄을 나타내는 교회를 805년에 지어 봉헌하는 말을, 알퀸이 다음과 같은 라틴어시로 지어 벽면에다 새겼다.(공동, 384)

> 생명을 지닌 돌들을 조화롭게 모아들여
> 숫자며 축척이며 모두 합당하게 맞추었으니,
> 주님께서 지으신 이 성전이 밝은 빛내며
> 만백성의 경건한 수고 영광되게 하도다.
> 모든 것을 지으신 분께서 보살펴주셔서
> 아름다운 기념물이 언제까지나 남으리라.
> 카를루스 임금님께서 반석 위에다 세운
> 이 사원을 신이시여 보호해주소서.

주님·황제·만백성을 하나로 연결하는 성전을 세운 사연을 라틴어시로 나타낸 것은 라틴어가 주님과 교통하는 데 쓰이고, 황제가 주님의 명을 받아 세상을 통치하는 데 쓰이기 때문이다. 황제 샤를마뉴 개인은 무식한 사람이라 라틴어는 모르고 만백성의 언어인 속어만 사용했으나, 주님을 섬기면서 황제 노릇을 하기 위해서는 라틴어를 공용어로 삼아야 했다. 이런 라틴어시를 교회의 벽면에다 새겨, 황제는 공동문어 라틴어의 수호자임을 천하만방에 알렸다.

개별국가의 통치자들 또한 라틴어를 알지 못했다. 그러나 자기가 이룩한 위업을 신에게 고하고 만천하에 알리기 위해서는 라틴어 금석문이 필요했다. 그런 것을 웨일스에서 찾을 수 있다. 엘리세그(Eliseg)라는 군주가 영국인을 물리치고 국토를 넓힌 공적을 기린 라틴어 비를 9세기 전반기에 손자인 콘켄(Concenn)이 세웠다. 서두에서는 가계를, 중간에서는 업적을 말하고, 끝으로 신의 가호를 비는 말을 표현이 세련된 시로 나타냈다.[86] 그렇게 해서 국가의 위업을 나타내는 금석문의 좋은 본보기를 보여주었다.

아랍어문명권 중심부에 남아 있는 아랍어 금석문은 신에게 기도하는 말로 이루어져 신앙심을 나타냈다. 신을 기리고 예언자를 칭송하는 사연을 간략하게 쓴 것이 대부분이고, 〈쿠란〉을 자주 인용했다. 그 가운데 일부는 국가가 정치적인 목적에서 새긴 것이어서 지상의 통치자에게 신의 가호가 있기를 바란다는 말을 곁들였다. 통치자가 이룩한 공적을 구체적으로 들지는 않았다.

그런데 변방에서는 국가의 위업을 나타내는 데 관심을 가졌다. 인도에 들어간 이슬람교 통치자들은 칼리파를 찬양하는 금석문을 마련했다.[87] 아랍어로 써서 모스크에다 새긴 명문에서 "정당하고 위대한 군주, 위대한 통치자, 만백성의 지도자, 터키인과 페르시아인의 주인, 세상과 신앙의 중추, 이슬람과 무슬림의 기둥, 왕들과 임금들의 영광, 국가의 으뜸이 되시는 분이 통치하는 기간 동안에"라는 말로 칼리파를 칭송하고, "칼리파의 오른팔"인 자기네 국왕이 그 모스크를 지었다고 했다. 모스크의 명문 다른 글에서도 그 비슷한 말로 칼리파를 칭송하고, "신앙 사령관의 보조자"인 자기네 술탄이 그 모스크를 지었다고 했다.(문명, 74~75)

---

86) http·//www.vortigernstudies.org.uk/artsou/pillartex.htm
87) Subhash Parihar, *Muslim Inscriptions in the Punjab, Haryana, and Himachal Predesh* (New Delhi : Inter-India Publication, 1985)에서 그런 금석문을 집성했다.

앞의 것은 칼리파가 정치적인 권한을 잃었을 때인 1210년에, 뒤의 것은 명목상의 칼리파가 이집트 카이로에 있을 때인 1277년에 지은 것이다. 황제의 권한을 잃고 교황에 지나지 않는 칼리파를 그렇게까지 칭송한 것은 자기네 술탄이 칼리파의 책봉을 받은 정통군주임을 널리 알리기 위해서 필요한 말이다. 그래야만 술탄의 권력이 정당화되었다. 거기까지 말하는 데 그치고 술탄이 어떤 위업을 이룩했는지는 밝히지 않았다.

그런데 더욱 변방인 서아프리카로 가면 사정이 달라진다. 말리에 남아 있었던 송하이(Songhay)와 투아레그(Tuareg) 왕조가 1세기에서 15세기 사이에 남긴 금석문은 국가의 위업을 나타내는 구실을 했다.[88] 건국서사시를 위시한 여러 형태의 구비문학에서 말하는 국가 창건의 역사를 금석문에다 옮겨 적으면서 아랍어를 사용하고 이슬람세계의 일원임을 자랑했다.

지금까지 든 여러 문명권은 금석문에서도 주목할 만한 공통점이 있다. 문명권의 중심부에서는 개인적인 용도로 쓰며 별반 내용이 없는 공동문어 금석문이, 변방으로 가면 국가의 위업을 나타내는 구실을 한 점이 어디서나 같다. 한국·캄보디아·웨일스·말리에 전하는 금석문 자료가 뚜렷한 공통점을 보이는 것이 참으로 흥미롭다.

중세의 금석문은 공동문어로 쓰는 것이 원칙이었지만, 공동문어를 제대로 사용하지 못하는 변방에서는 공동문어와 민족어를 함께 사용하거나 민족어만 사용하는 예외가 있었다. 자바섬에 산스크리트와 자바어를 섞어 쓴 비문이 남아 있다. 유럽에도 그런 예가 있으며, 스칸디나비아에서 자기네 언어로 금석문을 쓴 것이 널리 알려진 소중한 사례이다.

　　이 분은 잠들어 계신다.
　　많은 사람이 다 아는

---

88) P.F.De Moraes Farias ed., *Arabic Medieval Inscriptions from the Republic of Mali : Epigraphy, Chronicles and Songhay-Tuareg History* (Oxford : Oxford University Press, 2001)

가장 위대한 공적과 함께.
칼을 가진 전쟁의 신이
이 무덤 속에 계신다.
덴마크를 뒤흔드는 격렬한 투사
오딘 신이라도
바다를 더 넓게 지배하지는 못했으리라.

지금은 스웨덴 땅인 카를레비(Karlevi)에 남아 있는 덴마크 군주의
묘비를 산문으로 쓴 다음에 이런 시를 덧붙였다.(공동, 440) 라틴문자와
다른 룬(Run)문자를 사용했으며, 기독교 이전의 토착 신 오딘(Odin)을
섬겼다. 그런 것은 고대의 유산을 중세에도 간직해 중세화가 덜 된 증
거가 되고, 중세보편주의를 넘어서는 민족문화의 발현이라고 할 수는
없다.

그런데 국가의 위업을 자랑하는 비문을 공동문어로 쓰기도 하고 민
족어로 쓰기도 한 것이 둘 다 당당한 내용을 갖추어 서로 경쟁한 경우
도 있다. 터키민족의 국가 突厥에서 그렇게 했다. 돌궐인은 중국 서북
방에 거주하면서 당나라에 복속되기도 하고, 당나라의 책봉국가가 되
기도 하고, 유목민족을 널리 통합해 제국을 세워 중국을 위협하기도 했
다. 그렇기 때문에 비문도 이중으로 써서, 한문도 사용하고 돌궐어도
사용했다.

오늘날 몽골 땅에 비문이 여럿 남아 있는 가운데 비교적 잘 보존된
것 둘이 한 면은 한문으로 쓰고, 다른 세 면 및 면과 면 사이에 쓴 글에
서는 돌궐어를 사용했다.(문명, 175~) 그런데 한문비문과 돌궐어비문
은 글쓰기 방식에서 차이가 있을 뿐만 아니라, 같은 인물의 행적을 서
로 다르게 말했다. 공동문어문명권에 소속되는 것이 온당하기도 하고
부당하기도 한 양면이 그렇게 나타나 있다.

732년에 세운 〈故闕特勒碑〉라고 한 한문비문을 보자. 어려운 말을
많이 동원해 대단한 실력임을 나타내려고 했다 하겠는데, 형식과 내용

양면에 문제가 있다. 비 이름에서 군주의 실명을 내세운 것부터 격식을 어겼다. 민족의 자주성을 드높이면서 당나라 책봉을 받아 평화롭게 지낸 것이 군주의 공적이라고 칭송했는데, 앞뒤가 잘 연결되지 않아 납득하기 어렵다.

그 비의 돌궐어 부분은 내용과 형식 양면에서 자기 목소리를 분명하게 했다. "위의 푸른 하늘 아래 거무스름한 땅이 창조되었을 때에, 그 둘 사이에서 사람이 창조되었다"고 한 건국신화에서부터 자랑스러운 민족이 주체적인 역사를 이룩해왔다고 했다. 그런 대목에서는 구비서사시에서 볼 수 있는 표현을 사용하고, 당대에 일어난 사건을 기록할 때에는 특별한 격식을 갖추지 않고 민족어 구어를 말하는 대로 받아적은 문체를 사용했다.

중국과의 관계가 잘못되어 민족의 주체성이 훼손되었다고 했다. 중국의 침공을 싸워서 물리쳐 치욕과 불행을 씻은 군주의 공적을 칭송한 것이 비문의 본론이다. "교활하고 사기를 잘 치는" 중국인들에게 복속되어 자주성을 잃었다고 했다. "중국 사람들에게 봉사하는 관원들은 중국 칭호를 받아들여 중국 황제에게 예속되었다"고 하는 사태가 벌어졌다고 했다. 그렇게 되자 먼저 백성들이 불만을 터뜨렸다고 했다.(문명, 182)

백성들은 이렇게 말한다. "우리는 나라가 있는 백성이었다. 우리나라는 지금 어디에 있는가? 우리는 누구를 위해 여러 나라를 정복하는가?"라고 말한다. "우리는 카간이 있는 백성이었다. 우리 카간은 어디 있는가? 우리는 어느 카간에게 봉사하고 있는가?"라고 말한다.

백성이 한 말을 이렇게 적은 이 비문은 백성이 보라고 써놓은 것이다. 돌궐의 백성은 자기네 글은 읽을 줄 알아도 한문은 몰랐다. 한문을 하는 사람들은 중국과의 교섭을 담당하는 관원이거나 중국인이었다. 한문비문의 독자에게는 중국과 책봉체제를 가지게 된 것이 다행스러운 일이라고 하고, 돌궐어비문의 독자에게는 중국의 침공을 물리친 것이 자랑스럽다고 했다. 한문비문에서는 극단에 이른 문어를, 돌궐어비문에서는 말하는 그대로 받아적은 구어를 보여주어 서로 대조가 되게 했다.

그 두 비문에서 한 말은 하나가 참이고 하나는 거짓인 것은 아니고, 사실의 양측면이다. 돌궐이 중국의 복속에서 벗어나 자주성을 찾고 중국과 화친을 한 방식이 책봉관계를 가지게 된 것이다. 그런데 한문비문에서는 자주성과 책봉관계를 함께 말하면서 그 둘의 연관관계를 분명하게 하지 못하고, 돌궐어로 비문을 쓸 때에는 싸워서 자주성을 찾은 것이 자랑스럽다고 누구나 쉽게 이해할 수 있게 말했다.

국가의 위업을 나타내는 말을 민족어로만 쓴 비문이 길게 이어지면서 당당한 내용을 갖춘 것은 더욱 주목할 만하다. 타이 수코타이(Sukhotai)왕조의 람캄행(Ramkhamhaeng)왕이 백성을 위하는 통치를 하고 1283년에 타이문자를 제정한 공적을 치하한 비문이 바로 그런 것이다.(문명, 187~) 그 때 제정한 타이문자를 사용해서 1292년의 비문을 타이어로 썼다.

문체는 구어이므로 산문이다. 캄보디아에서는 산스크리트 율문의 비문을 써서 통치자가 신의 화신이어서 아득하게 높은 곳에서 군림한다고 칭송했는데, 타이에서는 민족어 구어 산문을 기록한 비문에서 통치자는 자기 위치를 낮추어 백성을 사랑한다고 했다. 돌궐의 돌궐어비문에서처럼 백성들이 하는 말을 적지 않고, 백성들에게 통치의 이념을 편 언설이지만, 고사나 수식이 없어 쉽게 이해할 수 있다. 통치자와 피치자의 거리를 좁히는 것을 국가의 방침으로 선포한다고 한 데 알맞는 어조를 사용했다.(문명, 187~188)

람캄행왕 시절에 수코타이 땅은 번영했다…… 일반백성이든 귀속이든 다투는 일이 생기면, 진실을 밝혀 정당하게 판결했다. 죄가 있다고 고소당하면, 증거에 따라서 재판을 받았다…… 왕은 문에다 종을 매달아놓았다. 배 아프고 가슴 조이는 원통한 사연이 있으면, 어떤 평민이라도 왕에게 어렵지 않게 알릴 수 있었다…… 사카(saka) 1205년 염소해에, 람캄행왕이 타이문자를 창제해서 사용했다.

"사카(saka) 1205년 염소 해"는 1283년이다. 그때 타이문자를 제정한 내력에다 곁들여서 람캉행왕의 치적을 말하면서 애민정신을 나타냈다. 중세후기의 애민정신을 갖추는 데 타이인이 앞장서서 이런 금석문을 마련해 널리 모범이 되는 업적을 남겼다. 돌궐의 민족어금석문은 공동문어문명에 들어왔다가 나갔다는 것을 말해줄 따름이지만, 타이의 것은 새로운 시대를 창조하는 의의가 있다.

타이에서 표방한 애민의 방법은 조선왕조의 경우와 상통한다. 양쪽 모두 백성들이 억울한 사정을 고발하도록 하고, 새로 만든 문자를 쓰도록 했다. 같은 과업을 타이의 수코타이왕조는 조선왕조보다 백오십년 정도 앞서서 수행했다. 자기 문자를 이용해서 민족어 금석문을 쓰는 일을 타이에서는 하고, 한국에서는 하지 않았다.

13세기에 타이에서 민족어로 비문을 써서 민족문화의 독자노선을 천명한 것은 획기적인 일이다. 중세후기로의 전환을 다른 어느 곳보다 더욱 철저하게 이룩한 혁명적인 결단이었다. 타이인이 문명의 주변부에 머무르던 뒤떨어진 민족이었기 때문에 그럴 수 있었다. 그것은 후진이 선진이 된 전형적인 사례이다.

중세전기까지 타이인은 존재가 미미했다. 한문문명을 깊이 이해하지 못한 채 중국 서남부에 거주하다가, 오늘날의 국토로 이주해 산스크리트문명권의 주변부에 머무르면서 캄보디아의 지배를 받았다. 독립해서 통일왕조를 처음 세웠을 때 특별한 방법을 써서 분발해야 했으므로 팔리어를 공동문어로 하는 중세후기문명을 이룩하는 데 앞장서서, 캄보디아가 그 뒤를 따르게 했다.

타이인은 팔리어를 공동문어로 택했지만 능숙하게 구사하지 못하고 또한 그렇게 하려고 하지도 않았다. 공동문어는 종교의 언어로 남겨두

고 국가의 금석문은 민족어로 쓰는 새로운 본보기를 과감하게 마련했
다. 주위의 다른 나라들도 민족어 사용을 활성화하려고 했지만 타이를
따르지 못했다. 그러나 공동문어문명을 깊이 이해해 자기 것으로 하는
과정을 제대로 거치지 않고, 통치자가 현명하다고 자처하니 백성도 분
발해야 한다. 다음 시대 중세에서 근대로의 이행기에 민족어문학이 어
디서나 활발하게 일어날 때 민족어 사용의 선두주자 타이는 오히려 뒤
떨어졌다. 선진이 다시 후진이 되는 전환을 겪었다.

금석문과 역사서는 고대뿐만 아니라 중세에도 서로 대응되는 관계를
가지면서 그 양상이 달라졌다. 고대에는 금석문을 남긴 곳이 많고 역사
서를 저술한 곳은 적었으나, 중세에는 반대가 되었다. 금석문은 산스크
리트문명권과 한문문명권의 몇몇 곳에서만 애용하고, 역사서는 모든 문
명권의 여러 나라에서 일제히 내놓았다.(문명, 224~)

중세의 역사서는 문명사도 있고 국가사도 있다. 공동문어로 쓴 것도
있고, 민족어로 쓴 것도 있다. 문명사는 공동문어로 쓰는 것이 원칙이고
민족어를 사용한 것은 그 번안에 지나지 않았다. 국가사에는 공동문어
를 사용한 것도 있고 민족어를 사용한 것도 있다. 어느 쪽을 택하는지
는 문명권에 따라서, 문명권 안의 위치에 따라서 달라졌다.

문명사는 보편종교의 역사이다. 보편종교의 문명사는 자기네 종교가
이루어져 전파된 내력을 밝히면서 우주·자연·사람의 역사를 하나로 연
결시켜 이해하고자 하고, 같은 신앙을 가진 사람은 누구나 평등하다고
해서 사상적으로는 큰 발전을 이룩했다. 그러나 문학작품으로는 평가되
지 않는 것이 상례인데, 종교의 경전에 의존해 받아들이기 어려운 말을
많이 하고, 글쓰기 방식이 엉성하기 때문이다.

그 좋은 본보기를 기독교 쪽에서 먼저 내놓았다. 4세기초에 그리스어
로 썼으나 원본은 없어지고 라틴어 번역만 남아 있는 에우세비우스
(Eusebius)의 〈교회사〉(*Historia Ecclesiastica*)는 신의 섭리가 역사에
서 작용하는 자취를 찾아 당대의 수난을 넘어서 바람직한 미래가 도래
한다고 예견하려고 한 역사서이다. 헤로도투스와 에우세비우스의 차이

가 바로 고대사상과 중세사상의 거리이다. 에우세비우스의 업적은 헤로도투스만큼 정밀하지 못하고 합리성도 부족하지만, 고대자기중심주의를 중세보편주의로 바꾸어놓은 점에서 획기적인 의의가 있다. 동방기독교와 서방기독교 양쪽의 여러 곳에서 널리 수용되어 중세인의 역사관을 지배하는 구실을 한 것이 그 때문이다.

서방기독교 세계에서 문명사와는 별도로 국가사를 쓰는 작업은 변방이 주도했다.(문명, 273~) 8세기의 성직자 베데(Bede)가 라틴어로 〈영국교회사〉(*Historia ecclesiastica gentis Anglorum*)를 써서 기독교의 전파와 함께 영국의 역사가 발전해온 과정을 밝혔다. 12세기에는 〈영국王統史〉(*Historia Regum Britanniae*)라는 라틴어 국가사를 이룩했다. 공동문어를 표현수단으로 중세보편주의를 가치척도로 삼는 중세인의 사고방식으로 자국의 역사를 별도로 서술해 문명권 주변부의 성장을 입증했다.

그러면서 국가사를 민족어로 쓰는 작업도 병행해서 진행했다. 9세기 말부터 시작한 〈앵글로색슨 연대기〉(*Anglo-Saxon Chronicle*)라는 것을 12세기까지 계속 썼다. 단일 저작이 아니고 여러 사람이 각기 기록하고 베낀 결과 서로 다른 사본이 여기저기 전하고 있다. 서두에서 국왕 알프레드(Alfred)의 족보를 제시한 것도 있고, 영국의 위치와 주민에 관해 말한 것도 있어,[89] 서로 다른 관점에서 국가의식에 관한 자각을 나타냈다.

영국보다 더욱 주변부인 곳은 라틴어 글쓰기와 기독교 신앙을 받아들이면서 역사 서술을 하게 되었다. 바이킹 군주들의 활약상을 구비전승을 통해 기억하는 데 그치지 않고 역사 기록에 올렸다.[90] 13세기에 성직자 삭소 그라마티쿠스(Saxo Grammaticus)가 라틴어로 〈덴마크의 위

---

89) M. J. Seanton translated and edited, *The Anglo-Saxon Chronicle* (New York : Rotlede, 1996), 2~3

90) R. I. Page, *Chronicles of the Vikings, Records, Memorials and Myths* (London : British Museum Press, 1995)

업〉(Gesta Danorum)을 써서, 스칸디나비아의 중세화가 본격적으로 진행된 증거를 제시했다. 그러나 덴마크의 역사는 기독교를 받아들이기 이전에 로마 역사와 나란히 발전했다고 자랑한 점이 영국의 경우와 다르다.

이웃 나라 스웨덴과 노르웨이에서도 라틴어 국가사 서술을 시도했으나, 대단하다고 할 것은 없다. 그 대신에 살아온 내력에 관한 구전이 풍부하고, 민족어로 통치자들의 치적을 기록해 정리한 성과가 뛰어난 것이 스칸디나비아 쪽의 특징이다. 공동문어로 글을 쓰기 위해 계속 노력하지 않고 잠시 익힌 방식을 민족어 글쓰기에 전용하는 데 더욱 열의를 보이는 문명권 주변부의 특징을 잘 나타냈다.

노르웨이의 일부였던 아이슬란드 사람 스노리 스투르루손(Snorri Sturluson)은 〈덴마크의 위업〉이 이루어지기 전인 13세기초에, 기독교 이전의 전통을 민족어 저술에다 수록하는 작업을 광범위하게 진행했다. 고대의 민족서사시 〈에다〉(Edda)와 관련된 전승을 정착시키고, 노르웨이의 역대 통치자들의 행적을 〈헤임스크린글라〉(Heimskringla)라는 역사서를 써서 정리했다. 자료는 구전이어서, 저자 스스로 "사실인지 아닌지는 알 수 없으나, 옛날의 학식 있는 이들은 사실이라고 믿는 것들이다"라고 했다.(문명, 313) 정확성에는 의문을 가질 수 있지만, 문명사에서 벗어나 있는 국가사를 민족어로 써서 주체성을 선양하는 작업을 라틴어문명권에서 가장 모범이 되게 진행한 의의가 있다.

그리스어를 공동문어로 삼은 동방기독교문명권에서는 민족어 역사서를 일찍 이룩했다. 중심부인 비잔틴제국이 사라지고 민족어로 번역한 경전을 사용하는 주변부의 교회가 각기 독립되자, 문명사와 국가사를 하나로 연결시켜 민족어로 서술하는 역사서가 도처에서 나타났다. 그런 책에서는, 문명사를 완성하는 신성한 과업을 맡고 있어 자기네 국가사가 사랑스럽고 통치사가 위내하다고 했다.

비잔틴의 역사서술은 고대 말기 폴리비우스(Poybius)와 플루타르코스(Plutarchos)의 역사 서술 방식을 직접 이어, 당대사를 중요시하고 뛰어난 인물의 행적에 관심을 가지면서 시비하는 태도를 보인 특징이 있다. 5세기의 프로코피우스(Procopius)는 〈전쟁에 관해서〉(*De Bellis*)에서 비잔틴제국의 군대가 주변 민족과 싸워 이긴 경과를 참전경험에 근거를 두고 서술하고, 〈비장의 기록〉(*Anecdota*)을 써서 권력의 내막과 횡포를 입증하는 사실을 기록했다. 11세기의 프셀루스(Psellus)가 976년부터 1078년까지 있었던 사건을 정리한 〈연대기〉(*Chronographia*)는 다룬 내용과 서술 방식이 흥미로워 널리 읽혔다.

아르메니아는 4세기에 기독교를 받아들이고 다음 세기에는 페르시아 통치를 받으면서 민족의식을 다지는 독자적인 기독교를 발전시키는 과정에서 민족의식을 선양하는 역사를 서술했다. 자기 나라 "역사의 아버지"라고 칭송받는 5세기의 모브세스 코레나트시(Movses Khorenatsi, Moise de Khorene)는 〈아르메니아의 역사〉(*Patmutiun Hayots*)를 써서, 민족의 유래에서 자기 당대까지 있었던 일을 인접 여러 나라의 문헌을 적극 이용하고 구전자료를 풍부하게 채록해 정리했다. 나라를 잃은 불행을 탄식하는 말로 결말을 삼으면서 민족의 흥망이 신의 섭리에 따라 결정된다고 생각하지 않고 내부의 단합이 무엇보다도 소중하다고 했다.[91] 그 뒤를 이은 애국적인 역사서가 계속 나와, 17세기까지 40여 종이나 되었다.

그루지아에서도 독자적인 성격의 기독교를 이룩하고, 성자전과 국가사를 자기네 언어로 저술했다. 11세기초에 레온티 므로벨리(Leonti Mroveli)는 〈왕들의 생애〉에서 민족의 유래에서 시작해 당대까지 이른 그루지아의 역사를 통괄해서 서술했다.[92] 〈구약성서〉의 문체를 받아들여 전설과 사실을 연결시키면서, 기독교로 개종한 것을 가장 중요한 사건으로 다루고, 그 뒤에 계속해서 외적의 침입에 맞서서 기독교국가를

---

91) Agop J. Hacikyan et al. ed., *The Heritage of Armenian Literature 1* (Detroit : Wayne State University Press, 2000), 305~310

92) Donald Rayfield, *The Literature of Georgia, a History* (Oxford : Clarendon, 1994), 53~57

수호해온 과정이 자랑스럽다고 했다.

에티오피아는 이슬람교를 믿는 아랍인들에게 포위되어 있는 상태에서 기독교를 정신적 지주로 삼았다. 비잔틴에서 받아들인 그리스어, 이집트에서 가져온 곱트어의 기독교문헌을 번역해서 사용하고, 자기네 성자전을 독자적으로 마련하고, 또한 국사를 서술한 것이 에티오피아의 자랑스러운 업적이다. 〈왕들의 영광〉(*Kebra Nagast*)이라고 하는 국사서를 14세기초에 이삭(Yishak, Issac)이라는 성직자가 악소움(Axoum)이라는 속인과 함께 저술해서 오랜 역사의 영광스러운 발전을 찬양했다.

그 서두에서 에티오피아가 기독교 왕국의 영광스러운 역사를 이어오게 된 내력을 말했다. 에티오피아의 여왕 쉬바(Sheba)가 이스라엘 예루살렘까지 가서 〈구약성서〉에서 지혜 많은 임금이라고 칭송한 솔로몬(Solomon)과 관계를 맺고 아들 메니에레크(Menyelek)를 낳아, 그 후손이 왕통을 이어온다고 했다. 두 사람이 만나지 않을 수 없었던 내력을 신비스럽게 이야기하고, 동침하는 날 밤에 솔로몬은 태양이 이스라엘에서 에티오피아로 가는 꿈을 꾸었다고 했다.[93]

그런 내력이 있어, 에티오피아는 하늘의 뜻을 땅에 펴는 임무를 맡은 선택받은 나라라고 자부했다. 〈왕들의 영광〉에 적혀 있는 기사는 후대에 관한 것들이라도 불변의 가치를 지닌다고 하면서, 모든 것을 판단하는 기준으로, 나라를 다스리는 절대적인 규범으로 삼았다. 세계사가 근대로 들어설 때에도 그런 생각을 버리지 않아 뒤떨어졌다.[94] 중세화를 너무나 훌륭하게 이룩한 탓에 다음 시대로의 전환에 지장이 생긴 전형

---

93) Donald S. Gochberg et al., ed.,위의 책, 183~184

94) Eike Haberland, "The Ethiopian Orthodox Church", *Christian and Islamic Contributions towards Establishing Independent States South of Sahars* (Tübingen : Institut für Auslandbeziehung, 1979), 166~168면 ; Harolf G. Marcus, *A History of Ethiopia* (Berkeley : University of California Press, 1994), 17~19

적인 사례를 에티오피아에서 발견할 수 있다.

러시아에서 12세기에 네스토르(Nestor)라는 승려가 편집한 〈원초연대기〉(*Povrst' Vremennykh Let*)는 천지창조와 인류의 기원에서 시작해서 당대까지의 러시아역사를 다뤘다. 역사의 시발을 이해하는 방식을 성서에서 받아들여 그 서두의 기사를 써내려갔다. 이른 시기 러시아 역사는 구전을 받아들여 기록하고, 기독교를 받아들인 이후의 기사에서는 이따금 비잔틴의 역사서를 요약하고 인용하면서 이용했다. 여러 가지 서로 다른 자료를 사용하고 다양한 문체로 서술하면서, 시초에는 형체가 뚜렷하지 않았던 러시아를 역사의 한 단위로 인식하고, 그 주민이 단일하고 영토가 방대하다는 사실을 인상 깊게 부각시키려고 했다. 11세기 이후에 분열이 나타난 것은 잘못된 일이라고 나무랐다.[95]

키에프의 군주 블라디미르(Vladimir)가 비잔틴제국에 가서 공주를 아내로 삼고 기독교로 개종한 경위를 설명한 대목이 그 가운데 큰 비중을 차지한다. 블라디미르는 눈병으로 고통을 당하고 있다가 세례를 받자 병이 나아, "이제야 유일하고 진실한 신을 알게 되었다"고 하고, 이 기적을 지켜본 수행원들 가운데 많은 사람들이 세례를 받았다고 했다.[96] 이런 대목조차도 사실 기술이 정확하지 않고, 앞뒤의 연결이 불분명하지만, 문학작품으로 보면 매력이 있다. 교회슬라브어와 민중의 구어를 결합시켜 생동하는 표현을 갖추어, 부분적으로 모형으로 삼은 비잔틴의 연대기를 여러 모로 능가했다고 평가된다.[97]

이슬람교 쪽에서도 처음에는 〈쿠란〉(*Quran*)을 부연하는 역사서를 쓰다가, 문명의 판도가 확장되고 의식 수준이 높아지면서 종교적인 전

---

95) Акдемия Наук СССР, *История ВсемирнойЛитературы 2* (Москва : Издательство Наука, 1984), 420~423

96) 조주관 역, 《러시아고대문학선집》 1 (서울 : 열린 책들, 1995), 70

97) Dimitri Oblensky, "Early Russian Literature(1000~1300)", Robert Auty and Dimitri Oblensky ed., *Russian Language and Literature* (Cambridge : Cambridge University Press, 1977), 71

제를 최소화한 보편주의 역사관을 마련했다. 과거의 전승을 되풀이하는 데 만족하지 않고, 여러 곳을 여행해 많은 사람의 생활상을 구체적으로 파악한 자료를 모으고 다른 문명권의 경우와 비교논의도 갖추어 세계사라고 부를 수 있는 방대한 규모의 저술을 거듭해서 내놓았다.[98]

그런 성격을 갖춘 종합적 역사서의 첫 번째 좋은 본보기는 10세기초에 타바리(Tabari)가 보여주었다. 페르시아 사람인 타바리는 아라비아, 시리아, 이집트 등지를 광범위하게 여행하고, 바그다드에 정착해서 견문하고 조사한 바를 총괄해서 정리하는 작업을 했다. 예언자의 시대에서 압바시드제국에 이르기까지의 역사를 연대기 방식으로 서술한 〈사도와 제왕의 행록〉(*Kitab al-Muluk-war-Rusul,* 911)을 썼다. 그것이 아랍문명권 전체의 역사를 서술하는 본보기가 되어, 많은 후속작업이 뒤를 이었다.

마수디(Masudi)는 관심의 영역을 더욱 확대했다. 바그다드 출신의 아랍인인 마수디는 동아프리카와 인도까지 가서, 여행의 범위를 크게 넓혔으며, 현장에서 파악한 모든 사실을 정리해서 30권으로 이루어진 〈금은보화록〉(*Kitab Akhbar-uz-Zaman*)과 연표 한 권으로 이루어진 방대한 분량의 백과사전식 역사서를 내놓았다. 947년까지의 문명사를 최대한 폭넓게 서술해서 세계사라고 할 수 있는 것을 이룩했다. 아랍세계 전역뿐만 아니라 인도, 중국, 그리스, 로마 등 다른 여러 곳에 관해서 광범위한 서술을 하면서 서로 다른 문화를 깊이 이해하고자 했다.

광물에서 식물로, 식물에서 동물로, 동물에서 사람으로 진화가 이루어졌다고 하면서 사람의 생활을 주위 환경의 변이와 함께 다룬 것도 특히 주목할 만한 일이다. 동식물의 생태 변화를 역사의 일부로 다루고,

---

98) Franz Rosenthal, *History of Muslim Historiography* (Leiden : E. J. Brill, 1968) ; R. G. Rasul, *The Origin and Development of Muslim Historiography* (Lahor : Sh. Muhammad Ashraf, 1991) ; Julie Scott Meisami, *Persian Historiography to the End of the Twelfth Century* (Edinburgh : Edinburgh University Press, 1999)

기후와 지리적 조건이 문명에 끼친 영향을 탐구했다. 그런 포괄적인 관점을 오늘날의 역사가는 지니지 못하고 있다.

11세기초의 비루니(al-Biruni)는 아랍어문명권에서 이룩한 역사학의 국제적인 성격을 더욱 확대했다. 문명권의 주변부인 오늘날의 우즈베키스탄에서 태어난 페르시아인이어서 아랍인의 중심부 우월주의를 마땅찮게 여겼지만, 주장하는 바를 널리 알리려고 국제어인 아랍어를 사용했다. 자기 쪽이 제일이라는 편협한 사고를 넘어서서 사람은 누구나 서로 대등하다는 생각을 역사서술의 실제 작업을 통해서 구체화하려고 했다.

초기 저작 〈연대기〉(*al-Athar al-baqiya*)에서는 시리아, 그리스, 페르시아 등지의 종교적 관습, 유대교, 기독교, 조로아스터교 등 여러 종교의 교리를 이슬람교의 경우와 비교해서 고찰하면서, 어느 쪽에 치우치지 않은 균형 잡힌 이해를 하려고 했다. 역사를 연대기로 기술하는 방법을 넘어서고, 또한 자기 문명이 우월하다는 편견을 시정하면서, 비교문명론의 관점에서 역사를 이해하는 작업을 시작해서, 다음 작업에서 더욱 확대했다. 그렇게 하기 위해서는 다른 문명을 현장에서 생생하게 이해하는 것이 무엇보다도 긴요한 일이었다.

인도에 갈 기회가 있어서 새로운 작업을 위한 좋은 경험을 얻었다. 자기 군주가 인도를 정복하고 약탈할 때 동행하라는 요청을 받고, 인도 문명을 제대로 이해하기 위해서 진지한 연구에 몰두했다. 산스크리트를 배우고, 산스크리트의 문헌을 널리 수집해서 연구하면서 힌두교문명을 깊이 탐구해, 〈인도에 관한 책〉(*Tahqiq ma li-l-Hind,* 1032)을 썼다.[99] 스스로 편견을 버리고 파악한 진실을 있는 그대로 제시해서 세상 사람들의 그릇된 사고방식을 시정하는 것이 역사가의 임무라고 하면서, 그럴 수 없는 이유를 다음과 같이 들어 비판했다.(문명, 257)

---

99) Abu-Rayhan al-Biruni, Vincent-Mansour Monteil tr., *Le Livre de l'Inde* (Sindbad : Éditions UNESCO, 1996)

역사가는 개인적인 이해관계 때문에 거짓말을 하기도 하고, 자기 민족을 예찬하기 위해서 거짓말을 하면서 상대방에게는 험담을 퍼붓기도 한다. 편파성과 증오는 둘 다 비난받아 마땅하다. 자기의 보호자를 기쁘게 하기 위해 없는 말을 지어내고, 그 반대쪽을 모욕하는 역사가도 있다.

비루니가 이렇게 지적한 말은 오늘날의 역사가에게도 준엄한 교훈이 된다. 공정하고 보편적인 관점을 가져야 한다는 것은, 말하기는 쉽고 실행하기는 어려운데, 14세기의 이븐 칼둔(Ibn Khaldun)은 비루니의 작업을 더욱 발전시킨 〈세계사서설〉(Muqaddamah)을 써서, 인류의 생활을 총체적으로 파악하는 원리를 찾았다. 세계사의 전 영역을 포괄하면서, 일어난 사실들의 원인에 관한 논의를 모두 납득할 수 있게 해명한다 하고, 익숙하게 알던 사실들의 이면에 숨어 있는 진실에 관한 예사롭지 않은 깨우침을 제공하는 별난 책을 쓰겠다고 했다.

그 서두에서 역사 이해에는 두 차원이 있다고 했다. 왕조의 흥망 같은 정치적인 사건을 알려주기나 해서 누구나 흥미를 가지는 '표면의 역사'에 만족하지 말고, '역사의 내면적 의미'를 탐구하는 데까지 나아가는 것이 역사가의 할 일이라고 했다. "역사의 내면적 의미에는, 존재하는 사실들의 생성 원인과 연원의 미묘한 양상 설명, 역사적 사건이 어떻게 일어나고 왜 일어났는지를 해명하는 지식, 그런 것들을 얻는 성찰과 진실 파악이 포함되어 있다"고 했다.[100] 그 안목이 놀라울 뿐만 아니라, 상이한 생활방식에 대한 생동하는 묘사를 갖추고, 문학에 대한 자세한 논의를 전개해 문학서로서도 소중한 의의가 있다.

역사서를 민족어로 쓰는 작업은 페르시아에서 주도하면서, 문명사와 국가사를 연속시켰다. 아랍어로 이룬 선행업적을 더욱 확대해서 몽골이나 중국 쪽까지 다루면서, 세계사의 중심에서 페르시아인이 활약하고 있다는 내용이다.[101] 몽골민족이나 터키민족이 정복자로 등장해 세운 제

---

100) Ibn Khaldun, Franz Rosenthal tr., *Th Muqaddimah, an Introduction to History* (London : Routledge and Kegan Paul, 1958), 6

184

국의 통치를 받고 있던 불행한 시기에 그런 일을 하면서, 이슬람문명의 역사와 유목민족제국의 역사를 그 양쪽의 연원까지 모두 찾아내 서술하는 방대한 작업을 했다. 여러 문명이 공존하는 양상에 대한 폭넓은 이해를 구체화했다.

13세기의 알-주바이니(al-Juvayni)는 몽골군이 대제국을 건설한 내력을 다룬 〈세계정복사〉(*Tarikh-i Jahangushan*)를 저술했다. 몽골민족이 페르시아를 정복하고 일한국을 세웠을 때, 저자는 관료로 참여해 몽골인과 함께 일하면서 몇 차례 몽골제국의 중심지까지 여행을 하는 동안에 얻은 생생한 견문에다 근거를 두고 그 책을 썼다. 몽골민족의 세계정복에 관해서 알려주는 역사서 가운데 다룬 범위에서나 수록한 내용에서 가장 방대하고 자세하다.

한 세기 뒤의 역사가 타비브(Fadlullah Tabib) 또한 몽골왕조에 봉사하면서, 〈연대기집성〉(*Jamuiut-tavarikh*)이라는 이름의 방대한 저술을 이룩했다. 동쪽으로는 몽골제국과 중국, 서쪽으로는 유럽의 프랑크왕국, 남쪽으로는 인도의 역사까지 포괄한 세계사를 서술했다. 당시까지 알려진 모든 세계에 대해서 깊은 관심을 가지고 많은 자료를 모아, 세력권의 구획이나 정치적 흥망을 자세하게 고찰하는 데 그치지 않고, 다른 문명권의 정신적 유산에 대해서 깊은 이해를 얻으려고 했다. 인도에 관해서 서술하면서 석가를 길게 다룬 것도 그 때문이다.

15세기에는 아브루(Hafiz-i Abru)가 〈역사편람〉(*Majmaut-tavarikh*)이라는 또 하나의 방대한 역사서를 내놓았다. 자기가 봉사하는 티무르제국이 성립되기까지의 경과를 서술하면서, 페르시아인의 처지에 세심한 주의를 기울였다. 문명사와 제국 역사의 연원을 각기 추적하면서 함께 다루는 거시적인 구도 속에서, 자기 민족이 겪어온 일을 확인하는 미시적인 작업을 진행했다. 페르시아인의 민족국가가 되살아나는 그 다

---

101) Jam Rypka, *History of Iranian Literature* (Dordrecht : D. Reidel, 1968), 439~ 440

음 시기의 역사서술을 준비하는 작업을 그런 방식으로 했다.

그 대신에 아랍어문명권에서는 국가사를 별도로 서술하는 작업을 거의 하지 않았다. 주변부 가운데서도 주변부인 말레이에서 17세기초에 이룩한 〈말레이역사〉(*Sejarah Melayu*)에서 문명사에서 국가사가 분리되어 독자적으로 전개된 과정을 자세하게 서술한 것이 거의 유일한 예외이다. 그 책은 일상생활에서 사용하는 말레이어를 받아들여 구체적인 서술을 생동하게 한 것도 커다란 의의를 가진다. 저자는 누군지 밝혀지지 않았지만 여러 외국어를 이해해 국제적인 감각이 있고 문학적 재능이 남달라, 뛰어난 역사문학 작품을 남겼다.[102]

중심부에서 더 먼 곳인 인도네시아에서는 역사서라고 할 것이 따로 없고, 문학작품에서 역사를 다루었다. 자바의 경우를 보면, 처음에는 인도 서사시를 개작해 자기 나라를 말하다가, 프라판차(Prapanca)가 〈위대한 왕조의 이야기〉(*Nagarakertagama,* 1365)라는 시를 지어 마자파히트(Majapahit) 왕조의 통치자들을 찬양했다. 그 뒤의 여러 왕조에서도 역사시를 역사서술의 방법으로 삼아 사실기록보다 문학적 형상화를 더욱 중요시했다. 우주사·문명사·국가사를 함께 다루면서, 환상적인 표현을 사용했다.

동아시아의 유교는 보편종교의 역사관을 갖추지 못해 문명권 전체의 역사를 이룩할 수 없었다. 종교의 지배자 천자가 정치의 지배자 황제이기도 한 양면성 가운데 천자는 추상적인 명분이나 제공하고, 황제는 실제적인 힘을 행사해, 문명권 전체의 역사는 버리고 중심부 제국의 역사만 서술했다. 司馬遷이 〈史記〉에서 제기한 틀을 〈漢書〉 이하 역대 제국의 역사서에서 그대로 이어, 헤로도투스의 역사관을 뒤집은 에우세비우스의 작업 같은 것이 이루어지지 않았다.

11세기 司馬光의 〈資治通鑑〉과 12세기 朱熹의 〈通鑑綱目〉에서 '華

---

102) Richard Winstedt, *A History of Classical Malay Literature* (Kuala Lumpur : Oxford University Press, 1969), 158~162

夷'를 한층 엄격하게 구분하고, '華'의 범위를 중국으로 축소해 역사에 대한 보편적 인식에서 더욱 멀어졌다. 그런 관념이 절대적인 권위를 가져 새로운 사고의 등장을 막았다. 17세기의 혁신사상가 王夫之조차도 "중국은 오랑캐를 죽여도 不仁이 아니고, 속여도 不信이 아니며, 땅과 재물을 빼앗아도 不義가 되지 않는다"고 명언했다.[103] 문명권의 중심부가 지닌 제약조건 때문에 중국에서는 역사인식을 혁신할 수 없었다.

그러나 그 대안을 마련하는 작업을 변방에서 했다. 동아시아 각국은 일찍부터 문명권 전체의 판도를 인식하고 국가사 서술에 힘썼다. '華'를 문명권 전체의 보편적 이상으로 규정하고, '夷'에서 '華'를 이룩하는 양상을 구체적으로 보여주었다. 동아시아에서 이룩한 중세보편주의 역사서술은, 중심부의 작업에서는 다른 어느 문명권보다 뒤떨어졌지만 변방에서 이룩한 성과를 모두 살피면 가장 앞섰다고 할 수 있다.

지금까지 남아 있는 업적만 보더라도, 8세기 일본의 〈日本書紀〉, 12세기 한국의 〈三國史記〉, 15세기 월남의 〈大越史記全書〉, 18세기 유구의 〈中山世譜〉는 공동문어 글쓰기의 규범을 갖추고 보편주의 가치관을 나타낸 역사서로 널리 모범이 된다. 다른 문명권에서는 같은 수준의 작업을 그만큼 지속적으로 하지 않았다. 보편주의와 민족주의가 둘이 아니어서 민족주의를 통해 보편주의를 더욱 심화할 수 있다고 한 것은 더욱 평가할 일이다.(문명, 232)

역사서는 사실을 기록하며, 역사서에서 보인 득실은 장차 행실을 가리고 바로잡는 데 쓴다. 옛적에 각국에는 역사서가 있었으니, 魯의 春秋, 晉나라의 檮杌, 楚나라의 乘이 그런 것들이다. 大越은 五嶺의 남쪽에 있어, 하늘이 남북의 경계를 지었다. 시조는 神農氏의 후예에서 비롯했다. 하늘이 참된 군주를 인도해서, 북쪽 나라와 더불어 각기 한 곳을 다스리라고 했다. 그러니 어찌 역사서의 기록이 누락되어, 사실을 구전해서야 되겠는

---

103) 〈春秋家說 昭公 3〉, 《船山全書》 3 (北京 : 北京出版社, 1999), 1404

가? 글이 괴탄한 지경에 이르고, 사실이 빠지기도 하고, 적은 것이 진실을 잃기도 하고, 기록이 번잡하기만 해서 공연히 눈을 높이기만 하니, 어찌 행실을 바로잡을 수 있겠는가?

선행 역사서 〈大越史記〉를 고쳐 써서 〈대월사기전서〉를 다시 만든 吳士連은 그 의도를 이렇게 말했다. 주장이 당당하고 문장이 훌륭하다. 晉과 楚의 역사서를 바꾸어 적은 것은 단순 착오일 것이다. 한국에서 金富軾이 〈三國史〉를 고쳐 써서 〈삼국사기〉를 만들면서 쓴 글과 비교해보면, 같은 말을 거의 그대로 되풀이했다. 둘 사이에 영향관계가 있어서 그랬던 것은 아니고, 추구하는 바가 일치했다.

내용과 문장 양쪽에서 역사서를 바로 써야 중심부와 대등한 위치에서서 중세보편주의의 이상을 함께 실현할 수 있다는 생각을 어디서든지 했다. 기존의 국가사가 그 점에서 결격 사유가 있으면 고쳐 쓰는 것이 당연한 일이었다. 한국과 월남에서 그렇게 하는 데 주변부인 일본과 유구는 한참 지난 후에 뒤따라, 〈大日本史〉와 〈球陽〉이라는 국가사 개작본을 18세기에 내놓았다.

지금까지 살핀 동아시아의 국가사는 '正史'라고 하는 것들이어서 '野史'와 구별된다. '야사' 또한 한문으로 썼지만 가치관이나 표현의 격식을 제대로 갖추지 않은 비공식적인 역사서이며 구비전승에 많이 의존했다. '정사'는 중심부·중간부·주변부 순서로 먼저 쓰고, '야사'는 그 반대였다. 일본에서는 '정사'인 〈日本書紀〉보다 먼저 8세기초에 '야사'인 〈古事記〉를 지었다. 13세기 한국의 〈三國遺事〉, 14세기 월남의 〈嶺南撫怪〉는 민족문화의 전통에 따라 중세보편주의를 독자적으로 구현하고자 하는 노력의 산물로 평가된다.

'야사'는 정통한문과는 다른 변체한문을 사용해 구어와 가까워질 수 있었다. 그러나 한문을 버리고 민족어를 사용한 것은 아니다. 한문문명권에서는 민족어 역사서가 18세기 이후에 장시의 형태로 나타나기만 했다. 그 이유는 두 가지 형태의 한문역사서가 중세인의 민족의식을 표현하는 데는 모자람이 없었기 때문이라고 할 수 있다.

불교에서는 기독교와 이슬람교의 문명사와 같은 것이 별도로 존재하지는 않으며, 문명사는 국가사와 연결되어 있다. 그 좋은 본보기가 스리랑카의 '밤사'(vamsa)라는 팔리어 장편역사시이다. 서두는 불교사이고, 본론은 국가사이다. 최초의 작품 〈디파밤사〉(*Dipavamsa*)는 연대와 작자 미상이다. 그것을 6세기초에 마하나만(Mahanaman)이 재정비해 충실한 내용과 뛰어난 표현을 갖춘 〈마하밤사〉(Mahavamsa)가 '밤사'의 전범으로 높이 평가되고 널리 알려졌다.[104]

불타가 스리랑카를 찾아와 그 곳이 신성한 고장이라고 한 예언에 따라 역사가 전개되고, 아쇼카(Ashoka) 대왕의 아들 마힌다(Mahinda)가 전래한 불교를 훌륭하게 이어왔다고 자랑하는 것이 공통된 내용이다. 〈마하밤사〉에서는 인도와 관련된 사실을 추가하고 그 의의를 강조했다. 인도에서 쫓겨난 비자야(Vijaya) 왕자가 무리를 이끌고 와서, 현지 여자와 결혼한 다음 절대자들을 물리치고 통치권을 장악했다는, 시조도래건국신화도 불교사와 관련시켜 이해하도록 했다.[105] 스리랑카는 불교의 정수를 훌륭하게 이어온 자랑스러운 나라라고 해서, 보편주의와 민족주의를 하나로 결합시키는 논리를 분명하게 했다.

〈마하밤사〉에서 확립된 '밤사'의 규범이 팔리어문명권의 다른 나라에 널리 전파되어 광범위한 영향을 끼쳤다.(문명, 302~303) 본고장인 스리랑카에서는 '밤사'를 민족어인 싱할리어로도 써서 〈라자라트나카라야〉(*Rajaratnakaraya*) 이하 여러 역사서를 마련했다. 타이에서 이룩한 〈몰라사사나〉(*Molasasana*)는 부처의 성불에서 시작해서 불교가 전래되기까지의 경과를 다룬 타이의 역사서이다. 캄보디아에서는 민족어

---

104) Bimala Churn Law, *A History of Pali Literature* (Varanasi : Indica Books, 2000), 514

105) Sirima Kiribamune, "Buddhist Historiography : Sri Lankan Perception", S. A. I. Tirmizi ed., *Culture Interaction in South Asia, a Historical Perspective* (New Delhi : Hamdard Institute of Historical Research, 1993)

산문을 사용하는 〈왕조연대기〉(*Brah raj*)를 최근까지 기록해왔다.[106]
타이의 역사서도 나중에는 산문을 사용했다.

   티베트인은 인도에서 불교를 받아들이면서 산스크리트경전을 티베트
어로 번역했다. 그래서 산스크리트문명권에 소속되었다. 그러나 중세서
사시에서처럼 역사서를 서술할 때에도 주권을 위협하는 중국에 대응하
는 주장을 폈다. 서사시에서는 민족사의 독자적인 연원을 더욱 중요시
하고, 역사서에서는 산스크리트문명의 계승자라고 표방했다.

   티베트 역사서에는 '연대기'(Lo rgyus, dutr), '王統記'(rGyal rabs),
'佛統記'(Chos 'byung)가 있으며, 그 가운데 14세기에 이루어진 '왕통
기' 〈紅史〉(*Deb ther dmar po*, 1363)가 대표적인 업적이다.[107] 거기서
우주사·문명사·국가사를 하나로 연결시킨 형태의 좋은 본보기를 보여
준다. 세계가 생겨나고, 인도의 역사가 시작되고, 불교가 출현하고, 인
도의 왕자가 티베트로 와서 나라를 세운 내력을 서두에다 내놓는 것이
상례이다.(하나, 105~)(문명, 295~) 중세 국가의 창설자가 문명권의 중
심부에서 왔다는 시조도래건국신화를 그런 방식으로 구현해서, 중국에
맞서는 티베트의 주체성을 한문문명권에 대한 산스크리트문명권의 우
월성과 함께 입증했다.

   몽골인은 중국과 가까운 관계에 있으면서도 한문문명권의 일원이 되
지 않고 한문역사서 서술의 전통을 이룩하지 않았다. 중국을 정복해 원
제국을 이룩했을 때, 오랫동안 구전하던 자기 민족의 내력을 〈몽골비
사〉라는 민족어 역사서를 써서 정착시켰다. 그 뒤에도 민족어 역사서를
거듭 쓰면서 불교의 문명사에다 연결시켜 자기 민족의 역사를 서술했
다. 티베트에서 불교를 받아들이고 티베트어불경을 사용하면서 중국과

---

106) Mak Phoeun tr., *Chroniques royales du Cambodge* (Paris : École Française
    d'Extême-Orient, 1984)
107) José, Ignacio Cabezón and Roger R. Jackson ed., *Tibetan Literature, Studies
    in Genre* (Ithaca : Snow Lion, 1996), 王堯, 際廣英 主編, 《西藏歷史文化辭典》
    (杭州 : 浙江人民出版社, 1998), 112~113

는 다른 길을 택한 것이 민족 주체성 인식의 원천이 된다고 했다.

몽골역사서의 결정판은 〈몽골 諸汗 원류의 寶綱〉(*Qad-un ündüsün-ü erdeni-yin toci*)이다. 청대에 한역하면서 〈蒙古源流〉라고 한 것이며, 만주어 번역본도 있다. 그 결말에서 저술의 동기와 저자에 대해서 다음과 같이 말했다.(문명, 287)

인도의 "민중에게서 추대된 汗"에서부터 시작해서 지금의 투쟁 시대에 이르기까지, 중생을 위해서 聖武諸汗이 출생해 천하를 평정하고, 유복한 보살들이 출현해서 중생을 인도하고, 불교가 列聖의 출생으로 叢生을 逸樂시킨 모든 것을 다 말할 수 없지만, 대개 요약해서 구둑다이 세첸 궁 다이지의 증손인 幼學 사낭세첸 궁 다이지라 이름하는 내가 이들 七書를 교정하고, 이와 같이 편찬된 것을 壬寅年 59세 때에 완성했다.

인도의 "민중에게서 추존된 汗"은 인류 전체를 다스린 최초의 황제이며, 석가의 선조가 된다고 한 사람이다. 천지가 생겨나고 생령이 나타난 다음, 인류의 삶이 시작되자 최초의 황제가 나타났다는 유래를 본문 서두에서 길게 서술했다. 황제의 후손이 티베트에 와서 건국시조가 되고, 그 후손이 몽골에 와서 또한 건국시조가 되었다는 유래를 복잡한 계보를 만들어 설명했다.

"지금의 투쟁 시대"는 몽골민족이 중국에게 밀려 고난을 겪고 있는 당시의 상황을 지적한 말이다. 위대한 과거는 가고 비참한 현재에 이르렀다고 한 것이다. 책을 쓴 시기는 명말·청초이다. 명나라 때문에 북쪽으로 밀려나 크게 위축된 몽골인이, 만주에서 일어나 중원으로 진출한 청나라에게 복속되어 더욱 심각한 사태에 직면했다. 정신을 차려 위기를 타개하려고 위대한 과거를 재인식하는 역사서를 다시 써야 했다.

'聖武諸汗'은 제왕이고, '보살'은 승려이고, '列聖'은 양쪽을 함께 이른 말이라고 할 수 있다. 종교와 정치가 서로 연결되어 많은 사람을 복되게 한 것이 몽골의 자랑스러운 역사라고 했다. '七書'란 기존의 몽골역

사서이다. 기존의 역사서를 개작해 새로운 역사서를 썼다. "구둑다이 세
첸 궁 다이지"는 징기스칸의 후예인 대귀족이다. "사낭세첸 궁 다이지"
는 책의 저자이다. "壬寅年"은 1662년(청나라 康熙 원년)이다.

  자기를 일컬어 "幼學"이라고 하고, 간지로 연대를 표시한 데서는 한
문문명권의 관습을 차용했다. 그러나 서술한 내용에서는 몽골이 인도에
서 유래한 불교문명을 이은 나라라고 해서 주체성을 드높였다. 징기스
칸이 거대한 제국을 세운 것은 자기 민족의 역량 발휘만이 아니고, 인
도-티베트-몽골로 이어지는 문명권 전체의 이상을 실현하는 성스러운
과업이었다고 칭송했다.

  금석문·역사서·여행기는 사실 전달의 교술문이면서 구상과 표현에
서 문학적 의의를 가진 점에서도 서로 상통하는 성격을 지니면서, 상당
한 차이점도 있다. 금석문이나 역사서는 중세 동안 국가사업으로 수행
하는 것이 원칙이고 참여하는 개인이 자기 생각을 자유롭게 펼칠 수는
없었다. 여행기는 처음부터 개인의 글이었으며, 국가에서 검증하는 절
차도 거치지 않았다. 또한 사실의 정확성과 전달 방법에 상당한 차이가
있었다. 먼 나라를 여행하면서 보고 들은 것을 적은 여행기의 내용은
정확할 수 없었다. 알려지지 않은 사실을 납득할 수 있게 전달하려면
상상력을 자극하는 수법이 필요했다.

  동아시아 사람들은 외교사절이라야 서로 왕래했으며, 다른 문명권을
찾아가려고 하지 않았다. 그렇지만 다른 한편으로 불교가 여행하는 길
을 활짝 열었다. 처음에는 인도나 서역의 승려들이 동아시아에 이르러
불교를 전하고 경전을 번역했으나, 그 행적이 고승전에 일부 소개되어
있을 따름이고 자기 스스로 기록을 남기지는 않았다. 5세기 이후에는
동아시아의 승려들이 인도로 구법 여행을 하고 많은 여행기를 썼다.

  당나라 승려 玄奘이 629년에서 649년까지 인도를 다녀온 경과를 보
고한 〈大唐西域記〉가 그 가운데 대표작이며 분량이 가장 많다. 세목을
보면 인도를 포함한 서역이 온통 당나라 땅이라는 주장을 펴고, 황제에
게 보이려고 쓴 서문에서는 당나라의 덕화가 멀리까지 미쳐 천하가 하

나가 되었다고 했지만, 겉으로 내세운 말에 지나지 않는다. 당제국보다 훨씬 넓은 불교의 영역에 사는 수많은 사람들의 품성·언어·습속이 서로 다른 내역을 자세하게 살피고자 한 것이 실제 내용이다. 온 세계가 하나라는 선입견을 버리고 다원적인 사실을 다양한 관점에서 보자고 했다. 황제뿐만 아니라 중국 사람이라면 흔히 가지고 있는 일방적인 우월감의 근거인 무지를 격파하려고 했다.

당시 서역 여러 곳과 인도 거의 전역의 생활상을 자세하게 기술한 자료를 남겼다. 인도인이 사실기록에 흥미를 가지지 않아 생긴 공백을 메우는 최상의 사료를 마련했다. 직접 관찰해 확인한 사실과 들어서 알게 된 전설을 서로 구별하면서 함께 서술하고, 불교가 쇠퇴기에 들어선 안타까움을 나타냈다. 석가가 득도한 곳의 金剛座, 보리수, 大塔 등에 관한 서술이 그 가운데 특히 자세하고 흥미로워 많은 것을 생각하게 한다.[108]

신라의 慧超가 723년경부터 727년까지 인도를 여행하고 저술한 〈往五天竺國傳〉은 그 일부의 요약본이라고 생각되는 것만 남아 있지만, 행로에서 겪은 고난을 말하고 고독을 술회한 정감 어린 글이라는 점에 특색이 있다. 나그네의 슬픔을 "달밤에 고향 길을 바라보니, 뜬 구름만 시원스럽게 돌아가네, 가는 편에 편지라도 부치려 해도, 바람이 급해 말조차 들리지 않는구나"라고 하는 시를 지어 나타냈다. 그 다음 시에서는 여행길에 병으로 죽은 중국인 승려를 보고 마음 아파하면서 명복을 빌었다.(통사 1, 193)

圓仁이라는 일본의 승려는 838년부터 847년까지 당나라를 여행하면서 견문한 바를 일기체로 기록한 〈入唐求法巡禮行記〉를 남겼다. 배를 타고 왕래하는 절차와 방법을 자세하게 적으면서 당나라·일본·신라의 관계에 대해서 많은 것을 알려주었다. 관청에서 발행한 공문을 많이 수록해 당시의 풍속을 소상하게 알 수 있게 했다. 그런데 각가지 고난을

---

108) 권덕주 역, 《대당서역기》(서울 : 우리출판사, 1990), 원문 86~88, 번역 235~
    240

무릅쓰고 찾아간 당나라는 불교의 고장이 아니었다. 그 곳에서는 예상치 못한 불교 금지령이 내려, 속인의 복색을 하고 도망쳐야 했다. 일본에 돌아가 널리 불법을 전하라고 하는 당부를 듣고 서둘러 귀국해야 했다.[109]

유럽은 외부세계와 단절되어 있어 여행이 자유롭지 못한 곳이었지만, 종교인들은 난관을 넘어섰다. 스페인에 살고 있던 유대교 성직자 벤자민 미투델로(Benjamin MiTudelo)는 1159년에 출발해 이탈리아, 그리스, 팔레스타인, 이집트, 페르시아, 그리고 중국 접경까지 가서 유대인 공동체를 여러 해 동안 돌아본 내력을 히브리어로 서술했다. 프랑스인 성직자 뤼뷔리크(Guillaume Rubruck)는 기독교 전파의 사명을 띤 교황의 사절이 되어 1253년에 몽골제국의 수도 카타코룸에 가서 견문한 바를 라틴어 여행기를 써서 보고했다.

이탈리아의 베네치아 상인들은 아시아를 드나들었다. 그 가운데 한 사람인 마르코 폴로(Marco Polo)는 중국을 갔다가 1295년에 돌아올 때까지 견문한 바를 구술해서 남겼다. 옥중에서 한 말을 동료 죄수가 듣고 출옥한 뒤에 자기 마음대로 글로 적은 것을 이용해 프랑스어본이 먼저 출판되고 각국어로 번역되었다. 서두에서 세계 각처에서 사는 "사람들이 서로 다르다는 것을 알고자 하는 사람이면 이 책을 읽어라"고 했다.[110] 중국의 번영을 보고 감탄하고 특히 도시가 크고 아름답다고 한 대목이 특히 충격을 주었는데, 많은 독자가 흥미를 느끼면서도 그 내용이 대부분 허구라고 생각했다.

중세 동안에는 이슬람교도 아랍인이 여행을 가장 많이 하고 뛰어난 여행기를 남겼다. 이슬람교는 유목생활의 산물이다. 신도는 메카를 찾아 성지순례를 해야 하는 의무를 지녔다. 아랍인은 우수한 상인이어서, 내륙에서는 말과 낙타를, 바다에서는 배를 능숙하게 다루어 멀리까지

---

109) 신복룡 역, 《입당구법순례행기》(서울 : 정신세계사, 1991), 283
110) Manuel Komroff tr., *The Travels of Marco Polo* (New York : The Modern Library, 1953), 13

194

가서 장사를 하면서 이슬람교를 전파했다. 그렇게 해서 얻은 견문을 기록한 글인 '여행기'(rihla) 또는 '지식 탐구록'(talab al-ʿilm)을 문명권 전역 여기저기서 다투어 내놓았다.[111]

가장 뛰어난 업적을 남긴 여행가는 모로코 사람 바투타(Ibn Battuta)였다. 1304년에 길을 떠나 29년 동안, 아랍세계의 거의 전역을 돌아보고, 아프리카, 유럽, 인도, 중국 등지까지 광범위하게 찾아다녔다. 사하라 사막을 횡단하고, 동부 아프리카 해안 여러 곳을 찾아간 것은 놀라운 일이다. 1342년에 원나라에 파견되는 사절을 인솔하고 가서 중국 도처를 돌아본 것이 더욱 특기할 만한 경험이었다.

여행을 하면서 스스로 기록한 자료를 잃어버렸다고 하고, 마르코 폴로의 경우처럼 구술한 것이 전한다. 그렇지만 더 많은 지역을 여행하면서 보고한 내용이 한층 풍부하고 자세하며 정확하다. 받아쓴 사람 이븐 주자이(Ibn Juzayy)가 국왕의 서기여서 글을 잘 쓰고 다듬은 점도 차이가 있다. 책 제목을 〈여행기〉(*Rihla*)라고만 한 그 책은 다룬 내용이 대단할 뿐만 아니라, 단순하면서도 인상 깊은 서술을 한 문체나 기법이 상당한 문학적 가치를 가진다고 인정되어 아랍문학사에서 커다란 자리를 차지한다.[112]

3. 6. 성자전의 양상

'聖者'는 중세보편종교의 수행에서 널리 모범이 된 사람이다. 대부분 성직자이지만 세속인도 있다. 성자들의 전기가 '성자전'이다. 모든 보편

---

111) Sam I. Gellens, "The Search for Knowledge in Medieval Muslim Society : a Comparative Approach", Dale F. Eickelman and James Piscatori, *Muslim Travellers, Pilgrimage, Migration and the Religious Imagination* (Berkeley : University of California Press, 1990)
112) M. H. Bakalla, *Arabic Culture through its Language and Literature* (London : Kegan Paul, 1984), 266~290

종교에는 그 나름대로의 '성자전'이 있다. 불교에서는 '高僧傳'이라는 용어가 널리 쓰이지만, 여러 종교의 경우를 함께 지칭하기 위해서 '성자전'을 범칭으로 사용할 필요가 있다.

성자전은 근대인이 보기에는 문학이 아닐 수 있으나 중세문학의 대표적 갈래의 하나였다. 근대인의 편견을 극복하고 세계문학사를 실상대로 이해하려면 성자전을 소중하게 여겨야 한다. 고대에도 없었고 근대에는 사라진, 중세만의 문학이 성자전이다. 성자전은 중세인의 가치관을 극명하게 나타낸 사상서로서도 커다란 의의가 있어 중세 연구를 심화하는 데 소중한 기여를 한다.(문명, 325~410)

성자전은 종교문헌이면서 또한 문학작품이다. 글로 쓴 것도 있고, 구전되는 것도 있으며, 공동문어 또는 민족어를 사용했다. 형태가 일정하지 않으며, 다채롭게 변모되므로, 누구나 그 작자나 개작자가 될 수 있다. 성자전은 개방되어 있고, 자유롭다. 기독교·이슬람교·힌두교·불교의 교리는 서로 배척하는 관계에 있다. 그러나 성자전에 수록된 이야기는 서로 수용할 수 있어서, 종교의 경계를 넘어서서 조화를 이룩하는 데 기여한다. 최상의 성자전은 인류의 공통된 이상을 제시한다.

중세의 성자는 원시시대의 주술사, 고대의 영웅, 근대의 지식인에 상응하는 위치를 차지했다. 그 넷이 각기 자기 시대의 역사를 창조하는 주역 노릇을 하면서, 가치관 구현의 표상으로 숭앙되고, 문학의 주인공으로서 두드러진 구실을 했다. 영웅은 갈등을 싸워서 해결하고, 성자는 갈등을 원만하게 해결하는 조화를 이루고, 지식인은 갈등과 조화의 문제를 두고 고심하는 차이가 있다.

원시시대에는 주술사의 노래가 커다란 구실을 하다가, 영웅의 투쟁을 칭송하는 영웅서사시가 고대문학에서 으뜸가는 자리를 차지했다. 중세문학에서는 예사 사람과는 다른 탁월한 구도자의 생애를 말해 널리 교훈을 주는 성자전을 소중하게 여기다가, 현실에서 제기되는 문제를 해결하지 못하는 지식인의 번민을 다루는 소설이 근대문학의 중심 영역을 이루었다. 영웅서사시와 소설은 서사문학이지만, 성자전은 서사적 교술문학이다.

영웅의 시대인 고대에는 자기중심주의를, 성자의 시대인 중세에는 보편주의를, 지식인의 시대인 근대에는 민족주의를 주도적인 이념으로 삼았다. 중세보편주의는 보편종교의 교리에 맞추어 통일된 사고방식을 공동문어로 일제히 나타냈지만, 반드시 동질적인 것은 아니었으며 상당한 이질성이 있었다. 중세보편주의의 동질적인 측면은 공동문어를 사용하는 경전의 敎祖傳으로 보여준 것과 대조가 되게, 그 이질적인 측면은 민족어를 사용할 수도 있고 구비문학으로 창작될 수도 있는 성자전을 통해 나타냈다.

성자전은 공동문어문학·민족어문학·구비문학에 걸쳐 있어 중세문학의 세 영역을 연결시키는 통로가 되었다. 僧俗과 上下의 구분이 엄격한 시기에 승려와 속인, 상층과 하층이 만나 논란을 벌일 수 있는 자리를 마련했다. 의사 전달이 일방적으로 진행되지는 않았으므로, 논란이라고 말하는 것이 적절하다. 속인이 만들고 하층에서 지어낸 성자전이 적지 않아, 더욱 진실한 신앙의 자세를 찾는다는 억압할 수 없는 이유를 내세워 공식교리나 지배이념에 반론을 제기했다.

교조전은 문명권의 중심부에서 만든 것을 변방에서 그대로 받아들여야 했다. 개작을 하거나 번역을 하면 진본의 가치를 상실했으며, 다시 만드는 것은 허용되지 않았다. 그러나 성자전은 얼마든지 추가하고 개작할 수 있었다. 나라가 바뀌고 시대가 달라지면 새로운 인물을 내세워 전에 없던 이야기를 할 수 있었다. 그런 작업을 문명권의 중심부보다 변방에서 더욱 열심히 했다.

중심부에서 먼 곳일수록 자기네 나라 성자들의 생애를 독자적인 방식으로 이야기하는 데 더욱 힘썼다. 보편종교를 뒤늦게 받아들여 수동적인 중세화를 한 후진성을 역전시켜, 후진이 선진일 수 있음을 보여주는 데 성자전이 큰 구실을 했다. 페르시아·타밀·한국에서 찾을 수 있는 문명권 중간부의 성자전은 고정화된 격식의 틀을 깨고 보편종교의 생동하는 의의를 되살리는 구실을 했다. 러시아·티베트·일본에서 발견되는 문명권 주변부의 성자전은 민족의 신앙이나 관습의 고유한 전통을 이어받는 독자적인 노선 개척을 소중한 사명으로 했다.

성자전을 만들어낸 시기는 중세전기이다. 중세전기에는 문명권의 중간부나 주변부에서 중세보편주의를 문명권의 중심부와 대등하게 구현하려고 하다가, 중세후기에 이르면 중세보편주의를 독자적으로 이룩하려고 했다. 그런데 성자전의 경우에는 중세보편주의를 독자적으로 이룩하고자 하는 노력이 중세전기에 나타나서 시대변화의 추이를 앞질러 보여주었다.

중세후기에는 보편주의를 독자적으로 구현하려는 움직임이 일반화해 성자전이 새삼스러운 의의를 가질 수 없게 되었다. 성자전이 대중화해 인기를 얻으면서 사상 혁신의 임무를 등한하게 한 일면도 있었다. 그렇지만 민족어문학의 새로운 발전을 수반한 성자전은 중세후기에도 선진적인 구실을 했다. 페르시아문학과 힌디문학의 성자–시인들이 그런 본보기를 보여주었다.

중세에서 근대로의 이행기가 되면, 성자전이 역사적인 사명을 다하고 쇠퇴하는 것이 일반적인 추세였다. 성자에 대한 신뢰가 줄어들고, 현실 문제를 경험할 수 있는 차원에서 다루고자 하는 지식인의 노력이 나타났다. 그러나 하층의 소망을 비약적인 방법으로 실현하기 위해서 새롭게 득도한 혁신자는 성자로 숭앙될 수 있었다.

성자전은 배경으로 하는 종교가 서로 다를 뿐만 아니라, 저술하는 방식에서도 상당한 차이가 있었다. 그렇게 해서 문명과 문명, 민족과 민족이 서로 다른 길로 나아가도록 한 것이 부인할 수 없는 사실이다. 성자전의 개별적인 양상에 대한 구체적인 이해가 필요해 각론을 소홀하게 할 수 없다.

기독교의 성자전의 본보기는 알렉산드리아의 대주교 아타나시우스(Athanasius)가 357년에 그리스어로 쓴 〈聖 안토니우스(Saint Anthonius)의 생애〉에서 제시했다. 자기가 가진 모든 것을 가난한 사람들에게 나누어주고, 사막에 있는 산속에 들어가서 고행을 하면서 마귀와 싸우고,

세상에 나와서 마음의 평화를 가르치다가, 박해를 당해 죽었다는 내력을 모아 기록한 내용이다.[113] 그 책이 라틴어·곱틱어·시리아어·아랍어로 번역되고 거듭 개작되면서, 널리 영향을 끼쳤다. 동방기독교와 서방기독교 양쪽의 성자전이 그 뒤를 이었다.

이집트에서는 곱틱어를 경전어로 하는 자기 나름대로의 기독교를 이어오면서 성자숭배의 독자적인 전통을 마련했다. 안토니우스 이후에도 여러 성직자들이 로마제국의 박해 때문에 순교했다. 7세기 이후에는 아랍인 지배가 새로운 위기를 조성했다. 서유럽에서 십자군전쟁을 일으켜 아랍세계를 침공한 보복을 이집트의 기독교가 받아야 했다. 곱틱교회의 수난사가 순교자들이 대다수를 이루는 성자 명단에 잘 나타나 있다. 성자에 관한 전승을 총정리한 '성자숭배달력'(Synaxarium)을 만들어 예배에 사용했다.

여러 나라 성자들의 행적을 한 데 모으는 작업은 시리아에서 시작되었다. 한때 동방기독교가 크게 성장했던 그곳에서 시리아어를 경전어로 삼아 이룩한 저술 가운데 성자전이 포함되어 있다.[114] 6세기 후반에 이루어진 〈동방 성자들의 생애〉에서는 메소포타미아와 시리아 일대의 성자 58인의 생애를 서술자의 체험과 주장을 나타내면서 다루었다. 세상의 혼잡에서 벗어난 고독한 삶을 택하고서 고행을 통해 진정한 신앙을 얻는 성자들의 삶을 소중하게 여겼다.

동방기독교의 중심지 노릇을 한 비잔틴에서는 성자전을 아주 소중하게 여겨 크게 받들었다. 안토니우스를 선두에 두고, 팔레스타인이나 시리아에서 내세운 성자도 널리 받아들여 기독교 세계 전체의 성자를 일제히 추앙해 기독교의 정통을 수호한다고 자부했다. 거기다 덧보탠 비

---

113) Philippe Walter ed., *Saint Antoine entre mythe et légende* (Grenoble : Université Stendhal, 1996)

114) Susan Ashbrook Harvey, *Asceticism and Society in Crisis, John of Ephesus and the Lives of Eastern Saints* (Berkeley : University of California Press, 1990)

잔틴의 성자 가운데 교회에서 뛰쳐나와 시정에서 노예처럼 지내면서
하층민을 도와주었다는 히파티우스(Hypatius)가 있다.[115] 여성 신도 가
운데 성자가 있다고 한 것은 특기할 일이다. 멜라니아(Melania)라는 국
제적인 거부 여인, 펠라기아(Pelagia)라는 안티오크의 기생 같은 사람
들이 어느 날 크게 깨달아 세속에 대한 모든 미련을 버리고 수도사가
되었다고 했다.[116]

비잔틴의 성자숭배를 러시아에서 계승해 새로운 활력을 보탰다. 서
방기독교 세계에서는 세속화의 풍조가 나타나 성자에 대한 관심이 줄
어들 때에도, 러시아는 언제나 성자의 나라였다. "오래된 교회문학의 갈
래가 젊은 슬라브 국가를 강화하기 위한 사상적 투쟁의 무기가 되었다"
는[117] 것이 적절한 지적이다. 그 이유를 알고자 하면 서방기독교와 동방
기독교의 차이를 주목해야 한다.

서방기독교에서 천국과 지옥 사이에 연옥이 있다고 하는 새로운 교
리를 마련하는데, 동방기독교는 동조하지 않고 천국이냐 지옥이냐 하는
양단논법을 더욱 강화했다. 러시아는 그리스어 고전 가운데 철학은 제
외하고 기독교문헌만 번역해 받아들여 철학자라고 할 사람이 없었다.
그렇기 때문에 러시아에서는 지옥에 떨어질 악에 물든 사람들을 천국
으로 인도하며 삶의 바른 길을 실천을 통해 보여준다고 인정되는 성자
가 최고의 존경을 받을 가치가 있는 유일한 존재였다.

러시아 성자전의 첫 모습은 12세기초에 수도승 네스토르(Nestor)가
교회슬라브어로   저술한   역사서 〈원초연대기〉(*Nachal'nyi letopisnyi
svod*)에서 발견된다. 그 책의 한 대목 〈키에프 동굴 수도원의 기원과

---

115) Cyril Mango, "The Saints", Gugliemo Cavallo ed., *The Byzantines* (Chicago :
　　University of Chicago Press, 1992), 274~280
116) Judith Perkins, "Representation in Greek Saint's Lives", J. R. Morgan and
　　Richard Sroneman ed., *Greek Fiction, the Greek Novel in Context* (London :
　　Routledge, 1994)에서 든 사례이다.
117) Акдемия Наук СССР, 위의 책 (Москва : Издательство Наука, 1984), 422

설립자 성 안토니〉에서는 동굴을 수도하는 장소로 삼고, 마른 빵을 먹고, 물을 조금 마시고, 낮에도 밤에도 휴식을 취하지 않고 정진하는 것이 올바른 자세라고 했다. 안이한 생활을 버리고 고행을 해야 하느님과 만날 수 있다고 했다. 그런 자세를 가진 성자가 그 뒤에도 계속 나와 러시아정신의 표상으로 숭앙되었다. 성자의 모습을 그리는 것이 러시아문학의 지속적인 과제가 되었다.

서방기독교문명권에서는 교회의 종교행사와 관련시켜 정리한 성자전이 널리 이용되었다. 13세기후반에 이탈리아 제노아의 사제 야코부스 데 보라지네(Jacobus de Voragine)가 엮은 〈황금본 성자전〉(*Legenda aurea*)에서 그런 성자전이 집성되었다. 라틴어로 쓴 그 책은 아르메니아에서 아일랜드까지 이르는 기독교 전역에서 사용되면서 대단한 호응을 얻고, 각국어로 번역되고 번안되었다. 성서에 버금갈 정도로 많이 보급되어 대단한 성공을 거두었다.[118]

거기 수록되어 있는 164인이나 되는 성자 가운데 프란치스코(Francisco)를 특히 주목할 만하다. 이탈리아 아시시(Assisi) 사람인 프란치스코는 부유한 가문에서 태어나서 상인으로 입신했다가 병을 앓고 감옥에 들어가는 등의 수난을 겪고, 전혀 다른 사람이 되었다. 자기 몸을 낮추어, 험한 고생을 하고 구걸을 하는 것을 하느님을 섬기는 마땅한 방법으로 삼았다. 가난하고 천대받는 생활을 하면서 사람은 물론 짐승들까지도 형제처럼 사랑해서 새들과 말을 주고받았다. 오늘날 유럽에서 중세를 힘써 연구하면서 그렇게 전개된 삶의 방식을 재평가한다.[119]

〈황금본 성자전〉을 서유럽 여러 나라에서 자기 말로 번역하면서 자국의 성자를 보태 재편성했다. 14세기에 이루어진 독일어본 〈신성한 생애〉(*Der Heilige Leben*)에서는 독일을 위시한 중부유럽의 성자를 1백인 넘게 추가하고, 덜 긴요한 기존의 성자는 제외해 총수를 251인으로

---

118) Gilles Quinsat dir., *Le grand atlas des littératures* (Paris : Encyclopaedia Universalis, 1990), 316~317.

119) Jacques Le Goff, *Saint François d'Assise* (Paris : Gallimard, 1999)

재조정했다. 구전을 자료로 해서 추가 작업을 하고, 그 결과가 다시 구전을 통해 전파되었다.[120] 영국·스웨덴·아이슬란드 같은 데서도 그런 작업을 해서 각기 자기네 성자전을 갖추었다.[121] 주변부로 갈수록 인물 선택이나 이야기하는 내용에서 독자적인 성격이 두드러졌다.

서방기독교의 새로운 갈래인 개신교도 그 나름대로의 성자전을 갖추었다. 개신교가 등장한 시기는 중세에서 근대로의 이행기여서, 성자전의 시대가 지나갔지만, 새로운 종교는 그 나름대로의 성자전이 필요했다. 가톨릭의 박해 때문에 희생된 개신교 순교자들의 행적을 영국에서 모은 폭스(John Foxe)의 〈순교자전〉(*Book of Martyrs,* 1563)이 개신교가 정당하다고 신도들을 교화하는 데 커다란 구실을 했다.

이슬람교에서는 성자를 '아왈리야'(awaliya)라고 했는데, 그 말은 '신의 벗들'이라는 뜻이다.[122] 성스러움은 오직 신만 지닌 속성이라고 하고, 종교적 수련의 높은 경지에 이른 사람은 신의 성스러움을 본받는 벗일 따름이라고 여겼다. 그러면서도 다른 어느 종교보다 성자를 더욱 열렬하게 숭상했다. 신의 모습을 포함한 어떤 형상도 만들지 않아 우상숭배를 경계한다면서 성자의 무덤을 사원 안에 만들어두고 경배의 대상으로 삼았다.

---

120) Werner Williams-Krapp, "German and Dutch Legendaries of the Middle Ages : a Survey", Hans Bekker-Nielsen et al. ed., *Hagiography and Medieval Literature* (Ondense, Denmark : Ondense University Press, 1981)

121) Klaus P. Jakofsky, "National Chracteristics in the Portrayal of English Saints in *South English Legendary*", REnate Blumenfeld-Koniski and Tima Szell ed., *Images of Sainthood in Medieval Europe* (Ithaca : Cornell University Press, 1991) ; Oloph Odenius, "Some Remarks on the Old Swedish Miracle Collection Cod. Holm. A. 110", Hans Bekker-Nielsen et al. ed., 위의 책 ; Margaret Cormack, "Saints' Lives and Icelandic Literature in Thirteenth and Fourteenth Centuries", Hans Bekker-Nielsen ed., *Saints and Sagas, a Symposium* (Ondense, Denmark : Ondense University Press, 1994)

122) Michael Chodkiewicz, "La sainteté et les saints en islam", Henri Chambert-Loir et Claude Guillot dir., *La culte des saints dans le monde musulman* (Paris : École Française d'Extême-Orient, 1995), 13

그런 '신의 벗들' 가운데 '수피'(sufi)라고 하는 특별한 사람들이 있었다. '수피'는 다른 종교에서 널리 통용되는 기준에 따라서 구분하면, 사제자가 아니고 일반 신도이다. 아무런 특별한 자격을 가지고 있지 않지만, 종교의 진리를 추구하기 위해서 집을 버리고 사막으로 가서 신과 만나 하나가 되는 체험을 얻으려고 했다. '수피'라는 말은 '양털'을 뜻하는데, 다른 모든 것을 버리고 다만 양털 담요 하나만 걸치고 사막에서 고행을 한다고 해서 그렇게 일컬었다.

'수피'는 권력의 영광을 멀리 하고, 신앙의 격식을 불신하고, 홀로 고행을 하면서 절대자와의 만남을 신비롭게 체험하고자 한 종교적인 순수주의자이다. 기존의 교단에 맞서서 종교 혁신을 꾀하다가 박해를 받았다. 이슬람교성자전이라고 할 만한 것은 '수피'들의 생애를 다룬 전기가 있을 따름이다. 신도의 전기가 성자전으로 받아들여진 것은 힌두교에서나 다시 볼 수 있는 일이다. 힌두교의 '박티'(bhakti)는 이슬람교의 '수피'와 비슷한 성격을 띠며, 그 둘은 서로 접촉해 영향을 주었다.

'수피'의 전기는 다른 문명권 성자전의 내용과 주목할 만한 공통점이 있다. '수피'는 불교의 고승처럼 출가해서 수도하고, 기독교의 성자처럼 신의 뜻을 온몸으로 실행하고, 힌두교의 성자처럼 자기를 최대한 낮추었다. 그런 특징이 예사 사람은 따를 수 없는 기이한 행적에 나타나 있다. 그래서 여러 종교의 성자들처럼 경탄을 자아내고, 깊은 존경을 받았다.

10세기말에 카라바디(Kalabadhi)가 〈수피의 교리〉(*Kitab al-Ta'arruf li-madhhab ahl al-tasawwuf*)라는 책을 지었는데,[123] 성자전이라고 할 수 있는 내용이 여기 저기 들어 있다. 서두에서는 수피로 숭앙받는 사람들의 명단을 제시하고, 후반부에서는 수피들이 종교 수련의 과정에서 절대자와 만난 경험을 여럿 들었다. 사막에서 지쳐 쓰러지려는데, 절대자가

---

123) Artur John Arberry tr., *The Doctrine of The Sufis* (Lahor, Parkistan : Sh. Muhammad Ashraf, 1966)

형상으로, 소리로, 때로는 감각을 초월한 전달 방식으로 자기 모습을 드러내서 삶의 길로 인도하고, 진실을 깨우쳐주었다고 했다.

성자전 편찬 작업은 특히 페르시아에서 열의를 가지고 진행해서, 페르시아어를 사용하고, 자기 나라 성자들을 다수 등장시키고, 종교와 일상생활의 간격을 좁혔다. 문명권 중간부가 주도권을 가져 나타난 변화를 선명하게 나타냈다. 11세기에 처음 시작한 그 작업의 결정판이 13세기초 아타르(Attar)의 〈성자들의 행록〉(Tadhkerat al-auliya)이다. 그 책 서문에서 〈쿠란〉이나 다른 종교문헌이 모두 아랍어를 사용해 일반대중이 이해하기 어려우므로, 성자들의 행적을 페르시아어로 내놓아 누구든지 쉽게 접근할 수 있도록 하겠다고 했다.

행적이 연대순으로 수록된 75인의 성자 가운데, 특히 주목할 만한 인물을 하나 들어보자. 페르시아 수피사상의 창시자인 9세기 사람 아부 야지드(Abu Yazid)는 어려서부터 엉뚱한 행동을 일삼는 비범한 인물이었다고 했다. 자기 스스로 천상에 올라 신을 만났다고 했다. 고정된 관념에서 벗어난 방식으로 진실이 무엇인지 말해주는 엉뚱한 행동을 자주 했다. 그 가운데 하나를 든다.(문명, 350~351)

아부 야지드는 지난 일을 이야기했다.
"어떤 사람을 길에서 만난 일이 있었다."
그 사람이 물었다. "어디 가시는가요?"
"성지순례를 갑니다."
"돈은 얼마나 가졌는가요?"
"이백 냥입니다."
그 사람이 부탁했다. "그 돈을 제게 주세요. 저는 가족이 있는 사람입니다. 제 주위를 일곱 번 도세요. 그것이 성지순례입니다."
나는 그렇게 하고서, 집으로 돌아왔다.

힌두교의 성자전은 문명권의 중간부인 타밀에서 타밀어로 서술하기

204

시작했다.(문명, 355~) 12세기 사람 체킬라르(Cekkilar)의 저작인 〈위대한 전설〉(*Periyapuranam*)에 63인의 성자-시인이 소개되어 있다. 그 가운데 6세기부터 8세기까지 살았다고 하는 아파르(Appar), 삼판타르(Campantar), 순타라르(Cuntarar)가 특히 높이 평가되고 숭배의 대상이 되었다. 그 세 사람이 시바신에 대한 열렬한 신앙을 노래한 시가 11세기부터 13세기까지 이루어진 〈테바람〉(*Tevaram*)이라는 시집에 집성되어 전하고 있어, 생애와 작품을 서로 연결시켜 이해할 수 있다. 타밀의 성자-시인들은 그 뒤에도 이어져 나왔다.

문명권 중심부에서도 타밀의 경우처럼 성자는 시인이었다.[124] 성자의 전기와 시가 민족어로 기록되어 전하며, 15세기 이후 17세기까지 힌디어권의 성자-시인 카비르(Kabir), 미라바이(Mirabai), 수르다스(Surdas), 툴시다스(Tulsidas)가 특히 우뚝한 위치에 있으면서 대단한 인기를 모았다. 그런데 이들의 전기는 집성되지 않고 각기 전하면서 구전을 넘나드는 동안에 많은 변이가 이루어졌다. 그렇기 때문에 불변의 권위를 지니지 않고, 민중과 친근한 관계를 가졌다.

힌디어권 성자-시인 가운데 으뜸인 카비르의 경우를 살펴보면, 많은 전기 가운데 16세기에 아난타-다스(Ananta-das)가 지었다는 〈카비르 파라차이〉(*Kabir Parachai*)가 특히 소중하다.(문명, 358~) 그 책은 카비르의 생애에 관한 일화를 시로 지어 정리하는 방식으로 써서, 말은 간략하지만 문면에 나타나 있는 것 이상의 풍부한 의미를 지니고 있다. 미천하고 무력한 위인인 카비르가 성자일 수 있었던 것은 신이 은밀하게 도와주었기 때문이라고 했다.

카비르는 옷감을 짜서 옷을 만드는 미천한 신분으로 태어났다. 성자가 된 다음에도 전에 하던 일을 계속해야 가족을 부양할 수 있었다. 자기 가족도 먹여살리기 어려운 처지에 있으면서 다른 사람들을 조건 없

---

124) M. Sivaramkrishna and Sumita Roy ed., *Poet-Saints of India* (New Delhi : Sterling, 1996)

이 도우니 딱한 일이 생기지 않을 수 없었다. 베를 짜서 팔아 돈이 되면 집으로 가져가고, 남으면 다른 사람들을 먹이는 데 쓰는 카비르에게 신인 하리(Hari)가 쇠약한 구도자의 모습을 하고 찾아가 자기에게 옷감을 달라고 공손하게 청하자, 카비르는 남은 옷감을 다 주었다. 그 광경을 다음과 같이 그렸다.(문명, 359)

하리는 "카비르여, 그대에 관한 소문을 듣고 찾아왔습니다"라고 말했다.
쇠약한 구도자의 모습을 한 하리가 자기에게 옷감을 달라고 공손하게 청했다.

카비르가 옷감을 반으로 자르자, 하리는 "나는 헐벗은 구도자이니 그걸 다 주세요"라고 했다.
카비르는 주저하지 않고 그걸 다 주고는, 집으로 돌아가지 못했다.

카비르는 집안사람들이 행방을 알 수 없는 곳에 숨었다.
집안사람들은 사흘 동안 소식도 모른 채 굶고 아이들은 보챘다.

불교의 성자는 원래 '아라한'(arhat)이라고 했다. 불타의 가르침을 직접 받은 여러 '아라한'의 활약상이 불경 여기저기 전한다. 그러나 불타가 워낙 위대한 존재여서 별도의 전기를 저술해 아라한을 길게 칭송하기는 어려웠다. 대승불교 시대가 되어 수행의 높은 경지에 이른 사람을 '보살'(bodhisattva)이라고 할 때 성자전 창작이 본격적으로 시작되었다.
그런 성자 가운데 나가르주나(Nagarjuna)가 특히 널리 숭앙된 증거가 산스크리트뿐만 아니라 티베트어와 한문의 문헌에 산재되어 있다. 생애의 전후가 아주 다른 것이 특징이다. 젊어서는 몸을 감추는 도술을 부리면서 궁중의 여인들을 범하다가 같이 간 세 사람은 발각되어 처형되고 혼자서만 가까스로 도망쳐, 깊이 참회하는 마음으로 승려가 되어 용맹정진했다고 한다. 히말라야의 도승을 찾고, 용왕의 도움도 받아 큰 공부를 하고, 중생을 널리 제도하기 위해서 보살 성자는 으레 그렇듯이 삼백 년 또는 육백 년 동안이나 이 세상에 머물렀다고 한다.[125]

불교 성자전이 더욱 발전한 곳은 티베트여서, 개별 인물의 성자전을 장편으로 완성하고, 최고의 문학작품으로 삼아 애독했다. 인도에서 티베트로 간 8세기의 인도 승려 파드마삼바바(Padmasambhava)의 전기를 9세기의 승려 트소기알(Yeshe Tsogyal)이 쓴 것을 그 전범으로 삼는다. 그 성자는 모든 것을 떠나 커다란 깨달음을 얻었다고 하면서, 부모도, 스승도, 이름도 없는, "스스로 나타난 부처"라고 스스로 노래했다고 했다.(문명, 365~366)

15세기의 승려 상그라스기얄산(Sangs-rgras-rgyal-mtshan)이 12세기의 성자 밀라레파(Milarepa, Milaraspa)의 생애를 서술한 전기는, 생애의 전후가 아주 다른 특징을 다시 나타냈다. 아버지가 남긴 재산을 빼앗은 삼촌에게 주술을 사용해 잔인한 복수를 했다가, 크게 뉘우쳐 극도의 고행을 거쳐 바른 길을 깨달아 세상을 구하는 성자가 되었다고 했다. 그러한 생애를 제자의 물음에 대답하는 형식으로 서술하면서, 밀라레파 자신이 지은 시를 자주 삽입했다. 〈十萬頌〉(*gLwbum*)이라고 일컬어지는 시집을 별도로 남기기도 했는데, 고행하는 자세를 나타낸 다음과 같은 작품이 중심을 이룬다.(문명, 366~367)

> 영적인 깨달음을 얻을 때까지
> 은둔처에 굳건히 남아 있으리라.
> 차라리 굶어서 죽을지언정
> 음식을 구하러 내려가지 않으리라……
> 한 몸짓 한 생각일지라도
> 세속적인 일에는 허락하지 않으리라.

---

125) Reginald A. Ray, "Nagarjuna's Longevity", Juliane Schober ed., *Sacred Biography in the Buddhist Traditions of South and Southeast Asia* (Honolulu : University of Hawaii Press, 1997)

한문문명권 불교성자전은 유교에서 마련한 列傳 서술의 방식을 채택했다. 6세기 중국 梁나라의 승려 慧皎가 편찬한 14권 분량의 〈高僧傳〉 일명 〈梁高僧傳〉에서 그 모형을 정립했다. 5백 명이나 되는 국내외의 승려를 '譯經'·'義解'·'神異'·'習禪'·'明律'·'遺身'·'誦經'·'興福'·'經師'·'唱導'의 항목으로 나누어 수록하고, 구체적인 사실을 들어 고승은 예사 사람이 할 수 없는 수행을 하고, 상식을 넘어선 능력을 발휘한 경이로운 존재임을 말했다.

'譯經'편의 法顯은 경전을 구하러 인도에 가기 위해서 죽을 각오를 하고 험난한 산맥을 넘었으며, 부처가 설법하던 靈鷲山에서 하룻밤 머물면서 염불을 할 때에는 사자가 나타났다가 해치지 않고 사라졌다고 했다. '神異'편의 佛圖澄은 서역에서 중국으로 가서, 살육을 일삼는 횡포한 지배자 石勒을 감복시켜 군주의 올바른 도리를 실현하게 했다고 했다. '習禪'편의 曇猷는 석실에서 참선하고 있을 때 호랑이나 구렁이 따위가 몰려왔다가 가곤 했으며, 산신의 안내를 받아 까마득한 바위산 위에 있는 신이로운 수행처를 찾았다고 했다.

慧皎의 〈高僧傳〉은 속편이 몇 가지 이루어졌다. 7세기 당나라 시절에 道宣이 〈續高僧傳〉 일명 〈唐高僧傳〉 30권을, 10세기 송나라 시절에 贊寧이 또 하나의 〈高僧傳〉 일명 〈宋高僧傳〉 30권을 내놓은 것이 그 직접적인 후속 작업이다. 그 뒤에도 시대마다 다시 고승전을 엮어 승려들의 행적을 정리해 세상에 알렸다. 왕조의 역사를 계속 서술하는 것과 같은 작업을 불교에서도 했다고 할 수 있다.

한국에서도 신라 시대에 金大問이 〈高僧傳〉을 지었다고 하는데 전하지 않는다. 13세기초에 覺訓은 〈海東高僧傳〉을 써서 한국에서 독자적인 고승전을 이룩하는 작업을 본격적으로 추진했다. 일부만 남아 있어 전모를 파악할 수 없으나, 본문은 중국의 전례와 같이 자료에 입각해 사실 위수로 서술하고서, 인물마다 贊을 다는 새로운 방법을 마련해 한국 고승들의 위대한 업적들에 대한 저자의 찬사를 수록했다.

13세기후반에 이룩된 一然의 〈三國遺事〉는 특이한 고승전이다. 승려만 고승일 수 있다고 하지 않고, 승려이든 속인이든 불교 수행을 하면 높은 경지에 이를 수 있다고 하면서, 그런 사람들의 행적을 다수 수록했다. 그리하여 승려라야 고승전의 주인공이 될 수 있다는 관습을 깼으며, 승속을 구분해서 평가하는 것도 부당하다고 했다. 僧俗·男女·上下의 차등을 없애고, 속인 가운데서도 하층민이, 남녀의 구분에서는 여성이 종교적 수행의 높은 경지에 이르렀다고 해서, 사람은 누구나 평등하다고 했다.

한국 고승 義湘과 元曉의 행적은 〈宋高僧傳〉, 〈三國遺事〉, 그리고 일본 것을 포함한 다른 여러 문헌에 다양한 형태로 실려 있다. 두 사람이 불법을 구하려고 중국으로 가다가, 원효는 밤중에 시체 썩은 물을 달게 마신 것을 알아차리고 깨달은 바 있어 되돌아왔다. 그 뒤에 원효는 광대에게서 배운 노래를 부르고 춤을 추면서 미천하고 무지한 사람들을 찾아다녔다. 의상은 중국에서 공부할 때 중국 소녀가 사모하는 대상이 되었다. 의상이 귀국하자 그 소녀는 龍이 되어 바다를 건너는 배를 수호하고, 浮石寺를 지을 때 다른 종파 방해꾼들을 물리쳤다고 한다.

일본고승전의 대표적인 업적은 14세기초에 虎關師鍊(코칸시렌)이 지은 〈元亨釋書〉이며, 모두 29권이나 된다. '傳'·'表'·'志'의 세 부분으로 구성해서 일반 역사서의 체제를 따랐다. '表'는 일본사의 연표이고, '志'에서는 일본문화의 면모를 보여주는 자료를 모았으며 사찰과 불상을 다룬 '寺像'도 그 가운데 하나이다. '傳'에서 크게 다룬 空海(코우카이)는 비상한 뜻이 있어 비상한 일을 해냈다고 했다. 구름을 움직이고 비를 부르는 도술을 배워 와서 나라를 위해 쓴 것을 그렇게 칭송했다. 불교가 신도와 가까운 관계를 가지면서 토착화해, 주술을 부리는 기능을 수행했다.

傳燈錄이라는 것은 고승전의 변형이다. 선승들의 행적을 생애의 순서를 따르지 않고 일화 위주로 서술하는 독자적인 형태를 이루었다. 11세기초 중국의 〈景德傳燈錄〉에서 제시한 모형이 널리 영향을 끼쳐, 한국이나 일본에서도 자국 선승들의 언행록을 편찬했다. 그 어느 것에서나 파격적인 언동으로 깨달음이 무엇인지 나타냈다. 이치를 거부하는 禪詩를 이용해 한층 높은 경지로 올라갔다. 그런 시도가 지나쳐 현실에서 너무 멀리 벗어나면 동어반복에 그쳐 파괴의 효력이 감소되고 대안 제시는 더욱 불가능해졌다. 불교 선승의 문학이 이슬람교 '수피'나 힌두교 '박티'의 경우처럼 널리 감동을 주지 못한 것은 그 때문이다.

월남의 고승전은 14세기초의 〈禪苑集英〉이다. 높은 경지에 이른 자랑스러운 승려가 이어져 나온 사실을 널리 알리고자 하면서, 핵심 내용은 전등록 방식으로 서술했다. 圓照에 관한 서술을 본보기로 들어보자. 어느 한쪽으로 치우치지 않아 생동하고 있다. 앞에서는 문수보살이 배를 가르고 창자를 씻어주어 대단한 지혜를 얻었다 하고, 저술한 바를 중국 송나라 고승이 보고 감히 더하거나 뺄 수 없다고 한 말을 뒤에다 적었으며, 그 중간에 많은 문답이 있다. 한 대목을 들어본다.[126]

> "다시 한 번 가르쳐주십시오."
> "낮에는 해가 빛나고, 밤에는 달이 밝구나."……
> "가르침에 감사드립니다."
> "강물에 뛰어들어 빠져 죽는 짓은 하지 말아라. 네 스스로 와서 스스로 빠지는구나."

불법을 묻는 데 대해서 첫 대목과 같이 대답하는 것은 흔히 있는 일이다. 공연한 의심을 일으키지 말고 있는 그대로 보면 된다는 말로 이해할 수 있다. 가르침에 감사하는 것은 강물에 빠져 죽는 짓이라고 한 다음 대목의 말은 거기서 한 걸음 더 나아갔다. 배워서 안다고 생각하는 것은 파멸의 길이라고, 현실과 직결된 살아 있는 표현을 써서 경고했다.

동아시아의 종교는 불교만이 아니라 도교도 있고, 유교도 있다. 도교

---

126) 정천구 역, 《베트남 선사들의 이야기》(서울 : 민족사, 2001), 53

의 성자전과 유교의 성자전도 고찰해야, 성자전의 전모를 알 수 있다. (문명, 390~) 도교의 성자는 神仙이고, 신선전은 도가의 성자전이다. 기원전 1세기에 중국의 劉向이 지은 〈列仙傳〉에서 18세기초 한국 洪萬宗의 〈海東異蹟〉에 이르기까지 수많은 신선의 전기가 나와 자료가 풍부하다.[127] 선도를 닦아 초월적인 세계에 들어간 사람이 신선이라고 하면서, 중국에서는 그 본보기로 赤松子, 彭祖, 呂洞賓 등을 든다. 한국에서는 선도를 얻은 사람들이 근래까지 있었다 하면서 역사상의 인물로 확인되는 田禹治, 李之涵, 郭再祐 등을 지목하기도 한다.

신선은 불만이 많은 이 세상을 떠나가서 자취를 감춘 사람이다. 하늘로 올라간 '飛升'을 했다고도 하고, 시체만 남기고 사라진 '屍解'를 했다고도 한다. 생명을 연장시키는 비법을 실행했다고도 한다. 그런 놀라운 이적을 행한 것이 신선이 성자일 수 있게 하는 한 가지 요건이다. 그러나 신선은 깨달은 다음에 세상에 다시 나와 널리 혜택을 베풀지 않았다.

그런데 가까운 시기에 한국에서 선도를 얻었다는 사람들은 세상에 나와서 가여운 사람들을 도와주는 데 힘쓰는 예외적인 행적을 보였다. 田禹治·李之涵·郭再祐는 그런 행적을 보여 고전적인 신선과 달랐으므로 세상과 부딪쳤다. 전우치는 도술을 지나치게 사용해 세상을 우롱하다가, 도술이 더 높은 이에게 제지당하고, 은거의 길을 택하고 선도를 다시 익혔다고 했다. 郭再祐는 만년에 자취를 감추어 화를 피했지만, 李之涵은 뜻하지 않게 화를 입고 죽었다고 했다. 선도를 사용해서 세상일을 마음대로 하는 것은 경계해야 할 일이라는 생각을 그렇게 나타냈다.

유교는 기독교·이슬람교·힌두교·불교와 대등한 위치에 서는 중세보편종교의 하나이므로, 성자전이 있어야 하는 것이 당연한 일이다. 중세의 보편종교는 교조전이 포함된 경전과 함께 성자전을 기본적인 문헌으로 삼는 데 유교라고 해서 예외일 수 없다. 〈論語〉와 〈孟子〉는 교조

---

127) 葛兆光, 《道教與中國文化》(上海 : 上海人民出版社, 1987) ; 최창록, 《한국도교문학사》(서울 : 국학자료원, 1997)

전이 포함되어 있는 경전이고, 후대 유학자들의 전기는 성자전이다.

사상사 전개의 과정을 보더라도 유교에 성자전이 있는 것이 자연스러운 일이었다. '士林'이라고 일컬은 선비들은 중세후기 사상을 전개하는 과업을 불교의 '禪僧', 힌두교의 '박티', 이슬람교의 '수피'와 함께 수행했다. 내면적인 각성을 소중하게 여기고 삶의 자세를 엄정하게 가다듬어야 한다는 것이 공통된 경향이다. '박티'와 '수피'가 성자전을 통해서 새로운 사상을 전개하는 데 열의를 가졌듯이, '禪僧'이 자기네 나름대로 성자전을 만드는 데 호응해서 '士林' 또한 도학을 하는 선비들의 생애가 자랑스럽다고 하고자 했다.

유교문명은 역사 서술과 관련시켜 인물의 전기를 쓰는 데 특별한 관심을 가졌다. 司馬遷이 〈史記〉에 인물의 전기로 이루어진 列傳을 둔 이래로, 紀傳體 서술방식을 택한 중국의 역대 정통사서는 물론이고, 같은 방식으로 서술한 한국의 역사서 〈三國史記〉와 〈高麗史〉에서도 열전을 갖추는 것이 관례가 되었다. 그런 열전에 유학자의 전기가 포함되어 있고, 별도로 구분되어 수록되기도 했다.

유교성자전이 위에서 든 요건을 갖추고 있는지 살피기 위해서 대표적인 예를 하나 들어 고찰하기로 하자. 12세기 중국의 유학자 朱熹의 생애를 다룬 〈朱子行狀〉을 보자. 서술한 내용을 보면, 그 주인공 朱熹는 孔子의 후계자가 되어 끊어졌던 道統을 다시 잇고, 마음을 경건하게 하는 '居敬'의 자세를 가지고 한 가지 일을 골똘하게 연구하는 '主一'의 방법으로 사물의 이치를 연구해 올바른 도리를 깨달았다는 것이 성자다운 행실이다. 그러나 다른 종교의 성자들에 견준다면 그 정도로는 대단하다고 할 수 없으며, 그저 평범하게 살았다고 하겠다.

〈朱子行狀〉이 아닌 다른 도학자의 전기에서도 사정이 달라지지 않았다. 도학자 가운데 생애가 특이한 사람들도 있었지만, 사상을 바꾼 것은 아니다. 趙光祖는 도학정치를 하려고 애쓰다가 밀려나 처형되는 비운을 맞이했다. 徐敬德은 가난한 생활을 면할 수 없는 처지이면서도 벼슬길을 마다한 채 주림을 참고 교학에 힘썼다. 徐起는 천인으로 태어나서 공부를 할 수 있는 형편이 전혀 아닌데도 굽히지 않고 노력해 성현의 도리를 깨닫게 되었다고 한다.

유교의 성자전은 과장된 표현을 멀리하고, 허황된 환상을 배제하고, 사람이 해야 할 일을 신에게 미루지 않도록 책임회피를 막고, 사물 인식을 합리적으로 하고, 현실의 문제 해결을 위한 윤리적 실천을 강조했다. 도학자의 행장은 성자전의 하나이기는 해도, 실용적인 교술문일 뿐 서사문학 작품은 아니고, 한문으로 쓴 형태를 벗어나 민족어로 번역되거나 구전으로 전달되기 어려웠다. 漫錄·野史·稗說·野談 같은 데서 다른 말을 하는 것은 성자전으로 인정되지 않았다.

힌두교에서는 혁신이나 반역을 한 사상가도 모두 성자로 인정되었다. 표면의 논리를 뒤바꾸어도 근본은 달라지지 않는다고 인정되기 때문이다. 유교는 그렇게 폭이 넓지도 못하고 너그럽지도 못했다. '童心'을 되찾아야 성인이 될 수 있다고 역설한 중국의 李贄는 반역자로 취급되었다. 일본의 유교를 하겠다고 한 荻生徂徠(오오규소라이)는 도학의 정통에서 벗어났다고 인정되었다. 한국의 崔濟愚처럼 새롭게 득도해서 하층민의 소망을 실현하고자 한 사람은 유교를 부인하고 다른 종교를 창건했다. 그러나 그 때문에 한문문명권의 사상은 동어반복에서 벗어나 비약적인 발전을 이룩할 수 있었다.

성자전의 배경을 제공한 기독교·이슬람교·힌두교·불교·유교는 서로 다른 종교이다. 신과 사람의 관계에 관해서 말하는 교리가 서로 같지 않고, 경전에 나타나 있는 교조의 생애 또한 판이하다. 힌두교에는 교조가 없다. 유교의 교조인 孔子는 예사 사람이다. 그러나 그 여러 종교의 성자는 주목할 만한 동질성이 있다. 교조전에 근거를 두고 벌어지는 종교 사이의 다툼이나 문명의 충돌은, 성자전의 동질성에 대한 이해를 통해 해결할 수 있다.

성자는 보편종교의 가르침을 펴서 존경받은 스승이다. 교조의 후계자이며, 정신적 수련을 높은 수준으로 실행하고, 널리 모범이 되는 훌륭한 행실을 보여 가르침을 베풀고, 불변의 가치를 가지는 말이나 저술을 남겨서 그럴 수 있었다. 종교의 사제자라야 성자가 될 수 있는 것은 아니다. 승려가 아닌 속인도, 상층이 아닌 하층에서 태어난 사람도, 유식하지 못한 무식꾼도, 남자가 아닌 여자도 성자가 될 수 있다고 했다. 사람 차별이 제도화되어 있던 시기에 그런 이상을 일제히 내세운 것이 중세보편주의의 보편적인 양상이며, 중세문명의 동질성을 입증하는 증거이다.

성자는 궁전 또는 도시와 반대가 되는 山野를 수행 장소로 삼아, 禪僧이나 士林은 산으로, '박티'는 숲으로, '수피'는 사막으로 가는 것이 고결한 정신을 얻는 길이다. 기존의 관념에서 벗어나, '一字無識' 또는 '不立文字'의 경지에 이르러야 진실을 깨달을 수 있다고 한다. 불교에서 소중하게 여기는 출가와 걸식이 기독교 성자들의 수행에도 포함되어 있다. 양쪽 모두 사람뿐만 아니라 짐승의 생명도 존중해야 한다고 생각했다.

성자란 예사 사람은 하기 어려운 과업을 수행한 사람이어서 경탄을 자아내고 신뢰를 두텁게 했다. 보편종교를 처음 받아들일 때는 순교자가 있어서 특별한 수행의 첫 번째 본보기를 보여주었다. 그 뒤의 성자는 자기의 지위나 재산을 모두 버리고 진실을 찾아나서겠다고 결단을 내리는 수도자이기도 하고, 헛된 유혹을 뿌리치고 자기 마음을 바로잡기 위해서 온갖 어려움을 견디는 고행자이기도 하고, 가여운 사람을 헌신적으로 도와주는 봉사자이기도 하고, 놀라운 이적을 행해서 불가능한 일을 성취하는 도술가이기도 했다.

그 다섯 가지 유형, 순교자·수도자·고행자·봉사자·도술가는 여러 종교의 성자들에게 공통되게 나타나면서 차이점도 있다. 순교자는 기독교에 많다. 수도자가 되어 떠나가는 결단은 불교의 승려에게서 특히 선명하고 중요한 의미를 가진다. 이슬람교의 '수피'나 힌두교의 '박티'도 진리를 구하기 위해서 다른 모든 것을 버린 사람이다. 유교의 성지는 어느 정도의 고행자일 따름이고 다른 성격을 뚜렷하게 보여주지는 않았다.

그런 공통적인 성격을 나누어 가진 것 외에 특별한 사항도 있는 것을 확인하면 중세문명의 이질성에 대한 인식이 확대된다. 러시아에서는 '영웅의 일생'에 대응되는 '성자의 일생'을 마련했다. 힌두교의 성자는 헛된 글공부에서 벗어나기 위해서 일자무식이거나 장님인 것이 바람직하다고 했다. 티베트의 성자는 살아 있는 부처여서 성자이면서 교조라고 하고, 윤회를 거쳐 거듭 태어난다고 했다. 한국에서는 비속한 하층민과 일체를 이루는 성자가 가장 존귀하다고 하는 믿음을 말로 전하면서 키워왔다.

3. 7. 민족어 교술시의 위상

서정시와 교술시의 공존은 언제든지 있는 일이다.(문명, 411~) 한문학·산스크리트문학·아랍어문학·라틴어문학 같은 공동문어문학에서는 그 둘의 공존이 고대에 이미 뚜렷하게 나타났으며, 중세전기나 중세후기에도 그 점은 특별한 변화가 없었다. 그러나 그런 공동문어문학과 관련을 가지고 형성된 민족어문학은 중세후기에 새롭게 형성되면서 교술시를 만들어내는 것을 소중한 과업으로 삼았다.

중세전기에는 서정시가 일방적으로 존중되고, 중세후기에 교술시가 새 시대의 문학으로 등장해서 서정시와 교술시가 공존한 사실이 광범위하게 확인된다. 그런 변화가 나타난 것은 대체로 13세기경의 일이어서 시기가 일치한다. 그 무렵에 문학담당층이 교체되고, 사상이 달라지는 변화가 일제히 일어나면서, 민족어로 창작하는 교술시가 서정시 못지않게 소중한 구실을 하는 새로운 시대가 시작되었다.

그것은 중세의 질서를 수정하고 개편하는 사태였다. 단일한 신이 천지만물을 다스리고, 신과 바로 통하는 마음의 본체가 신체활동을 하는 그 작용보다 우위에 있다는 견해를 수정해, 천지만물과 교섭하는 신체활동에 관해서 말해주는 문학이 마음의 본체를 드러내는 문학 못지않게 소중한 의의가 있다고 하게 되었다. 서정시와 교술시의 공존이 당연하다고 할 뿐만 아니라, 하던 말을 되풀이하는 서정시보다 경험을 통한 인식의 지평을 넓히는 교술시가 더 큰 가치를 지닌다고 하는 데까지 이르렀다.

그런 변화는 철학에서도 함께 일어났다. 한문문명권의 朱熹, 산스크리트문명권의 라마누자(Ramanuja), 아랍어문명권의 가잘리(Ghazali), 그리고 라틴어문명권의 아퀴나스(Aquinas)는 12세기 전후에 활동하면서 이치의 근본을 새롭게 따져 실제로 존재하는 세계의 의의를 인정하고 이치에 맞게 인식하면서 자아의 내면적 각성을 다시 이룩하자고 하는 사상을 함께 정립했다. 그것은 세계를 자아화하는 서정시와, 자아를 세계화하는 교술시가 원칙적으로 다 같이 소중하다고 하면서, 교술시의 의의를 새롭게 평가하는 논리였다. 그리하여 중세전기사상과는 다른 중세후기사상을 정립하는 과업을 수행했다.

그러나 중세후기로 나아가는 철학의 혁신과 문학의 창조는 표면상 서로 관련없이 각기 진행되었다. 철학의 혁신은 공동문어를 사용하면서 이루어지고, 민족어철학은 아직 나타나지 않았다. 문학의 새로운 창조는 공동문어문학에서보다 민족어문학에서 더욱 활기를 띠고 이루어졌다. 그 작업을 문명권의 중간부에서 특히 활발하게 전개했다.

문명권의 중심부에서는 민족어문학에 힘쓰지 않고, 문명권의 주변부에서는 사상 논란에 적극 참여하지 않았으나, 문명권의 중간부는 민족어시를 통해 실제로 존재하는 세계의 의의를 인정하는 사상을 새롭게 전개하는 것을 긴요한 과제로 삼았다. 문명권의 중간부인 한국·월남·타밀·페르시아·프랑스 같은 곳들이 그렇게 하는 데 앞섰다. 문명권의 주변부에 해당하는 몇몇 나라도 그 대열에 참여했다.

한국의 교술시는 경기체가에서 시작되었다가 가사가 나타나서 다루는 폭이 넓어졌다. 경기체가에서는 사물을 열거하는 데 그치지만, 가사에서는 사람이 사물과 얽혀 살아가는 "處事接物"의 양상을 광범위하게 다루었다. 心·身·人·物이라는 용어를 사용해서 말하면, 경기체가는 心·身·人인 자아를 物인 세계로 바꾸어 나타낸다면, 가사는 心인 자아를

身·人·物의 세계로 나타내는 차이가 있다. 그런 작업은 독자적으로 진행되다가 朱熹의 理氣철학을 받아들인 뒤에는 그것을 보완하고 시정하는 의의를 가졌다.

경기체가는 13세기의 〈翰林別曲〉에서 시작되었다. 가사는 惠勤의 〈僧元歌〉를 첫 작품으로 해서 14세기에 출현한 것으로 보인다. 16세기에는 宋純의 〈俛仰亭歌〉, 鄭澈의 〈星山別曲〉 등의 사대부 가사가 대거 등장해 가사가 경기체가보다 우세했다. 〈勸善指路歌〉, 〈自警別曲〉 등의 가사는 16세기에 李滉이나 李珥가 지었다고 하지만, 후대의 작품이라고 생각된다. 그 가운데 〈俛仰亭歌〉 첫 대목을 보자. 은거할 곳을 찾아가 주변 산수의 모습을 그리는 隱逸歌辭의 전형적인 모습을 보여준다.(문명, 415)

无等山 한 활기 뫼가 동쪽으로 뻗어 있어,
멀리 떼쳐와 霽月峯이 되었거늘,
無邊大野에 무슨 짐작하노라,
일곱 구비 한데 움쳐 문득문득 벌였는듯.

다음에는 〈勸善指路歌〉의 서두를 보자. 사람이 지켜야 할 도리를 직접 일러주면서 어조를 부드럽게 하기도 하고, 비유를 들기도 해서 설득력을 높였다. 교훈가사의 일반적인 특성을 잘 보여주고 있다.(문명, 416)

이 보소 사람들아 이내 말을 들어보소.
한길은 어디 두고 斜路로 가는가.
堯舜 적 닦은 길을 예로부터 일렀거든,
너희는 무슨 일로 斜路로 들었으며,
仲尼 적 높은 날이 이제까지 밝았거든,
너희는 무슨 일로 밤으로 다니는가.

중세에서 근대로의 이행기인 17세기 이후에는 경기체가는 없어지고 가사만 남아 크게 발전했다. 시민, 하층민, 부녀자 등도 가사의 작자층으로 참가해 작품의 내용이 다양해졌다. 기행가사 〈日東壯遊歌〉, 풍속가사 〈漢陽歌〉는 장편을 이루었다. 〈草堂問答歌〉는 인생만사에 관해 광범위한 고찰을 한 연작이다. 여성생활을 다룬 규방가사가 다수 창작된 것도 주목할 만한 일이다.

한국문학사에서 볼 수 있는 그런 변화가 중국에서는 나타나지 않았다. 중국에서는 詩라고만 한 서정시와 辭·賦라고 한 교술시가 중세전기부터 양립했으므로, 중세전기는 서정시의 시대였다가 중세후기는 서정시와 교술시가 공존하는 시대였다고 할 수 없다. 중국에서는 중세후기에 교술시가 새삼스럽게 흥기한 것은 아니다.

일본문학사에 등장한 시는 모두 서정시이다. 민요나 무가에는 교술시가 있으나 상승할 기회를 얻지 못했다. 중세전기에 크게 성장한 민족어시는 중세후기에 이르러서도 실제로 있는 세계에 관심을 가지지 않았다. 중국문학사가 문명권 중심부의 특징을 보여준다면, 일본문학사는 문명권 주변부의 특징을 보여준다.

그러나 한국과 함께 문명권의 중간부를 이룬 월남에서는 서정시와 교술시의 공존이 한국의 경우와 거의 같은 양상으로 나타났다. 15세기에 國音詩가 출현할 때에는 서정시가 우세했으나, 16세기 이후에는 한시의 모형에서 벗어나 월남시가의 독자적인 율격을 사용하는 '吟'·'賦'·'歌'라고 하는 국음시가 다수 등장했으며, 그 가운데 교술시가 적지 않다. 민간전승에 머물렀던 교술시가 기록문학으로 상승하면서 서정시와 교술시가 공존하는 시대가 시작되었다. 그렇게 해서 중세후기문학으로의 전환이 분명하게 이루어졌다.

16세기 阮沆의 〈大同風景賦〉는 시골에서 물러나서 조용하게 사는 생활을 주변 경치와 함께 서술한 점이 한국의 隱逸歌辭와 같다. 15세기에 阮廌이 지었다고 하다가 지금은 후대인의 작품으로 보는 〈家訓歌〉는 글을 모르는 사람들까지 외면서 처세의 교훈으로 삼는 작품인데, 한국의 교훈가사와 흡사하다. 두 작품을 한 대목씩 들어보면 다음과 같다.
(문명, 423, 424~425)

煙霞 낀 佳境이 가득한 이 곳이
林泉에서 살자는 사람 불러들이네.
天涯 一偶에서 세상을 멀리하고
비탈진 山野의 四時 흥취 즐기면서,
아무 헤염 없이 물러나서 살아가네.

내 자식들을 위한 교훈이 여기 있노라.
이 나라에 살면서 어려움을 당할 때라도,
德을 지니고 人性을 따르면서 기다리면,
天理가 되살아나는 태평성대 맞으리라.

산스크리트문명권에서는 12세기에 라마누자가 마련한 중세후기의
사상이 교술시의 원천이 되었다. 라마누자는 타밀어로 강학하면서 산스
크리트로 저술해 멀리서도 가져가 읽을 수 있게 했으나, 후계자들은 타
밀어시를 지어 깨달음을 구체화하고 풍부하게 했다. 특히 두드러진 작
품을 14세기 철학자이면서 시인인 우마파티(Umapati)가 이룩했다. 신,
마음, 인연 등의 본질을 풀어 밝힌 일련의 작품에서, 인연으로 얽힌 속
박에서 벗어나는 길이 어디 있는지를 이렇게 노래했다.[128]

이 진실, 삶에 대한 지식,
삶에 대한 지식 이면의 지식
그 위대한 존재를 알면
거기서 완전히 벗어날 수 있다.

---

128) K. Ayyappa Paniker ed., *Medieval Indian Literature, an Anthology, Volume
Four* (New Delhi : Sahitya Akademi, 2000), 574

그렇지 못한 사람들이야
미혹의 그물에 휘감겨 헤어나지 못하지만.

　문명권의 중심부에서도 라마누자의 사상을 받아들여 정신적 각성과
현실인식의 근거로 삼았다. 한문문명권과 달리 산스크리트문명권에서
는 민족어문학이 중심부에서도 일어나, 사상의 변천에 상응하는 새로운
창조작업을 민족어 교술시를 통해 전개할 수 있었다. 그렇게 하는 데
앞장선 시인이 15세기의 카비르(Kabir)이다.(철학, 298~)
　카비르가 힌디어로 창작한 시에는 '파다스'(padas)라는 서정시, '사키
스'(sakhis)라는 단형교술시, '라마이니'(ramaini)라는 장형교술시가 공
존하고 있다.[129] 그 가운데 단형교술시를 하나 들어보자. 종교 때문에 다
투지 말아야 한다고 하면서 다음과 같이 말했다.(문명, 429)

　　아무도 어머니 뱃속에서 〈베다〉를 읽지는 않는다.
　　할례를 하고나서 태어나는 이슬람교도는 없다.
　　어머니 뱃속에서 태어난 다음에야
　　각자 서로 다른 옷을 얻어 입고서
　　그 옷에 맞는 행동을 하기 시작한다.
　　너와 내가 한 핏줄이고,
　　살고자 하는 욕구도 서로 같았던
　　그 시절이 그립구나.

　티베트에서는 산스크리트 불경을 자기네 말로 번역해서 불교를 정착
시키고 불교문학을 일으키는 과업이 어느 정도 진행된 12세기 이후에
민족문학의 독자노선을 추구하고자 하는 움직임이 나타났다. 그것이 중
세후기로의 전환이었다. 13세기 전반기에 활동한 승려 사키야 판디타

---

129) Vijay Mirshra, *Devotional Poetics and the Indian Sublime* (Albany : State
　　　University of New York, 1998), 168

(Sakya Pandita)는 산스크리트시를 연구해 티베트시의 형식을 가다듬
는 데 활용하고, 4행시 4백여 수로 이루어진 교술시 〈명언보감〉(*Legs
bshad rin po che'i gter*)을 저술했다.[130] 불교에 근거를 두고 인간만사
에 대한 가르침을 베푼다고 하면서 민간에 전해지는 속담을 적극 받아
들였다. 그 두 가지 원천에서 온 말을 하나로 만드는 문화통합을 이룩
하고자 했다. 한 예를 들면 이렇다.(문명, 434)

> 학문이 모자라는 사람은 잘난 체하지만,
> 학자라면 인품이 원만하고 겸손하다.
> 작은 개울은 언제나 소리가 요란하지만,
> 커다란 바다야 언제 떠들던가?

　몽골문학에서도 13세기 이래로 몇 가지 격언시집이 생겨났다. 격언
을 시로 나타내 외기 좋게 했다. 〈지혜의 열쇠〉라는 책에는 민간에서
전하는 속담시를 모아놓았다. 〈징기스칸의 격언집〉은 많은 민족을 정
복해 거대한 제국을 세운 걸출한 군주가 신하들에게 전하고 백성들을
가르치기 위해서 내놓은 격언을 모아놓았다는 것이다.
　팔리어문명권에도 중세후기에 민족어교술시가 일어났다. 팔리어문명
권은 인도 내부의 중심부가 없어지고 중간부인 스리랑카가 새로운 중
심부 노릇을 한 점이 특이하지만, 공동문어시가 민족어시로 바뀔 때 교
술시가 나타나 큰 구실을 한 점에서는 문학사 전개의 일반적인 과정의
일단을 잘 보여준다. 스리랑카 사람들은 오랫동안 팔리어문학을 하는
데 힘쓰다가 중세후기가 시작되는 12세기부터 자기네 언어를 사용하는
신할리어문학을 일으켰다.[131] 팔리어문학에서는 '밤사'(vamsa)라는 서사

---

130) Leonard W. J. van der Kulip, "Tibetan Belles-Letters : the Influence of
　　Dandin and Ksemendra", José Ignacio Cabezón and Roger R. Jackson ed.,
　　Tibetan Literature, Studies in Genre (Ithaca, New York : Snow Lion, 1996)
131) C. E. Godakumbura, *Sinhalese Literature* (Colombo : Apothecaries, 1955),
　　209~220.

시를 거듭 지어 불교사의 관점에서 왕조사를 서술하는 데 힘쓰다가, 신
할리어문학을 일으키면서 불교의 가르침을 일상생활에서 받드는 방법
을 가르치는 교술시를 새로운 관심사로 삼아 계속 창작했다.

그 첫 작품은 13세기에 이루어진 것으로 추정되고 작자는 미상인
〈도리의 꽃다발과 그물〉(*Dahamgatamalava*)이다. 서두에서, 무식한
사람들 마음을 움직일 수 있고, 유식한 사람도 즐겨 논의의 대상으로
삼을 진리 교본을 만들고자 해서, 진리의 꽃다발을 목에 걸고 부처의
발아래 엎드린다고 했다. 올바른 마음가짐을 위한 교본인데, 표현을 잘
가다듬어 흥미를 끌었다.

그 뒤를 이어 작가가 분명하고 분량이 더 늘어난 작품이 나타났다. 마
이트레야 테라(Maitreya Thera)의 〈세상 진리 개요〉(*Lovadasangarava*),
알라기야바나(Alagiyavanna)의 〈잘한 말〉(*Sughasitaya*), 라나스갈레
테라(Ranasgalle Thera)의 〈세상의 도움〉(*Lokopakaraya*) 같은 것이 그
런 예이다. 불교의 진리를 그 자체로 말하지 않고, 어떻게 받아들여 실
천을 하면 험한 세상에서 바르게 살아갈 수 있을까 하는 문제를 두고
여러 가지 논의를 전개했다. 그 가운데 〈잘한 말〉의 한 대목을 들어보
자. 세상을 다스리려고 하지 말고 자기 마음을 다스리라는 말을 다음과
같이 했다.[132]

> 무한한 하늘을 헤아릴 수 없는 것처럼
> 무법자는 어디든지 있어 다 없앨 수 없다.
> 그렇지만 자기 마음속의 분노를 모두 없애면,
> 불을 물에 넣은 듯이 사나움이 다 사라진다.

타이인은 13세기에 오늘날의 국토에서 강성한 왕국을 세워 중세후기

---

132) 같은 책, 213 ; *Christopher Reynolds ed., An Anthology of Sinhalese
Literature up to 1815* (London : George Allen and Unwin, 1970), 328~329에
도 이 작품이 일부 수록되어 있는데, 다른 대목이다.

로 이행하는 과업을 추진했다. 팔리어를 공동문어로 하는 상좌불교를 중세전기 동안의 선진국이었던 이웃의 캄보디아보다 먼저 받아들여, 선진이 후진이고 후진이 선진이게 하는 전환을 이룩했다. 타이문자를 제정해서 민족어문학을 일으키면서, 새 시대의 이념을 구현하는 교술문학을 다채롭게 창작한 가운데 〈루앙 임금의 격언집〉(*Subhasita Phra Ruang*)이라는 시집도 있다.

그것이 국왕 람캄행(Ramkhamnghaeng)의 저작이라고 하면서 아주 소중하게 여기는 고전이며, 최초의 타이어시이다. 불교교리를 논하거나 정치에 관해서 알리는 글은 산문으로 쓰고, 격언은 시로 표현했다. 격언은 누구나 외고 다녀야 한다고 생각해서 그렇게 했을 것이다. 인생만사를 널리 다룬 다채로운 내용을 구비한 가운데 대인관계에 관한 교훈을 말한 것들이 특히 흥미롭다.(문명, 437)

> 선생은 면전에서 칭찬하고,
> 하인은 일을 마치거든 칭찬하라.
> 친구는 보지 않는 데서 칭찬해야 하고,
> 처자는 살아 있는 동안 칭찬하면 당황해 한다.

격언시와 속담시는 구별해 쓸 수 있는 말이다. 격언은 문헌에 올라 있고, 속담은 말로 전한다. 말로 전하는 속담을 시로 옮긴 것은 속담시이다. 티베트와 타이의 격언시는 이른 시기에 성립된 고전이지만, 미얀마의 속담시는 누가 언제 지었는지 모르게 전해진다. 출판되어 있기만하고 소종래의 설명은 없다. 그런데 읽어보면 말이 정교하고 뜻이 깊다.(문명, 437~438)

> 허튼 수작에 귀 기울이고서
> 소중한 눈물을 흘리지 말아라.
> 그대도 잘 알고 있지 않는가.

물소 앞에서 하프를 연주하고,
굶주린 돼지에게 진주를 주는 것이 헛된 줄.
값이 비싸다고 해서 먹는 것은 아니다.

캄보디아에서도 산스크리트문명권에서 팔리어문명권으로 소속을 바꾼 뒤에 '수브하시트'(subhasit)와 '크파프'(cpap)라고 하는 두 가지 교술시가 나타났다. '수브하시트'는 오랫동안 구전되다가 이따금 시나 산문으로 기록되기도 한 속담이다. '크파프'는 인생살이의 교훈을 말한 상당한 분량의 교술시 작품인데, 14세기 이후에 생겨났으며 대부분 작자 미상이다. '크파프'는 작품에서 설정한 독자의 성격에 따라, 누구든지 읽으라고 한 '일반형'과 국왕이나 신하들을 상대로 정치를 논한다고 하는 '국왕형'으로 나누어진다. 앞의 예로는 〈아버지의 충고〉(*Cpap pantam pita*)를, 뒤의 예로는 〈세 가지 행실〉(*Cpap trineti*)을 들 수 있다.

〈아버지의 충고〉는 월남의 〈家訓歌〉에서 말한 것과 거의 같은 내용을 더욱 자세하게 일렀다. 학자들이 마련한 오랜 교훈에 의거해 아들의 행실을 가르치는 내용이라고 했다. 늙은 아버지가 다른 것은 줄 수 없어 교훈을 전하니 잘 간직하라고 하고서, 다른 사람과 화목하게 지내라고 하는 데서 시작해서 살아가는 데 필요한 갖가지 충고를 여러 조목에 걸쳐 자세하게 일러주었다.(문명, 439)

〈세 가지 행실〉은 왕과 왕을 돕는 신하에게 백성이 하고자 하는 말로 전개되어 정치의 바른 도리를 제시한 내용이다. "위대한 나라님이시여, 당신은 강력한 분입니다"라는 말로 왕을 부르고, "나라님을 돕는 관원인 당신이 일을 잘하려면"이라는 말로 신하를 불러, 자기가 말하고자 하는 규칙을 잘 알아야 나라를 잘 다스려 평안을 누릴 수 있다고 했다. 신하가 그릇되면 나라가 망한다 하고, 백성은 물고기와 같고 신하는 물과 같아서, 백성이 잘살 수 있게 하는 것이 신하의 임무라고 했다.(문명, 439)

정치에 관한 사설을 그렇게 들어놓은 다음에는 논의를 확대해 인생만사를 두루 거론하면서 슬기롭게 사는 방도를 제시했다. 뒷부분까지 읽으면, '국왕형'의 '크파프'라고 한 것은 나라의 정치부터 논해 국왕이 알아야 할 중대사를 다룬다는 뜻임을 알 수 있다. 사람의 행실을 논할 때 세 가지를 열거하는 방식을 즐겨 사용하므로 〈세 가지 행실〉이라고 했다.

아랍어문학에는 서사시라고 할 것은 없고, 서정시와 교술시는 일찍부터 있었다. 그런데 아랍어고전문학의 규범이 마련된 전성기인 압바시드제국 시절에는 서정시가 우세했다. 격언, 논설, 우화 등의 내용을 지닌 '시르 탈리미'(shir talimi)라고 하는 교술시가 있었으나, 정서와 상상력이 부족하다는 이유에서 대단하게 여기지 않았다. 중세전기는 서정시의 시대였다.

압바시드제국이 흔들리다가 몽골군의 침공으로 멸망해 영광의 시대가 가고 분열과 몰락의 시대가 시작된 중세후기에는, 밖에서는 없어진 질서를 마음속에서 찾았다. 내면적인 각성을 통해서 각기 신과 바로 만날 수 있다고 하는 '수피'(sufi)운동이 크게 일어나 이슬람사상에 생기를 불어넣고, 시 창작의 활력소가 되었다. 아랍문명권의 수피는 산스크리트문명권의 '박티'와 상통하며, 그 둘은 서로 관련을 가지기도 했다. 사상의 전환과 함께, 중세전기에는 형식미를 중요시하던 시풍이 발상의 진실성을 중요시하는 쪽으로 바뀐 점이 산스크리트문명권의 경우와 같다.

박티운동이 라마누자의 철학을 근거로 삼았듯이, 아랍문명권에서는 가잘리가 수피의 철학을 정립했다. 라마누자가 타밀인이면서 산스크리트로 저술한 것처럼, 가잘리는 페르시아인이면서 아랍어를 사용했다. 중세후기로 넘어와서도 철학은 그 전과 마찬가지로 공동문어의 영역이었지만, 시는 민족어를 사용해 새로운 생명을 얻었다.

아랍어문학이 상대적인 침체기에 들어섰을 때 페르시아어문학이 크게 일어나 중세후기를 이끌었다. 페르시아 시인들은 서정시·서사시·교술시를 함께 발전시켰다. 그 가운데 교술시는 '안다르즈'(andarz)라는 것이며, 그 말은 '지혜'를 뜻한다. 세상을 알고 인생을 설계하는 지혜를 주는 것이 시의 소중한 사명이라고 여겼다.

그 좋은 본보기를 12세기 후반에서 13세기초에 걸쳐서 살았던 아타르(Muhammad Attar)가 보여주었다. 〈새들의 회합〉(*Manteq al-Tair*)이라는 장편교술시에서, 정신적 이상의 구심점에 이르는 진리 추구의 과정을, 여러 종류의 새들이 자기네 왕을 찾아가는 여행을 통해서 나타냈다. 수피들이 신앙의 바른 길을 택하기 위해서 겪은 시련에 관한 많은 일화를 포함하고 있다.

진리에 접근하는 자세가 서로 다른 사람들을 여러 종류의 새들로 나타내고, 새들의 여행담을 이야기하는 우화를 이용해서 인생행로에서 제기되는 문제들을 다루었다. 새들이 좌절·차질·모험을 계속 겪는다고 해서 진리 탐구가 순탄하지 않다는 것을 말했다. 새들 가운데 후투티가 진리를 향해서 나아가자고 설득하는 인도자가 되어, 여러 새들이 각기 제기하는 의문과 반론에 응답하고, 많은 일화를 전하는 서술자 노릇을 해서 설득력을 높였다.

자기 자신에 대한 집착에서 벗어나 절대적인 진리를 열렬히 사랑해 그것과 일체를 이루어야 한다는 것이 말하고자 한 바이다. 그렇게 하는 것이 어려운 일이기는 하지만, 누구나 할 수 있다. 가능성 여부는 능력이 아닌 자세에 달려 있다. 진리는 누구에게든지 열려 있는 줄 모르고, 자기의 권력, 재산, 학식 등에 특별한 자부심을 가진 사람들은 진리를 외면한다.

이렇게 요약할 수 있는 사상으로 사람들을 깨우치려고 했다. 우의와 우화를 사용해서 전개하는 사건에 서술자가 개입하는 것이 서사적 수법의 요체이다. 사상도 그만한 것이 더 없었지만, 표현 기법도 최상의 수준에 이르렀다. 그 양면에서 중세후기문학의 절정을 보여주어, 그 위세가 이슬람문명권의 범위를 넘어서까지 널리 떨치게 했다. 기독교문명권의 시인 단테(Dante)가 종교적 진실을 그쪽 나름대로 추구하는 서사적 교술시 〈신곡〉을 써서 기기 응답한 것이 한 세기 뒤의 일이었다.

13세기에 루미(Muhammad Rumi)가 남긴 걸작, 수피의 성전이라고 하는 〈모든 사물의 내면적 의미에 바쳐진 시편〉(*Mathnavi-i manavi*)

은 장편교술시이다. 모두 6권, 2만 7천 對句로, 다양한 종류의 비유를 사용하고, 흥미로운 이야기를 들려주면서, 명상을 전개하고, 깊은 경지에 이른 이슬람사상을 전했다. 박식, 수사법, 그리고 문체의 변화가 감탄을 자아낸다. 한 대목을 들어보자.(문명, 444~445)

안다는 것에는 두 가지가 있다.
하나는 아이들이 학교에서 공부를 하듯이 배운다.
교과서, 선생, 복습과 암기, 개념, 새롭고 훌륭한 과학,
그런 것들을 통해서 배워서 아는 것이 있다.
배운 것이 많아 다른 사람들보다 지식이 늘어나면
짐을 지고 있는 부담이 늘어난다.
안다는 것의 다른 종류는 신의 선물이다.
마음속에 그것이 솟아오르는 샘이 있다.

사디(Sadi) 또한 13세기의 인물인데, 추상적인 사색보다 실제 생활에 더욱 관심을 가지고 도덕과 교훈의 문제를 다루는 데 주력한 점에서 수피시인 가운데 특이하다. 〈장미의 낙원〉(*Gulistan*)에서 세상의 잘못을 시비하는 일화를 들고 시로 요약하는 방법을 사용했다. 그렇게 해야 흥미를 끌고 설득력을 높일 수 있다고 판단했기 때문이다.

그런 작품에서 볼 수 있는 풍자적 수법을 전면에 내세운 풍자시가 발달해 페르시아의 교술시는 한층 풍부하게 되었다. 풍자시는 개인적인 이유에서 상대방을 헐뜯는 것도 있지만, 군주를 풍자의 대상으로 해서 올바른 정치가 이루어지도록 촉구한 것도 있다. 군주를 예찬하던 시가 풍자하는 데 이른 것은 커다란 변화이다. 군주를 풍자하고서도 박해를 받지 않기 위해서는 교묘한 표현을 써야 했다. 아타르의 작품에서 한 예를 들어본다.(공동, 265)

어떤 미친 녀석이 술에 취해

임금님의 용상에 올라갔다가,
경비하는 군사들에게 잡혀서
피터지게 얻어맞으면서
입을 열어서 한다는 수작이,
"이 세상을 다스리는 임금님이시여,
나는 잠시 용상에 앉았다가
이렇게 얻어터졌는데,
평생토록 용상에 앉아 있어야 하는 당신은
사지가 찢어지지 않을까요?
나는 잠시 동안의 죄과를 치루었지만,
당신은 어떻게 감당하오리까?"

  14세기의 자카니(Zakani)는 산문에다 시를 이따금 삽입한 〈귀족들의 윤리〉(Akhaq al-asraf)를 써서 몽골 통치 아래 페르시아 지배층의 타락상을 비판했다. 귀족이라는 사람들이 마땅히 지켜야 할 도리를 버렸다고 나무랐다. 지혜, 용기, 순결, 정의, 관용 등의 덕목을 열거하면서, 그것들마다 지금은 찾아볼 수 없게 된 '폐기된 관습'과 세상에서 널리 통용되고 있는 '채택된 관습'을 대조해서 보여주는 방식을 사용했다. 그릇된 세태를 나무라는 말을 바로 하지 않고, 악덕이 마땅한 도리라고 하는 반어적인 발언을 해서 풍자의 효과를 높였다.
  페르시아의 것들과 상통하는 교술시를 터키에서도 지었다.(공동, 371~376) 12세기의 시인 아디브 아흐메드(Adib Ahmed)가 이슬람교의 도덕에 관한 전반적인 지침을 시로 옮긴 〈아야트 알-하카이드〉(*Ayat al-haqaid*)를 썼다. 13세기후반에서 14세기초까지 활동하던 유누스 엠레(Yunus Emre)는 〈충고에 관한 성찰〉(*Risalat an-Nushiyya*)이라는 장편교술시를 지어, 사람이 살아가는 마땅한 자세에 관해 다각도로 성찰했다. 그 몇 대목을 보자.[133] 진리를 실현하는 길은 대등한 위치에서

---

133) http : //www.mfa.gov.tr/grupe/eg/eg23/02.htm

서로 사랑하면서 사는 데 있다고 했다.

> 신은 이 세상 어디에도 계시지만,
> 진리는 누구에게도 나타내지 않으시니,
> 그분을 너 안에서 찾는 것이 더 좋다.
> 너와 그분은 둘이 아니고 하나이다……
>
> 이리 오너라, 우리는 한번 친구가 되자.
> 사랑하고 사랑받는 사람들이 되어.
> 우리가 살아가기 쉽게 하기로 하자.
> 지구가 다른 누구의 것은 아니다.

그 비슷한 작업을 다른 여러 곳에서도 했다. 아랍어를 공동문어로 하면서 발전된 인도의 우르두어, 동남아시아의 말레이어, 아프리카의 하우사어 등을 사용하는 문학에서도 문명권 전체의 공동이념을 민족어 교술시로 옮겨 누구나 이해할 수 있는 형태로 구체화해서 나타냈다. 그러나 그 시기가 중세에서 근대로의 이행기이다.

그리스어를 공동문어로 한 동방기독교문명권 비잔틴문학에서는, 중세전기 동안에도 서정시는 그리 발달하지 않고 교술시가 우세했다. 종교의 교리를 전달하고 신앙을 다짐하는 것이 교술시의 주된 내용이었다. 그런데 12세기에 구어시가 생겨나면서 교술시의 성격이 달라져 현실을 인식하고 사실을 존중하는 쪽으로 선회했다. 그렇게 해서 중세후기에 민족어 교술시가 등장한 전환에 동참했다.(공동, 333~336)

최고 시인 프로드로무스(Prodromus)의 작품이라고 하면서 생활고를 하소연하고, 수도원생활의 허위를 풍자한 것들이 전하는데, 사실은 작자 미상이다. 그런 시는 정치적인 불만을 나타냈다고 해서 ‘정치시’라고 한 용어가 당대에 생겨나 오늘날까지 통용된다. 그 범위에 드는 작품은 성격이 아주 다양하다. 요한 트제트제스(Johan Tzetzes)는 학생들을 가르치는 데 갖가지 실용적인 지식을 시로 나타내면서 "단순하고 직설적인 글을 써서, 어디서든지 명확한 사실을 추구한다"고 자부했다.

라틴어문명권의 경우를 보면, 로마시대 라틴어시는 그 원천이 되는 고대그리스문학의 전통을 이어 서정시와 교술시를 병행시켰다. 중세라틴어문학에서도 시는 서정시이기도 하고 교술시이기도 한 것이 당연하다고 여겼다. 그렇기 때문에 교술시에다 새삼스러운 의의를 부여하지 않았다. 기독교라틴어시를 독자적인 영역으로 삼아 중세전기의 라틴어시가 생겨나기는 했어도, 중세후기로의 전환이 라틴어시에서는 뚜렷하게 나타나지 않았다.

그렇지만 라틴어시가 아닌 민족어시에서는 중세후기에 이르러서 주목할 만한 변화가 있었다. 프랑스어시를 본보기로 해서 그 점에 관해서 고찰해보자. 프랑스어는 구어로 쓰이면서 변한 라틴어에서 생겨났다. 그 점에서 라틴어와 프랑스어의 관계는 산스크리트와 힌디어의 관계와 같다. 중세전기의 공동문어문학에서 중세후기의 민족어문학으로 이행한 양상에도 공통점이 있다.

프랑스어시에는 출발단계부터 서정시도 있고, 교술시도 있었다. 라틴어시의 전통을 바로 이었으니 그것이 당연한 일이었다. 라틴어시의 번역이거나 모작이 아닌, 독자적인 서정시는 중세전기에 유랑시인의 전승을 소중한 자산으로 삼았으므로 개성적인 창작물이라고 하기는 어려운 약점이 있었다. 교술시는 그렇지 않아 특정 작자가 뜻한 바를 자기 나름대로 힘써 창작한 작품이다. 라틴어시에 맞서는 프랑스시의 자부심을 교술시로 구현했다.

중세전기는 프랑스어문학이 아직 제대로 생겨나지 않은 시기였다. 라틴어문학이 유럽문학이면서 프랑스문학이었다. 기록문학은 승려가 담당했으며, 세속인은 구비문학의 영역에 머물렀는데 그 유산은 거의 남아 있지 않다. 중세후기는 프랑스어문학이 일어난 시기이고, 라틴어 대신에 프랑스어를 사용하는 작품이 늘어나면서 승려가 독점하던 기록문학을 귀족뿐만 아니라 시민계급도 나누어 가지게 되었다.

그때 새로 일어난 문학의 중심영역이 바로 교술시이다. 중세후기의 프랑스어문학에는 고대 이래의 전통을 이은 영웅서사시 또는 영웅시도 있고, 중세전기에 창작되어 구전되던 서정시도 있고, 특정 시대의 것으로 보기 어려운 갖가지 설화문학도 있어 성격이 다양했다. 그런데 교술시는 중세후기에 창작되어 시대정신을 집약하는 구실을 특별하게 수행했다. 문학활동에 참여하기 시작한 시민이 민간전승을 기록문학의 영역으로 끌어들여 흥미와 지식을 함께 갖추는 문학창작을 한 것이 바로 교술시이다.

12세기 동안에 성자전에 관한 시, 인생론에 관한 시 같은 것들이 많이 나오다가, 13세기후반에는 장편교술시의 대표작 〈장미이야기〉(*Roman de la rose*)가 나타났다. 기욤 드 로리(Guillaume de Lorris)가 전반을 짓고, 장 드 묑(Jean de Meun)이 후반을 보탠 그 작품은 2만 행이 넘는다. 표현이 뛰어나고 주제가 다채로워 널리 읽히고 대단한 영향력을 가졌다. 유럽 여러 나라에 광범위한 영향을 끼쳐 시대변화를 분명하게 하는 구실을 했다.

작자가 꿈속에서 보고들은 내용을 기록한다고 하는 몽유록을 써서, 사랑에 관한 논의를 다각도로 전개했다. ‘사랑의 여왕’이라고 의인화한 장미가 한편으로는 ‘예의 바름’, ‘편안함’, ‘즐거움’, ‘소망’, ‘말솜씨’ 등의 보조자, 다른 한편으로는 ‘시기심’, ‘위험’, ‘험구’, ‘두려움’, ‘수치’ 등의 적대자와 맺는 다양한 사건을 꾸민 심성 의인화의 우의 수법을 사용하면서 인생만사를 논했다. 온갖 지식을 동원해서 신학과 철학에 대해 광범위한 논란을 벌이고, 세태를 다각도로 풍자했다. 시 한 편이 한 시대 문화인식의 총체를 보여주는 백과전서가 되게 했다.

프랑스뿐만 아니라 유럽의 다른 여러 나라도 13세기 전후에 커다란 변화를 겪었다. 도시에서 상공업에 종사하는 시민계급이 선두에 서서, 라틴어를 모르는 평민들도 고급 지식을 얻기를 바라고, 세상이 어떻게 돌아가는지 알고 싶어 하고, 자기 삶을 되돌아보고자 했다. 전에 없던 지식인이 나타나 그런 요구를 실현하는 최상의 방법인 민족어 교술시를 장편으로 창작했다. 그렇게 해서 중세후기에 일제히 들어섰다.

당대에 일어나는 정치적인 사건을 관심사로 삼아 시비를 가리는, 오늘
날의 언론활동에 해당하는 작업도 교술시의 소관사였다. 그렇게 하는 데
특히 두드러진 공적을 남긴 독일의 발터 폰 데어 포겔바이더(Walther
von der Vogelweide)는 원래 사랑의 노래를 지어 부르는 음유시인이었
는데, 1198년부터는 정치적인 주제를 다루어 세상을 깨우치는 격언문학
(Spruchdichtung)에다 힘을 쏟았다. 〈제국격언〉(*Reichsspruch*)이라고
한 장시 세 편에서 성직매매나 하는 타락한 교황의 부당한 간섭에 반대
하고 독일제국의 황제를 지지해야 한다고 했다.[134]

성서는 번역할 수는 없었지만, 그 내용을 설명할 필요가 있었다. 성서
에 무엇이 씌어 있는지 알아 역사를 이해하는 데 적용하는 것은 당대
최상의 지식이므로 민족어 교술시의 기본 내용의 하나로 삼아야 했다.
1300년경에 영국에서 이루어진 작자 미상의 〈세계의 운전자〉(*Cursor
mundi*)에서는 기독교의 관점에서 이해한 세계사를 3만 행 가까운 분량
으로 서술하면서, 사랑하는 영국 백성이 라틴어를 모르고 영어만 알아
도 읽고 이해해 식견을 넓힐 수 있는 작품을 제공한다는 말을 앞세웠다.

14세기초 이탈리아에서 단테(Dante Alighieri)가 지은 〈신곡〉(*Divina
commedia*)은 전개방식을 보고 서사시라고 하지만, 다룬 내용은 교술시
여서, 서사적 교술시라고 보는 것이 합당하다. 현실을 직접 점검하고 비
판하기 어려워 저승을 돌아보는 방식을 택했다. 그런 서사적인 사건을
통해 인생론을 전개했다. 수많은 실제 인물이 사후에 어떤 처우를 받고
있는지 말하면서 행실을 평가하는 기준을 제시하고 가치관의 문제를 논
의했다.

저승이 지옥·연옥·천국으로 이루어지고 그 셋이 연속되어 있다고 하
는 상상은 전부터 있었던 것이 아니다. 양단논법을 배제하고 선악의 중

---

134) 볼프강 보이틴 외, 허창운 역,《독일문학사》(서울 : 삼영사, 1995), 53~56 ;
　　　허창운, 〈독일 민네장과 발터 폰 데어 포겔바이데〉,《인문논총》46 (서울대학
　　　교 인문학연구원, 2002)

간을 인정하는 중세후기 사고방식의 구현체이다. 새롭게 형성된 삼단구조를 가져와, 인간정신이 저열한 데서 고귀한 데로 나아가는 과정을 한 단계씩 점검했다. 그러면서 이성과 신앙이 연결되고 분리되는 관계를 논했다.

작품의 서술자인 시인이 로마시대의 시인 비르길리우스(Virgilius)의 안내로 지옥과 연옥을 돌아다니다가 천국에 이르렀다고 했다. 연옥까지는 세속적인 삶의 이성으로 이해할 수 있는 영역이다. 천국에 이르러서는 대신학자 아퀴나스(Thomas Aquinas)를 만나 신앙영역의 이성에 입문했다. 더 올라가기 위해서는 순수한 신앙의 실현자 성인 베르나르도(Bernardo)의 인도를 받아야 했다. 그 다음에는 사랑의 화신인 베아트리체(Beatrice)와 동행해 천국의 정상에 이르렀다고 하면서 다음과 같이 말했다.(철학, 241)

> 도둑질을 하는 사람, 또 더러는 나라 일에
> 더러는 육체적 쾌락 속에 휩쓸렸던 자가
> 피로에 지치고 또 누구는 안일에 몰두할 무렵에,
>
> 나는 이러한 모든 일에서 풀려나
> 이토록 영광스러운 영접을 받으며
> 베아트리체와 함께 하늘 위에 있다.

중세후기뿐만 아니라 중세에서 근대로의 이행기의 유럽문학사에서도 교술시가 소중한 구실을 했다. 교술시를 버리고, 서사시도 돌보지 않으면서, 시는 오로지 서정시라고 하게 된 것은 근대문학에 이르러서 일어난 변화이며, 낭만주의운동을 거치면서 일반화했다. 그런 변화를 정착시키기 위해 정립한 미학이나 문학론에서 교술시를 추방했는데, 그 경과는 모르고 결과만 받아들여 시는 오로지 서정시이므로 교술시란 불필요한 개념이라고 하는 것은 부당하다.

4. 중세에서 근대로의 이행기문학

4. 1. 사회사와 문학사

문학사는 어느 시기든지 사회사와 밀접한 관련을 맺으며 전개되었다.
그 전폭을 납득할 수 있게 해명하는 것이 세계문학사 서술에 내포되어
있는 과제이다. 그런데 이제 와서 본격적인 논의를 펴는 것은 중세에서
근대로의 이행기에 이르렀기 때문이다. 중세에서 근대로의 이행기에는
사회구조가 전후의 어느 시기보다 복잡하게 얽혀 있고, 문학과의 관련
또한 단순논리로는 파악할 수 없어 면밀한 검토가 필요하다.

중세가 어떤 사회이고, 근대가 어떤 사회인지는 쉽사리 규정할 수 있
다. 중세는 신분사회이다. 신분의 귀천은 타고난 조건이어서 바꾸기 어
렵다. 근대는 계급사회이다. 빈부에 따라 구분되는 계급에서는 상승과
하강이 가능하다. 그 중간인 중세에서 근대로의 이행기에는 신분사회가
계급사회로 전환되는 과정에 들어서서, 귀천과 빈부가 다면적으로 얽힌
양상이 문학으로 표출되었다.

그 양상은 세계 전체에서 공통되게 나타나지만, 문명권이나 나라에
따라서 차이가 있었다. 생극의 구소가 선체적으로 공통된다는 깃을 획
인하면서 개별적 국면을 구체적으로 해명하는 논리를 발견하는 데도
힘써야 한다. 중세에서 근대로의 이행기사회의 특징을 전후의 시기와

비교해서 고찰하는 작업은, 세계적인 공통점과 지역에 따른 차이점을 함께 중요시하면서 진행해야 세계문학사의 전개를 제대로 이해할 수 있다.

자유민과 예속민을 구분하는 '良賤'의 신분제는 고대부터 있다가 재조정되었다. 중세가 되면서 어디서나 '賤'의 지위가 상대적으로 향상되었다. 그렇지만 그 성격이나 범위가 서로 달랐으며, 중세에서 근대로의 이행기에 겪는 변화에도 차이가 있었다. 유럽의 경우에는 '農奴'라고 일컬어진 농민이 천민 노릇을 하다가, 서유럽에서는 중세에서 근대로의 이행기가 시작될 때, 동유럽에서는 근대가 시작될 때 자유민이 되었다. 동아시아에서는 농민이 신분상으로는 자유민이면서 지주에게 계급적인 수탈을 당하고, 그 이하 천민 신분인 '奴婢'가 따로 있다가 중세에서 근대로의 이행기 동안에 자유민이 되었다.

제3세계 여러 곳의 경우에도 '양천' 구분의 기본은 같고, 세부는 서로 달랐다. 아프리카에서는 외국인 포로로 이루어진 소수의 '노예'가 있었다. 이집트에서는 유럽의 경우와 상통하는 '농노' 하위에 그런 '노예'가 있어 '賤'의 신분이 이원화되었다. 아프리카의 노예제도를 중세에서 근대로의 이행기에 유럽을 거쳐 미국에서 수입해가서, 노예 수탈이 대거 자행되었다. 미국의 노예는 동시대의 어느 예속민보다도 더 심하게 혹사당했다.

이러한 차이점은 농민문학의 유무나 특성과 직결된다. 농민이 자유민이 되고 생산의 주체자 노릇을 한 곳에서는 시민문학과 구별되는 농민 자신의 문학이 일어나지 않았다. 농민이 자유민이면서 계급적 수탈을 당한 곳에서는 농민의 구비문학이 활성하게 창조되고, 기록문학의 영역에도 들어서서 시민문학이나 귀족문학을 변모시키는 작용을 했다. 농민이 예속민의 지위에 머무른 곳에서는 상층의 작가가 농민의 처지를 동정하는 작품을 쓰면서 그 대변자 노릇을 하고자 했다.

'士民' 또는 '官民'을 구분해 '士' 또는 '官'이라고 하는 귀족이 '民'이라는 평민을 지배하는 관계는 어디서든지 중세에 들어서서 다시 마련한 신분제의 핵심을 이루었다. 중세는 귀족의 평민 지배가 확고하던 농업사회였다. 동아시아에서는 '민'을 생업의 차이에 따라 '農工商'으로 분류하고 농민을 최상위에, 상인을 최하위에 두어 그 내부에서도 질서를 분명히 했다.

그런데 상업, 수공업, 금융업 등의 영역에서 시장경제가 성장하면서 귀족의 지배가 위태롭게 되는 변화가 나타났다. 신분제 속의 '商工'인이 하던 일을 그 틀에서 벗어난 '市民'이 한층 적극적으로 수행하면서 중세에서 근대로의 이행기에 들어섰다. 유럽에서 쓴 'bourgeois' 또는 'Bürger' 즉 '城內 사람'이라는 말보다 '市場 사람'을 뜻한 동아시아의 용어 '市民'이 지역적인 한계를 넘어선 일반론을 전개하는 데 한층 유리하다.

귀족은 '士民'으로 나누어진 신분사회를, '시민'은 '貧富'로 나누어진 계급사회를 지배하는 위치에 있다. 시민의 경제력이 귀족의 정치력을 위협하면서 귀족이 수세에 몰리는 데 그치지 않고, 신분사회를 계급사회로 바꾸어놓는 과정에 들어선 시기가 중세에서 근대로의 이행기이다. 그 과정에서 귀족과 시민은 대립하면서 공존하고, 귀족의 시민화와 시민의 귀족화가 함께 이루어지면서, 구체적인 양상은 시민의 성장을 가져온 경제발전의 정도, 시대변화에 대처하는 정치적 역량의 차이에 따라서 서로 달랐다.

영국에서는 왕권과 맞서온 귀족이 귀족의 신분을 지닌 채 스스로 시민의 생업에 참여했다. 귀족과 시민이 자본주의 발전을 함께 도모했다. 그래서 귀족이 시민문학의 발전에 참여하고, 시민문학이 귀족에 항거하는 혁명성은 띠지 않았다. 프랑스에서는 부유한 시민은 국가 시책에 따라서 귀족의 신분을 획득하도록 했다. 귀족화한 시민이 한 시기 문학을 주도했다. 그러다가 신분상승에서 제외되어 불만을 가진 시민이 민중쪽농에 편승해 혁명을 일으켜, 신분제를 폐지하고 계급사회를 만들었으며, 그 과정이 문학에서 생생하게 표현되었다.

독일에서는 귀족이 강하고 시민이 약한 조건에서 시민이 귀족을 추

종했다. 귀족이 주도해 위로부터 개혁해 근대사회를 이룩했다. 신분제
는 폐지했으나 권위주의는 온존한다. 그 때문에 독일의 시민은 귀족과
의 화합을 염원하면서 귀족문학을 따르는 문학을 했다. 러시아에서는
일부 빈곤해진 귀족이 기존의 체제에 불만을 가지고 시민을 대신해서
사회개혁을 주장하다가 뜻을 이루지 못하자 하층민의 처지가 되어 과
격한 투쟁을 벌이기도 했다. 시민혁명은 좌절되고 무산계급혁명이 일어
나 신분제를 철폐했다. 역사가 거기까지 진행되는 동안 귀족작가가 농
민이나 노동자를 위한 문학을 하겠다고 나섰다.

동아시아에서는 시민의 도전을 받아들여 신분제를 개편하는 방안을
더욱 적극적으로 모색했다. 중국과 일본이 중세에서 근대로의 이행기에
들어설 때 새로운 지배자가 등장해 시대 변화를 수용하면서 고정시키
는 방안을 내놓아 그럴 수 있었다. 중국에서는 신분제를 최상위에서만
유지해, 자기 당대에 과거에 급제한 '紳士'만 지배신분의 혜택을 누리게
했다. 과거 급제에 실패한 지식인은 문학창작을 통해 불만을 토로하고
생업을 찾았다. 일본에서는 '町人'이라고 일컫는 시민을 한 신분으로 인
정해, 신분제가 흔들리지 않게 하고 시민의 경제활동을 보장했다. 그래
서 일본의 시민은 독자적인 문학활동을 적극 벌이면서 문학을 상품화
하는 데 앞섰다.

그런데 월남과 한국의 통치자들은 그런 획기적인 대책을 내놓지 못
하고, 사태변화를 그대로 방치했다. 월남에서는 신분제를 타파하고 시
민의 활동을 자유롭게 하자는 주장이 변란을 통해 구현되다가 취소되
었다. 한국에서는 시민의 능력을 가지고 귀족의 신분을 부당하게 취득
하는 풍조가 확대되어 신분제가 무력해졌다. 두 나라에서는 귀족의 신
분이면서도 그 특권은 누리지 못하는 지식인이 시민의 관심사나 농민
의 요구를 받아들이는 문학을 했다.

근대에 이르는 사회 전체의 변화는 신분제 내부의 모순을 해결하는
상이한 방향에 따라 구체화되었다. 중국에서는 과거제를 폐지하자 모든
사람이 평민이 되는 평등사회가 된 것과는 달리, 한국에서는 누구나 귀

족이 되는 상향평등이 이루어졌다. 중세문명의 유산을 중심부의 중국문학에서는 극력 폄하하고, 변방의 한국문학에서는 더욱 평가하는 반대현상이 그 때문에 더욱 촉진되었다.

일본에서는 신분제의 유산을 그대로 지닌 채 체제 변혁을 염원하던 귀족이, 새 시대를 맞이해 자본주의 발전을 이룩하는 데 시민보다 오히려 적극적으로 기여했다. 월남은 민족해방투쟁을 하는 과정에서 귀족 출신의 지식인이 민중과 동화되면서 민중을 이끌었다. 일본은 근대유럽문학을 멀리서 받아들이면서 그대로 재현하기를 바랐고, 월남은 식민지 통치자가 요구한 유럽 추종을 거부하고 민족항쟁의 문학을 일으켰다.

인도, 이집트, 사하라 이남 아프리카 등 제3세계 여러 곳은 유럽 제국주의의 침략을 받고서 신분사회가 계급사회로 바뀌는 변화를 본격적으로 겪어야 했다. 그렇지만 사회적 대립의 양상이 유럽과는 달랐다. 그 자체의 계급모순보다는 식민지 통치자와의 관계에서 조성된 민족모순이 더욱 큰 구실을 했다. 계급 사이의 우열은, 경제적이고 사회적인 능력보다 민족모순 해결에 얼마나 적극적으로 기여하는지에 따라서 판가름되었다. 후진지역에서 더욱 강력한 사회의식이 조성되었다.

자본주의 사회 건설의 역군인 시민은 제국주의를 위해 봉사하는 하수인 노릇을 하면서 성장하는 탓에 불신을 받고, 사회를 움직일 역량이 부족해서 유럽에서와 같이 우월한 위치를 차지하지 못했다. 독자적인 기반을 가지고 성장한 소시민 또는 하위의 시민을 포함한 '중간계급'은 성격이 불분명하고 역량이 더욱 모자랐지만, 제국주의에 맞서서 민족의 각성과 투쟁을 이끄는 사명을 맡고, 민중의 대변자 노릇을 했다. 학생운동이 선구자로 나섰다.

식민지 통치의 최대피해자이고, 하층민중의 대다수를 차지한 사람들은 소작인이었다. 국가와의 관계에서 예속민의 지위에 있던 농민이 식민지 통치가 시작되면서 신분의 자유를 얻은 대신에 경제 형편은 더욱 열악해진 소작인이 된 것이 일반적인 현상이다. 식민지 통치자들이 자기네의 경제적인 수탈에 필요한 근대적인 토지소유제를 기득권층에 유리하게 확립한 탓에, 토지에 대한 일체의 권리를 잃은 소작인은 겹겹의 수탈을 겪으면서 더욱 궁핍해졌다. 식민지 통치자들이 이식한 자본주의는 또한 노동자를 생겨나게 하고 그 노동력을 착취했다.

그러나 소작인이나 노동자는 항거를 할 만한 역량을 제대로 갖추지 못해서 '중간계급' 지식인이 그 대변자 노릇을 해야 했다. 민중의 처지에 서서 민족의 각성을 촉구하는 것이 마땅히 해야 할 성스러운 과업이라는 데 대해서 식민지 통치자가 이식한 자본주의와 밀착된 시민이나 새로운 권리를 얻은 지주 출신의 지식인도 동의할 수 있었다. 그래서 투쟁의 선두에 서는 사람들도 나타났다.

그런 사람들은 사회적 성격이 모호하지만, 하는 일은 성격이 분명했다. 자기 문명의 유산을 재인식하고 계승하는 운동을 일으키면서 근대 유럽문학을 비판적으로 수용하고, 식민지의 현실을 고발해 대중을 깨우치면서 민족해방투쟁으로 나아가는 문학을 했다. 그렇게 하는 것이 세계사의 과제임을 어디서든지 절감하고, 문학의 의의를 드높였다.

그렇게 해서 근대로의 이행기가 제3세계에서는 서로 아주 다른 두 가지 의미를 가졌다. 제국주의의 식민지가 되어 고통을 겪는 처참한 불행의 시대이면서, 거기 대항해 민중을 옹호하고 민족의 각성을 촉구하는 데 계급의 구분을 넘어서서 함께 떨쳐나서는 위대한 각성의 시대이다. 문학은 대체로 보아 위대한 각성의 구현물이다. 그렇지만 시와 소설이 서로 다르다. 시는 위대한 각성을 고취하는 데 힘쓰고, 소설은 처참한 불행과 위대한 각성이 어떤 관련을 가졌는지 알려주었다.

4. 2. 사고방식의 전환

중세 동안에는 이념이 공식화하고 단일화했다. 중세전기에 이미 정비된 지배적인 사고형태가 중세후기에 이르러서 더욱 분명한 규범을 갖추었다. 라마누자·가잘리·朱熹·아퀴나스가 각기 확립한 네 문명권의 중세후기사상이 독점적인 위치를 차지하면서 지속적인 지배력을 행사해 반론을 제기하기 어렵게 했다.

그 네 사상가는 경험할 수 있는 세계의 중요성을 일깨우고, 궁극적인 진리에 누구나 접근할 수 있다는 새로운 견해를 펴서 중세전기 사상의 폐쇄성을 타파하는 작업을 일제히 했다. 그러나 역사적인 사명을 다한 혁신은 반동이 되게 마련이었다. 주장한 바가 불변의 교리로 숭앙되면서 진보적인 의의는 감퇴되고, 자유로운 발상을 막았다. 그런 상황 때문에 질식되지 않게 숨통을 열어놓는 일은 사상에서 감당하지 못하고 문학에서 했다. 발상이 신선한 민족어시를 써서 하층과 공감을 나누고자 한 시인들의 기여를 특기할 만하다.

사상 자체에 대한 반론은 중세에서 근대로의 이행기에 이르러서야 조심스럽게 시도되었다. 절대화한 권위를 정면에서는 비판할 수 없었으므로, 산발적이고 간접적인 공격을 하는 유격전술을 사용해야 했다. 유격 근거지에 해당하는 사고의 자유를 확보하는 것이 그 선결과제였다. 철학의 논리를 앞세우지 않고 문학의 표현을 다채롭게 활용해야 그럴 수 있었으므로, 철학과 문학이 가까워지고 서로 겹치는 시대가 다시 시작되었다.

산스크리트문명권이나 아랍어문명권에서는 중세에서 근대로의 이행기 철학이 마련되지 않아, 세계사상사의 전환에 상당한 예외가 있었던 것 같다. 그러나 그것은 문학을 살피지 않은 탓에 생긴 단견이다. 그 두 문명권에서는 시를 통해서 새로운 사상을 전개하는 시인들이 있어, 다른 문명권의 사상가들과 같은 길을 찾았다. 산스크리트문명권에서는 마라티 시인 투카람(Tukaram)이, 아랍어문명권에서는 우즈베키스탄 시인 마츠라브(Machrab)가 그런 시인의 대표적인 예이다.

그러나 라틴어문명권과 한문문명권에서는 문학과 철학을 함께 하는 선진 지식인이 대거 나타나 산문으로 쓴 글에서 새로운 사상을 전개했다. 그런 사실이 각기 잘 알려져 있으나 양쪽의 작업을 별개의 것으로 인식하기만 하고, 서로 연관시키지 않고 있다. 중세에서 근대로의 이행기에 라틴어문명권 서유럽과 한문문명권 동아시아의 혁신사상가들은 같은 길로 나갔다는 사실을 알고, 논의의 방향을 바꾸어야 한다.

동아시아에서는 17세기부터 19세기까지, 중국의 王夫之, 戴震, 한국의 任聖周, 洪大容, 朴趾源, 崔漢綺, 일본의 安藤昌益, 월남의 黎貴惇이 이어서 나와, 氣철학을 전개했다. 理와 氣, 性과 情은 차원이 다르다고 하는 이원론을 부정하고, 理는 氣의 원리에 지나지 않으며, 性과 情은 體와 用의 관계를 가질 따름이라고 한 것이 그 핵심이다. 현실 경험을 인식과 행위의 원천으로 삼아 창조적인 활동을 다양하게 펼칠 수 있는 사상을 그렇게 제시해, 삶을 누리는 것이 善이라고 하기에 이르렀다.

유럽에서 같은 시기의 중간지점인 18세기에 루소(Rousseau), 볼테르(Voltaire), 디드로(Diderot) 등이 전개한 새로운 사상을 계몽사상이라고 한다. 그 내역을 보면, 본질적인 것이 따로 있다는 이원론의 사고를 부정하고, 이 세상에서 사물과 관련을 맺으며 살아가는 삶이 그 자체로 진실되다고 하며, 삶을 누리면서 행복을 추구하는 것이 당연한 권리라고 했다. 용어가 다르고, 논리 전개에도 상당한 차이가 있지만, 중세를 청산하고 다음 시대로 나아가는 데 지침이 되는 사상을 기본적으로 같은 발상을 갖추어 제시했다.

계몽사상과 氣철학이라는 용어는 양쪽 사상의 어느 한 측면만 각기 지칭한 것이다. 양쪽의 용어를 함께 사용해야 전모가 드러난다. 서유럽의 계몽사상도 氣철학을 體로 삼고, 동아시아의 氣철학도 계몽사상을 用으로 삼았다. 계몽사상의 근거는 氣철학에 있고, 氣철학의 효용은 계몽사상이라는 사실을 바르게 이해하는 데 氣철학에 대한 무지가 커다란 장애가 된다. 氣철학을 유물론이라고 하는 것은 적절하지 못하다. 서유럽의 계몽사상가들이 유물론으로 나아가는 과정에 있었다고 하는 견해를 동아시아 氣철학자들에게까지 적용해, 氣철학을 미숙한 유물론이라고 규정해 혼란을 일으키고 있다.

氣철학의 '氣'와 유물론의 '물질'은 "氣 > 물질"의 관계에 있다. '氣'는 물질은 물론 생명이나 정신까지 포괄하고 있어서, "삶을 누리는 것이

善이다"고 하는데, 유물론에서는 그렇게 말할 수 없다. 氣철학은 이성을 넘어선 통찰의 영역까지 나아가는데, 유물론은 이성을 넘어서면 비과학의 영역에 들어선다고 한다. 유물론은 근대사상의 한 갈래지만, 기철학은 근대를 넘어서서 다음 시대를 만들어낼 수 있다.

수학의 기호를 사용해, 없음의 총체를 0, 있음의 총체를 1, 있음이 둘로 나누어진 양상을 2, 있음이 무한이 많은 양상을 ∞라고 해보자. 0·1·2·∞가 서로 다른 것이 아님을 알아서 함께 파악하는 것이 氣철학의 출발점이다. 0을 인정하고, 0이 1 이하의 것들이라고 해야, 1 이하의 것들을 만들어낸 창조자가 따로 있다고 하지 않게 된다. 0과 1, 1과 2 사이에 간격이 있어 한쪽은 理이고 다른 쪽은 氣라고 하는 이원론을 부정하고, 양쪽 모두 氣이면서 그 양상에 차이가 있을 따름이라고 한다.

0·1·2·∞를 함께 파악하면서 0보다는 1을, 1보다는 2를, 2보다는 ∞를 더욱 중요시한다. 0이나 1에 이르러 모든 것을 한꺼번에 이해하는 것을 인식의 목표로 삼지 않고, ∞로 펼쳐져 있는 다양한 사물의 구체적인 양상을 있는 그대로 파악해 실제적인 의의를 발견하고 발현하려고 한다. 그래서 다양한 문제에 대한 구체적인 해결책을 갖춘 계몽사상을 마련했다.

∞의 개별적인 양상을 하나하나 파악하는 것을 능사로 삼지 않고, 개별적이고 구체적인 것들의 성격을 총괄해서 파악하기 위해 0·1·2·∞로 나아간 과정을 역행한다. ∞를 ∞로 이해하고 마는 수렁에서 벗어나 ∞를 2로 파악하는 것이 차원 높은 인식이다. ∞가 2인 양상은 어느 하나로 정해져 있지 않으므로, 한국의 洪大容은 '天地', '人物', '貴賤', '男女', '華夷', '詩歌' 등의 여러 영역을 두루 문제삼았다.

'天地', '人物', '貴賤', '男女', '華夷', '詩歌' 등은 '上下'의 구분을 공통적으로 지녔다. 위에 있어 존귀하다는 쪽과 아래 있어 비속하다는 쪽이 서로 구분되어 2를 이루었다. 그것이 중세사상이다. 2를 이루는 관계가 '上下'인 것은 바람직하지 않으므로 시정해야 한다는 데서 중세 극복의 사상이 시작되었다. '下' 쪽에서 분발해 '上'을 공격하는 투쟁을 감행해야 한다. 양쪽은 서로 구분되면서 대등하고, 차이가 있기 때문에 서로 필요로 한다. 또한 '上下'는 '內外'이다. 누구나 자기 쪽은 '內'라 하고, 다른 쪽은 '外'라고 할 수 있다. 다른 쪽에서는 '內外'의 구분이 자기와는 반대가 된다는 것을 인정해야 한다. 그렇게 되면 '上下'가 '互性'이 된다.

0·1·2·∞ 가운데 ∞의 개별적 양상을 있는 그대로 파악하는 것은 이성의 소관이고 과학의 과제이지만, ∞에서 2로, 2에서 1이나 0으로 나아가 모든 것을 총괄하고 일반화하려면 상승의 방법이 필요하다. 그 방법이 무엇이며 어떻게 얻을 수 있는가 하는 문제에 대해서 동서의 사상가들은 서로 다른 접근을 보여주었다. 동아시아의 사상가들은 통찰이 구현되는 양상을 '陰陽', '內外', '互性' 등으로 일컬었다. 유럽에서는 볼테르(Voltaire)가 통찰로 나아가기 위해서는 경험적 인식을 축적하는 것 이상의 질적 향상이 있어야 한다는 점을 강조해서 말했다. 하늘에서 내려온 도사가 하늘로 올라가는 것과 같은 놀라운 비약이 있어야 한다고 했다.

비약적인 통찰이 있어야 하는 이유는 자기중심의 협소한 관점에서 현실을 인식하는 잘못을 시정하자는 데 있다. 다른 사람의 처지를 이해하고, 각기 주장하는 바가 상이할 수 있다는 사실을 알아, 현실을 폭넓게 역동적으로 인식하는 관점을 확보해야 하므로 생각을 바꾸자고 했다. 당면한 이해관계에 사로잡혀 판단을 그르치지 말고, 남들과 더불어 살아가는 마땅한 자세를 갖추자고 했다. 무지몽매한 상태에서 벗어나 밝은 빛을 맞이해 먼저 자기 자신을 개조하고서, 허위에 찬 세상을 바로잡기 위해서 분투해야 한다고 했다. 그것이 계몽사상이다.

이성이냐 감성이냐는 유럽과 동아시아 양쪽의 중세에서 근대로의 이행기 계몽사상의 단계에서는 아직 문제가 되지 않았다. 그 둘이 결합된 상태에서 이성을 추구해서, 이성에서 통찰로 나아가게 했다. 칸트(Kant)가 이성과 감성을 갈라놓고, 철학과 문학이 별개의 것이게 한 것은 근대철학의 새로운 노선이다. 그 때문에 앞 시대에 이룩한 진취적인 성과가 무너지고 사상이 멍들게 되었다. 순수이성을 그 자체로 추구하다가 이성의 진취적인 기능을 망각하고, 이성에서 통찰로 나아가는 길을 막았기 때문에 그렇게 말할 수 있다.

그러나 동서의 계몽철학에서는 이성을 그 자체로 점검하려고 하지 않고, 현실문제를 인식하고 해결하는 구체적인 사명을 이성의 힘으로 수행했다. 그렇게 해서 이성이 공허한 개념에 머무르지 않고 실질적인 기능을 수행하게 했다. 이성의 능력을 더욱 고양시켜 그 이상의 영역으로 나아가고자 했다. 이성은 인식의 능력이고 대상이 아니므로, 이성이 무엇인가 하는 문제를 특별히 제기하지 않았다. 이성 자체를 검증의 대상으로 삼은 것은 인식의 발전인 것 같지만 후퇴이다.

이성의 능력을 제고해 통찰에 이르는 절차와 방법을 해명하는 것은 필요하고 가능하다. 任聖周가 '氣一分殊'를 말하고, 崔漢綺가 '一元'과 '萬物'의 관계를 '運化學'의 관점에서 파악하는 길을 제시하려 한 것이 그런 노력이다. 헤겔이나 마르크스의 변증법도 그 과제를 자기네 나름대로 해결하고자 한 작업이었다. 그러나 추구한 내역을 순수하게 개념적이고 논리적인 차원에서 정리해서 칸트의 순수이성비판에 상응하는 또 하나의 구조물을 만들고자 하면, 생명 없는 도식으로 되돌아가는 잘못을 저지른다.

통찰로 나아가는 길은 대상이 아닌 주체를 증거로 해서 제시해야 한다. 주체가 어떤 능력을 가졌는지 실제로 보여주어야 한다. 동서의 계몽주의자들은 그 점을 깨닫고, 방법론이 존재론이고, 인식론이 실천론이게 했다. 그 때문에 철학을 제대로 하지 않았다고 비난하는 것은 잘못이다. 철학을 한다고 특별히 내세우지 않아 철학이 죽지 않고 살아 있게 했다. '內外'니 '互性'이니 하는 총괄개념은 실질적인 내용을 되도록 넓게 집약하기 위한 방편에 지나지 않으므로, 실상을 파악하기 위한 안내자로 사용해야 한다.

홍대용과 박지원은 '人'과 '物'의 구분을 문제삼아 사람과 동물 사이의 차등이 도덕 유무에서 유래한다는 주장을 부정하고, 사람이든 동물이든 "삶을 누리는 것이 善"이라는 점에서 서로 다를 바 없으며, 삶을 누리는 방식은 상대적인 의의를 가진다고 했다. 문명권의 중심부는 위대하고 주변부는 저열하다고 하는 '華夷'의 구분을 상대화해서, 누구나 자기는 '華'이고 다른 쪽은 '夷'라고 하는 것이 당연하다고 했다. 그 둘이 '內外'론의 가장 중요한 내용을 이룬다.

安藤昌益(안도쇼에키)은 '貴賤'과 '男女' 가운데 어느 한쪽은 존귀하고 다른 쪽은 저열하다고 하는 차등론을 비판하고, 지위나 성별이 다른 쌍방은 서로를 필요로 하고, 서로 돕는 관계여야 한다고 했다. 양자가 그런 관계에 있는 것이 '互性'이다. '內外'와 '互性'은 같은 현상을 다른 측면에서 거론한 말이다. 쌍방이 각기 자기를 주체로 하고 상대방을 대상으로 할 수 있으니 '內外'이고, 쌍방이 서로 필요로 하고 있으니 '互性'이다.

"삶을 누리는 것이 善"이라는 것과 같은 주장을 서유럽에서도 라블래(Rabelais)가 먼저 펴고, 볼테르와 디드로(Diderot)가 뒤를 이었다. 그것은 서유럽의 氣철학이어서 동아시아의 경우와 기본발상이 다르지 않았다. 삶을 긍정해야 하는 이유를 밝히는 데서는 동아시아가 한 걸음 더 나아갔으나, 그렇게 해서 기존 종교의 편견을 시정하는 충격은 서유럽 쪽이 더 컸다.

그런 주장을 바로 내세우는 것은 용납할 수 없는 일이었다. 그래서 박지원은 문학창작을 전투에다 견주어 설명하면서, 의도한 바를 노출하지 않고 적군을 격파하는 유격전술이 특히 소중하다고 했다. 천지는 나날이 새로워지고 있어 창의적인 발상과 신선한 표현이 계속 필요하다고 하고, 그 원천을 구비문학에서 찾자고 했다. "괴이하고, 기이하고, 놀랍고, 깜찍하고, 기쁘고, 노엽고, 또한 얄미운" 이야기를 펼쳐 기존의 관념을 타파하는 소설이 특히 효과적인 표현방법이라고 하는 본보기를 자기 작품으로 제시했다.

유럽에서는 디드로가 문학 혁신의 구체적인 작업에 가장 많은 관심을 보여, 시민극과 소설을 새로운 시대의 문학 갈래로 제시했다. 고대그리스에서 전범을 찾는 비극과 희극이라는 두 가지 형태의 연극은 잘못이 있어 타파의 대상이 되어야 한다고 하고, 비극의 공식을 거부하면서 진지한 내용을 가진 새로운 연극 시민극을 주장했다. 삶의 진실한 모습

을 그려 "정신을 감동시키고, 영혼을 고양시킨다"고 하면서 소설 옹호론을 폈다.(소설 1, 97)

현실 경험을 문학의 원천으로 삼아, 그것을 산문으로 나타내고, 그런 문학 가운데 소설이 특히 소중한 의의가 있다고 한 것이 양쪽에서 공통되게 나타난 생각이다. 그렇게 해서 중세의 문학관을 여러 겹으로 뒤집었다. 영원한 질서를 현실의 경험으로 바꾸어놓고, 이상적인 규범을 갖춘 시 대신에 규범을 거부하는 산문을 애용하고, 문학갈래의 체계에 끼이지 못하던 방외의 문학인 소설의 존재와 가치를 인정했다.

그런 문학을 통해서 오랜 권위를 자랑하던 그릇된 관념을 깨고자 했다. 安藤昌益과 朴趾源은 사람이 오륜을 지녀 홀로 존귀하다는 유교의 주장을 타파했다. 볼테르는 자기 종교를 일방적으로 존중하고 다른 종교는 배격하는 편협성, 유럽인의 우월의식으로 다른 문명권 사람들을 멸시하는 태도를 버려야 한다고 했다. 디드로는 그릇된 사회를 개조하기 위해서 싸워야 한다고 했다.

그러나 발상이 모두 미완성의 상태에 있었다. 문학과 철학을 함께 했기 때문에 말이 모호하고 엄밀한 개념이나 정연한 논리가 갖추어지지 않았다. 그 점에 불만을 가진 근대철학은 명확한 개념으로 논리를 전개할 수 있는 측면만 뽑아내어 자기 소관으로 삼아 정교하게 다듬었다. 그래서 이룬 것보다 잃은 것이 더 많다. 모호하므로 풍부하고, 미완성이므로 열려 있는 사고를 손상시키지 않고 되살려, 엄밀하고 체계적인 철학의 편파성을 시정해야 한다.

氣철학의 원리에 따라, 선이란 지향해야 할 목표가 아니고 삶을 누리는 행위 자체라고 하면, 삶을 유린하는 것이 악이라고 규정하고 악의 실상에 대해서 자세한 검토를 해야 하는데, 그렇게까지 하지는 못했다. 중세의 권력자가 신분적 특권과 관념적 사고를 무기로 백성의 삶을 유린하는 것을 고발해야 하는데, 서기까지 나아갈 수 없었디. 그것이 바로 중세에서 근대로의 이행기의 한계였다.

4. 3. 공동문어시와 민족어시

중세에서 근대로의 이행기에는 공동문어문학과 민족어문학이 공존했다. 그러면서 그 둘의 비중에서 변화가 일어나 공동문어문학의 위세가 약화되고 민족어문학의 영역이 넓어졌다. 또한 민족어문학이 공동문어문학을 따르던 시대가 지나고, 공동문어문학이 민족어문학에 근접하는 그 반대의 현상이 더욱 두드러지게 나타났다.

그렇다고 해서 공동문어문학은 역사적인 사명을 모두 수행했으므로 되돌아볼 필요가 없게 된 것은 아니었다. 시대전환이 가장 이른 유럽의 경우를 들어보아도, 공동문어문학은 19세기까지 살아있는 기능을 수행하고, 20세기에 이르러서 비로소 구시대 문학의 잔존형태가 되었다. 유럽문학사는 14세기에 시작된 르네상스와 더불어, 또는 17세기의 영국혁명 이후에 근대문학의 시기에 들어섰다고 하는 견해가 부당한 가장 명확한 증거가 라틴어문학의 지속이다.

문학의 실상을 살피면, 르네상스를 거치고 중세에서 근대로의 이행기에 들어서자 라틴어문학의 확대와 민족어문학의 성장이 둘 다 가속화되었다.(공동, 399~405) 성직자가 아닌 일반 지식인이 라틴어문학 창작에 힘쓰고 국경을 넘어 유통시키는 데 열의를 가진 것은 전에 볼 수 없던 일이다. 르네상스에 뒤따라 일어난 인문주의 운동이 라틴어 저작을 통해서 전개되어, 라틴어의 쓰임새를 더욱 확대했다.

16세기초에 에라스무스(Erasmus)는 기존의 관념을 타파하고 새로운 사고를 하자는 주장을 담은 〈어리석음 예찬〉(*Encomium moriae*) 같은 책을 라틴어로 저술하면서 국제적인 활동을 벌였으므로, 자기 나라 네덜란드의 범위를 넘어서서 온 유럽에 광범위한 영향을 끼쳤다. 같은 시기에 영국인 토마스 모어(Thomas More)가 〈유토피아〉(*Utopia*)에서 가상 공간의 이상적인 사회를 그려본 것도 널리 읽혀 깊은 공감을 얻었다. 파격적인 구상으로 펼치는 새로운 사상을 민족어가 아닌 라틴어로 나타내야 변혁에 동조하는 독자를 멀리까지 가서 찾아낼 수 있었다.

시대 변화와 더불어, 라틴어를 구사할 수 있는 사람들이 줄어들지 않고 오히려 늘어났다. 무식한 기사가 유식한 관리로 변모되어, 라틴어와 민족어를 둘 다 구사하는 것이 당연하다고 여기게 되었다. 라틴어 글쓰기가 새삼스럽게 유행해 '새로운 라틴문학'이라고 하는 것이 유럽 각국에서 일어났다. 학문의 언어로도 라틴어는 계속 애용되었다. 세계관의 전환을 이룩한 뉴턴(Newton)의 물리학 저술이 라틴어로 출간되어 국경을 넘어서까지 널리 읽혔다. 그러면서 다른 한편으로는 민족어 글쓰기가 영역을 넓혀나갔다.

그 시기가 중세에서 근대로의 이행기였다. 라틴어와 민족어 두 언어의 글쓰기 공존이 이행기의 특징인 것이 다른 문명권의 경우와 같다. 시작과 끝이 17세기와 20세기초인 점도 일치한다. 프랑스의 경우를 들어 말하면, 박사논문 가운데 하나는 프랑스어로 쓸 수 있게 한 1624년에 시작된 한 시대가 라틴어 부논문을 제출하는 의무사항을 없앤 1908년에 끝났다. 그 전후 시기에 동아시아에서는 한문으로 과거를 보는 제도가 철폐되었다.

새로운 라틴문학은 개성적인 창조와는 거리가 멀 것이라고 생각하기 쉬운데, 그렇지 않다. 그런 시를 모아내면서 "이러한 시에서 보이는 가장 놀라운 특징은 아마도 친근하면서 개성적인 성향이어서, 동시대의 민족구어시가 어색하고, 추상적이고, 비개성적인 것과 다르다"고 한 말이 타당하다.(공동, 400~401) 15세기 이탈리아의 폴리티안(Politian)은 자기 생활의 모습을 생생하게 그리는 데서 동시대의 이탈리아어시보다 훨씬 앞선 라틴어시를 남겼다. 16세기 프랑스의 뒤 벨래(Du Bellay), 17세기의 영국의 밀튼(John Milton) 또한 자국어시보다 라틴어시에서 더욱 개성적이고 생동하는 표현을 했다.

뒤 벨래는 프랑스어를 살 다듬어 훌륭한 시를 쓰자고 주장하고 스스로 그렇게 하려고 노력했다. 그런데 실제 창작에서는 라틴어시로 뛰어난 능력을 발휘했으며, 자기가 사는 고장에 대한 애착과 조국에 대한 뜨거운

사랑을 라틴어시로도 나타냈다. 〈시골의 기도〉(*Votum rusticum*)에서는
향촌의 풍경을 그리고, 거기서 농사짓고 짐승 기르며 사는 삶이 복되다고
하면서 향토에 대한 애착을 나타내고, 안녕과 평화가 지속되기를 기원했
다. 〈프랑스군인들에게〉(*Ad miltes gallos*)에서는 이탈리아와 싸우러 나
가는 군인들을 다음과 같은 말로 격려했다.[135] 같은 문명권에 속하는 사람
들이 함께 쓰는 공동의 언어로 민족국가에 대한 배타적 충성심을 나타낸
것은 참으로 흥미로운 일이다.

> 사랑하는 나라 정다운 들판을 떠나
> 사나운 것을 사랑하는 전쟁에 내몰려
> 이탈리아로 향하는 용사들이여 잘 가거라.
> 운명이 부르고 나폴리가 오라는 곳으로.
> 조상이 끼친 과업을 간직하고 있으면서
> 조상이 하던 전투를 가슴에다 껴안으면,
> 전날에는 거듭된 공격을 견디던 성채를
> 그대들 손으로는 마침내 휘어잡으리라.

　근대국가 형성에 앞선 민족이 민족어문학 창조에 열의를 보일 때, 민
족국가를 크게 이룩할 수 없었던 민족, 그리고 민족국가를 창설하지 못
한 소수민족은 라틴어문학에 많은 미련을 가졌다. 지금은 네덜란드·벨
기에·룩셈부르크로 나누어져 있는 곳에서, 16세기 이후에 라틴어를 사
용하는 학문과 문학을 유럽 전체의 범위에서 주도했다. 에라스무스가
끼친 전통을 이어, 17세기에는 그로티우스(Hugo Grotius), 하인시우스
(Daniel Heinsius) 같은 거장이 활동했다.
　그로티우스는 어학, 신학, 철학, 법학 등에 두루 통달한 국제적인 석학

---

135) Fred J. Nicholas edited and translated, *An Anthology of Neo-latin Poetry*
　　(New Haven : Yale University Press, 1979), 540의 원시를 541의 영역을 이용
　　해서 옮긴다.

이어서 광범위한 저술을 남기고, 종교적인 영감이 가득한 라틴어시를 썼다. 하인시우스는 레이덴(Leiden)대학의 고전학 교수로 재직하면서 라틴문학의 작품 정리에 힘쓰고, 라틴어와 네덜란드어 두 가지 언어로 시도 쓰고 희곡도 썼다. 아들인 니콜라스 하인시우스(Nikolaas Heinsius)도 라틴어시 창작에서 아버지 못지않은 역량을 보여주었다.

민족어문학을 이룩하기 위해 유럽 각국이 경쟁하는 시대가 되자 그 세 나라는 한 걸음 뒤로 물러나지 않을 수 없게 된 탓에, 그런 약점 보완책으로 라틴어문학에 힘써서 뛰어난 작가가 계속 나왔다. 알사스인은 형편이 바뀌는 데 따라 독일국민이 되었다가 프랑스국민이 되었다고 했으나, 알사스어를 민족어로 하는 독자적인 민족이다. 자기네 언어로 창작한 작품이 널리 알려질 수 없고, 독일어나 프랑스어를 사용하는 것도 내키지 않는 일이어서, 라틴어문학을 창작하는 데 특별한 애착을 가지고 유럽인이라고 자처했다.

프랑스어가 아닌 독자적인 언어를 사용하면서 프랑스의 일부가 된 코르시카(Corsica)에서 라틴어문학의 창작이 계속된 것도 같은 이유에서 이해할 수 있다. 지중해의 섬나라 말타(Malta)는 일찍이 아랍세계의 일부가 되어, 그 곳 사람들이 사용하는 말타어는 아랍어의 한 방언이다. 그런데 17세기 이후에는 유럽문명권에 소속되기를 바라서 행정과 교육상의 공용어는 이탈리아어였지만, 고급의 문학은 라틴어로 창작해서 최근까지 많은 작품을 내놓았다.

중세에서 근대로의 이행기에 유럽 각국에서 민족어시가 성장하고 변모한 양상을 알아보기 위해서 우선 프랑스의 경우를 표준으로 삼을 수 있다. 처음에 프랑스어시는 라틴어시와는 달리 자유로운 발상과 파격적인 표현을 갖추고 삶의 실상을 나타내는 것을 장기로 삼고 자라났다. 15세기의 비용(François Villon)이 그 좋은 본보기를 보여주었다. 그러다가 16세기에 이르면, 뒤 벨래를 위시한 일군의 시인들이 나서서 라틴어시를 본떠서 프랑스시의 품격을 높여야 한다고 했다. 그런 시는 라틴어시의 대용품에 지나지 않고, 독자적인 의의가 모자랐다.

프랑스어시가 라틴어시와 대등한 수준에 이르렀다고 인정된 시기는 17세기이다. 그렇게 하는 방법은 라틴어시에서 마련한 고전적인 전범을 프랑스어시에서 철저하게 재현하는 것이었다. 그것이 중세에서 근대로의 이행기에 귀족이나 귀족화한 시민이 지니는 보수적인 사고형태를 잘 나타낸 고전주의이다. 보알로(Nicloas Boileau)는 〈시학〉(*Art poétique*)을 시로 써서, 따라야 할 규칙을 선명하게 제시하고, 작품에 대한 평가를 구체화했다. 말레르브(Malherbe)가 시 창작의 모범을 보였다고 하면서 다음과 같이 말했다.

마침내 말레르브가 프랑스에 나타나
올바른 가락이 느껴지는 시를 썼다.
언사를 제 자리에 배치해 힘이 나게 하고,
시심이 마땅한 규칙을 따르도록 했다.
말을 다듬어서 쓰는 슬기로운 문인이라
세련된 귀에 거친 소리 들리지 않게 했다.

이런 시를 써야 한다는 규범은 얽매임이 되었다. 거기서 벗어나 자유로운 발상을 거친 소리로 나타낼 수 있어야 한다는 반동이 생기는 것이 당연해 낭만주의 운동이 일어났다. 낭만주의는 중심부가 아닌 변방에서, 시민이 귀족화하지 않고도 문학활동을 벌일 수 있는 곳에서 나타났다. 그런 곳인 영국에서 하층의 기술자로 18세기 후반에서 19세기초에 걸쳐 활동하던 블레이크(William Blake)는 유랑광대의 후계자가 되고자 하면서, 순진하고 발랄한 착상이 충만한 시를 써서 충격을 주었다. 〈체험의 노래〉(*Songs of Experience*)라는 첫 시집의 서시에서 다음과 같이 외쳤다.

유랑광대의 소리를 들어보아라.
과거·현재·미래를 보고,

> 옛적 나무들 사이에서 오고가는
> 성스러운 목소리를 들을 줄 아는
> 그런 귀를 가진 사람의 소리를.

블레이크와 동시에 독일에서 활동하던 괴테(Johann Wolfgang von Goethe)는 높은 학식과 뛰어난 실무능력을 인정받아 귀족의 지위를 얻은 시민이다. 젊은 시절의 낭만주의에다 중년 이후에는 고전주의를 합치고, 다른 나라 시인들이 이룩한 성과를 널리 받아들여, 유럽문학의 완성판을 만들고자 했다. 모든 갈등과 번민을 넘어선 조화와 안정의 높은 경지에 이르는 것을 소망으로 삼았다. 그런 생각의 일단이 다음과 같은 말로 이루어진 〈방랑자의 밤노래〉(*Wanders Nachtlied*)에 잘 나타나 있다.[136)]

> 모든 산봉우리에는
> 휴식이 있고,
> 모든 나무 위에서는
> 바람의 숨결도
> 느낄 수 없으리라.
> 숲 속의 새들도 고요하나,
> 기다려보게나, 곧
> 그대도 쉬게 되리라.

라틴어문학과 민족어문학의 공존은 서유럽의 범위를 넘어서도 널리 확인된다. 그 한 본보기로 헝가리의 경우를 들어보면, 중세에서 근대로의 이행기에 이루어진 라틴어시에서 민족과 민중을 발견한 성과가 뚜렷하다. 헝가리는 강대국이 아니고 헝가리어가 유럽의 주요언어로 인정

---

136) 조창섭 편역, 《시인의 노래, 독일 고전주의 문호들의 시와 삶》(서울 : 서울대학교출판부, 1994), 39의 원문을 다시 번역했다.

되지 않는 불리한 조건을, 라틴어문학에 힘써서 보충하려고 했다.

15세기의 야누스 판노니우스(Janus Pannonius)는 이탈리아에 가서 공부하고 귀국해서 주교가 된 승려인데, 헝가리가 라틴어문명세계의 일원으로서 당당한 자리를 차지하는 작품을 창작하려고 했다. 15세기 후반의 〈홍수〉(De inundatione)라는 장시에서는 자기 고장 다뉴브강에서 일어난 홍수를 성서의 홍수와 연결시켜 다루었다. 16세기의 승려시인 이스타반 브로다릭스(Istavan Brodarics)와 미클라스 올라흐(Miklas Ohlah)는 터키의 침공 때문에 벌어진 민족의 수난과 항쟁을 노래하는 애국적인 시를 썼다. 17세기 동안에도 헝가리의 역사를 다루는 라틴어 저술이 계속 나왔다.

헝가리어문학이 독자적인 형식과 내용을 가진 창작물이 된 것은 16세기에 발린트 발라시(Balint Balassi)가 활약한 이후의 일이다. 발라시는 독일과 이탈리아에 유학하고 여러 언어를 구사하는 능력을 갖추어, 유럽문학을 널리 탐구한 데 바탕을 두고 풍부하고 수준 높은 작품세계를 이룩했다. 번역과 창작, 희곡과 시 등 다방면에 걸친 문필활동을 정력적으로 전개해 수많은 작품을 남긴 가운데 전쟁터에 나가는 병사들의 심정을 노래한 시편이 가장 높이 평가되고 널리 인용된다.(공동, 428)

> 보초를 서 있는 사람
> 졸다가 떨어진 사람,
> 아침 소리 들리는데.
>
> 밤마다 싸우느라고,
> 모두들 지쳐서 피곤한데,
> 닭 울음소리.

이런 작품이 나타나자 헝가리어문학으로 나아가는 길이 활짝 열린 것은 아니다. 라틴어문학을 다룰 때 이미 말한 바와 같이, 라틴어문학이 커다란 비중을 차지하는 시대가 오래 지속되었다. 17세기 중엽에 미클로스 즈린이(Miklos Zrinyi)가 터키의 침공에 맞서서 민족의식을 불어넣는 다양한 형태의 서사시와 산문을 써서 헝가리어문학의 발전을 가속화했다. 헝가리어에 자부심을 가져 문학어로 손색이 없게 가다듬고 표현을 풍부하게 하는 데 힘쓴 것은 18세기 이후의 일이다.

폴란드인은 슬라브민족이지만 라틴어를 공동문어로 한 서방기독교문명권에 소속되었다. 러시아에 맞서서 민족의 정체성을 옹호하는 데 긴요한 구실을 한다고 여겨 힘써 창작한 라틴어문학을 오늘날의 연구에서 높이 평가한다. 문학사를 서술하면서 라틴어문학과 폴란드어문학을 나란히 다루는 것이 관례이다.[137] 16세기 시인 코하노프스키(Jan Kochanowski)는 서유럽에 유학할 때는 라틴어시를 짓다가, 귀국해서 궁정시인이 되어서는 폴란드어시를 발전시키는 데 힘썼다. 그 뒤에도 라틴어시 창작이 높은 수준으로 계속되어, 17세기 시인 사르비에브스키(Sarbiewski)의 〈서정시집〉(*Liricorum Libri*)은 유럽 여러 나라에서 대단한 반응을 얻어 거듭 출판되고, 번역되고, 모방되었다.[138]

리투아니아인은 유럽에서 가장 늦은 14세기말에 이르러서야 기독교를 받아들여, 라틴어문학과 민족어문학이 병존하는 문학을 하기 시작하면서 민족의 주체성을 찾는 데도 힘썼다.[139] 16세기 중엽에 레투비스(Mikolas Letuvis)는 자기 민족과 다른 민족을 구별해서 논하는 〈타타르인, 리투아니아인, 모스크바인의 관습에 관하여〉(*De moribus tatarotum, lituva -norum et moschorum*)를 라틴어로 써서, 자기 민족은 로마인의 자랑스러운 후예라고 했다. 같은 시기에 마즈비다스(Mazhvidas, Mazydas)는 교리문답을 리투아니아어로 썼다. 민족어문학을 확립한 사람은 18세기의 시인 도네라이티스(Kristijonas Donelaitis)이다.

---

137) Czeslaw Milosz, *The History of Polish Literature* (Berkeley : University of California Press, 1983)
138) 같은 책, 119~123
139) Акдемия Наук СССР, *История ВсемирнойЛитературы 2*, 501~507

벨로루시인은 러시아인과 가까운 관계를 가지고 오랫동안 러시아의 일부가 되기도 했지만, 라틴어를 공동문어로 한 서방기독교문명권의 일원이다. 16세기의 후소우스키(Mikola Husouski)를 비롯한 여러 시인이 민족사의 영광을 찬양하고 독립의 의지를 고취하는 시를 라틴어로 지었다. 러시아에서 동방기독교를 받아들인 쪽에서는 민족어문학을 일으키는 데 열의를 보였다. 16세기의 스카리나(Francisak Skarnyna)가 그 길을 개척했으며, 17세기 시인 스마트리스키(Mialet Smatrycki)의 〈비가〉(Liamant)에 이르러서 내면적인 깊이가 있는 서정시가 나타났다.

남슬라브민족의 한 갈래인 크로아티아인은 이슬람교 오스만터키의 지배에 시달리면서, 라틴어시 창작을 열심히 해서 기독교 라틴어문명권의 일원이라는 자부심을 잃지 않으려고 했다.[140] 16세기초의 마룰리치(Marulich)는 단테 〈신곡〉의 〈지옥편〉을 라틴어로 번역하고, 천상의 영원한 곳을 향해 나아가는 환상의 여행을 〈다비디아다〉(*Davidiada*)라는 라틴어서사시에서 전개했다. 크로아티아어로 시를 쓰는 데도 힘을 기울여 〈터키에 반대하는 기도〉와 같은 작품에서 민족의식을 적극적으로 표현했다. 그 뒤를 이은 다른 시인들도 라틴어시로는 문명권 차원의 자부심을, 크로아티아어로는 자기네 민족의식을 표현해야 했으므로 그 둘을 병존시켰다.

불가리아인 또한 오스만터키의 지배를 받으면서 기독교문명권의 일원이라는 자부심을 지키고자 했다. 동방기독교의 경전어인 교회슬라브어를 만들어낸 본고장 노릇을 하면서 러시아에 전해준 것이 오래 기억해야 할 자랑스러운 일이었다. 그런데 오스만터키는 그리스어를 경전어로 한 동방기독교의 교단이 지배적인 위치를 차지하도록 책동해, 교회슬라브어를 사용하는 불가리아 교회는 사멸의 위기에 빠졌다. 정치와 종교 양쪽의 억압에서 벗어나 자유를 누리는 것이 불가리아인에게 커다란 열망이 되어 격렬한 투쟁이 일어났다.

---

140) 같은 책, 419

　불가리아 교회 재건운동을 통해 민족의식을 불어넣은 18세기의 성직자 파이시(Paisi Khilandarski)는 교회슬라브어를 능숙하게 구사하지 못하는 것을 한탄하면서 불가리아어를 사용해 민족의 역사를 서술했다.[141] 〈슬레바노-불가리아 역사〉(*Istoriya sleveno-bolgarskaya,* 1762)라고 한 데다가 다른 말을 붙여 제목을 길게 늘인 그 책이 내용과 표현 양면에서 불가리아문학의 출발점이 되었다. 민간전승을 풍부하게 받아들여 민족의 주체성을 인식하는 근거로 삼으면서, 일상생활에서 사용하는 구어를 처음으로 문장에다 옮겼다. 그것은 공동문어를 지키지 못해 민족어를 택해야 했던 흥미로운 사례이다.

　러시아는 다른 문명권의 침해를 받지 않아, 교회슬라브어를 차질 없이 이어가면서 공동문어로 사용해 글쓰기의 규범을 고정시키고 동방기독교의 전통을 고수했다. 그 때문에 민족어문학으로의 이행이 완만하게 이루어졌다. 17세기에 들어서서 변화가 보이기 시작했다. 그 시기의 성직자 아바쿰(Aavvakum)은 〈생애전〉(*Zhitiye*)에서 자기 자신의 불행을 이야기하면서 사회모순을 그리고 지배층을 비판해 성자전의 관습을 변혁시켰다. 〈슬픔과 불행 이야기〉(*Povest' o Gore-Zlochastii*)라는 장시는 번민하고 방황하다가 수도원을 찾게 된 한 젊은이의 경우를 들어, 범속한 인물의 일상생활을 심각하게 다루는 새로운 경향을 보여주었다. 한 대목을 들어보자.[142]

> 젊은이가 회색 늑대처럼 벌판으로 달려가자
> 슬픔이 날쌘 사냥개와 함께 그 뒤를 좇았다.
> 젊은이가 나리새풀 우거진 들판에 이르자
> 슬픔은 약삭빠른 토끼와 함께 좇아왔다.
> 불행은 다시 젊은이를 비웃기 시작했다.

---

141) Clarence A. Manning and Roman Smal-Stocki, *The History of Modern Bulgarian Literature* (New York : Booksman Associates, 1960), 45~51
142) 조주관 편역, 《러시아 고대문학 선집》(서울 : 열린 책들, 1995), 413

18세기에 이르러서 러시아가 서유럽을 향해 문호를 개방할 때, 트레디아코브스키(Trediakovski)는 라틴어시와 프랑스어시를 번역하고 본뜨는 데 열중해서 방향 전환을 하는 선구자 노릇을 했다. 시에서도 산문에서도 구어를 이용해서 새로운 형식을 시험해야 하고, 교회슬라브문학의 고정된 틀에서 벗어나야 했다. 19세기초에 푸쉬킨(Pushkin)은 러시아구어를 문학어로 만들어 언문일치를 시도했다. 러시아 민중이 간직해온 구어문학의 전통과 서유럽에서 받아들인 근대문학의 원천을 합쳐서 만들어낸 러시아근대문학이 국민 전체의 공유물이 되게 하는 시발점을 마련했다.

중세에서 근대로의 이행기 동안 공동문어시를 새롭게 창작하는 데 더 큰 열의를 보인 곳은 한문문명권이었다. 공동문어시가 오랜 권위를 자랑하는 중세문학의 규범에서 벗어나 민족어시에 근접하는 것이 그 두드러진 양상이었다. 그런 것을 '樂府詩'라고 총칭한다. '새로운 라틴문학'의 시와 '악부시'는 명칭을 보아 전혀 다르지만 지향점은 같았다.

'樂府'란 원래 음악을 맡은 관청을 뜻한 말인데, 그 관청에서 수집한 구전의 민족어시를 지칭하는 데 전용되었다. 중세전기에는 중국에서 '악부'를 본뜬 시가 인기를 얻다가, 중세에서 근대로의 이행기에는 문명권의 변방 여러 곳에서 민족과 민중을 인식하고 선양하는 '악부시'를 풍부하게 창작해 문학사의 전환을 촉진했다. 중국 안의 여러 소수민족도 그렇게 하는 데 동참했다.(하나, 243~309)

그런 '악부시'에는 민족어시를 옮긴 '번역악부', 자기 나라 역사를 노래한 '영사악부', 풍속이나 생활상을 그린 '기속악부', 장난삼아 고전 명구를 모방하면서 희화화한 '희작악부'가 있다. 그 가운데 '번역악부'와 '희작악부'는 특정한 곳에서 발달했다. '영사악부'는 민족국가를 지켜온 데서 숭상했다. '기속악부'는 어디서나 볼 수 있는 일반적인 형태이다.

한국의 경우에는, 申緯의 〈小樂府〉를 위시해 시조 번역이 여럿 있고, 柳振漢의 〈春香歌〉처럼 판소리를 옮긴 것도 나타나 번역악부가 풍부한 것을 특징으로 들 수 있다. 沈光世의 〈海東樂府〉 이하 한국의 역사를 정리해서 노래하는 영사악부가 이어져 나온 것은 특기할 만한 일이다.
丁若鏞·李學逵·金鑢 같은 시인들이 민요를 받아들여 당대의 현실을 생
동하게 그린 명편이 또한 풍성해 기속악부를 크게 발전시켰다.

　기속악부의 한 본보기로 김려의 〈古詩爲張遠卿妻沈氏作〉이라는 것
을 살펴보면, 제목에서부터 중국 한나라 시절의 악부 〈古詩爲焦仲卿妻
劉氏作〉을 본뜬 작품이다. "焦仲卿의 처 劉氏를 위해 지은 古詩"라는
작품 이름을, 사람 이름만 바꾸어 다시 사용해서 "張遠卿의 처 沈氏를
위해 지은 古詩"라고 했다. 장편 五言古詩인 점도 서로 같다. 그렇지만
그 두 작품은 이루어진 시기가 천여 년의 차이가 있고, 다룬 사건이 다
르다.

　먼저 것은 시어머니가 시집에서 내쳐서 남편과 헤어져 애정을 잃고,
친정에 오니 어머니는 개가하라고 해서 정절을 지킬 수 없게 되자 죽음
을 택한 여인의 가련한 처지를 동정했다. 나중 것은 세상살이 고난을
무수히 겪고 양반의 지위를 얻은 관원이 백정 출신의 천한 처녀를 아내
로 맞이하게 된 경위를 다루어, 하층민의 생활을 새롭게 인식하고, 신분
의 차이를 넘어선 평등한 관계를 이룩해야 한다는 주제를 나타냈다. 주
인공이 자라나며서 학습을 하는 과정을 이렇게 묘사했다.(공동, 96)

　　　　여섯 살에 실 자을 줄 알고,
　　　　일곱 살에 언문을 깨쳤네.
　　　　여덟 살에 윤기 흐르는 까만 머리,
　　　　언니 본떠서 혼자 빗질을 하네.
　　　　밝은 호롱불 아래 앉아,
　　　　謝氏傳을 낭랑하게 읽으면,
　　　　선들바람이 귀여운 목소리 실어
　　　　쨍그랑 구슬 깨지는 소리로다.
　　　　아홉 살에 천자문 알고,
　　　　열 살이 되어서는 가사를 깨쳐

　산유화 짧은 가락을
　목을 뽑아 애처롭게 부르네.

　일본에도 번역악부라고 할 것이 있으나 그리 큰 비중을 차지하지 않는다. 영사악부에는 賴山陽(라이산요우)의 〈日本樂府〉를 비롯한 여러 작품이 있어, 일본 역사의 독자적인 전개를 찾아 민족의식을 선양하는 구실을 했다. 기속악부로는 畠中銅脈(하타나카도우미야쿠)의 〈太平樂府〉, 〈精物樂府〉 같은 것들이 풍부하게 이루어져, 시중의 생활을 다채롭게 묘사했다. 그 무렵 일본에서 도시생활의 풍속을 생생하고 흥미롭게 묘사한 목판화가 크게 성행하고 상품으로 많이 팔렸다.

　일본에서는 희작악부를 '狂詩'라고 하면서 풍부하게 창작한 것을 특기할 만하다. 자국어 희작시는 '狂歌'라고 해서 두 말이 짝이 되게 한 것도 다른 데서 볼 수 없는 일이다. 桂井蒼八(카스라이소우하찌)이 지은 〈古文鐵砲前後集〉이라는 것은 전문이 〈古文眞寶前後集〉을 흉내내면서 뒤집은 희작이어서 '狂詩'의 열기가 어디까지 갔는가 보여준다. 李白의 〈娥眉山月歌〉를 같은 이름을 내세워 고쳐 지은 것을 한 본보기로 들면, 임산부를 등장시켜 "아미산의 달인 듯 반쯤이나 커진 배"를 노래하는 시에서 원작과 거의 같은 말을 사용했다.

　월남의 경우에는 번역악부를 찾기 어렵고, 영사악부라고 따로 분류할 것은 월남어시로 옮겨 지었다. 그렇지만 기속악부라고 할 수 있는 작품은 이어져 나와, 현실의 문제를 다루고, 민중생활을 묘사하는 데 열의를 보였다. 阮浹의 〈浮石逢老漁〉는 민생에 관한 생각을 나타낸 장시여서 특히 주목할 만하다. 관청에서 문서 다루는 일을 하다 지친 몸을 이끌고 물가로 나갔다가 늙은 어부를 만나 하소연하는 말을 들었다고 하면서, 시정의 삶이 벌어지는 광경을 실감나게 그리고, 하층민이 살아가기 어려운 사정을 문제삼았다.

　〈金雲翹〉의 작가로 널리 알려진 阮攸는 시인이기도 했으며 악부시를 짓는 데 열의를 보였다. 노래 부르는 것을 생업으로 삼는 하층광대의 모습을 그린 작품이 여럿 있다. 〈弔羅城歌者〉에서는 광대의 죽음을 애도했다. 〈太平賣歌者〉는 걸인 가객의 모습을 길게 노래한 시이다. 장편 〈龍城琴者歌〉에서는 늙어 쇠잔한 모습을 하고 있는 광대의 행색을 그리면서, 민란을 일으켜 역사를 쇄신한 제왕의 과업이 실패로 돌아간 내력을 안타깝게 회고했다.(하나, 297)

> 안색 수척하고 정신 메마르고 모습 왜소해지고,
> 눈썹이 많이 자라서 분장을 감당하지 못한다.
> 당시 이 사람이 성 안에서 으뜸이었음을 누가 알랴.
> 옛 노래 가락가락 몰래 눈물을 흘리게 해서,
> 귀로 조용히 들으니 마음속이 슬프구나.
> 이십 년 전의 일 기억이 드세게 일어나네.

월남의 한시 창작은 그 뒤에도 계속되면서 현실 인식과 의식 각성을 위해 소중한 기여를 했다. 20세기에 들어와서까지 한시의 명편이 이루어진 점이 동아시아 다른 나라와 같다. 그런데 프랑스의 식민지 통치에 맞서 싸운 민족혁명의 지도자 胡志明의 작품은 그 가운데 특히 주목할 만하다. 1942년부터 이듬해까지 중국 감옥에 갇혀 있을 때 지은 〈獄中日記〉 시편이 동아시아한문학사의 최후를 장식한다.

공동문어시와 민족어시가 어떤 관계에 있었는지는 문명권에서 차지하는 위치에 따라 달랐다. 중심부 중국에서는 공동문어시가 일찍부터 압도적인 우위를 확보하고 민족어시는 자라나지 못하게 했다. 중간부 한국과 월남에서는 공동문어시와 힘겨운 경쟁을 하던 민족어시가 중세에서 근대로의 이행기에 이르면 크게 성장하고 또한 질적인 비약을 이룩했다. 주변부 일본에서는 중세전기에 이미 공동문어시와 대등한 지위를 차지한 민족어시의 위세가 중세에서 근대로의 이행기까지 그대로 지속되고 특별한 변화를 보여주지 않았다.

중국에는 민족어가 여럿이다. 소수민족이 각기 자기 말을 쓰고 있을 뿐만 아니라, 중국어라고 범칭되는 것들 가운데 서로 통하지 않는 개별언어가 여럿 있다. 그러나 그런 언어의 문학은 구비전승에 머무르는 것이 상례이다. 연극 또는 소설의 영역에나 부분적으로 들어섰을 따름이고, 근대에 이르러서 白話詩가 출현할 때까지는 민족어시라고 할 것이 없었다. 그런데 1851년에 洪秀全이 반란을 일으켜 太平天國을 세운 취지를 선포한 〈原道救世歌〉 등 일련의 노래는 客家語라는 개별언어의 구비시를 활용했다.[143]

한국에서 민족어시가 전개된 양상을 살피는 데는 17세기의 尹善道와 19세기의 李世輔가 좋은 표준이 된다. 두 사람 다 시조를 쓰는 데 힘쓰면서, 서로 반대가 되는 취향을 보여주었다. 윤선도는 상층다운 여유를 가지고 산수를 완상하는 자세를 세련된 표현을 갖추어 나타내면서, 고전적인 한시에서 간직해온 미의식을 재현했다. 이세보는 하층민이 겪는 어려움을 자기 일로 여겨 현실의 모순을 고발하면서, 민요에서 하는 말을 받아들여 표현을 구체화했다. 대표작을 한 편씩 든다.(통사 3, 295, 308)

> 잔 들고 혼자 앉아 먼 뫼를 바라보니
> 그리던 님이 오다 반가움이 이리 하랴
> 말씀도 웃음도 아녀도 못내 좋아하노라

> 저 백성 거동 보소 지고 싣고 들어와서
> 한 섬 바치려면 두 섬 쌀이 부족이라
> 약간 농사지었던들 그 무엇을 먹자 하리

가사에도 그 두 경향이 다 나타나면서 뒤의 것이 더욱 두드러졌다. 풍속가사 丁學游의 〈農家月令歌〉, 기행가사 金仁謙의 〈日東壯遊歌〉 같은 것들이 장편으로 창작되고, 여러 교단의 종교가사가 등장해 교리 논쟁을 벌였으며, 부녀자들에게 규방가사가 크게 유행했다. 1860년에 東

---

143) 羅可群, 《客家文學史》(廣州 : 廣東人民出版社, 2000), 166~172

學을 창건한 취지를 선포한 崔濟愚의 〈龍潭遺詞〉는 앞에서 든 중국 洪秀全의 작품과 상통하면서도, 기존의 종교가사에 대한 반론인 점에서 차이가 있다.

일본의 경우는 고답적인 작풍이 우세하고 높이 평가되었다. 17세기의 松尾芭蕉(마츠오바쇼오)가 세상의 명리를 버리고 고행자와 같은 자세로 유랑하면서 그 진수에 이르렀다고 한다. 글자수가 5·7·5만으로 이루어진 최단형시 俳句(하이구)를 최상의 예술품으로 승격시켰다고 오늘날까지 줄곧 높이 숭앙된다. 두 편을 들어본다.[144]

　　한밤에 남몰래
　　벌레는 달빛 아래
　　밤을 갉는다.

　　한적함이여
　　바위에 스미는
　　매아미 울음

월남어시에도 고답적인 작품이 있지만, 현실 인식의 새로운 경지를 보여준 것들이 더 큰 비중을 차지했다. 여류시인의 활동이 두드러진 것도 특기할 만한 사실이다. 19세기초의 胡春香은 뛰어난 자질과 날카로운 비판정신을 갖추고 사회의 모순과 다각도로 부딪혀, 강력한 긴장을 갖춘 작품을 남겼다.(공동, 110~111)

　　고개, 고개, 또 다시 고개,
　　이 험한 곳에 길을 낸 사람은 위대하도다.
　　기북 껍질인양 울룩불룩한 땅에 품이 시퍼렇고,
　　닭 벼슬처럼 돋아오른 바위는 이끼 투성이다.

―――――――――――――――――――――

144) 유옥희 역, 《마츠오 바쇼오의 하이쿠》(서울 : 민음사, 1998), 11, 76

성급한 바람은 소나무 가지를 흔들어대고,
마구 떨어지는 물방울이 버들잎을 적신다.
오르다가 그만두어야 賢人이고 君子인가?
팔다리가 지쳤다고 물러나야 하는가?

〈詠三嶺險路〉라고 제목을 번역할 수 있는 시의 전문이다. 한시의 7언 율시를 차용한 형식이어서 모두 여덟 줄이, 두 줄씩 짝을 짓고 있다. 대구를 만들어 경물을 그리고 정감을 나타내서 情景을 만드는 방식에서도 고풍을 이었다. 그렇지만 험악한 형상을 하고 있는 경물을 매개로 강력한 주장을 지닌 정감을 전해 독자를 당황하게 한다. 賢人이고 君子라는 사람들의 신중한 처세를 비난하고, 어떤 도전이 닥쳐도 과감하게 투쟁해야 한다고 했다.

한국의 가사와 상통하는 월남의 교술시도 18세기 이후에는 성격이 다양해지고, 장편으로 늘어나기도 했다. 阮嘉韶는 〈宮怨吟曲〉을 지어, 군주의 총애를 잃은 후궁의 슬픔을 불교의 인생관을 곁들여서 술회했다. 남편을 전쟁에 내보낸 아내의 고독과 슬픔을 하소연한 한시 鄭陳棍의 〈征婦吟〉을 段氏點이라는 여류시인이 월남어로 번역한 〈征婦吟演歌〉는 한국의 규방가사와 상통한다. 〈大越國史演歌〉와 〈天南語錄〉에서는 월남역사를 길게 노래했다.

산스크리트문학권에서도 공동문어시를 중세에서 근대로의 이행기에도 계속 창작했으나, 고답적인 형식주의에 빠져 시대변화와 적극적으로 연결되지 않았다. 그런 가운데 몇 몇 시인은 새로운 길을 찾았다. 17세기 시인 판디타라자 자간나타(Paditaraja Jagannatha)는 자기 스스로 독자적인 기교를 연마하는 이론을 제시하고 다각적인 시도를 했다. 18세기의 비슈베슈바라 판데(Vishveshvara Pande) 또한 시론을 가다듬는 데 힘쓰고, 여체의 아름다움을 관능적으로 묘사하는 시를 짓는 데 뛰어난 솜씨를 보였다.[145]

그렇지만 주류에서 벗어나면 새로운 기풍을 보일 수 있었다. 벤카타

드바린(Venkatadhvarin)도 17세기 사람인데, 인도 전역의 산하를 둘러보고, 여러 직업에 관해 말하는 작품을 시와 산문을 섞어서 썼다. 시인 노릇도 직업의 하나로 들고 해먹기 어렵다고 한탄했다. “시인이 비쉬누신을 향해 마음에서 우러나는 찬사를 바치는 대신에 저열하고 가련한 군주를 받들어야 하다니, 참으로 안타깝구나”라고 했다.[146]

산스크리트문명권은 중세후기에 이미 문명권의 중심부에서도 민족어시가 더욱 두드러진 구실을 한 것이 아랍어문명권과 많이 달랐다. 카비르의 뒤를 이은 힌디문학의 성자-시인들이 ‘박티’ 사상을 널리 펴서 대중화하는 작업을 계속했다. 그 가운데 특히 우뚝한 16세기후반~17세기초의 툴시다스(Tulsidas)는 오늘날까지 열광적인 숭앙을 받고 있다.

툴시다스는 브라만 출신이지만, 태어나자마자 어머니를 잃고 불길한 아이라고 해서 아버지가 버려 고아가 되고, 연명하기 위해서 구걸하면서 사방을 돌아다니다가 뛰어난 스승을 만나 산스크리트 고전을 익혔다고 한다. 성장한 뒤에 다시 진리를 찾기 위해서 가정을 버리고 방랑의 길에 올라 성자·시인으로 일생을 보냈다. 자기 언어인 아와디어(Awadi)외 서부힌디어의 두 가지 언어를 사용해 이해하기 쉬운 시를 지어 광범위한 민중의 호응을 얻었다.

툴시다스는 산스크리트를 알고, 고전을 직접 읽어 학습한 점이 카비르와 달랐다. 그러나 고전을 그대로 두지 않고 힌디어로 옮겨 누구나 이해할 수 있게 해야 한다고 생각해서 〈라마야나〉를 번역하고 개작한 〈라마차리트마나스〉(*Ramacaritmanas*)를 남겨, 오늘날에 이르기까지 널리 애호된다. 그 서두에서 다음과 같이 노래해, 어떤 언어로 누구를 위한 작품을 마련했는지 분명히 했다. 그 점에 관해서 스스로 다음과 같이 노래했다.(공동, 159~160)

---

145) K. Ayyappa Paniker ed., *Medieval Indian Literature, an Anthology, Volume One* (New Delhi : Sahitya Akademi, 2000), 483~484
146) 같은 책, *Volume Four*, 323

내가 하는 말은 속되고, 내 생각은 단순하다.
그래서 웃음거리가 될 만하니, 비웃어도 그만이다.

내 말은 아무 가치도 없다고 하지만,
누구든지 이해할 수 있는 점 하나는 훌륭하다.
천대받는 사람들이 잘 알아들을 수 있는
말을 하려고 한다.

〈라마야나〉 원작의 어렵고 복잡한 서술을 단순화하고, 명료하게 했다. 주인공 라마를 민중이 기대해 마지않는 이상적인 지도자로 그리고, 대중종교의 취향과 부합되게 했다. 힌디어를 사용하는 인도인들은 오늘날까지 원문은 모른 채, 이 번역개작본을 읽거나 듣고서 심취해 라마를 열광적으로 숭배하고 있다.

힌디문학은 그 뒤에 다른 방향으로 나아갔다. 17세기중엽 이후에는 세속적이고 육감적인 시를 쓰는 '리티'(riti) 시풍이 등장해, '카비야', '박티' 다음의 세 번째 시대의 문학을 이룩했다. '카비야'는 중세전기, '박티'는 중세후기, '리티'는 중세에서 근대로의 이행기의 사조이다. 그것이 바람직한 변화가 아니었다고 생각해, 오늘날의 인도인은 '박티'를 높이고 '리티'를 낮추지만, 그 둘이 순서를 바꿀 수 있는 것은 아니었다.

'카비야'와 '박티'는 고귀한 정신을 찾는 이상주의를 내세우고, '리티'는 세속적이고 현실적인 풍조를 지닌 점이 서로 달랐다. '카비야'와 '리티'는 문학 그 자체를 소중하게 여겨 형식과 기교를 중요시하고, '박티'는 종교적인 진실을 찾았다. '박티' 시대의 시인-성자들은 하층민 출신이거나 하층민과 공감을 나누고자 했지만, 브라만계급 출신의 '리티' 시인들은 산야를 버리고 궁정으로 들어가 제왕의 보호를 받는 궁정시인이 되었다.

'리티' 시인으로 비하리(Bihari)와 데바다타(Devadatta)가 높이 평가되었다. 브라만 출신의 박식가이며, 자기 고장의 통치자에게 봉사하는 궁정시인이었던 17세기의 비하리는 뛰어난 기교를 자랑했다. 사랑의 정 감을 절묘하게 묘사해서 감탄을 자아냈다. 17세기말에서 18세기초에 걸 쳐 활동한 데바다타 또한 브라만 출신의 궁정시인이었다. 여체의 아름 다움에 매혹되게 하는 언어구사에다 철학적 의미를 부여하는 시를 많 이 써내서 인기를 얻었다.

중심부의 힌디어권을 벗어난 변방의 다른 언어의 문학에서는 중세에 서 근대로의 이행기문학이 새롭게 형성된 사례가 이따금 있었다. 그 여 러 곳의 문학은 힌디문학만큼 소상하게 알려지지 않아 전모를 파악하 기 어렵지만, 힌디문학의 침체와 대조가 되는 활기에 찬 창조가 이루어 진 것을 확인할 수 있다. 오랜 연원을 가진 구비문학의 전통을 되살려 하층민의 의식을 나타내는 문학을 한 것이 그 가운데 특히 주목할 만 하다.

힌두교와 이슬람교의 대립을 새로운 종교 시크교를 창건해 해결하려 고 한 16세기의 나나크(Nanak)는 자기 고장 편자브문학에 활기를 불어 넣는 시를 지었다. 종교적인 깨달음을 갈파한 교술시를 형식은 자유롭 고 말은 풍부하고 아름답게 지어 사회저변에까지 호응을 얻을 수 있게 했다. 시크교가 신흥대중종교로 이어지고, 나나크의 후계자들이 그런 시를 계속해서 지어 수천 편에 이른 작품을 집성한 것이 편잡문학의 최 대 유산이다.

17세기 마라티 시인 투카람(Tukaram)은 천민으로 태어나 극도의 빈 곤에 시달리는 처지이면서 종교적 진실을 찾는 시를 지어, 널리 숭앙받 는 성자가 되었다. 문자 대신 하층의 경험을 깨달음의 근거로 삼아 카 비르보다 한 걸음 더 나아갔다. 시 한 편에서 두 대목을 들어본다.(철학, 373~374)

　　나는 천민의 신분으로 태어났다.
　　나는 구멍가게나 열고 있다.
　　원래부터 집안의 신이나 섬긴다……

나는 글 쓴 것을 모두 강물에 던져버리고,
신의 문간에 가서 고집스럽게 앉아 있으니,
신이 나를 도우러 왔다……

서쪽 해안지방의 구자라트어(Gujarathi)문학은 17·18세기에 활기를
띠었다. 뛰어난 시인 셋이 이어서 나와 생동하는 기풍의 다양한 문학을
이룩했다. 그 선두에 선 아크호(Akho)는 가문의 생업인 대장장이 처지
에서 사람이 살아나가는 바른 길을 찾기 위해 분투하면서, 단순하고 수
식이 없는 구어를 사용해서 종교지도자들의 탐욕과 허위를 비판했다.
　남쪽의 드라비다어 사용 민족들은 독자적인 전통을 적극 이으면서
시대변화에 호응했다. 타밀(Tamil)문학에는 어린이의 모습을 하고 있
는 대상을 받드는 '필라이트타밀'(pillaittamil)이라는 시의 전통이 있었
다. 그것은 신일 수도 있고, 성자일 수도 있고, 영웅일 수도 있다. 그 정
점을 훌륭하게 보여주었다고 칭송되는 17세기의 시인 쿠마라쿠르파라
르(Kumarakuruparar)가 남긴 작품 가운데, 타밀시의 자랑스러운 전통
을 예찬의 대상으로 한 것은 특히 주목할 만하다. 극치에 이르렀다는
정교한 표현은 전달이 되지 않지만, 몇 줄 옮겨본다.[147]

신을 기린 옛적 노래
줄줄이 과일이 되었네

향기 감미로운 타밀어에다
꿀 같은 시상을 가득 채워

자기를 버리고 헌신하는 이들마다
마음의 사원에 불을 밝혀주네

---

147) Paula Richman, *Extraordinary Child, Poems from a South Indian Devotional Genre* (Honolulu : University of Hawaii Press, 1997), 84

텔레구(Telegu)문학에는 기녀가 사랑하는 사람을 그리워하는 사연으로 이루어진 '파담'(padam)이라는 노래를 시인들이 지어 사원의 종교의례에서 사용하는 전통이 있었다.[148] 그런데 17세기에 크세트라이야(Ksetrayya)는 그런 노래를 사원의 종교의례와는 관련없이 지어 세속의 문학이 되게 하고, 사랑의 즐거움과 괴로움을 그 자체로 묘사했다. 18세기 이후에는 육감적인 표현이 확대되고 말이 거칠어졌다.

아랍어문명권의 경우에는 중세에서 근대로의 이행기 동안에도 공동문어시가 우세하고 민족어시는 두드러진 발전을 보이지 못했다. 그 중심부에서는 민족어시의 창작을 19세기에 처음 시험하고, 아직까지 확립하지 못했다. 변방의 페르시아문학, 터키문학 등에서는 민족어시가 일찍부터 발달한 것과 좋은 대조를 이룬다.

그런데 위에서 든 두 곳에서는 민족어시가 중세후기문학으로 크게 성장하고, 중세에서 근대로의 이행기의 혁신은 뚜렷하게 보여주지 못했다. 시간이 흘러도 같은 작풍을 되풀이하다가 창조력이 감퇴되었다. 아랍어문명권에 나중에 편입된 더욱 변방인 곳에서는 그렇지 않아 중세에서 근대로의 이행기의 민족어시에 주목할 만한 것들이 있었다.

페르시아 본고장에서 15세기 이후 오랫동안 페르시아어문학이 침체기에 들어섰을 때, 인도아대륙에 페르시아어문학이 이식되었다.(공동, 267) 인도아대륙에 들어간 이슬람교도들은 터키민족에 속하지만 페르시아어를 모국어로 사용했다. 이슬람교도여서 아랍어를 공동문어로 받아들여 아랍어문학도 했지만, 자기네 모국어인 페르시아어를 제2의 공동문어로 삼아 국정 수행의 공용어로 채택하고, 문학창작에 널리 사용했다.

인도아대륙에 페르시아어문학이 등장한 것은 12세기 델리(Delhi) 술탄왕조 시대에서 비롯했다. 터키인 아버지와 인도인 어머니 사이에서

---

148) A. K. Ramanujan et al. edited and translated, *When God is a Customer, Telegu Courtesan Songs by Ksetrayya and Others* (Berkeley : University of California Press, 1994)

태어난 14세기의 아미르 코스로우(Amir Khosrow)는 세련된 페르시아어를 사용한 시에서 자국의 군주를 찬양하고 당대에 일어난 사건에 대해서 발언하고 아랍어시도 지었다. 16세기에 무굴제국을 창설한 군주들은 페르시아에서 많은 문인을 초빙했다. 페르시아 문인들에게 인도는 새로운 희망의 땅이었다.

전래된 격식에 매이지 않고 자유로운 표현을 하는 페르시아어문학의 새로운 경향이 인도에서 나타났다. 그렇게 해서 페르시아어문학에 새로운 활력을 불어넣었다. 인도인도 새로운 공동문어로 등장한 페르시아어를 사용해서 시를 창작했다. 17세기의 카림(Karim)은 자기 시대에 일어난 정치적인 사건을 시로 다루었다. 18세기초의 비델(Bidel)은 신비적인 착상을 오묘하게 표현해서 코스로 이후의 최대 시인이라고 평가되었다.

터키민족 가운데 중앙아시아의 초원지대에 자리 잡은 갈래들은 구비서사시를 자랑스럽게 전승했다. 그런 전통을 이어 새로운 시를 창작하는 것이 자연스러운 일이자 광범위한 호응을 얻을 수 있는 방법이었다. 그래서 중세에서 근대로의 이행기문학의 새로운 경지를 개척할 수 있었다. 떠돌이 장님이었다는 17세기 우즈베키스탄 시인 마츠라브(Machrab)의 노래가 구전되다가, 19세기에 이르러서 기록된 것이 그 좋은 본보기이다. 그 한 대목을 들어본다.(공동, 273)

나는 기괴하게 미친 사람이라 초원에도 사막에도 머무르지 못한다.
내 마음은 이 세상 어디에도 자리 잡지 못하는 불붙은 강물이다.

황홀한 경지에 이른 나는 내 안에 있기도 하고, 내 밖에 있기도 한다.
어리석은 짓을 하다가 황홀해져, 예절이란 것을 따르지 않는다.

작품에 제목이 없다. 서두에 일화를 하나 들고, 그 다음에 시를 내놓는 방식으로 새로운 작품이 시작되었음을 알린다. 이 시 앞의 일화에서 마츠라브가 옷을 벗어던지고 호수에 뛰어드는 것을 보고, 호숫가에서 잔치를 하고 있던 사람들이 마츠라브의 어머니에게 알렸다고 했다. 어머니가 달려와 기괴한 행동을 나무라자 마츠라브가 대답했다고 하는 말이 시로 이어지면서, 공연히 기괴한 짓을 하는 것은 아니고 깊은 이유가 있다고 했다. 그 가운데 두 토막을 따온 위의 인용구만 보아도, 모든 집착에서 벗어나서 진실을 탐구하는 '수피'의 정열을 노래했음을 알 수 있다.

투르크멘의 문학은 18세기에 이르러서 독자적인 모습을 갖추었다. 그 시기의 대표적인 시인 메크툼쿨리(Mäkhtumquli)는 자기네 민요에 바탕을 둔 시를 다양하게 창작해, 서정적이고, 신비적이고, 애국적인 기풍을 함께 보여주었다. 문자를 사용해서 지은 시가 구전으로 널리 퍼져나가 투르크멘인들에게 크게 환영받았으며, 다른 인접 언어로 번역되어 애송되기도 했다. 지금 수집되어 있는 시가 8백여 편에 이른다.

메크툼쿨리는 불우하게 살면서 깊은 감동을 주는 시를 지었다. 학식이 있어 훈장 노릇을 하는 위치에 있으면서도, 대장간에서 만든 물품을 거래하는 일에 종사하면서 생계를 책임져야 했다. 사랑에 실패하고, 몇 차례 투옥되는 시련도 겪으면서 삶의 쓰라림을 경험했다. 페르시아의 침공으로 빚어진 민족적 시련 때문에도 괴로워했다. 다음과 같은 시구에 복합적인 의미를 지닌 탄식이 나타나 있다.(공동, 274~275)

아름다운 대지에서 행운이 사라지고, 영웅들은 겁쟁이가 된다.
겁쟁이에게 거는 말은 영웅에 대한 농담이다. 제왕은 힘이 없다.

모든 아름다움은 완전하지 못하고, 반드시 흠집이 나 있다.
여인의 가슴 안쪽을 보아라. 그곳에 피가 엉켜 있지 않느냐.

아프가니스탄 사람들은 페르시아가 강성할 때 그 일부가 되어, 페르시아어를 정치와 문학의 공동문어로 사용하는 문명을 동쪽으로 전파하는 구실을 했다. 독립국이 되고, 유럽문명의 위협을 받다가 영국의 통치

270

를 받게 된 기간 동안에도 페르시아어문학 창작에 힘써 새로운 시대에 대응하는 자세를 보여주었다. 타르지(Mahmud Tarzi) 같은 선각자가 주장하는 문학혁신론을 페르시아어문학을 통해 실현하려고 했다.[149]

그러면서 다른 한편으로는 민족어문학이 일어났다.[150] 무굴제국과의 충돌이 그 계기가 되었다. 인도에 들어가 무굴제국을 건설한 집단이 터키민족에 속하면서도 아프가니스탄에 거주하는 동안에 그 영향을 받아 페르시아어를 사용했다. 그런데 대제국의 주인이 되자 아프가니스탄의 복속을 요구해서 충돌이 일어났다. 거기 항거해 싸운 아프가니스탄의 지도자가 민족어 구어문학을 일으켰다.

쿠쉬할(Khushhal)은 카타크(Khattak) 부족의 통치자여서 군주를 지칭하는 '칸'(Khan)이라는 말을 넣어서 '쿠쉬할 칸 카타크'라고 일컬어지는 사람이다. 무굴제국의 군대와 싸우다가 델리로 잡혀가 감옥살이를 하고 돌아가서도 항쟁을 계속했다. 항쟁의 뜻을 선포하고 동족의 지지를 호소하는 방법은 시를 짓는 것이었다. 무굴제국의 지배자들도 함께 사용하는 격식화한 페르시아어를 버리고, 누구나 알아들을 수 있는 구어시를 지었다. 자기 이름을 제목으로 삼아 〈쿠쉬할 칸 카타크〉라고 한 시를 무덤에다 새겨놓았다. 그 전문을 들면 다음과 같다.

우리나라의 영광을 위해
나는 칼을 들었노라.
나는 이 시대의 영웅
쿠쉬할 칸 카타크이다.

---

149) Ashraf Ghani, "The Persian Literature of Afganistan", Ehsan Yarshater ed., *Persian Literature* (Albany, New York : Bibliotheca Persica, 1988)
150) David Neil MacKenzie, "Littérature pastho", Raymond Queneau dir., *Histoire des littératures 1* (Paris : Gallimard, 1955) ; http ://www.afghan-network.net/biographies/khattak.html ; http ://www.afghanan.net/pashto/main.htm

쿠쉬할이 사용한 구어는 파스투(Pasthu, Pastho)라고 일컬어지며, 지금 아프가니스탄 동남쪽에서 파키스탄 서북쪽에 걸쳐 사용되고 있다. 아프가니스탄에는 또 하나의 언어 다리(Dari)가 있는데, 그것 또한 페르시아어의 한 분파이다. 그 둘은 큰 차이가 없으면서도 구어문학이 시작되자 별개의 언어가 되었다. 페르시아어문학과 두 가지 구어문학의 공존은 오늘날까지 이어지고 있다.

인도에서 힌디어를 사용하던 사람들이 페르시아어를 공동문어로 받아들여 자기네 언어의 표기문자를 바꾸어 어휘도 대폭 교체한 결과 새로운 언어인 우르두(Urdu)가 생겨났다. 우르두문학은 12세기에 나타났으나 17세기까지는 페르시아어문학을 보조하는 정도의 소극적인 기능만 수행했다. 18세기 이후에 이르면 우르두문학이 페르시아어문학을 대신할 수 있는 위치에 올라서서 본격적으로 발전했다.

18세기의 미르(Mir), 19세기초의 나지르(Nazir), 19세기 중엽의 갈리브(Ghalib)가 대표적인 시인이다. 세 사람 모두 페르시아어시를 창작하다가 익힌 표현법을 새로운 발상을 나타내는 데 활용해, 힌디어시나 페르시아어시에서 볼 수 없던 우르두어시의 독자적인 세계를 개척했다. 미르는 페르시아시 창작 능력을 평가받아 궁정시인이 되고자 했으나 실패하고, 우르두어시를 지어 자기 내면에서 느끼는 좌절과 보람을 진실되게 나타냈다.[151]

저녁나절부터
나직하고 흐릿하게 타오르고 있는
내 마음은
거렁뱅이의 등불이다.

미르기 히는 이야기를

---

151) Ahmed Ali tr., *The Golden Tradition, an Anthology of Urdu Poetry* (Delhi : Oxford University Press, 1992), 141

누가 들으려고 하는가?
주변 사람들의 분위기가
서먹서먹해 우울하다.

우르두어 시인이 페르시아어를 버린 것은 아니었다. 공동문어와 민
족어의 관계에 있는 두 언어를 함께 쓰는 것이 마땅하다고 여겼다. 그
런데 인도에서 식민지 통치를 시작한 영국이 1835년에 공용어를 페르
시아어에서 영어로 바꾸어 페르시아어에 큰 타격을 준 것이 이슬람교
도들에게는 견디기 어려운 시련이었다.[152] 그 시기에 갈리브는 영어를
거부하고 영국인이 가져온 문명에 반감을 가지면서, 페르시아어를 지키
고 전통적 가치관을 수호하기 위해서 분투했다.[153] 페르시아어가 사상과
문학의 언어로서는 계속 소중한 구실을 해야 한다는 생각이 지속되어,
20세기의 시인 이크발(Iqbal)도 페르시아어와 우르두어 두 언어로 시를
썼다.

동남아시아 말레이인은 원래 산스크리트문명권에 소속되었다가, 15
세기 이후에는 이슬람교를 받아들이고 공동문어를 바꾸어 아랍어문명
권의 일원이 되었다. 16세기후반의 함자흐 판수리(Hamzah Fansuri)와
그 후계자인 시얌수딘(Syamsuddin)은 아랍어·페르시아어·말레이어를
함께 사용하면서 말레이의 이슬람문학을 이룩하는 데 결정적인 기여를
하는 저술을 남겼다.[154] 시얌수딘이 주해한 함자흐 판수리의 시가 그 가
운데 특히 소중하게 평가된다.

산스크리트문명권에 소속된 시기에는 그 중심부의 선례를 따르던 말

---

152) Annemarie Schimmel, *Islamic Literatures of India* (Wiesbaden : Otto
　　Harrassowitz, 1973), 52
153) Frances W. Pritchett, Nets of Awareness, *Urdu Poetry and its Critics*
　　(Berkeley : University of California Press, 1994), 7~11
154) Haji Muhammad Bukhari Lubis, *The Ocean of Unity, Wahdat Al-Wujud in
　　Persian, Turkish and Malay Poetry* (Kuala Lumpur : Dewan Bahasa dan
　　Pustaka, 1994), 269~309

레이문학의 갈래체계가 아랍어문명권으로 소속을 옮기면서 전반적으로 개편되었다.[155] 그 결과 말레이문학의 독자적인 특징이 뚜렷하게 나타났다. 상하층의 신분에 따른 구분이 명확하지 않아 공동의 영역이 넓고, 구비문학과 기록문학이 쉽사리 넘나드는 관계에 있었다.

두 가지 시형을 즐겨 사용하면서 다양한 창작을 했다. '판툰'(pantun)이라는 단형 4행시를 지어 즐기는 전통을 활성화했다. 4행시를 연결시킨 장시형 '시아이르'(syair)를 만들어내 일상적인 서사시를 창작하는 데 누구나 참여할 수 있게 되었다.(공동, 286~287)

> 말라카에다 심은 모는
> 따가운 햇살 속에 자라나는데,
> 이내 마음은 비참해지네
> 님을 만나지 못해.

'판툰'을 하나 들면 이와 같다. 말라카(Malacca)에다 심은 모가 잘 자라 온 나라를 기쁘게 하는데 자기의 사랑은 아직 이루어지지 않았다고 하는 내심의 고민을 토로했다. 나라와 자기, 곡식과 사랑, 외면과 내면이 서로 다른 것은 잘못이고 하나가 되어야 한다고 했다.

'시아이르'의 한 본보기로 〈시아이르 시티 주바이다흐 페랑 치나〉(*Syair Siti Zubaidah Perang China*)라는 것을 들어보면, 말레이의 공주가 중국황제와 싸워 물리친 이야기이다. 민족수호의 영웅을 여성으로 설정해서 누구나 흥미를 가질 만한 이야기를 만들어내 광범위한 호응을 얻었다. 그런 전통을 이어 유럽인의 침략에 맞서는 주체적인 의식을 가다듬었다.

아랍어문명권의 주변부는 사하라 이남의 아프리카이다. 사하라 이북의 아프리카는 중세전기에 이미 아랍군에게 정복되어 일찍이 아랍세계

---

155) V. I. Braginsky, *The System of Classical Malay Literature* (Leiden : KITLV, 1993), 11~27

의 일부가 되고 아랍어를 사용하게 되었지만, 사하라 이남의 아프리카
는 제외되어 있었다. 그러다가 압바시드제국이 무너지고 아랍세계가 중
세후기에 들어선 시기에, 아랍상인들이 사하라 이남으로 교역을 위해
왕래할 때 이슬람교 선교사들이 동반해서 이슬람교와 아랍어를 전해주
었다. 이슬람교와 함께 아랍어가 전래되어, 사하라 이남 지역에서도 아
랍문자를 이용해 자기네 언어 하우사(Hausa), 스와힐리(Swahilli), 말라
가쉬(Malagashy) 등을 기록하는 문학이 나타났다.

아랍문자를 이용해서 하우사어를 적는 글을 '아자미'(ajami)라고 한
다. 처음에는 '아자미'문학이 온통 이슬람문학이었다. 17세기까지는 아
랍어와 아자미 두 가지 글을 썼다. 18세기말의 종교지도자 우스만 포디
오(Usman dan Fodio)와 압둘라히 포디오(Abdullahi dan Fodio) 형제가
시인으로서도 크게 활동하면서, 신앙시와 정치시를 창작했다. 〈정통신
앙의 재현과 이단의 척결〉과 같은 논설을 아랍어로 쓰고, 480편의 시를
아랍어, 풀풀드어(Fulfulde), 하우사어의 세 가지 언어로 지었다.

19세기말에 영국이 하우사 지방의 소코토(Sokoto)왕국까지 침략의
손길을 뻗칠 때 문학도 크게 긴장했다. 그 나라의 재상이었던 지다도
(Bahari dan Gidado)는 수피사상에 따라 다진 이슬람신앙으로 어려움
을 극복하고 마음의 중심을 바로잡자고 호소하는 연작시를 지었다. 그
가운데 한 편을 들면 다음과 같다.(공동, 294)

그러나 나는 마음속에 깊은 생각을 가지고 숙고한다.
젖은 땅에다 씨를 뿌렸다는 것을 너는 알리라.
세월이 변덕스러워도 두려워하지 말아라.
우리가 두려움을 물려받지 않았음을 너는 알리라.
믿음이 굳은 사람은 두려워할 것이 없다.

동부아프리카 스와힐리문학은 17세기에 일어났다. 그 시기에 창건된
파테(Pate)왕국에서 선구적인 작업을 했다. 아랍어 문자로 자기네 언어

를 표기하면서, 아랍문학에서 받아들인 모형에 따라 글쓰기를 하고 작품을 창작해서 스와힐리어의 문자생활이 이루어지고, 기록문학의 역사가 시작됐다. 왕국의 역사서를 마련하고, 여러 형태의 시를 발전시켰다.

스와힐리문학은 18세기에 확고하게 자리를 잡고 시대마다 다른 창작물을 다양하게 내놓았다. 19세기초의 무야카(Muyaka)는 세속적이고 일상적인 시를 쓰는 데 앞서서, 아내에게 주는 시 여러 편과 함께, 정치적인 항거, 철학적 성찰의 시를 남겼다. 19세기말에 독일이 침공할 때 스와힐리 시인들은 항거의 시를 지었다. 독일과 영국의 식민지가 되고, 독일의 패망으로 전역이 영국 식민지가 된 뒤에도 주체성을 잃지 않아, 유럽의 언어가 아닌 자기 언어로 근대문학을 이룩했다.

4. 4. 서사시의 변모

중세 이전에 구비문학으로 창조된 서사시 가운데 기록문학으로 정착된 것은 구전이 사라지고, 구전되기만 한 것은 오랜 생명력을 지녔다. 중세까지의 서사시에서 중심을 이룬 영웅서사시는 중세에서 근대로의 이행기에도 그 나름대로 소중한 의의가 있어 계속 전승되었다. 그러면서 다른 한편으로는 영웅서사시와 다른 범인서사시가 크게 성장했다.

영웅서사시와는 별도로 범인서사시의 세 하위유형인 신앙비판서사시·성자서사시·생활서사시가 등장한 것은 중세에 시작된 변화이다. 중세에서 근대로의 이행기에는 셋 가운데 생활서사시가 특히 활발하게 창조되어 새로운 관심사를 적극 나타냈다. 혼인과 애정을 둘러싸고 벌어진 남녀관계의 문제를 다루는 것이 그 가운데 특히 긴요한 내용이다.

영웅서사시가 계속 전승된 이유는 몇 가지로 간추릴 수 있다. 중세보편종교 이전 토착종교의 의례에서 무당이 구연하는 서사시는 그 종교와 함께 전승되었다. 영웅서사시가 외압에 대항하는 민족주체성 인식의 근거가 된다고 생각한 경우에는 더욱 적극적으로, 의도적으로 전승하고 옹호했다. 서사시 구연이 다른 무엇보다도 흥미로운 흥행물일 때에도 열심히 이어나갔다.

중국 운남지방의 여러 민족 또한 영웅서사시를 구전하면서 민족의 주체성을 재확인하는 한편 범인서사시를 다채롭게 창조했다. 서사시가 가장 긴요한 문학갈래여서 생활의 다양한 모습을 나타낼 수 있게 개조하는 데 힘써 시대변화에 상응하는 흥미거리로 삼았다. 문자생활의 산물인 기록문학을 발전시켜 감당해야 할 새로운 시대의 관심사, 문학담당층의 확대에 따르는 다양한 요구를 수용하는 과업을 구비서사시가 맡았다.

생활서사시는 생활의 모든 면모를 다루지만, 그 가운데 가장 긴요한 관심사는 애정이다. 사랑하는 남녀의 결연이 최상의 소재이다. 애정의 시련이나 파탄을 다루는 것이 예사이다. 그렇게 하면서 여성 쪽의 발언을 많이 나타냈다. 영웅서사시에서는 남성서사시가 우세했지만, 생활서사시에는 여성서사시라고 할 수 있는 것이 더 큰 비중을 차지했다.

納西族의 〈魯般魯饒〉에서는 사랑하는 남자가 다른 여자와 결혼한 파탄을 그렸다. 彝族의 〈力芝와 索布〉는 '나무꾼과 선녀'유형의 애정서사시이다. 사냥꾼이 하늘에서 내려온 선녀와 사랑을 나누는데 방해꾼이 나타나 파탄이 생기는 사건을 길게 노래했다. 白族의 〈靑姑娘〉은 강압적으로 이루어지는 혼인의 비극을 다루었다.

彝族의 〈阿詩瑪〉에서는 가난한 집의 딸을 아름답고 일 잘한다고 칭송하고서, 뒤따르는 수난사를 엮어나갔다. 재물을 믿고 방자하게 구는 악인이 며느리를 삼으려고 애쓰다가 강제로 납치하기까지 했다. 평소에 양을 기르면서 무예를 닦은 동생이 달려가서 누나를 구출한 행동을 감동적으로 그렸다.

백족의 〈黃氏女와 金剛經〉은 생활서사시의 일반적인 설정에서 많이 벗어나 있는 특이한 작품이다. 일 잘하고 선량한 부녀자가 행실 고약한 남편 때문에 시달리다가, 불교를 돈독하게 믿은 덕분에 다음 생에는 대장부로 태어나 장원급제하고, 전생의 남편을 아내로 삼아 잘 살았다는 내용이다. 여성에게 가중되는 고난을 불교를 통해서 해결하고자 하는 소망을 나타낸 창작서사시이다. 서사시의 쓰임새가 크게 확대된 것을 말해주는 작품이다.

운남지방에 거주하고 있어 傣族이라고 일컬어지는 타이민족은 구비 서사시를 풍부하게 전승하면서 범인들의 애정서사시를 창조하는 데 특 별한 열의를 보였다. 〈阿鑾 頌歌〉라는 작품군에, 천상의 신이 던져준 보석 둘 가운데 하나가 미천한 인물로 태어나 또 하나의 변신인 공주와 갖은 고난을 물리치고 결혼했다는 이야기가 있다. 〈召樹屯〉에서는 하 늘에서 내려온 공작처녀와 왕자의 사랑이야기를 궁중의 정치적 갈등을 개입시켜 다루었다.

〈娥幷과 桑洛〉은 애정을 절대시하는 데서 한 걸음 더 나아갔다. 부자 집 아들이 부모가 주장하는 결혼에 반대해서 집을 나와서 시골 처녀를 만나 사랑하고 결혼했는데, 신랑의 어머니가 신부를 죽게 해서 신랑도 그 뒤를 따랐다. 두 사람의 무덤에서 자라나와 뿌리가 서로 닿은 나무 를 불태우자, 불 속에서 두 별이 솟아 하늘에 올라가 일년에 한 번 하늘 에서 만난다고 했다.

오늘날의 타이 땅 변방으로 이주한 타이민족의 한 갈래가 구전하는 〈파댕 낭 아이〉(*Phadaeng Nang Ai*)는 영웅서사시의 설정을 이어받 은 애정서사시이다. 산스크리트문명권에 소속되어 얻은 새로운 소재를 이용해 더욱 흥미로운 구성을 한 작품이다. 복잡한 상황을 세련된 필치 로 그려내는 기록서사시를 탄생시키는 준비작업이 구비서사시 안에서 일어나고 있었음을 말해준다.

크메르의 공주 낭아이의 아름다움이 널리 알려지자, 사랑을 얻으려 는 경쟁자가 나타났다. 낭아이는 이웃 나라 왕 파댕(Phadeang)의 사랑 은 받아들이고, 다른 나라 왕자 팡키(Phangkhi)는 거절했다. 전생에 남 편이었던 팡키가 낭아이를 버려 죽게 했기 때문이다. 싸움이 일어나 팡 키는 낭아이에게, 파댕은 팡키의 아버지에게 살해되었다. 혼령들의 왕

278

이 된 파댕이 팡키의 나라를 공격해서 전쟁이 일어나자 천신 인드라가
나타나 말렸다. 그처럼 복잡하게 얽힌 사건을 보여준 다음, 세상만사가
단순하지 않다고 하는 다음과 같은 말로 노래를 마쳤다.(동아, 383)

        낭아이가 누구의 아내인지는
        프라 시인이 인간 세상에 내려와서
        다음 부처가 될 때 판가름할 것이다.
        팡키가 낭아이의 정당한 남편이어서
        둘이 함께 살고 있는지 판가름할 것이다.
        이것이 모두여서, 이야기가 끝난다.
        그래서 낭아이와 파댕의 노래를 그만하겠다.

  타이왕국의 지배자들은 서사시에 특별한 애착을 가져 〈사무타고테
王子 이야기〉(*Samutthakote Kham Chan*)라는 것을 창작했다. 그 전에
일부 이루어진 것을 17세기 아유타야왕조의 군주 나라이(Narai)가 주도
해서 손질하다가 미완으로 남겨두었던 것을 1849년에야 완성한 작품이
다. 서두에서 부처와 함께 힌두교의 여러 신을 찬양하고, 국왕에게 가호
가 있기를 바란다고 하고, 국왕이 서사시를 짓도록 명령하는 말을 적고,
작품의 줄거리를 요약해놓았다.
  시인이 국왕의 명을 받아, 그 줄거리를 가지고 시를 짓는다고 했다.
부처와 신들을 찬미하면서 국왕이 시켜서 하는 일이니 아주 훌륭하다
고 했다. 석가여래의 전생 이야기에서 가져온 사건에다 아름다운 환상
과 우아한 수식을 보탰다. 활 솜씨가 이 세상에서 으뜸인 왕자가 꿈에
서 만나 사랑을 나눈 공주를 찾아내서 아내로 삼기 위해서 모험을 하
고, 많은 경쟁자들과 싸워서 제압하는 용맹을 발휘했다. 여러 신이 계속
돌보아주어 모든 난관을 돌파하고 승리를 거두었다고 했다.
  나라이 임금의 궁정에서 활동하면서 문학의 전성시대를 이룩했다고
칭송되는 시인이 여럿 있었다. 그 가운데 으뜸이라고 평가되던 시 프라

트(Si Prat)의 대표작 〈아니루드〉(*Anirudh*)에서는 신의 화신으로 이 세
상에 태어난 왕자의 행적을 최대한 미화했다.[156] 그런 품격 높은 문학을
이룩한 것이 타이궁정문학의 큰 자랑이었다. 그러나 그 때문에 영웅서
사시의 역사성이나 표현의 진실성은 감퇴했다. 국왕의 후원을 받고 창
작된 궁정서사시가 높이 평가되고 널리 알려져 민중서사시는 타격을
받았다.

　타이인과 가까운 관계에 있던 라오스 사람들도 서사시를 풍부하게
간직했다. 불교에서 가져온 소재를 애용하면서 이상적인 인물의 경이로
운 행적을 이야기한 것은 타이의 경우와 같으나, 라오스서사시는 궁정
문학이 아닌 민간전승이며 작자 미상의 사본으로 전해지고 있다. 기록
과 구전이 서로 넘나드는 관계를 가졌으리라고 생각된다. 예사 사람들
의 일상생활에도 관심을 가져 범인서사시의 성격도 지녔다.

　〈흰색 쑥독새〉(*Thaw nok kaba phwak*)라는 것을 들어보자. 아무 근
심 없던 국왕이 간절하게 기원해서 낳은 아들이 씻어야 할 업보 때문에
새의 모습을 하고 태어났다고 했다. 왕궁을 떠나 자기 삶을 개척하면서
하층민의 험난한 고난을 겪었다고 했다. 전생과 차생, 행복과 불운, 만
남과 이별, 사람과 동물, 상층과 하층의 관계를 그런 방식으로 그려, 깊
이 새겨 이해해야 할 인생론을 전개했다. 방랑자의 고독을 나타낸 대목
을 든다.[157]

　　　거대한 규모를 갖춘 어느 나라 수도에 이르러
　　　즐거워하고 있는 처녀들에게 가까스로 말을 걸었다.
　　　"나는 고향을 떠나 멀리까지 온 나그네입니다.
　　　향수를 보살펴 마음을 따뜻하게 해주세요."

---

156) Klaus Wenk, *Thai Literature, an Introduction* (Bangkok : White Lotus,
　　　1995), 8～10
157) Anatole-Roger Peltier, *Le roman classique lao* (Paris : École Française
　　　d'Extrême-Orient, 1988), 539

한국은 그런 곳들과 거리가 멀어 서사시랄 것이 없는 것처럼 보인다. 중국의 전례에 따라 공식화된 문학론에 서사시의 개념이 없었다. 상층 문인은 〈海東樂府〉 같은 영사악부의 시를 거듭 창작하면서 민족사를 재인식하고자 했으며, 구비서사시를 민족서사시로 만들어야겠다고 생각하지 않았다. 구비서사시는 존재 자체가 잊혀졌지만, 풍부하게 전승되고 재창조되었다. 시대와 더불어 나아가는 변화를 거쳐 중세에서 근대로의 이행기문학으로서 커다란 구실을 했다.

한국구비서사시 변천의 기본양상은 위에서 든 몇 곳과 같다. 고대 이래의 전승인 신의 내력을 노래하거나 영웅의 일생을 보여주는 서사무가에도 흥미를 끄는 내용이 많이 첨가되어 인기 있는 흥행물이 되었다. 중세에 이르러 제주도에서 일반본풀이로 창조된 범인서사시 〈차사본풀이〉·〈이공본풀이〉·〈세경본풀이〉 같은 데서 생활의 모습을 그리고, 애정을 추구하는 내용이 더욱 풍부하고 다채로워졌다.

〈세경본풀이〉에서 애정서사시를 창조한 것은 더욱 적극적인 변화이다. 애정서사시는 '나무꾼과 선녀' 유형의 地男天女의 관계를 다룬 것이 흔한데, 〈세경본풀이〉에서는 그 반대인 天男地女의 관계를 설정해, 천상에서 하강한 남성의 사랑을 지상의 미천한 여인이 열의에 찬 노력으로 획득하는 과정을 그렸다. 미천한 처녀인 자청비가 고귀한 총각인 문도령에게 술을 권하면서 배필이 되자고 간청해 뜻을 이루었다.

한국의 서사시에는 서사민요도 있다. 무당이 아닌 예사 사람이 누구나 부르며, 길쌈을 하는 부녀자들에게 특히 인기가 있는 서사민요는 내력이 오래 되었다고 생각되지만, 중세에서 근대로의 이행기의 의식각성을 나타낸다는 점에서 주목할 만하다.[158] 사랑의 결핍이 기본 관심사이다. 시집살이의 고통을 견디면서 기다리던 낭군이 죽어서 돌아왔다는 것도 있다. 〈이사원네 맏딸애기〉라는 것에서는, 지나가는 총각에게 구애를 한 처녀가 거절당하자 그 보복으로 총각이 죽으라고 저주를 하고

---

158) 조동일, 《서사민요연구》(대구 : 계명대학교출판부, 증보판 1979)

서, 내세의 만남을 기약했다고 했다. 군서방과 놀아나면서 탈선한 여성을 관대하게 봐주자는 것도 있다.

또 하나의 구비서사시인 판소리는 서사무가를 전승하는 무녀 남편들이 독자적인 흥행을 하기 위해 처음 만들어냈다. 그 시기는 18세기 무렵이고 장소는 전라도이다. 판소리 광대는 고수를 따로 두어 반주를 맡기고, 최대의 기량을 가다듬어 인기 있는 공연을 하면서 음악에서나 문학에서나 다양한 자료를 풍부하게 끌어들여 다층적인 창조물을 만들었다. 판소리는 하층민의 범위를 넘어서서 널리 환영받고 크게 평가되었다. 독서물로도 유통되어 판소리계소설을 이루었다.

판소리의 사설은 다면적인 특성과 의미를 지녔다. 노래 부분인 창과 해설 부분인 아니리가 서로 다른 수작을 하고, 유식한 문어체와 상스러운 구어체를 함께 사용한 점도 주목할 만하다. 어느 작품에서든지 중세적인 윤리관을 그대로 따를 것인지 뒤집어놓을 것인지를 두고 치열한 논란을 벌였다. 표면적 주제와 이면적 주제가 달라, 오늘날의 연구자들 사이에도 견해가 엇갈리고 논쟁이 계속된다.

〈심청가〉는 아버지 눈을 뜨게 해달라고 기원하는 데 필요한 공양미에 몸을 팔아 죽음의 길을 택한 딸의 행실이 과연 효성인가 하는 의문을 제기하게 한다. 딸과의 관계에서는 숭고하기 이를 데 없는 아버지가 후처와 함께 살아갈 때에는 비속하기만 하다. 〈흥부가〉에서 인륜도덕을 충실하게 지키는 아우 흥부는 무능하기 이를 데 없어 가족을 굶기고, 형 놀부는 무슨 일이든지 부지런히 해서 부자가 된다. 흥부의 가난타령은 갑갑하기만 하고, 놀부의 심술이 오히려 호감을 주어, 어느 쪽을 평가할 것인가 판단하기 어렵게 한다.

〈춘향가〉에서는 天男地女의 차등관계를 사또의 아들 이도령과 기생의 딸 춘향으로 설정했다. 이도령을 받아들일 때에는 처지에 합당하게 행동하던 춘향이 이도령이 자기를 버리고 떠난 뒤에 후임 사또의 수청을 거절하다가 수난을 당했다. 그것은 열녀다운 행실인가 아니면 신분적 제약에서 벗어나기 위한 투쟁인가 두고두고 시비하게 한다. 작품을 해석하고 개작하는 사람들이 그 어느 한쪽에 서서 다른 쪽을 나무라게 한다.

터키민족의 여러 갈래는 서사시를 풍부하게 간직했다. 그 점에서 한국인과 상통하면서 문자문화보다 구전문화를 더욱 존중해, 구비서사시가 더 큰 구실을 하도록 했다. 중세에 이룩한 다양한 형태의 영웅서사시를 전승하면서, 중세에서 근대로의 이행기의 새로운 서사시를 마련하는 작업을 활발하게 전개했다. 그 민족의 여러 지파가 넓은 지역에 흩어져 살면서 서로 다른 전승을 만들어내고 서로 교류했다.

카자흐스탄 쪽에서 인기를 누린 〈타르긴〉(*Targhyn*)은 민족의 표상이었던 영웅을 하층민의 전형으로 바꾸면서, 불운한 처지에서 애정을 성취하는 과정을 보여준 작품이다.[159] 권력자를 살해하고 멀리 서쪽에 있는 터키민족의 왕국으로 피신한 주인공이 이웃 나라와의 전투에서 용맹을 떨쳤다. 그 나라 공주의 유혹을 받아 사랑하는 사이가 되어 경쟁자를 물리치고 결혼을 하고, 그 뒤에도 복잡하고 흥미로운 사건이 계속 벌어졌다. 살인자 도망꾼이 멀리 가서 성공하고, 무명의 인물이 영웅으로 등장하고, 처녀가 총각을 유혹한 것이 모두 기존관념을 뒤집어엎고자 한 시대정신의 반영이다.

오늘날 터키공화국이 된 곳에서 적극적으로 전승해온 〈쾨로글루〉(*Köroglu*)는 항거하는 영웅을 등장시킨 의적서사시이다. 지도자인 영웅을 반역의 영웅으로 바꾸어 의적의 활약상을 보여주고, 후손을 주인공으로 한 부분을 여럿 덧보태서 영웅이 아닌 범인의 이야기를 하는 애정서사시를 만들어내는 데 이르렀다.(한세, 170~172) 쾨로글루는 아버지가 페르시아의 통치자 때문에 장님이 되어 나서서 싸우지 않을 수 없게 되었다. 멀리 있는 오스만터키의 제왕은 존경한다고 하고, 지방의 수령·토호·부자의 무리를 공격해 재산을 빼앗았다. 365인의 동지들과 함

---

159) Thomas G, Winner, *The Oral Art and Literature of the Kazakhs of Russian Central Asia* (Durham : Duke University Press, 1958), 62~66

께 정의가 실현되는 이상적인 나라를 세워 하층민의 오랜 소망을 이룬
다고 했다. 공주를 아내로 삼았다고 했다.

술탄 무라드(Murad)의 딸 니그하라(Nighara) 공주를 유혹했다는 사
건을 보자.[160] 쾨로글루는 떠돌이 광대로 변장해 궁중에 들어가 여러 차
례 시련을 겪고 마침내 노래 실력으로 공주의 마음을 움직여 함께 도망
치게 되었다. 오빠가 그 일을 알고 군대를 거느리고 추격하자 싸워서
물리쳤다. 누이를 탐내서 길을 막는 유럽귀족들과 상인들과도 다투어
마침내 승리했다고 했다.

후손에 관해 말하면서 덧보태고 다시 지은 대목에서는, 의적의 활약
은 사라지고 아내를 얻게 되는 사건이 다양하게 변모되어 나타났다. 아
들은 먼 곳의 미인을 찾아가는 모험을 한다고 했다. 손자나 증손자는
아내를 빼앗겨 찾아 나서야 하는 시련을 겪었다. 그런 이야기를 이것저
것 지어내서 가져다 붙였다. 쾨로글루와 그 후손들의 활약상은 기록물
에 정착되어 유통되기도 했다.

영웅서사시와 관련없이 후대에 지어낸 범인서사시에는 사랑싸움을
기본 내용으로 한 것이 적지 않다.[161] 카자흐스탄과 중국의 신강지방에
서 전승하는 〈비단 소녀〉(*Qiz Zibek*)는 소녀의 마음을 얻은 사람이 경
쟁자에게 살해되고, 그 사람의 동생이 결혼 상대자가 되었다는 결말이
다. 타히르(Tahir)와 쥐흐레(Zühre)라는 남녀의 만남이 비극으로 끝났
다고 하는 애정서사시는 터키민족의 여러 갈래가 공유하고 있다.

범인의 일상적인 삶을 다루는 데 근접한 서사시는 독서물이 되기도
했다. '다스탄'(dastan)이라는 이야기책에다 수록해, 낭독하기도 하고,
돌려가며 읽기도 했다. 애정갈등에 관한 내용을 더욱 자세하게 다루어
흥미를 가중시켰다. 사랑이 바로 이루어지지 않고 무시할 수 없는 현실
적인 장애 때문에 시련을 겪는다고 했다. 그렇게 해서 자아와 세계가

---

160) Karl Reichl, *Turkic Epic Poetry, Traditions, Forms. Poetic Structure* (New
    York : Garland, 1992), 153
161) 같은 책, 130~133

상호우위에 입각해 대결하는 소설을 만들어낸 것이 판소리계소설을 이룩한 한국의 경우와 상통한다.

‘다스탄’은 페르시아에서도 생겨났다. 아랍문학에서 ‘키사’(qissa)라고 하는 것과도 기본성격이 비슷하다. 페르시아의 ‘다스탄’이 인도에 들어가 우르두어로 번역되고 다시 새롭게 창작되었다. 말레이의 ‘히카야트’(hikayat)도 그런 것들과 관련을 맺고 형성되었다. 그 모두가 유럽에서 소설을 받아들이기 전에 이미 있던 독자적인 전통의 소설 노릇을 했다.

이집트를 비롯한 북아프리카 여러 곳에서 전승되는 〈힐라리〉(*Hilali*)는 중세서사시인데, 오래 전승되는 동안에 하층의 흥행물이 되었다. 아랍민족의 자랑스러운 역사를 알려준다고 자부하면서 노래를 하는 광대는 지체가 낮아 멸시받는 천민이다. 흥미를 얻기 위해 듣는 사람들은 비속한 변형을 환영한다. 아버지와 딸 사이에서 근친상간이 일어난 사건을, 원래의 비극적 의미와는 동떨어지게 모든 금기를 깨고 음담패설을 늘어놓는 분위기를 조성하는 데 이용하는 것이 바로 그런 예이다. 그 때문에 문학을 논하는 식자층이 외면하고 자기네 문학에는 서사시다운 서사시가 없다고 한다.

이집트에는 ‘시라’(sira)라고 하는 〈힐라리〉 같은 장편서사시 외에 ‘자잘’(zajal)이라고 하는 단형서사시 또는 서사민요도 있다.[162] ‘자잘’은 유래가 오래 되지 않고, 누구든지 부를 수 있으며, 얼마 되지 않은 분량으로 다양한 사건을 다루는 점이 ‘시라’와 다르다. 중세의 유산인 ‘시라’를 새로운 관심사에 맞게 변형시키는 것으로는 부족해 중세에서 근대로의 이행기문학인 ‘자잘’을 새롭게 만들어냈다고 할 수 있다.

그 가운데 음담패설도 있으나 그 비중이 그리 크지 않다. 남녀관계가 관심의 중심은 아니다. 정절을 잃기보다는 죽음을 택한 여인의 행실을

---

162) Pierre Cachaia, *Popular Narrative Ballads of Modern Egypt* (Oxford : Clarendon, 1989)

소개하는 것이 오히려 자연스럽다. 이슬람교나 기독교의 성서 이야기와 성자 이야기를 들려주거나, 당대에 일어난 사건을 다루면서 훌륭한 사람의 용기 있는 행동을 칭송하는 것이 흔하다. 영국인에게 항거하다가 피살된 청년도 그 가운데 하나이다.

동부아프리카 스와힐리문학에는 서사시가 풍부하다. 대표작 〈리옹고〉(*Liongo*), 〈헤라클리오스〉(*Heraklios*), 그리고 〈파티마〉(*Fatima*)는 서사시의 단계적인 변화과정을 보여준다는 점에서 특기할 만하다. 〈리옹고〉는 토착의 영웅을 주인공으로 한 고대서사시를 중세에 와서 재창조하고 기록한 것이다. 〈헤라클리오스〉는 이슬람문명권 전체의 중세영웅서사시를 먼 변방에서 창작한 작품이다. 〈파티마〉는 그것과 연결되는 소재를 사용하면서 영웅서사시가 범인서사시로 바뀌고, 남녀관계에서 여성의 구실이 새로운 관심사로 등장하게 된 변화를 보였다.

18세기중엽에 하사니(Hasani, Huseini)라는 사람이 지은 것으로 추정되는 〈파티마〉는 예언자 무함마드의 딸을 주인공으로 내세워, 알리라는 총각과 결혼을 하고 살림살이를 꾸려나가는 데서 생기는 일을 서사시로 다루었다. 〈헤라클리오스〉에서는 기독교군을 물리치고 이슬람군의 승리를 가져온 용사라고 한 알리가 여기서는 무력한 남편이다. 예언자의 딸 또한 예사 아낙네이지만, 생활의 어려움을 해결하기 위해서 나서서 활동해야 한다고 했다.

인도의 중원지방 고대서사시가 중세서사시로 이어진 〈라마야나〉와 〈마하바라타〉의 본고장에서는 중세에서 근대로의 이행기에는 서사시 창조가 활발하지 않았다. 그 두 서사시가 불변의 권위를 누리면서 각국어로 번역되고 개작된 것들이 널리 읽혀 절대적인 영향을 끼쳤다. 16세기 후반에서 17세기초까지 활동한 성자 시인 툴시다스(Tulsidas)가 〈라마야나〉를 재창조한 〈라마차리트마나스〉(*Ramacaritmanas*)를 힌디어 시용지들은 성전으로 받들었다.(공동, 159) 17세기 벵골에서 이루어진 크리티바사(Krittivasa)와 카시라마다사(Kashiramadasa)의 두 작품 번역도 큰 호응을 얻어 불변의 고전으로 평가된다.[163)

그러나 인도아대륙 전역이 그런 것은 아니다. 중심부를 벗어나면 독자적인 서사시가 있어, 광대가 노래하고 시인이 창작해 구비문학이면서 기록문학이기도 한 이중의 생명을 누렸다. 무굴제국의 횡포에 저항하면서 주체성을 지키거나 독립을 쟁취하고자 한 쪽에서는 독자적인 서사시의 전통을 적극 계승하면서 새롭게 창조했다. 그 경우에는 하층의 전승이 큰 구실을 했다.

서쪽의 구자라트에서 독자적인 서사시의 좋은 본보기를 볼 수 있다. '아크히안'(akhyan)이라는 고급의 서사시는 고전 개작이 많으며, 영웅서사시와 범인서사시의 중간형태라고 할 수 있다.[164] 그 가운데 프레마난드(Premanand)의 〈수다마의 노래〉(*Sudamacharita,* 1682)가 특히 높이 평가되는데, 〈바가바드 기타〉의 내용을 가져와서 개작한 것이다. 가난한 집의 아이 수다마가 신이면서 군주인 크리스슈나와 동문수학하면서 가까이 지낸 내력을 다룬다면서, 神人·상하·빈부의 바람직한 관계를 설정했다.[165]

파디아바르타(padyavarta)라는 또 하나의 서사시는 격이 낮다. 주인공의 신분은 고귀하게 설정했지만, 민담에서 소재를 얻은 범인서사시이다. 17세기의 샤말(Shamal)이 많은 작품을 남겼다. 여주인공의 이름을 딴 〈마다나 모하나〉(*Madana Mohana*)는 재상의 아들이 수수께끼를 풀어서 공주와 결혼한 이야기이다.[166]

라자스탄은 지역을 보아서는 중심부에 위치하고 힌디어와 가까운 언어를 사용하면서 차별받고 있는 곳이다. 〈파부지〉(*Pabuji*)라는 구비서사시를 전승하면서 주체성 인식의 근거로 삼았다. 하층민 유랑광대가 생계를 위해 공연하는 흥행물이면서 외적을 물리치고 백성을 보호한

---

163) K. Ayyappa Paniker ed., *Medieval Indian Literature, an Anthology* (New Delhi : Sahitya Akademi, 1997), vol. 1, 51~52
164) 같은 책, vol, 1, 106~108
165) 같은 책, vol. 2, 278~299
166) 같은 책, vol. 1, 122~124, vol. 2, 338~344

영웅의 행적을 노래했다. 영웅이 승리의 영광을 차지하지 못하고 싸우다가 죽어서 신으로 숭앙된다고 하면서, 전승자들이 겪고 있는 고난을 위로했다.(동아, 41~413)

서남쪽의 마라티어 사용 지역에는 '파바다'(pavada)라고 하는 서사시가 있는데, 무굴제국의 굴레에서 벗어나 독자적인 민족국가를 이룩하고자 하는 저항운동을 일으키면서 활발하게 재창조했다. 북쪽 편잡지방의 '바르'(var)는 시크교도의 서사시이다. 17세기 후반의 지도자 성자 고빈드(Gru Gobind Singh)가 지은 〈성스러운 칼에 바치는 찬가〉(*Chandi di var*)는, 신화에서 소재를 얻어 델리의 통치자들에 맞서서 시크교도의 주체성을 지키는 투쟁을 고취한 노래이다.[167]

남쪽의 타밀민족은 드라비다족의 후예이다. 〈라마야나〉에 반론을 제기하는 중세서사시를 풍부하게 창작했다. 중세에서 근대로의 이행기에는 서사시 창작은 중단된 대신에 '프라반드하'(prabandha)라는 서사민요가 큰 구실을 했다. 그리 길지 않은 분량이지만 다루는 내용은 광범위해, 신비적인 것, 역사적인 것, 사회적인 것이 있다고 한다. 신비적인 것은 문화의 원천을 이어오고, 역사적인 것은 기억해야 할 사실을 전하고, 당대에 일어난 일은 사회적인 관심사로 다룬다.[168]

역사적인 서사민요 가운데 민족서사시라고 할 것이 있다. 아버지의 유훈을 받들어 타밀의 독립을 선포하고 무굴제국에 맞서 싸우다가 죽은 민족의 영웅을 주인공으로 한 작자 미상의 18세기 작품 〈데신구 임금님 이야기〉(*Desingu Rajan Kathali*)가 대단한 인기를 누려왔다. 아버지가 죽었다는 소식을 듣고 아들이 싸움터에 나갈 때, 어머니와 작별하는 장면을 이렇게 서술했다.[169]

　　"어머니 내가 가는 길을 축복해주세요.

---

167) 같은 책, vol. 3, 1083~1089
168) 같은 책, vol. 1, 351~353
169) 같은 책, vol. 4, 718

여드레만 지나면 돌아오겠어요.
어머니 제발 한 번만 가게 해주세요."
데신구의 말을 듣고 어머니는 땅에 쓰러졌다.
이별의 고통을 참을 수 없었다.
아들을 사랑하는 어머니는 정신을 잃었다.
아들의 분노를 이해하지만,
남편을 떠나보낼 때처럼 아들이 보이지 않자
모래 위에 엎어져 기진했다.

유럽은 대체로 보아 구비서사시의 전승이 활발하지 않았다. 고대그리스의 서사시를 모형으로 삼아 기록서사시를 창작하려고 하는 것이 일반적인 추세였다. 그러나 외세의 억압에서 벗어나 민족국가의 독립을 다지고 민족주체성을 찾아야 하는 상황이 조성되면서 서사시의 유산을 재발견해 소중하게 이용했다. 그 결과 변방의 몇몇 나라에서는 민족서사시라고 할 것을 이룩했다.

오스만터키의 지배를 받고 있던 세르비아와 크로아티아 일대에서는, 민족의 영웅을 칭송하는 〈마르코〉(*Marko*)를 받들면서 주체성을 잃지 않으려고 하는 한편, 터키인을 주인공으로 한 서사시도 적지 않게 지어냈다. 영웅서사시가 범인서사시로 바뀌면서 민족간의 적대감은 줄어들고, 사건을 설정하고 소재를 구하는 범위가 확대되었으며, 남녀관계가 새로운 관심사가 되었다. 용기 있는 청년이 거듭되는 시련을 물리치고 선망의 대상이 되는 아내를 맞이하는 사건을 멋지게 꾸며대려면 터키인을 주인공으로 삼는 것이 마땅하다고 여겼다.

그 좋은 본보기인 〈알리 오르소비치(Ali Ograsovic)의 결혼〉을 보자. 서두에서 옛날이야기를 노래하면서 노는 즐거움을 하느님이 준다고 했다. 하느님은 기독교의 하느님이고, 노래에 등장하는 주인공은 알라를 섬기는 터키인이다. 그것은 아무 상관이 없는 일이다. 노래를 끝낼 때에는 모든 갈등이 해결되고 원만한 결말에 이르렀다고 하면서 다음과 같

이 말했다. 모든 사람이 서로 화합하게 하는 것이 노래 부르는 사람이
할 일이라고 했다.[170]

　　다시 만나면 서로 친구라고 인사를 하자.
　　한 번 더 인사를 하고 상대방의 안부를 묻자.
　　우리가 즐겁게 서로 애착을 가지고, 서로 사랑하면
　　하느님이 그런 애착, 그런 사랑을 우리에게 주신다.

　폴란드의 경우에는 17세기가 서사시의 전성기였다. 주변민족과의 싸
움을 기독교의 소재와 연결시켜 다루는 민족서사시를 거듭 창작해서
크게 환영받았다. 대표작으로 평가되는 코호프스키(Kochowski)의 〈폴
란드 찬가〉(*Psalmodia polska,* 1695)에서는 터키군의 침공을 물리친 폴
란드 용사들의 자랑스러운 승리를 다음과 같은 말로 노래했다.[171]

　　승리자는 도살된 황소처럼 들판에 누운 시신들을 묻으라고 하고,
　　사로잡힌 무리는 살려주고, 칼은 열기를 식혀 칼집에 다시 넣었다.
　　신이시여 당신의 기적을 행하셔서, 남의 생명 노리면 자기가 망하고,
　　양식을 훔치려더기 굶어죽고, 약자가 강자에게 이기게 하셨나이다.

　러시아에서는 구비서사시가 더욱 풍부하게 전승되었다. 농민들은 '옛
이야기'라는 뜻으로 '스타리니'(stariny)라고 하고, 학자들은 '브일리
니'(byliny)라고 명명한 서사시가 오래 구전되다가 그 일부가 17세기 이
후 여러 차례 기록되었다.[172] 기본 성격은 영웅서사시이지만, 오래 전승

---

170) David E. Bynum tr., *Serbo-Croatian Heroic Poems* (New York : Gasrland,
　　1993), 94.
171) Czeslaw Milosz, *The History of Polish Literature* (Berkeley : University of
　　California Press, 1969), 143
172) Y. M. Sokolov, Catherine Ruth Smith tr., *Russian Folklore* (Hatboro,
　　Pennsylvania : Folklore Associates, 1966), 291~341

되는 동안에 상당한 변화가 일어났다. 분량이 짧아지고, 〈꾀꼬리 강도〉(*Solovei Razaboinik*)에서처럼 도적을 주인공으로 삼기도 하고, 〈사드코〉(*Sadko*)와 같은 범인의 생활서사시가 되기도 했다.[173]

러시아의 작가들이 그런 서사시에 적극적인 관심을 가진 것은 아니다. 서유럽의 문학론을 숭상해 고대 그리스서사시라야 제대로 된 서사시라고 여기고, 자기 것은 돌아보려고 하지 않았다. 그러나 스스로 의식하지 않은 가운데 '브일리니'의 전승과 관련을 맺고 문학창작의 모형으로 삼아 서유럽과는 다른 길을 택했다. 18세기까지는 산문이라도 서사시를 모형으로 삼은 것이 그 때문이다.

그 다음 시기에도 서사시의 영향은 짙게 남아 있었다. 19세기소설의 선구적인 작품이라고 평가되는 푸쉬킨(Pushkin)의 〈예브게니 오네긴〉(*Yevgeny Onegin,* 1833)은 율문으로 썼으며 범인서사시라고 할 수 있다. 고골리(Gogoli)는 〈죽은 혼〉(*Mertvyye Dushi,* 1842)에 "장편서사시"라는 부제를 달았다. 두 작가 모두 서유럽의 어느 전례를 받아들인다고 생각하면서, 실제로는 의식의 저층에서 작용하는 독자적인 전통을 받아들인 결과가 그렇게 나타났다.

포르투갈 또한 변방의 사정을 나타냈다. 그 곳 시인들은 스페인의 압력에서 벗어나 자주를 누리는 것을 소망으로 하면서, 스페인어와 자기네 언어를 함께 사용했다. 16세기의 대시인 카몽이스(Camoes)는 포르투갈어 장편서사시 〈포르투갈 사람들〉(*Os Lusiadas,* 1572)에서 민족의식의 각성을 촉구했다. 민족수호신에게 영감을 구하고, 국왕에게 헌정한다고 하고서, 포르투갈 역사상 뛰어난 인물의 활약상을 칭송하면서 멀리 나가 지리상의 발견을 한 모험가들의 활동에 큰 비중을 두었다. 그 기백을 이어받아 당대의 부패와 타락에서 벗어나자고 했다.[174]

---

173) 조주관 편역, 《러시아고대문학선집》 2 (서울 : 열린책들, 1995), 551~579.
174) Georges Le Gentil, *La littérature portugaise* (Paris : Chandeigne, 1995), 81~87 ; 김용재, 《포르투갈문학사》(부산 : 부산외국어대학교출판부, 1995), 82~88

아일랜드와 스코틀랜드 사람들은 영국의 지배하에서 주체성을 지켜야 하는 힘든 시련을 겪었다. 잊혀져가는 자기네 언어 겔릭(Gaelic)어로 전승하고 있던 '라오이'(laoi)라는 서사민요를 커다란 애착을 가지고 적극 전승하고 재창조해서, 영국의 지배에 항거하는 민족의식 인식의 원천으로 삼았다. 16세기부터 19세기까지 그런 것들을 수집해놓은 책이 여럿 전한다. 중세영웅이 환상의 세계에서 벌이는 투쟁을 짧게 노래한 서사민요에다 새로운 관심사를 보태서, 사건을 복잡하게 하고 영웅의 아내가 큰 구실을 하도록 개작했다.[175] 그렇지만 민족국가의 창건이 가능하지 않은 상황이어서, 새로운 민족서사시를 기록문학으로 창작하지는 못했다.

'라오이'에 해당하는 영어 용어는 '발라드'(ballad)이다. 영국인이나 스코트랜드의 영어 사용자들이 전승하고 있는 '발라드'라는 이름의 서사민요는 차일드(Francis Child)라는 사람이 자료를 수집해 〈영국과 스코틀랜드의 서사민요〉(*English and Scottish Popular Ballads*, 1882~1898)라는 책을 펴내 널리 알려졌다. 일상생활의 관심사를 다룬 것이 대부분이지만 의적 로빈 후드(Robin Hood)의 행적을 말한 것도 있어, 터키의 쾨로글루, 러시아의 꾀꼬리도적 노래와 함께 의적서사시의 좋은 본보기가 된다.

'라오이'나 '발라드' 비슷한 것들은 유럽의 다른 나라에도 있어 서로 교류했다. 프랑스에서 생겨났다가 잊혀진 것들이 영국으로 건너가 후대까지 전승되면서 덴마크나 스칸디나비아 각국으로 전파되어 새로운 모습을 갖춘 것이 확인된다.[176] 국제적인 교류가 있는 전승이 농촌사회의 구비문학으로 정착해 광범위한 인기를 누렸다. 그러나 어느 곳에서도 문학으로 평가되지는 못했다. 고대문학에서 원형이 발견되지 않고, 중

---

175) Donald E. Meek, "Development and Degeneration in Gaelic Ballad Texts", Bo Almqvist et al. ed., *The Heroic Process, Form, Function and Fantasy in Folk Epic* (Dublin : Glendale, 1987)
176) M.J. Hodgart, *The Ballads* (New York : The Norton Library, 1962), 84~95

세귀족의 문학도 아니며, 근대문학의 갈래체계에는 포함되지 않은 중세에서 근대로의 이행기의 하층구비문학이어서 천대받다가 사라졌다.

서유럽 모든 곳의 문학론자들은 아리스토텔레스의 갈래 이론을 이어받아 서사시는 비극과 함께 최상위의 문학을 이룬다고 생각하면서, 자기 주변에 무식한 사람들의 전승은 돌아보려고 하지 않았다. 장편영웅서사시라야 서사시라고 하고, 범인서사시나 서사민요 같은 것들은 그 근처에도 갈 수 없다고 했다. 서사시를 창작하려면 고대그리스의 작품을 모형으로 삼아야 한다고 했다. 고대 이교도의 신들을 노래한 서사시를 기독교서사시로 바꾸어 당대의 이상을 제시하는 것이 시인의 사명이라고 여겼다.

그런 작품이 여럿 있고, 그 가운데 둘이 널리 알려졌다. 이탈리아 탓소(Tasso)는 〈해방된 예루살렘〉(*Gerualemme liberte*, 1593)에서 예루살렘을 아랍인의 지배에서 해방시킨 십자군 기사들의 활약상을 노래했다. 밀턴(Milton)은 〈실락원〉(*Paradise Lost*, 1667)에서 기독교 성서의 소재를 가져와, 악마의 유혹을 받은 인간이 신의 뜻을 거역하다가 낙원에서 추방된 사건을 다루었는데, 영문학 작품이기 때문에 널리 알려져 서사시의 새로운 전범인 것처럼 평가되고 있다.

그 뒤에도 서유럽에서는 서사시의 개념을 영웅서사시로 한정시키고, 위대한 인물을 주인공으로 설정해 예사 사람은 따르지 못할 투쟁을 전개하는 것이 마땅하다고 했다. 중세에서 근대로의 이행기의 시대변화를 나타내는 데는 서사시가 적합하지 않다고 여겨 새로운 창작이 이루어지지 못했다. '가짜 서사시'(mock epic)라는 것이 유행해 영웅서사시를 파괴하기나 했다. 그 좋은 예로 포프(Alexander Pope)의 〈모발탈취〉(*The Rape of the Lock*, 1712~1714)를 보면, 트로이전쟁을 그리던 데 쓰던 언사를 가져와 남자가 여자의 모발을 탈취하는 사랑싸움을 다루어, 숭고한 것은 비속하게 하고 거대한 것을 미세하게 바꾸어 놓았다.

4. 5. 연극의 다양한 모습

중세에서 근대로의 이행기는 갖가지 형태의 연극이 큰 인기를 누리면서 공연되어, 연극의 전성시대라고 할 수 있다. 그렇게 된 이유는 시대성격에서 찾을 수 있다. 각계각층의 사람들이 연극을 요구했다. 민중이 각성하고, 시민이 대두하고, 귀족은 취향이 세속화해서 모두 연극을 원했다. 그 셋이 서로 경쟁하고 합작하면서 연극을 발전시켜 다양한 창조물을 마련했다.

연극뿐만 아니라 소설도 하층과 가까운 관계에 있었다. 그 둘은 하층이 참여하는 대중문학이라는 점에서 공통점을 지니고 서로 경쟁했다. 그렇지만 소설은 글을 읽을 줄 아는 사람에게 소용 있고 인쇄문화가 발달한 곳에서나 크게 성장했다. 그런 조건을 갖춘 곳이 많지 않아, 소설은 세계 전역에서 자라나지 못했다. 연극은 글을 몰라도 즐길 수 있으므로 어느 곳에든지 다 있었다.

소설은 중세에서 근대로의 이행기에 생겨났으나, 연극은 문학사의 전 기간에 걸쳐 항상 있어오다가 중세에서 근대로의 이행기에 이르러서 새로운 활력을 띠고 다채롭게 창작되었다. 인생살이를 흥미롭게 다루는 문학을 원하면서도 아직 문맹자가 많았던 중세에서 근대로의 이행기는 연극의 시대일 수밖에 없었다. 그 시대가 지나자 연극의 전성기는 다시 오지 않았다.

어떤 연극을 창조하는 데 특히 힘써 자랑스러운 유산을 마련했는지는 나라에 따라 다르다. 그러나 어느 나라든지 오늘날 자기네 유산을 재평가하면서 이미 가버리고 없는 연극의 전성기를 그리워하는 점은 서로 같다. 한국의 탈춤, 인도네시아의 그림자극, 일본의 歌舞伎, 영국의 세익스피어 연극, 독일의 〈파우스트〉는 동시대의 창조물이다. 그 시대를 그리워하는 것이 어디서든지 볼 수 있는 공통된 현상이다.

중세에서 근대로의 이행기연극의 전반적 성격을 이해하기 위해서는 전후시기와 비교고찰이 필요하다. 고대에는 그리스에서만 연극이 특별하게 발달했다. 시대정신 표현의 소중한 의의를 지니고 나타난 중세연극은 인도에 있었다. 중세후기에 이르면 인도네시아, 중국, 일본 등지에서도 상층이 관여해 예술작품으로 다듬은 연극이 나타났다. 그런데 중세에서 근대로의 이행기에는 몇몇 한정된 지역이 아닌 세계 거의 모든 곳에서 연극이 크게 일어나 대단한 인기를 누렸다.

중세에서 근대로의 이행기의 연극은 성격이 다양했다. 고대연극을 재현하겠다고 한 것도 있었다. 중세연극을 이어받아 관중을 확대하고 흥미를 가중시킨 것도 있었다. 민중의 민속극이 의식의 각성을 적극적으로 나타내는 변화를 보이기도 했다. 상승하는 민속극에 기존 연극의 유산이 첨가되어 다양한 형태의 연극을 만들어냈다.

연극의 형태를 공연방식에 따라 나누어보면, 사람이 자기 모습을 드러내고 하는 연극도 있고, 사람이 아닌 다른 것을 내세워서 하는 연극이 있었다. 앞의 것은 話劇과 唱劇으로 나눌 수 있다. 뒤의 것에는 가면극·인형극·그림자극 같은 것들이 있었다. 장소를 가리지 않고 어디서나 하는 야외극도 있고, 극장을 따로 만들어 공연하는 실내극도 있었다. 특정한 무대에서 공연하는 연극이라도 무대장치가 없는 것과 있는 것이 서로 달랐다.

소설은 세계 어느 곳에서 생겨난 것이든지 뚜렷한 공통점이 있었다. 근대로의 이행기의 문학이어서 근대의 특징인 균질성 또는 획일성을 이미 상당한 정도로 갖추었으므로, 근대소설이 되면서 그런 특성이 강화하기는 했어도 큰 변화는 없었다. 그러나 연극에는 여러 시대에 걸쳐 창안한 공연방식이나 극작술이 누적되어 있었다. 그런 유산을 중세에서 근대로의 이행기에 최대한 확보해 다채롭게 활용하다가, 근대극을 이룩하면서 많은 것을 버렸다.

근대극에서는 사람이 자기 모습을 드러내고 하는 화극이나 창극은 남고, 다른 것을 내세워서 하는 가면극·인형극·그림자극은 밀려났다. 특정한 무대에서 무대장치를 갖추어 공연해야 제대로 된 연극이라 하고, 어디서나 하는 연극은 퇴출하고, 극장에서 무대장치를 갖추어 공연하는 연극만 소중하게 여겼다. 그래서 근대극은 커다란 발전을 이룩했다고 하지만, 중세에서 근대로의 이행기연극의 다양한 형태를 많이 잃어버린 것은 큰 손실이다. 지금은 발전을 평가하기보다 손실을 아쉬워해야 할 시기이다.

중세에서 근대로의 이행기연극을 형태에 따라 나누는 데 근대극과 유사성이 중요한 척도가 된다. 근대극과 거리가 먼 것을 먼저 들고, 가까운 것을 나중에 드는 순서를 택해 전체의 판도를 살펴보자. 한국에 있는 무당굿놀이, 꼭두각시놀음, 탈춤, 이 세 가지 형태의 민속극은 근대극과 가장 거리가 먼 것들이어서 논의의 출발점으로 삼을 만하다.(통사 3, 599~630)

무당굿놀이는 굿의 뒷풀이다. 꼭두각시놀음은 사당패라고 하는 유랑연예인들이 맡아서 공연하던 인형극이다. 탈춤은 마을 사람들이 매년 되풀이하던 축제의 한 절차로 공연하던 가면극이다. 셋 다 극장이 없는 야외극이고, 전승되는 대본을 거듭 공연했다. 오랫동안 전승해오던 것들인데 중세에서 근대로의 이행기에 이르러서 시대변화에 적극 호응했다.

무당굿놀이는 굿을 하는 목적에서 벗어나 세속화된 내용을 갖추고 흥미로운 구경거리가 되었다. 누구의 흉을 보는 방식으로 일상생활을 재현하면서 권위를 뒤집고 관념을 타파했다. 무당이 혼자서 일인다역을 하기도 하고, 다른 무당을 상대역으로 삼기도 하고, 관중 가운데 상대역을 선발하기도 하는 등의 다양한 공연방식을 예기치 않게 사용해 웃음을 일으키는 충격효과를 더욱 확대했다.

꼭두각시놀음이라고 하는 인형극은 사당패라고 하는 유랑극단이 공연했다. 함께 공연하는 종목에는 곡예도 있고, 풍물도 있고, 탈춤도 있다. 그것들은 모두 공연하는 솜씨가 뛰어나 생계를 이을 밑천이 되었지만, 사당패가 자기네 의식을 표현하는 방법으로는 꼭두각시놀음을 가장 적극적으로 활용했다. 최하층 천민의 처지로 어렵게 살아가면서 쌓인 반감을 인형들 사이에서 일어난 충돌에다 집약시켜 나타냈다.

공연하는 방식을 보면, 꼭두각시들 가운데 어른인 박첨지가 자주 등장해 반주하는 악사와 말을 주고받으면서 진행자 노릇을 한다. 박첨지의 조카라는 홍동지는 큰 구렁이를 잡는 천하장사이다. 벌거벗고 다니면서 사회의 장벽도 마구 허물어 노인도, 양반도 가만두지 않고 함부로 욕보였다. 백성들을 괴롭혀 원성을 사던 평안감사가 어머니가 죽어 상두꾼을 구하자 홍동지가 상여를 성기에다 걸고 가는 장면을 보여주어, 갖가지 권위와 함께 성에 대한 금기도 허물었다.

탈춤은 풍요를 가져오기 위해 거행하는 마을굿의 대동놀이에서 시작되었다. 잡색을 꾸며 풍물잽이들 뒤를 따라 다니는 무리가 구경꾼들과 주고받는 말이 그 원초적인 형태이다. 그런 부분이 조금 확대되면서 농촌탈춤이라고 할 것이 생겨났다. 농촌탈춤을 유랑연예인들이 가져가 자기네 놀이로 삼아 떠돌이탈춤이 생겨났다. 떠돌이탈춤이 상업도시에 정착되어 도시탈춤으로 성장했다.

농촌탈춤은 마을의 하층민이 맡아 공연하면서 양반을 풍자했다. 탈춤을 마을굿에서 분리시켜 독립된 공연물로 만든 유랑연예인들은 떠돌이탈춤으로 기량을 자랑했다. 사당패의 탈춤도 그 가운데 하나이다. 이속과 상인들이 18세기에 만들어낸 도시탈춤은 공연의 규모가 확대되고, 사회비판의 주제를 더욱 뚜렷하게 나타냈다.

도시탈춤 가운데 가장 많은 관중을 모은 〈봉산탈춤〉을 보면, 중세사회를 유지하던 세 가지 질서를 하나씩 흔들어놓았다. 도를 많이 닦았다고 하는 노승이 놀이판에 나와 파계하는 장면을 연출해 관념적인 사고를 타파했다. 지체가 높다고 거들먹거리는 양반이 하인 말뚝이에게 우롱당하는 모습을 보여주면서 신분적 특권을 비판했다. 헤어져서 오랫동안 서로 찾다가 만난 영감이 할미를 죽게 만드는 참사를 통해 남성의 횡포를 문제삼았다.(통사 3, 626)

　　말뚝이 : 양반 나오신다아! 양반이라고 하니까 노론·소론·호조·병조·옥당을 다 지내고, 삼정승·육판서를 다 지낸 퇴로재상으로 계신 양반인

줄 아지 마시오. 개잘량이라는 양자에 개다리소반이라는 반자 쓰는 양반
나오신단 말이오.

　양반들 : 야아, 이놈 뭐야아!

　양반을 풍자하는 장면이 이렇게 시작된다. 뒤따라 등장한 양반 삼형
제는 하인 말뚝이가 욕보이는 말을 들었으므로 호령을 했다. 그러나 인
용 대목 다음 대목에서 말뚝이가 변명을 하자 안심을 했다. 상황 파악
을 제대로 하지 못해 양반의 특권이 유지되고 있다고 착각했다. 그래서
양반들이 말뚝이와 함께 즐겁게 춤을 추었다. 갈등이 한 차례 조성된
다음에 춤대목이 뒤따르는 구성을 되풀이한다.

　그렇게 해서 신나는 놀이로 신명을 풀어 사회적인 갈등을 제기하고
해결하는 적절한 방법을 보여준다. 심각한 싸움을 화합과 함께 보여주
어, 생극의 원리를 실현한다. 관중의 개입으로 연극과 현실이 하나이면
서 둘이고, 둘이면서 하나이다. 그런 원리를 한 말로 집약해 나타내기
위해 '신명풀이'라는 용어를 사용할 수 있다.

　지금까지 살핀 세 가지 연극 가운데 '신명풀이'의 원리를 가장 적극적
으로 구현한 것은 탈춤이다. 무당굿놀이는 흉보기를 일삼고, 꼭두각시
놀음은 파괴에 치중했다면, 탈춤은 파괴와 건설의 상관관계를 보여수었
다. 탈춤을 하는 놀이판에 모여드는 군중은 연극에서 전개되는 논란에
당사자로 참여하면서 흥겨운 예술공연이 치열한 사회운동이게 했다. 일
본이 한국을 식민지 통치하면서 탈춤을 금지한 것은 그 때문이다. 그래
도 살아남은 탈춤이 근래에 군부통치에 맞서서 민주화운동을 일으킬
때 새로운 힘을 발휘했다.

　'신명풀이'는 고대연극의 원리인 '카타르시스', 중세연극의 원리인 '라
사'와 구별되는 근대로의 이행기연극의 원리이다. 한국에서 탈춤이 발
달할 때 세계 도처에서 함께 지라난 같은 성격의 민속극은 모두 '신명
풀이'를 공통된 원리로 삼았다. '카타르시스'와 '라사'의 경우가 그렇듯
이, '신명풀이' 또한 용어를 특정 사례에서 가져왔다고 해서 한 시대연

극의 보편적인 원리를 해명하는 데 지장이 생기는 것은 아니다.

중세에서 근대로의 이행기 하층민의 민속극은 어디서든지 기본적인 동질성을 지녔다. 야외에서 관중이 참여하는 방식으로 공연되고, 즐거운 놀이를 하면서 사회적 장벽이나 특권에 대한 반감을 표출해, 갈등이 화합이고 화합이 갈등임을 보여주었다. 오랜 전승을 민중의식의 성장과 함께 새롭게 재창조한 성과가 어디서나 같았다.

한국의 탈춤은 '신명풀이' 연극의 특성을 특히 선명하게 나타내고 있는데, 그 이유는 상층연극의 간섭을 받지 않고 자라난 데 있다. 한국에 중세연극이 없었던 것은 중세에서 근대로의 이행기연극이 독자적인 특징을 갖추고 성장할 수 있는 좋은 조건이 되었다. 하층민에 대한 사회적 억압은 '신명풀이'의 원리를 변질시키지 않고 오히려 한층 선명하게 만들었다. 다른 나라 연극과 견주어보면 그 특징이 분명하게 드러난다.

'라사'를 추구하는 중세연극의 전통이 이미 마련되어 있던 아시아의 다른 여러 곳이나, '카타르시스'연극을 이어받고자 한 유럽에서는 중세에서 근대로의 이행기연극에서 '신명풀이'를 이룩하고자 하는 요구가 순조롭게 실현되지 못했다. '신명풀이'연극을 하면서도 사회적 평가를 바라고 상층 관객을 의식해, '라사'를 받아들인 복합물을 만들기도 하고, '카타르시스'의 침해를 받기도 했다.

중세에서 근대로의 이행기에는 '라사'연극이 '신명풀이'연극으로 바뀌는 것이 일반적인 추세였다.(카타, 205~220) 관중이 조용하게 완상하지 않고 연극 진행에 개입하려고 하고, 하층민이 차지하는 비중이 계속 늘어났다. 상층 주도의 이상주의가 아직 완강하게 남아 있어 사회 통제의 구실을 수행하지만 불신의 대상이 되고, 사회 저변의 항거가 표면화한 전환의 시기가 중세에서 근대로의 이행기여서, 연극사에서도 그런 변화가 나타나는 것이 당연했다. 그러면서 구체적인 양상에는 상당한 차이가 있어 개별적인 고찰이 필요하다.

오늘날 중국의 판도 안에 거주해 소수민족이라고 지칭되는 여러 집단은 구비서사시뿐만 아니라 다양한 형태의 민속극도 풍부하게 전승하고 있다. 자료 조사가 많이 부족해 전모를 알기 어려우나, 그 가운데 '신명풀이' 연극의 좋은 본보기가 적지 않다. 상층문화의 침해를 받지 않고, '라사'의 원리 같은 것은 모르는 채 하층 주도의 독자적인 전승을 구전으로 재창조해온 점이 한국의 경우와 상통한다. 생산을 풍요롭게 하자는 굿을 연장시켜 사람들 사이의 관계를 정상화하고 사회적인 불의를 시정하는 놀이에 누구나 적극적으로 참여하게 개방되어 있는 것이 공통된 특징이다.

白族의 연극 〈耳支歌〉는 결혼식 축하행사로 공연된다.[177] '耳支'는 '벙어리'를 뜻한다. 얼굴에 검정을 칠하고 벙어리라고 하는 사람들이 풍요와 多産을 촉구하는 노래를 부르는 중간 과정에 사건 전개가 있는 연극을 한다. 가짜 약을 팔고, 부녀자를 납치한 사기꾼을 어리석은 관리가 그릇되게 심판한 결과가 뜻밖에 좋아져서 신랑과 신부가 다시 만나 결혼식을 거행하게 되었다고 한다. 그 모든 과정에서 못될 만한 것이 잘 되었다고, 구경꾼들이 놀이패와 함께 어울려 즐거워하면서 축하한다.

彝族이 공연하는 〈大頭和尙戱青柳〉는 가면극이다.[178] 머리가 유난히 크고, 배는 불룩하고, 허리는 꼽추인 우스꽝스러운 모습의 중 大頭和尙이 아리따운 아가씨 青柳를 보고 매혹되어 벌어지는 사건을 무언극으로 보여주었다. 한국 탈춤의 노장과장과 흡사한 기본설정을 다소 차이가 있게 전개했다. 대두화상이 허리춤에 있는 돈주머니를 툭툭 치면서 재력을 과시하자 상대방의 태도가 달라지는 것을 보여주면서 세태를 풍자했다.

중국과 인도는 사정이 다르다. 인도에는 '라사'연극의 권위가 확립되어 있어, '신명풀이'연극이 뻗어나가기 어려웠기 때문이다. 인도에서는 중세전기의 '라사'연극이 중세이후에는 이미 쇠퇴했지만, '라사'의 원리를 예술전반의 규범으로 삼고 종교적인 권위를 더 보태는 작업이 계속

---

177) 王胜華, 《雲南民族戱劇論》(昆明 : 雲南大學出版社, 2000), 215~220
178) 같은 책, 210~212

되어, 혁신을 하기 어려웠다. 하층민속극조차도 '라사'의 원리를 거부하지 못하고서 '신명풀이'를 통해 뒤집어엎으려고 하는 것이 특징이다.

지방의 연극으로서 널리 알려진 것들 가운데, 몇 가지를 특히 주목할 만하다. 서부 인도에서 전승되는 '타마샤'(tamasha)라는 최하층민의 연극은 관중의 참여를 특징으로 하는 '신명풀이'연극이다.[179] 신화적인 인물 크리슈나(Krisna)가 애인과 만나고, 왕과 왕비가 등장해 사건을 벌이는 방식으로 전개되는 고전적인 소재를 어릿광대가 관중과 함께 희화해 웃음거리로 만든다. 크리슈나를 조롱의 대상으로 삼아 숭고를 비속으로 격하시킨다. 고귀한 인물 또한 그 자체의 특성은 무시하고 단순한 형태의 흥밋거리로 삼는다.

북부 인도의 '나우탄키'(nautanki)는[180] 하층의 남자가 공주를 아내로 맞이하기까지 겪는 기이한 사건을 다루는 〈나우탄키 공주〉(*Nautanki Shahzadi*) 같은 각본을 여럿 마련해 공연종목으로 삼아 민속극의 범위에서 벗어났다고 할 수 있다. 그러나 기이하다고 할 정도로 겉과 속이 다르고 갈등이 격심한 사건을 통해 '라사'에 대한 기대를 비속화하고 파괴한다. 전능한 제왕이 무대 위를 활보하다가, 다음 순간에는 헐벗은 거지가 되어 나타난다. 목을 달아매는 짓이 싫지 않은 듯이 덤덤하게 해치우려는 사형집행자에게 검은 모자와 가면을 쓴 자가 난데없이 출현해 말을 걸더니, 가련한 여자가 죽음의 위기에서 구출된다. 어릿광대가 끼어들어 고정된 질서를 부정하고, 관중이 개입하는 '신명풀이'로 기존의 가치를 뒤집는 작업을 완수한다.

'라사'의 원리가 오랜 권위를 누리고 있는 인도에서 '타마사'나 '나우탄키' 같은 '신명풀이'연극이 공연된 것은, 고전적인 취향의 고급문화와

---

179) Tevia Abrams, "Tamasha", Farley P. Richmond et al., ed., *Indian Theatre, Traditions of Performance* (Honolulu : University of Hawaii Press, 1990), 275 ~304

180) Kathryn Hansen, *Grounds for Play, the Nautanki Theatre of North India* (New Delhi : Manohar, 1992)

는 거리가 먼 하층민중의 생활에 근거를 두었기 때문이다. 인도네시아에서도 그런 현상을 찾을 수 있다. 인도네시아는 그림자극 '와양 쿨리트'를 온 나라에서 즐기면서 커다란 자랑거리로 삼고 있는 나라지만, 자바 섬 동쪽에서는 그것과는 별개의 연극인 '루드루크'(ludruk)를 발전시켜 왔다.[181] '와양 쿨리트'가 중세후기 '라사'연극의 좋은 본보기이듯이, '루드루크'는 중세에서 근대로의 이행기 '신명풀이'연극의 대표적인 사례의 하나이다.

'루드루크'는 대사를 갖춘 연극에 관중이 적극 개입하는 점이 '나우탄키'와 같다. 대사 대목 전후에 노래 부르고 춤추는 순서가 있어 관중의 동참을 유도한다. 어릿광대와 여자로 분장한 두 인물이 재담을 주고받다가, 다른 등장인물까지 참가해 자못 심각할 수 있는 격정극을 공연한다. 대강 정해놓은 대사를 소란스러운 관중의 반응에 맞추어 즉흥적으로 다듬어나간다. 오늘날도 대단한 인기가 있어 여러 극단에서 공연하면서 현대사회의 문제를 광범위하게 다루기까지 한다.

아프리카에도 무당굿놀이·꼭두각시놀음·탈춤 같은 것들이 있고, 재담극도 있다.[182] 그것들은 원시연극이나 고대연극의 특징을 오늘날까지 이어오고 있지만, 흥미를 추구하는 쪽으로 많이 바뀌었으며, 시대변화에 관심을 나타내고 유럽인의 침략과 맞서는 내용을 갖추면서 중세에서 근대로의 이행기의 연극이 되었다. '신명풀이'를 함께 하는 집단의 항거를 적극적으로 나타내 사회의 활력으로 삼았다. 오늘날의 연극에서도 그 전통을 적극 계승하려고 노력하고 있다.

남북 아메리카대륙 원주민도 갖가지 형태의 연극을 이어왔으나 그 실상이 잘 알려지지 않고 있으며, 그 가운데 중세에서 근대로의 이행기

---

181) James L. Peacock, *Rites of Modernization, Symbolic and Social Aspects of Indonesian Proletariat Drama* (Chicago : The University of Chicago Press, 1968)

182) Mineke Schipper, *Theatre and Society in Africa* (Johannesburg : Ravan, 1982)

연극이 있다고 인정하기는 어렵다. 브라질에서 먼저 만들어낸 "억압받은 사람들의 연극" 같은 라틴아메리카 민중극은 토착의 전통과는 연관을 가진다고 하지 않고 나타난 오늘날 문화운동의 산물이다. 유럽 근대극에 대해서 비판하고 그 대안을 마련하면서, 민중을 정치적으로 각성시키는 방법을 찾아내는 이론적인 작업을 선행시켜 창조해낸 새로운 연극이다.

그러나 그 기본원리는 '신명풀이'이다. 세계 다른 여러 곳의 민중연극과 공통된 원리를 갖추어 널리 관심을 모은다. 유럽의 연극을 뒤집어놓는다고 그런 원리를 찾을 수 있는 것은 아니다. 스스로 의식하지 않는 가운데 토착의 전통을 이은 대중의 공연예술에서 착상을 얻었다고 보는 편이 자연스럽다.

중세전기에 자리잡은 인도의 '라사'연극은 지나치게 고답적이어서 중세후기에는 자취를 감추었다. 남인도에서 '구티야탐'(kutiyattam)에 그 흔적을 남기고 있을 따름이다. 그러나 중세후기에 출현한 인도네시아, 티베트, 네팔, 타이, 미얀마, 중국, 일본 등지의 '라사'연극은 그 뒤에도 계속 공연되고 새롭게 창작되었다. 神人合一의 이상적인 조화를 이루는 원리를 각기 그 나름대로 갖추고서, 현실에서 부딪히는 문제를 구체적으로 다루어 시대변화에 상응하는 변모를 나타냈다. '라사'연극을 견지하려고 하지 않고 '신명풀이'의 요구를 받아들이는 융통성을 보이면서 중세에서 근대로의 이행기연극으로 바뀌었다.

먼저 인도네시아의 경우를 살펴보자. '와양 쿨리트'(wayang kulit)라고 일컬어지는 인도네시아의 그림자극은 9세기에 생겨나 11세기에, 확고한 위치를 차지한 이후 오늘날까지 계속 인기를 누린다.(카타, 185~198) 여러 시대를 거친 것이 특기할 만한 일이다. 세계연극사에서 그처럼 오랜 생명을 유지한 연극의 다른 예는 찾을 수 없다. '라사'의 전통을 이어받아 '신명풀이'와 함께 보여주는 연극의 대표적인 예로서도 주목할 만하다.

처음에는 귀족연극으로 시작되었다가 일반 민중에게 널리 개방된 인기공연물이 되었다. 인도의 서사시 〈마하바라타〉나 〈라마야나〉에서 유래한 이야기를 되풀이해서 보여주어 오랜 전통에서 이탈하지 않으면서, 자기 나라 역사에서 취재한 새로운 내용을 거기다 보탰다. 적대적인 관계에서 생기는 대립에 관심을 가지고, 공연자와 관중 사이에 직접적 통로가 열려 있는 점에서는 '신명풀이'연극이라고 할 수 있다.

공연의 실상을 보자. 흰 천에 비친 인형들의 그림자가 갖가지 모습을 짓고 서로 얽혀 사건이 벌어지게 하면서 해설자 노릇도 하고 대사도 하는 공연자 달랑(dalang)이 모든 것을 좌우한다. 공연하는 대본은 줄거리를 기억하고 있다가 즉석에서 말을 만들어서 자문자답으로 주고받는다. 그 내용을 적어둔 것도 있고, 근래에는 출판이 되기도 했지만, 개요에 지나지 않는다. 유능한 '달랑'을 만나야 살아날 수 있고, 독서물로서는 가치가 없다.

〈라마의 재생〉(*Wahju Purba Sedjati*)이라는 것을 한 본보기로 들어보자. 자바의 역사에서 있었던 사건을 다룬다고 하면서 〈라마야나〉의 등장인물들이 이 세상에 재생해서 새로운 싸움을 다시 벌인다고 했다. 그런 방식으로 고금을 대조해 문명이 연속된다 하면서, 상상력을 넓히고 소재를 풍부하게 했다. 다시 등장한 악을 물리치고 선이 승리했다고 한 결말에서, 투쟁의 주역인 자바의 군주 크레스나(Kresna)가 자기를 도와 적대자 다사수크스마(Dasasuksma)를 물리치고 승리를 얻도록 한 용사 아노만(Anoman)에게 하는 말을 들어보자.[183]

크레스나 : 나는 이제 안심을 할 수 있게 되어 여러분 모두에게 축하를 드립니다. 이제 마음 편하게 지냅시다. 다사수크스마 왕은 자기네 나라로 도망쳤습니다. 실은 그 자가 라마(Rama)와 싸우다 죽은 라와나(Rawana)의 혼령입니다. 영원한 죽음에서 벗어난 혼령이 이 세상 어디든지 나다니면서 악을 퍼드립니다. 아노만!

---

183) James R. Brandon, *On Thrones of Gold, Three Javanese Shadow Plays* (Honolulu : University of Hawaii Press, 1993), 169

아노만 : 예, 폐하. 무엇을 해드릴까요? (경의를 나타낸다.)
크레스나 : 다사수크스마가 악행을 하는지 감시해야 한다. 그 녀석이
파괴행위를 하지 못하도록 하는 임무를 그대에게 맡긴다.

티베트는 산스크리트문명권에 일찍 가담해서 인도문화의 영향을 적극 받아들였다. 중세전기에 이미 '라-모'(lha-mo)와 '참'(cham)이라는 두 가지 연극을 이룩했는데, '라-모'는 인도 산스크리트연극을 직접 이식하면서 '라사'의 원리를 〈나티아사스트라〉에서 가져왔다. '참'은 재래신앙의 연극을 무언극으로 진행되는 불교극으로 바꾸어놓은 것이며, '라사'의 원리를 '라-모'를 통해서 받아들였다. '참'이 민속극으로서 지속적인 인기를 누리면서 오늘에 이르렀다.

네팔의 '마니-림두'(mani-rimdu)는 티베트의 '참'과 유사하면서, 중세에서 근대로의 이행기연극의 모습을 더 많이 지녔다. 희극적인 장면이 추가되고, 관중의 참여가 이루어지는 등의 변화를 나타냈다. 그러면서도 '라사'연극의 기본적인 틀은 없어지지 않았다. 타이의 가면극인 '콘'(khon)과 무용극 '라콘'(lakhon)도 중세에서 근대로의 이행기에 이루어졌지만, 궁중에서 공연하는 고급 연극이어서 '라사'의 전통을 충실하게 지키는 것으로 자랑을 삼았다. 미얀마 또한 궁중연극을 뒤늦게 발전시키면서 '라사'의 규범을 준수하려고 했다.

산스크리트문명권의 연극이 중세전기에 인도에서 마련한 '라사'연극의 원리를 함께 이용하면서 서로 직접적인 관련을 가진 것과 달리, 동아시아 한문문명권의 연극은 중세전기에 이룩한 공동의 규범이 없으며, 중세후기 이후에 각국에서 별도로 발전시켰다. 중세전기까지 중국에도 연극이 없지는 않았지만 '小戱'라고 총칭되는 잡다한 형태의 歌舞戱에 연극이 포함되어 있기만 했다. '大戱'라고 할 수 있는 온전한 연극은 南宋 또는 元 이후에 생겨났다.

元 '雜劇'이라고도 하고 '元曲'이라고도 하는 창극은 대본을 제공하는 뛰어난 극작가들이 속출해 인기와 평가를 함께 얻었다. 극장에서 공연

하는 연극으로 자리를 잡았으며, 희곡을 문학사에 등장시켰다. 그 가운데 關漢卿의 〈竇娥寃〉이 대표적인 작품이다. 비극이라고 할 수 있는 사건을 다루면서, 억울한 일을 당해 원통하게 죽은 여인이 원귀가 되어 나타나 원한을 푸는 데까지 이르러 현실의 문제는 현실에서 해결해야 한다고 했다. "왕가의 지엄한 법도가 드러나 백성들이 억울하지 않게 되리라"고[184] 하는 말로 작품을 마쳐 올바른 통치에 대한 기대를 나타냈다.

중세에서 근대로의 이행기에 들어서면, 중국에서는 元 '雜劇'이 明 이후에는 '傳奇'로 바뀌어 시대 변화에 따르는 새로운 흥밋거리를 찾으면서도, 중세 문학의 고답적인 표현을 더욱 애호했다. 天道는 지극히 공정해서 선악을 분명하게 하는 근거가 된다는 보수적인 사고방식을 재확인했다. 그러나 湯顯祖의 〈牧丹亭〉 같은 인기작은 애정을 긍정하는 방향으로 나아갔다. 그 작품에서는 가난한 서생을 사모하면서 애태우던 태수의 딸이 죽어 땅에 묻힌 뒤에 되살아나 사랑을 이루었다는 사건을 낭만적인 환상을 펼치면서 전개했다.

元代의 '雜劇'에서 오늘날의 '京劇'에 이르는 중간 과정에 나타난 여러 연극 모두 '신명풀이'를 갖추어 대중의 인기를 모았으나, 귀족 취향을 버리지 못한 한계가 있었다. 연극이 놀이의 하나로 여겨져 아무 부담 없이 보면서 즐길 수 있게 개방되었을 따름이고, 관중이 참여해서 극중에서 일어나는 일을 토론하는 방식이 마련된 것은 아니다. 문인이 창작하고 귀족이 즐기는 고급 연극 형태와는 직접적인 관련없이 발전한, 갖가지 형태의 지방극에는 소수민족의 것이 아니라도 '신명풀이'가 온전하게 살아 있는 본보기도 있을 터인데, 자세한 내막을 알기 어렵다.

월남에서는 '뚜옹'(tuong)과 '째오'(cheo)라는 서로 다른 두 가지 연극을 이어왔다.[185] '뚜옹'은 상층의 '라사'연극이고, '째오'는 하층의 '신명풀이'연극이다. 다른 어느 나라에서보다 양자의 대조가 뚜렷하게 나타났

---

184) 박성훈·문성재 편역, 《중국고전희곡 10선》(서울 : 고려원, 1995), 353
185) *Vietnamese Theatre* (Hanoi : Gioi, 1999) ; 최귀묵, 〈월남전통극 연구〉, 《고전문학연구》 16 (서울 : 한국고전문학회, 1999)

다. 동아시아 공동의 고급문명을 받아들여 자기 것으로 만들고, 또한 민간전승의 재창조를 활성화하는 과업을 각기 적극적으로 추진한 성과가 그렇게 나타났다.

'뚜옹'은 중국 元曲의 영향을 받아 이루어졌다. 13세기에 월남을 침공한 원나라 군대의 元曲 공연자가 포로가 되어, 기량을 전수했다고 한다. 그러나 작품 내용은 월남의 창작품이고, 공연방식도 자기 것으로 만들어 다양하게 발전시켰다. 국가 흥망과 같은 거창한 주제를 다룬 문인들의 창작품을 궁중의 무대에 올려 엄숙하게 공연하고, 국왕과 신하들이 관객이 되었다. 대표작으로 알려진 〈山後〉를 보면, 찬탈자 때문에 위기에 처한 왕자를 충신이 희생적인 노력으로 구출해 무너진 왕조를 다시 세웠다고 하면서, 위기에 부닥친 중세 질서를 재확립하고자 하는 염원을 나타냈다.

'째오'는 마당에서 공연하는 민속극이다. 그 연원을 15세기 이전으로까지 소급해서 찾아야 한다는 견해가 있으나 확실하지 않고, 17세기 이후에 발달한 것은 확인할 수 있는 사실이다. 평소에는 농사를 짓던 사람들이 공연을 담당해 마을끼리 경연을 벌이기도 했다. 줄거리만 전해지는 내용을 즉석에서 윤색해 관중과 함께 주고받는 흥미로운 대사로 만들었다. 연극 진행에 끼어드는 무리가 관중 가운데 있어 상대역이 되기도 하고 논평자가 되기도 하며, 일반관중이라도 자유롭게 개입할 수 있다.

소설을 각색한 〈觀音氏敬〉에서는, 집안과 마을에서 억울한 누명을 쓰고 고난을 당하는 여인을 기지로 돕고 웃음으로 감싸 처지를 역전시켰다. 〈劉平〉에서는 과거보러 가서 당연히 급제할 것으로 기대한 유식한 상전은 낙방하고, 무식한 하인이 과거 시험관을 감탄시켰다. 하인의 역을 맡은 사람은 익살꾼이다. 익살꾼의 재담이 폭소를 자아내면서 지위의 고하, 가치의 우열을 뒤집어엎는다.

일본에서도 중세전기까지 神樂 또는 田樂에 포함되어 있던 연극적인 놀이가 귀족을 대신해서 武士가 집권한 중세후기에 이르러서 독자적인 공연물로 자라났다. 무사들의 취향에 들어맞는 절제되고 高雅한 연극을 해서 광대의 무리도 고급문화의 영역으로 진출해 정신적인 상승을 할 수 있게 한 새로운 연극이 '能'(노오)였다. 그 기법을 해설한 世阿彌(세아미)의 이론에 힘입어 위세가 더욱 높아졌다.

그렇게 해서 마련된 격식이 시민층의 애호를 받는 새로운 연극인 인형극 '淨琉璃'(일명 '文樂')이나 창극 '歌舞伎'에서도 계속 존중되었다. 수준 높은 교양을 갖추지 못한 관중이라도 연극을 볼 때에는 道를 닦는 것 같은 엄숙한 자세를 갖추어야 한다고 했다. 세부적인 사항까지 면밀하게 살펴 작은 일에도 감동을 받아 마땅하다는 교훈을 존중했다. 그러면서 극장을 짓고, 무대장치를 만들고 하는 데 각별한 노력을 기울였다.

일본에서 중세에서 근대로의 이행기에 시정의 오락물로 자라난 '歌舞伎'는 '신명풀이'를 제공하면 인기가 더 커질 수 있었는데, '能'에서 가져온 '라사'의 원리를 계속 지녀 가치를 높이려고 했다. 사회적 규범이 경직되어 생기는 문제를 비판적이고 풍자적인 방향에서 다루지 않고, 불리한 조건 때문에 희생이 되는 쪽의 아픔에 공감하도록 해서 '카타르시스'와 상통하는 성향도 지녔다. 중세의 이상이 불신되면서 적대적인 관게의 문제가 부각된 시기, 중세에서 근대로의 이행기의 상황이 고대와 상통하는 바 있기 때문에 그렇게 되었다.

인기 극작가 近松門左衛門(찌카마쯔몬자에몬)의 대표작 〈國性爺合戰〉에서는, 명나라 유신과 일본여성 사이에서 태어난 주인공이 명나라를 다시 일으키려고 분투하는 모습을 그려 전통적 가치의 재건을 염원하고 무사의 의리를 예찬했다. 다른 사람의 작품인 〈忠臣藏〉은 모욕을 당했다는 이유로 자결한 주군을 위해 복수를 맹세한 47인의 무사들이 뜻을 이루고서는 자결했다는 사건을 다루었다. 충성을 절대시하고 죽음을 미화하는 사고방식에 일본인은 오늘날까지도 깊은 공감을 나타내고 있다.

유럽에서는 중세 동안에 '라사'연극이 정착되지 않았다. '기적극'이니 '신비극'이니 하는 기독교 종교극은 그리 대단한 것이 없고, 이념상으로는 인도의 '라사'연극과 상통하는 바 있으나 예술적 세련도에서 많이 뒤떨어졌다. 수많은 사람들을 동원해 큰 규모로 거행되는 축제연극이어서, 하층민의 민속놀이나 민속극을 순화시킬 만한 영향력을 행사하지 못하고, 오히려 그 반대 작용을 위한 통로가 되었다.

농민들이 그런 연극 공연에 참여하면서 자기 나름대로 뛰놀려고 하다가, 기독교 이전 재래의 전통을 살려 '바보굿'(feast of fools)이라는 대동놀이를 정기적으로 거행하면서 '신명풀이'에 한껏 열을 올렸다. 한국에서 탈춤을 추면서 양반을 풍자하듯이, 기독교의 권위를 파괴하는 것으로 흥밋거리를 삼는 놀이패가 교회 안으로까지 들어가 난동을 부려도 막지 못하는 사태가 벌어졌다.

'바보굿'에서 하는 것과 같은 풍자를 전문으로 하는 집단이 유럽에도 있어 떠돌이연극을 하고 다녔다. 떠돌이연극 가운데 가장 잘 알려진 이탈리아의 '코메디아 델 아르테'(commedia dell'arte)는 탐욕스러운 바보, 어리석은 학자, 겁쟁이 군인, 영리한 하인 같은 고정된 인물의 배역을 맡은 배우들이 즉흥적으로 대사를 꾸려나가는 연극이다. 사회풍자를 일삼는 '신명풀이'연극을 솜씨 좋게 해서 커다란 인기를 얻었다. 그런 연극이 스페인에서도 공연되고, 프랑스에 전해지기도 했다.

중세후기에는 '바보굿'이, 중세에서 근대로의 이행기에는 '코메디아 델 아르테'가 나타나 계속 공연되어, '신명풀이'연극을 만드는 데서 유럽도 물러나 있지 않았음을 입증해준다. 거기서 한 걸음 더 나아가 작가들이 창작해서 공연하는 연극을 하게 되었을 때에도 희극에서는 '신명풀이'의 원리를 갖추려고 했다. 그러나 민속놀이나 민속극은 연극으로 인정되지도 평가받지도 못했다. 희극을 비극보다 격이 낮은 연극으로 다루어 마음껏 뻗어나지 못했다.

17세기의 대표적인 희극작가 몰리에르(Jean-Batiste Molière)는 국왕을 최고의 관객으로 해서, 궁중에서도 공연하는 희극을 통해 예사 사람들의 억눌린 심리를 발산하는 시정의 공연물을 보여주고자 했다. 이성의 범위를 넘어선 광기를 지닌 인물들이 자기 얼굴이 아닌 가면을 쓰고, 고정된 질서를 거부하는 축제를 벌이면서 해방감을 맛보고자 하고,[186] 그것을 풍자의 대상으로 삼기도 했다. 〈시민귀족〉(*Le bougeois gentilhomme*, 1670)에서는 시민에서 귀족으로 신분상승을 꿈꾸는 인물이 자기 딸을 귀족에게 시집보내려고 하다가 딸에게 연인이 있다는 것을 알고, 그 연인을 터키의 왕자로 가장시켜 터키식 결혼식의 축제를 야단스럽게 벌인다고 했다.

18세기에 이르면 보마르세(Pierre-Augustin Beaumarchaisx)의 〈세빌리야의 이발사〉(*Le barbier de Séville*, 1775)에서 볼 수 있듯이, 귀족에게 반발하는 시민의 거동을 긍정적으로 그리는 희극이 나타났다. 시민혁명이 가까워진 시기의 사회변화를 희극에서 받아들였다. 그러나 하층민을 위한 '신명풀이'의 장소를 마련한 것은 아니었다. 희극이라도 극장에서 공연해야 하고, 작품을 잘 다듬어 써서 완성도를 높여야 한다는 생각을 비극에서 받아들인 탓에, 대동놀이를 위한 열린 마당을 마련할 수는 없었다.

중세에서 근대로의 이행기에 중세를 부정하고 극복하기 위해서 고대를 긍정하고 계승하는 것은 어디서나 볼 수 있었지만, 고대의 연극을 재현하려고 한 것은 유럽에서만 볼 수 있던 일이다. 그 이유는 고대연극의 유산을 자랑스럽게 여기고 중세연극의 유산을 두고서는 자부심을 느끼지 못한 데 있었다. 연극을 할 때에는 고대문명을 계승해 중세적인 사고방식이나 문화규범에 대한 전반적인 대안으로 삼는 것보다, 중세의 '라사'연극에 결여되어 제공하지 못한 상층문화의 위신을 '카타르시스'연극에서 구하는 것이 더욱 긴요한 과제였다. 아리스토텔레스의 〈시학〉을 대단하게 여기고, 거기서 비극의 특징을 서술한 말을 비극 재창작을 통해 이룩해야 할 연극미학의 보편적 원리라고 여기게 만들었다.

---

186) 이인성, 《축제를 향한 희극 : 몰리에르에 관한 한 연구》(서울 : 문학과 지성사, 1992)

아시아 여러 곳에서 중세의 '라사'를 잇고, 유럽에서 고대의 '카타르시스'를 재현하면서 '신명풀이'를 하자는 요구를 받아들여 새로운 연극을 만든 것은 공통된 변화이다. 중세에서 근대로의 이행기에 흔히 있던 보수와 혁신의 타협이 연극에서 그렇게 나타난 것은 당연했다. 그렇지만 타협의 결과 안정을 얻었는가 하는 점에서는 양쪽이 서로 달랐다. 유럽에서는 타협이 원만하게 이루어지지 않아 보수와 혁신이 갈라지고, 극단화된 보수 노선이 주도권을 잡았다.

다른 곳에서는 특별한 구분 개념 없이 공존하는 비극과 희극을 유럽에서는 선명하게 갈라놓았다. '신명풀이'를 긍정적으로 수용하는 희극의 진보 노선을 비극에서는 배제하고, 비극과 희극은 상하의 등급이 있다고 선언했다. 고대에 볼 수 있었던 비극을 다시 만들어 '카타르시스' 연극을 재현하는 것을 최고의 가치를 가진 예술창작이라고 하는 데서 더 나아가, '카타르시스'가 연극 일반의 보편적인 원리라고 했다.

비극의 전형을 마련했다고 평가되는 코르네이유(Pierre Corneille)와 라시느(Jean Racine)는 국왕을 최고의 관객으로 한 궁정연극을 하면서 귀족의 취향을 만족시켰다. 규칙을 잘 갖춘 질서가 최고의 가치를 가진다는 관념이 그 때문에 굳어졌다. 비극 창작에는 많은 제약조건을 두어, 당대 자국의 현실을 바로 다룰 수 없고, 그리스나 로마에서 있었던 일을 재현해야 하는 것도 그런 요건의 하나였다. 비극은 줄거리·시간·장소의 통일을 엄격하게 갖추고, 서두·중간·결말의 구조 또한 정연해 예술의 이상형을 가장 잘 갖추고 있다고 했다.

그러나 그런 규칙을 지킨 것이 작품의 가치인지는 의문이다. 뛰어난 작품이라고 평가되는 작품이 감동을 주는 이유는 파탄을 수습하지 못했기 때문이다. 라시느의 〈앙드로마크〉(*Andromaque*, 1667)를 보면, 〈일리아스〉에서 다룬 트로이전쟁의 후일담에서 소재를 얻어, 남편이 전사한 뒤에 자식과 함께 적국의 포로가 되었던 여인이 남편을 배신하고 자식을 구하지 않을 수 없게 되고, 상대역인 국왕은 그 여인에 대한 사랑 때문에 왕위를 버리지 않을 수 없게 된 어처구니없는 상황을 문제삼았다. 걷잡을 수 없는 정열 때문에 벌어지는 삶의 파탄을 나타냈다.

스페인연극에서는 두 가지 경향이 대립하고 있었다. 고전주의적 기풍을 지닌 귀족의 연극은 그리스의 전통을 재현하려고 하면서 '카타르시스'를 기본원리로 삼았다. 민중의 호응을 받는 노천극은 '신명풀이'의 연극이었다. 칼레론(Caleron de la Barca)은 앞의 경향을 대표하면서 화려한 무대장치를 하고서 펼쳐지는 환상적인 작품을 창작해 귀족들의 취향을 만족시켰다. 그러나 17세기 스페인 최대의 극작가라고 평가되는 로페(Lope de Vega)는 민중연극을 자기 영역으로 삼았다.

로페는 몰리에르처럼 익살꾼이 활약하는 역동적인 희곡을 보여주면서, 귀족연극에서 선호하는 비극을 그 속에 끌어들인 점이 프랑스의 경우와 차이가 있다. 비극에서 흔히 볼 수 있는 명예 때문에 벌어지는 다툼을 흔히 볼 수 있던 것과 다른 방식으로 작품화했다. 귀족이 아닌 사람에게도 명예가 문제된다고 하고, 명예에 대한 분쟁의 조절자로, 귀족의 압박에 고통받고 항거하는 민중의 후원자로 국왕을 등장시켰다.[187]

영국의 세익스피어(William Shakespeare)는 상하층 관객을 함께 상대하는 상업극단을 위한 대본을 써대야 하는 처지여서 그런 고답적인 자세를 취할 수 없었다. 비극의 엄격한 규칙을 따르지 않고, 비극과 희극을 함께 창작하면서 자기 시대의 문제를 폭넓게 다루어 다양한 흥밋거리를 제공했다. 비극을 쓰면서 극작가가 지켜야 할 규칙에서도, 주인공이 따라야 할 의무에서도 벗어나 있어, 근대를 향해 한 걸음 더 다가왔다. 권력욕·질투심·사랑 같은 것에 지나치게 사로잡히면 되돌릴 수 없는 파멸에 이른다는 것을 피탈 나는 사건을 통해 보여주어 긴장을 고조했다. '카타르시스'연극을 누가 보아도 흥미로운 공연물로 만들어 대단한 의미가 있다는 해석을 자아내게 했다.

가장 널리 알려진 〈햄릿〉(Hamlet)을 보자. 거기서 다채롭게 벌어지는 음모, 살해, 권력 쟁탈, 남녀관계의 변화, 칼싸움, 전투, 죽음은 대단

---

187) 김현창, 《스페인문학사》(서울 : 민음사, 1990), 224

한 인기를 누리기에 충분하다. 국왕에서 광대에 이르기까지 여러 등장
인물도 각기 자기 말을 그대로 쓰면서 성격이 충분히 다원화되어 있다.
그렇지만 고결한 인품과 탁월한 능력을 가진 주인공 햄릿이 아버지의
복수를 하지 못하고 패배자가 된 이유는 무엇인가 하는 의문에 대해서
는 명확한 해답을 제공하지 않아 논란이 계속된다.

　　살 것인가 죽을 것인가, 그것이 문제로다.
　　가혹한 운명의 팔매돌과 화살을 가슴에 맞고
　　그대로 참고 견디는 것이 고귀하다고 할까,
　　고통의 바다를 향해 무기를 들어야 할 것인가.

이 독백은 의심하고 따지기만 하고 행동하지 못하면서 그런 줄 알아
자책에 사로잡히고, 혼자서 당한 불행을 지나치게 일반화하는 지성인의
비극을 보여주었다는 해석을 자아낸다. 그러나 그것이 작품 전편의 일
관된 의미라고 말하기는 어렵다. 햄릿은 과연 미쳤는지, 아버지가 죽을
때 어디 있었는지, 나이는 몇 살인지 하는 것도 논란거리로 남아 있
다.[188] 그런 것들은 파탄의 증거일 수 있는데, 문제작인 증거라고 하면서
작품의 가치를 과대평가하는 데 이용되었다.

세익스피어 이후의 비극은 고대그리스의 비극과 거리가 멀어졌다. 神
人不合이 파탄의 이유인 고대의 비극을 그런 신이 없는 시대에 재현할
수는 없었다. 고대그리스의 비극과 중세에서 근대로의 이행기 유럽 각
국의 비극은 끔찍한 살육극을 벌여 긴장을 고조시키는 것을 공통점으로
했다. 그것을 '카타르시스'연극의 핵심적인 성격으로 삼아 이어나갔다.
비극이란 명분이나 외형일 따름이고 실제로는 격정극(melodrama)이 주
류를 이루어도 그 점에서는 변화가 없었다.

상황이나 감정을 과장해 충격을 주고, 극과 극의 전환을 보여주어 관

---

188) A.C. Bradley, *Shakespearean Tragedy* (New York : Fawcett, 1966), 333~
　　341

중을 사로잡는 연극이 격정극이라면, 그런 것은 '신명풀이'연극이나 '라사'연극에도 흔히 있어 새삼스러운 관심거리가 아니다. 그렇지만 유럽의 극작가들은 특이한 노력을 했다. 격정극 방식의 전개가 유기적인 전후관계와 필연적인 전환을 갖추어 그 자체로 완결되어 있다는 것을 관중이 조용히 앉은 채 받아들여 군말 없이 인정하도록 하려고 했다. '카타르시스'연극의 전통을 그런 방식으로 이어 오늘에 이르렀다.

중세에서 근대로의 이행기가 끝나갈 때에는, 격정극이 더욱 번창하면서 인기를 누렸지만, 비극은 종말을 고해야 했다. 비극 대신에 '심각한 연극'이라고만 한 시민극(drame)이 상위연극의 자리를 차지했다. 18세기 계몽주의 시대에 디드로(Diderot)를 위시한 일군의 시민 출신 극작가들이 시민의 요구에 맞게 만들어낸 그런 연극은 당대사회를 그리는 연극 노릇을 한다면서, '가정비극'이라고 할 것을 흔하게 보여주었다. 비극과 희극을 합친다고 했으나, 희극은 받아들이지 못하는 편향성을 보였다.

유럽의 연극은 상층의 애호를 받고 자라나 지체가 높았으며, 규칙이 많고, 이론이 장황했다. 그 때문에 연극이 최고의 위치를 차지하는 예술이라는 생각이 계속 이어졌다. 희곡이 연극과 독립되어 문학갈래 가운데 으뜸이라고 한 것도 유럽 특유의 견해이다. 그 때문에 연극 공연에는 적합하지 않고, 연극 공연을 전제로 하지도 않은 독서용 희곡이 출현했다.

괴테(Johann Wolfgang von Goethe)는 그런 희곡인 〈파우스트〉(*Faust*, 1808~1832)를 지어 종합적이고 다면적인 창작물로 삼아 사상서로서도 위세를 지니게 했다. 여러 시대의 사람·악마·천사를 두루 등장시켜, 천상까지 포함한 다양한 공간에서 벌어지는 갖가지 다툼을 두루 보여주고서, 그런 것들을 넘어서서 영원히 파괴될 수 없는 정신이 있다고 했다. 중세에서 근대로의 이행기의 이상주의를 최대한 드높이면서 한 시대를 끝냈다. 근대연극은 지상으로 내려와 실제로 경험할 수 있는 일만 다루고 사상서라고 자부하지는 않았다.

4. 6. 우언의 기여

　동아시아에서는 '寓言'이라 하고, 유럽에서는 '알레고리'(allegory)라고 하는 것은 이름을 들어보면 전혀 다르다고 생각되지만, 그렇지 않다. 둘 다 허구적인 사건을 전개해서 사건 자체에서 바로 도출되지 않는 별개의 숨은 의미를 전달하는 글이다. 서사문학인 줄 알고 읽으면 무엇을 말하는지 알기 어렵고, 숨은 의미를 찾아내야 비로소 이해가 된다. 논설을 펴서 말해야 할 사실을 흥미를 끌고 설득력을 높이기 위해 서사적인 수법을 사용하는 서사적 교술문학이다.

　'알레고리'는 '寓意'라고 번역하는 것이 관례인데, 적절한 처사라고 하기 어렵다. 그러나 이미 있는 용어를 존중해 '寓言'이라고 일컫는 것이 마땅하다. 그래야만 양자의 동질성이 분명해진다. '寓言'이 '알레고리'이고, '알레고리'가 '寓言'이라고 하자. 이제부터 그 둘 다 '寓言'이라 하는 것은 한국어로 글을 쓰기 때문이다.

　우언은 문학의 오랜 형태이다. 동아시아의 우언은 〈莊子〉에서 유래했다. 후대의 문인들이 그 전범을 따르는 글을 써서 세태를 풍자하고 사상을 혁신하고자 했다. 유럽에서는 플라톤의 〈공화국〉 같은 것이 그 연원을 이루어, 후대의 우언 작품 가운데 그 제목을 다시 단 것이 이따금 있다. 기독교·불교·이슬람교의 경전에도 우언이라고 할 것이 적지 않게 포함되어 있었다.

　그런 전례를 이은 우언이 어디서나 계속 창작되어 문학의 긴요한 영역을 이루었다. 그러면서 중세에는 관념을 나타내는 추상명사를 여럿 의인화해 그것들의 관계를 사건으로 전개하는 새로운 우언이 나타나 인기를 끌었다. 프랑스의 〈장미이야기〉(*Roman de la rose*)나 페르시아의 〈새들의 회합〉(*Manteg al-Tair*)은 시이고, 한국의 〈愁城誌〉, 〈天君傳〉은 산문이지만, 그릇된 마음 때문에 흔들리다가 올바른 마음을 되찾는 과정을 그린 점이 서로 같다.

중세에서 근대로의 이행기에 이르러서도 우언은 계속 긴요한 구실을 했다. 중세의 이념을 이어나가야 한다고 주장하는 사람들은 중세풍의 우언을 더욱 홍미롭게 써서 많은 독자를 설득하는 수단으로 삼았다. 대중의 환심을 사면서 새로 등장한 갈래인 소설이라고 자처하기도 하고 그 수법을 차용하기도 했다. 그렇다고 해서 새로운 시대의 문학으로서 적극적인 의의를 가질 수 있었던 것은 아니다.

17세기 중엽에 한국에서 나온 鄭泰齊의 〈天君演義〉가 그 좋은 예이다. 天君이라고 한 사람의 마음이 유혹에 빠져 잘못된 길에 들어섰다가 올바른 신하의 도움을 받아 정상을 되찾는다고 하는 작품을 다시 써서, '演義'라는 말을 표제에 내놓아 소설로 알고 읽도록 했다. 사건의 전개는 慾生이나 歡伯의 침입을 받고 天君이 타락의 길에 들어서 망하게 되었다가 충간을 듣지 않자 떠나갔던 醒醒翁을 有悔氏가 불러와 天君이 바른 길에 들어서게 되었다고 해서 선행하는 작품들과 그리 다르지 않다. 氣의 작용을 그대로 두지 말고 理가 통제해야 한다는 理氣이원론의 철학을 재확인했다.

인물의 성격을 더욱 뚜렷하게 하고, 타락한 삶의 모습을 실감나게 묘사한 것은 달라진 점이다. 세태를 바로잡기 위해서 세태를 따르는 것 같은 거동을 보였다. 창작 의도는 그릇된 세상 사람들이 그릇된 길로 나아가지 못하도록 하는 유교의 교화를 다지자는 것이었다. 공동문어를 사용해서 정통사상을 재확인하는 데는 유리했으나 대중화는 이루어지지 않았다. 전체의 성격을 한 말로 규정하면, 중세에서 근대로의 이행기를 중세로 역행시키고자 하는 노력의 표본이라고 할 수 있다.

번얀(John Bunyan)의 〈天路歷程〉(*The Pilgrim's Progress*, 1678)은 나온 시기가 비슷하고, 작품의 성격이나 수법에도 기본적인 동질성이 있어 서쪽의 〈天君演義〉라고 할 수 있다. '기독교도'라고 일컬은 주인공이 '속된 지혜'와 '무지' 때문에 혼란을 겪고, '절망 기인'의 도전을 받고 죽음의 골짜기에 빠졌다가 '신앙'과 '희망'을 만나 용기를 얻고, 예수의 인도를 받아 마침내 천국에 이르렀다고 했다. 유교에서는 마음의 혼란을 바로잡으면 되고 기독교도는 천국을 향해 나아가야 하는 것은 다르지만, 작품의 성격이나 수법은 거의 같다.

〈天路歷程〉은 많은 독자를 얻었다. 공동문어 라틴어가 아닌 민족구어인 영어를 사용한 점이 유리하게 작용했다. 소설로 알고 읽도록 한 의도가 잘 적중했다. 사건 전개가 흥미롭고 대화가 생생해서 흥미를 돋구도록 했다. 기독교 선교사들이 지구 구석구석까지 가서 현지어 번역본을 만들어 기독교 입문서로 이용했다. 〈天路歷程〉이라는 표제를 단 한국어 번역도 그 가운데 하나이다.

세계 도처에서 〈天路歷程〉 번역본이 크게 행세하면서, 여러 문명권에서 각기 마련한 〈天君演義〉는 효력이 없어졌다고 생각하도록 만들었다. 중세로의 역행을 주장하는 우언을, 근대화를 위한 경쟁의 선두를 다투는 데 이용하는 혼란스러운 사태가 벌어졌다. 그러나 생각을 가다듬으면 우언에 대해서 우언으로 맞서는 반론 제기가 가능했다. 독자적인 전통의 우언을 되살려 의식 자각을 촉구할 수도 있었다. 구전하고 있던 소재를 정착시켜 새로운 주장을 펼 수도 있었다.

중세에서 근대로의 이행기 우언에는 중세로의 역행을 희구한 것만이 아니라, 근대로의 순행을 추진한 것도 있어 더욱 중요시할 필요가 있다. 그런 것들은 소설과 상통하는 수법을 더 많이 사용한 것이 빌미가 되어 다소 결격 사유가 있는 이급의 소설로 취급되고 있어, 제대로 돌보는 데 더욱 힘써야 한다. 근대로의 순행을 주장한 내용이 근대에 이르러서 모두 실현된 것은 아니고 가장 값진 부분은 오히려 폐기되었으므로, 힘써 찾아내 재평가할 필요가 있다.

〈天路歷程〉의 원산지인 영국에서 그것보다 한 세기 반쯤 전인 16세기 전반기에 나온 토마스 모어(Thomas More)의 이상향 여행기 〈유토피아〉(*Utopia*, 1516)는 중세를 청산하려고 분투한 선구적인 업적이다.[189] 기존의 권위에 강하게 반발하면서, 세상이 어떻게 달라져야 하는

---

189) Lewis Mumford, *The Story of Utopias* (Gloucester, Mass. : Peter Smith,

지 적극적으로 모색한 바를 박해를 피하기 위해서 우언으로 써냈다. 라틴어로 써서 독자를 널리 구했다.

네덜란드에 갔을 때 어느 나라에도 소속되지 않은 라파엘이라는 사람에게 들은 말을 글로 옮겼다고 하고서도, 무척 조심스러운 태도를 보였다. '유토피아'란 '없는 곳'이라는 뜻이다. 없는 곳에 관한 말이니 사실이 아니다. 그렇게 변명할 수 있는 방어선을 치고서 자기 나름대로의 이상향을 설계했다. 유토피아의 사람들은 서로 다른 종교를 믿지만, 그것 때문에 충돌을 일으키지는 않는다고 했다. 기독교를 믿든 거부하든 자유라고 했다. 유토피아에는 사유재산이 없어 불평등과 갈등이 생기지 않는다고 했다. 사유재산이 없다는 사항을 특히 중요시해서 다음과 같이 말했다.(철학, 388)

유토피아에서는 돈과 돈을 벌려는 열망이 동시에 사라졌기 때문에 그 외 많은 사회문제가 해결되고 많은 범죄가 사라졌습니다. 금전 사용의 종말은 매일처럼 처벌해도 발생하는 온갖 범죄 행위, 곧 사기, 절도, 강도, 언쟁, 난동, 쟁의, 반란, 살인, 배신, 독살 등의 종말을 의미함이 분명하기 때문입니다. 그리고 돈이 폐지되는 즉시 공포·긴장·불안·과로 같은 것들이 모두 사라집니다.

멀리 가면 그런 별세계가 있다고 한 것은 이른바 지리상 발견의 시대에 적합한 상상력을 이용하고자 했기 때문이다. 유럽 여러 나라 사람들이 멀리까지 항해해 나가기 전에는 모르던 세계를 발견하고 탐험하고

1959) ; J. C. Davis, *Utopia and the Ideal Society, a Study of English Utopian Writing 1517~1700* (Cambridge : Cambridge University Press, 1981) ; Bronislaw Baczko, Judith L. Greenberg, *Utopian Lights, the Evolution of the Idea of Social Progress* (New York : Paragon, 1989) ; Greenberg, Amy Boesky, Founding Fictions, *Utopias in Early Modern England* (Athens : The University of Georgia Press, 1996) ; Raymond Trousson, *Voyages aux pays de nulle part* (Bruxelles : Éditions de L'Université de Bruxelles, 1999)

점거하기도 하자, 그 경험을 전하는 견문기가 많이 나와서 흥미를 끌었다. 그런데 유럽은 사람이 살 만한 문명세계라고 칭송하고, 다른 곳은 기이하고 미개하고 저열하다고 폄하하는 것이 예사였다. 모어는 유럽사회의 잘못을 시정하는 지침을 제공하는 완벽한 사회, 놀라운 문명이 먼 곳에 있으니 따르고 배워야 한다고 해서 그런 통념에 반격을 가했다.

〈유토피아〉는 유럽 각국에서 널리 읽히고 깊은 공감을 얻어, 그 비슷한 작품을 라틴어로 쓰는 것이 한 시대의 유행이 되었다. 이탈리아의 프란체스코(Antonio Francesco)는 〈도니의 세계〉(*I Mondi del Doni*, 1552)에서, 독일의 안드레아(Johann Valentin Andreae)는 〈기독교정치공화국의 상황〉(*Republicae christianopolitanae descriptio*, 1619)에서 자기가 생각하는 이상세계를 보여주었다. 이탈리아 사람 캄파넬라(Tomaso Campanella)의 〈태양의 도시〉(*Civitas solis*, 1623) 또한 그 가운데 하나인데, 특히 높이 평가되고 있어 구체적으로 고찰할 필요가 있다.

캄파넬라는 기독교 성직자이면서 갈릴레오를 숭배하고 학문의 자유를 염원했다. 자기 고장인 남부 이탈리아를 스페인의 지배에서 해방시키는 투쟁에 참가했다가 잡혀서 오랫동안 감옥살이를 했다. 옥중에서 〈태양의 도시〉를 써서 이상적인 사회에 대한 소망을 나타냈다. 처음에는 이탈리아어로 썼다가 라틴어로 옮긴 사본을 몇 개 만들었는데, 그 가운데 하나가 밖으로 유출되어 독일에서 출판되었다.

기사와 선장 두 인물이 등장해 문답한 방식으로 책을 썼다. 기사는 순례자보호기사단의 단장이고, 선장은 콜럼부스를 인도했던 사람이라고 했다. 항해 도중에 있었던 일을 이야기해 달라는 기사의 요청을 받아들여, 선장이 "태양의 도시"라는 곳에 표착해서 보고들은 바를 말했다. 철학자인 '태양'이, '권력'·'지혜'·'사랑'을 뜻하는 세 사람의 보좌를 받아 다스리는 나라인 그 곳은 정의로운 질서에 따라 움직여, 누구나 공익을 위해 일하며 필요한 대로 소비할 따름이고 사유재산이라고는 없다고 했다.

영국에서 나온 후속작품도 적지 않은데, 베이컨(Francis Bacon)의 〈새로운 아틀란티스〉(*New Atlantis*, 1627)를 특히 주목할 만하다. 저자 사후에 비서가 서문을 붙여 출판한 유고이며, "미완의 저작"이라는 부제가 붙어 있다. "우리는 페루에서 출발해 남쪽 바다를 거쳐 중국과 일본을 향했다"고[190] 한 것이 첫 문장이다. 누군지 밝혀지지 않은 항해자의 항해일지를 옮겨놓은 형식이다. 벤살렘(Bensalem)이라는 나라에 우연히 표착해서, 과학을 으뜸으로 삼고 사회조직뿐만 아니라 결혼생활까지도 과학에 근거를 두고 영위해 세상에서 가장 강력한 나라가 세워진 내력을 현지의 견문을 통해 이해하게 되었다는 내용이다.

네빌(Henry Neville)의 〈파인 섬〉(*The Isle of Pines*, 1668)도 함께 고찰할 만하다. 이것은 저자를 밝히지 않고 출판한 책인데, 불어·이탈리아어·독일어·네덜란드어 번역이 이어서 나왔다. 암스테르담을 출발해 아프리카 마다카스카르 근처를 항해하던 네덜란드 선원이 미지의 세계에 이르러 뜻밖의 경험을 한 바를 런던에 있는 친구에게 편지로 알리는 형식으로 썼다. 솔라모나(Solamona)라는 나라가 있는 섬에 표착해 숨겨둔 비밀을 알았다고 했다. 파인(Pine)이라는 사람을 만나 할아버지가 그 섬에서 별세계를 개척할 때부터 있었던 일을 들은 대로 전한 내용이라고 했다. 그곳은 자연의 풍요로움을 제한 없이 누려 사회조직이 필요하지 않고, 성행위가 완전히 개방되고 자유롭기 때문에 갈등이 없다고 했다.

그 두 작품은 영어로 쓴 점이 〈유토피아〉와 다르다. 그 사이에 영어 사용이 확대되기도 했지만, 문제가 되어 탄압을 받을 위험이 적은 내용인 것이 더 중요한 이유일 수 있다. 기본설정은 상통하면서 주장하는 바는 반대여서, 한쪽에서는 과학에 의한 진보를 역설하고, 다른 쪽에서는 원초적인 낙원을 동경했다. 〈유토피아〉에서는 합쳐져 있던 사상이

---

190) Susan Bruce ed., *Three Early Modern Utopias* (Oxford : Oxford University Press, 1999), 152

둘로 나뉘어져서 중세에서 근대로의 이행기의 향방을 둘러싸고 서로 다른 논란을 벌였다고 할 수 있다.

아일랜드 출신의 영국 작가 스위프트(Jonathan Swift)가 쓴 〈걸리버 여행기〉(*Gulliver's Tale*, 1726)도 지금까지 다룬 것들과 같은 계통의 작품이다. 걸리버라고 이름 지은 주인공의 행적을 한층 자세하게 그려 소설로 알고 흥미롭게 읽게 하지만, 항해를 하다가 표착해 견문한 별세 계에 대한 보고를 통해 저자의 사회사상을 펴고자 한 점이 서로 같다. 걸리버는 대인국, 소인국, 말 나라 등에 가서 기상천외한 경험을 하면 서, 강자가 약자를 침해하지 않고 평화롭게 사는 길이 무엇인지 심각하 게 생각했다고 했다. 사회정의와 어긋나게 비대해지는 국가권력을 고발 하면서 아일랜드에 대한 영국의 침해도 비판의 대상으로 삼았다.

여류작가 사라 스코트(Sarah Scott)는 〈천년의 집〉(*Millenium Hall*, 1762)에서, 여섯 여성이 힘을 합쳐 무력한 사람들을 돌보아 자활하게 하는 복지사회를 만들었다고 했다.[191] 빈민·노인·장애자가 살 곳을 마련 하고 서로 돕도록 했다. 거인과 난쟁이들을 불러들여 서커스에서 시달 리지 않도록 했다. 남녀 아이들을 위해 학교를 만들었다. 양탄자 공장을 만들어 일할 곳을 마련했다. 남성 방문자가 그 곳에 우연히 들렀다가 감동을 받고 돌아와 자기도 그렇게 하기로 했다고 했다. 그런 구상을 펼쳐 보이면서 자본주의의 모순을 시대변화에 적응하는 방법으로 시정 하는 방안을 여성의 시각에서 마련했다.

프랑스에서는 항해표류기와는 다른 방식의 우언을 창조해냈다. 토마 스 모어와 동시대 사람 라블래(François Rabelais)가 앞장서서, 거인 부 자 가르강투아(Gargantua)와 팡타그뤼엘(Pantagruel)이 현실을 벗어난 세상을 휘젓고 다녀 갖가지 기이한 사건이 벌어졌다고 하는 이야기를 기발한 형식으로 전개한 연작저서를 내놓았다.(철학, 390~396) 모두 5

---

191) Alessa Johns, "Remembering the Future : Eighteenth-Century Women's Utopian Writing", Hendrik van Gorp and Ulla Musarra-Schroeder ed., *Genres as Repositories of Cultural Memory* (Amsterdam : Rodopi B. V., 2000)

부작이어서 상당한 분량이며 제목도 각기 다르다. 전체를 〈가르강투아와 팡타그뤼엘〉(1532~1552)이라고 총칭한다.

이상한 내용이어서 읽는 사람을 당황하게 한다. 중세의 공상담이라고 할 수 있으나, 헛된 관념을 비판하고 현실 인식을 촉구한다. 소설이라고 하지만 사건이 납득할 수 없게 전개되고, 논설에 해당하는 대목이 너무 많다. 사상서로 읽기에는 사용한 언어가 논리에서 벗어나 있으며 지나치게 비속하다. 사상서는 라틴어로 써야 하는 관례를 어기고 시정잡배 투의 프랑스어로 거창한 문제를 다룬 것 자체가 웃음을 자아낸다.

사건 하나하나를 사실로 환원시켜 이해할 수는 없으나, 전편이 우언이라고 하는 것 밖에는, 다르게 규정할 방법이 없다. 우언의 관습마저 깬 우언이라고 하면 실상에 더욱 근접했다. 인물과 상황을 우스꽝스럽게 설정하고, 엉뚱한 비유와 기발한 말장난을 일삼는 등의 방법으로 웃음을 자아내면서 모든 권위와 위선을 교묘하게 풍자했다.

가르강투아와 팡타그뤼엘이라고 하는 아버지와 아들 양대의 거인에 관한 허황된 이야기를 쓴 것은 아주 현명한 작전이었다. 못생긴 거인이 우스꽝스러운 짓을 거침없이 하는 것을 보고 독자도 왜소한 생각을 하면서 움츠려 있지 말라고 한다. 거인 부자는 언제나 당당한 자세로 즐겁게 살아나가니, 독자 또한 주저하면서 사는 소극적인 자세에서 벗어나 삶을 즐기라고 한다.

첫째 권 서두의 〈독자에게〉에서 "웃음이란 사람의 본성이다"라고 한 것이 세계관이자 창작방법의 핵심이다. 그러면서 누구든지 자기가 하고 싶은 대로 살아가는 것이 이상적인 삶이라고 했다. 사람은 본성이 선량하고, 자유롭게 살기를 원하는 것이 정당하며, 자유를 스스로 지킬 수 있는 능력이 있기 때문에 "하고 싶은 것을 하라"고 했다.

라블래의 뒤를 이은 프랑스 작가들은 사상의 세계를 그리는 작업을 계속했다(철학, 418~439). 페넬롱(Fénélon)은 〈텔레마그〉(*Télémaque*, 1699)에서 영국에서 흔히 볼 수 있는 것과 다른 형태의 여행기 우언을 창작했다. 호메로스의 서사시에서 소재를 얻어 율리시스(Ulysses)의 아들 텔레마크가 오랫동안 소식이 없는 아버지를 찾으려고 미지의 세계 여러 곳을 헤매고 다니다가 이상적인 통치를 하고 있는 섬 나라 두 곳을 방문하게 되었다고 했다. 그 곳에서는 군주가 평화를 지키고 백성을 위해 봉사한다고 했다. 황금을 건축 재료로나 사용하고 축재의 수단으로 삼지 않는다고 했다. 정의가 이루어져 풍요롭게 살게 한다고 했다.

몽테스키외(Montesquieux)의 〈페르시아인의 편지〉(*Lettres persanes*, 1721)는 가상의 편지 형식을 사용한 우언이다. 파리에 머무르고 있는 페르시아인 두 사람이 본국에 보내는 편지에서 프랑스를 자기 나라와 비교하면서 비판했다. 모든 것을 생소하게 느끼는 외국인의 눈으로 보면 프랑스에서 당연하게 여기는 것들이 비정상이라고 하면서, 관습에 가려 있는 허위를 파헤치고, 사람들이 서로를 침해하지 않고 화합하면서 사는 길이 무엇인지 물었다.

새로운 사상을 설득력 있게 나타내려고 더욱 적극적으로 노력한 사람은 볼테르(Voltaire)였다. 자기가 추구하는 진실을 누구나 알 수 있게 널리 알리면서 불필요한 반대를 줄이고 동조자를 늘이는 이중의 목표를 달성하기 위해 우언을 적극 활용했다. 자기 작품이 아니라고 하면서 출처를 별도로 밝힌 글에다 외국인을 등장시켜, 기이한 사건을 전개하는 것이 즐겨 택한 방법이다.

이슬람세계에서 유래한 고서라고 소개한 〈자디그〉(*Zadig*, 1747)는 예상을 뒤집는 방식으로 통념을 부정하면서 새로운 주장을 기발하게 펴서, 뭐라고 규정하기 어려운 작품이다. 옛적 바빌로니아 사람 자디그는 "여성을 멸시하는 것도, 여성들을 매혹시키는 것도 자랑으로 삼지 않고, 너그러운 마음씨를 가졌다"고 했으며, 국가에서 채택한 교리에 구애받지 않고 "태양이 우주의 중심"임을 알았다고 했다. 그처럼 지혜로운 사람이 젊음·건강·재산을 모두 갖추고 있어 행복하리라고 예견되었으나 그렇지 않았다. 행운이 불운으로 역전되는 고난을 여러 번 겪었다고 했다.

노예의 신세로 떨어져, 주인을 따라 여행하면서 이집트인, 인도인, 중

국인, 그리스인, 켈트인 등 여러 나라 사람을 만났다. 그 사람들이 각기
자기가 믿는 종교만 옳다고 우기고 다른 것들은 그르다고 배격해서 거
대한 논전이 벌어졌을 때, 자디그는 모두 그 나름대로 옳다고 했다. 그
러면서 중국인이 "Li"(理)와 "Tien"(天)의 원리에 입각해서, 여러 종교
의 상반된 주장을 함께 인정할 수 있는 논리를 제시한 것을 가장 높이
평가했다.(철학, 424~429)

출처가 불분명한 독일어 원고의 번역이라고 한 〈캉디드〉(Candide,
1759)는, 법도를 무시하고 제 멋대로 살아가는 소년이 세계 도처를 여
행하면서 겪은 바를 기록했다는 내용이다. 삶을 누리는 것이 선이다. 세
상형편이 불합리해도 그것대로 긍정하고 이용하라. 고난이 행복이고,
좌절이 보람이다. 도덕적 당위에 따라서 바로잡고자 하는 것은 잘못이
다. 이런 생각을 가벼운 어조로 펴다가 이따금 심각한 발언을 했다.

남미 어느 쪽에 있는 엘도라도(Eldorado)라고 하는 유토피아로 가니,
그 곳에서는 성직자들이 "권력을 휘두르고, 음모를 꾸미며, 자기네 의견
과 조금이라도 어긋나는 사람은 불로 태워 죽이는" 짓은 하지 않는다고
했다. 유럽인의 침략 때문에 그런 낙원이 없어지는 것이 안타깝다고 했
다. 유럽에 "백만이나 되는 살인자 부대가 편성되어, 정직한 직업을 갖
고 있지 못한 탓에 남에게서 먹을 것을 빼앗으려고, 훈련받은 대로 살
인과 약탈을 자행한다"고 했다. 유럽인의 세계 침략을 유럽인 스스로
그렇게까지 명확하게 비판한 것은 놀라운 일이다.(철학, 429~432)

그런데 계몽사상이 널리 알려지고 동조자들이 늘어나면서 관심을 안
으로 돌려, 진보를 믿고 유럽의 미래를 낙관하는 것이 새로운 풍조가
되었다. 메르시에(Louis-Sébastien Mercier)의 〈2440년〉(L'An 2440,
1771)은 서술자가 꿈속에서 2440년의 파리에 갔다고 한 몽유록이다.[192]
계몽사상가들이 주장한 바가 그 시기에는 모두 실현되어 이상사회가

---

192) Bronislaw Baczko, 위의 책, 122~128 ; Raymond Trousson, 위의 책, 162~
169

이루어졌다고 했다. 빈부의 차이가 없어지고, 이상적인 교육이 이루어
지고, 문학·예술·과학의 발달이 최고의 경지에 이르러서 아무 문제도
없다고 했다. 진보에 대한 확신을 지나치다고 할 정도로 나타냈다.

같은 시기에 동유럽은 사상의 전반적인 변화는 일어나지 않고, 몇몇
선각자들이 서유럽의 계몽사상을 받아들여 자기 나라 사람들도 생각
이 달라져야 한다고 주장하는 단계였다. 그런 주장을 나타내기 위해서
이상향을 찾아가는 우언을 사용하는 방법을 재현했다. 그런 작품의 좋
은 본보기가 폴란드에 있다. 크라시츠기(Ignacy Krasicki)는 〈도스비
아드쯘스키의 모험〉(*Mikolaja Doswiadczynskiego przypadki*, 1776)에
서 풍랑을 만나 모순이 없는 이상사회를 여행한 내력을 보고한다고
했다.[193]

인도에는 우언의 오랜 전통이 있다. 신들에 관한 다양한 전승을 수록
한 〈푸르나스〉(*Prunas*)는 세계 우언의 역사에서 앞자리를 차지한다.
동물을 의인화한 우화 형태의 우언이 〈판차탄트라〉(*Panchatantra*)로
집성되고 〈카담바리〉(*Kadambari*)에서는 장편을 이루었다. 그러나 그
전통을 적극 활용한 것은 아니다. 후대의 산스크리트문학에도 우언이라
고 할 것이 이따금 보이지만, 심각한 주제를 다루었다고 하기는 어렵다.
16세기의 세샤스리크리슈나(Sheshashrikrishina)는 〈천상의 꽃〉(*Pari-
jataharanachampu*)에서, 사람들 사이의 다툼을 천상의 꽃을 가져와 진
정시킨 사건을 들어 정신적 각성의 의의를 말했다.[194]

17세기 우르두문학의 작가 와즈히(Wajhi)의 〈본질〉(*Sab Ras*)은 가
치관의 혼란을 막고자 하는 의도로 창작한 새로운 작품이다. '지혜'를
뜻하는 '아클'(Aql)이라는 군주가 다스리는 왕국에서 생긴 문제를 '평
화', '사랑', '환상', '탐욕' 등을 의인화한 인물을 등장시켜 다룬 인도판
〈天君演義〉라고 할 수 있다. '아클'을 버리면 미치거나 바위에 머리를

---

193) Raymond Trousson, 위의 책, 169~170
194) K. Ayyappa Paniker ed., *Medieval Indian Literature, an Anthology, Volume
    Four* (New Delhi : Sahitya Akademi, 2000), 267~268

부딪히며, '아클'을 탐욕과 혼동하면 모든 가치를 상실한다고 했다. 그렇다고 해서 '아클'은 가만있으면 되는 것은 아니다. 산문으로 쓴 내용을 요약한 시 대목에서, '아클'은 고착화하지 않아야 한다면서 다음과 같이 말했다.[195]

아클은 매이다, 아주 높이 날아다니는 매이다.
들판에도, 진실에도, 비유에도 가서 사냥을 한다.

오랜 역사를 자랑하는 문명국 인도가 영국의 식민지가 되자, 종교를 자부심의 원천으로 삼고 있는 것을 무시하고 영국인 선교사들이 기독교를 전파했다. 번얀의 〈天路歷程〉을 인도의 여러 언어로 번역하고 인도인 독자를 설득할 수 있게 개작해서, 종교에 관한 논란을 일으키고, 문학이 달라지지 않을 수 없게 하는 충격을 주었다. 거기 대항해서 인도인의 각성을 고취하는 작업을 다각도로 수행한 가운데 사상서를 소설처럼 써낸 우언도 있었다.

19세기에 벵골어 작가 바킴찬드라 샤토파디이야(Bakimchandra Chattopadhyay)는 소설의 개척자로 알려져 있는 사람이다. 그런데 인도 우언의 전통을 이어 시대를 비판하는 것도 긴요한 과업으로 삼았다. 사람의 품성을 여러 종류의 과일에다 견주어 평가하는 〈과일 사람〉 (*Manusyaphal*), 소중하게 간직해야 할 가치관이 매매의 대상이 되는 것을 풍자한 〈큰 시장〉(*Burra Bazaar*) 같은 일련의 작품을 써서 전통적 가치를 옹호하고자 했다.[196]

아랍세계의 작가들은 유럽의 침략에 맞서서 정신적 각성을 이룩하고 자기네 문학의 전통을 계승하는 새 시대의 문학을 개척하는 것이 긴요한 과제라고 판단해, 우언이라고 할 것들을 창작하는 데 큰 의의를 두

---

195) K. Ayyappa Paniker ed., 위의 책, 869
196) K. M. George ed., *Masterpieces of Indian Literature* (New Delhi : National Book Trust, India, 1997), 131∼132

었다. 처음에는 유럽의 선례를 본뜨다가, '마카마'(maqamah)라고 하는 전통적인 산문에 포함되어 있는 여러 형태의 우언을 활용했다.

프랑스에 유학해 의학을 공부하고 기독교도가 된 시리아 사람 마라슈(Marrash)는 〈지혜의 숲〉(*Ghabat al-haqq*, 1865)에서 '자유의 국왕'과 '지혜의 여왕'이 '문명의 사령관'이 이끄는 군대를 파견해 '복종의 국왕'이 다스리는 나라와 싸워 이겼다고 했다.[197] 유럽문학에서 흔히 볼 수 있는 방식을 받아들여, 아랍에 대한 유럽의 승리가 당연하다고 한 내용이다. 그것은 도전이었다. 거기 대항해 아랍문명의 옹호자가 되고자 하는 작가들은 분발해야 했다.

그 선두에 선 사람 피크리(Abdallah Fikri)는 영국의 통치에 항거해 이집트가 잠시 독립을 쟁취한 1882년에 교육부장관이 되었던 사람이다.[198] 〈피크리의 마카마〉라는 작품을 남기면서 자기가 지은 것이 아니고, 터키어로 옮겨놓은 다른 나라의 고전을 자기는 아랍어로 번역했을 따름이라고 했다. 고전적인 품위를 잘 갖추어 높이 평가되는 문체로 상상, 정열, 통찰, 이성 등이 의인화되어 등장한 사람들이 서로 다투는 과정을 그리고, 그 가운데 이성이 최종적인 승리자가 되었다고 했다. 아랍문명은 이성을 가장 자랑스러운 유산으로 삼고 있어 유럽의 도전을 이겨내는 힘이 있다고 하는 생각을 그렇게 나타냈다.

이집트의 작가 알-무와이리히(al-Muwaylihi)가 1898년부터 〈시간연장〉(*Fatrah min az-Zaman*)이라는 제목으로 잡지에 연재하고, 1907년에 단행본으로 출간할 때에는 〈이사 븐 히샴의 이야기〉(*Hadith Isa bn Hisham*)라고 한 것은 더욱 기발한 구상을 갖추어 흥미를 자아냈다.

---

197) Smuel Moreh, *Studies in Modern Arabic Prose and Poetry* (Leiden : E. J. Brill, 1988), 93 ; Roger Allen, *The Arabic Novel, an Historical and Critical Introduction* (New York : Syracuse University Press, 1995), 15

198) J. Brugman, *An Introduction to the History of Modern Arabic Literature in Egypt* (Leiden : E. J. Brill, 1984), 77~80 ; 송경숙 외 공저, 《아랍문학사》 (서울 : 송산출판사, 1992), 366

걸출한 군주 무함마드 알리(Muhammad Ali)를 보좌하던 재상이, 무덤에서 되살아나서 서술자를 인도해 사회 촌장, 경찰, 법조인, 종교인, 의사, 상인 등 사회 지도급 인사들의 위선과 부패를 보여주고, 이집트 사회의 잘못을 알려 새로운 각성을 하도록 촉구했다고 했다. 그런 일화를 여럿 엮어서 책이 되게 했다.[199]

피크리의 작품은 〈天君演義〉와 같은 방식으로 전개되고, 〈시간의 연장〉은 몽유록과 상통하는 면이 있다. 그뿐만 아니라, 바로 몽유록인 것들도 있었다. 20세기초에 이라크에서 간행된 한 잡지는, 서술자가 꿈에 〈아라비안 나이트〉로 들어가 과거의 세계에 이르러 역대의 훌륭한 여성들을 만나 그 아름다움을 묘사하면서 아랍어의 아름다움을 발견했다고 하는 것과 같은 작품을 계속 실었다.[200]

위험을 무릅쓰고 나서서 세상 사람들을 깨우치고 커다란 변혁을 시도하기 위해서 우언을 쓰는 것은 어디서나 있을 수 있는 일이다. 유럽 열강의 세계 제패 때문에 빚어진 위기를 극복하고 민족의 삶을 새롭게 개척해야 한다는 주장을 힘써 펴야 하는 것이 그런 상황이었다. 같은 상황이 어디서나 조성되어, 의식 각성을 촉구하는 우언이 세계문학의 보편적인 갈래가 되었다.

동아시아에서도 중세에서 근대로의 이행기 사상 혁신의 역군 가운데 몇 사람, 유구의 蔡溫, 일본의 安藤昌益, 한국의 洪大容과 朴趾源은 우언을 썼다. 통상적인 논설을 써서 기존의 권위와 정면에서 충돌하는 위험을 피하면서, 뒤로 돌아가 설득력을 더 높이는 전술을 우언에서 마련했다. 같은 시기 유럽에서 볼테르가 시도한 것과 상통하는 작품을 더욱 압축해 기발한 방식으로 창조했다.(철학, 396~418)

蔡溫은 유구가 일본의 간섭을 받고 있는 상황에서 자기 나라를 일으

---

199) Pierre Cachia, *An Overview of Modern Arabic Literature* (Edinburgh : Edinburgh University Press, 1990), 111
200) Saqi Hafez, *The Genesis of Arabic Narrative Discourse* (London : Saqi Books, 1993), 140~142

킬 수 있는 방법을, 세상을 구하는 근본이치를 바로잡는 과업과 함께 수행하고자 분투한 정치인이고 학자였으며, 〈簑翁片言〉이라는 우언을 남겼다. "도롱이를 쓴 노인이 단편적으로 이르는 말"이라는 제목을 내 걸고, 늙은 농부가 유학하는 선비, 불교의 승려와 문답해 양쪽이 모두 말이 막히게 했다는 내용이다.

도롱이를 썼다는 것은 초야에 묻혀 있다는 뜻도 있고, 지혜를 감추고 있다는 뜻도 있다. 농민이자 隱者이고, 어리석은 듯하면서 지혜로운 그 런 인물이 유학이나 불교에서 말하는 것 이상으로 크고 높은 깨달음을 얻었음을 대화를 통해서 알려주었다. 서두에서 벼슬하는 나리가 노인 에게 밭 가는 것이 괴롭지 않은가 하고 물었더니 노인은 말을 타는 것 이 괴롭지 않는가 하고 되물었다. 그래서 다음과 같은 대화가 오고갔 다.(철학, 399)

나리가 웃으면서 말했다. "밭 갈기는 괴롭고, 말을 타면 편안하다는 것 은 아녀자라도 다 아는 바입니다." 노인이 말했다. "하나는 알고 둘은 몰 라도 되는가요?" 나리가 말했다. "그것이 무슨 말인가요?" 말했다. "자기 가 경작해 벼를 거두면, 즐거움이 막대합니다. 벼슬을 맡아 제대로 하지 못하면, 부끄러움이 막대합니다. 부끄러움은 괴로움이고, 즐거움은 편안 함이지요."

安藤昌益은 일본 사람이다. 일본은 유구를 억압하는 우월한 위치에 있어, 일본 사람은 행복을 누린 것 같으나 전혀 그렇지 않다. 蔡溫의 사 상이 민족모순의 산물이라면, 安藤昌益은 계급모순 때문에 괴로워하면 서 해결의 방안을 찾고자 했다. 척박한 시골에서 의원 노릇을 하면서, 농민의 참상을 보고 마음 아파하고, 스스로 농사를 짓기도 했다. 〈法世 物語〉라는 우언을 지어, 鳥獸蟲魚라고 한 날짐승·길짐승·벌레·물고기 의 네 무리가 일제히 사람의 허위를 나무라는 말을 적었다.

모든 잘못이 '法'에 있다 하고, '法'을 나무랐다. 天地·男女·上下·貴賤

이 서로 필요로 하는 '互性'의 관계를 가져 평등을 구현하던 '自然世'를, 그릇된 법이 지배하는 '法世'로 바꾸어놓은 잘못을 세상에서 성인이라고 받드는 자들이 저질렀다고 규탄했다. 유학이나 불교뿐만 아니라 일본의 神道도 '法世'의 사상이라고 규정하고 극력 배격했다. 직접 농사를 지으면서 사는 '直耕'만 소중하고, '直耕'을 하는 사람들을 억압하고 착취하는 무리는 용서할 수 없는 도적이라고 규탄했다.

홍대용은 〈毉山問答〉을 써서, 조선의 선비 虛子가 중국에서 귀국하는 도중 산 속에서 實翁이라는 사람을 만나 문답한 말을 적었다고 했다. 표면상으로는 작자가 虛子이지만, 실질적인 내용에서는 實翁의 말을 통해 자기 생각을 나타냈다. 虛子가 지니고 있는 그릇된 관념이 實翁의 반론에 부딪혀 시정되지 않을 수 없었다는 자아비판의 논지를 전개하면서 사상혁신을 적극 주장했다. 정통사상의 근간인 天地·性情·華夷의 이원론을 부정하고, 자연현상·윤리도덕·국제관계를 모두 상대적인 작용의 관점에서 파악해야 한다는 다각적인 논의가 모두 소중하지만, '人物'이라고 일컫던 사람과 짐승의 관계를 다룬 대목을 특히 높이 평가할 만하다.

虛子가 "천지의 생물 가운데 오직 사람만 귀하다. 저 금수나 초목은 지혜도 지각도 예의도 없다. 사람은 금수보다 귀하고, 초목은 금수보다 천하다"고 하자, 實翁은 "무리를 지어 기어다니면서 서로 불러 먹이는 것은 금수의 예의이고, 떨기로 나며 가지가 뻗어나는 것은 초목의 예의이다"고 하고, "物의 견지에서 사람을 보면, 物이 귀하고 사람은 천하다"고 했다.(철학, 413) 朱熹가 정립한 교리를 받들어 사람은 예의가 있어 금수보다 우월하다고 하는 데 대해 반론을 제기하면서, 사람·금수·초목도 각기 그 나름대로 삶을 누리는 방식이 있어 예의가 서로 다르다고 했다. 자기 나름대로의 예의를 차리면서 삶을 누리는 것이 누구에게든 善이라고 했다.

박지원은 홍대용이 펼친 것과 같은 주제를 한층 기발한 방법으로 나타냈다. 볼테르가 〈자디그〉나 〈캉디드〉를 자기가 짓지 않았다고 한 것

330

과 같은 수법을 더욱 교묘하게 사용해, 중국에 갔을 때 우연히 발견하고 베껴왔다고 한 설명을 오늘날의 연구자들조차 믿도록 한 〈虎叱〉에서, 기존의 이념을 마음껏 야유하고 적극적인 대안을 강력하게 제시했다. 웃음거리에 지나지 않는 것 같은 글이 최상의 전투력을 발휘하도록 하는 유격전을 전개했다.

北郭이라는 선비를 범이 꾸짖은 것이 사건의 개요이다. "무릇 천하의 이치는 하나이다"라고 하고, "범이 참으로 악하면 人性도 또한 악하며, 人性이 선하면 虎性도 또한 선하다"고 해서, 삶을 누리는 것이 善이라는 점에서는 금수든 사람이든 서로 같다고 했다. 삶을 해치는 것은 惡이다. 사람들은 다른 생명체를 해칠 뿐만 아니라, 서로 못살게 구는 악행을 계속한다. 힘으로 빼앗고 죽이지는 않는다 해도, 거짓된 글을 써서 천지만물의 삶을 유린하는 것도 악행이다. 거짓 선비를 그런 자의 표본으로 들어 규탄해야 마땅하다고 했다.(철학, 415~418)

20세기초 중국에서는 외세에 굴복해 치욕을 자초한 만주족의 청조를 타도하고 漢민족의 나라를 다시 세우는 민족혁명을 일으켜야 한다는 주장을 펴는 우언이 여럿 나타나 1911년의 辛亥革命을 재촉했다.[201] 그 좋은 본보기인 〈自由結婚〉(1903)은 유대 유민 "萬古恨"이 짓고 "震旦女士 自由花"가 번역했다고 하면서 번역서로 위장했다. 제목을 보면 결혼 문제를 다룬 것 같으나, 민족혁명에 관한 내용이다. "愛國"이라는 가상의 나라에서 일어난 사건을 전한다고 했는데, 청나라의 황실의 성 첫 자가 "愛"자이므로 청나라임을 암시한다.

"愛國"의 통치자는 백성을 노예로 부리면서 횡포를 자행해 나라를 사랑할 수 없게 하는 데 그치지 않고 외세에 아부해서 항거를 못하게 억압했다. 아버지가 외국인을 물리치라는 상소를 올렸다가 사형당한 내력을 뒤늦게 안 유복자 黃禍는 國恥를 씻고 아버지 원수를 갚기 위해 싸우러 나가면서, "첫째 원수는 이민족 정부요, 둘째 원수는 외국이요,

---

201) 阿英, 《晚淸小說史》, 전인초 역, 《중국근대소설사》(서울 : 정음사, 1987)

셋째 원수는 동족의 노예이다"라고 선언했다.[202] 많은 어려움이 생겨 승리가 멀어지고 동지들은 모두 잡혀가, 주인공이 물속에 몸을 던진 데서 제1편이 끝나고 제2편은 나오지 않았다.

〈洗恥記〉(1903)는 저자를 "漢國厭世者 著 冷情女士 述"이라고만 하고, 일본에서 인쇄했다. 明易民이라는 인물이 주동해서 賤牧王에 대항하는 싸움을 일으켜 많은 어려움을 겪고 마침내 뜻을 이룬다는 것을 기본설정으로 하고, 투쟁을 선동하는 말을 계속 삽입했다. "흰 철로 빛을 뿜어내는 영검을 만들어 오랑캐를 다 죽이고 조국을 회복하며, 한 잔의 血酒로 세상의 황폐함을 씻으리라"는[203] 것과 같은 비장한 언사를 사용했다.

일본의 침략을 받고 식민지가 되는 수난을 겪고 있던 한국에서는 安國善이 〈禽獸會議錄〉(1908)을 써서, 여러 동물이 모여 회의를 하면서 사람의 비행을 규탄하는 방식으로 갖가지 잘못을 고발하는 광경을 그렸다. 安藤昌益의 〈法世物語〉와 상통하는 전개방식을 사용했으나, 규탄의 대상은 달랐다. 남의 나라를 침략하는 것이 악행 가운데 으뜸이라고 나무랐다. "대포와 총의 힘을 빌어서 남의 나라를 위협해 속국도 만들고 보호국도 만드는" 것은 용납할 수 없는 일이라고 했다.(통사 4, 333)

劉元柏의 〈夢見諸葛亮〉(1908)은 꿈에서 누구를 만난 몽유록인가 제목에서 나타내고서, 난국을 헤쳐나가는 방안이 어디 있는지 물어, 일본의 흉계를 바로 알고 애국심으로 막아내야 한다는 대답을 얻었다고 적었다. 朴殷植은 망명지 만주에서 쓴 〈夢拜金太祖〉(1911)에서 금나라를 세운 군주를 만나 그 위업을 이어 독립을 되찾고 민족사를 창조하자고 했다. 申采浩의 〈꿈하늘〉(1915) 또한 망명지 중국에서 썼으며 출판하지 못한 작품이다. 한놈이라는 주인공이 가상의 시공을 여행하는 과정을

---

202) 같은 책, 158
203) 같은 책, 163

서술하면서 민족사를 재인식하자고 했다.

〈산촌미녀〉는 필사본으로 남아 있다가 근래에 발견되었는데, 가족사를 통해 민족사를 말한 내용이다. 평화롭던 마을 근처에 큰 항구가 생겨나자 드나들던 외국인이 횡포를 부려 아버지를 독살하고 여주인공을 겁탈하려고 할 때 남주인공이 나타나 위기를 극복했다고 했다.(통사 4, 346~347) 거의 같은 구상을 갖춘 鄭馬夫의 〈魂〉은 1920년에 출판되었다가 전부 압수되고 1924년의 재판만 더러 남아 있다. 李矮奸이라고 하는 악독한 노파의 흉계에 걸려들어 한 가족이 파멸해, 아버지 王建은 죽고 딸은 겁탈당할 위기에 처했을 때 자취를 감추었던 아들이 나타나 구출하고 탈출을 인도했다고 했다.(통사 5, 98~99)

근대소설이 확립된 뒤에는 우언이 사라졌다. 시에서 교술시가 자취를 감추고 산문에서 우언이 물러나면서 서정·서사·희곡만 남은 근대문학이 시작되었다. 그러나 근대서사문학의 주역인 소설에 이따금 우언이 출현해 단절을 거부하고 표현의 폭을 넓혔다. 20세기 작품에도 그런 예가 이따금 있다. 소설의 전성시대에 이르렀어도 주장하는 바를 분명하게 나타내기 위해서는 서사적 교술문학이 필요하다는 것을 입증했다.

독일어권의 카프카(Kafka)는 〈변신〉(*Die Verwandellun*)에서 벌레로 변한 사람의 이야기로 극도에까지 이른 무력감을 나타냈다. 영국의 오웰(George Orwel)의 〈동물농장〉(*Animal Farm*)에서는, 동물들의 관계를 들어 권력을 풍자했다. 이집트 마흐푸즈(Mahfouz)는 〈우리 동네 아이들〉(*Awalad h'aretna*)에서 한 마을에 사는 여러 사람의 모습을 그리면서 인류의 역사를 거대한 규모로 회고했다. 콜롬비아 작가 가르시아 마르케스(Garcia Marquez)의 〈백년 동안의 고독〉(*Cien anos de solidad*)은 한 마을에 머물러 사는 한 가족의 내력을 말하면서 역사의 전개를 말한 형태이다. 한국의 이호철은 〈개화와 척사〉에서 몽유록을 되살려 역사를 재론했다.

4.7. 소설의 형성

소설을 지칭하는 용어는 각기 다르고, 그 어원이나 유래도 공통점을 찾기 어렵다.(소설 1, 191~201) 동아시아의 '小說'은 원래 대단치 않은 수작이었는데, 시대에 따라서 나라에 따라서 의미가 달라졌다. 유럽소설을 알게 되었을 때 그 말이 소설을 일컫는 유럽어의 번역어로 채택되어 공통의 용어로 자리 잡은 것은 다행이지만, 그 때문에 전통적인 개념과 잘 연결되지 않는 차질이 생겼다.

'小說'과 같은 재래의 용어는 다른 여러 곳에도 있었다. 아랍세계에는 '키사'(qissa), 터키에는 '데스탄'(destan), 페르시아에는 '다스탄(dastan), 말레이에는 '히카야트'(hikayat)라는 것이 있어 구전과 기록 양쪽의 이야기를 뜻해 소설을 지칭하는 용어로 삼을 만했다. 그러나 유럽소설을 받아들이면서 새로운 용어를 각기 갖추어, 소설은 이식된 갈래인 것처럼 이해되고 있다.

유럽의 용어는 잘 정비되어 있는가 하면 그렇지 않다. '로망'(roman) 이라는 말은 본격 라틴어와 구별해서 속화한 라틴어를 지칭하는 말에서 유래해서 그 언어로 이루어진 이야기를 뜻했다. "새로운", "젊은" 등의 뜻을 가진 라틴어 단어의 복수형이 이탈리아어가 된 '노벨라'(novella)나 그것을 받아들인 프랑스어나 독일어는 모두 단편소설을 뜻했다. 영국에서는 그것과 같은 말인 '노블'(novel)은 근대장편소설을 지칭한다고 하고 그 전의 것들은 '로맨스'(romance)라고 해서 서로 구별했다. 두 문명권 밖의 여러 나라에서는 유럽의 용어 가운데 어떤 것을 다양한 방식으로 받아들였다.

용어의 유래를 따져 소설이 무엇인지 규정하는 것은 가능하지 않다. 서로 다른 수많은 용어 가운데 '노블'만 정통으로 삼아 숭상하고 다른 것들은 이단이라고 규정해서 배격하는 방식으로는 천하통일을 성취할 수 없다. 지금 사용하고 있는 '소설'이라는 용어는 '로망'과 같은 뜻을 지니고, '로맨스'와 '노블'을 함께 지칭한다고 하는 정도의 합의를 하고, 명칭론에서 실질론으로 논의의 방향을 바꾸는 것이 마땅하다.

소설의 실물이 나타나 성장하면서 오랜 내력을 가진 용어가 새롭게 규정된 사례를 찾아 정리하면 논의를 시작하는 데 필요한 최소한의 정의는 얻을 수 있다. 18세기 프랑스에서는 '로망'이란 "작자가 정열 또는 풍속 묘사나 기이한 모험으로 관심을 끌려고 산문으로 쓴, 꾸며낸 이야기"라고 했다.[204] 유럽소설에 관해 알지 못하고 있던 19세기초 한국에서는 "거짓 일을 사실처럼 만들어, 보는 사람으로 하여금 천연히 믿으며 진정으로 맛 들여 보기를 요구"하는 것이 '소설'이라는 정의를 얻었다.[205]

소설이 무엇인지 제대로 규정하려면 서사문학의 역사를 통괄해서 이해하는 안목이 필요하다. 산문으로 이루어진 서사문학 가운데 두드러진 것이 세계 어디서든지 처음에는 신화였다. 신화는 종교와 역사까지 함께 아우르는 총체이면서 서사문학의 원형이다. 그 뒤에 전설과 민담이 크게 부각되고, 끝으로 소설이 등장했다.

신화는 경험할 수 있는 사실의 차원을 넘어선 근원적인 진리를 나타낸다고 인정되어야 했다. 그 점에 대한 불신이 나타나 신화가 밀려나거나 해체되는 과정에서 전설과 민담이 득세했다. 전설에서는 자아와 세계가 세계의 우위에 입각해 대결하고, 민담에서는 자아와 세계가 자아의 우위에 입각해서 대결한다. 전설에 민담이 끼어들고, 민담을 전설처럼 이야기하면 자아와 세계 가운데 어느 한쪽의 일방적인 우위가 상호우위로 바뀐다.

복잡해진 현실의 경험을 폭 넓게 받아들여 심각한 이야기를 자세하게 하고자 하는 경우에 그렇게 될 수 있다. 일정한 유형으로 구전되고 있으므로 설화이지만, 자아와 세계의 상호우위를 문제로 삼고 있어 소설이라고 할 수 있는 이중성격을 지닌 구비소설이 세계 도처에 존재해

---

204) Pierre Chartier, *Introduction aux grandes théories du roman* (Paris : Dunod, 1990), 1~2

205) 유탁일, 《한국고전소설비평자료집》(서울 : 아세아문화사, 1994), 183~184

설화와 소설이 바로 이어지게 한다. 구비소설이 기록되면 소설이라고 해야 하지만, 설화의 특징을 버린 것은 아니다. 그 좋은 예로 중국의 〈太平廣記〉, 아랍의 〈천일야화〉(*Alf laila wa laila*), 이탈리아의 〈데카메론〉(*Decameron*) 같은 데 수록된 이야기는 설화이면서 소설이고 소설이면서 설화이다.

그런 중간물이 있더라도 설화와 소설은 서로 다르다. 개별 작품에는 중간물이 적지 않아도, 갈래의 기본특징은 분명하게 구분된다. 설화처럼 구전되지 않고 기록문학으로 창작되고 유통되며, 공통된 유형이 서로 다른 각편으로 나타나는 이중성이 없어지고 개별 작품이 독립되고, 자아와 세계가 상호우위에 입각한 대결을 진행하는 새로운 서사문학이 소설이다.

소설은 전설과 민담을 함께 이으면서 넘어섰다. 세계의 우위는 전설에서 받아들이고, 자아의 우위는 민담에서 받아들여 자아와 세계가 상호우위에 입각해 대결을 만들어낸다. 자아와 세계 가운데 어느 일방에 기울지 않고 둘을 대등하게 포용하는 점에서는 신화와 같으면서, 소설은 근원적인 조화와는 거리가 아주 먼 후대에 분열을 나타낸다. 그러면서 신화가 보여주던 질서에 상응하는 포괄적인 진실을 추구하려 한다.

소설은 전승되는 설화를 이용하면서 파괴하는 새로운 창조물이다. 전설에서 상층이념, 외부 사실 확인, 남성의 관심을, 민담에서 하층의 반감, 마음에 간직한 사연, 여성의 취향을 받아들여 서로 생극의 관계를 가지게 한다. 사회적 위치나 주장하는 바에서 서로 상반된 사람들이 공동의 쟁점을 놓고 토론을 벌이는 방식을 사용해, 그런 재창조의 과업이 큰 규모로 진행되게 한다.

신화, 전설과 민담, 소설이 차례대로 두드러진 구실을 한 시대는 각기 고대, 중세, 중세에서 근대로의 이행기이다. 중세 이후에도 신화가 이어지고, 오늘날도 전설과 민담이 생성되지만, 신화, 전설과 민담, 소설은 각기 자기 시대의 주역 노릇을 하다가 다음의 주역과 교체되는 관계를 가졌다. 신화시대가 끝나자 전설·민담시대가 시작되고, 그 뒤를 이어

소설시대가 도래했다. 신화시대는 고대까지이고, 전설·민담시대는 중세이며, 소설시대는 중세에서 근대로의 이행기 이후이다.

서사시는 산문서사문학과 병존하면서 둘 다 시대변화에 따른 변화를 겪었다. 서사시 또한 산문서사문학처럼 여러 하위갈래로 이루어져 있다. 서사시를 신령서사시·영웅서사시·범인서사시로 나누면, 신령서사시와 영웅서사시는 신화, 범인서사시는 전설과 민담이 율문으로 표출된 형태이다. 범인서사시 가운데 일부는 소설의 특징을 지녔다. 자아와 세계의 심각한 대결을 나타내는 범인서사시는 그 자체로 율문소설이다. 한국의 판소리가 그 좋은 예이고, 율문소설이 기록되면 산문소설이 되는 변화를 판소리계소설의 경우를 통해서 볼 수 있다.

그러나 서사시와 소설의 관계는 간단하게 파악되지 않는다. 문헌에 기록되어 전하는 중세 이전의 서사시는 소설로 이어지지 않았다. 구비서사시가 풍부하게 전승되는 곳에서만 서사시를 받아들인 소설이 나타났다. 서사시와 소설은 항상 공존하면서 서사시는 고정된 격식을 갖추고 있으나, 소설은 무형의 자유로운 형식을 택했다는 견해 또한 잘못되었다.

서사시의 시대가 끝날 무렵에 산문서사문학에서 소설이 나타나 그 둘이 공존하는 기간이 일부 서로 겹쳤다. 소설과 직접적인 관련이 있는 구비서사시는 하층민의 전승이고 형식이 산만하고 내용이 잡다한데, 기록문학으로 자라난 소설은 기존의 기록문학을 본뜨고 유식한 말을 받아들여 미천한 처지에서 벗어나고자 했다. 그것은 어울리지 않는 일이지만, 현실의 갈등을 형상화하는 좋은 방법이다.

신화시대 다음에 전설·민담시대가 시작하고, 서사시에서도 창세서사시나 영웅서사시가 범인서사시 또는 생활서사시로 변하는 것은 어디서나 확인되는 공통된 현상이다. 전설·민담·생활서사시가 소설에 근접하거나 소설이라고 할 수 있을 정도로 자아와 세계의 대결을 갖추는 것도 흔히 볼 수 있는 일이다. 그러나 소설이라는 기록문학의 갈래를 별도로 정립해 사회적인 기반을 다지면서 활발하게 창작하는 비약은 쉽지 않았다. 그렇게 하는 데 동아시아와 유럽이 앞서고, 다른 곳은 뒤떨어졌음을 인정하지 않을 수 없다.

그 둘이 아닌 다른 곳은 구비설화나 서사시 형태의 소설이 있는 경우라도, 소설을 독립된 문학갈래로 공인해 소설시대에 들어서는 변화는 유럽의 자극과 영향을 받으면서 일어났다. 그 이유는 사회변화가 지연되거나 왜곡되었기 때문이다. 소설시대에 들어서는 사회변화란 중세에서 근대로의 이행기에 들어서는 것이다. 중세에서 근대로의 이행기에 이르는 변화를 제대로 이룩할 겨를을 가지지 못하고 유럽열강의 침략을 받아 식민지가 된 곳에서는, 소설시대 진입이 스스로 원하는 방식으로 이루어지지 못하는 진통을 겪었다.

동아시아와 유럽은 소설을 중세에서 근대로의 이행기문학으로 창조하는 작업은 함께 수행했으면서, 그 다음 단계로의 변화는 서로 다르게 겪었다. 유럽에서는 이행기소설이 그 다음 단계의 근대소설로 바뀌는 변화를 스스로 이룩하고, 동아시아의 경우에는 유럽소설의 자극과 영향을 받고 근대소설을 만들어냈다. 유럽소설이 동아시아에 근대소설을 가져다준 것은 아니다. 스스로 이룩한 이행기소설의 발전이 밑바탕이 되고, 유럽소설의 영향을 받아 이행기소설을 새롭게 쓰다가, 필요한 단계를 거쳐 근대소설을 내놓았다.

근대로의 이행기문학이 유럽에서는 한 단계이지만, 동아시아에서는 두 단계였다. 독자적으로 이룩한 제1기의 이행기문학이 유럽의 영향을 받아 제2기의 이행기문학으로 바뀐 다음에 근대문학기에 들어섰다. 유럽이나 동아시아가 아닌 다른 문명권 여러 곳도 중세에서 근대로의 이행기를 거쳐 근대가 되었다. 그것은 세계사 전개의 보편적인 과정이다.

중세에서 근대로의 이행기소설을 스스로 마련한 곳도 있고, 그렇지 못하고 유럽소설과 만나서 마련한 곳도 있다. 유럽소설과 만나자 양쪽에서 모두 근대소설이 시작되지 않고 근내로의 이행기소설이 시작되었다. 제1기의 이행기소설이 있던 곳에서는 제2기의 이행기소설로의 변모가 이루어지고, 그렇지 못한 곳에서는 이행기소설이 처음 나타났다. 이행기소설이 근대소설로 바뀐 것은 상당한 시간이 흐른 뒤의 일이다.

기록문학인 소설은 필사본으로 유통되기도 하고 인쇄본으로 출판되기도 했다. 한국소설과 월남소설은 필사본이 많고, 일본소설은 전부 출판된 것이 서로 다르고, 중국소설은 그 중간이다. 동아시아소설은 목판인쇄로, 유럽소설은 활판인쇄로 출판되었다. 적은 비용을 들여 많은 책을 찍어내 값싸게 파는 데 18세기까지는 목판인쇄가 유리하다가, 산업혁명을 겪자 동력을 사용하는 활판인쇄가 경쟁력을 확보해 소설 출판업의 선진과 후진이 역전되었다. 작가가 법으로 보장하는 저작권을 가지고 작품을 찍을 때마다 인세를 받는 관습은 유럽에서 생겨났다.

소설을 활판인쇄로 출판하고, 작가가 저작권을 가지고 인세를 받는 유럽의 방식이 세계 각처로 전파되었다. 그런 변화를 거쳐 제2기의 이행기소설이 나타나고, 근대소설로 나아가는 길이 마련되었다. 근대에 이르면 소설시장이 국제적으로 연결되고, 유럽소설의 대량 번역이 이루어졌다. 그래서 커다란 발전이 있었지만, 구비소설, 필사본소설의 가치를 잊게 하고, 소설을 창작하기 위해 스스로 노력해온 성과를 되돌아보지 않게 하는 부작용을 낳았다.

소설 형성의 구체적인 과정을 먼저 한국소설에서 살펴 논의의 출발점을 마련하기로 한다. 한국에서는 선행작품인 15세기 金時習의 〈金鰲新話〉가 있었지만, 중세에서 근대로의 이행기가 시작된 17세기초에 許筠이 쓴 일련의 '傳'에서 소설이 뚜렷한 모습을 드러냈다. 한문을 사용해 傳의 형태로 쓴 일련의 작품은 빼어난 인물이 자기의 능력을 숨기고 있는 이야기이다. 불행한 처지에서 태어난 주인공이, 겉으로는 평범했으나 사실은 비범했으며, 뛰어난 능력을 갖추었지만 세상에서 쓰이지 못했으며, 결국 불행하게 죽거나 행방을 감추었다는 공통점이 있다.

〈蔣生傳〉의 주인공은 부모가 누군지도 모르는 고아이다. 걸식을 일삼는 처지이고, 자기 이름도 모른다고 했다. 겉으로 보아 바보스럽기만 한데, 세상에 알려지지 않은 다른 일면에서는 도적의 두목 노릇을 하면서 왕궁의 담을 날아서 넘어 다니는 도술을 부리고, 훔친 물건을 왕궁인 경복궁 경회루 대들보 안에다 감추어두었다. 따르는 무리에게 자기네 자취가 드러나지 않게 하라고 해서 커다란 변란을 저지를 것 같은 느낌이 들게 했다.

국문소설 〈홍길동전〉은 고귀한 혈통을 지니고 비정상적으로 태어나, 탁월한 능력을 지녔으므로 거듭해서 닥친 위기를 극복하고 승리자가 되는 '영웅의 일생'을 당대의 현실 속에서 재창조한 소설이다. 나서서 투쟁하는 인물의 일대기를 민족어로 서술해 누구든지 읽기 쉽게 했다. 홍길동은 판서의 아들이지만 서자여서 집안에서 천대를 받고, 자객의 손에 죽을 뻔했으나 도술로 위기를 모면하고, 홀로 집을 나서서 자기 생애를 개척해야 했다. 도적의 무리를 만나 두목이 되고, 관군과 싸워 이겨 천대받은 원한을 풀고, 해외로 나가 다른 나라의 왕이 되었다.

소설의 형성에 기여한 다른 많은 작품은 작자 미상이다. 그 가운데 〈田禹治傳〉은 세상의 불의를 보고 분개해 바로잡고자 하는 의지를 강력하게 나타내고, 〈林慶業傳〉처럼 역사상의 영웅이 겪은 고난을 다룬 작품도 있었으나, 〈趙雄傳〉을 비롯한 통상적인 영웅소설은 악인의 모해로 아버지가 수난을 겪고 집안이 몰락한 불운을 아들이 나서서 회복하는 투쟁을 다루면서, 사회체제를 재건하는 쪽으로 나아갔다. 작가가 알려진 17세기 金萬重의 〈九雲夢〉이나 19세기 南永魯의 〈玉樓夢〉도 그런 영웅소설의 형태를 지니고 있지만 주인공이 미천한 처지에서 상승하면서 부귀를 성취하고 여인들과 사랑을 이루는 과정에 관심을 두었다.

한국소설에도 '傳'이라고 한 것 외에 '記'라고 한 것도 있고, '錄'이라고 한 것도 있다. 김만중의 다른 작품 〈謝氏南征記〉에서는, 처첩의 다툼을 그리면서 공인된 도리를 지키는 처가 자기 이익을 추구하는 첩의 모해에서 벗어나 가정의 질서를 바로잡는 과정을 그려, 중세적 질서의 재건을 꾀했다. 〈報恩奇遇錄〉에서는 공인된 도리를 지키는 쪽과 사기 이익을 추구하는 쪽을 아들과 아버지의 관계로 설정해, 세상이 달라지는 모습을 더욱 적극적으로 그렸다. 가족 관계에 있는 인물들이 보여주는 갈등을 더 큰 규모로 그려 여러 가문의 문제를 한꺼번에 다루는 작품은 거대장편으로 늘어났으며, 그 좋은 본보기가 〈玩月會盟宴〉이다.

한국의 작가는 귀족의 신분을 지니고 있으면서, 시민의 생업에 참여하고 여성의 관심을 나타내는 것을 부끄럽게 여겨 이름을 숨겼다. 그래서 작가와 창작 연대를 모르는 작품이 대다수이다. 여성독자가 남성독자보다 더 큰 비중을 차지해 남녀이합을 여성의 관점에서 그린 소설을 선호한 것이 두드러진 특징이다. 여성작가도 상당수 있었으리라고 생각된다.

중국소설에는 〈愛卿傳〉, 〈水滸傳〉, 〈平妖傳〉 등으로 일컬어지는 여러 형태의 '傳'이 있다. 〈愛卿傳〉은 14세기말 瞿佑의 〈剪燈新話〉에 포함되어 있는 여성을 주인공으로 한 애정소설이다. 〈水滸傳〉은 15세기경에 施耐庵이라는 필명을 사용한 작가의 작품이며, 물가 산채에 모여든 여러 인물의 전기를 한 데 모은 列傳이다. 국가의 흥망사를 다루지 않고, 국가에 반역하는 도적의 무리를 이루는 여러 영웅의 활약상을 보여주었으며, 구어를 받아들인 白話를 사용하면서 민간전승과 깊은 관련을 가지고 세태를 묘사했다. 여러 사람이 각기 쓴 다양한 〈平妖傳〉은 "요괴를 평정한 이야기"여서 '傳'을 '記'와 같은 뜻으로 썼다.

'傳'이라는 말은 이처럼 다양한 뜻을 지녔다. '傳' 외에 '記', '錄' 등의 다른 말을 쓴 소설이 중국에도 흔히 있다. '記'나 '錄'은 여러 사람이 관여한 사건의 전말을 다룬 점이 '傳'과 다르고, '傳'의 확대판이라고 할 수 있다. 그 어느 것이든 사실을 말한다는 구실을 내세우고 허구적인 사건을 전개해 설득력을 높이고 실감을 가중시켰다.

吳承恩이 16세기에 쓴 〈西遊記〉는 불경을 가지러 서쪽으로 가는 승려와 그 수행원들이 온갖 환상적인 모험을 겪는 사건을 전개해 '記'라고 했다. 원숭이, 돼지 등으로 이루어진 문제아들이 제어할 수 없는 도술을 부려 천상의 질서까지 어지럽히다가, 승려의 제자가 된 뒤에는 여행을 방해하는 요괴, 마왕들과 싸워 앞길을 열면서 불교를 수호하는 구실을 했다. 환상을 펼쳐 흥미를 끌면서 전반부에서는 기존질서에 대한 반발을, 후반부에서는 마음을 다스려나가는 과정을 나타냈다.

역사서 本紀의 형태를 지녀 '演義'라고 한 소설도 있어 국가 흥망의 내력을 다루었다. 그 선두에 선 작품이 14세기 사람이라고 추정되는 羅貫中이 다양한 형태의 원천을 종합정리해서 이룩한 거작 〈三國志演義〉이다. 그것은 충성과 역모, 지혜와 용기, 順天과 逆天을 각기 대변하는 인물들의 활약상을 생생하게 그려 큰 감명과 교훈을 주는 영웅소설의 모형이라고 인정되어, 동아시아 여러 나라에서 적극 받아들여 다양하게 개작했다. 그 뒤를 이어 〈西漢演義〉, 〈東漢演義〉, 〈唐宋演義〉 등의 작품이 나와 역대의 왕조사를 소설화했다.

二十五史라고 총칭하고 왕조사에 상응하는 역대의 '演義'를 갖추고자 한 것은 중국에서만 볼 수 있는 일이다. 역사서를 존중하는 것은 동아시아의 공통된 관습이지만, 그런 역사소설이 많은 것은 중국 특유의 현상이다. 중국에서는 왕조가 빈번하게 교체될 때마다 선행 왕조의 흥망성쇠를 정리하는 역사서를 이룩해 소설로 꾸밀 소재가 많았고, 文言小說의 독자인 식자층은 역사소설을 선호한 것이 그 이유일 수 있다.

비공식의 역사라는 뜻의 '外史'라는 말을 표제로 한 소설도 있다. 18세기 작가 吳敬梓가 쓴 〈儒林外史〉가 그런 작품이다. 과거제도가 진정한 학문과는 거리가 먼 형식 위주의 문장으로 급제자를 선발해 유학이 변질되고, 선비가 타락하고, 세태가 그릇되었다고 많은 사례를 들어 나무란 내용이니, 역사의 이면을 파헤쳤다고 할 수 있다. 과거에 급제하기 위해 일생을 허비하는 패배자, 뜻을 이루고서는 타락의 길에 들어선 급제자, 과거를 멀리하고 고결하게 살아가는 초탈자의 삶을 여러 인물을 등장시켜 대조해서 그린 솜씨가 뛰어나다.

영웅이 아닌 범인을 등장시켜 시정에서 일어나는 일에 관심을 보이면서 남녀관계를 다룬 작품이 白話小說의 주류를 이루었다. 그 선구적인 작품이자 대표작인 〈金瓶梅〉는 16세기에 蘭陵笑笑生이라는 필명을 사용한 작가가 지었는데, 여색에 탐닉하는 한 시민의 행각을 그린 세태소설이다. 그 인물의 첩 노릇을 하는 세 여성의 이름에서 한 자씩 따서 제목을 만들었다. 18세기에 曹雪芹이 쓴 〈紅樓夢〉은 남주인공의 생애를 여러 여성인물과의 관계를 통해 보여주는 설정을 다시 하면서, 몰락하는 귀족의 삶을 보여준 점이 서로 달랐다.

중국의 작가는 흔히 본명을 숨기고 필명을 사용했다. 과거에 급제해 귀족이 될 수 있는 실력을 쌓았으나 뜻을 이루지 못해 쌓인 불만을 소설로 나타내면서, 원래의 자기는 숨기고 작품을 통해 말하는 작자는 잊혀지지 않게 했다. 중국소설은 백화를 사용한 것이라도 상당한 식자층이 아니면 읽기 어려워 남성독자가 여성독자보다 많았다. 사람의 생애를 다루면서 남성의 관심사를 반영한 작품이 우세하다.

일본에서는 격식을 갖추어 역사서를 쓰는 국가사업을 계속해서 추진하지 않았으며, 역사서에 列傳이 없는 것이 특징이다. '傳'이라고 일컬은 소설을 찾기 어려운 것이 그 때문이라고 할 수 있다. 그렇지만 멀리 벗어난 것은 아니다. 실제 내용에서는 일본 특유의 '전'이라고 할 것도 있고, 동아시아 공통의 관습에 적극적으로 참여한 작품도 있다.

'戲作'이라고 일컬어진 일본소설을 본궤도에 올렸다고 평가되는, 17세기 작가 井原西鶴(이하라사이카쿠)은 〈好色一代男〉을 비롯한 몇몇 작품에 '一代'라는 말을 내세워 일본 특유의 '傳'이라고 할 것을 이룩했다. 여색을 탐내면서 일생을 보낸 인물이 여러 여성들과 관계를 가진 사건을 일어난 순서대로 열거해 각기 독립된 삽화를 이루게 하고 유기적인 연관은 갖추지 않았다. 향락에 빠져 헤어나지 못하는 삶에 대해서 도덕적인 시비는 하지 않았으며, 종교적인 회한은 더러 비추었으나 심각하지 않다.

18세기에 몇몇 작품이 추가되었다. 山東京傳(산토우쿄우덴)은 〈江戶生艶氣樺燒〉를 써서 여색에 탐닉하는 방탕아의 생애를 다시 그렸다. 그런데 동시대에 爲永春水(다메나가슌스이)는 〈春色梅兒譽美〉에서 네 여성의 애정 행각을 그려 '열전'의 형태를 띤 작품을 갖추었다. 19세기초의 瀧澤馬琴(다카사와바킨)은 '전'의 전통을 제대로 이어 유식하고 격조 높은 작품을 쓰고자 해서 〈開卷驚奇俠客傳〉, 〈南總里見八犬傳〉 같은

'열전' 소설 창작을 중요한 과업으로 삼았다.

瀧澤馬琴은 유식한 내용을 길게 서술해 '讀本'이라고 특별하게 일컬어지는 작품을 거대한 규모로 전개하면서, 과거 역사에 있었던 일을 소설화하는 수법에서 '演義'와 맞설 수 있게 했다. 여러 가닥으로 나누어진 사건이 유기적인 연관을 절묘하게 가져 하나로 모아지게 하는 것을 대단한 자랑거리로 삼았다. 관심의 중심을 애정에서 의리로 바꾸어 격조를 높이고자 했다.

〈南總里見八犬傳〉은 반역자의 '列傳'인 〈水滸傳〉을 충신의 '列傳'으로 바꾸어놓은 작품이다. 그래서 가치관의 혼란을 막으면서, 더욱 흥미로운 수법을 개척하고자 했다. 위기에 빠진 主君을 돕기 위해서 온갖 모험을 겪으면서 충성을 다하는 영웅들의 활약상을 다루었다. 반역자들의 열전인 〈水滸傳〉에 맞서 충신들의 열전을 마련해 가치관의 혼란을 막으면서, 상상을 초월한 사건을 아주 흥미롭게 전개해서 관심을 끌었다. 그것이 인기작가의 길이었다. 곳곳에다 한문 序를 넣어 스스로 해설한 가운데 이런 말이 있다. '稗史'는 소설을 뜻하는 말이다.(하나, 470~471)

> 稗史 보기를 즐기는 사람은 다만 虛假의 말 가운데 奇에서 奇가 나오고, 또한 千情萬形이 갖추어진 데 웃을 만하고, 슬퍼할 만하고, 노할 만하고, 꾸짖을 만한 것이 암암리에 합쳐 있어 좋아할 따름이다.

일본에서는 소설을 쓰는 것이 시민이 하는 생업의 하나였다. 작가는 자기 이름을 밝혀 상표로 삼고, 출판업자는 작가가 작품을 쓰자마자 인쇄해 출판했다. 소설 출판에서는 일본이 동아시아 여러 나라 가운데 가장 발달했다. 그 때문에 출판인이 소설을 지배하다시피 했다. 출판해 판매하는 작품을 시민층 남성 독자가 사다 읽었다. 남녀의 성행위를 남성의 관심에 호응해서 그리는 작품이 특히 인기가 있었다.

월남 또한 일본처럼 역사서에 列傳이 없었다. 〈大南列傳〉이라는 것이 있었으나 역서서의 일부가 아니고 19세기에 이룩한 별개의 저작이다. 또한 私傳을 많이 쓴 나라가 아니다. 그러나 소설은 ‘傳’이라고 생각했다. ‘전’이라는 말을 ‘小說’과 대등한 용어로 삼고, 소재를 중국에서 가져온 소설은 ‘傳喃博學’, 민간전승에서 가져온 소설은 ‘傳喃平民’이라고 했다.

중국소설을 옮기면서 원작에는 없는 ‘傳’이라는 말을 덧붙여 소설임을 분명히 했다. 〈西遊記〉를 〈西遊傳〉, 〈隋唐演義〉를 〈軍中對傳〉이라고 하고, 〈今古奇觀〉의 〈女秀才移花接木〉을 〈女秀才傳〉으로 옮겼다. (하나, 343~348) 월남소설은 율문소설이어서, 중국의 산문소설을 율문소설로 옮겼지만, 소설의 요건을 완화시키지 않고 자아와 세계의 대결이 더욱 긴장되게 했다. 범속한 작품에 지나지 않은 중국소설 〈金雲翹傳〉을 19세기초에 阮攸라는 작가가 월남어로 옮겨 〈金雲翹〉 또는 〈斷腸新聲〉이라고 한 작품은 월남소설의 최대걸작으로 평가된다.

옥에 갇힌 아버지를 구출하고 자기 집안을 파탄에서 구하기 위해 자기가 희생자가 되기로 작정하고, 사랑하는 사람을 버리고 몸을 팔아 창기가 되어 처참한 수난을 겪은 여인의 비극을 그린 것은 원작과 같은 내용이다. 그런데 험악한 세태와 선량한 마음씨, 타락한 생활과 마음속으로 잊지 못할 사랑의 이야기를, 절실한 감동을 주는 시적 표현으로 나타낸 점이 탁월하다. 월남인들은 누구나 외는 고전이 되어, 그 내용과 표현이 후대에 깊은 영향을 끼쳤다.

월남소설은 표기법이 난해해 여성은 읽기 어렵다. 상층의 유식한 남성이 써서 자기와 비슷한 독자에게 일차로 전달한 소설이 구전으로 하층여성에게까지 전해졌다. 상층작가가 하층의 삶에 관심을 가지고, 남성이 쓰고 읽는 작품에서 여성의 수난사를 힘써 다룬 것이 월남소설의 일관된 특징이다.

몽골에서도 인물의 ‘전’으로 이루어진 소설이 출현했다.[206] 몽골은 원

---

206) 齊木道吉 外 編著, 《蒙古族文學簡史》(呼和浩特 : 內蒙古蒙古人民出版社, 1981), 142~154 ; Leitung von Jürgen Berndt et al., *Ostasiatische Literaturen* (Leipzig : VEB, 1987), 169

래 티베트를 매개로 해서 산스크리트문명권에 소속된 먼 변방이었으나 17세기 이래로 중국 청나라에 복속되고 중국문화의 영향을 많이 받아 동아시아의 일원이 되었다. 두 문명권의 전통을 합쳐서 자기 민족의 역사서를 거듭 서술하면서 위대한 선조의 행적을 되찾고, 그런 내용의 역사소설을 이룩했다.

19세기의 걸출한 작가 인잔나시(Injannasi, 尹湛納希)는 〈靑史〉(Köke sudur)에서 징기스칸의 생애에서 시작해서 몽골제국의 역사를 통괄해서 다루는 거대한 작품을 이룩하려고 했다.[207] 서사시에서 거듭 다루던 소재를 허구적인 인물과 사건을 많이 보태 더욱 흥미롭게 구체화했다. 과거를 회고하는 방식으로 당대의 문제에 대한 간접적인 발언을 해서, 중국인의 역사 왜곡과 부당한 지배를 비판하고, 위축되어가는 민족의식을 일깨우고자 했다. 당대를 무대로 한 소설도 두 편 써서, 시련을 겪어야 하는 여성의 삶을 다루었다.

소설의 실상은 이처럼 서로 달라도, 소설을 '전'으로 이해한 것은 동아시아 공통의 현상이었다. 그것은 다른 문명권의 소설과 뚜렷하게 구별되는 특징이다. 그러므로 '전'의 내력과 변천 과정을 이해해야 동아시아소설 성립의 이면사를 제대로 밝힐 수 있다.

'전'은 원래 '史傳'이었다. 史家가 아닌 사람은 '전'을 쓸 수 없고, 史書에 오르지 않으면 '전'이 아니었다. '전'은 인물의 행위에 대해서 객관적인 평가를 하므로 스스로 쓸 수 없었다. 그런데 시대가 변하면서 개인이 사사로이 쓰고, 역사적인 평가의 대상이 아닌 인물의 생애를 다루는 '私傳'이 나타났다. 그 경우에는 다루는 인물과 어떤 관계에 있는지 말하기 위해서 서술자가 일인칭을 사용한 변형도 생겨났다. 그 다음 단계에는 사물을 의인화한 '假傳', 자기 생애를 남에게 가탁한 '托傳' 같은 것들도 생겨났다. 거기까지가 첫째 변형이라고 할 수 있다.

---

207) 尹湛納希, 黑勒 外 譯, 《靑史演義》(呼和浩特 : 內蒙古人民出版社, 1985) ; John Gombojab Hangin, *Köke sudur (the Blue Chronicle), a Study of the First Mongolian Historical Novel* (Wiesbaden : Otto Harrassowitz, 1973)

‘전’이 소설에서 쓰인 것은 둘째 변형이다. 실제로 있지 않은 가상의 인물에 관해 지어낸 이야기를 ‘전’의 형식으로 쓴 것이 소설이다. 첫째 변형까지에서는 교술문학이던 ‘전’이 둘째 변형에서는 서사문학이 되었다. 가상 인물의 생애를 이야기하는 서사문학은 설화에서 가져왔다. 전설과 민담을 소설로 고치면서 전의 형식을 차용해, 구비문학을 기록문학으로 바꾸어놓아 소설을 이룩했다.

역사서에 수록되는 ‘전’은 여러 인물의 전이 연속되어 ‘列傳’을 이루었으며, 국가 흥망사인 ‘本紀’의 부록 구실을 했다. 그것들이 일대기를 복합시키거나 넘어선 소설에서 수용되었다. 소설인 ‘전’은 처음에는 ‘전’답게 한 사람의 생애를 짧게 다루었다. 그러다가 나중에는 ‘전’의 범위에서 벗어나 여러 사람을 복잡하게 열거하는 작품을 ‘열전’처럼 만들기도 하고 ‘본기’의 뒤를 잇기도 했다.

실제로 있었던 인물의 생애를 실상대로 서술하는 교술문학의 ‘전’을 가공인물의 생애를 이야기하는 서사문학의 ‘전’으로 바꾸어놓고 삶의 마땅한 도리가 무엇인지 재검토하는 작업을 일제히 시도한 시기는 중세에서 근대로의 이행기였다. 중세의 지배질서가 흔들리고 가치관의 개편이 요구되는 상황을 기존의 교술문학으로는 문제삼을 수 없고, 재래의 구전설화로 감당하기에도 역부족이었을 때, 구전설화를 자아와 세계의 심각한 대결을 나타낼 수 있게 개조하면서 사람의 일생을 서술하는 격식을 활용해 기록문학화해서 소설을 만들어냈다.

‘전’은 동아시아문명의 공동 유산이다. 사람의 행실을 객관화해서 나타내면서 포폄을 하는 데 쓰는 글이다. 누군지 모를 범인의 ‘전’, 가공적인 ‘전’을 쓰다가, 소설이 생겨났다. ‘전’을 복합시켜 장편을 이루는 형태도 나타났다. 동아시아소설은 기본적인 특성이 ‘전-소설’이므로 삼인칭으로 전개되며 행실의 선악을 시비한다. 그런 전통이 오늘날까지 이어진다.

동아시아소설은 그 내부의 공동자산으로 자리를 잡고, 동아시아의 범위를 넘어서까지 수용되었다. 민족어를 서로 이해하지 못해 상호교류는 이루어지지 않았으나, 다른 나라에서도 독해가 가능한 중국소설은 한국, 일본, 월남 등지에서도 광범위하게 읽히고, 거듭 번역되고, 다양하게 개작되었다. 만주어나 몽골어 번역자들도 있었다. 동남아시아 타이, 말레이, 그리고 인도네시아 여러 언어 사용자들은 중국인 이주자를 매개로 해서 중국소설을 즐기는 데 동참했다.[208] 〈三國志演義〉가 특히 환영받아, 한 시대 전에 인도서사시 〈라마야나〉가 누린 데 견줄 수 있는 인기를 얻었다.

동아시아소설에서 밝혀진 소설 형성의 원리나 과정이 다른 문명권에서는 어떻게 나타났는지 확인하기 위해서 먼저 유럽과 비교하기로 한다. 동아시아소설과 유럽소설은 아주 다른 모습을 하고 출현했지만, 그래야 했던 이유를 살피면 차이점이 공통점의 다른 측면임을 알 수 있다. 공통점을 세계소설사 일반론 구축의 근거로 삼을 수 있다.

동아시아소설은 '전'의 형식을 이용하고 '전'이라고 표방한 가짜 '전'이듯이, 유럽소설은 '고백록'의 형식을 차용하고 '고백록'이라고 행세한 가짜 '고백록'으로 시작되었다. 한쪽에서는 '전'이고 다른 쪽에서는 '고백록'인 것은 문명권에 따른 차이이다. 최고의 가치기준에 입각해 사람의 일생을 서술해 평가하는 공인된 방법이 유교문명권에서는 역사서에 포함시켜 후대의 평가를 기다린다고 하는 '전'이고, 기독교문명권에서는 신에게 자기 잘못을 참회하는 고백록이다.

사람의 일생을 공식적으로 평가하는 구실을 하는 최상 서열의 글쓰기 방식을 이용한 것이 서로 같다. 뒤늦게 생겨나 사람의 일생을 함부로 지어내서 이야기하는 비정통의 문학인 소설이 미천한 출신을 감추고 기록문학으로 행세하는 데 필요한 요건을 구비하고자 한 것이 양쪽에서 함께 나타난 동일한 사태이다. 불법으로 출생신고를 한 악동들이 이미 흔들리고 있는 중세문명을 그 내부에서 공격했다.

---

208) Claude Salmon ed., *Literary Migrations, Traditional Chinese Fiction in Asia (17-20th Century)* (Beijing : International Culture Publishing Corporation, 1987)

유교문명권에서는 사람을 평가하는 것이 史家의 소임이다. 사가가 春秋 필법으로 역사서를 써서 인물의 선악을 가리는 것은 다른 종교에서 말하는 저승의 심판에 해당하는 유교의 최후심판이다. 기독교에서는 사람의 행동에 대한 평가는 신의 소관이다. 사가가 할 수 있는 일은 연대기를 작성하는 것뿐이다. 유럽의 사서에는 열전에 해당하는 대목이 없고, 인물의 선악에 대한 평가도 제외되어 있다. 신의 평가를 받으려면 사람은 자기 잘못을 숨김없이 다 고백하고 용서를 받아야 한다. 사제자를 통해서 나날이 하는 고해의 내용을 글로 쓴 것이 고백록이다.

유럽소설의 출현은 스페인의 '건달소설'(novela picaresca)에서 확인할 수 있다. 주인공 '피카로'(picaro)는 흔히 '악한'이라고 옮기지만 '건달'이라고 하는 것이 더 적합하다. '건달소설'은 허구적인 인물이 벌이는 자아와 세계의 대결을 고백록 형식을 이용해서 나타낸 소설이다. 동아시아에서 '전-소설'이 시작될 무렵에 유럽에서는 '고백록-소설'이 생겨났다.

작품의 주인공인 건달이 자기가 저지른 갖가지 부도덕한 행적을 고백하고 용서를 구한다는 구실을 내세워 자기 능력을 자랑하면서 흥밋거리로 제공하는 허구적인 작품을 써내자 유럽에서 소설이 시작되었다. 그 다음에 다시 나타난 고백록소설은 죄악을 고백하는 대신에 사랑을 고백하는 것이다. 사랑을 구하는 사연이나 이룩한 내력을 길게 고백하는 소설을 쓰면서 편지를 많이 삽입하거나 온통 편지로 이은 것이 고백록의 변형이라고 할 수 있다. 고백록의 형태를 사용하지 않고, 편지로 이어나가지도 않으면서 여러 인물의 관계를 삼인칭의 시점으로 서술하는 소설은 나중에 나타났다.

거기까지 나아가면서 고백록 또한 몇 단계에 걸쳐 변형을 거쳤다. 신이 아닌 세상 사람들을 상대로 자기 잘못을 털어놓고 변명을 하는 고백록을 쓴 것이 첫째 변형이다. 그 단계에 이르러서 고백록이 멀리 있는 신의 용서를 구하는 참회록의 성격에서 벗어나 가까이 있는 공동체와의 화합을 이루는 데 쓰려는 변명록이 되었다. 가상 인물이 자기 생애

를 고백하는 허구적인 설정을 해서 고백록이 서사문학이 되게 한 것은
둘째 변형이다. 거기서 '고백록-소설'이 나타났다.

유럽에서는 '고백록'을 써서 잘못을 참회한다는 구실을 내세워 건달
이나 악한이 자기 행실을 오히려 자랑삼아 털어놓고 이야기하는 '건달
소설'이 생겨나면서 소설이 시작되었다. 허균의 '전-소설'과 스페인에서
건달의 이야기를 가지고 만든 '고백록-소설' 초기작품은 동시대의 산물
이다. 외톨이가 된 인물이 세상에 불만을 품고 반역을 하면서 살아간
점이 서로 같다. 그러면서 허균 소설의 주인공들은 영웅의 능력을 지니
고 있어 세계와의 대결을 한층 유리하게 이끌 수 있었다. 건달소설에서
는 하층민도 영웅의 능력을 갖추고 현실의 고난을 타개하는 승리자가
될 수 있다고 했다.

건달소설의 첫 작품은 〈토르메즈의 라자로의 생애, 그리고 그 행운과
모험〉(*La vida de Lazaeillo de Tormes y sus fortunas y adversidades*,
1554)이다.(소설 1, 237~238) 작자는 미상인데, 기독교도로 개종한 유대
인 작가가 종교탄압을 고발하기 위해 익명으로 썼다는 견해가 있다. 나
오자마자 종교재판에서 금서처분을 당해 수정판을 내야 했다. 길지 않
은 분량이며, 서로 연관이 없는 일곱 장으로 되어 있다.

서두에서 "각하께서 저의 이야기를 자세하게 하라는 편지를 주셨으
므로, 저는 각하께서 저에 관해서 샅샅이 아실 수 있도록 제 이야기를
중간부터가 아니라 처음부터 시작하는 것이 좋으리라는 생각이 들었습
니다"라고 말했다.[209] 자기의 주인이 된 "각하"라는 사람에게 보내는 편
지 형식으로 작품을 썼다. 중간에도 이따금 각하에게 하는 말을 적어
주의를 환기시키고, 대화가 이루어지도록 했다. 각하라고 하는 훌륭한
분에게 자기의 인생을 술회하고 이해와 동정을 구하고, 모든 잘못이 불
가피한 일이었다고 변명하려고 했다.

---

209) Michael Alpert tr., *Two Spanish Picaresque Novels* (London : Penguin
　　Books, 1969), 25

동아시아와 유럽 양쪽의 소설은 둘 다 16세기말에서 17세기초까지의 기간 동안에 중세에서 근대로의 이행기가 시작된 사회의 산물이다. 전환의 양상이 동아시아에서는 한국에서, 서유럽에서는 스페인의 경우에 특히 선명하게 나타났다. 한국에서는 임진왜란을 겪고 생긴 빈곤과 무질서가 만연하고, 스페인은 번영을 누리다가 후퇴를 하는 실망의 시대를 맞이한 상황이 소설을 산출했다. 그러면서 한국에서는 농민항쟁의 위험이 고조되고, 스페인에서는 도시빈민의 문제가 특히 심각하게 나타나서 서로 달랐던 사정을 각기 '전'과 '고백록'을 뒤집는 방식을 사용해서 표출했다.

동아시아의 '전'은 인물에 대한 객관적인 평가를 하기 위해 반드시 제삼자가 삼인칭을 사용해 서술해야 하고, 유럽의 고백록은 자기 일을 스스로 알리는 글이므로 반드시 직접 쓰고 일인칭을 사용해야 했다. '전'에서는 중요한 사실만 간추려서 적으면 되지만, '고백록'은 사소한 실수까지 모두 드러내서 자세하게 말해야 하는 차이점도 있다. 동아시아에서는 여러 인물의 상관관계를 삼인칭 시점으로 다루는 장편소설을 일찍 확립하고 윤리 문제를 중요시했다. 서유럽의 소설은 일인칭 서술자가 자기의 내면 심리를 파헤치는 데 매몰되어 여럿이 함께 이룩하는 공동의 삶은 돌보기 어려웠다.

'전-소설'이나 '고백록-소설'은 중세에서 근대로의 이행기소설이다. 근대소설에 이르러 그런 관습을 청산했다. 한국문학사에서 소설이 '전'임을 표방하다가, '전'이 소설로 행세하던 시기를 지나, '전'과 소설이 결별하면서 근대소설이 시작되었다고 한 견해는 동아시아문학사에 널리 적용되고, 세계소설사 일반론을 정립하는 데 활용할 수 있다. '전'과 결별한 근대소설은 사람의 생애를 순서대로 이야기하지 않고 서술적 역전을 사용할 수 있고, 묘사에 힘쓸 수도 있게 되었다.

스페인에서 나타난 '고백록-소설'은 유럽의 다른 나라로 가서 두 가지 형태로 발전했다. '고백록'을 '변명록'으로 만든 최초 형태인 '건달소설'을 여기저기서 다시 썼다. 고백의 내용을 이성을 상대로 한 사랑의 고백으로 바꾸고, 편지를 통해 전개하는 새로운 형태가 나타나 소설의 발전을 가속화했다. 18세기까지는 그 두 가지 소설이 주류를 이루었다.

건달소설이 영국에는 일찍 건너가 내쉬(Thomas Nashe)의 〈불행한 여행자 재크 윌튼의 생애〉(*The Unfortunate Traveller or the Life of Jack Wilton,* 1594)를 산출했다. 주인을 골탕 먹이는 꾀쟁이 하인 이야기인데, 하인이 주인의 애인을 가로채서 유럽 각처를 돌아다니기까지 했다. 그 뒤를 이어 독일에서는 그리멜스하우젠(Grimmelshausen)의 〈모험하는 심풀리시시무스 토이츠〉(*Der abentliche Simplicissimus Teutch,* 1668~1669)라는 건달소설이 나왔다. 가명을 사용한 작가의 본명이 19세기에 이르러서야 밝혀졌다.

뒤의 것은 스페인의 전례에서 상당히 벗어나 있어 별도로 고찰할 필요가 있다. 귀족인 아버지와 어머니를 전쟁 동안에 잃고 고아가 된 순진한 아이가 숲 속의 은둔자를 만나 글을 배우고, 군대에 들어가 세상이 어떤지 알게 되어 여러 나라를 돌아다니면서 악한 노릇을 하면서 실패도 하고 성공도 하고서, 인생이 허무하다는 것을 깨닫고 남태평양 외딴 섬에 들어가 은둔하기로 했다는 내용이다. 주인공을 귀족의 아들로 설정하고, 은둔을 소중하게 여긴 것이 다른 나라에서 볼 수 없는 특징이다.

프랑스 건달소설의 대표작은 르 사즈(Le Sage)의 〈질 블라스〉(*Gil Blas de Santillane,* 1735)이다. 하인과 하녀 사이에 태어난 그 작품의 주인공은 사제인 외숙에게 라틴어를 배웠다. 대학에서 공부하겠다고 집을 떠나 사기를 당해 빈털털이가 되고 자기 자신이 사기꾼 하인 노릇을 하면서 주인을 괴롭히다가 크게 출세를 해서 행복을 누리면서 자기 생애를 되돌아보는 고백록을 썼다. 주인공이 상승을 이룩한 것으로 결말을 삼은 점이 특별하다.

사랑을 고백하는 소설은 선진 스페인을 뒤따르는 다른 나라에서 만들어내서, 후진이 선진이게 했다. 그런 소설은 새로운 시대의 관심사인 남녀관계를 다루면서, 여러 사람의 삶을 함께 문제로 삼는 점이 관심을 끌어 크게 환영받았다. 고백의 방법으로 애용된 편지는 독자가 교범으로 삼을 만한 유용성 때문에도 책이 팔리게 하고, 유럽소설의 특징을 이루는 내면심리에 대한 탐구를 시작하는 의의를 가졌다.

17세기 프랑스소설을 대표하는 작품인 라 라파예트부인(Madame de la Fayette)의 〈클레브 공작부인〉(*La princesse de Clèves*, 1662)은 삼인칭으로 전개되지만, 사랑을 고백하는 편지가 사건 전개에서 결정적인 구실을 했다.(소설 3, 58~63) 그 경우에는 작중인물 남자의 편지를 작자인 여자가 쓴 것이 대단한 흥밋거리였다. 전후의 서술을 잘 갖추어 편지의 효용을 한층 높였다. 우아한 품위를 자랑하는 귀족사회의 이면에서 남녀관계가 문란하게 전개되는 양면성을 그리면서 표면에 일어나는 일은 삼인칭의 서술로, 그 이면에서 전개되는 남녀관계의 실상은 일인칭의 편지로 나타냈다. 익명의 편지가 우연히 발견되어 그 정체를 밝히는 데 골몰하게 했다.

그 뒤를 이어 루소(Jean-Jacques Rousseau)의 〈쥘리 또는 새로운 엘로이즈〉(*Julie ou la nouvelle Heloïse*, 1761)와 라클로(Pierre Choderlos de Laclos)의 〈위험한 관계〉(*Les liaisons dangéreuses*, 1782)가 나타나 대단한 인기를 끌었다. 장황하게 이어지는 편지를 연결시키는 방식으로 남녀관계의 문제를 다룬 작품이어서 지금 보면 진부하다고 할 수 있지만, 그 당시의 독자들은 충격을 받았다. 루소의 작품에서 남주인공이 여주인공에게 보낸 편지 한 대목을 들어 실상을 살펴보자.(소설3, 66)

쥘리, 내가 숨을 쉴 수 있게 해주오, 그대는 내 피를 끓게 하네. 그대는 나를 떨게 하고, 펄떡이게 하네. 그대의 편지는 훌륭하고 성스러운 사랑을 간직한 그대 가슴처럼 불타오르고, 그대는 내 가슴에도 천상의 열정을 가져다주네.

〈쥘리 또는 새로운 엘로이즈〉에서는 이처럼 사랑을 이루지 못해 애태우는 시민층 총각과 귀족인 유부녀가 주고받은 편지를 모아서 작품을 만든다고 하면서 사랑에 대한 낭만적 예찬을 폈다. 〈위험한 관계〉에서는 여러 남녀가 주고받은 수많은 편지를 연속시켜 귀족사회에서 벌어지는 사랑이 유희와 음모로 치닫는 타락상을 폭로했다. 서간체 고백록 형식을 공통되게 사용하면서, 한쪽에서는 시민의 등장으로 말미암은 사회갈등을 이상주의의 관점에서 다루고, 다른 쪽에서는 귀족생활을 스스로 비판해, 둘 다 중세와 근대가 공존하면서 갈등하는 이행기소설의 전형적인 모습을 보여주었다.

독일에서 소설 출현을 고한 괴테(Wolfgang von Goethe)의 〈젊은 베르터의 고뇌〉(*Die Leiden des jungen Werthers*, 1774) 또한 서간체로 전개된다.(소설 3, 71~73) 남의 아내를 사랑하는 시민층 청년이 이루지 못하는 사랑의 고뇌와 귀족에게 억압되어 뜻을 펴지 못하는 좌절감이 겹쳐 마침내 자살하게 되는 과정을, 자기 마음을 알아주는 친구에게 보내는 편지에 담아 나타냈다. 괴테가 다시 쓴 소설 〈빌헬름 마이스터의 수업시대〉(*Wilhelm Meisters Lehrjahre*, 1796)는 시민 청년이 귀족 여성과 결혼하면서 그 둘의 화합이 바람직하다 하고, 서간체가 아닌 삼인칭 시점으로 전개한 점이 많이 달라졌다.

그러나 주인공이 집을 떠나 여행을 하면서 겪는 일을 전후 연결 없이 연속시켜 다루어 삽화적 구성을 한 점에서는 건달소설의 전례를 이었다. 건달의 사기행각을 펼치는 것과 아주 다르다고 하면서, 선량한 인물이 세상을 바르게 인식하는 과정을 보여주어 ‘교양소설’(Bildungsroman)이라는 좋은 말로 일컬어지지만, 사기나 교양이냐는 상대적인 구분이다. 사기를 하기 위해서도 세상을 제대로 아는 학습 과정을 거쳐야 하고, 교양소설의 주인공도 험한 경험을 하면서 자기를 지키기 위해 비상수단을 쓸 줄 알아야 한다.

‘노블’이라고 일컬어 마땅한 근대소설은 18세기중엽 영국에서 시작되었나고 하시반, 그렇지 않다. 그 때 것이 최초의 소실도 아니고 근대소설도 아니다. 다른 나라에서 이미 이룬 성과와 견주어보면 특별히 뛰어난 것이 없어, 유럽소설사의 전개에서 한 자리를 차지하는 정도의 의의를 가진 작품들을 두고 지나친 평가를 했다는 사실을 작품의 실상을 보면 쉽사리 확인할 수 있다.

그 가운데 대표작의 하나로 꼽히는 디포우(Daniel Defoe)의 〈몰 플랜더스〉(*Moll Flanders*, 1722)는 전형적인 건달소설에 포함되는 작품이다. 도둑질과 매음을 저지른 여죄수의 딸로 태어난 주인공이 고아원에서 자라나 여러 남편과 만나고 헤어지는 동안에 점차 타락해 악한 사람이 되었다. 필딩(Henry Fielding)의 〈톰 존스〉(*Tom Jones*, 1749) 또한 가장 밑바닥 인생을 살면서 온갖 고난을 겪던 주인공이, 마음이 착하고 신분이 고귀하다는 것이 밝혀져 원하던 여인과 결혼하고 많은 재산을 상속받게 되었다고 하는 사건을 다루었다. 기본설정이나 전개방식이 건달소설에서 멀리 벗어나지는 않았다.

리차드슨(Samuel Richardson)의 〈패밀라〉(*Pamela*, 1740)는 하층의 여자가 자기 주인인 귀족의 마음을 사로잡아 결혼을 하는 영광을 누리기까지의 과정을 서간체의 형식을 사용해서 그렸다. 작품의 의의를 평가하면 양면성이 있다. 무식한 하녀가 많은 편지를 썼다고 하는 것이 납득하기 어려운 설정이고, 편지 사연이 지나치게 장황하다. 그러나 인물의 성격을 생동하게 형상화한 것은 평가할 만한 성과여서, 동시대의 다른 작품보다 한 걸음 앞섰다고 인정할 수 있다.

‘고백록-소설’을 쓰던 단계에서 벗어나 3인칭 객관적 관찰자 시점을 사용하는 사실주의 소설이 등장하면서, 유럽소설사에서 중세에서 근대로의 이행기가 끝나고 근대가 시작되었다. 그러나 그것은 얼마 동안의 변신이라고 할 수 있다. 근대 사실주의소설에 반발하고 내면심리를 탐구하는 데 몰두하는 소설이 나타나서 ‘고백록-소설’의 전통을 새로운 방식으로 이었다. 사랑을 고백하는 소설에 있었던 다면적 인간관계를 버리고 혼자만의 세계로 들어가 독자가 이해할 수 없는 작가소설을 만들어냈다.

중세에서 근대로의 이행기소설이 동아시아에서는 ‘전-소설’로, 유럽에서는 ‘고백록-소설’로 나타난 사실의 공통점과 차이점만 파악하고서 세계소설사를 온통 이해했다고 할 수는 없다. 그 밖의 다른 여러 문명권으로까지 비교고찰을 확대해야 한다. 다른 여러 문명권은 유럽열강의 침략이 동아시아보다 일찍 밀어닥쳐 근대로의 이행 과업을 스스로 원하는 방향으로 진행하지 못한 탓에 소설의 성립과 성장이 어려운 조건을 비상한 노력으로 극복했다. 그 경과를 하나씩 들어 자세하게 고찰할 필요가 있다.

아랍어문명권에는 소설을 뜻하는 재래의 용어 '키사'(qissah, qissa)가 있었다. '키사'는 '고담'에 가까운 말이어서 구전되는 이야기와 기록된 이야기를 함께 일컬었다. 유럽에서 들어온 소설이라도 '키사'라고 할 수 있어 그 용어를 그대로 사용해도 지장이 없었다. 하층문학인 '키사'를 가지고서는 유럽소설에 맞서는 고급의 문학을 이룩할 수 없다고 생각해서 새로운 출발을 하려고 했다.

소설을 지칭하는 용어를 마련할 때 '키사'를 아주 버린 것은 아니다. '키사'는 영어의 '스토리'와 같다고 보아, '쇼트 스토리'(short story)를 '키사 카시라흐'(qissah qasirah)라고 옮겨놓는 데다 써서, 그 말로 단편소설을 지칭하는 용어로 사용했다. 그러나 장편소설을 위해서는 별도의 용어가 필요하다고 보아 '리와야흐'(riwayah)란 말을 지어냈다.[210]

아랍의 삭가들은 유럽소설의 자극과 영향을 받고 20세기에 들어서서 '리와야흐'를 처음 내놓았으면서도, 자기네 소설의 연원을 '마카마'(maqama)'라고 했다. '마카마'는 '전'과 비슷하면서 더 짧은 단형교술문학이다. '마카마'라는 말 자체는 '회합'이라는 뜻이다. 다루는 내용은 극적 일화이다. 어느 인물의 모습 또는 인물과 인물의 만남을 세련된 표현으로 인상 깊고 흥미롭게 묘사하기만 할 뿐, 전후의 사건을 갖춘 이야기는 아니다.

'마카마'는 일인칭으로 서술되지만 서술자는 주인공이 아닌 관찰자이

---

210) Roger Allen, *The Arabic Novel, an Historical and Critical Introduction* (Syracuse, New York : Syracuse University Press, 1995), 5~6

다. 주인공은 뛰어난 언어와 수사학을 구사할 수 있는 문학가이며, 양식을 구걸하는 걸인인 것이 상례인데, 그 내용이 문제되는 것은 아니다. 그처럼 상반된 설정은 수사의 기교를 최대화하는 방법이었다. 문장을 아름답게 꾸미는 수사학의 교본으로 쓰이는 것이 '마카마'의 실제적인 효능이었다. '키사'에서 하듯이 이야기를 늘어놓기만 하지 말고, '마카마'의 전례를 본받아 긴장된 구조를 갖춘 표현을 완성시켜야 유럽소설과 맞서고, 한 걸음 더 나아갈 수 있다고 했다.

소설을 '마카마'라고 하고 '마카마'의 표현방법을 이어받겠다고 하는 것은 단편소설의 경우에는 어느 정도 타당했지만, 장편소설에는 맞지 않았다. 그러나 더욱 소중한 의의를 가진 장편소설은 외래문학이라고 할 수 없었다. 장편소설은 '마카마'의 확대판이라고 하면서, 자기 전통을 이어 주체성을 선양하면서 소설을 고급문학으로 상승시키는 논거를 마련하고, 유럽소설과는 다른 독자적인 특징을 갖추고자 하는 운동을 일으켰다.

하이칼(Muhammad Husayn Hykal)이 프랑스에 머무르는 동안에 써서 "이집트 농부"라는 뜻의 미시리 팔라(Misiri Fallah)라는 가명으로 출판한 〈자이나브〉(*Zaynab*, 1913)가 그 증거이다.(소설 1, 255~256) 아랍 최초의 소설이라는 이 작품은 집필한 시기와 상황을 보면 유럽소설의 이식일 것 같으나 그렇지 않다. 시선을 이집트의 현실로 돌려 작가 자신과는 거리가 먼 농민의 처지를 문제삼아 주목될 뿐만 아니라, 서술방법에서는 '마카마'의 전통을 이었다. 작품의 부제를 "시골의 풍경과 풍속"이라고 한 데서 사회문제에 대한 관심을 강하게 나타내고서, 논설을 쓰는 대신에 소설을 썼다.

부유한 지주의 아들이 카이로에서 공부하고 있다가 방학 동안에 아버지의 농장이 있는 시골에 가서 보고 느낀 바를 편지로 알리는 방식으로 진행된 일인칭소설이다. 그러나 유럽소설처럼 자기 자신의 생애에 관한 고백록을 쓴 것은 아니다. 자기는 관찰하고 서술하는 사람에 지나지 않고 주인공은 따로 있는 일인칭 관찰자의 시점을 사용했다. 그것이 바로 '전-소설'이나 '고백록-소설'과 다른 독자적인 특징이다.

제목에 이름이 등장하는 주인공 자이나브는 서술자 아버지의 농장에서 일하는 농촌처녀이다. 서술자는 자이나브에 관심을 가지고 얼마 동안 가까이 하면서 자기가 겪은 실연을 위로하고자 했지만, 심각한 지경에 이른 것은 아니다. 자이나브는 같이 일하는 일꾼을 사랑했으나, 신부값을 마련한 다른 사람에게 시집가야 했다. 그 사람은 군대에 들어가 전사했다. 자이나브는 참된 사랑을 잊지 못해 괴로워하다가 폐결핵으로 죽었다. 그 경과를 알리는 서술자는 농민의 처지를 동정하고, 사회개혁에 관한 주장을 폈다.

일인칭 서술자가 다른 사람의 거동을 관찰하고 묘사하는 '마카마'의 형식을 사용하면서 자기 시대를 진단하고 비판했다. 단형인 '마카마'를 장형으로 확장하고서, 어울리지 않게 유식한 구걸꾼에서 가련한 농촌처녀로 주인공을 바꾸어 표현보다 내용에 더욱 관심을 가지게 하면서, 새로운 시대의 현실을 심각하게 문제삼는 사회소설을 만들었다.

아랍소설이 모두 '마카마-소설'인 것은 아니다. 다른 여러 형태의 소설이 밖에서 들어오고 안에서 생겨났다. 그래서 생긴 혼란을 헤쳐나가면서 소설을 어떻게 써야 하는지 진지하게 고민하는 데 '마카마'의 유산이 방해가 되었다고 할 수도 있다. 그러나 고민하고 모색한 결과 아랍소설의 세계적인 의의를 크게 확대할 때에는 그 내면의 이유가 전통의 새로운 창조인 것이 상례이다.

동아시아소설은 '전-소설'이고, 유럽소설은 '고백록-소설'이듯이, 아랍소설은 '마카마'에서 시작되었다고 자부하는 '마카마-소설'이다. '전-소설'은 삼인칭, '고백록-소설'은 일인칭 전지적 시점으로 전개되고, '마카마-소설'은 일인칭 관찰자 시점을 사용한 것은 주목할 만한 차이점이다. 셋 다 자기 전통에 깊은 근거를 두고 선택한 기법이며, 서로 다른 가치관을 나타내는 의의를 가진다. 일반적으로 있을 수 있는 세 가지 소설을 각기 구현하면서 그 특징을 뚜렷하게 보여주었다.

동아시아의 '전-소설'에서는 주인공으로 택한 인물에 대해서 서술자가 도덕적 평가를 해 역사의 교훈을 남겨야 하는 사명을 수행하기 위해 작품 진행에 개입하지 않을 수 없었다. 유럽의 '고백록-소설'에서는 주인공 자신이 서술자가 되어 자기의 죄나 잘못을 털어놓고 참회하며 용서를 구한다는 구실을 내세워, 감추는 것도 없고 주저하지도 않으면서 무슨 말이든지 마음대로 했다. 아랍세계의 '마카마-소설'에서는 주인공이 자기 내심을 털어놓고 변명을 할 기회를 가지지 못하고, 서술자도 도덕적인 평가는 하지 않고 오직 주인공의 행위를 관찰하고 이해한 바를 서술할 따름이다.

아랍의 '키사'가 페르시아에서는 '다스탄'(dastan)이다. 그런데 페르시아에서도 그 말을 소설을 뜻하는 용어로 사용하면서 서사시의 사건전개 방식을 이을 만한데 그렇게 하지는 않았다. 페르시아소설이 유럽소설과 대등한 수준의 예술품이 되기 위해서는 하층문학에 의거할 수는 없다고 판단하고 한층 차원 높은 대응책을 마련하고자 했다.[211]

소설의 첫 작품이라고 인정되는 마라게히(Maragheh'i)의 〈에브라힘 베그의 여행〉(*Siyahat-nama-ye Ebrahim Beg,* 1902)은 외국에서 태어난 페르시아인이 고국을 찾았다가 뒤떨어지고 부패한 현실을 보고 개탄한 새로운 내용이다. 그런데 서술방법의 모형을 페르시아 고전문학에서 커다란 위치를 차지한 풍자산문에서 구하고, 아랍문학의 '마카마'에서와 같은 일인칭 관찰자 시점을 이어받았다. 그 뒤를 이어서 나온 몇몇 작품은 페르시아의 과거를 되돌아보는 역사소설이어서 '다스탄'에서 이야기하는 수법을 사용했다.

단편소설 개척자로 평가되는 자말자다(Jamalzada)는 유럽에 머무르는 동안에 쓴 작품을 묶어 내면서 책 이름을 〈옛날 옛날에〉(*Yaki bud yaki na-bud,* 1921)라고 했다. 새로운 문학의 수용을 자랑하려고 하지

---

211) Michael C. Hillmann, "Persian Prose Fiction : Am Iranian Mirror and Conscience", Ehsan Yarshater ed., *Persian Literature* (Albany : Bibliotheca Persoca, 1988) ; M. R. Ghanoonparvar, "Iranian Novel", Paul Schellinger ed., *Encyclopedia of the Novel* (Chicago : Fitzroy Dearborn, 1998)

않고 과거와의 연속을 강조하면서 풍자산문의 전통을 이었다. 아랍어가 너무 많이 들어간 페르시아어나 유럽의 언어처럼 변한 페르시아어를 쓰면서 뽐내는 지식인의 거동을 우스꽝스럽게 그리고, 여러 형태의 특권을 남용하는 무리를 나무랐다.[212) 페르시아소설은 이처럼 아랍의 경우와 거의 같은 형태로 시작되어 '마카마-소설' 유형이라고 할 수 있다.

  지금까지 고찰하지 않은 터키, 인도, 인도네시아 등지의 소설은 '전-소설', '고백록-소설', '마카마-소설' 가운데 어느 유형에 속한다고 할 수 없다. 그런 곳은 모두 기록문학의 오랜 전통이 있었지만, 소설을 만드는 데 사용한다고 무엇을 특별히 내세우지 않았다. 유럽의 자극과 영향을 받고 전에 없던 소설을 만들면서 여러 형태의 서사문학을 필요한 대로 이용했다. 교술문학 대신 서사문학의 선행갈래를 이용하니 작업하기는 편했으나 갈래 전이에 따르는 긴장이 없었다. 서술의 시점을 설정하고 인물의 행위에 대해 가치를 평가하는 방법을 특별하게 마련하지 않고 경우에 따라 적절한 선택을 했다.

  아랍문학의 '키사', 페르시아의 '다스탄'과 상통하는 터키의 '다스탄'은 더욱 풍부했다. '다스탄'을 다시 창작하면 새로운 소설을 이룩할 수 있었다. 그런데도 소설이란 유럽에서 받아들인 새로운 문학이라고 여겨 프랑스어를 차용해 '로망'이라고 일컬었다. 그 때문에 작품에서 전통이 단절된 것은 아니다. '다스탄'을 잇고 있으면서 '로망'을 창작한다고 했다.

  터키소설의 창시자라고 하는 나믹 케말(Namik Kemal)은 소설이 무엇인지 명확하게 규정하고 작품을 창작했다.[213) 터키의 재래소설이라는 것은 진실성이 없는 거짓말 이야기일 따름이라고 매도하고, 유럽소설을 받아들여 도덕·풍속·감정에 관한 세부적 사항을 갖추어 실제로 있을 수 있는 사건을 서술하는 새로운 소설을 써야 한다고 선언했다. 그러나

---

212) II. Kamshad, *Modern Persian Prose Literature* (Cambridge : Cambridge University Press, 1966), 93~95
213) Ahmed Ö. Evin, *Origins and Development of the Turkish Novel* (Minneapolis : Bibliotheca Islamica, 1983)

〈알리 베이의 모험〉(*Sergüzest i Ali Bey*, 1876)이라는 작품을 써서 자기 포부를 실현한 것을 보면, 새롭다고 할 것은 표면에 지나지 않는다.

공무원으로 일하는 상층사회 젊은이가 부유한 상인의 첩 노릇을 하는 여자에게 매혹되어 벌인 사랑싸움을 그것을 둘러싼 사회문제와 함께 보여주면서, 인신매매, 음모, 살인 등이 흔하게 벌어지는 사회상을 그리는 데 힘쓰면서 사회적 통념을 대변하는 도덕주의로 인물의 행위를 평가했다. 새로운 사회상을 그린 점을 제외한다면, 남녀관계를 다룬 서사시에서 흔히 있던 사건이고 가치관이다.

아랍의 '키사'나 페르시아나 터키의 '다스탄'에 상응하는 것이 말레이 문학에서는 '히카야트'(hikayat)이다. 여러 종류의 이야기를 두루 지칭하는 그 말이 광범위하게 쓰이다가 소설을 뜻하는 데까지 용도가 확장되었다. 유럽소설을 받아들여 자기네 소설을 창작하면서 소설을 '히카야트'라고 하는 것 외에 다른 용어를 창안하려고 고심하지 않았다. 대다수의 소설이 전통적인 수법을 자연스럽게 이으면서, 주인공 이름에다 '히카야트'라는 말을 붙여 누구의 '전'이라고 하는 것을 관례로 삼았다.

말레이나 인도네시아에서는 '히카야트'를 바로 이어 무엇이든지 이야기하면 소설이 된다고 여기고, 소설이 무엇인지 새삼스럽게 고심하지 않았다. 스스로 마련한 그런 형태의 이행기소설을 이어받아 새로운 시대의 문학을 이룩했다. 유럽소설을 받아들여 새로운 문학을 하겠다는 문단의 움직임보다 식민지 통치에 직접 항거하는 투사의 절규가 앞섰다. 문학을 정치교육의 수단으로 삼으면서, 민족해방 투쟁을 위한 주장을 강렬하게 나타냈다. 마르코 카르토디크로모(Mas Marco Kartodikromo)나 세마운(Semaun)이 쓴 작품은 재래의 방식으로 새 시대를 맞이하는 민족항거의 주제를 나타냈다.

인도네시아 쪽과 함께 말레이어를 사용하는 말레이시아의 작가들은 민족해방운동을 위해 적극적으로 나서지 않았지만, 자기 전통을 뚜렷하게 지켰다. 영국의 식민지 상태에서 소설을 쓰기 시작했으나, 같은 처지에 있던 인도와는 달리 영국문학의 영향을 많이 받지 않았다. 영어는 모르면서 전통적인 교육을 받은 지식인들이 작가로 활동했다.[214] 말레이소설의 개척자 하디(Syed Sheikh al-Hadi)는 그런 작가여서, '히카야트'를 이어받아 새로운 소설을 쓰는 데 활용하면서 필요한 자극을 멀리 아랍세계에서 받아들였다.

지금의 인도네시아를 이루고 있는 여러 섬 가운데 인구가 가장 많고 역사가 오랜 곳은 자바이다. 중세전기까지는 자바에서 받아들인 산스크리트문명권의 힌두교와 불교가 그 일대의 가장 선진사상이었다. 그러다가 중세후기에 이르면 아랍어문명권의 이슬람교가 말레이어 사용지역에 먼저 정착한 다음 인도네시아 열도 전역에 깊은 영향을 끼쳤다. 자바에서는 자기 언어와 문화의 전통을 간직한 채 이슬람문명권을 받아들였다.

자바어소설은 말레이어소설과는 별개이다.[215] 문학의 유산이 한층 풍부한 덕분에 중세에서 근대로의 이행기의 갈래로 등장한 첫 출발에서는 자바어소설이 말레이어소설보다 앞섰다가, 근대소설이 이룩되는 시기에 역전되었다. 인도네시아 민족운동주의자들이 나라 전체의 공용어를 말레이어로 결정하고 자바어는 지방어로 격하시킨 탓에, 자바어소설은 계속 창작되기는 했어도 근대민족문학으로서 적극적인 의의를 가지기 어려웠다.

자바어소설을 처음 쓴 사람은 파드마수사트라(Padmasusatra)이고, 첫 작품은 〈투바 포위〉(*Rangsang Tuban*, 1913)라고 한다. 이 작가는 '프리야이'(priyayi)라고 일컬어지는 귀족 가문에서 태어나 전통적인 교육을 받은 사람이다. 작품은 등장인물의 개성을 뚜렷이 하고, 유능한 여성의 활약을 크게 다룬 점에서는 유럽소설과 상통해 소설로 인정되지만, 역사에서 소재를 택해 이 세상만사는 신의 뜻대로 움직인다고 하는 생각을 나타냈으며, 시를 길게 삽입하기도 한 점에서 고전문학의 오랜

---

214) Mohd. Taib Osman, *Modern Malay Literature* (Kuala Lumpur : Dewan Bahasa Dan Pustaka, 1964), 10~11

215) George Quinn, *The Novel in Javanese* (Leiden : KITLV, 1992)

관습을 이었다.[216)

작품에서 사용한 언어는 귀족이 사용하는 '크라마'(Krama)라고 하는 고전자바어이다. 신교육을 받은 작가라도 귀족이면 그런 소설을 써서 귀족독자가 읽도록 했다. 그것과는 달리, '느고토'(Ngoto)라고 하는 대중용 하급구어를 그대로 사용하는 소설도 있었다. 그런 것들은 재래의 설화나 연극에서 가져온 소재를 하층민중에게 환영받는 형태로 개작해 내놓았다. 자바에서는 그 두 가지 언어를 사용하는 서로 다른 소설이 계속 창작되고, 언문일치를 실현한 언어통일이 이루어지지 않았다. 그 점에서 중세에서 근대로의 이행기에 머무르고 근대로 넘어오지 못했다고 할 수 있다.

인도에서 소설을 나타내는 말은 다음 세 가지로 나뉘어 있다.[217)

(가) 우르두어에서는 '노블'을 그대로 받아들여 소설을 '나발'(naval)이라고 했다. 구자라트어에서는 그 말을 '나발-카타'(naval-katha)라고 고쳐 일컬었다. '나발'이라고 하면 무슨 뜻인지 알기 어려우므로, '이야기'를 뜻하는 '카타'를 덧붙였다.

(나) 독자적인 용어를 사용하는 것이 바람직하다고 판단해서 벵골어에서 창안한 '우파니야'(upanya)라는 용어를 다른 여러 언어에서도 소설을 뜻하는 것으로 널리 사용하고 있다. '우파니야'는 "잘 다듬거나 적절한 순서로 배열된 언술"을 뜻하는 산스크리트 단어이며 긴 이야기를 지칭하지는 않던 것이다. 텔레구어에서는 그 말을 지금도 '변론'이라는 뜻으로 사용한다.

(다) 마라티어와 카난다어에서는 소설을 '카담바리'(kadambari)'라고 한다. 그 말은 7세기에 바나(Bana)라는 사람이 지은 복잡한 구성을 갖춘 장편우화 〈카담바리〉(*Kadambari*)라는 작품명을 보통명사로 사용한 것이다. 유럽에서 들어온 소설이라는 것이 〈카담바리〉와 다를 바 없다

---

216) 같은 책, 17
217) Meenakshi Mukherkjee, *Realism and Reality, the Novel and Society in India* (Delhi : Oxford University Press, 1985), 11~13

하고, 최초의 장편소설을 인도에서 마련했다고 자부하면서 그런 용어를 사용한다.[218]

소설을 뜻하는 재래의 용어가 없어서 새로 만들어야 할 때 택해야 하는 방법은 위에서 든 (가)·(나)·(다) 가운데 어느 하나이다. 그 가운데 (가)가 가장 손쉽지만 떳떳하지 못하다고 생각될 수 있다. (다)는 애써 찾아내도 통용되기 어려운 용어이다. 그래서 (나)를 택하는 것이 흔히 보이는 적절한 대책이다.

인도에서 소설을 '카담바리'라고 하는 경우에도, 거기서 소설 형식의 독자적인 원천을 찾지는 않았다. 이야기 속에 이야기가 이중삼중으로 들어 있는 〈카담바리〉의 전개방식을 소설에서 다시 살리려고 하지도 않았다. 현실에서 환상으로, 환상에서 또 다른 환상으로 넘나드는 것이 소설에서 할 일은 아니기 때문이다. 무굴제국 시대에 페르시아어를 공용어로 쓰면서 대거 받아들인 '다스탄'이 널리 읽혔지만 소설로 인정되지 않았다.[219]

인기가 있던 '다스탄'의 좋은 본보기를 하나 들면 〈아미르 함자흐 이야기〉(*Dastan-e amir Hamzah*)가 있다.[220] 작품 표제에 이름이 나타나 있는 주인공이 태어나자마자 어머니를 잃은 처지가 같은 두 동지와 함께 사라고 고락을 같이 하면서, 이슬람의 적들과 싸우고, 사랑을 성취하는 모험을 거듭하는 파란만장한 생애를 보내다가 비극적으로 죽은 뒤에 예언자의 부름을 받아 천국으로 갔다는 내용이다. 페르시아에서 가져온 이야기를 18세기 무렵에 인도에서 우르두어로 옮겨 거듭 개작하고, 1860년대부터는 인쇄본으로 출판되어 유통되었다.

---

218) V. M. Inamdar, "First Great Indian Novel : Bana's *Kadambari*", C. D. Narasimhaiah and C. N. Srinath ed., *The Rise of the Indian Novel* (Mysore : A Dhvanyaloka, 1986), 19~20

219) Frances W. Pritchett, *Marvelous Encounter, Folk Romance in Urdu and Hindi* (Riverdale, Maryland : Riverdale, 1985)

220) Frances W. Pritchett tr., *The Romance Tradition in Urdu, Adventures from the Dastan of Amir Hamzah* (New York : Columbia University Press, 1991)

364

다시 써서 출판한 '다스탄' 가운데 대단한 인기를 얻어 많이 팔린 것들이 적지 않다. 카타리(Devakinanadan Khatri)가 힌디어로 쓴 〈찬드라칸타〉(*Chandrakanta*, 1891)는 6천 면이나 되는 분량이며, 한 세기가 넘도록 베스트셀러의 위치를 차지했다. 그러나 왕자와 공주의 사랑을 환상적인 배경에서 전개하는 통속적인 이야기책이라는 이유에서 평가되지 않는다. '노블' 이전의 '로맨스'여서 인도소설의 성립을 입증해주는 의의가 없다고 한다.[221] 그런 작품이 계속 나왔지만 소설사를 논하는 데서 제외하는 것이 관례이다.

인도에서는 소설이 영국에서 받아들인 이식문학이라고 한다. 영국인이 기독교를 전파하고 식민지를 통치하는 데 쓰기 위해 인도의 구어를 적은 산문을 처음 마련해서 소설이 이루어질 수 있었다고 한다.[222] 영어로 교육을 받은 인도인 작가들이 영국소설에서 얻은 견문을 자기 언어로 재현하고자 해서 인도소설이 생겨났다고 한다. 그러나 유럽소설과 밀착되어 있는 작품이라도 자기 길로 나아갔다. 인도의 현실과 인도인의 의식이 개입해서 유럽소설과는 다른 인도소설을 만들어내고, 인도문학의 오랜 전통을 이것저것 불러냈다.

소설의 개척자라고 인정되는 반킴찬드라 샤테르지(Bankimchandra Chatterji)는 영국인이 세운 칼카타대학에서 공부하고 처음에는 영어로 습작을 하다가 자기 언어인 벵골어로 본격적인 창작을 하기 시작했다.[223] 과거에 있었던 사건을 '다스탄'과 상통하는 방식으로 이야기하는 〈나으리의 딸〉(*Durgesh Nandin*, 1865) 같은 역사물을 많이 쓰면서 일상생활의 모습을 진지하게 다룬 점이 새롭다고 평가되었다. 영국소설의

---

221) T. W. Clark, "Introduction", *The Novel in India, its Birth and Development* (Berkeley : University of California Press, 1970), 155~157 ; Meenakshi Mukherkjee, 위의 책, 63~67. 작가 이름 표기와 작품 창작 연대에서 불일치가 있는데, 뒤의 것을 따랐다.

222) T. W. Clark, 위의 책, 9~10

223) Humayun Kabir, *The Bengali Novel* (Calcutta : Firma K. L. Mukhopadhyay, 1968), 2~28

영향을 적극 받아들여 거기서 한 걸음 더 나아가려고 했다.

그런 작품의 좋은 예인 〈인디라〉(*Indira*, 1873)에서는 타락한 여성의 생애를 '고백록-소설'의 전례에 따라 일인칭으로 서술했다.[224] 그런데 인도에서는 부모가 자식들을 사춘기에 이르기 전에 혼인을 시키므로 남녀관계가 개방되어 있는 유럽과 같은 상황에서 벌어지는 사건을 설정할 수는 없어, 적절한 변형이 필요했다. 어린 나이에 부모가 시키는 대로 시집가던 신부가 도적에게 유린되어 하층여자로 전락해 여러 집에서 가정부 노릇을 하다가, 자기가 누군지 감추고 남편감이었던 남자를 유혹하는 사건을 주인공 스스로 술회하는 방식으로 전개했다.

주인공이 겪은 불운을 처절하게 그리면서 타락이나 죄악을 파헤친 것은 아니다. 가벼운 느낌을 주는 희극적인 전개를 하면서 주인공이 슬기로운 처신을 하는 기지에 관심을 가지게 했다. 표면상으로는 불행이 지속되지만 내면에서는 행복을 되찾았다. 낙관적인 관점에 선 이상주의 문학을 선호하는 인도의 전통이 그런 방식으로 이어졌다. 가까이는 '다스탄'과 맞닿아 있고, 멀리까지 살피면 갖가지 서사문학의 오랜 흐름을 이었다고 할 수 있다.

타밀어로 쓴 최초의 소설이라고 하는 필라이(Vedanayakam Pillai)의 〈피라타파 무타리야르의 생애〉(*Piratapa Mutaliyar carilliram*, 1879) 또한 주인공이 자기 생애에 관해 술회한 일인칭소설이어서 '고백록-소설'을 따랐다고 할 수 있다. 그러나 고백하고 참회해야 할 사연이 있는 것은 아니었다. 주인공이나 그 주위 인물은 바람직한 삶을 살면서 훌륭한 덕성을 갖추었다. 영국에게 지배당하는 시대에 살고 있어도 올바른 가치관을 지켜야 한다는 것을 보여주고자 한 교훈적인 소설이다.[225]

스리랑카 또한 인도처럼 소설이라고 할 것은 없었어도 서사문학의 유산이 풍부한 곳이었다. 그래서 유럽문학의 자극을 받고 소설을 이룩

---

224) Meenakshi Mukherkjee, 위의 책, 68~77
225) T. W. Clark, 위의 책, 184~189

하면서도 전통 지향의 성향을 두드러지게 보여주었다. 소설을 지칭하는 말은 '나바카타'(knavakatha)이다. '나바'는 "새로운"이고, '카타'는 "이야기"이다. 유럽소설을 받아들이면서 "새로운 이야기"를 뜻하는 자기네 말 싱할리어 조어를 만들어서 사용했다.[226] 소설의 창시자로 인정되는 피야다사 시리세나(Piyadasa Sirisena)는 사랑과 모험을 다루는 재래의 서사문학을 이어받으면 타락의 길에 들어선 유럽소설보다 훨씬 훌륭한 작품이 된다고 했다.

타이의 경우에는 서사시는 내력이 오래 되었어도, 궁중에서 재창작하는 영웅서사시를 일방적으로 존중하고, 민간전승에서 범인서사시가 자라난 변화에는 관심을 가지지 않았다.(동아, 379~390) 서사시에 율문소설이 있다고 생각하지 않았다. 1865년에 중국의 〈三國志演義〉를 번역하면서 소설이라는 것을 처음 경험했다고 한다. 유럽의 모형에 따라 쓰기 시작한 소설을 새로운 용어로 지칭해야 해서, 처음에는 '노블'이라는 말을 그대로 쓰다가 그 말을 번역해 '나바-니야이'(nava-niyai)라고 한 것이 일반화했다. '나바'는 "새롭다"는 뜻을 가진 팔리어 및 산스크리트어이다. '니야이'는 "이야기"를 뜻하는 타이어이다.[227]

타이는 식민지가 되지 않은 상태에서 새로운 문학의 개척자들이 유럽에 유학해 유럽문학의 영향을 직접 받아들였으므로, 새로운 문학을 이룩하는 모범 사례를 보여주었을 듯하지만 그렇지 않다. 타이소설은 이웃 나라들보다 늦게 시작되고, 유럽소설에 더 많이 의존했다. 보수적인 왕정이 지속되어 아래로부터의 변혁이 억압되었다. 또한 유럽을 투쟁의 대상으로 삼지 않고 칭송하기만 하면서 모범으로 삼아 배우고 따

---

226) Ediriwira R. Sarachachandra, "Tradition Overturned : a Modern Literature in Sri Lanka", Guy Amirthanayagam ed., *Asian and Western Writers in Dialogue, New Cultural Identities* (London : Macmillan, 1982)

227) Anatole-Roger Peltier, "Le roman contemporin thaïlands", P.-B. Lafont et D. Lombard ed., *Littératures contemporines de l'Asie de sud-est* (Paris : à l'Asiatéque, 1974), 73 ; Wibha Senanan, *The Genesis of the Novel in Thailand* (Banbkok : Thai Watana Panich, 1975), 1

라야 한다는 사고가 지배적이어서, 비판과 항거의 의식을 가진 소설이 나타나기 어려웠다.

왕족들이 대거 유럽에 유학하고 돌아와 타이를 유럽화하겠다고 하면서 모방의 풍조를 부추겼다. 그래서 유럽소설을 번안하고, 작중인물을 유럽인으로 해서 유럽소설처럼 보이는 작품이 나오는 시기가 한참 계속되었다. 타이인을 등장시켜 현실을 문제삼은 본격적인 소설은 한참 뒤에 출현했다.

세계의 모든 소설이 지금까지 고찰한 형태 가운데 어느 하나로 시작된 것은 아니다. 그럴 수 있는 조건을 갖추지 못한 곳이 많다. '전'·'고백록'·'마카마'처럼 격조 높은 교술산문이 어디서나 있었던 것은 아니다. '다스탄'·'데스탄'·'히카야트' 같은 서사시 기록물이 있는 곳도 한정되었다. 그런 유산이 없는 곳에서는 소설을 설화에서 바로 가져오고 다른 절차를 거치지 않았다. 아프리카에서 그 좋은 본보기를 볼 수 있다.

아프리카소설은 유럽소설의 직접적인 이식인 것처럼 보인다. 아프리카의 언어를 사용한 소설은 유럽인 선교사가 기독교 선교를 위해 필요한 책을 아프리카의 언어로 옮겨 내놓은 데 자극을 받아 생겨났다. 유럽의 언어를 사용한 소설은 유럽소설과 직접적으로 연결되어 있다. 그러나 작품의 실상에서는 아프리카소설은 유럽소설이 아니며, 그 모방작도 아니다. 설화의 유산을 적극적으로 계승하고 새롭게 창작해 서사적 전개의 수법을 마련하고 식민지의 현실 타개에 필요한 주체적인 역사의식을 갖추었다.

그 선두에 선 작품 모폴로(Thpmas Mofolo)의 〈샤카〉(Chaka)는 남아프리카 토착어의 하나인 저자 자신의 언어 소토어(Sotho)로 1908년에 창작되고 1925년에 출판되었으며, 1931년에 영어로 번역되어 널리 알려지고 높이 평가되었다. 소토어로 글을 쓰는 방식은 기독교 성경 번역본에서 받아들여 문체상의 유사점이 있다고 지적되지만, 다룬 내용은 영국의 침략에 맞서 싸워 치명적인 타격을 준 영웅의 생애이다. 비정상적 출생, 어떤 적대자도 물리치는 놀라운 용맹, 침략자를 물리치고자 하는 투철한 정신, 그리고 비극적 죽음이 그 내용뿐만 아니라 표현에서도, 영웅전설의 특징을 갖추고 서사시처럼 전개되어, 소설이라고 할 수 있는가 하는 문제를 두고 논란이 계속된다.

나이지리아 이그보어(Igbo) 소설 응와나(Pita Nwana)의 〈오메누코〉(*Omenuko*, 1933)가 나온 것도 선교사들이 현지어 글쓰기를 개척한 데 힘입은 결과이다. 그렇지만 실제인물인 영웅의 일생을 설화의 전개 방식을 이용해 서술한 작품인 점이 위에서 든 것과 같다. 이 작품이 여러 세대에 걸쳐 이그보어 글읽기 공부를 하는 교재로 사용되고 있다.

이그보어로 쓰는 소설을 본격적으로 발전시킨 에크웬스키(Cyprian Ekwenski)는 〈사랑을 속삭일 무렵〉(1948)에서, 결혼에 실패한 여인이 외국인 상인에게 납치되어 팔려갈 뻔하다가, 시골로 돌아가 행복을 찾았다고 했다. 나중에는 자기 언어 대신에 영어로 소설을 썼다. 수법을 제대로 갖춘 본격적인 소설을 써서 자기 고장 밖에서도 많은 독자를 얻고자 했다. 그러면서도 자기 전통을 살리는 데 힘써, 영국인의 영어소설과는 상당한 거리가 있는 작품을 내놓았다.

영어로 쓴 첫 작품 〈도시 사람들〉(*People of the City*, 1945)은 대도시로 진출해 행운을 얻으려는 젊은이가 향락에 탐닉해 파멸되는 모습을 그린 내용인데, 구비문학의 전통을 적극적으로 계승하면서 영어의 고급문학을 받아들이는 이중의 과업을 수행했다는 평가를 얻었다. 아프리카의 작가가 식민지 통치자의 언어를 사용해서 소설을 쓰더라도 주체성을 드높이고, 항거의 의지를 나타낼 수 있다는 것을 보여준 모형으로 인정되었다. 그 모형을 따르면서 영어권이나 불어권의 여러 작가들이 세계적으로 널리 인정되고 높이 평가되는 아프리카 특유의 소설을 내놓았다.

문자생활을 스스로 시작하지 못한 아프리카에는 소설의 원천으로 삼을 수 있는 동아시아의 '전'이나 아랍의 '마카마', 터키의 '다스탄', 말레이의 '히카야트' 같은 기록문학이 없어, 유럽소설에 맞서는 발판을 마련하지 못했다. 그 대신에 설화는 풍부하다. 설화는 세계 어느 곳에서도 소설의 원천 노릇을 해서 새삼스러운 것이 아니라고 하겠지만, 아프리카의 설화는 특별한 의의가 있다.

아프리카에서는 설화가 서사문학의 고전으로 절대적인 위치를 차지하고 오늘날까지 풍부하게 구전되고 재창조되고 있으며, 세계관 표현의 방법이기도 해서 독자적인 철학을 재인식할 수 있게 한다. 설화 가운데 신화는 자아와 세계의 분열을 극복하는 지침 노릇을 하며, 아프리카가 희망을 가지게 한다. 소설의 위기는 유럽 '고백록'-소설의 위기이다. 그것에 대한 가장 확실한 대안을 아프리카의 '설화-소설'에서 제시한다.

5. 근대문학

5. 1. 전반적 문제점

근대문학은 기본성격이 어디서나 같으면서 이루어진 시기나 과정은 서로 다르다. 기본성격에 관심을 두면 대등한 관점에서 세계 근대문학 일반론을 전개할 수 있고, 이루어진 시기나 과정에 대한 구체적인 논의는 개별문학사의 특수성을 차등의 관점에서 파악하면서 진행하지 않을 수 없는 것 같다. 그 두 가지 상반된 작업이 동시에 가능하고 필요하다는 것은 납득하기 어려운 역설로 보인다. 그러나 차등의 이면이 대등이어서 그 역설은 진실을 향해 열려 있는 통로이다.

근대문학을 앞 시기 중세에서 근대로의 이행기문학과 견주어보면 다음과 같은 점이 달라졌다고 일반화해서 말할 수 있다.

(가) 문학담당층에서는 중세에서 근대로의 이행기의 귀족·시민·민중의 생극관계를 깨고, 귀족과 시민의 경쟁에서 귀족이 패배하고 시민이 승리해 지배적인 위치를 차지하면서 시민과 민중 사이의 싸움이 심각한 양상을 띠고 전개된 시기의 문학이 근대문학이다.

(나) 유통방식에서는, 중세에서 근대로의 이행기까지 광범위하게 이용하던 구전, 필사본, 비영리적 출판물 등으로 문학작품을 유통하던 방식을 거의 다 버리고, 영리적 출판물에 의한 유통만 적극적으로 발전시

킨 문학이 근대문학이다.

(다) 사고형태에서는, 중세에서 근대로의 이행기에는 문명권 전체의 보편주의와 공존하고 있던 민족주의를 새 시대의 이념으로 삼아, 민족의 주체성을 근거로 한 민족국가의 독립을 이룩하고 민족의 구성원은 누구나 자아의식을 가지고 평등한 삶을 누려야 한다고 하면서, 현실에 대한 구체적인 이해를 소중하게 여긴 문학이 근대문학이다.

(라) 언어사용에서는, 중세에서 근대로의 이행기까지 이어지던 공동문어문학과 민족어문학의 공존을 청산하고, 민족어를 공용어 또는 국어로 삼아 민족어문학을 민족문학으로 발전시킨 문학이 근대문학이다.

(마) 문학갈래에서는, 중세에서 근대로의 이행기까지 큰 세력을 가졌던 교술문학을 현저하게 몰락시켜, 교술시는 버리고 시는 오로지 서정시라고 하고 교술산문은 문학의 범위 밖으로 밀어내거나 세력을 크게 약화시키고, 소설이 산문을 지배하게 된 시대의 문학이 근대문학이다.

이 다섯 가지 특징은 서로 맞물려 연쇄적으로 나타났다. (가)의 사회변화가 일어나서 새 시대의 주인으로 등장한 시민이 (나)에서 말한 영리적 출판을 발전시키고, (다)의 사고방식을 구현하고, 민족어문학이 독점적인 의의를 가지게 하는 (라)의 전환을 마련하고, (마)의 문학갈래를 선택했다. 중세보편주의를 공동문어문학으로 나타내는 데 커다란 구실을 한 교술문학은 물러나고, 자아의식을 발현하게 하는 서정시, 현실을 구체적으로 다루어 평등한 삶을 누리고 있는지를 문제삼는 소설이 주도적인 위치를 차지하게 되었다.

그러나 (가)와 (나)의 변화가 선행해 근대사회가 이루어진 결과 (다)의 전환이 실현되고, (라)와 (마)를 특징으로 한 근대문학이 나타났다고 일반화해서 말할 수 있는 것은 아니다. (가)에서 (마)까지의 연쇄적 작용은 그 반대의 방향에서 추진될 수도 있었다. 사회는 변하지 않고 있을 때 의식의 각성이 선행해서 문학 자체를 혁신하는 (마)의 작업을 먼저 추진하고 (라)의 언어민족주의를 구현하고, (나)와 (가)로 나아갈 것을 촉구하기도 했다. 사회의 근대화가 선행했는지 아니면 의식의 근대화가 문학을 통해 구현되는 변화가 먼저 일어났는지는 경우에 따라 달랐다. 그 양상을 다음과 같이 구분할 수 있다.

(1) 유럽문명권의 중심부 서유럽에서는, 사회의 근대화가 선행했다. 영국과 독일 사이의 프랑스를 기준으로 삼아 말한다면 19세기 중엽 1848년에 시민혁명을 겪고, 산 업혁명이 본격화된 시기에 근대사회로 들어서고 근대문학이 이루어졌다.

(2) 유럽의 주변부에서는, 사회의 근대화가 지연되고 있을 때 문학에서 근대화를 먼저 일으키면서 각성과 변혁을 촉구했다. 북구·동구·남구의 여러 나라가 이에 해당한다. 그 좋은 본보기라고 할 수 있는 동구의 러시아는 19세기말에 근대문학이 일어났으나 1917년 이후에 근대사회에 들어섰다.

(3) 유럽인이 다른 대륙으로 이주해서 세우거나 지배한 나라에서는, 유럽문학의 분신인 근대문학을 유럽보다 뒤떨어지지 않은 시기에 이룩하다가 19세기말 이후에는 독자적인 노선을 찾았으며, 20세기에는 원주민이나 피지배이주민의 문학이 일어나 상황이 복잡해졌다. 미국, 캐나다, 오스트레일리아, 뉴질랜드, 남아프리카, 라틴아메리카 등지가 그런 곳이다. 피지배이주민이란 흑인노예의 후손을 말한다. 백인이주민의 문학에 대해 반론을 일으키는 데 다른 곳에서는 원주민문학이, 미국에서는 흑인문학이 앞장섰다.

(4) 유럽문명권의 간섭과 자극을 받고 주권은 상실하지 않은 채 근대화의 길에 들어선 터키, 페르시아, 일본, 타이, 에티오피아 등의 후발주자는 사회의 근대화를 추진하면서 문학의 근대화도 이룩하고자 했다. 19세기말부터 유럽의 전례에 따라 근대화를 추진하면서 근대문학도 받아들여 자기 것으로 만들었으며, 그 성과가 20세기초에 나타나기 시작했다.

(5) 주권을 잃고 반식민지 또는 식민시가 된 곳에서는 문학의 근대화를 먼저 추진했다. 중세에서 근대로의 이행기의 성장을 이룩하고 있다가 유럽문명권의 침략을 받은 이집트, 중국, 인도, 한국, 월남, 인도네시

아 등지에서는 근대 의식 각성이 바로 일어나 1919년 전후의 20세기초에 민족해방투쟁 노선의 근대문학을 이룩하고, 사회의 근대화는 혁명이나 독립을 이룩한 20세기 중반 이후로 미루어야 했다.

(6) 중세에서 근대로의 이행기의 전환을 이룩하지 못하고 있을 때 식민지가 된 곳의 대표적인 예인 아프리카에서도 문학의 근대화를 먼저 추진했으나 그 시기가 더 늦었다. 민족해방 투쟁 노선의 근대문학이 20세기 후반을 일으키면서 민족어로 문학을 하는 (라)의 요건은 충족시키지 못하고, 시차를 많이 두지 않고 독립을 이룩해서 사회의 근대화를 추진했으나 그 성과가 부진하다.

근대문학은 민족어를 사용한 문학이어서 각기 고찰해야 한다. 중세에서 근대로의 이행기문학까지에서는 공동문어문학을 말하면서 여러 민족의 창조물을 포괄해서 말할 수 있었으나, 근대문학은 그럴 수 없다. 되도록이면 많은 민족의 문학을 고찰해 빠진 것이 없도록 노력해야 한다. 또한 근대에 와서는 중세의 문명권이 해체되고, 위에서 든 (1)에서 (6)까지의 격차가 생겼으므로, 각 민족의 문학을 서로 관련지워 고찰하는 방식도 달라져야 한다. 중세에 어느 문명권 소속이었는지 가리지 않고, (1)에서 (6)까지를 차례대로 다루면서 해당되는 민족의 문학을 함께 고찰해야 한다.

(1)에서 (6)까지의 변화는 앞서고 뒤떨어진 차등이 분명해 대등한 관점에서 파악할 수 없을 것 같다. 그러나 사회의 근대화 등급이 문학의 근대화에도 그대로 나타난 것은 아니다. 사회의 근대화보다 문학의 근대화가 먼저 일어나 사회 변화를 촉구한 쪽의 문학은 그 반대쪽의 문학보다 뛰어나 선진이 후진이고 후진이 선진임을 입증했다.

근대사회에 들어서는 변화가 선행한 쪽의 문학은 사회변화와 함께 나아가지 못했다. 새 시대의 주역인 시민의 사고방식에 영합하지 못하고, 영리적 출판물들끼리의 경쟁에서 패배해 소외되고 배척되는 작가들이 그런 처지에 대한 반발 때문에 자기 내면에 침잠해 대화 거부의 자폐증에 빠졌다. 그러나 변혁의 기수 노릇을 해야 하는 문학은 긴장된 구조를 갖추고 열띤 토론을 전개하면서, 역사를 길게 살피는 통찰력을 갖추어, 문학의 사회적인 의의를 적극 발현했다.

(1)과 (2) 사이에서 보인 그런 차이가 (3)과 (4) 사이에도 나타났으며, (1)에서 (4)까지와 (5)와 (6) 사이에서도 확인된다. 사회의 근대화 정도에는 (1)에서 (6)까지의 등급이 있는 것처럼, 문학에서 이룩한 가치에는 (6)에서 (1)까지의 등급이 있다. 선진이 후진이고 후진이 선진인 이치가 그렇게 나타나 차등의 관점을 버리고 대등의 관점을 마련할 수 있게 한다.

문학의 양상을 앞 시대 문학의 전통과 관련시켜 살피면 (1) 쪽에서는 연속이 두드러진다고 할 수 있다. 근대문학을 스스로 일으키면서 민족어 사용을 계속 다듬어온 성과를 자랑스럽게 구현했다. (6) 쪽은 그 반대여서 식민지 통치자가 보인 전례를 받아들이고 식민지 통치자의 언어를 사용해서 근대문학을 시작하느라고 독자적인 전통에서 크게 이탈했다고 할 수 있다.

그것은 나타난 결과에 대한 외형적 인식이다. 문학 자체만 살피지 말고 주변 상황까지 고려하면 그 반대의 지적이 가능하다. (1)의 경우에는 근대문학을 스스로 일으키면서 중세에서 근대로의 이행기문학까지 이룩한 창조물을 철저하게 검토해, 근대문학에는 소용없게 된 것은 버리고 계속 유용한 것은 근대문학에다 용해시켜 따로 드러나지 않게 간직했다. 그것이 발전의 모습이다. 근대가 역사의 도달점이고, 근대문학이 문학의 최종형태라고 한다면 그 발전은 찬양받아 마땅하다.

그러나 근대 극복의 다음 시대로 나아가면서 새로운 시대의 문학을 일으키는 혁신이 필요하다고 판단되는 지금의 상황에서는, 중세에서 근대로의 이행기까지의 창조물을 모두 버린 것은 잘못되었다고 할 수 있다. 근대문학을 넘어서는 데 필요한 발판을 없앤 탓에 변혁을 다시 하기 어렵다. 포스트모더니즘 같은 것들을 내세워 근대를 해체하기만 하고 극복하지는 못하는 이유가 거기 있다. 지금도 줄곧 앞서 나간다는 착각에 사로잡혀 길을 잃고 헤매고 있다.

(6) 쪽에서는 사정이 아주 다르다. 식민지 통치자의 언어로 쓴 근대문학 작품이라도 그 내질을 살피면 식민지 시대 이전에 이룩한 문학 유산을 적극 활용해 독자적인 노선을 찾고자 한 노력이 나타나 있다. 구비문학의 전통을 창작의 지침으로 삼고, 신화를 활용해 당대 역사에 대한 폭넓은 성찰을 하고자 했다. 근대문학 작품에 수용되지 않고 남아 있는 유산은 훨씬 더 많다. 민요, 서사시, 설화 등의 구비문학이 풍부하게 전승되고 있어서, 새로운 창조를 위한 원천이 되고 있다. 근대 극복의 새로운 문학을 할 수 있는 발판이 다양하게 마련되어 있다.

(1)과 (6)의 차이는 그 중간에 들어 있는 것들의 앞뒤에도 나타나면서 그 양상은 각기 다르다. (2)인 19세기 러시아의 소설은 (1)의 경우와는 달리 서사시로 쓰고자 했으며 서사시 같은 규모를 지닌 것은 구비서사시의 유산이 손상되지 않고 남아 있었기 때문이다. (5)의 이집트·인도·중국의 작가들은 문명권 단위의 고전에서 이룩한 창조를 폭넓게 계승하기 위해서 (4)의 경우보다 더욱 힘쓰고 있다. (5)의 한국에는 민요, 탈춤, 판소리 등의 구비문학, 여러 형태의 국문문학, 그리고 수준 높은 한문학의 유산이 근대문학 때문에 폐기되지 않고 남아 있어 근대 극복의 다음 시대 문학을 창조하는 데 필요한 원천 노릇을 하는 점이 (4)의 일본과 크게 다르다.

근대문학에 대한 지나친 평가는 역사의 시기를 전근대와 근대로 양분하고, 전근대는 낙후한 시대, 근대는 발전된 시대라고 규정하는 데서 생겼다. 원시, 고대, 중세, 중세에서 근대로의 이행기를 모두 전근대라고 하면서 일방적으로 폄하하는 논법과 함께, 근대에 대한 비역사적인 이해 또한 반드시 시정해야 할 근대인의 편견이다. 근대는 역사의 한 시기이므로 그 나름대로의 특성이 있고 그 앞 시대뿐만 아니라 다음 시대와도 비교된다.

지금의 시대가 근대라고 하는 말은 적절하지 않다고 할 수 있다. 근대는 이미 과거가 되었으므로 지금의 시대는 '현대'라고 일컬어 마땅하다는 주장이 설득력을 가진다. 그러나 역사의 한 시대인 근대는 아직 지속되고 있다. 현대라는 말을 '당대'와 같은 뜻으로 써서 '지금의 시대'를 현대라고 하는 것은 받아들일 수 있는 제안이지만, '현대'는 "지금 겪고 있는 근대"임을 분명히 해야 한다. 근대가 해체기에 들어섰다고 해서 다음 시대가 시작된 것은 아니다.

근대의 해체가 바로 다음 시대는 아니다. 근대에 대한 대안이 새로운 건설로 구현되는 시대가 다음 시대이다. 이제부터는 해체뿐이라고 여기는 것은 허무주의의 발상이다. 근대를 만드는 데 앞선 대가로 다음 시대를 만드는 데는 적극적으로 나서지 못하는 쪽은 의식이 혼미해진 탓에 미래를 예견하지 못하는 것이 당연하다. 세계사 창조의 선두에 나서는 주체의 교체와 더불어 새로운 시대가 시작되어온 전례가 다음 시대를 마련할 때에도 재현되리라고 보는 것이 당연하다.

근대 다음 시대는 어떤 시기인가? 우리는 아직 근대에 살고 있기 때문에 다음 시대를 막연하게 예견할 수 있을 따름이고 정확하게 인식할 수는 없다. 다음 시대를 지칭하는 용어도 없다. 그러나 다음 시대를 예견하는 방법이 없는 것은 아니다. 두 가지 대책을 생각할 수 있다. 하나는 다음 시대는 근대의 결함을 시정한 시대라고 보고 근대의 결함을 지적하고 시정 방향을 말하는 것이다. 또 하나는 근대를 이룩할 때 중세를 비판하고 고대를 계승한 것과 같은 일이 다시 일어나, 다음 시내에는 근대를 비판하고 중세를 계승하게 될 것이라고 예견하는 것이다. 그 두 가지 작업이 하나로 합치되면 어느 정도 신빙성 있는 결과를 얻을 수 있다.

중세에서 근대 사이에 이행기가 있었듯이 근대와 다음 시대 사이에도 이행기가 있게 마련이다. 지금의 우리는 다음 시대에 들어서지 못했어도 다음 시대로의 이행기는 이미 경험하고 있다고 볼 수 있다. 지금 창조하고 있는 문학 가운데 그런 의의를 가진 것이 있다고 인정하고 찾아내 평가해야 한다. 문학창작뿐만 이니라 문학연구에도 그런 것이 있음을 알려야 한다.

내가 하는 연구가 근대학문과 많이 다른 것은 다음 시대로의 이행기

학문이기 때문이라고 자부한다. 다음 시대로의 이행기 학문을 하고 있다는 증거를 구체화하려면 다음 시대의 모습을 설득력 있게 그려낼 수 있어야 한다. 그것을 문학사 서술의 도달점으로 삼아야 한다. 그 논의는 맨 끝장에서 전개하고자 한다.

5. 2. 유럽 중심부의 근대문학

근대문학이 언제 어떻게 시작되었는지 고찰하는 작업은 근대사회의 형성, 영리적 유통방식의 확대, 공동문어문학의 청산 등의 여러 측면에서 시작할 수 있다. 유럽의 근대사회는 1848년 프랑스 2월혁명과 더불어 형성되었다고 보는 것이 마땅하다. 산업혁명에서는 앞선 영국과 시민혁명에서도 뒤떨어진 독일의 사정까지 함께 고려한 중간시점을 그 때로 잡을 수 있다. 영리적 출판이 확립되어 작가가 인세 수입으로 살아갈 수 있게 된 것도 같은 시기의 일이다. 라틴어문학의 창작은 20세기로 넘어와서까지 계속되었지만, 19세기중엽에 이미 평가할 만한 의의를 상실했다.

서유럽에서는 그런 사실이 소상하게 연구되어 있어 자세하게 서술할 수 있다. 그러나 시대 배경을 장황하게 논의하느라고 문학 자체를 버려두는 것은 좋은 방법이 아니다. 문학 자체의 변화를 문학갈래의 교체를 통해 이해하면서 다른 사항과의 관련을 필요한 대로 다시 거론하는 것이 마땅하다. 교술문학의 몰락과 소설의 성장으로 요약되는 두 가지 변화가 일어나 근대문학의 갈래가 형성된 과정을 살피기로 하자.

독일 철학자 헤겔(Georg Wilhelm Friedrich Hegel)이 1831년까지 살면서 강의한 내용을 정리해 1835년에 처음 출간된 〈미학강의〉(*Vorlesungen über die Ästhetik*)가 그렇게 하는 데 좋은 자료가 된다. 그 책은 문학에 대한 체계적인 이해를 확립하는 헌법 노릇을 하면서, 중세에서 근대로의 이행기문학이 근대문학으로 바뀌는 시기의 특수한 상황을 적절하게 처리하는 편법을 마련하는 이중의 구실을 했다. 편법에 해당하는 사항은 둘로 집약된다. 하나는 문학의 큰 갈래가 서사시·서정시·극시라고 하고 교술은 인정하지 않고서, '교술시'(Lehrgedicht)를 서사시의 하위영역으로 삼은 것이다. 또 하나는 서사시에 새로운 하위갈래로 "시민의 서사시"인 소설이 출현한 것을 인정한 것이다.

　서사시라고 한 것과 극시라고 한 것은 체계가 정연한 서술을 할 수 있었으나, 서사시 쪽에서는 이념과 현실이 어긋나고 있는 사정을 드러내야 했다. 큰 갈래의 체계에서 교술을 부정하는 것은 사변적인 이론의 소관이어서 쉽게 가능했지만, 작은 갈래 차원에서 오랜 내력을 가진 교술시가 계속 창작되고 있는 사실은 부인할 수 없어, 그것은 고유한 의미의 서사시와는 다른 또 한 부류의 서사시라고 하는 편법을 써야 했다. 중세에서 근대로의 이행기 동안에 이미 상당한 성장을 했으면서도 아직 출생신고가 되어 있지 않은 소설을 고유한 의미의 서사시가 낳은 사생아라고 한 것은 더 큰 억지이다.

　그런 견해는 계속 통용되지 않고 근대문학이 본격적으로 성장하면서 효력을 잃었다. 고유한 의미의 서사시라는 것을 밀어내고 소설이 주도권을 장악하면서 서사시라고 한 큰 갈래의 간판이 서사로 바뀌더니, 19세기 후반에 이르면 서사에 소설이 아닌 다른 것은 없어지고, 희곡도 산문화되는 변화를 겪었다. 서사시·서정시·극시의 삼분법 대신에 등장한 소설·서정시·희곡의 삼분법이 근대문학의 헌법 노릇을 하게 되었다. 서유럽에서 만든 민주공화국의 헌법을 세계 도처에서 베낄 때 근대문학의 헌법도 함께 가져가 문학개론을 집필하는 근간으로 삼았다.

　헤겔이 소설은 "시민의 서사시"라고 한 말에서, "서사시"를 "서사"로 바꾸어 이해하면 지속적인 의의를 가진다고 인정되는 것이 상례이다. 그러나 소설이 처음부터 시민문학이었던 것은 아니다. 근대소설이라도 시민문학이라고 단순하게 규정할 수는 없다. 문학담당층의 교체를 실상대로 이해하는 복잡한 논의를 전개하면서 소설의 변천을 해명하는 것이 마땅하다.

중세에서 근대로의 이행기에는 귀족·시민·민중이 경쟁하고 합작하면서 소설을 이룩했다. 그것을 '귀족-시민-민중소설'이라고 하자. 중세에서 근대로의 이행기 '귀족-시민-민중소설'이 세계 도처에서 이루어져 소설이 세계문학의 보편적인 갈래이게 한다. '귀족-시민-민중소설'의 창조자 가운데 한둘이 빠진 '귀족-시민소설', '귀족-민중소설', '시민-민중소설', '시민소설' 등은 변이나 변천의 결과로 나타났다.

중세에서 근대로의 이행기가 끝나고 근대에 들어서면서 소설이 달라졌다. 귀족·시민·민중 가운데 시민이 계급사회의 지배자로 등장하면서, 신분사회의 지배자 귀족이 퇴장한 것이 근대를 이룩한 사회사의 변화이다. 그런 변화를 받아들여 중세에서 근대로의 이행기소설이 근대소설로 바뀌었다. 근대소설에서는 귀족은 등장하더라도 비판의 대상일 따름이고 작품 창작의 경쟁적 합작 당사자의 위치는 상실했다.

귀족과의 합작을 그만둔 근대소설은 이제 누구의 소설인가 하는 문제를 두 가지 방향에서 서로 다르게 해결했다. 시민과 민중이 경쟁적 합작의 당사자가 되어 시민의 지배에 대한 민중의 항거를 다룬 소설도 있다. 그것이 '시민-민중소설'이다. 귀족을 밀어낸 시민이 민중의 참여는 배제하고 자기네의 삶만 일방적으로 그린 소설도 있다. 그것이 '시민소설'이다. 그 둘은 서로 다른 성향의 근대소설이다.

'시민-민중소설'은 상이한 집단들끼리의 경쟁적 합작품으로 이룩되어, 복잡한 구조와 다층적 의미를 지니는 소설의 특징이 새로운 긴장을 띠고 지속되었다. 귀족에 대한 시민의 공격보다 시민에 대한 민중의 공격이 더욱 거세게 전개되었으므로, 선수가 교체되면서 경기의 내용은 한층 단순해지고 그 양상은 더욱 치열해졌다. 문어체 수사법은 배제하고 언문일치를 이룩해, 문체의 차이를 매개로 하지 않고 현실 자체에 근거를 둔 토론을 직접 벌였다.

소설은 귀족·시민·민중뿐만 아니라 남성과 여성의 경쟁적 합작품으로 생겨나고 성장했다. '시민-민중소설'은 그런 전통을 잘 이어, 남녀관계도 사회적 갈등과 관련시켜 다루었다. 여성에 대한 남성의 우위가 시민의 경우와 민중의 경우에 각기 다르게 나타나 문제가 복잡해지는 양상을, 사회적 처지가 상이한 남녀가 서로 다른 시각에서 이해하면서 논쟁을 일으킨다. 그런데 '시민소설'에서는 같은 처지에 있는 시민의 남녀가 성생활의 만족을 두고 벌이는 다툼을 관심의 초점으로 삼아 문제를 단순화했다.

'시민소설'은 상이한 집단끼리의 경쟁적 합작품이라는 특성을 상실했다. 집단과 집단의 관계 대신 개인과 개인의 관계를 문제삼았다. 개인과 개인의 관계를 예사 시민과 예술가의 관계로 바꾸어놓았다. 복잡한 구조와 다층적 의미를 내면심리에서 갖춘다고 하면서 사회생활의 대립은 배제하다가, 자아와 세계의 대결을 해체하는 데 이르렀다. 그래서 소설의 위기를 초래했다.

'시민소설'이 '작가소설' 또는 '예술가소설'이 되고, 다시 '내면의식소설'이 되었다. '작가소설'은 시민의식을 상실한 시민의 소설이다. '내면의식소설'은 감당하기 어려운 혼돈에 휘말려 기본요건을 상실한 소설이다. 시민이 차지한 소설은 다른 집단과 함께 경쟁적 합작품을 이룩하려고 하지 않고 독점을 극단화하는 데로 치달아 그런 내부분열을 일으켰다.

귀족에게 승리한 시민은 타락의 길에 들어섰다. 승리가 지나치면 반드시 타락해 승리를 가능하게 하던 활력을 잃고 퇴폐 증상을 나타내게 마련이라는 것을 사실로 구체화해 보여주었다. 시민을 반동이라고 규탄하는 노동계급이 새로운 문화를 창조하겠다고 나섰으나 대세를 바꾸어놓지는 못했다. 그래서 선진이 후진이고 후진이 선진이 된다고 생극론은 일러주면서, 역사에 이미 등장한 그 비슷한 수많은 사례와의 비교연구가 필요하다고 한다.

유럽 내부에서 일어난 변화는 또한 유럽이 세계사에서 차지하는 위치를 달라지게 했다. 중세에서 근대로의 이행기소설을 이룩할 때는 동아시아가 앞서고 유럽이 그 뒤를 따랐다. 근대사회를 이룩하고 근대소설을 만드는 과업은 유럽이 선도해서 선진과 후진을 뒤바꾸어놓았다. 그래서 유럽문학이 세계문학이라고 뽐내게 된 것이 또한 문제의 상황이다. 번영의 절정에서 작가들은 소외를 겪으면서 자아분열의 질병을 앓았다. '내면의식소설'에까지 나아간 소설이 해체의 위기를 보여준 것이 그 때문이다.

유럽소설이 '귀족-시민소설'에서 '시민-민중소설'로 바뀌는 과정을 잘 보여준 작품은 19세기초에 나타났다. 그 본보기로 스탕달(Stendhal)의 〈적과 흑〉(*Le rouge et le noir*, 1830), 디킨스(Charles Dickens)의 〈올리버 트위스트〉(*Oliver Twist*, 1838), 프라이타크(Gustav Freytag)의 〈대변과 차변〉(*Soll und Haben*, 1855) 같은 것들을 들 수 있다. 이런 작품은 근대로의 이행기소설의 유산을 다 버리지 않았지만, 근대소설의 성격을 선명하게 나타내서 새로운 시대가 시작된 것을 알려준다.

세 작품 모두 고백록이나 서간체 형식을 버리고 삼인칭 서술을 확립했다. 삽화적 구성의 여행담 대신에 어느 공간에서 전개되는 다면적인 사회관계를 유기적인 구성을 통해 나타내면서, 작가의 개입을 줄이고 현실의 모습을 묘사하는 데 힘썼다. 시민의 대두로 나타난 시민과 귀족, 시민과 민중, 시민과 시민 사이의 갈등을 긴장된 작품구조를 갖추어 문제삼았다.

스탕달은 시민혁명의 완성을 앞두고 귀족의 지배체제가 마지막으로 유지되던 1830년의 사회상을 문제로 삼았다.(소설 1, 136~153) 하층민 출신의 야심에 찬 젊은이가 시민의 아내, 귀족의 딸을 연인으로 삼아 사회적 장벽을 넘어서 상승을 이룩하려다가 뜻을 이루지 못하고 처형된 사건을 다루었다. 냉철하고 절제된 문장으로 계급대립의 양상을 예리하게 그렸을 따름이고, 사회가 어떻게 달라져야 하는지는 말하지 않았다.

디킨스는 자본주의 발달과 더불어 정상적인 관계가 파괴되고 사람이 물건처럼 취급되는 사회를 문제삼는 작품을 썼다. 하층민이 어려서부터 희생자가 되는 데 대해서 특별히 관심을 가지고 〈올리버 트위스트〉에서 하층의 아이들을 감금해서 강제노역을 시키는 수용소의 비리를 고발했다. 그러면서 사람들이 다시 서로 이해하고 사랑하면 그런 잘못이 시정될 수 있다고 믿는 소박한 도덕주의자의 견해를 폈다.

프라이타크는 사기와 투기를 일삼아 사회를 혼란시키는 시민은 유태인으로 설정하고, 독일인 시민은 자기 분수를 지키면서 성실하게 일한다고 했다. 자신의 도움으로 곤경에서 벗어난 귀족의 딸을 사랑했지만 신분의 차이 때문에 결혼하지 못해도 불만을 나타내지 않고, 같은 처지에 있는 시민의 딸을 맞이해 행복한 가정을 이룬다고 했다. 귀족 앞에서 비굴해지는 것은 당연하다고 하고, 그런 점이 도덕적으로 훌륭해 독일민족이 자랑스럽다고 했다.

'시민-민중소설'의 전형적인 모습을 확립한 작품은 발자크(Honoré de Balzac)의 〈종매 벳트〉(*La cousine Bette*, 1846)를 본보기로 들어 살필 수 있다. 〈적과 흑〉에서 다룬 1830년보다 10년 뒤의 프랑스 사회를 그린 이 작품은 귀족이 몰락하고 시민이 승리하는 변화가 결정적인 단계에 이르렀음을 보여주었다. 그런데 승리한 시민은 원래의 출발점인 민중의 처지로 되돌아가게 되지 않을까 염려하고, 민중의 도전을 받아야 하는 위험성이 있어 불안하기만 했다. 남녀관계가 한층 복잡해진 것도 주목할 일이다. 한 여자와 여러 남자의 관계가 거리낌 없이 벌어져 삼각관계가 중첩되는 모습을 띠었다. 남녀관계가 상하관계와 함께 전개되어, 신분과 계급의 문제를 더욱 심각하게 나타냈다.

발자크는 자기가 체험한 그런 사회의 모습을 있는 그대로 그리는 데 그치지 않고, 그 이면을 투시하는 안목까지 가졌다. 모든 변화와 혼란에는 그 원인을 제공하는 것이 있음을 알아차렸다. 그것은 돈이다. 동시대의 다른 작가들은 아직 문학에 등장시키지 못한 돈의 지배를 간파하는 투시력을 지녔다. 농민의 처지에서 일어나 돈을 벌어 시민으로 성공한 인물이 다음과 같이 술회하는 말에 그 주제가 잘 요약되어 있다.(소설 2, 309)

무일푼이라는 것은 지금의 사회질서에서는 가장 큰 불행입니다. 나는 이 시대의 사람이라, 나는 돈을 존경합니다!

‘시민-민중소설’이 ‘시민소설’로 바뀐 양상을 보여주는 작품은 플로베르(Gustave Flaubert)의 〈보바리 부인〉(*Madame Bovary*, 1857)이다. 작가는 그 작품에서 집단의 전형이 아닌 개인으로 설정된 인물들이 보여주는 촌스럽고 어색한 거동, 분수 모르고 들뜬 감정 같은 것을 면밀한 계산을 한 냉철한 문체로 그렸다. 완벽한 표현을 추구해 소설이 고도의 예술품이 되게 하면서 현실과의 대결에서는 물러났다.

생소한 곳에 전학해 와서 어색한 거동을 보이는 아이의 모습을 그리는 데서 시작해서, 작중인물이 곤경을 겪는 처지에 동조하지 않고 상당한 거리를 두고 사건을 관찰하도록 독자를 유도했다. 그 인물의 아내가 남편 때문에 생긴 환멸을 간통으로 해결하려고 한 거동을 야유하는 심정으로 바라보도록 했다. 사회가 어떻게 변하고 있는지는 관심을 가지지 않고 삶이 무의미하다고 느끼도록 유도했다.

졸라(Émile Zola)는 발자크나 플로베르의 사실주의에서 한 걸음 더 나아간 자연주의 소설을 쓰겠다고 했다. 자연과학에서 진행하는 작업을 문학으로 가져와, 나쁜 환경이나 유전 같은 요인이 사람의 삶에서 어떤 작용을 하는지 관찰하고 진단하는 ‘실험소설’을 쓰겠다고 했다. 창녀를 주인공으로 한 〈나나〉(*Nana*, 1880), 광부들의 파업을 다룬 〈제르미날〉(*Germinal*, 1885)을 비롯한 많은 작품을 써서 각계각층 사람들의 삶을 보여주었다.

졸라가 창도한 자연주의는 국내외에서 많은 동조자를 얻어 일세를 풍미하는 사조가 되었다. 프랑스의 모파상(Guy de Maupassant), 독일의 하우푸트만(Gerhardt Hauptmann), 영국의 하디(Thomas Hardy) 등 여러 작가가 그 대열에 들어서 인생을 관찰하고 사회를 그리는 자기 나름대로의 길을 찾았다. 그러나 민중의 삶에 관심을 가지면서도 시민에 대한 민중의 도전이 어떤 의의를 가지는지 이해하려고 하지 않고 사회 변혁의 가능성에 대해서 비관적인 견해를 보였다.

그러다가 비관에다 회의를 보태 정상적인 삶에서 유리되는 구실을 삼는 쪽으로 관심이 바뀌었다. 자연주의가 보인 외향적 관심을 내면으로 돌려 의식의 분열에서 새로운 감각을 찾아내면서, 퇴폐적인 상징주의가 시에서 한 작업을 소설에서 하는 작가들이 나타났다. 프랑스의 위스망(Joris-Karl Huysmans)은 〈거꾸로〉(*À Rebours*, 1884)에서 전환의 양상을 보여주었다. 영국의 와일드(Oscar Wild)는 자의식 속에 밀폐되어 탐미주의를 추구했다. 독일의 무질(Robert Musil)은 납득할 수 없는 폭력 때문에 빚어지는 불안과 혼란을 다루었다.

플로베르에서 시작해서 졸라를 거쳐 무질에 이르기까지 여러 작가가 내놓은 작품은 상당한 차이점이 있지만, 인생과 사회에 관한 커다란 문제를 외면하고 내면의식에 침잠하면서 자아와 세계의 대결을 해체하는 쪽으로 나아간 것이 두드러진 공통점이다. 귀족과의 대결을 끝내고 소설을 낮추어보는 편견을 모두 불식하고 당당한 위치에 오른, 서유럽의 '시민소설'은 근대소설의 전범으로 평가되는 최고의 영광을 누리는 대가로 그런 내적인 파탄을 보였다.

그 결과 바로 파국에 이른 것은 아니다. 문제의식을 가진 사람들은 위기가 닥친 것을 알아차리고 해결책을 마련하고자 했다. 망각되어가는 거대담론을 되살려, 시민사회의 내부적인 침체와 방향 상실 때문에 빚어지는 유럽문명의 위기를 극복하고, 새로운 희망을 가지도록 하는 사명을 소설에서 수행하고자 하는 작가들이 20세기 초기에 거대한 규모의 새로운 교양소설을 내놓았다.

롤랑(Romain Rolland)의 〈장-크리스토프〉(*Jean-Christophe*, 1912)가 그 선두에 선 작품이다.(소설 3, 125~129) 의식의 분열, 예술의 소외, 계급의 대립, 민족의 갈등 같은 것들을 모두 극복하고 조화로운 삶을 이룩하려고 분투하는 과제를 위대한 음악가의 생애를 통해 제기한 것이 기본구상이다. 주인공으로 설정한 독일의 음악가는 어릴 적에 라인 강가에서 자라면서 강의 흐름을 음악의 원천으로 삼고, 세상 사람들의 이목을 현란하게 해서 평가받는 음악이 아닌 진정한 음악을 하려고 했다. 현실과 이상이 어긋나 거듭되는 충돌을 겪으면서 자기 마을에서 도시로, 음악을 통해 자기 나라에서 다른 나라로 나아가, 유럽이 하나되는 화합을 이룩하려는 이상을 실현했다.

그러나 제1차세계대전이 일어나자 그런 정도의 이상주의는 설 자리를 잃었다. 전쟁의 참화를 겪고 쓴 작품에서는 생각을 바꾸어야 했다. 헷세(Hermann Hesse)는 〈데미안〉(*Demian*, 1919)에서, 토마스 만(Thomas Mann)은 〈마의 산〉(*Zauberberg*, 1924)에서 비관적인 생각에 사로잡혀 있으면서도 좌절하지 않고 문명의 위기에 대해서 깊이 있는 진단을 하고 마땅한 해결책이 있는지 고심했다. 그러기 위해서는 일단 현실을 떠날 필요가 있어서 소설 구성의 통상적인 방법을 어겼다. 헤세는 이 세상 사람이 아닌 것 같은 이인을 등장시켜 예언자 노릇을 하게 하는 납득하기 어려운 수법을 사용했다. 토마스 만은 스위스에 위치한 결핵요양소를 유럽의 축도로 삼아 시간의 흐름을 정지시켜놓고 장황한 토론을 벌였다.

그러나 시대의 흐름을 거스르는 것은 어려운 일이었다. 그런 작품은 삶의 실상을 그 자체로 다루지 못하고 실현되지 못할 이상이나 관념에 들떠 있다고 하지 않을 수 없다. 세상을 바꾸어놓지 못했을 뿐만 아니라, 문학이 그릇되고 있는 위기상황도 바로잡지 못했다. 소설이 관념화되고 논설처럼 전개되는 대가를 치르고서도, 유럽문명의 위기를 구하는 데 기여하지 못했을 뿐만 아니라, 건강한 문학은 밀어내고 병든 문학이 등장하는 변화를 막지도 못했다.

근대소설이 사회변화의 동력을 외면하고 현실묘사에 안주하는 데서 한 걸음 더 나아가, 관심을 내면으로 돌려 심리묘사에 치중하는 것이 새로운 경향이었다. 그래서 개인과 개인의 관계를 예사 시민과 예술가의 관계로 바꾸어놓은 '작가소설'이 등장하고, 다시 자기 내면에서 일어나는 의식의 분열을 다룬 '내면의식소설'이 나타났다. 푸르스트(Marcel Proust)와 조이스(James Joyce)가 그런 변화를 끝까지 밀고 나가 소설의 완성자라는 평가와 소설의 파괴자라는 비판을 함께 받았다.

푸르스트는 살아가기 위해서 남들과 함께 일할 필요가 없었던 사람이라 아무도 만나지 않고 자기 내면에 침잠해 잃어버린 기억을 되살리는 데 몰두했다. 창작의 동기로 삼은 자폐증을 최대한 미화하는 작품을 독자는 의식하지 않고 자기 마음대로 길게 썼다. 의식의 저변에 축적되어 있는 기억을 되살리는 작업을 거대한 규모로 이룩해 〈잃어버린 시간을 찾아서〉(À la recherche du temps perdu, 1913~1927)라고 했다. 작품 말미에 자기가 한 작업에 대해 해설하면서, 자기 삶을 되돌아보고 그 의미를 해명하는 작업에다 온 생애를 바치는 작가는 행복하다고 했다. 예술은 자기만족일 따름이라고 했다. 작품이 다른 사람들에게는 이해되지 않아도 개의치 않았다.

더욱 별난 작품인 조이스의 〈율리시스〉(Ulysses, 1922)는 해득하기 어려운 언사를 늘어놓아 의식의 흐름을 추적한다면서, 유럽문학의 유산을 종횡으로 빈정대면서 휘젓고 다니는 별난 짓을 했다. 예민하면서 고통스러운 냉소를 띠고 극단적인 파괴의 충동에서 나왔다고 해야 할 해득할 수 없는 말을 일삼았다. 최대한 정밀하게 분석해도 무엇을 말하고자 하는지 알 수 없게 했다. 가장 미묘한 문체의 매체를 사용해 문화에 대한 적대행위를 드러냈다고 한 것이 적절한 지적이다.[228] 그것은 자아와 세계의 대결이 와해되고 의미가 통하지 않은 언어의 시체이다. 소설을 부정한 소설이고, 문학을 우롱하는 문학이다.

그 두 작품에서 찾을 수 있는 특징을 어느 정도 완화된 형태로 변형시켜 보여준 작가들이 한 시대의 풍조를 이루었다. 독일어를 사용한 체코의 유태인 작가 카프카(Franz Kafka)는 불가능한 상황이 벌어지는 우화적인 설정을 한 〈변신〉(Die Verwandellung, 1927) 같은 작품으로 소외감과 무력감을 나타냈다. 이탈리아의 단눈치오(D'Annunzio)는 사회와 연관을 잃어버린 고립된 인간의 본능적 감수성을 드러내는 데 몰두했다. 스페인의 셀라(Camio José Cela)는 비뚤어진 인간심리를 자학적으로 그려 전율을 자아내는 작품을 썼다.

---

228) Erich Auerbach, *Mimesis, Dargestellte Wirklichkeit in der abendländischen Literatur* (Bern : Francke, 1946), 512~513

프랑스에서 '신소설'(nouveau roman) 또는 '反소설'(anti-roman)이라는 것이 생겨나 소설의 위기를 더욱 가중시켰다. 자폐증 때문에 내면의식을 추적하는 작품이 보이던 진지함도 버리고, 모호하고, 질서가 없고, 일관성을 잃고, 현실이 환상과 혼동되는 세계를 만들어낸다.[229] 소설을 이루는 기본요소 인물·사건·주제가 모두 없어진 정체불명의 글이 새로운 소설이라고 하면서 소설의 종말을 선언했다.

서정시는 오랜 내력이 있지만 19세기초 낭만주의 시대에 가장 크게 부각되었다. 교술시나 서사시와 공존하던 서정시가 그 둘을 밀어내고 시를 온통 차지했다. 개성의 자각에 근거를 두고 정신적 자유를 구가하면서, 무한한 발전이 가능하다고 믿는 시민혁명기의 시대정신을 낭만주의시가 가장 잘 나타냈다. 소설가는 만만치 않은 사회문제를 다루면서 어려움을 겪고 있을 때 시인은 상상의 세계를 향해 마음껏 비약을 할 수 있었다.

진취적 낭만주의의 기수인 영국시인 바이런(George Gordon Byron)은 영웅의 투쟁을 칭송하는 시를 써서, 젊은이들이 자기 고장을 떠나 미지의 세계를 개척하는 모험을 하도록 고무했다. 〈대양〉(Ocean)이라는 시를 보자.[230] 인류 역사의 흥망성쇠를 넘어서서 영원히 약동하는 바다를 동경하는 마음을 격정적인 언사로 나타냈다. 그 첫 대목을 들어보면 다음과 같다.

굴러가거라, 너 깊고 검푸른 대양아 굴러라!
만 척의 함대가 네 위로 쓸어간대도 부질없으리.

동아시아에서는 산을, 인도에서는 숲을, 아랍세계에서는 사막을 노래

---

229) Pierre A. G. Astier, *La crise du roman français et le noveau réalisme* (Paris : Debresse, 1968), 307~308·
230) 조동일, 〈동서시인의 정신세계, 산과 바다〉, 《한국시가의 역사의식》(서울 : 문예출판사, 1993)

하는 시인들이 자기 자신을 되돌아보면서 슬기로운 마음가짐을 얻고자
한 것과 짝을 맞추어, 유럽의 시인들은 바다를 노래하면서 진취적인 모
험을 찬양한 것은 〈오딧세이아〉나 〈베오울프〉에서 유래한 오랜 전통
이었다. 그런데 중세 동안에는 바다로 진출하는 길이 막힌 탓에 잠잠하
게 있다가, 근대로 들어서자 바다의 노래가 크게 터져 나왔다.

배를 타고 멀리 나가 모험을 하면서 자본주의의 힘으로 세계를 정복
하는 침략을 일삼고 식민지를 차지하는 시대의 나팔수 노릇을 시인이
즐겨 했다. 자기 자신은 이해관계를 초월한 순수한 열정의 화신이었을
따름이라고 주장할 수 있으나, 내뱉은 시는 어떤 패배나 좌절이 있더라
도 용기를 잃지 않고, 바다와 같은 힘과 용기를 가지고 멀리 진출해서
침략을 일삼고 식민지를 만들라고 외치는 말로 들릴 수 있다.

독일 시인 하이네(Heinlich Heine)는 관심을 사회로 돌려, 시민혁명
이 일어나 새로운 시대가 시작되는 것을 열광적으로 지지했다. 독일로
쳐들어온 나폴레옹이 침략자가 아닌 해방자라고 생각해, 싸우다 죽은
병사들을 찬양하는 노래를 불렀다. 비극을 넘어서고 불합리를 시정해
역사의 발전을 이룩하기 위해 분투하자고, 〈강령〉(Doktrin)이라는 시에
서 이렇게 주장했다.[231]

> 북을 쳐서 잠자는 사람들을 깨워라.
> 젊음의 힘으로 기상곡을 울려라.
> 북을 치면서 언제나 앞서서 행군하라.
> 이것이 모든 학문에서 하는 일이다.

그러나 낭만주의시가 모두 낙관론을 편 것은 아니다. 정치에 거는 기
대가 경제 현실 때문에 꺾였다. 성장하는 자본주의가 대외적인 팽창에
도취되어 있는 것보다 자기 사회 안에서 가해자 노릇을 하는 것이 더

---

231) 김광규 역, 《로렐라이》(서울 : 민음사, 1975), 137의 원문을 다시 번역했다.

문제라고 판단한 시인은 어조를 바꾸었다. 천박한 현실에서 벗어나 고결한 정신세계를 동경하는 노래를 부르면서 좌절을 겪었다.

독일은 시민혁명마저 이루어지지 않은 후진국이어서 번민이 더 컸다. 마땅히 사라져야 할 구시대의 억압이 지속되고, 기대하는 자유는 이루어지지 않아, 영광보다 좌절이 많았다. 하이네의 희망이 헛되었다. 환상을 버린 횔데린(Friedrich Hölderin)은 〈히페리온의 운명〉(Hyperions Schiksalslied)에서 이렇게 탄식했다.[232]

> 그러나 우리는 어느 곳에서도
> 쉬지 못하는 운명이다.
> 괴로워하는 사람들은
> 비틀거리고 넘어지면서
> 한 순간에서 다음 순간으로
> 눈이 먼 채 나아간다.

낭만주의시가 낙관이든 비관이든 과장된 언어로 나타내는 것을 거북하게 여겨, 다음 시대의 상징주의 시인들은 방향을 바꾸었다. 진보의 나팔수 노릇을 하는 것은 정신 나간 짓이다. 절망의 사설을 늘어놓으면 위신만 떨어질 따름이고 동정을 얻을 수 있는 것은 아니다. 시인이란 어차피 세상에서 버림받아 저주받은 삶을 살아가야 하므로, 말을 아끼고 생각을 응축한 작품을 써서 불필요한 대화를 단절했다.

낭만주의에 대한 대안으로 상징주의 시인들은 고도로 응축된 상징적인 언사를 연금술사처럼 연마해 내면세계 탐구의 길을 열고자 했다. 그 선두주자 보들레르(Charles Baudelaire)가 〈사람과 바다〉(L'homme et la mer)에서 다음과 같이 노래한 사연을 보자. 바이런의 바다를 횔데린의 절망 속에다 가두어 둘이 하나가 되게 했다.[233]

---

232) 조창섭 편역, 《시인의 노래, 독일 고전주의 문호들의 시와 삶》(서울 : 서울대학교출판부, 1994), 215의 원문을 다시 번역했다.

> 자유인이여, 너는 언제나 바다를 끔찍이도 사랑하리라!
> 바다가 너의 거울이라, 파도가 끝없이 구르는
> 그곳에서 너는 너의 넋을 들여다보리라.
> 네 마음은 바다 못지 않게 쓰디쓴 심연이다.

보들레르의 뒤를 이은 프랑스 상징주의 시인들은 '저주받을 시인'(*poète maudit*)이라고 자처하면서, 시인의 사회에서 소외되는 데 대해 반발하면서 자학과 도피의 길을 찾았다. 베르레느(Paul Verlaine)는 비관적이고 퇴폐적인 목소리를 감미로운 음악처럼 들려주었다. 어려서 작품 활동을 시작한 랭보(Arthur Rimbaud)는 범속한 현실에서 벗어나는 강렬한 원색의 환상을 좇다가 좌절했다.

그러나 누구나 그런 길로 들어서서 파멸을 자초한 것은 아니었다. 따뜻한 마음씨를 가지고 주위의 사람들을 감싸고자 한 프랑시스 잠(Francis Jammes)도 있었다. 동료 시인 사맹(Albert Samain)의 죽음을 애도한 〈첫째 비가〉(Élégie première, 1900)의 한 대목을 보자. 죽음을 넘어서서 삶을 옹호하자는 말을 이렇게 했다.[234]

> 그대는 살아 있으니 죽음을 애도하지 않네.
> 라일락을 흔들던 바람 소리가 죽지 않고
> 시들어버렸다고 생각되는 바로 그 라일락을
> 여러 해가 지난 뒤에 다시 와서 흔들듯이,
> 그대 사맹의 시도 되돌아와서 흔들어줄 것이다
> 우리가 말하던 사상 탓에 조숙한 아이들을.

상징주의 시의 주류는 말라르메(Stephane Mallarmé)를 거쳐 발레리

---

233) 김붕구 역, 《악의 꽃》(서울 : 민음사, 1990), 39의 원문을 다시 번역했다.
234) 프랑시스 잠, 곽광수 역, 《새벽의 삼종에서 저녁의 삼종까지》(서울 : 민음사, 1995), 127의 원문을 다시 번역했다.

392

(Paul Valéry)까지 가면서 계속 난해해졌다. 그것은 대화 단절의 의사표시로 볼 수 있지만, 접근을 거부하지는 않았다. 산문으로 풀이할 수 없는 오묘한 세계를 마련했으면서도, 전후의 말을 연결시켜 뜻을 캐나갈 수 있는 복잡한 통로를 마련해 두어 합리적인 추적이 가능하게 했다.

발레리의 〈해변의 묘지〉(Le cimetière marin)를 보자. 바다의 모습과 사람의 마음을 겹쳐서 묘사하면서, 격동하는 물결을 보고 올바르게 살아가려는 의지를 되살린다고 했다. 자기 영혼을 향해 다음과 같이 다짐하는 최상의 각성을 얻는다고 했다.[235]

으뜸가는 횃불에 내맡겨진 영혼,
준엄한 무기를 지닌 빛의 정의여.
나는 그대를 존경스럽게 간직하고
최초의 순수한 자리로 되돌린다.

그러나 20세기에 들어서면 접근을 허용하지 않는 난해시가 적지 않게 나타났다. 언어를 파괴하고 의미를 단절하는 방법 자체를 자랑거리로 삼으면서 득도한 사람의 법어 같은 것을 전한다고 자처해 당황하게 했다. 지극히 높은 경지에 이르렀는지 자멸의 길에 들어섰는지 판가름하기 어렵게 한다.

그 선두에 선 독일의 릴케(Rainer Maria Rilke)는 기본단어로 지칭되는 사물에 우리가 알지 못하고 지내는 의미가 깃들어 있다고 일깨워주는 낯선 시를 썼다. 〈우리는 다만 껍질이며 잎사귀니까요〉(Denn wir sind nur die Schale und das Blatt)를 들어보자. 첫 구절을 다음과 같이 적어 어려운 말이 하나도 없지만, 무엇을 나타내려고 했는지를 알아내려면 합리적인 추론을 넘어서지 않을 수 없다.[236]

---

235) P. 발레리, 김현 역, 《해변의 묘지》(서울 : 민음사, 1973), 67의 원문을 다시 번역했다.
236) 릴케, 김주연 역, 《검은 고양이》(서울 : 민음사, 1974), 104

우리는 다만 껍질이며 잎사귀이니까요.
누구나 스스로 갖고 있는 위대한 죽음,
그 죽음은 그 주위에 모든 것이 돌아가는 과일입니다.

그 뒤의 시인들은 의미 단절의 상태에서 절대적인 무엇을 추구하는 방법을 각기 나름대로 이론화했다. 초현실주의를 선도한 프랑스의 브르통(André Breton)은 시를 무의식을 있는 그대로 노출시키는 '자동기술'(écriture automaique)에 내맡긴다고 했다. 스페인의 히메네스(Juan Ramon Jimenes)는 시에서 추구하는 불가사의한 대상을 소문자로 표기한 '神'(dios)으로 나타냈다.[237] 이탈리아의 판졸리니(Pier Paolo Pasolini)는 절망과 분열의 언어로 세태를 시비해 '물의'(scandalo)를 일으키는 것이 시인이 할 일이라고 했다.[238]

절망의 목소리는 넓게 퍼져나갔다. 미국에서 태어나 영국시인이 된 엘리어트(T. S. Eliot)는 서로 이질적인 요소들을 되도록 많이 끌어들여 복잡하게 만든 심상으로 타락한 문명의 풍속도를 그렸다. 독일시인 벤(Gottfried Benn)은 친숙하기를 거부하는 소재와 표현을 동원해 현실을 상실하고 가치가 부정된 상황을 나타냈다. 포르투갈의 페소아(Fernando Pessoa)는 다른 사람과는 통할 수 없는 자아의식을 여러 분신을 통해 해체해 보이는 특이한 시를 썼다.

그런 실험이 자꾸 늘어나, 근래에 와서 서유럽에서는 소설뿐만 아니라 시도 문학 이상의 문학이 되어 평가가 불가능한 경지에 이르고 의미가 통하지 않은 언어의 시체가 되었다. 그래서 생긴 난처한 사태를 시정하고 이해가 가능하고 감동을 주는 시를 되찾고자 해도 뜻을 이루지 못한다. 이해를 나눌 상대가 없고, 감동의 원천을 찾지 못한다. 시가 없어졌는데 시를 쓰려고 하니 무리가 생긴 것이다. 어느 곳이든지 그럴 수밖에 없는 시대가 되었다고 일반화해서 말하지 말자. 서유럽은 세계

---

237) 김현창, 《스페인문학사》(서울 : 민음사, 1990), 469~474
238) 박상진, 《이탈리아문학사》(부산 : 부산외대출판부, 1997), 422~432

전체가 아니고 그 일부이고, 물러가는 쪽이다.

낭만주의 운동은 희곡의 역사를 바꾸어놓는 데서도 획기적인 기여를 했다. 고전주의 희곡의 규칙을 거부한 위고(Victor Hugo)의 〈에르난 디〉(*Hernandi*, 1830) 공연을 둘러싼 찬반 논쟁을 계기로 해서 낭만주의가 승리를 거두었다. 그러나 낭만주의는 시에서 한 기여를 소설이나 희곡에서는 하지 못했다. 희곡도 소설처럼 사회적 갈등을 핍진하게 다루어야 근대문학의 가치를 발현할 수 있었다.

새로운 방향을 제시한 사람은 노르웨이의 입센(Henrik Ibsen)이었다. 입센이 창안한 사실주의 연극을 유럽 중심부의 여러 나라에서 받아들여 근대사실주의 연극을 하게 되었다. 영국의 쇼우(Bernard Shaw)는 사회개혁에 대해 낙관적인 견해를 가지고 광범위한 문제를 다룬 〈인간과 초인〉(*Man and Superman*, 1903) 같은 희곡을 창작했다.

20세기의 희곡은 형태가 다양해졌다. 〈작가를 찾는 여섯 등장인물〉(*Sei personaggi in ceca d'autore*, 1921)로 널리 알려진 이탈리아의 피란델로(Luigi Pirandello)는 극작술에 탁월한 재능을 보이면서 내면의식을 탐구해, 자아의 분열상을 드러내고 본래의 자아를 추구했다. 독일의 브레히트(Bertolt Brecht)는 근대극의 공식을 거부하는 '서사극'을 만들어 연극 혁신을 통해 사회개혁을 하려고 했다. 〈갈릴레이의 생애〉(*Das Leben des Galilei*, 1938) 같은 파격적인 작품을 내놓아 진리에 관한 논쟁을 전개하는 형식을 창조했다.

소설에서 '反소설'이 생긴 것과 더불어 연극에서는 '부조리극'이 나타났다. 그 둘은 기존의 규범을 파괴하고 인물의 성격이나 사건 전개를 갖추지 않고 종잡을 수 없게 전개된다는 점에서 서로 같다. 그러나 둘 다 이해가 불가능하다고 할 것은 아니다. 무대공연물인 연극은 시각적인 효과 덕분에 관객과의 단절을 넘어설 수 있다.

프랑스에서 활동한 아일랜드인 베케트(Samuel Beckett)는 부조리극이라도 관객에게 감동을 줄 수 있다는 것을 입증했다. 〈고도를 기다리며〉(*En attendant Godot*, 1952, *Waiting for Godot*, 1954)를 보면, 두 등장인물이 계속 기다리고 있는 '고도'는 정체불명이기 때문에 무엇으로도 이해할 수 있다. 제1막 말미에서 기다리기를 그만두고 "자, 그럼 가볼까?", "응, 가세나"라고 한 말을 제2막 말미에서 되풀이하고도 두 사람은 전혀 움직이지 않은 이유가 밝혀져 있지 않아 두고두고 다시 생각하게 한다.

근대는 철학이 그 자체로 엄밀한 방법을 갖춘 학문이 되면서 문학과의 동반관계를 결별한 시대라는 점에서, 문학이 철학이고 철학이 문학임을 재확인한 중세에서 근대로의 이행기와 커다란 차이가 있다. 순수이성, 변증법, 현상학, 분석철학, 수리논리 등을 내세워 이성적 사고를 체계적으로 전개하는 능력을 극한까지 보여주고, 잡스러운 것들의 관여는 배제해서 철학의 위신을 한껏 높이고자 했다. 그러나 그 결과 철학을 망치고 문학에도 손실을 끼쳤다.

철학은 커다란 의문은 감당할 수 없어 온통 문학에다 내맡겼으나, 자폐증에 사로잡혀 운신이 자유롭지 못한 문학에서 해답을 제시하지 못했다. 그런 형편을 타개하기 위해서는 문학은 철학화하고 철학은 문학화해야 했다. 독일의 니체(Friedrich Nietzsche), 스페인의 우나무노(Miguel de Unamuno), 이탈리아의 크로체(Benedetto Croce), 프랑스의 사르트르(Jean-Paul Sartre)가 그런 과업을 맡아 나섰다.

그 네 사람은 철학 글쓰기를 자유롭게 하고 철학 밖의 문제를 광범위하게 다루고, 자기 자신이 문학창작을 하기도 하면서, 철학과 문학의 구분을 넘어서고자 했다. 이성을 절대시하는 합리주의의 구속에서 벗어나서 사람이 어떻게 살아가고 무엇을 하는가 하는 문제를 근본적으로 재검토했다. 그러나 합리주의와 비합리주의, 이성과 감성, 공동체의식과 내면의식의 분열에 사로잡혀 앞의 것을 버리고 뒤의 것을 택했을 따름이다. 한 극단을 다른 극단으로 대치하는 데 그치고, 상극이 상생임을 입증하지 못했다.

그 이유는 사회를 지배하는 시민이 역사창조에서 긍정적인 기여를 하지 못해 미래에 대한 기대를 상실하고, 의식의 파탄을 보였기 때문이다. 문학에 나타난 그런 병을 함께 앓고 있는 철학이 치유할 수 있는 것은 아니었다. 서양의 몰락이니 유럽문명의 위기니 하는 말을 써서 사태가 심각하다고 하는 논자들도 대안이 되는 전망을 찾지는 못했다.

마르크스주의자들은 무산계급 혁명을 겪으면 병든 문명이 다시 건강하게 된다고 낙관하고 장담했다. 그런 주장을 설득력 있게 구현한 루카치(Georg Lukacs)가 대단한 평가를 얻었다. 그러나 혁명은 환멸을 낳았다. 사회주의 국가에서 실제로 나타난 현상은 예상과 달랐다.

시민과 무산계급 사이의 상극과 상생, 상생과 상극은 문학이나 사상을 생동하게 하는 창조력을 발휘할 수 있었다. 그러나 유럽의 역사는 그런 기회를 상실하는 방향으로 전개되었다. 사회주의 체제에서는 무산계급의 전위대라고 자처하는 사람들이 시민 이상의 특권을 누리다가 불신을 받고 밀려났다. 자본주의 유럽에서는 무산계급이 대거 시민화해서 시민의 타락을 제어할 능력을 상실하고 같은 길로 가고 있다.

한동안은 서유럽의 선진지역과 그 변방 후진지역의 격차가 문제가 되어 후진이 선진이게 하는 과업을 분발해서 추진하게 했는데, 이제는 그 격차가 대폭 축소되면서 후진지역 또한 창조력 상실을 가져오는 의식의 분열에 시달리고 있다. 서유럽의 질병이 유럽 전체에 퍼져 루카치가 염원해 마지않던 건강한 문학은 어느 곳에도 없다.

유럽인과 다른 문명권 피압박민족의 대립은 계속 문제가 되어왔다. 시민과 무산계급 사이의 가장 심각한 관계가 바로 거기 있다. 유럽문명권의 시민과 다른 모든 지역의 무산계급 사이의 상극과 상생, 상생과 상극이 인류에게 가장 큰 고통을 가져오면서 최상의 창조를 가능하게 한다. 유럽문명권의 작가들은 그런 줄 몰라 뒤떨어진다. 계급모순을 다룰 때에는 가장 진보적이라고 자처하는 사람들도 그것보다 더 큰 모순을 만들어내는 유럽문명권 중심주의나 우월주의는 극복하지 못해 보수주의에 머무른다.

그러면서도 서유럽은 아직까지 세계문학의 중심지로 인정되고 있다. 거기서 산출한 작품이나 이론을 문학 이해의 전범으로 삼아 널리 본받는다. 작가의 이주도 이어진다. 더러는 정치적인 억압을 피하기 위해, 대개는 평가를 받고 시장을 찾기 위해, 세계의 중심지라고 생각되는 곳으로 옮겨가서 처음에는 모국어 작품 번역판을 내놓다가, 창작의 언어를 바꾸고 그 곳의 작가가 되는 사람들이 줄어들지 않는다.[239] 이주하는 곳으로는 프랑스를 가장 선호하고 영국이 그 다음이었다가, 새로운 중심지 미국이 추가되었다.

그런 작가들은 작품에서 다루는 경험의 범위를 대폭 확대해 신선한 충격을 준다고 할 수 있다. 유럽 주변부의 문학이나 제3세계문학을 받아들여 서유럽문학이 새로워지는 데 기여한 것 같다. 그러나 소재가 곧 주제는 아니다. 작품의 주제를 이루는 가치관에서는 서유럽인의 세계인식이 타당함을 재확인하면서 멀리서 일어나는 반론을 약화시키는 구실을 한다.

5. 3. 유럽 변방의 분발

유럽의 중심부 서유럽에서 근대문학을 이룩할 때, 변방인 북유럽, 남유럽, 동유럽 등지는 같은 보조로 동참하지 못했다. 사회발전이 전반적으로 뒤떨어져, 시민의 성장이 부족하고, 산업혁명이 지연되고, 문학의 유통방식도 낙후해 근대문학을 이룩하는 데 많은 어려움이 있었다. 사회 발전의 후진성 때문에 의식 각성을 위해서 더욱 분발해 후진이 선진이 되게 했다.

유럽 변방의 문학은 민족국가를 뒤늦게 이룩하는 정신적 지침이 된다고 인정되어 거국적인 지원과 지지를 받을 수 있었다. 민족문학의 원천을 구비문학에서 찾아 그 전통을 적극 계승하고, 서유럽에서는 생명

---

239) Pascale Casanova, *La république mondiale des lettrés* (Paris : Seuil, 1999), 283~300에서는 그런 작가들이 "동화된 사람들"(les assimilés)이라는 유형을 이룬다고 명명하고, 여러 예를 들어 들어 고찰했다.

을 잃은 서사시를 새롭게 창작했으며, 민족사를 되돌아보는 역사소설이나 역사서를 쓰는 데 대단한 의욕을 가졌다. 작가가 민족공동체의 대변자 노릇을 하고 민중의 처지를 문제로 삼아 시민문학의 배타적인 폐쇄성에 사로잡히지 않았다. 근대사회의 문제점을 거시적인 안목으로 파악하고 해결 방향을 모색하는 작업을 수행했다. 전에 볼 수 없던 새로운 문학을 과감하게 개척했다. 그 신선한 발상과 건전한 사고가 유럽중심부에 전해져 충격을 주었다.

유럽 변방에서 벌인 그런 문화운동은 음악에서도 뚜렷하게 나타났으므로 비교해서 고찰할 필요가 있다. 음악사는 문학사보다 사태의 추이를 더욱 명확하게 정리하고 있다. 유럽 중심부에서 시작된 낭만주의 운동을 주변부 각국에서 더욱 발전시키는 국민음악파라고 하는 작곡가들이 나타나 음악사의 새로운 경지를 열었다고 하는 것이 상례이다. 문학 또한 같은 길을 걸었지만 차이가 있다.

국민음악이라는 말은 근대민족주의음악이라고 하는 편이 더욱 정확하다. 근대민족주의의 음악과 문학은 기본 성격이 동일하다. 낭만주의 운동이 변방에서 더욱 발전되었다고 하는 것은 문학에도 해당하는 말이다. 중심부에서는 예술가가 소외당해 비탄의 낭만주의로 기울어질 때 변방에서는 민족의 단합과 각성을 촉구하면서 희망찬 미래상을 제시하는 낙관적인 낭만주의를 전개하는 시와 소설을 썼다. 그러면서 근대사회의 모순을 문제삼는 소설이나 희곡을 창작하면서 중심부에서는 사라지고 있는 사실주의를 되살려 새로운 경지에 올려놓았다.

소외되고 고뇌에 사로잡힌 문학이 변방이라고 해서 일어나지 않은 것은 아니지만 그 시기가 늦고 정도가 덜했으며, 위에서 든 두 경향과 엄격하게 분리되지 않았다. 중심부가 그랬던 것처럼 변방 또한 근대화의 길에 들어서면서 정신적 분열을 겪게 되었다. 시민 계급이 주도해 민족국가를 건설하는 과업을 성취하자, 작가는 사회의 중심에서 밀려나 고난을 겪었으나, 타락의 정도가 덜했다.

중세까지는 명목상 어느 왕국의 일부가 된 경우라도 실제로는 독립을 누리면서 공동문어문학과 함께 민족어문학을 육성하다가, 중세에서 근대로의 이행기에 이르러서는 강대민족의 거대국가에 복속되어 소수 민족의 처지가 된 집단이 유럽에 적지 않다. 이행기를 청산하고 근대로 들어서면서 거대국가는 지배민족어를 국어로 삼아 전국의 언어생활을 단일화해 내부적인 결속을 다지려 할 때, 소수민족은 자기민족어를 지켜 정체성의 위기를 극복하고 민족국가를 창건하기 위해 분투했다. 유럽의 중심부 서유럽에서 일어난 그런 사태를 먼저 고찰해 주변부의 분발을 이해하는 데 필요한 서론으로 삼을 필요가 있다.

거론할 수 있는 많은 사례 가운데 프랑스와 스페인 양쪽에 걸쳐 있는 바스크, 카탈로니아, 프랑스의 프로방스, 알사스, 프랑스의 브르타뉴, 영국에 복속된 아일랜드를 대표적인 예로 들 수 있다. 그 가운데 처음에 든 세 곳은 민족국가로 독립하는 것을 거의 단념하고, 그 다음에 든 두 곳은 독립을 위해 싸우고 있고, 마지막으로 든 아일랜드는 독립했다. 근대민족어문학을 이룩하고자 하는 기본목표는 모두 같았지만, 이룩한 성과에는 상당한 차이가 있다.

바스크(Bask, Basque)어는 계통이 확실하지 않고 주변의 언어와 아주 다르다.[240] 문학의 유산은 구비문학으로 이어져왔다. 민족문화를 지키고자 하는 운동이 19세기말에 일어나, 구비문학을 기록문학으로 발전시키는 시인들이 활약하고, 연극 공연이 활발해졌다. 1930년대에 아이트졸(Aitzol)이 이끈 문학운동에서 서정시를 높은 수준으로 끌어올렸다. 그러다가 스페인과 프랑스 양쪽 바스크인 가운데 스페인 쪽이 독립운동을 치열하게 전개하면서 바스크어는 정치논설을 쓰는 데 더 많이 사용되었다.

그런데 근래에 바스크민족 해방운동이 더욱 고조되면서 문학창작이 더욱 활발해졌다. 그 선두에 선 아트사가(Bernardo Atxaga)의 소설

---

240) René Lafon, "Littérature basque", Jean Hartischelhar, "Le nouveau des lettres basques au XXe siècle", Raymond Queneau dir., *Histoires des littératures III* (Paris : Gallimard, 1978)

〈오바바코아크〉(*Obabakoak*, 1989)는 바스크문학의 위상을 크게 높였다.[241] '오바바'는 마을 이름이고, '코아크'는 '사람들'이기도 하고 '이야기'이기도 한 말이다. 시골 마을 바스크 사람들의 삶에 관한 서로 독립된 이야기들을 한 서술자가 들려주면서, 바스크문학의 보편적인 의의를 찾아가는 상징적인 여행으로 독자를 인도하는 특이한 구상을 갖춘 작품이다. 작가가 뜻한 대로 높이 평가되고, 20여 개 언어로 번역되었다.

카탈로니아어(Catalan)는 사용자의 수나 사용지역을 보면 한 나라의 국어가 될 수 있는 언어이다.[242] 스페인이 아랍의 통치를 받을 때 카탈로니아는 기독교문명을 발전시키면서 프랑스나 이탈리아에 비해 손색이 없는 문학을 이룩했다. 그런데 대부분은 스페인에 들어가고 일부는 프랑스가 되어 주권을 상실하고 언어문화마저 위축된 것이 커다란 불행이었다. 시인 아리바우(Aribau)가 〈조국에 바치는 찬가〉(*Trobes a la patria*, 1833)를 지어서 선도한 민족문화 부흥운동이 오늘날까지 계속되면서 시나 연극은 물론 소설에서도 주목할 만한 작품이 계속 나왔다. 민족문학의 독자적인 영역이 확보되어 카탈로니아 독립도 낙관적일 수 있게 한다.

프랑스 남부에서는 원래 '랑그도크'(langue d'oc)라는 언어를 사용했다. "예"라는 말이 "오크"(oc)이기 때문에 그런 이름이 생겨났다. 중세에는 문학어로서 크게 활용되어 자랑스러운 유산을 풍부하게 남겼는데, 한 발 뒤떨어졌던 북쪽의 언어, 긍정을 나타내는 "예"라는 말을 "오일"(oïl)이라고 하는 '랑그도일'(langue d'oïl)이 오늘날의 불어가 되어 국어의 자리를 굳혔다. 남부의 '랑그도그'의 여러 갈래, 특히 그 중심을 이루는 프로방스어(provençalo, provençal) 사용자들은 자기네 언어를 되살려 문학창작에서 활용하는 것을 긴요한 과제로 삼았다.[243]

---

241) Ur Apalategui, *La naissance de l'écrivain basque, l'évolution de la problématique littéraire de Bernardo Atxaga* (Paris : L'Harmattan, 2000)
242) J. S. Pons et J. M. Castellet, "Littérature catalane", Raymond Queneau dir., 위의 책

그 운동의 선구자 루마니으(Roumanille)는 1854년에 프로방스어 시인
들의 모임을 결성했다. 미스트랄(Mistral)은 〈론느강의 시〉(*Lou pouèmo
dou Rose*, 1897) 같은 시집을 부지런히 낸 공적이 널리 인정되어 1904
년에 노벨문학상을 받고, 그 상금으로 프로방스문화를 보존하는 박물관
을 세웠다. 그러나 프로방스어문학을 살려나가는 것은 어려운 일이다.
말이 불어와 흡사하고, 민족 또한 구분되지 않아 독자적인 의의가 인정
되지 않기 때문이다.

알사스 사람들은 게르만어의 한 갈래인 알사스어를 사용한다.[244] 자기
고장이 독일에 합병되고 프랑스의 일부가 되는 동안 힘들게 이어온 알
사스어문학을 지키기 위한 노력을 다각도로 전개한 가운데 벌인 연극운
동을 특히 주목할 만하다. '알사스 극장'에서 공연한 스토스코프(Gustav
Stoskopf)의 희극이 대단한 인기를 얻었다. 쌍둥이인 알베르트 마티스
(Albert Matthis)와 아돌프 마티스(Adolphe Matthis)는 독일어나 프랑
스어에 맞서서 알사스어를 지키는 운동을 시를 계속 쓰면서 소설 창작
도 했다.

켈트(Celtic)어 또는 갤릭어(Gaelic)어 사용자들은 서유럽의 선주민인
데, 라틴민족과 게르만민족이 이주하자 변두리로 밀려났다. 지금은 프
랑스의 브르타뉴, 영국의 스코틀랜드, 웰스, 그리고 아일랜드에 가까스
로 남아 있으면서 서로 관련된 독자적인 언어를 사용한다.[245] 중세에는
독립국을 이루었으나 근대로 들어서면서 프랑스나 영국에 병합되어 지
배를 받는 소수민족이 되었다. 프랑스어와 영어에 밀리는 자기네 언어
와 문화를 지키려고 힘든 노력을 하고 있다.

브르타뉴 사람들은 프랑스 통치를 받으면서 독자적인 언어와 문화를

---

243) Louis Gayle et Michel Courty, *Histoire abrégée de la littérature provençale
    moderne* (Berre L'etang : L'astrado, 1995)
244) Adrien Finck, *Littérature alsacienne XXe siècle* (Strasbourg Salde, 1990)
245) Pierre-Yves Lambert, *Les littératures celtiques* (Paris : Presses Univer-
    sitaires de France, 1981) ; Hervé Abalain, *Destin des langues celtiques* (Paris :
    Ophrys, 1989)

402

지키기 위한 힘든 투쟁을 해왔다. 프랑스 혁명과 더불어 문화적으로도 단일한 국가를 건설하는 방침이 천명되고 소수언어에 대한 탄압이 시작되어 견디기 어려운 시련을 겪었다.[246] 그렇지만 압력에 대한 저항이 문학을 통해 계속되어, 사라져가는 언어를 살려냈다.

빌마르케(La Villemarqué)가 1838년에 낸 민요집이 선두에 서서 일으킨 민족문화 부흥운동이 19세기말에 크게 고조되고 20세기까지 이어지면서, 시는 물론이고 연극이나 소설에서도 많은 작품을 창작했다.[247] 시인 칼로크(Calloc'h)는 프랑스의 지배에 반대하다가 1917년에 피살되었다. 〈두 무릎에〉(*Ar en deulin*, 1921)라는 시집이 사후에 출판되었다. 거기 실려 있는 시를 한 편 들어보자.[248] 조상 전래의 소박한 삶을 이어받는 것이 소망이라고 했다.

나의 아버지는, 조상들처럼
뱃사람이었다.
세상에 알려지지 않고, 어떤 영화도 누리지 못했다.
―가난한 사람은 아무도 영화를 노래하지 않는다.
나의 아버지는, 조상들처럼
그물 끌어당기는 사람이었다.

스코틀랜드는 원래 갤릭어를 사용하는 사람들의 고장인데, 영어와 유사하지만 별개의 언어인 스코트(Scots) 사용자들이 이주해 함께 살았다. 17세기에 영국에 정복당해 주권을 잃고 영어를 사용하면서 영어문학의 발전에 크게 기여했지만, 스코틀랜드인의 주체성을 잃지 않고 자기 말

---

246) Hervé Abalain, 위의 책, 208~211
247) Yann Delalande-Kerlann et Per Denez, "Littérature bretonne", 같은 책 ; Jean Balcou et Yves Gallo dir., *Histoire littéraire et culturelle de la Bretagne* (Paris : Champion, 1997)
248) Franch Morvannou, "La littérature de langue bretonne au XXe siècle", Jean Balcou et Yves Gallo dir., 같은 책, 179의 원문을 180의 불역을 통해 옮긴다.

을 지키고 자기 문학을 하고자 했다. 맥페르슨(James Macpherson)이 영웅시의 유산이라는 〈오시안〉(*Ossian*, 1760)을 영어로 내놓아 관심을 끈 것보다, 갤릭어와 스코트어의 문학이 오늘날까지 창작되고 있는 널리 알려지지 않은 양상이 더욱 소중하다.

18세기에 스코틀랜드에서 계몽운동이 일어날 때 맥도날드(Alexander MacDonald, 갤릭어 이름 MacMhaighstir Alasdir)를 비롯한 여러 시인이 오래 전승되던 구비시를 수준 높은 창작시로 발전시켰다.[249] 20세기에는 스코틀랜드 문예부흥을 일으키면서 갤릭어시가 죽지 않고 시대와 더불어 나아가는 문학이 될 수 있도록 재창조했다. 스코트어로 시를 써서 스코틀랜드의 주체성을 지키고 독립운동의 정신적 지주를 찾고자 하는 시인들도 계속 나타나고 있다.

현대 갤릭어시를 이끄는 위치에 있는 맥린(Sorley Maclean, 갤릭어 이름 Somhairle MacGill-Eain)은 자기 고장 사람들이 고생스럽게 사는 현장에서 유럽이 나아갈 길을 찾고자 했다. 예수가 처형된 땅에서 제목을 가져온 〈갈보리〉(Calbharaigh)라는 작품을 보자.[250] 스코틀랜드의 도시 글래스고(Glasgow)나 에딘바라(Edinburgh)가 견디기 어려운 수난의 땅이라고 하는 절규를 다음과 같은 말로 나타냈다.

> 내가 보고 있는 곳은 갈보리 언덕도,
> 축복받은 베들레헴도 아니다.
> 글래스고의 냄새나는 땅이다.
> 생명이 자라나면 썩는 곳이다.
> 또한 에딘바라의 어느 방
> 빈곤과 고통의 방,

---

249) Kurt Wittig, *The Scottish Tradition in Literature* (Edinburgh : Oliver and Boyd, 1958), 185~193 ; Roderick Watson, *The Literature of Scotland* (London : Macmillan, 1984), 192~216
250) Roderick Watson, 같은 책, 444

병든 아이가 죽을 때까지
몸부림치면서 허우적거리는 곳이다.

영어의 중심지와 더욱 가까운 곳에서 한층 힘든 시련을 겪는 웰스인
도 자기네 언어가 사어가 되는 것을 거부하고 문학창작을 계속하고자
한다.[251] 휴즈(John Ceiriog Huges)의 〈늦은 시간〉(*Oriau'r Hwyr*, 1860)
은 웨일스인의 소박한 생활을 노래한 시집인데 아주 많이 팔렸다. 평범
한 농부를 찬양한 〈알운 마본〉(Alun Mabon)에서 "전에 하던 말이 살
아 있고 / 오랜 노래가 이어진다"고 한 것 같은 대목이 깊은 감동을 주
었기 때문이다. 그러나 사정은 계속 악화되었다. 패리-윌리암스(T. H.
Parry-Williams)는 〈여기〉(Hon, 1931)라는 시의 마지막 대목에서 "웰
스 사람들 눈물의 집게발을 가슴에 품고서도, 신이 도와주셔서, 여기서
떠나지 않으리라"고 비통하게 노래했다.

웰스어의 장래는 어둡지 않다. 켈트어의 여러 갈래 가운데 웰스어의
부활이 가장 낙관적이다. 자치만 누리는 상태에서도 1967년에 영어와
함께 웰스어를 공용어로 하는 법이 제정되었다.[252] 민족문화운동의 기수
로 나선 작가들이 적극적인 활약을 해서 웨일스어문학은 소설, 희곡 등
여러 영역에서 살아 있으며, 시 창작이 더욱 활발하다. 민요에서 가져온
전통적인 율격을 살리는 정형시를 민족어를 지키기 위한 정치적 투쟁
의 도구로 삼는다. 오원(Gerallt Lloyd Owen)은 〈명예롭지 못한 시〉
(*Cerddi'r Cywilydd*, 1972)라는 시집에서, 7백 년 전에 빼앗은 웨일스
왕위를 영국의 왕세자가 명목상 계승하는 행사를 통렬하게 비판했다.[253]

아일랜드는 스코틀랜드나 웰스와 같은 처지에 있다가 독립을 이룩했

---

251) Meic Stephens ed., *A Book of Wales, an Anthology* (London : J. M. Dent
　　 and Sons, 1987) : Dafydd Jonston, *A Pocket Guide, the Literature of Wales*
　　 (Cardiff : University of Wales Press, 1994) ; "An Introduction to Wales
　　 Literature"(http : //www.britannia.com/waile/lit/ intro.html)
252) Hervé Abalain, 위의 책, 147～155
253) Dafydd Jonston, 위의 책, 130

다. 아일랜드 작가들이 영어로 창작한 작품이 영국문학에서 중요한 위치를 차지했다. 그 상태에 머무르고 있으면 힘들이지 않고 유럽문명권의 중심부에 자리 잡고 선진화되어 행복을 누릴 것 같았다. 식민지가 되어 수탈당하는 관계를 거부했다. 영어의 억압 때문에 자기네 민족어가 사라지는 것은 용납하지 않겠다고 했다.

영국의 통치를 받는 동안에 줄곧 계속하던 독립운동을 19세기말에 격화시켰다. 중심부 부자 집의 하인이기를 거부하고 변방 가난한 집의 주인이 되는 길을 택했다. 주인이 갖추어야 할 정신적 각성을 탈영국화 노선의 민족문학에서 얻으려고 '아일랜드 문예부흥' 운동을 일으켰다. 망각된 전통을 되살려 영국문학과는 다른 아일랜드 민족문학을 이룩하려고 노력했다.[254]

문예부흥 운동의 선두에 섰던 시인 예이츠(W. B. Yeats)는 신화와 전설을 되살려 민족문학 건설의 지침으로 삼자고 〈켈트의 황혼〉(*The Celtic Twilight*, 1893)에서 주장했다. 민족극을 위한 극장을 세워 싱(John Millington Synge), 오케시(Sean O'Casey) 등의 희곡을 공연하자 문예부흥 운동이 구체적인 결실을 얻었다. 그런 작품은 국제적인 평가와 호응을 얻어 아일랜드의 위상을 높이는 데 크게 기여했지만, 영어를 사용하지 않을 수 없었다.

자기 말인 갤릭어를 사용해야 진정한 민족문학을 이룩할 수 있었다. 그러나 갤릭어문학은 구비전승에만 일부 남아 있을 따름이고, 창작문학

---

254) Richard Fallis, *The Irish Renaissance* (Syracuse : Syracuse University Press, 1977) ; Norman Vance, *Irish Literature, a Social History* (Oxford : Basil Blackwell, 1990) : Sean O Tuma, *Repossessions, Selected Essays on the Irish Literary Heritage* (Cork, Ireland : Cork University Press, 1995) ; Declean Kiberd, *Inventing Ireland, the Literature of Modern Nation* (Cambridge : Havard University Press, 1995) ; 홍성숙, 〈아일랜드 현대문학의 숭심추구 정신과 세계화 전략〉, 《영어영문학연구》 제41권 제1호 (서울 : 한국영어영문학회, 1999) ; Joep Leerssen, *Mere Irish and Fior-Ghael, Studies in the Idea of Irish Nationality, its Development and Literary Expression prior to Nineteenth Century* (Cork, Ireland : University of Cork Press, 1997)

은 거의 자취를 감추었다. 오 헤거아르터(Padraig O hEigeartaigh)의 시 〈나의 슬픔 도난차〉(Ochon! A Dhonncha, 1906)에서 마지막 모습을 볼 수 있다. 아들 도난차의 죽음을 애도한 그 시에서, 자기 아들이 '폴다'(Folda)라고 일컬은 조국의 아들이라고 하고, 영웅서사시의 주인공이 투쟁하던 모습을 재현하지 못하고 죽어 안타깝다고 다음과 같은 말로 한탄했다.[255]

그리고 내 사랑하는 아들아!
나는 우리 시대에 거의 절망하고 있었다.
네가 우리나라 폴다를 섬기는
과감한 행동과 놀라운 생각으로,
용감하고 날랜 영웅이 되어
영광을 누리리라고 생각하지는 않았다.

겔릭어를 아는 사람은 한때 17.6퍼센트까지 줄어들었다. 1921년에 자치를 얻고, 갤릭어를 되찾자는 운동을 일으켜, 그 수가 1936년에는 23.7퍼센트로 늘어났다. 1949년에 독립을 이룩하면서 갤릭어를 국어로 삼고 교육을 통해 적극 보급한 결과 1981년에는 그 수가 31.6퍼센트에 이르렀다.[256] 사정이 좋아지고 있지만 낙관할 수는 없다. 그 정도로는 영어를 버리지 못한다. 아직까지도 문학창작에서는 영어가 흔하게, 갤릭어가 드물게 사용된다.

소설가 조이스(James Joyce), 극작가인 쇼(Bernard Shaw)와 베케트(Samuel Beckett), 시인 히니(Seamus Heaney) 등은 자기 고장에 머무르지 못하는 의식을 다양한 표현을 갖춘 영어로 나타내 널리 평가되면서 아일랜드문학의 범위를 넘어섰다. 영어를 버리고 겔릭어로 창작하면

---

255) Sean O'Tuama ed., Thomas Kinsella tr., *An Duanaire, Poems of Dispossed 1600~1900* (Mountrath, Ireland : Dolmen, 1981), 262~263
256) Hervé Abalain, 위의 책, 63

서 민족문학의 중심을 잡으려고 하는 작가들은 밖에 알려져 평가되지
않는다. 소설도 있기는 하지만 성장하기 어렵고, 불리한 여건을 무릅쓰
고 자기 성찰의 사명을 오직 시가 맡아서 수행한다. 오 디레아인(O
Direain), 오 리오르다인(O Riordain), 눌알라 니 드홈흐나일(Nuala Ni
Dhomhnail), 오투아마(Sean O'Tuama)가 그런 시인이다.

방탕하게 굴던 영혼이 슬픔의 물에서 목욕을 하니,
순결한 눈이 내 가슴에 내린다.
세 계절 동안이나 뱃속에 나를 간직했던 여인의 기억을
가슴속에 깨끗하게 묻어두리라.

오 리오르다인의 장시 〈어머니의 장례〉(Adhlacadh Mo Mhathar,
1945)의 한 대목을 들면 이와 같다.[257] 시인은 어머니가 죽어 장례를 치
르면서 무엇을 잃어버렸는지 깊이 깨달았다고 했다. 아일랜드 시인들의
시는 가까운 사람의 죽음을 노래할 때 특히 진지하다. 위에서 든 아들
의 죽음을 애도한 시는 이루지 못한 희망을 말했다면, 여기서는 잊지
말아야 할 정신을 말했다고 할 수 있다.

네덜란드는 오랫동안 유럽의 중심부였다. 라틴어문명의 유산을 정통
으로 이어 지식수준이 높고, 자본주의 발전에 앞섰으며, 해외로 진출해
식민지를 차지하는 경쟁에서 영국과 당당하게 맞섰다. 그러나 17세기의
전성시대가 지나자 세력이 위축되었다. 강대한 민족국가를 건설하려는
19세기의 경쟁에서 밀려 소수자의 비애를 느끼게 되었다. 외세의 간섭
때문에 같은 민족이 분리되어 별개의 나라 벨기에를 이루었다. 외국어
능력을 경쟁력으로 삼으려고 하다가 민족문학의 입지가 좁아졌다.

19세기초에 헬메르스(Jan Frederik Helmers)의 〈홀란드 나라〉(De
Hollandsche Natie), 포트기에터(E. J. Potgieter)의 〈홀란드〉(Holland)

---

257) Sean O Tuma, 위의 책, 15

같은 애국시가 나와 시련을 통탄하면서 희망을 가지자고 한 것을 보면,[258] 네덜란드는 약소국의 표본 같다. 그러나 민족문제를 떠난 사회의식에서는 유럽 중심부 공통의 성향을 그대로 지니고 변화를 함께 겪어, 문학창작의 독자적인 노선을 찾고자 하지 않았다. 20세기의 대표적인 시인 블로엠(J. C. Bloem)이 말한 고독이나 니즈호프(Martinus Nijhoff)가 보여준 방황은 프랑스나 영국 쪽의 비슷한 작품들과 함께 평가될 수 있는데,[259] 언어 사정 때문에 널리 알려지지 않았다.

벨기에는 고유한 언어가 없는 나라이다. 북쪽 사람들은 네덜란드어를 사용하면서 네덜란드문학을 공유한다. 그런 작가 가운데 가장 널리 알려진 클라우스(Hugo Claus)는 시, 소설, 희곡, 시나리오 등의 여러 영역에 걸쳐 정력적인 창작활동을 하면서 백 권이 넘는 작품집을 출간해 자기 언어가 문학어로서 살아 있다는 것을 입증했다. 시골 농민의 향토 사랑을 노래하는 시를 쓰고, 〈놀라움〉(*De Verwondering*, 1962)이라는 소설에서는 문화의 뿌리를 찾는 언어학교수가 권위주의적 사회기풍 때문에 좌절하는 모습을 그렸다.[260]

프랑스어의 한 갈래인 발롱(Wallon)어를 모국어로 하는 벨기에 남쪽 사람들의 문학은 세 가지 서로 다른 면모를 지니고 있다. 표준 프랑스어로 작품을 창작하면서 널리 관심을 끌 만한 주제를 다루어 프랑스 작가로 평가받은 베르아랑(Verhaeren)과 메테르링(Maetherlinck)도 있다. 투쉴(Jean Tousseul)이 좋은 본보기를 보인 것처럼 자기 고장의 토착적인 정서를 나타내는 데 힘쓰는 쪽도 있다. 자기 언어 왈롱을 그대로 사용하는 마케(Albert Maquet)를 위시한 일군의 작가들은 독자노선을 더

---

258) Reinder P. Meijer, *Literature of the Low Countries, a History of Dutch Literature in the Netherlands and Belgium* (New York : Twayne, 1971), 196, 210
259) 같은 책, 291~293, 298~304
260) 같은 책, 351~352 ; D'Annick Benoit-Dusausoy et Guy Fontaine dir., *Lettres eurpéenne, histoires de la littérature europénne* (Paris : Hachette, 1992), 938~941

욱 분명히 한다.[261]

룩셈부르크는 너무 작은 나라여서 독자적인 문학을 가꾸기 어렵다. 제2차세계대전 전까지는 독일어를, 그 뒤에는 프랑스어를 공용어로 하고 있어, 자기 언어 레쩨부에르게쉬(Lëtzebuergesch)는 말하는 데만 사용하고, 글로 써놓으면 읽지 못하는 사람이 대부분이다. 자기 언어로 문학작품을 창작하고자 하는 시도가 있지만 지지를 얻지 못한다.[262]

스칸디나비아사회는 오랫동안 농민·장인·어부의 사회이고 지적 활동을 하는 사람은 거의 없었다. 기독교 교회가 정신활동의 구심체이고, 문학은 구비문학이었다. 19세기 중엽에 이르러서야 산업화가 일부 시작되어 도시가 생겨나고 시민이 나타나고, 민족국가를 이룩하려는 운동이 일어났다. 그 시기에 스칸디나비아의 구비전승을 이어서 민족의식의 바탕으로 삼으면서, 민족국가의 정신적 구심체가 되는 민족문학을 일으키고자 하는 작가들이 활동했다.[263]

덴마크는 민족의 전통을 살려 독자적인 문학을 일으키는 데 다른 나라보다 앞섰다.[264] 민족의 자각을 고취한 선각자 그룬트비히(Grundtvig)는 정신의 뿌리를 찾아나서서 〈북국의 신화〉(*Nordens mytholgi*, 1832)를 이룩했다. 안데르센(Andersen)은 구전민담을 개작해 소년을 위한 읽을 거리를 마련하다가 거기서 한 걸음 더 나아가 동화작품을 창작하

---

261) Auguste Viatti, "La littérature d'expression française hors de la France métropolitaine", Raymond Queneau dir., 위의 책 ; Philip Moselry, "Walloon Literature : Some Questions of Regionalism in a Bi-lingual Culture", R. P. Draper ed., *The Literature of Region and Nation* (London : Macmillan, 1989)

262) Sepp Simon, "Literature in Lëtzebuergesch in the Grand Duchy of Luxembourg", R. P. Draper ed., 위의 책 ; Gerald Newton ed., *Luxembourg and Lëtzebuergesch* (Oxford : Clarendon, 1996)

263) Frédéric Durand, *Les Littératures scandinaves* (Paris : Presses Universitaires de France, 1974) ; Régis Boyer, *Histoire des Littératures scandinaves* (Paris : Fayard, 1996)

264) P. M. Mitchell, *A History of Danish Literature* (Copenhagen : Gyldendal, 1957).

410

는 새로운 길을 열었다. 어린 나이에 겪어야 하는 삶의 고난을 절실하게 다룬 것은 전에 볼 수 없던 일이어서 깊은 감동을 주었다. 키에르케고르(Kierkegaard)가 자서전 형태의 철학 논설을 써서 삶의 고뇌를 문제삼은 데서도 내면의식을 중요시하는 전통이 살아 있다.

스웨덴에서는 새로운 시대의 문학이 역사소설에서 시작되었다.[265] 알름크비스트(Almqvist)가 그 개척자 노릇을 하면서, 과거의 어느 시기에 있었던 사건을 확장해 낭만적인 상상을 펼치고, 가난하고 순수한 사람들의 마음씨가 소중하게 간직해야 할 전통임을 알려주려고 했다. 스트린드베르그(Strindberg)도 역사소설 창작에 참여해 〈스웨덴의 운명과 모험〉(*Svenska öden och äfventyr*)이라는 역사소설집을 1882년부터 계속 냈다.

스트린드베르그는 왕성한 의욕과 넘치는 정열을 가지고 여러 영역에 걸친 방대한 작품을 창작해 스웨덴 문학의 발전에 크게 기여했다. 그 가운데 사회의 모순을 그린 소설도, 격정적인 서정시도 있지만, 내면심리를 문제로 삼은 희곡이 특히 높이 평가된다. 자연주의적 비극이라고 일컬어지는 희곡에서, 범속한 사람들의 내면에 잠재되어 있던 파멸의 요소가 폭발하는 사태를 그렸다. 내면의 분열에 시달리는 문학을 하면서도 자폐증을 거부하고, 말하고자 하는 바를 객관화하고 사회문제로 삼으려는 의지를 보였다. 〈아버지〉(*Farden*, 1887)를 들어보면, 자기 자식들의 생부가 아니라는 사실을 알게 된 아버지의 파탄을 그리면서 부계사회의 질서가 허망하다는 것을 보여주었다.

19세기가 끝나고 20세기가 시작될 무렵에는 스웨덴문학이 세련미를 갖추었다. 에케룬드(Ekelund)는 스웨덴문학의 거친 어조에서 벗어나 순수한 시를 쓰고자 했다. 프랑스 상징주의에 동조해 미묘한 언어표현으로 고독한 삶에 대한 성찰을 나타냈다. 상징어 선택도 전례와 연결되었

---

265) Ingemar Algulin, *A History of Swedish Literature* (Stockholm : The Swedish Institute, 1989) ; Lars G. Warme ed., *A History of Swedish Literature* (Lincoln : The University of Nebraska Press, 1996)

다. 〈바다〉(Havet)의 한 대목을 들어보자. 바이런이나 보들레르와는 달리, 바다를 피곤한 영혼의 안식처라고 했다. 바다에서 살아온 사람들의 후예다운 발상이다. 순수시에도 역사가 살아 있다는 것을 알려준다.[266]

오 안식처여, 안전하게 쉴 곳이여!
사람의 혼은 지쳤어도
그대는 변함이 없구나.
지금도 새롭게 빛나는 바다여!
이 깊은 곳을 바라보면서
얼마나 많은 고난을 잊었는가,
얼마나 많은 혼이 조용해졌는가!

노르웨이는 서부유럽의 중심부에서 멀리 벗어나 있는 변방이며, 근대화가 지연되고 있는 후진국이었다.[267] 오랫동안 덴마크어를 공용어로 쓰고 자기 말로 문학을 창작하는 전통이 빈약했다. 희곡을 써서 연극을 공연하는 관습이 확립되어 있지 않았다. 그런 곳에서 어떻게 선진적인 연극이 생겨날 수 있었던가 하는 물음에는, 후진이 선진일 수 있는 일반적인 가능성을 입센(Ibsen)이라는 탁월한 직가가 구현했기 때문이라고 대답할 수 있다.

입센이 유럽 중심부에서 일어난 1848년의 혁명을 보고 깨달은 바 있어 새 시대의 이념을 구현하는 작품을 쓰고자 하는 의욕에 넘칠 때, 자기 나라 노르웨이에서 문화를 선진화하기 위한 방책의 하나로 국립극장을 세워 연극을 육성하고자 하는 의지를 보여 기회를 얻었다. 경쟁자가 있어 자극을 얻고, 애호자가 많아 외롭지 않았다. 평가를 얻은 뒤에는 거국적인 성원을 받으면서 창작에 전념하는 행복을 누렸다.

---

266) Ingemar Algulin, 위의 책, 154
267) Herald S. Naess, ed., *A History of Norwegian Literature* (Lincoln : The University of Nebraska Press, 1993)

작품 창작의 실제 작업에서 두 가지 원천을 결합시켰다. 유럽 중심부에 오래 머물면서 얻은 견문을 스칸디나비아의 전승과 결합시켜 전에 볼 수 없던 작품세계를 이룩했다. 불필요한 전례에 매이지 않고 현실의 문제를 직접 다루는 연극을 과감하게 창안했다. 시적 표현이나 웅변적인 과장 없이 일상생활의 대화를 그대로 사용해 삶의 실상을 충실하게 재현하면서 그 문제점을 파헤쳐 사회개혁을 주장하는 연극을 했다.

대표작의 하나인 〈페르 귄트〉(*Peer Gyunt*, 1867)는 향토색이 짙은 작품이며 노르웨이 사람들의 정서를 잘 나타내서 민족문학의 고전으로 평가된다. 유럽 변방의 나라들이 민족문화를 일으키고자 하는 운동을 모범적으로 실현해서 널리 영향을 끼쳤다. 더욱 널리 알려진 작품 〈인형의 집〉(*Et Dukkehjen*, 1879)은 여성 해방의 문제를 적극적으로 다루어 유럽 전체를 놀라게 했다. 불필요한 인습이 적은 변방에서 혁신을 한 성과가 중심부를 뒤흔들 수 있다는 것을 보여준 사례로도 주목할 만하다.

같은 시대에 활동한 문학사가 브란데스(Brandes)는 유럽문학의 전체적인 모습을 파악했다. 19세기 유럽의 문예사조사를 총괄하면서 중심부 몇 나라로 논의의 범위를 한정하지 않고, 폴란드, 러시아, 보헤미아, 아르메니아 등 변방의 문학도 정당하게 평가했다. 주변부는 중심부의 자기도취에서 벗어나 있어 문명권 전체의 모습을 파악할 수 있다는 것을 입증했다.

함순(Knut Hamsun)이 〈빈곤〉(*Sult*, 1890) 같은 작품을 써서 내면의식의 갈등을 그리자 노르웨이의 소설은 서유럽소설에 근접하는 것 같았다. 그러나 다음 세대의 작가들은 거대한 사건이 전개되는 역사소설을 써서 현대사회의 모순과 번민이 없는 과거를 재현하고자 했다. 올라브 둔(Olav Dunn)은 6대에 걸친 가족사를 6권으로 다룬 〈주빅의 사람들〉(*Juvikfolke*, 1918~1923)에서, 바이킹 시대부터 현대까지 노르웨이인이 살아온 내력을 집약해서 나타냈다. 여성작가 운드세트(Sigrid Undset)의 〈크리스틴 라브란스다테르〉(*Kristin Lavransdattar*, 1920~

1922) 3부작에서는 14세기 사람들의 야성적인 삶을 총체적으로 그렸다.

바다 건너 멀리 있는 아이슬란드에서도 근대민족문학이 일어났다. 할그림손(Jonas Hallgrimsson)은 〈아이슬란드〉(Island, 1935)라는 시에서, 자기 조국이 과거의 영광을 되찾아야 한다고 했다.[268] 독자가 부족한 작은 나라이지만, 장편소설도 발전시켜왔다. 락스네스(Halldor Laxness)는 종교적인 탐구와 사회비판을 주제로 하다가 서사시의 수법을 이어 민족사를 재인식한 거작 〈아이슬란드의 종소리〉(Islandsklukkan, 1943~1946)를 이룩했다.[269]

핀란드도 스칸디나비아의 일원이지만, 이웃 나라 사람들과는 계통이 아주 다른 피노우그리아 민족의 고장이다. 독립국을 이루지 못하고 오랫동안 스웨덴의 일부였다가, 다시 러시아의 지배에 시달려야 했다. 스웨덴어문학과 힘든 경쟁을 하면서 자라나던 핀란드어문학은, 러시아어가 공용어로 등장해서 핀란드어 사용을 막자 더 큰 어려움을 겪게 되었다.[270]

그런 위기 상황을 타개하기 위해서 민족문화운동이 일어날 때 선두에 선, 뢴로트(Lönnrot)는 민족정신의 구심체가 되는 민족서사시가 있어야 한다고 판단했다. 단편적인 형태로 남아 있는 구전을 모아 연결시키고 창작을 보태 민족서사시의 기념비적 작품 〈칼레바라〉(Kalevara, 1835)를 내놓았다. 오랜 소재를 가져와 새로운 민족주의를 만들어내,[271] 국내외의 높은 평가를 받았다.

그 뒤를 이은 키비(Aleksis Kivi)는 핀란드문학을 일으키는 과업을 희곡에서 시작해서 소설과 시로 활동영역을 넓혔다. 1917년에 독립을 이룬 뒤에 활동한 여러 시인 가운데 부오레라(Einari Vuorela)는 구비

---

268) http : //www.library.wisc.edu/etext/Jonas
269) Régis Boyer, 위의 책, 330~334
270) George C. Schoolfield ed., *A History of Finnland's Literature* (Lincoln : University of Nebraska Press, 1998)
271) Juna Y. Pentikäinen, Ritva Poom tr., *Kalevala Mythology* (Bloomington : Indiana University Press, 1989)

414

문학의 전통을 새롭게 창조하는 데 특히 힘썼다. 살라마(Hanu Salama)는 근대소설의 고전으로 평가되는 〈그 평범한 이야기〉(*Se tavallinen tarina*, 1961)에서 도시에 간 농촌처녀의 적응 장애를 다루면서 사회모순을 문제삼았다.

헝가리 또한 핀란드와 함께 피노우그리아 민족의 나라인데, 오스트리아 제국의 지배하에 있어 독립을 되찾아야 했다.[272] 독일어 문화권에 편입되어 미개상태의 특수성을 버리려고 하던 잘못을 시정하고, 구비문학의 풍부한 유산을 민족의 주체적인 각성의 원천으로 삼는 근대문학을 이룩하는 것이 새로운 노선으로 채택되어 널리 지지를 받았다. 뵈뢰스마르티(Vörösmarty)는 민족서사시를, 에퇴트뵈스(Etötvös)는 역사소설을 써서 그 작업을 구체화했다.

제1차세계대전을 겪고 독립을 이룩하는 시기에 헝가리는 극심한 격동을 겪었고, 사회주의 혁명이 일어나 억압받으면서 사상 논쟁이 치열하게 일어났다. 역사의 진로와 문화의 향방을 선택하는 논란에 문학이 깊이 관여했다. 그 선두에 선 아디(Endre Ady)는 민족의 수난 극복에 혼신의 힘을 바치고자 했다. 헝가리인이 겪은 역사적 시련을 되돌아보면서, 전쟁에 휘말려들어 겪는 희생을 안타깝게 여기고, 독립을 향한 열망을 나타내고, 민족의 자부심을 불어넣는 시를 다양한 표현을 갖추어 썼다.

체코 사람들도 오스트리아 제국의 지배하에서 민족의식을 찾고, 민족문학을 일으키려 했다.[273] 공용어인 독일어를 버리고 체코어를 사용하는 문학운동을 연극에서 시작했으며, 클리츠페라(Klicpera)가 주동자 노릇을 했다. 마차르(Machar)는 처음에 독일어를 사용하다가, 구비전승

---

272) Tibor Klaniczay ed., *A History of Hungarian Literature* (Budapest : Corvina Kiado, 1982)

273) Eduard Goldstücker, "The Revival of a National Literature : the Czechs", David Daiches and Anthony Thorlby ed., *Literature and Western Civilization, The Modern World I Hopes* (London : Aldus Books, 1975)

과 깊은 관련이 있는 체코어시를 썼다. 팔라츠키(Palacky)는 민족의 역
사를 거대한 분량으로 다루어 "국가의 아버지"라고 칭송되었다. 〈보헤
미아의 역사〉라고 하는 그 책 처음 몇 권은 독일어로 써내고 나중에 체
코어로 번역했으며, 중간부터는 체코어로 먼저 써서 모두 10권이나 되
는 분량이다.

　체코가 독립을 얻은 1920년대 이후에, 체코 작가들은 정치에 대한 불
만을 풍자로 나타내는 소설의 새로운 기법을 찾았다. 하세크(Jaroslav
Hasek)는 〈착한 병사 슈베이크의 모험〉(*Osudy dobreho vojaka Svejka
za svetove valky*, 1920~1923)에서, 무력한 인물이 험악한 군대생활을
견디어내는 과정을 흥미롭게 그려 반전사상을 폈다. 차페크(Karel
Capek)는 〈제멋대로인 절대〉(*Tovarna na absolutno*, 1922)를 비롯해
여러 작품에서 신문기사를 자주 인용하고 만들어 넣기도 하는 방식으
로 정치를 비판했다. 쿤데라(Milan Kundera)는 사회주의체제에 들어간
시기에 느낀 불만과 갈등을 소설의 통상적인 수법을 파괴한 〈참을 수
없는 존재의 가벼움〉(*Nesnesitelna lehkost byti*, 1985)에서 표출했다.

　오스만터키의 지배에서 가까스로 해방되어 민족국가 건설을 위해
분투하던 발칸반도의 슬라브민족은, 구비서사시를 전승하고 재창조하
면서 민족의식을 이어오는 한편 기록문학에서도 그 전통을 적극적으
로 계승했다.[274] 몬테네그로의 느제고스(Njegos)는 〈산악에 버림받은
사람〉(*Gorski vijenac*, 1947)을, 크로아티아의 마주라니치(Mazuranic)
는 〈이스마일 아게 첸지카의 죽음〉(*Smrt Ismail-Age Cengica*, 1846)
을 써서 그런 작품의 본보기를 보여주었다. 둘 다 터키인 지배자의 횡
포에 대한 항거를 다루면서, 구비서사시에서 가져온 표현법을 세련되

---

274) E. D. Goy, "Literature and National Identity : The Serbs and Croats", David
　　Daiches and Anthony Thorlby ed., 위의 책 ; Magaret Beissinger, "Epic,
　　Gender, and Nationalism, the Development of Nineteenth Century Balkan
　　Literature", Magaret Beissinger et al. ed., *Epic Traditions in the Contemporary
　　World* (Berkeley : University of California Press, 1999)

416

게 다듬고, 주인공의 성격 묘사를 탁월하게 해서 민족의 자부심을 드 높였다.

보스니아문학은 한 걸음 뒤떨어진 것 같더니 안드리치(Ivo Andric) 가 나타나 크게 발전시켰다. 다방면에 걸친 창작활동을 하면서 안드리 치는 과거와 현재를 예사 사람들이 하는 이야기를 통해 연결시키고자 했다. 〈드리니강의 다리〉(*Na Drini cuprija*, 1945)에서는 16세기에 만 든 돌다리 위로 이슬람교도·유태인·기독교도가 오고가면서 만든 역사 를 각기 독립되어 있는 사건을 연속시켜 다루었다. 그래서 동서의 연결, 종교끼리의 이해, 민족 사이의 화합을 염원하는 마음을 나타냈다.

그러나 그것은 이루기 어려운 이상이었다. 1945년 이후에는 여러 민 족을 통합한 국가 유고슬라비아가 세워졌으나 전국적인 문학은 이루어 지지 못했다. 세르비아문학이 유고슬라비아문학으로 행세하는 데 대해 서 다른 민족의 작가들이 크게 반발했다.[275] 시대 인식이나 이념보다 민 족적 전통이 문학에서 더욱 소중하다는 사실이 판명되었다. 유고슬라비 아가 해체되면서 민족들 사이의 적대감이 확대되었다.

알바니아인은 발칸반도에 진출한 오스만터키 세력의 후예이고 이슬 람교도여서, 주변 여러 민족의 반감을 사고 있다. 그런데 구비문학으로 만족하지 않고 근대민족문학을 일으키기 위해서는 방향 전환을 해야 했다. 서유럽의 일원이 되어야 한다고 판단하고 이탈리아와 그리스의 전례를 따르고자 하면서도, 자기 정체성 때문에 고민하는 문학을 해야 했다.[276]

19세기말에 이르러서 독자적인 국가 건설의 의지가 고조될 때 활약 하던 여러 시인 가운데 〈산악의 기타〉에서 민족사를 노래한 피슈타

---

275) Steta Lukic, Pola Triandis tr., *Contemporary Yugoslav Literature, a Sociological Approach* (Urbaba : University of Illinois Press, 1972)
276) André Mirambel, "Littérature albanaise", Raymond Queneau dir., 위의 책 ; Robert Elsie, *Studies in Modern Albanian Literature and Culture* (New York : Columbia University Press, 1996) ; Arshi Pipa, *Contemporary Albanian Literature* (New York : Columbia University Press, 1991)

(Gjergy Fishta)가 특히 높이 평가된다. 소설은 20세기에 이르러서 나타 났다. 포스톨리(Foqion Postoli)의 〈추억의 꽃〉 같은 역사소설이 중요 한 작품이다. 20세기 후반의 소설가 카다레(Ismail Kadare)는 〈군사들 은 죽은 장군〉(*Gjenerali i ushtrise se vdekur*)에서, 전사자들의 시신을 찾으러온 이탈리아 장군의 거동을 그리면서 자기 시대에 겪은 수난을 되돌아보았다. 카마즈(Martin Camaj)는 소비에트 체제를 피해 서유럽 으로 망명해서 여러 형태의 표현을 복합시킨 문제작 〈드란자〉(Dranja) 를 내놓았다.

루마니아에서는 1867년에 〈문학대화〉(*Convrobiri literare*)라는 문예 지가 창간된 것을 계기로 독자적인 노선을 찾는 근대 민족문학이 등장 했다.[277] 민족의 과거를 동경하고, 마을 공동체를 소중하게 여기며, 농민 의 삶이 아름답다는 것이 그 기본 방향이다. 20세기 루마니아문학의 최 대작가로 평가되는 사도베아누(Mihail Sadoveanu)는 광범위한 창작을 하면서, 〈도끼〉(*Baltagul*, 1930) 같은 농촌소설에서, 시골 사람들의 모 습을 자연풍경이나 민간전승을 곁들여서 핍진하게 그리는 데 특히 뛰 어난 역량을 발휘했다.

불가리아문학은 외세에 항거하는 민족의식이 더욱 강렬하다.[278] 오스 만터키의 지배에서 벗어나고자 하는 투쟁을 격렬하게 일으키는 데 앞장 서서 희생된 시인 보테브(Khristo Botev)를 크게 숭앙한다. 바조브(Ivan Vazov)는 〈소나무〉(1873년경)를 써서 민족의 수난과 투쟁을 거대한 규 모로 노래했다. 한 대목을 들어보자. 절망과 희망의 관계를 다음과 같이 나타냈다.[279]

---

277) 김성기, 〈루마니아 산문문학 개요〉, 미하일 사도베이누 외, 김성기 역, 《숲 속 의 동화 외》(한국외국어대학교 출판부, 1995)

278) Clarence A. Manning and Roman Smal-Stocki, *The History of Modern Bulgarian Literature* (New York : Booksman Associates, 1960) ; Charles A. Moser, *A History of Bulgarian Literature 865~1944* (The Hague : Mouton, 1972)

279) Clarence A. Manning and Roman Smal-Stocki, 위의 책, 179

나라가 멸망한 역사를 목격한 소나무
절망적인 싸움에도 온전하게 살아 남아,
승리자의 멸시를 거들떠보지도 않으면서
위엄 있는 자세로 자기 삶을 뻗치고 있다.

소설가로서 두드러진 활동을 한 펠린(Elin Pelin)은 불가리아 농민의
삶을 고전적인 산문의 문체로 그리면서 상징적인 수법을 함께 사용했
다. 〈토지〉(Zemja, 1922)에서 농토에 대한 탐욕 때문에 파멸을 자초하
는 위인의 비참한 생애를 그렸다. 사회문제에 깊은 관심을 가지면서도
그 이면의 내면심리를 비관적인 관점에서 다루었다. 환상을 좇으면서
아동문학 창작에 몰두하기도 했다.

그리스는 고대에 유럽문학의 고전을 산출한 곳이고, 중세에는 동방
기독교문명권의 중심을 이루는 비잔틴문학을 이룩했지만, 오랫동안 오
스만터키의 지배를 받다가 뒤늦게 독립해, 민족국가 건설의 힘든 과업
을 수행해야 하는 변방의 나라가 되었다.[280] 그러면서 별난 고민을 겪어
야 했다. 위대한 과거가 오히려 짐이 되어, 언문일치를 이루기 어렵게
하고, 근대문학의 성립을 방해했다. 오랜 내력을 자랑하는 문어의 격식
에서 벗어나, 교육받지 않은 사람들의 구어를 받아들여 글을 쓰고 작품
을 창작하기까지 많은 진통을 겪었다.

솔로모스(Solomos)는 구어를 사용해서 독립정신을 고취하는 시를 썼
다. 그 가운데 하나인 〈자유의 찬가〉(1823)는 나중에 그리스의 국가가
되었다. 그러나 문어 사용이 지속되어, 언문일치를 이루는 데 많은 지장
이 있었다. 산문에서도 문어를 사용하는 관습은 완강하게 지속되었다.
칼리가스(Pavlos Kalligas)의 〈타노스 블레카스〉(Thanos Vlekas, 1855)
는 근대장편소설의 시발점이라고 평가되지만, 언어사용에서는 보수적
인 취향을 나타냈다. 농촌 출신의 형제가 도시로 나가 범죄자가 될 수

---

280) Roderick Beaton, An Introduction to Modern Greek Literature (Oxford :
    Clarendon, 1994)

밖에 없는 현실을 고발한 그 작품에서 문어를 많이 사용하고, 이상화되
고 관습화된 문구를 애용했다. 소설에서 구어 사용이 늘어난 것은 근래
의 일이다.

폴란드는 러시아 지배하에 들어가, 뜻 있는 사람들은 망명의 길에 올
라야 하는 비운을 겪었다.[281] 독립운동을 한다고 체포되어 러시아로 압
송되었다가 가까스로 풀려나 서유럽에서 일생을 보낸, 미쯔키에비치
(Mickiewicz)는 서사시 〈판 타데우즈〉(*Pan Tadeusz*, 1834)를 써서 국
권을 상실하기 전의 잃어버린 과거를 되찾고자 했다. 폴란드인의 삶을
친근한 어조로 되돌아보는 내용이고 특별한 정치적 주제를 내세우지
않았어도, 민족 각성을 위한 구심체 노릇을 했다. 언어 구사와 율격이
자연스러워 일상적인 대화의 일부가 되었다.

억압받는 현실이 작가를 긴장하게 하고, 사회모순을 찾게 했다. 프루
스(Prus)의 소설이 그런 작품이다. 〈전진기지〉(*Placowka*, 1886)에서 땅
에 지나친 집착을 하다가 파멸하는 지주의 모습을 비판적인 시각으로
그리면서, 가난하고 무식한 농민이 빈곤과 싸우는 모습에 동정심을 가
지게 했다. 그것이 삶의 전진기지임을 보여주기만 하고 더 나아가지 못
했다. 문제를 어떻게 해결해야 하는지 알지 못해 비관적인 생각에 사로
잡혔다.

20세기에 들어서면 두 경향이 나누어졌다. 레이몬트(Wladyslaw
Stanislaw Reymont)가 4부작 소설 〈농민〉(*Clopi*, 1902~1909)에
서 보인, 집단의 삶을 거대한 규모의 서사시적 구상을 갖추어 다채롭
게 그리는 것이 한쪽 방향이다. 다른 한편으로 곰브로비치(Witold
Gombrowicz) 같은 작가는 고독하고 불안한 개인의 문제를 다루는
쪽으로 나아가면서 소설을 해체했다.

발틱해 연안의 세 나라 에스토니아, 라트비아, 리투아니아 또한 러시

---

281) Czeslaw Milosz, *The History of Polish Literature* (Berkeley : University of
California Press, 1983)

아의 지배에서 벗어나 민족해방을 이룩하고자 하는 투쟁을 문학을 통해 전개했다.[282] 구비문학의 풍부한 유산을 민족 주체성 인식의 근거로 삼았다. 기독교문명권의 가장 변방이고 중세화가 늦어져 기록문학의 유산이 빈약하고, 근대민족문학을 이룩할 여건 또한 미비한 약점을 구비문학의 재창조에서 얻는 활력으로 극복하고자 했다.

에스토니아에서는 민족의 계통이 유사한 이웃 나라 핀란드의 전례를 보고 분발해, 구비문학을 집성해서 민족서사시 〈칼레브의 노래〉(*Kalevipoeg*, 1857~1861)를 이룩하는 과업을 크레우츠발드(Reinhold Kreutzwald)가 맡아서 완수했다. 라트비아의 시인 품푸르스(Anfrejs Pumpurs)는 전설과 역사를 함께 수용해 민족서사시 〈곰을 죽인 사람〉(*Lacplesis*, 1888)을 창작했다. 리투아니아에서는 마이로니스(Jonas Maironis)가 민족이 다시 깨어나라고 기원하는 시를 1890년대부터 짓고, 크레베(Vincas Kreve)는 〈사루나스〉(*Sarunas*, 1911)라는 희곡에서 전설상의 영웅을 칭송했다. 마이로니스의 시 〈봄의 소리〉(1895)의 한 대목을 들어보자.[283]

> 전능하신 분이여, 아름다운 우리 고장을 지켜주소서.
> 우리가 일하고, 선조들은 쉬고 있는 이 터전을.
> 경계도 없고 끝도 없는 자비를 내려주시는 분이시여,
> 당신의 자식들이 오랜 세월 억압당하고 있나이다.
> 전능하신 분이시여 진노해 우리 땅을 흔들지 마소서,
> 당신은 어느 때든 우리의 희망이고 빛이옵니다.

세 나라 모두 1918년에 제정 러시아가 망하자 독립을 얻었다가 1940

---

282) Aleksis Rubulis, *Baltic Literature, a Survey of Finnish, Estonian, Latvian, and Lithuanian Literatures* (Notre Dame, Indiana : University of Notre Dame Press, 1970)
283) 같은 책, 172

년에 다시 소련의 일부가 되고, 최근에 소련의 해체와 더불어 다시 독립했다. 그 기간 동안 줄곧 러시아를 따르는 계급의식의 문학과 러시아 지배에서 벗어나고자 하는 민족의식의 문학이 대립했다. 자기 나라에서 견디지 못하고 망명작가가 된 사람들이 민족문학을 더욱 강렬하게 나타냈다.

러시아는 폴란드와 발틱해 연안 세 나라를 지배하고 있었지만 그런 곳들보다 더욱 변방이고 문제가 많은 나라였다. 예속 신분의 농노가 수고해 거둔 곡물을 서유럽에다 내다 팔아 귀족들은 극도의 사치를 누렸다. 귀족에 속하기는 해도 부를 누리지 못하고 사회모순 때문에 괴로워하는 사람들이 작가가 되어 시민이 해야 할 일을 대신하고, 민중의 대변자 노릇을 했다. 서유럽의 '시민소설'에 동참하지 않고, '귀족-시민-민중소설'을 새롭게 창작하면서 자기 시대의 모순과 싸웠다.

러시아문학의 특징은 종교적 전통과도 관련있다. 러시아가 정통을 이었다고 자부하는 동방기독교에서는 서방기독교에서 연옥을 만들어낸 과업을 함께 수행하지 않아, 지옥이냐 천국이냐 하는 양단논법에서 벗어날 수 없었다. 지옥에 갈 사람들이 악에서 헤어나지 못하는 삶을 그리면서, 천국을 향해 나아가는 성자의 모습을 제시하는 것이 문학의 임무였다. 철학이 따로 없는 것이 또 하나의 전통이고, 제정러시아는 학문의 자유를 허용하지 않아, 작가가 사상가이고, 작품이 논문이게 했다.

문제를 진단하고 해결하는 방안은 작가에 따라서 달랐다. 투르게네프(Turgeniev)의 〈아버지와 아들〉(*Osty i deti*, 1862)에서는 하급 귀족의 지위를 유지하고자 하는 아버지와, 귀족 지주에게 시달리는 농노의 처지를 동정하고 사회모순 때문에 괴로워하면서 해결책은 발견하지 못해 허무주의에 기울어진 아들의 대립을 그렸다. 도스토예프스키(Dostoyevsky)는 〈죄와 벌〉(*Prestupleniye i nakazaniye*, 1866)에서 착취자에 대한 증오를 개인적인 징벌로 해결하고자 한 대학생 주인공의 번민을 보여주면서 정의가 무엇인가 하는 문제를 심각하게 제기했다.

톨스토이(Lev Tolstoy)는 같은 시대의 고민을 더 큰 범위에서 다루었다. 역사의 전개에 대해서 거대한 통찰을 갖춘 서사시 같은 소설을 지었다. 〈전쟁과 평화〉(*Voyna i mir*, 1869)는 프랑스의 침공에 맞선 러시아의 투쟁을 다룬 거대한 규모의 역사소설이다. 전체와 함께 부분을 또한 중요시해서, 거국적인 투쟁의 과정에서도 개개인의 삶이 어떤 의의를 가지는가 하는 문제를 다각도로 고찰했다. 국가의 위기 상황에서도 여러 등장인물은 자기 나름대로의 절실한 과제를 안고 고민하고 분투하면서 모순과 허위를 빚어내는 모습을 생생하게 그렸다.

침략군의 지휘자 나폴레옹과 구국의 영웅 쿠투조프가 양극을 이루고, 그 사이에 수많은 가공 인물이 등장한다. 안드레이나 피에르 같은 귀족이 쿠투조프의 지휘를 받아 나라를 지키는 주역 노릇을 한다고 자부하다가, 전투가 시작되자 이름 없는 병사들의 소망과 저력이 커다란 힘을 가진다는 사실을 발견하고 놀랐다. 그런 민중의 의향에 따라서 역사의 방향이 달라진다는 비밀을 캐낸 것이 작품의 도달점이다. 나폴레옹의 침공이 실패로 돌아가고 러시아가 승리할 수 있었던 이유를 밝힌 다음과 같은 대목에 그런 견해가 요약되어 있다.[284]

확실한 정의를 내릴 수 없는 불가사의한 연쇄에 의해서 쿠투조프의 말과 내일의 전투에 대한 그의 명령은 동시에 군대에 구석에서 구석으로 전해졌다…… 각 부대의 말단부에서 사람들이 서로 전한 이야기는 조금도 쿠투조프 자신의 말과 같지 않았다. 그러나 그 말의 뜻은 곳곳에 전해졌다. 왜냐하면 쿠투조프의 말은 교활한 계략에서 나온 것이 아니라 총사령관의 마음속에서나 모든 러시아 사람들의 마음속에 한결같이 잠재하고 있는 감정에서 우러나온 것이기 때문이었다.

러시아 작가들은 누구나 톨스토이처럼 거대한 구상의 웅변을 들려준 것은 아니다. 다음 세대의 체호프(Anton Chekhov)는 목소리를 낮추었다. 잔잔하면서도 암울한 분위기가 지배하는 내면 지향의 소설과 희곡

---

284) 박형규 역, 《전쟁과 평화》(서울 : 학원출판공사, 1993), 766

을 세련된 수법으로 썼다. 모스크바 예술극장에서 상연해 크게 성공한 일련의 희곡 가운데 마지막 작품인 〈벚꽃 동산〉(*Vishnyovyy sad*, 1904)을 보면, 농노 해방의 시대를 맞이해 귀족이 몰락하고 시민이 대두하는 변화를 비관적인 어조로 다루어, 동시대 서유럽의 문학처럼 역사발전에 대한 신뢰를 잃고 하강선을 긋기 시작했다.

러시아소설의 위대한 발전이 사회주의혁명으로 더욱 촉진된다고 했으나 그럴 수 없었다. 톨스토이를 "러시아혁명의 거울"이라고 하면서 그 과업을 이어 발전시키라고 한 레닌의 교시는 실현될 수 없었다. 아무리 정당한 주문이라도 교시의 형태를 띠고 주어지면 본래의 의의를 상실한다. 사회주의체제의 모든 우월성이, 그것을 실현하는 주역이 특권화되고 관료주의의 유혹에 빠져들어가자 남아나지 않게 된 것과 같은 일이 문학에서도 일어났다.

고리키(Maxim Gorky)가 선도한 혁명 투쟁의 문학은 소설을 한 단계 더 발전시켰다고 인정할 수 있다. 대표작이라고 평가되는 〈어머니〉(*Mat*, 1907)는 민중의 항거를 형상화한 소설의 좋은 본보기이다. 아들의 노동운동을 지켜보고 도와주던 어머니가 아들 대신에 투쟁의 선두에 서기까지의 과정을 설득력 있게 그려, 혁명 진행을 촉진하는 구실을 실제로 수행했다.

러시아혁명이 성사되어 고리키가 작품을 통해서 염원하고 제시한 소비에트사회가 이룩되었다. 고리키의 작품은 공산당이 이끌어가는 새로운 체제가 요구하는 문학 창작의 전범으로 숭앙되어, 그 뒤를 잇는 작품이 계속 나왔다. 그 가운데 오스트로브스키(Ostrovsky)의 작품이 특히 높이 평가되어 소비에트문학의 최고걸작이라는 영광을 차지했다. 이 작품 또한 혁명이 일어날 때에 있었던 영웅적인 투쟁을 고리키가 마련한 전범을 따르면서 칭송한 것이다.

고리키의 작품과 같은 소설을 다시 썼다고 해서 고리키가 한 일을 다시 한 것은 아니다. 오스트로브스키 같은 작가는 과거의 이야기를 더욱 극단화해서 재현하는 작품을 써서 당대의 독자들이 집권 공산당을 따

424

르도록 설득하는 구실을 했다. 혁명의 정당성으로 혁명 후에 들어선 체제의 정당성을 입증하고, 혁명의 영웅을 본받아야 할 교훈으로 제시했다. 혁명을 위해 헌신한 영웅이 모든 어려움을 무릅쓰고 공산당의 지침을 높이 받들고 인민을 위해 봉사한 것처럼 사회주의 건설기에도 공산당을 충실하게 따르라고 했다.

러시아혁명은 시인들에게 커다란 시련이었다. 농촌의 정서를 노래하는 서정시인 에세닌(Essenine)은 혁명을 받아들이고자 하면서도 거친 현실에 적응하지 못해 번민했다. 다음과 같은 시를 쓴 마야코브스키(Maiakovsky)는 혁명에 자기 나름대로 찬동해 혁명시인으로 자처하다가, 혁명 주동세력의 공격을 받고 자살했다.[285]

광장에 울려라 폭동의 발자국 소리!
치솟아라 자랑스러운 머리의 산맥!
우리는 두 번째 노아의 홍수로
온 세상의 도시를 씻으리라.

소비에트 러시아의 문학은 영웅적인 투쟁을 그리는 방법을 고정화시키고 규격화시켜 가치관이나 행동지침을 확고하게 통일하고, 이탈자가 생기지 않게 하는 것을 사명으로 했다. 그렇게 규정할 수 있는 사회주의적 사실주의의 노선은 작가 자신의 선택이기 이전에 당국의 요구였다. 작가는 당국의 지시를 받아 당의 정책을 인민에게 전하는 기술자였다. 인민을 교양시키는 소설을 쓰라는 요구를 작가는 충실하게 따라야 했다. 인민의 나라가 인민을 억압하는 새로운 현실은 다룰 수 없게 작가들을 묶어두어, 사회 내부의 격동을 생동하게 표출하는 창작의 길을 막았다.

긍정적 주인공을 그리려고 한 작품이 스스로 주장하는 진실성을 잃고, 감동을 주지 못했다. '민중소설'을 만들어 상이한 집단의 경쟁적 합

---

285) 인노껜찌 안넨스키 외, 김학수 외 역, 《소련 현대시인선집》(서울 : 중앙일보사, 1990), 208

작품일 수 없게 한 것은 '시민소설'에서 보인 평면화의 폐단을 그 반대 방향에서 보여주었다. '시민소설'이 내적 분열을 거쳐 '작가소설'로 바뀌고, 다시 '내면의식소설'로 바뀌면서 소설의 위기를 더욱 심각하게 나타낸 것과 같은 변화를 '민중소설'도 겪었다. 민중의 선도자라고 자부하면서 혁명을 일으킨 사람들이 지배자로 등장하고 관료화하면서 '민중소설'이 '무산계급독재소설'이 되고, '지배관료집단소설'이 되었다.

그래서 문학이 관료주의의 폐단을 지니게 되었다. 문학을 지배하는 관료의 위치에 오른 작가들은 자기 스스로 작품을 쓰는 데 힘쓰기보다 다른 작가를 감독하고 비판하는 것을 더 좋은 일거리로 삼아, 수고는 적게 하고 위세는 많이 누렸다. 그러나 작품 창작이 아닌 다른 일에서는 보람을 찾을 수 없는 작가들은 요구하는 바를 그대로 따를 수도 없고 정면에서 어길 수도 없어, 그 양극단 중간의 제3의 길을 찾았다.

과거의 어느 시기나 지방의 한 고장에서 벌어지는 다소 한가하고 느슨한 사건을 자기 나름대로 다루는 것이 그런 대안이었다. 자기 시대 러시아 전체가 나아가야 하는 방향을 두고 치열한 토론을 벌이려고 하지 않고, 자연주의 수법을 사용해 서정적 풍물지를 마련하면 비난의 표적이 되지 않고 작품 창작을 계속할 수 있었다. 숄로호프(Sholokhov)의 〈고요한 돈강〉(*Tikhiy Don*, 1931)이 그런 작품 가운데 특히 뛰어나 나라 안팎에서 높이 평가되었다.

그런 작품은 사회와 개인, 역사와 생활을 하나로 연결시키기 아주 어려워, 관심이 개인생활 쪽으로 치우치는 것이 불가피했다. 그러다가 마침내 개인의 생활에 국한된 소설을 쓰는 파스테르나크(Pasternak)나 솔제니친(Solzhenitsin) 같은 작가들이 나타나 소비에트 체제를 동요시키고 붕괴를 촉진했다. 그 결과 러시아소설은 서유럽소설과 다를 바 없게 되어 함께 하강선을 긋게 되었다.

우크라이나와 벨로루시는 러시아인과 가까운 관계에 있는 사람들이 사는 나라이고 오랫동안 러시아의 일부였으나 독자적인 민족문화를 이어오고 있다. 소비에트 시대의 작가들은 무산계급의 문학을 하라는 요구에 민족문학으로 맞서면서 힘든 나날을 보냈다. 오늘날은 독립국이 되어 문학창작의 독자노선을 더욱 분명히 하고 있다.

우크라이나는 비잔틴에서 받아들인 동방기독교문명을 자기 것으로 만들어 러시아에 전해준 선배 나라인데, 후배가 강성하게 되어 변방이 되고 복속되는 시련을 겪었다. 러시아어의 방언으로 취급되던 우크라이나어를 19세기 중엽의 시인 체브첸코(Taras Chevtchenko)가 민요를 재창조한 시집 〈코브자르〉(*Kobzar*)에서 독자적인 문학어의 위치에 올려놓았다. 보브초크(Marko Vovchok)는 〈민중 이야기〉(*Narodni opovidannya*, 1857)에서 시골 사람들의 삶을 사실적으로 그리는 소설을 이룩했다. 소비에트 시대에는 체제 옹호의 문학을 하다가, 드라치(Ivan Drach)를 비롯한 일군의 시인이 1991년의 독립운동을 주도했다.

벨로루시는 라틴어를 공동문어로 한 서방기독교문명권에 속해서 러시아와는 출발이 달랐다. 17세기에 이후에는 동방기독교의 침투로 러시아화의 길을 걸으면서도 독자적인 언어와 문화를 지키기 위해 노력했다. 두닌-마르친키에비치(Dunin-Marcinkievic)는 19세기 후반에 최초의 전문적인 극단을 조직하고 자기 희곡을 공연해 벨로루시문학의 발전을 위한 획기적인 계기를 마련했다. 20세기에는 러시아의 전례를 따라 소비에트문학을 해야 한다는 요구에 맞서서 민족문학을 지키는 힘든 투쟁을 해야 했다. 신체제를 찬양해야 할 시기에 다음과 같은 시를 쓰는 것은 용납될 수 없는 일이었다.[286]

어머님, 달이 지고 있습니다.
강가의 서리는 은빛입니다……

나는 글을 더 쓰지 못합니다.
펜이 손바닥을 찌릅니다.

---

286) Anthony Adamovitch, *Opposition to Sovietization in Belorussian Literature (1917~1957)* (Munich : Institute for the Study of The USSR, 1958), 109

푸스카(Jazep Pusca)의 시 〈새로 쓴 편지〉(Novyja listy, 1928)의 두 대목이다. 어떤 상황이 전개되고 있는지 말을 최대한 아끼면서 암시했다. 검열당국이 무능하지 않아 이 시인은 투옥되어 유형살이를 해야 했다. 어두운 시기가 오래 계속되었다. 1995년에 작곡되어 민족의 애창곡이 된 〈전능하신 하느님〉(Mahnutny Bozha)의 작사자인 여성시인 아리시엔니에바(Nathalla Arisiennieva)는 망명생활을 하다가 세상을 떠났다.[287]

소련의 일부였다가 지금도 러시아에서 독립하지 못하고 있는 많은 민족이 어려운 조건에서도 독자적인 문학을 이어오고 있다. 볼가강변에서 자치공화국을 이루고 있는 터키 계통의 추바슈(Chuvash)민족이 그 좋은 본보기이다. 16세기에 러시아의 기독교를 받아들인 이래로 문화 전반이 러시아화하고 정치적인 억압이 거듭되는 시련 속에서, 문학을 통해 항거의 의지를 가다듬었다. 20세기초의 시인 세스펠(Sespel Mishi)은 "추바슈말이 날카롭게 불타는 강철이 되어, 츄바슈의 노래를 온 백성이 다시 듣게 하는 날이 오리라"고 절규했다.[288]

5. 4. 유럽문학의 확대와 변모

근대는 문명권 사이의 균형이 결정적으로 깨어진 시대이다. 유럽문명권이 일방적으로 팽창해서 다른 문명권을 침략하고 지배했다. 그 과정에서 유럽문명권의 근대문학이 세계 전체로 이식되었다. 이식의 형태는 둘로 나눌 수 있다. 유럽문명권의 사람들이 식민지로 이주해서 자기네 문학을 지속시킨 직접적인 이식도 있었고, 다른 곳의 사람들이 유럽문명권문학을 받아들인 간접적 이식도 있었다.

---

287) http : //www.friends-partners.org/partners/belarus.old/witers
288) Peter France tr., *An Anthology of Chuvash Poetry* (London : Forest, 1991), 149

식민지로 이주해서 유럽 근대문학을 직접 이식한 사람들은 영국인, 스페인인, 포르투갈인이다. 프랑스도 식민지를 많이 차지했지만, 대거 이주하지는 않았다. 영국인은 미국, 캐나다, 오스트레일리아, 뉴질랜드, 남아프리카 등지로 대거 옮겨가 그런 곳을 자기 나라로 삼으려고 했다. 스페인인과 포르투갈인은 중남미에서 주인 노릇을 했다. 그래서 중세와는 아주 다른 근대의 세계지도가 이루어졌다.

유럽인이 이주한 곳의 문학은 세계문학사에서 어떤 위치를 차지하는지 선뜻 판단하기 어렵다. 사용하는 언어나 작가의 문화적 배경을 보면, 영문학·스페인문학·포르투갈문학의 연속일 따름이고 독자적인 의의는 없다. 그러나 다룬 내용은 작가가 살고 있는 곳의 현실에서 제기되는 문제이다. 원주민과 이주민의 관계, 이주민 가운데서도 문화의 계통이 서로 다른 사람들 사이에서 생기는 갈등을 심각하게 다루어야 했다. 원주민이나 유럽이 아닌 다른 곳에서 이주한 사람들도 근대문학 창작에 참가해 상황이 복잡해졌다.

식민지였던 곳이 독립을 하면서 그 나름대로의 문학이 있어야 했다. 미국문학, 캐나다문학, 오스트레일리아문학, 뉴질랜드문학, 남아프리카문학, 멕시코문학, 아르헨티나문학, 브라질문학 등이 독립되어 독자적인 방향을 찾게 되는 것이 당연했다. 그런 곳의 문학은 유럽문명권 문학의 확장이면서 또한 독자적인 문학이어서 이중의 성격을 가졌다. 문화적인 특색뿐만 아니라 작가의 혈통에서도 혼합이 이루어졌다.

그 가운데 미국문학은 영국문학에 비해 손색이 없는 수준으로 발전했으면서 자기 나름대로의 특징을 나타냈다. 신대륙으로 건너가 미국을 세운 사람들은 거기서 이룩한 민주주의를 자랑하고, 근대인의 자부심을 선양했다. 무엇이든지 이룰 수 있다는 기대를 가진 사람들이 몰려들게 했다. 그런 기대를 나타내는 미국문학은 근대문학의 새로운 경지를 개척했다고 평가되었다.

미국문학의 특징을 뚜렷하게 나타낸 휘트맨(Walter Whitman)의 시집 〈풀잎〉(*Leaves of Grass*, 1855)을 보면, 개인의 자유를 무엇보다도

존중하면서도 개인과 집단 사이에 갈등이 있다고 생각하지 않았다. 소
박한 서정시를 짓는 시인이 시대의 대변자 노릇을 하겠다고 할 만큼 순
진했다. 서두에 내놓은 다음과 같은 작품이 그 모든 사연을 한꺼번에
말해준다. 첫째 연과 셋째 연을 든다.

> 나는 스스로 노래한다. 홀로 떨어진 외톨이면서
> 민주주의라는 말을 한다, "우리 모두"라고 한다.
>
> 정열·충동·정력이 무한한 삶의 즐거움을 누리고
> 공정한 법률 아래에서 가장 자유로운 행동을 하면서
> 나는 노래한다 근대인을.

  휘트맨은 격식에 매이는 것을 싫어해 자유시를 개척해서 널리 호응
을 얻었다. 그러나 포우(Edgar Allen Poe)는 말을 엄격하게 다루고 시
상을 잘 다듬는 데 힘써 프랑스 상징주의의 원천으로 평가되었다. 미국
시의 중심을 다시 잡는 시인은 프로스트(Robert Frost)이다. 유럽에서
는 독자를 외면하는 시가 성행하고 있는 20세기에, 자연과의 조화로운
관계를 회복해 마음의 위안을 얻는 시를 써서 광범위한 독자를 얻은 깃
이 특기할 만한 일이다.
  무엇이든지 할 수 있다는 낙관주의가 소설에서는 모험심과 결부되어
나타났다. 멜빌(Herman Melville)은 〈흰 고래〉(*Moby Dick*, 1851)에서
거대한 고래와 싸우는 뱃사람들의 투지를 그려 무한한 가능성을 추구
했다. 고대그리스 시대부터 시작된 해양 모험의 문학이 절정에 이르렀
다고 할 수 있는 경지를 보여주었다. 트웨인(Mark Twain)이 소년을 주
인공으로 한 〈톰 소여의 모험〉(*The Adventure of Tom Sawyer*, 1876)
에서 펼쳐 보인 기발한 착상의 모험담 또한 국내외에서 널리 애독되어
상상력을 자극했다.
  그러나 미국은 이상사회가 아니고 그 나름대로의 문제점이 있었다. 낙

관론과는 다른 관점에서 미국사회를 비판하는 작품들이 나타나는 것 또한 당연한 일이었다. 그렇게 하는 데 앞선 호손(Nathaniel Hawthorne)은 〈주홍 글씨〉(*The Scarlet Letter*, 1850)에서 위선적인 도덕을 문제로 삼았다. 미국은 유럽보다 더욱 엄격한 규범을 가진 사회라고 하는 자부심에 대한 자기비판을 했다. 서두에서 한 말을 보자.(소설 3, 76)

새 식민지의 개척자들은 새로 계획한 유토피아가 아무리 인간적인 미덕과 행복에 넘쳐 있다 하더라도 처녀지의 일부를 공동묘지와 감옥터로 할당하는 일을 무엇보다도 우선 첫 단계에서 하여야 할 실제적인 필요사항의 하나로 여겼다.

유럽을 버리고 미국으로 이주한 사람들이 이상향을 만들고자 했지만, 죽음을 피하지 못했듯이 감옥을 만들어 징벌하는 일도 하지 않을 수 없었다. 그런데 어떤 범죄가 징벌의 대상인가 하는 것이 문제였다. 작품에서는 간통을 저질렀다는 이유에서 지나치게 지탄의 대상이 된 한 여인의 경우를 들어, 표면상의 엄격함을 거짓으로 만드는 이면의 허위를 드러냈다.

더욱 심각한 문제는 현실에 있었다. 미국에서 이룩한 자본주의의 놀랄 만한 발전은 노동자들의 희생을 요구하고 계급 대립을 격화시켜 커다란 재앙이 되었다. 드라이저(Theodore Dreiser)는 〈미국의 비극〉(*An American Tragedy*, 1925)이라는 소설에서 그런 사태를 심각하게 다루었다. 스타인벡(John Steinbeck)은 노동자들의 희생을 다루면서 행복이 무엇인가 하는 문제를 심각하게 제기했다.

근래의 작가들은 사회 현실에서 내면의식으로 관심의 방향을 돌려, 유럽문학의 새로운 경향과 호응되는 작품을 산출했다. 헤밍웨이(Ernest Hemingway)는 〈노인과 바다〉(*The Old Man and the Sea*, 1952)에까지 이르는 일련의 작품에서, 밖으로 나가 주저하지 않고 행동하는 인물의 내면에 도사리고 있는 허무주의를 보여주었다. 포크너(William

Faulkner)는 불합리하고, 거칠고, 비극적인 내면의식을 여과 없이 노출시켰다.

미국문학에서 희곡은 그리 큰 비중을 차지하지 않다가, 오닐(Eugene O'Neill)에 이르러 수준이 높아졌다. 자기 분열 증세를 가진 고독한 방랑자인 오닐은 유럽문학의 갖가지 전통을 미국으로 가져와서 새로운 형식을 시험하면서 나타냈다. 〈상복이 어울리는 엘렉트라〉(*Mourning Becomes Electra*, 1931)에서는 고대그리스의 비극을 미국으로 가져와 정신분석학의 관점에서 간통, 모친살해, 근친상간 등이 얽힌 심리적 갈등을 심도 있게 문제삼았다.[289]

그런 것들이 영화로 넘어와 인기 흥행물이 되었다. 영화의 시대가 시작되자 기계문명의 나라 미국이 유럽 어느 곳보다 뛰어난 능력을 발휘했다. 그러나 미국영화가 저질이라고 규정되지 않는 것은 그 배후에 유럽문학의 오랜 전통이 있기 때문이다. 견디기 어려운 심리적 갈등에서 벗어나는 '카타르시스'를 위해서 끔직한 광경을 보여주어야 한다는 이유에서 성행위와 폭력의 상품화가 합리화된다.

미국에는 흑인문학을 비롯한 다른 여러 인종의 문학도 있다. 언어는 영어를 사용하지만, 작가의 위치나 작품의 지향점에서 주류를 이류는 백인문학과 비주류를 이루는 다양한 인종의 분학 사이에 주목힐 민힌 차이점이나 심각한 대립이 있다. 아프리카에서 납치되어 끌려간 노예의 후손인 미국의 흑인은 줄곧 경제적으로 어려운 처지에 있고, 교육을 받을 기회가 적었으나, 더러는 어려운 조건을 무릅쓰고 문학창작을 할 수 있을 정도로 자라난 사람들도 있었다. 널리 읽힐 작품을 쓸 때에는 표준영어에 가까이 갔지만, 흑인 특유의 정서와 사고를 버리지 않았다.

흑인문학의 선구자는 아버지는 백인이고 어머니는 흑인인 휴즈(Langston Hughes)였다. 흑백 혼혈아는 흑인으로 취급되었다. 휴즈는

---

289) 박용목, 《유진 오닐》(서울 : 건국대학교출판부, 1995), 97~103

432

어렵게 자라 독학을 하고, 갖가지 직업을 가지고 전전하다가, 흑인의 고
난과 비탄을 하소연하는 노래를 부르는 시인이 되어 〈피곤한 블루스〉
(*The Weary Blues*, 1926)를 비롯한 여러 권의 시집을 남겼다. 〈꿈의
변주곡〉(Dream Variation)이라고 한 것을 보자. 낮과 밤을 백인과 흑인
에다 결부시켜 다음과 같이 노래했다.[290]

　　내 팔을 넓게 뻗어
　　태양이 있는 곳까지
　　빙빙 돌며 춤추리
　　흰 날이 물러날 때까지.
　　그러면 서늘한 밤에
　　커다란 나무 아래서 쉬리라.
　　내 몸처럼 검은 밤이
　　부드럽게 왔으면.
　　나는 이런 꿈을 꾼다.

　아버지를 모르는 채 뉴욕의 흑인 빈민가에서 태어난 볼드윈(James
Baldwin)은 흑인민권운동과 밀접한 관련을 가진 흑인문학을 일으켰다.
〈그것은 산에서 말하라〉(*Tell It on the Mountain*, 1953)는 노예 시대
이래로 흑인이 겪은 시련과 갈등을 체험 고백을 통해 다룬 자서전적 소
설이다. 여성인 토니 모리슨(Toni Morrison)은 실화와 허구, 전설과 소
설, 환상과 현실을 다양한 시점을 사용해 결합시키는 소설을 써서, 흑인
의 처지와 의식을 생생하게 형상화했다. 〈빌러브드〉(*Beloved*, 1987)에
서는 흑인노예의 비참한 삶에 대한 고통스러운 기억을 파헤쳤다.
　미국의 원주민은 살아남기 어려운 위기에 있어 문학활동을 활발하게

---

290) Richard A. Long and Eugenia W. Collier ed., *Afro-American Writing, an
　　Anthology of Prose and Poetry* (University Park : The Pennsylvania
　　University Press, 1985), 373

하지 못했다.[291] 구비문학의 오랜 유산을 가까스로 보존하면서 기록문학의 영역에도 들어섰으나, 작품이 흑인문학만큼 많지 않다. 자기네 언어는 글쓰기에 적합하지 않고 독자가 너무 제한되어 있어 영어를 사용하면서, 구비전승을 옮기고 집단과 개인의 역사를 글로 적으면서 이주민의 만행을 규탄하는 것을 가장 소중한 일로 삼았다. 매듀스(John Joseph Mathews)의 〈달에게 말한다〉(*Talking to the Moon*, 1945), 맥니클(D'Arcy McNicle)의 〈그 사람들이 이곳에 처음 왔다〉(*They Came Here First*, 1949) 같은 것이 그 좋은 본보기이다.

캐나다·오스트레일리아·뉴질랜드·남아프리카의 문학은 영국문학과 대등한 위치에 있지 못하고 그 지점 노릇을 했다. 지점도 그 나름대로 특색이 있어야 하므로 지역적인 차이를 소중하게 여겼다. 자기 나라 사람들이 절실하게 생각하는 문제를 우선적으로 다루어 본고장 영국의 문학이 하기 어려운 구실을 수행하고자 했다. 무엇이 절실한 문제인가? 이에 대한 해답에 원주민과의 관계를 배제하는 경우와 포함하는 경우는 많이 달랐다.

위에서 든 네 나라 가운데 뒤로 갈수록 원주민이 차지하는 비중이 크고, 원주민의 항거도 드세다. 원주민의 문제는 외면하면서 이주민의 삶만 그리는 문학도 있다. 이주민과 원주민 중간에 서는 문학도 있다. 이주민의 문학이면서 원주민의 처지를 받아들여 대변하고자 하는 문학도 있다. 원주민 작가가 이주민의 언어를 사용한 문학도 있다. 원주민 작가가 자기네 말로 창작한 문학도 있다. 처음에 든 곳에서 나중에 든 곳으로 가면, 제1세계문학의 특성이 줄어들고 제3세계문학이라고 보아야 할 이유가 커진다.

캐나다는 영국문학의 분신에서 벗어나서 독자적인 의의를 찾으려고 할 때 미국의 영향이 압도적으로 밀어닥쳐 미국의 일부가 되고 마는 것

---

291) Andrew Wiget ed., *Dictionary of Native American Literature* (New York : Garland, 1994)

434

같았다.[292] 철학자 그랜트(George Grant)는 〈나라를 위한 애도 : 캐나다 민족주의의 패배〉(*Lament for a Nation : The Defeat of Canadian Nationalism*, 1965)에서 그것이 커다란 비극이라고 한탄했다. 그러나 근래에는 패배주의에서 벗어나 새로운 길을 찾았다. 문학이 국가끼리 벌이는 거대한 경쟁에서 이겨 주체성을 가져야 한다는 생각을 버려 문제 해결이 가능해졌다.

로렌스(Margaret Lawrence)나 위어브(Ruby Wiebe) 같은 작가는 방향 전환의 필요성을 절감하고, '귀가'(homecoming) 운동을 벌였다. 거대담론을 다시 이룩하려고 하지 말고 가까운 데로 관심을 돌려, 작은 규모의 지역공동체에서 생활을 함께 하는 사람들의 경험을 소중하게 다루는 데서 주체성을 찾아야 한다고 했다. 로렌스가 자기 마을의 이야기를 계속 다룬 일련의 소설, 특히 여인 삼대의 삶에다 역사를 집약시킨 〈점쟁이〉(*The Diviners*, 1974)에 그런 특징이 잘 나타나 있다.[293]

캐나다의 불어문학은 영어문학보다 먼저 시작되었다가 몰락을 겪었다. 프랑스인이 캐나다를 먼저 차지했다가 영국에게 빼앗겼기 때문이다. 그러나 퀘벡주는 지금도 프랑스계 주민들의 고장이다. 그 곳 사람들은 공용어로 삼은 불어로 창작하면서 캐나다 다른 곳과는 구별되는 퀘벡의 민족주의를 보여주고자 했다. 그 선두에 소설가 데비앙(Jean-Paul Desbiens), 시인 샹베르랑(Paul Chamberland)이 섰다.[294]

캐나다 원주민의 문학은 오랫동안 서로 다른 언어를 사용하는 구비문학뿐이어서 상호간에도 전달되지 않고 널리 알려질 수 없었다. 원주

---

292) Rosemary Sullivan, "Beyond Colonialism : The Evolution of Canadian Literature", H. H. Anniah Gowda ed., *The Colonial and Neo-colonial Encounters in Commonwealth Literature* (Mysore : University of Mysore, 1983)

293) W. H. New, *A History of Canadian Literature* (New York : New Amsterdam, 1989), 247~248

294) Auguste Viatte, "Littérature d'expression française", Raymond Queneau dir., *Histoires des littératures Ⅲ* (Paris : Gallimard, 1978), 1422~1426

민이 영어를 배워 영어문학을 창작하게 되면서 형식에서는 재래의 구
비문학과 다르고, 내용에서는 백인의 영어문학과 구별되는 새로운 창조
물이 출현했다. 암스트롱(Jeanette C. Armstrong)의 시 〈역사 공부〉
(History Lesson)를 한 본보기로 들어보자. 백인이 건너와서 저지른 만
행을 고발한 작품이다. 첫 대목이 다음과 같다.[295]

> 콜럼버스 배 창자 속에서
> 한 무리가 튀어나와,
> 사방으로 달리면서
> 짐승의 가죽을 벗기고
> 들소를 쏘고,
> 서로 죽이느라고
> 좌충하고 우돌했네.

오스트레일리아 작가들 또한 처음에는 영국문학의 일부이기를 희망
하다가 정체성에 대한 회의를 느끼고 독자적인 노선을 찾았다. 사용하
는 말은 식민주의를 지속시키게 하고, 사는 고장은 민족주의를 요구해
서 갈등을 느꼈다는 표현이 적절하다.[296] 화이트(Patrick White)가 〈사
람 나무〉(The Tree of Man, 1955) 같은 소설에서, 외로운 개척자가 무
한히 펼쳐져 있는 공간과 영원할 것 같은 시간 속에서 헤매고 있다가
원주민을 만나 살아나고, 원주민의 신화를 자기의 꿈으로 삼았다고 한
데서 오스트레일리아문학의 독자노선이 선명하게 나타났다. 여성시인
길모어(Mary Gilmore)는 원주민이 당한 수난을 자기의 아픔으로 받아
들여 다음과 같이 노래하는 데 이르렀다.[297]

---

295) Daniel David Moses and Terry Godie ed., *An Anthology of Canadian Native
  Literature in English* (Toronto · Oxford University Press, 1998), 226
296) Ken Goodwin, *A History of Australian Literature* (London : MacMillan,
  1986)
297) 같은 책, 67

> 사냥꾼에게 시달려
> 외롭게 울부짖고, 소진되고,
> 상해서 죽어간 황새처럼
> 우리는 자취를 감추었다.

멸종의 위기를 가까스로 이겨내고 살아난 원주민 가운데 작품을 써서 할 말을 하는 작가들이 1960년대 이후에 나타났다. 백인의 횡포를 고발하는 데 그치지 않고 원주민의 오랜 전승을 되찾아 자부심의 근거로 삼고자 했다. 노래 부르고 춤추는 연극을 하면서 공동의 의식을 다질 때에는 알아듣기 쉬운 영어에다 자기네 말을 섞어 쓰는 것을 흔히 볼 수 있다. 시나 소설은 영어로 썼지만 영문학의 확장과는 거리가 먼 내용이다.[298]

> 아직도, 너는 믿고 나는 알고 있다.
> 우리가 가꾸던 땅을 다시 돌보아야 하고,
> 우리가 꾸는 꿈대로 살아야 하는 것을.

길버트(Kevin Gilbert)라는 시인은 이런 노래를 부르면서 희망을 잃지 말자고 했다. 존슨(Colin Johnson)은 백인의 침략에 맞서서 싸운 항쟁의 영웅을 기리는 역사소설 〈산다와라 만세〉(*Long Live Sandawara*, 1979)를 썼다. 소설에서 오늘날의 현실을 그리기만 해서는 절망에서 헤어나기 어려우므로, 생각을 넓히기 위해서 과거로 돌아가야 했다.

뉴질랜드에 이주한 영국인은 오랫동안 독자적인 문학을 갖추지 않았다.[299] 19세기 후반에 뉴질랜드문학을 개척했다고 하는 사람들은 관리 노릇을 하다가 은퇴할 때 영국으로 되돌아가 지난날을 회고하는 시를

---

298) 같은 책, 265
299) Patrick Evans, *The Penguin History of New Zealand Literature* (Auckland : Penguin Books, 1990)

썼다. 20세기초 영국에서 수준 높은 단편소설을 발표해 널리 알려진 여성작가 맨스필드(Katherine Mansfield)는 뉴질랜드 출신일 따름이다. 뉴질랜드 작가라고 할 수 있는 사람들은 1930년대에 비로소 나타났다. 멀간(John Mulgan)은 〈외로운 사람〉(*Man Alone*, 1939)에서 텅 빈 풍경 속의 외로운 사람이 세상을 바꾸어놓는다는 주제를 다루었다.

  뉴질랜드의 원주민 마오리(Maori) 민족은 오스트레일리아 원주민보다 원래 문화 수준이 더 높고, 백인의 억압을 한층 잘 견디는 능력이 있어, 전 인구의 14퍼센트인 53만 명쯤 남아 있다. 자기 나라를 '아오테아로아'(Aotearoa)라고, 백인은 '파케하'(Pakeha)라고 부른다. 1970년대에 민족문화 부흥운동을 일으켜 마오리어가 영어와 대등한 공용어의 지위를 차지하게 했다. 구비문학의 풍부한 전통을 민족 주체성 인식의 바탕으로 삼았다. 그러나 오늘날 창작하는 기록문학에서는 영어를 사용하면서 민족문화를 계승하고 민족의 권리를 주장한다. 이티마에라(Witi Ithimaera)의 장편소설 〈애도〉(*Tangi*, 1973)가 그 선두에 서서 두 민족의 문학이 공존하면서 경쟁하는 시대를 열었다.[300]

  남아프리카문학은 사용 언어가 영어, 아프리칸스어(Afrikaans), 여러 원주민의 언어로 갈라져 있다.[301] 네덜란드 사람들이 이주해 식민지의 주인 노릇을 하고 있을 때 영국이 침공해서 주도권을 빼앗았기 때문에, 영어가 상층의 언어이고, 네덜란드어의 변이형인 아프리칸스어가 중간층의 언어이고, 여러 원주민이 사용하는 각기 서로 다른 말이 하층의 언어이다. 그 가운데 영어문학과 아프리칸스어문학은 여기서 다루어야

---

300) Bridget Orr, "The Maori House of Fiction", Deidre Lynch and William B. Warner ed., *Cultural Institutions of the Novel* (Durham : Duke University Press, 1966)

301) Christopher Heywood ed., *Aspects of South African Literature* (London : Heinemannm 1976) ; "South African Literature", Leonard S. Klein ed., *African Literature in the 20th Century, a Guide* (Herts, England : Oldcastle, 1988) ; Johannes A. Smith et al., ed., *Rethinking South African Literary History* (Durban, South Africa : Y Press, 1994)

할 것이고, 원주민 언어의 문학은 아프리카문학을 논하는 데 포함시키는 것이 마땅하다.

남아프리카 영어문학의 역사는 오스트레일리아의 경우와 그리 다르지 않다. 그러나 남아프리카에서는 소수의 백인 이주민이 다수의 흑인 원주민을 억압하는 인종차별 정책을 무리하게 펴다가 비난을 사고 포기하지 않을 수 없게 된 점이 다르다. 영어문학은 영국에서 간 이주민이 문화적으로는 영국인이라고 자부하게 만들다가, 현실을 인식하고 생활을 되돌아보아야 하는 또 하나의 기능을 무시할 수 없어 방향을 바꾸었다.

아브람스(Peter Abrahams)는 〈도시의 노래〉(*Song of the City*, 1945)에서 시작된 일련의 현실 고발 소설에서, 흑인 노동자의 비참한 생활을 그리고, 비극으로 끝나는 백인과 흑인 사이의 사랑을 다루었다. 여성작가 고디머(Nadine Gordimer)는 거기서 한 걸음 더 나아가 인종차별에 반대하는 모험을 감수하면서, 백인의 지배에 항거하는 흑인의 투쟁을 자기 관점에서 그렸다. 〈버거의 딸〉(*Burger's Daughter*, 1979)에서는, 공산주의자인 아버지가 옥사하자 자기는 정치에는 전혀 관여하지 않고 살겠다고 맹세한 백인 여성이 흑인의 배척을 받으면서도 1976년 흑인 폭동의 동조자가 되지 않을 수 없게 된 사정을 그렸다.

영국인보다 먼저 이주하고 다수를 이루는 네덜란드계 주민은 지금도 아프리칸스어를 사용하고 있다. 아프리칸스어는 그 모체인 네덜란드어가 문학의 유산이 풍부하다고 하기 어렵고 널리 알려지지 않아 영어에 비해 불리하지만, 바로 그 점 때문에 사용자들의 자아 인식 기능을 적극 수행해야 했다. 네덜란드문학의 확장을 자부심으로 삼지는 않고, 이역에서 살아가면서 느끼는 감회와 고민을 세련되게 표현하는 고답적인 시를 써서 위안을 얻었다.

아프리칸스어는 남아프리카가 영국에서 독립하고 인종차별정책을 실시할 때 집권세력의 언어여서 세력이 확대되고 문학의 발전이 가속화했다. 영어 사용자들은 어떻게 할 수 없었지만, 흑인 원주민은 만만하게 보아 아프리칸스어로 교육을 받으라고 강요하다가 폭동이 일어나는 직접적인 도화선이 되었다. 아프리칸스문학은 항거의 대상이 되는 지배자의 문학이었지만, 작가들이 모두 그런 성향을 보인 것은 아니다.

브린크(André Brink)는 인종차별에 반대하고 흑인 해방운동을 지지하는 소설을 아프리칸스어로 쓰고, 자기 자신이 영어로 옮겼다. 항거에 참여하는 시인들은 더욱 격렬한 목소리를 내다가 욘커(Ingrid Jonker)는 자살하고, 브레이텐바흐(Breytenbach)는 투옥되었다. 아프리칸스어문학은 장래가 밝지 못하다. 그러나 자기 성찰의 기능을 다른 언어로 넘길 수는 없다. 인종차별이 공식적으로 철폐된 지금에 와서는 흑인의 반격에 대한 백인의 염려를 긴요한 주제로 삼고 있다.

중남미 또는 라틴아메리카의 문학은, 이주민의 문학이 본국문학의 분신에서 시작되어 독자적인 문학으로 바뀐 전체적인 과정이 지금까지 살핀 영어권의 사례와 대체로 같다.[302] 그러나 이주민과 원주민의 혼혈이 광범위하게 이루어져 그 어느 쪽도 아닌 사람들이 다수를 차지한다. 혼혈인뿐만 아니라 백인 작가들도 스페인어나 포르투갈어 쪽 문학의 전통과 연결되면서도 원주민의 후예를 자처하고, 그 문화유산을 잇고자 하면서 이주민이 저지른 만행에 항거하는 문학을 하고자 한다. 스페인어나 포르투갈어를 사용하는 자기네 문학이 스페인문학이나 포르투갈문학이 아닌 라틴아메리카문학이라고 한다.

라틴아메리카 각국은 독립을 이룩한 지 오래다. 그러나 정치적 안정도 경제적 번영도 누리지 못하고 진통을 겪고 있다. 신대륙 전체의 새로운 지배자로 등장한 미국의 자본과 그 국내 대리자가 횡포를 부려,

---

302) Jacques Joset, *La littérature hispano-américaine* (Paris : Presses Universitaires de France, 1977) ; Gustavo Pérez Firmat ed., *Do the Americas Have a Common Literature?* (Durham : Duke University Press, 1990) ; David William Foster, *Cultural Diversity in Latin American Literature* (Albuquerque : University of New Mexico Press, 1994) ; 김현창, 《중남미문학사》(서울 : 민음사, 1994)

거기 항거하는 민중의 투쟁이 격렬하게 일어나고 있다. 작가들은 그 투쟁에 가담하는 것을 당연하다고 여겨 정치적인 박해를 각오하고서 현실참여의 문학을 하면서, 원주민의 유산을 긍정하고 계승해 정신적 자부심의 원천으로 삼고 유럽문명권의 전례를 넘어선 새로운 표현방법을 마련하는 데 쓰고자 한다.

그 결과 라틴아메리카문학은 제3세계문학이 되었다. 스페인이나 포르투갈의 문학은 큰 구실을 하지 못하고 뒤로 물러나 있는 지금 상황에서, 언어사용에서는 그 자식에 해당한다고 할 수 있는 라틴아메리카문학이 세계문학의 새로운 중심을 이루고 있다. 어버이가 물려준 유산을 부정을 통해 계승하면서 유럽 밖에서 새롭게 전개되는 세계사에 주체적으로 참여해 그럴 수 있었다.

라틴아메리카가 스페인과 포르투갈의 식민지일 때의 문학은 본국의 문학을 이식하는 데 머물렀다. 독립을 했으나 나라의 기초가 잡히지 못해 진통을 겪은 1830년대부터 1860년까지는 각국의 독자적인 문학이 태동했다. 그 시기에 라틴아메리카의 자연을 묘사하고 원주민의 생활에 관심을 가지면서 낭만적 환상을 펼쳐 보이는 문학이 나타났다. 아르헨티나의 시인 에체베리아(Esteban Echeverria)가 선두에 섰다. 사회현실의 모순을 문제삼는 소설은 아르헨티나의 캄바세레스(Eugenio Cambaceres), 멕시코의 감보아(Federico Gamboa) 같은 작가가 19세기말에서 20세기초에 걸쳐서 정착시켰다.

라틴아메리카문학이 유럽문학과 구별되는 독자적인 특성을 분명하게 하는 데는 포르투갈어를 사용하는 브라질문학이 앞섰다.[303] 그 전기를 마련한 1930년대 “동북부 향토주의소설”은 작품 구성 같은 것은 돌

---

303) Luciana Stegagno Picchio, *La littérature brésilienne* (Paris : Presses Universitaires de France, 1981) ; 이광윤·박원복, 《브라질문학사》(부산 : 부산외국어대학교출판부, 1998) ; Darlene Sadlier, “Latin American Novel : Brazil”, Paul Schlinger ed., *Encyclopedia of the Novel* (Chicago : Fitzroy Dearborn, 2000)

보지 않고, 지주와 소작인, 자본가와 노동자 사이에서 실제로 일어난 문제를 다루었다. 〈모래 위의 선장들〉(*Capitaes da areia*, 1937) 같은 작품을 써서 운동을 이끌었던 아마두(Jorge Amado)는 오늘날까지 사회를 비판하는 작품을 계속 창작하면서 구비전승에 매혹되고, 흑인문화에 깊은 관심을 보였다.

라틴아메리카문학이 제3세계문학으로 높이 평가되어 세계문학에서 커다란 위치를 차지하게 된 것은 20세기 후반의 일이다. 그 주역을 들면, 시인에는 칠레의 네루다(Pablo Neruda), 멕시코의 파즈(Octavio Paz), 소설가에는 아르헨티나의 보르헤스(Jorge Luis Borges), 과테말라의 아스투리아스(Miguel Angel Asturias), 콜롬비아의 가르시아 마르케스(Garcia Marquez)가 있다.

네루다의 작품은 방대한 분량이고 경향도 다양하므로 그 전모를 파악하기는 어렵다. 〈보편의 노래〉(*Canto General*, 1950)라는 시집을 대표작으로 삼아 살펴보고자 해도 분량이나 내용이 만만치 않다. 아메리카 대륙의 역사와 현재, 정신과 현실을 모두 15부에 걸쳐 대서사시와 같은 구상을 갖추어 노래했다. 백인들의 침공 이전 시기 문명을 간직한 피압박민중의 목소리를 들려주기도 하고, 자기 시대 노동자와 농민을 찬양하기도 하며, 북미대륙이 상업주의에서 벗어날 것을 요구하기도 하고, 자기 조국의 암담한 현실을 근심하기도 했다.

파스는 시를, 보르헤스는 소설을 쓰는 작가이면서 또한 새로운 문학이론을 전개한 점이 서로 상통한다. 파스는 우주적인 상상력으로 인간이 이룬 바를 근본적으로 재검토하고자 하면서 서양정신과 동양정신의 합치를 시도했다. 보르헤스는 소설과 논설의 경계를 넘나들면서 인류가 이룬 정신사에 대한 근본적인 재검토를 시도했다. 두 사람 다 라틴아메리카가 기존 문명을 결산하고 새로운 문명을 산출하는 곳이기를 염원한다.

아스투리아스는 어머니에게서 마야인의 피를 이어받았다. 〈과테말라의 전설〉(*Leyendas de Guatemala*, 1930)에서 수집해 내놓은 원주민의

442

구비전승을 소설 창작의 바탕으로 삼아, 경험적인 세계를 넘어서서 상황을 설정하고 사건을 전개했다. 〈대통령각하〉(*El senor presidente*, 1946)에서는 독재자가 지배하는 어느 가상의 나라에서 모든 것이 비정상이 된 현실을, 소설의 관습을 뒤집어엎고 신화에서 볼 수 있는 바와 같이 그려 예기치 않은 충격을 주었다.

그처럼 현실과 비현실, 사실과 환상을 교묘하게 융합시켜 소설을 신화처럼 만드는 것은 다른 라틴아메리카 작가들에게 널리 발견되는 '마술적 사실주의'(realismo magico) 또는 '경이로운 사실주의'(realismo marvaillose)라고 하는 경향이다. 그것은 얼핏 보면 유럽이나 미국의 전위예술을 수입해 재창조한 것 같지만, 의식을 혼미하게 하는 허무주의로 나아가지 않고 그 반대의 구실을 한다. 라틴아메리카 현실의 복합성을 실상대로 인식하면서 주체성을 찾고, 역사 창조의 마땅한 방향을 묻는 최상의 방법으로 인정된다.[304]

가르시아 마르케스(Gabriel Garcia Marquez)의 〈백년의 고독〉(*Cien anos de soledad*, 1967)은 그 수법을 사용한 소설의 본보기로 널리 알려졌으며, 해석과 평가를 두고 논란이 많다.(소설 3, 153~157) 한 가문이 100년 동안 6대에 걸쳐 살아온 내력을 통해 라틴아메리카의 역사를 요약했다고 이해할 수 있으나, 설정이 복잡하고 뜻하는 바가 단순하지 않다. 신화적인 예언과 현실의 고난이 겹치고, 가능하지 않은 사건과 뜻밖의 결과가 자주 일어나 독자를 당황하게 한다. 전에 볼 수 없던 소설이어서 새로운 독법을 요구한다.

제1대에 사촌이 부부가 된 이래로 자주 근친상간이 생겨났기 때문에 좋지 못한 결과가 생길까 두려워했는데, 제6대에 이르러 그런 일이 실제로 벌어졌다. 생존의 위협을 물리치고 혈통을 보존하고자 하는 의지가 꺾인 것이다. 선조 대대로 험한 세상을 피해 멀리 떠나 마콘도

---

304) Maria-Elena Angulo, *Magic Realism, Social Context and Discourse* (New York : Garland, 1995)

(Macondo)라고 하는 이상향을 건설하고 외롭게 살았는데, 바깥사람들이 밀어닥쳐 괴롭히고, 그 내부에서도 변란이 일어나 피를 흘렸다고 했다.

주체성을 지키고자 하는 소망을 가진다고 해서 라틴아메리카에 닥친 수난을 피할 수는 없었다. 폭정을 물리치기 위해 반란을 일으키고, 외래 자본가의 횡포에 맞서서 싸워야 했다. 마콘도에 와서 바나나 농장을 세운 외국 기업의 횡포에 맞서서 노동쟁의를 일으키는 사람들이 정부군의 혹독한 탄압을 받았다. 그 결과 다음과 같은 지경에 이르렀다고 했다. 이것이 라틴아메리카의 현실이다.[305]

> 마콘도는 폐허가 되어 있었다. 거리의 웅덩이들 속에는 부서진 가구들과 빨간 창포꽃으로 뒤덮인 짐승 뼈들과, 찾아왔을 때처럼 경망스럽게 마콘도를 떠났던 외지 유랑인들이 남기고 간 마지막의 기억들이 남아 있었다. 바나나 열풍으로 그토록 급히 세워졌던 집들은 빈껍데기만 남아 있었다. 바나나 회사는 시설을 철거했다. 철조망으로 둘러싸였던 옛 도시에는 부스러기만 남아 있었다.

백년 동안이나 이어진 그런 수난을 계속 견딘 사람은 세1대의 힐미니였다. 중간에 시력을 잃고 몸이 극도로 쇠약해지면서도, 남편과 자식, 그리고 손자들이 명대로 살지 못하고 사라지고 처형당하고 할 때도 끈덕지게 살아남아, 집안의 중심이 되어 모든 일을 보살피고, 남은 사람들이 희망을 가지도록 했다. 어려움을 이겨내는 여성의 힘이 위대하다는 것을 보여주었다.

라틴아메리카연극은 유럽연극을 받아들여 이루어졌다. 우루과이의 극작가 산체스(Florencio Sanchez)가 사실주의연극을 이룩해서 본궤도에 올려놓았다. 원주민 가치관의 존속 여부를 놓고 부자간에 벌어진 갈

---

305) 가브리엘 가르시아 마르케스, 조구호 역, 《백년의 고독》(서울 : 민음사, 2000),
186

444

등을 그린 〈나의 박사 아들〉(*M'hijo el doctor*, 1903)이 그런 계열 작품의 좋은 본보기로 평가된다. 그러다가 근래에는 민중극 운동이 일어나 방향을 바꾸려 했다.

민중극이라도 유럽인이 침공하기 전에 이룩했던 토착의 전통과 연결되지 않고, 오늘날 문화운동의 산물이다.[306] 그렇지만 유럽 근대극을 비판하고 그 대안을 마련하면서, 연극을 통해서 민중을 정치적으로 각성시키고자 했다. 그 선두에 선 브라질의 연출가 보알(Augusto Boal)이 1960년대에 "억압받은 사람들의 연극"(Teatro de oprimido)을 제창하면서, 관중이 극 진행에 개입하도록 하는 갖가지 실험을 해서 널리 영향을 끼쳤다.

라틴아메리카에도 흑인문학이 있다. 아프리카에서 노예로 잡혀온 사람들의 후예가 라틴아메리카 사회에서 살아가고, 스페인어나 포르투갈어로 작품을 쓰면서 흑인의 처지를 문제로 삼는다. 라틴아메리카는 미국만큼 인종차별이 심하지 않은 곳이지만, 흑인은 경제적인 어려움을 겪고, 정체성 때문에 고민하면서 잃어버린 아프리카의 유산을 동경한다. 그렇게 해서 이룩한 문학이 온 세계 피압박민족문학의 하나로 중요한 위치를 차지하고 있다.

그 선두에 선 쿠바의 흑인시인 구이엔(Nicolas Guillen)은 노예로 잡혀가서 혹사당하고 빈민굴에서 비참하게 살아가는 흑인의 절규를 흑인춤의 가락으로 나타냈다. 카스트로의 혁명을 적극 지지하면서 흑인 해방의 염원이 실현되기를 기대했으며, 쿠바의 혁명문학을 이끄는 위치에 올랐다.[307] 〈텡고〉(Tengo, 1964)라는 시집에 수록된 〈나는 노예선에 실려 왔다〉(*Vine en un barco negrero*……)를 보자. 첫 연과 마지막 연에서 다음과 같이 노래했다.[308]

---

306) 민혜숙 역, 《민중연극론》(서울 : 창작과 비평사, 1988) ; Elena De Costa, *Collaborative Latin American Popular Theatre* (New York : Peter Lang, 1992)
307) Edward J. Mullen, *Afro-Cuban Literature, Critical Junctures* (Westport : Greenwood, 1998), 115~140

나는 노예선에 실려 왔다.
그 녀석들이 나를 데려왔다.
사탕수수, 채찍, 농장.
강철로 만든 태양,
카라멜 같은 땀,
그루터기에 빠진 발……

오 쿠바여! 너에게 내 목소리를 전한다.
나는 너를 믿는다.
내가 입 맞추는 땅이 내 땅이다.
하늘도 내 것이다.
나는 자유롭다, 멀리서 온
흑인인 나는.

카리브해문학권도 여기서 고찰할 필요가 있다. 북미대륙과 남미대륙 사이의 바다 카리브해에 자리 잡고 있는, 쿠바 동쪽의 여러 섬들은 프랑스나 영국의 식민지였으므로 불어나 영어를 사용하는 곳이다. 그러나 주민은 대다수기 아프리카에서 잡혀온 흑인의 후예이며, 미국자본의 지배 아래서 어렵게 살아간다. 그 곳 작가들은 얼마 되지 않는 국내 독자를 상대로 하려 하지 않고, 자기네 처지가 특별하기 때문에 더욱 절감한 피압박민족 일반의 고난을 다루는 불어문학 또는 영어문학을 해서 널리 알린 결과, 제3세계문학의 대변자와 같은 위치를 차지하고 있다.[309]

말도 잃고, 옷도 잃어

---

308) Robert Marquez and David Arthur McMurray tr., *Man-Making Words, Selected Poems of Guillen* (La Habana : Editorial de Arte y Literatura, 1973), 184·186의 원문을 185·187의 영역을 통해 옮긴다.
309) Lilyan Kesteloot, *Anthologie nègro-africaine, la littérature de 1918 à 1981* (Verviers : Marabout, 1981), 43

> 괴로운 이내 심정에,
> 유럽인의 감정이며 풍속
> 갈고리처럼 파고들고 있다.
> 이런 고통, 이런 절망을
> 프랑스어에서 쓰는 언사로
> 어떻게 나타낼 수 있나?

아이티 시인 랄로(Léon Laleau)가 프랑스어로 쓴 작품이다. 자기 말을 잃은 고통을 남의 말을 써서라도 나타내야 하는 절박한 사연이, 프랑스어를 능숙하게 사용한 시에서는 찾을 수 없는 감동을 준다. 랄로는 이런 작품으로 이루어진 시집 〈흑인의 음악〉(*Musique nègre*, 1931)을 발표해 카리브해 불어문학을 이끌었다. 마르티니크 출신의 세제르(Aimé Césaire)는 프랑스 파리로 건너가 세네갈의 시인 셍고르(L. S. Senghor)와 아프리카 흑인의 정신적 자각을 선도하는 문학운동을 일으켰다. 그 운동의 명칭으로 사용한 말을 표제로 내건 〈네그리튀드〉(Négritude, 1939)라는 장시의 서두에서 흑인에 관해 이렇게 말했다.[310]

> 화약도 나침판도 발명하지 못한 사람들.
> 증기기관도 전기도 쓸 줄 모르는 사람들.
> 바다도 하늘도 탐험하지 않은 사람들.
> 그러나 고통의 나라는 구석구석 다 아는 사람들.

카리브해 지역에서 영어로 창작하는 작가 가운데 가장 널리 알려진 나이폴(V. S. Naipaul)은 인도인의 혈통을 지니고 트리니다드에서 태어나 겪은 문화체험을 영문학의 다양한 전통을 활용해 특이하게 나타냈다. 〈신이로운 안마사〉(*The Mystic Masseur*, 1957)를 비롯한 일련의 소설에서 보여준 그런 복합성이 제3세계의 문제를 제1세계의 관점에서

---

310) 같은 책, 101

다루는 데 귀착했다는 비판을 들으면서 지역의 한계를 넘어선 작가가 되었다. 그 점이 아프리카인의 영어문학과 많이 달라 비교 고찰의 대상이 된다.[311]

5. 5. 후발주자들의 선택

유럽이 아닌 다른 대륙의 나라 가운데, 유럽인의 침공에 굴복하지 않고 독립을 유지하고 있으면서, 유럽의 전례를 따라 근대문학을 이룩하는 방향이나 방법을 스스로 선택한 곳도 있다. 터키·페르시아·일본·타이·에티오피아가 그런 나라이다. 이 몇 나라는 유럽의 침략을 받고 식민지가 된 아시아·아프리카의 많은 곳과 성향이 다른 근대문학을 이룩했다.

이 몇 나라는 문명의 전통이나 지역적인 위치에서 뚜렷한 공통점이 없다. 식민지 통치를 받지 않고 주권을 유지하는 조건에서 유럽문명권의 근대문학을 받아들여 자기네 근대문학을 이룩하면서, 유럽을 따라야 할 스승이라고 여기기만 하고 물리쳐야 할 원수라고는 하지 않은 것이 서로 일치한다. 유럽문명권의 침략을 받고 식민지 통치에 들어간 민족은 유럽이 스승이면서 또한 원수라고 한 것과 다르다.

주권을 상실하지 않은 것은 근대문학을 바람직하게 이룩하게 한 좋은 조건이라고 할 수 있을 것 같다. 그러나 유럽은 스승이면서 원수라고 하는 경우에는, 원수에 대한 투쟁이 근대문학을 일방적으로 받아들이지 않고 독자적으로 이룩하게 했다. 제국주의 침략에 반대하는 근대문학은 유럽에 없던 것이다. 그런데 유럽은 원수가 아니고 스승이라고만 여기는 경우에는, 유럽의 근대문학을 따라가면 된다고 여기고 반대

---

311) T. R. S. Sharma, "Chinua Achebe and V. S. Naipaul : One Version and Two Postures on Post-Colonial Societies", H. H. Anniah Gowda, *The Colonial and Neo-Colonial Encounters in Commonwealth Literature* (Mysore : University of Mysore, 1983)

할 이유는 없었다.

유럽이 위대하므로 그 분신이나 제자도 자랑스럽다고 했다. 유럽에서 가져간 근대문학을 우월감의 근거로 삼았다. 유럽문학을 재현하고 있어서 정신적으로 유럽인이라고 자부하는 작가들이 그렇지 못해 뒤떨어진 사람들을 멸시했다. 유럽문명권이 세계의 중심이고, 근대는 역사의 도달점이라는 주장을 그 진원지에서보다 더욱 확고하게 펴서 세계사 이해를 심하게 왜곡했다.

그런 착각은 줄곧 도전을 받았으며 오래 지속되지는 않았다. 자기네가 살고 있는 곳이 유럽에서 멀리 떨어져 있는 줄 알고 무엇을 해야 하는지 다시 생각해야 했다. 당면하고 있는 현실이 유럽과 다르다는 것을 발견하고 더욱 당황해했다. 유럽문학의 일방적인 우위에 맞서서 주체성을 확립해, 가까이 있는 독자들이 절실하게 생각하는 문제를 다루어야 한다고 깨닫는 작가들이 나타났다. 자기가 살고 있는 곳이 유럽과 문명의 충돌을 하지 않을 수 없는 곳이고, 제3세계이기도 하다는 사실을 받아들여야 하는 경우에는 방향전환의 진폭이 더 커졌다.

유럽을 스승으로 삼아 따르며 배운다고 해서 유럽이 되지는 못했다. 유럽 변방은 유럽 중심부의 자극과 영향을 받아 같은 위치에 이를 수 있고, 후진을 선진으로 바꾸어놓기도 했으나, 더 먼 곳은 그렇지 못했다. 유럽의 변방은 중심부와 같은 문명권에 속해 공동의 유산을 가지고 있어 중심부에 대해서 열등의식을 가지지 않았다. 사회발전의 격차를 쉽사리 극복할 수 있다고 믿었으며, 실제로 그렇게 되었다. 그러나 유럽에서 먼 곳은 그렇게 하지 못했다.

터키는 유럽과의 경쟁에서 오랫동안 우위를 차지했다. 오스만터키는 발칸반도를 지배하면서 유럽을 줄곧 위협했다. 그러나 19세기에 들어서자 사태가 역전되었다. 그러다가 1821년에 일어난 그리스 독립전쟁을 유럽 각국이 적극 지원하고 나서자 오스만터키는 충격을 받고 물러나야 했다. 제1차세계대전 때에는 독일 편에 가담했다가 패배하고, 연합국의 일원이 된 그리스군의 공격에 맞서 나라를 지켜야 하는 시련이

1922년까지 계속되었다.

그런 위기를 극복하고 위신을 높이기 위해서는 새로운 나라를 만들어야 한다고 판단한 혁신파가 1923년에 공화국을 선포했다. 이슬람교의 천자 칼리파가 다스리는 중세제국을 무너뜨리고 공화국 형태의 근대국가를 이룩해 역사의 방향을 새롭게 설정했다. 수도를 이스탄불에서 안카라로 옮겨 터키인의 민족국가를 건설하겠다고 하고, 천여 년 동안 사용해온 아랍문자를 버리고 로마자를 채택했다. 터키의 역사를 이슬람문명권에서 분리시켜 재정립하면서 자민족우월주의를 내세워, 터키인이 인류 최초의 문명인이며, 터키어는 모든 언어의 원조라는 등의 주장을 펴기까지 했다.[312]

그러면서 아시아 국가가 아니라는 것을 자존심의 근거로 삼았다. 이스탄불은 유럽이라는 이유에서 유럽국가로 자처했다. 그러나 나라의 실제 형편은 가까이 있는 아시아의 이웃들과 함께 제3세계의 처지에서 벗어나지 못하고 있다. 그래서 유럽 지향과 아시아 복귀, 제1세계라는 자부심과 제3세계의 자각이 어느 한쪽으로 귀결되지 않고 공존하면서 논쟁을 일으키고 있다.

공화국이 시작될 때의 사상적 지도자 괴칼프(Ziya Gökalp)는 "우리 문학은 민중에게로 향하고, 또한 서방으로 향해야 한다"고 했다.[313] 그 둘 가운데 공식노선에서는 뒤의 것을 더욱 중요하게 보아, 근대국가의 모형을 유럽에서 가져오면서 문학도 함께 받아들이는 데 힘썼다. 유럽문학을 같은 수준에서 재현해 격차가 없다는 것을 보여주고자 했다. 그러면서 한편으로는 오스만터키의 궁정문학과는 반대편인 초원의 문학, 거기서 전승하고 있는 이슬람 이전 고유한 전통의 민중문학을 되살려야 한다고 했다. 그쪽을 더욱 중요시하는 작가들은 근대문학의 원천을 내부에서 찾

---

312) Roderic H. Davidson, 이희철 역, 《터키사 강의》(서울 : 펴내기, 1998), 176~178

313) Talat Sait Halman edited with an introduction, *Contemporary Turkish Literature* (London : Associated University Press, 1982), 21

고, 유럽의 횡포를 배격하는 자아각성을 소중하게 여겼다.

터키인은 처음에는 현재의 국토에 살지 않았다. 중앙아시아 쪽에서 이주해와 남의 땅을 빼앗아 국토로 삼고서 선주민을 박해하고 주변민 족을 괴롭혀왔다. 공화국이 되자 동남쪽의 쿠르드(Kurde) 민족을 지배 아래 넣고 언어 사용을 금해 소수민족으로도 존속하지 못하게 하고서, 터키는 위대한 단일민족국가라고 강변했다. 터키, 이란, 이라크, 시리아 등 여러 나라에 흩어져 분할통치를 받고 있는 쿠르드인이 터키 쪽에 가 장 많아 1천 2백만이나 되고, 터키 전인구의 3분의 1이다. 그렇게 많은 이민족을 일방적으로 지배하면서 동화시키려고 하다가 격렬한 항쟁을 불러일으키고 있는 것은, 근대국가의 소수민족 억압의 여러 사례 가운 데서도 정도가 가장 심하다.

문학의 양상을 살피기 위해 먼저 연극을 보자. 아랍어문명권에는 연 극의 전통이 빈약한 것이 일반적 사실인데, 터키는 다소 예외이다. 문명 권의 중심부는 아니기 때문에 그림자극이나 길거리 연극 같은 것들은 있었으나, 근대극으로 발전하지는 못했다. 19세기 중엽부터 시작해서 유럽연극을 번역해 공연하다가 유럽의 전례에 따라 희곡을 쓰고 연극 을 하게 되었다. 1960년대 이래로 민주화 투쟁이 벌어지면서 사회개혁 을 주장하는 연극을 하게 되면서 독자적인 방향을 찾았다.[314]

시에서는 사정이 달라 터키시의 오랜 전통이 있었다. 새 출발을 위해 유럽의 시를 받아들이고자 하는 운동이 지속되었으나, 그 때문에 혼란 이 일어나지는 않았다. 아흐메드 하심(Ahmed Hashim)은 프랑스 상징 주의 시를 수용한 언어감각이 뛰어난 작품을 써서 높이 평가된다.[315] 장

---

314) Bruce Robson, *The Drum Beats Nightly, the Development of the Turkish Drama as a Vehicle for Political Comment in the Post-revolutionary Period 1924 to the Present* (Tokyo : The Center for East Asian Cultural Studies, 1976)에서 그 과정을 고찰했다.
315) Alessio Bombachi, I. Melikoff tr., *Histoire de la littérature turque* (Paris : C. Klincksieck, 1968), 386~389

단율을 사용하는 전통적 율격을 다양하게 활용해 표현 효과를 높였다. 율격 계승을 통해 페르시아시나 아랍시와도 연결되어 유럽의 영향을 자기 것으로 만들 수 있는 역량을 폭넓게 가졌다.

터키시에는 두 가지 율격이 있었다. 상층의 유식한 시에서는 아랍시에서 받아들인 장단율을 사용하고, 하층에서 부르는 민요에서는 터키시 고유의 음수율을 이어왔다. 근대시를 시작하면서, 장단율의 위세 때문에 억눌려 있던 음수율 사용을 활성화하자는 운동이 일어났다. 궁정문학에 대한 미련을 버리고 초원으로 돌아가 고향의 소리를 듣는 자유를 누리자고 했다. 리자 테브피크(Riza Tevfik)는 〈날개 짓〉이라는 시에서 그 운동의 취지를 이렇게 노래했다. 제1·3·4연에서 각기 두 줄씩만 든다.[316]

어린 시절 요람을 향해, 날개짓을 하면서 떠나자.
보랏빛 히야신스가 언덕을 덮고 있는 그 곳으로.

살아온 이야기를 내게 들려주고 있으면서
지난날의 꾀꼬리가 가슴 깊은 곳에서 노래한다.

날아가자, 생명도 따뜻함도 잃은 곳을 떠나자.
맑은 물, 깨끗한 공기가 여기에는 없구나.

전통적 율격의 두 가지 형태인 장단율과 음수율을 모두 거부한 자유시를 쓴 것은 더욱 대담한 시도였다. 그렇게 하는 데 앞선 나짐 히크메트(Nazim Hikmet)는 무산계급의 혁명을 일으키자는 시를 썼다. 오랫동안 투옥된 뒤에 러시아에서 망명생활을 하다가 거기서 세상을 떠나 외부에 널리 알려졌다. 〈탄원〉이라는 시의 한 대목을 들어보자. 자기 나라의 상반된 모습을 다음과 같이 노래했다.[317]

---

316) Nimet tr., *Anthologie des poètes turcs contemporains* (Paris : Gallimard, 1953), 37

452

피 묻은 손목, 꽉 다문 이빨,
닳아빠진 발,
귀중한 실크 카페트 같은 고장,
이 지옥, 이 천국이 우리나라다.

소설에서는 나믹 케말(Namik Kemal)의 경우가 이미 그랬던 것처럼
유럽소설을 따르려고 하면서 자기 전통을 잇기도 하는 이중의 성향을
보여주었다. 어느 쪽에 더 기울어졌는지는 작가나 작품에 따라 다르고,
그 구체적인 양상은 단순하지 않다. 농민의 삶에 대해서 깊은 관심을
가지고 기대와 실망을 함께 나타내는 것을 흔히 볼 수 있다.

야쿠브 카드리(Yaqup Qadri)의 〈낯선 사람〉(*Yaban*, 1933)에서는, 제
1차세계대전에 장교로 종군했다가 오른쪽 팔을 잃은 사람이 아나톨리
아 지방이 터키민족의 진정한 고향이라고 예찬하면서 그 곳 시골로 이
주했다. 그런데 황량한 땅과 헐벗은 농민의 모습을 보고 실망하고 남들
과 어울리지 못하는 외톨이가 되었다고 했다. 농민의 모습을 우호적이
지 않은 관점에서 그렸다는 비판이 일어나자, 작가는 제2판의 머리말에
서 자기는 실상을 보여주었을 따름이라고 하고, 농민이 처참한 생활을
하는 것은 스스로 잘못했기 때문이 아니고 도시의 착취자들에게 시달
린 결과라고 했다.[318]

야사르 케말(Yasar Kemal)은 유럽 방식을 벗어나 민족 전통을, 도시
를 배격하고 농촌을 선택하는 노선을 분명히 했다. 영웅서사시에서 하
던 이야기가 재래의 소설로 전해지던 전례를 이어서 〈메메드〉(*Memed*,
1955)라는 의적소설과 그 속편을 썼다.(한세, 172~175) 가련한 소작인
이 착취를 일삼고 연인을 빼앗아가는 지주의 횡포와 맞서다가 살인을
하고 도망쳐, 잡혀 죽지 않기 위해서 산적이 되었다. 메메드가 죽었다는

---

317) Talat Sait Halman, 위의 책, 324
318) Robin Ostle, *Modern Literature in the Near and Middle East 1850~1970*
   (London : Routledge, 1991), 95~96.

소문을 듣고 연인 하트체가 울자, 세상 풍파를 많이 겪은 여인이 이렇게 말했다.[319]

그 총각이 죽었는지 어쨌는지 네가 어떻게 아느냐? 아직 살아 있는 사람을 두고 찔찔 짜는 법이 아니다. 내 젊었을 땐 아흐메트 장사가 죽었다는 소문을 스무 번도 더 들었다. 그런데도 아흐메트 장사는 오늘날까지 살아 있다.

도망치느라고 산속으로 들어간 메메드가 이렇게 승격되었다. 전설에서 전해지는 투쟁의 영웅과 합치되는 활약을 한다고 인정되고 민중의 오랜 소망을 실현한다고 알려져 뜨거운 지지를 받았다. 나약한 도망꾼 메메드가 민중이 원하는 위대한 영웅이 되었다. 민중이 영웅을 만든다는 사실을 이렇게 나타내면서, 전설과 현실을 합치는 방법을 사용해 반역의 영웅을 주인공으로 한 의적소설을 자기 시대의 작품으로 새롭게 창조했다.

농민의 고통을 다루는 주제는 네자티 쥬마르(Necati Cumali)의 〈비와 토지〉(*Yagmurlar ve Topraklar*, 1983)에서도 계속 다루었다.[320] 고향으로 돌아가 농민을 위해 일하기로 한 변호사를 주인공으로 삼은 점이 달라졌다. 농민은 비가 제때 내리지 않고 토지를 가지지 못해서 고생할 뿐만 아니라, 이슬람교의 보수적인 관행 때문에 고통을 받고, 정부의 무책임한 시책 때문에 희생을 당한다는 것을 깨달았다고 하면서 그 실상을 자세하게 보여주었다. 시골 변호사의 힘으로는 그런 문제를 해결할 수 없다는 것을 깨달아 언론인이 되어 싸우기로 하고 농촌을 떠나왔다는 것이 작품의 결말이다.

페르시아와 유럽의 경쟁은 고대에 시작되었다. 페르시아가 이슬람교

---

319) 야사르 케말, 홍진주 역, 《메메드》(서울 : 학원사, 1982), 211 ; Yasar Kemal, Guine Dino tr., *Mèmed le Mince* (Paris : Gallimar, 1961), 343
320) 네자티 쥬마르, 김대성 역, 《비와 토지》(서울 : 한국외국어대학교출판부, 1995)

454

를 받아들인 다음에는 기독교문명권과 이슬람문명권 사이에서 벌어지
는 다툼의 일단을 페르시아가 맡았다. 그 과정에서 페르시아는 한번도
열세에 몰리지 않았다. 문학을 포함한 모든 면에서 유럽이 열세였다. 그
러다 근대가 시작되자 유럽이 갑자기 강성해져서 페르시아의 안전을
위협하고, 문화에서도 공세를 가했다. 유럽의 전례에 따라 근대화해야
유럽과 맞설 수 있다고 판단해 문학에서도 유럽의 근대문학을 받아들
이지 않을 수 없었다. 그러면서도 근대문학을 주체적으로 이룩하고자
하는 노력을 터키의 경우보다 더욱 뚜렷하게 했다.[321]

페르시아는 러시아와 영국이 세력을 뻗쳐 주권을 위협했으나 식민지
가 되지는 않았다. 주권을 유지하고 있는 조건에서 유럽의 발전을 따르
는 과업을 상층 주도로 추진했다. 국왕 나세르 에드-딘(Naser ed-Din)
은 유럽 각국에 직접 가서 국민의 복지 향상을 위한 방책을 살핀 〈유럽
여행일기〉(*Safar nameh-e Naser ed-Din Shah be Farang*, 1873)를 써
내, 자기 나라가 뒤떨어지지 않게 하는 지침으로 삼고자 했다.[322]

그러자 유럽처럼 근대화한 국가를 이룩하기 위해서는 아랍화한 중세
가 장애가 된다고 여겨 격렬한 비판이 일어났다. 그 선두에 선 역사가
아바스(Abd al-Baha Abbas)는 〈문명을 이루는 원인의 숨은 내막〉
(*al-Asrar al-Ghaybiyyah li Asbad al-Madaniyyah*, 1875)에서, 아랍의
침공 때문에 무너진 "세계의 중심" 고대 페르시아의 영광을 되살려야
한다고 역설했다.[323] 아랍문명을 적으로 돌리고 이슬람교를 야만스럽다

---

321) Jan Rypka, *History of Iranian Literature* (Dordrecht, Holland : D. Reidel,
1968) : Reuben Levy, *An Introduction to Persian Literature* (New York :
Columbia University Press, 1969) ; Ehsan Yarshater ed., *Persian Literature*
(Albany, New York : Bibliotheca Persica, 1988)에서 얻는다.

322) Bernadette Salesse tr., *Journal de voyage en Europe (1873) du shah de
Perse Naser ed-Din Shah Qajar* (Arles : Actes Sud, 2000)

323) Juan R. I. Cole, "Marking Boundaries, Marking Time, the Iranian Past and
the Construction of Self by Qajar Thinkers" (http : //www-personal.
umich.edu/--jrcole.boundar. htm)

고 규탄하면서 아시아를 떠나 유럽의 일원이 되어야 한다는,[324] 일본에
서 볼 수 있는 바와 같은 脫亞論의 주장이 대두하기도 했다.

왕정을 폐지하고 공화국을 세워야 국내외의 위기를 극복할 수 있다
는 주장이 강력하게 대두하자, 1925년에 새로운 왕정이 들어서서 개혁
을 한다고 표방하고, 1935년에는 국호를 이란으로 바꾸었다. 개혁이 미
진하고 또한 빗나갔다고 비판이 일어나 억압과 항거가 계속되다가,
1979년에는 왕정을 무너뜨리는 혁명이 성사되었다.[325] 그 기간 동안 외
세 추종에 반대하면서 민중을 깨우쳐 압제에 반대하는 것을 작가의 사
명으로 삼았다.[326] 그렇게 해서 유럽의 전례를 따르면서 앞서 간다는 생
각을 버리고, 민족해방투쟁을 겪은 곳들과 함께 제3세계문학의 새로운
길을 여는 데 동참하게 되었다.

페르시아도 터키의 경우처럼 본격적인 연극은 발달하지 않고 인형극
이나 있었을 따름이었으므로 유럽연극을 받아들여 근대극을 이룩해야
했다. 그 작업도 1960년대에 이르러서야 시작해서 터키보다 늦었으며,
당대 사회의 문제를 다루려면 검열에 시달려야 하는 어려움이 있어 작
품활동이 활발하지 못했다. 그런 형편을 타개하기 위해, 민간전승을 되
살려 풍자와 항거의 연극을 하고자 하는 움직임이 일어났다.

그 가운데 특히 바이자이(Bahram Bayzayi)의 인형극이 주목할 만한
성과이다. 〈감추어진 달 이야기〉(*Ghorub dar ditari gharib*, 1963)라는
작품의 한 대목을 보자. "소녀"와 "검은 사나이" 같은 재래 인형극의 등
장인물과 공연방식을 그대로 사용하면서 자기 시대의 어둠과 맞서는
대사를 다음과 같이 주고받은 대목이 놀랍다.[327]

---

324) Robin Ostle ed., *Modern Literature in the Near and Middle East 1850~1970*
　　(London : Routledge, 1991), 135~136
325) 김정위, 《중동사》(서울 : 대한교과서주식회사, 1991), 274~291
326) R. M. Ghanoonparvar, *Prophets of Doom, Literature as a Socio-political
　　Phenomenon in Modern Iran* (Lanham, Meryland : University Press of
　　America, 1984)
327) Ehsan Yarshater ed., 위의 책, 390

소녀 : 밤이 왔네요

검은 사나이 : 더 어두워질거야

소녀 : 아직 촛불을 켜지 않았어요

검은 사나이 : 횃불은 밖에 있고

소녀 : 불을 켜도

검은 사나이 : 어둠에 묻히고말 걸

소녀 : 왜 불을 켜야 하나요

검은 사나이 : 불이 꺼지고 말건데

소녀 : 마을이 온통 잠들었어요

검은 사나이 : 문은 다 잠겨 있고

소녀 : 문은 잠겨 있고 사람들은 잠만 자네요!

  시에서는 유럽문학을 따르지 않고, 페르시아시를 다시 일으켜 거기 맞서는 방법을 택했다. 그 점에서 터키보다 보수적이면서 주체적이었다. 카아니(Qaani)는 프랑스어를 알고 프랑스 서적을 번역하기까지 했지만, 페르시아시의 전통적 표현법을 능숙하게 구사하면서 당대 사회의 다양한 문제를 광범위하게 다루어, 짧은 생애 동안에 놀랄 만하게 많은 작품을 썼다. 그 뒤를 이은 아자드(Muhammad Azad), 파로크자드바드(Farugh Farrokhzadvad) 같은 시인들도 페르시아시의 자랑스러운 전통을 되살려 놀라운 경지에 이르는 새로운 시를 창조하고자 했다.

  소설은 유럽의 자극과 영향을 받고 쓰면서도, 자기 전통을 버리고 유럽을 따르는 것을 비판했다. 장편소설의 개척자 마수드(Mohammad Masud)는 〈밤의 오락〉(*Tafrihat-i shab*, 1932)에서 돈을 버는 것밖에 다른 어떤 소망도 없는 사람들의 삶을 비관적인 어조로 다루었다. 얼레 아흐마드(Jalal Ale Ahmad)는 논설 형태로 쓴 〈서양의 오염〉(*Gharbzadegi*, 1962)에서 서양을 따르는 것은 전염병에 감염되는 것과 같다고 비판하고, 그 때문에 농촌이 피폐해지는 모습을 〈땅의 저주〉

(*Nefrin-e zamin*, 1968)라는 장편을 써서 고발했다.[328]

작품의 내용을 구체적으로 살펴보자. 교사가 되어 농촌에 부임한 청년이 농민들과 함께 생활하면서 토지개혁이니 농업협동조합이니 하는 것들이 농민을 괴롭히는 현장을 목격했다. 정부에서 끌어들인 도시의 침해 때문에 공동체의 질서가 파괴되고, 삶이 고달퍼진 농민이 농촌을 떠나가 파멸의 길에 들어서는 것을 보고 안타까워하다가 자기 무력을 개탄하면서 되돌아선다고 했다. 유럽의 방식에 따라 근대화를 한다면서 농촌을 망치는 잘못을 그런 방식으로 비판했다.

일본은 유럽문명권 밖의 나라 가운데 근대화에 가장 성공한 나라이다. 1868년에 明治維新을 일으켜 강력한 권한을 가진 새로운 통치집단이 이른바 脫亞論의 노선에 따라 아시아를 벗어나 유럽의 일원이 되어 부국강병을 이룩하고자 하면서, 자기네는 신성하고 우월한 단일민족이라고 하는 신앙으로 국민을 무장시켜 동아시아문명의 오랜 이웃에 대한 배타적 우월감을 조성했다.[329] 그래서 힘으로 침략을 일삼아 아이누인의 삶을 유린하고, 유구와 대만을 차지하고, 한국을 식민지로 삼고서는 중국을 침공한 끝에 세계대전을 일으켜 패망한 뒤에도, 경제대국의 우월성을 내세워 이웃 나라들을 얕본다.

근대일본의 성공은 근대문학을 모범적으로 이룩한 데서도 확인된다. 이미 상당한 수준에 이르렀던 출판이 자본주의의 번영으로 더욱 발달해서, 작품의 출판과 판매, 책의 편집과 제본에서 세계 어느 나라보다 앞서고 있다. 吉川英治(요시카와 에이지)의 〈宮本武藏〉(1935~1938) 같은 대중소설이 엄청난 판매부수를 올린 반면에, 순수문학은 설 자리를 잃었다. 책장사가 번창하기 때문에 상품으로서 성공하지 못하는 문학은 밀려나야 했다. 출판업자의 기획능력이 확대되는 것만큼 작가의 재량권은 줄어들었다. 경제적인 번영이 문학을 위축시켰다.

---

328) 자릴 얼레 아흐마드, 김영연 역, 《땅의 저주》(서울 : 지학사, 1988)에 그 둘이 번역된 것을 읽고, 권말의 해설을 참조한다.
329) 小熊英二, 《單一民族神話の起源, 日本人の自畵像の系譜》(東京 : 新曜社, 1995)

아시아를 벗어나 유럽의 일원이 되는 문학을 하겠다고 하면서 문예사조의 수입에 열을 올렸다. 자연주의, 상징주의, 프롤레타리아문학, 모더니즘 무엇이든지 환영했다. 그래서 외형이 비슷한 모조품을 만드는 데 그쳤으며, 치열한 대결의식을 가진 창조가 없어 핵심이 빠졌다. 아시아에서 벗어나겠다고 해서 유럽에 들어갈 수 있는 것은 아니었다. 근대 산업사회를 이룩하면서 신분제의 관습이 이어져, 시민이 역사창조의 주역으로서 진취성을 가지지 못하고, 국가권력에 복종하면서 자기 분수에 맞게 생업에 충실하는 자세를 이었다. 민중의 미학은 행방이 없고 귀족의 취향을 시민이 받아들인 과거를 되풀이했다.

연극에서 전통극은 원형 보존에 힘쓰고, 근대극은 유럽에서 이식했다. 신파극의 미숙한 단계를 넘어서 유럽연극을 직접 이식하는 신극을 하면서, 번역극과 함께 번역 같은 창작극을 하면서 일본 특유의 감각적인 표현을 보탰다. 築地小劇場에서 벌인 신극운동이 그 나름대로 진지해서 한국에까지 영향을 끼쳤으나, 극작 활동은 부진했다. 그런 가운데 木下順二(키노시타준지)는 〈夕鶴〉(1949) 같은 작품에서 설화에서 가져온 소재를 일본 특유의 서정적 감각으로 다루어 큰 호응을 얻었다.

시에서도 전통적 형식을 고수하는 한편, 유럽문학을 수입해 재현하고자 노력했다. 유럽 근대시는 자유시라고 하고 자유시라야 근대시라고 했다. 그것은 사실과 다른 진술이다. 유럽 근대시의 대표적인 본보기로든 프랑스 상징주의시가 거의 다 정형시라는 사실을 그릇되게 소개해 일본이 따라야 할 지침으로 삼은 논법이다. 일본시의 전통적인 율격은 글자수가 고정되고 변형이 불가능해서 자유시를 도출할 수 없는 한계를 내부에서 극복하지 못해, 잘못 소개된 유럽시의 전례를 방향전환을 위한 지침으로 삼아야 했다.

근대시를 만들 때 일본 민요에서 갖추고 있는 다양한 율격을 찾고 변형시켜 새로운 창조의 출발점으로 삼을 수 있는 사실을 다시 무시하고, 율격이 없는 자유시를 만들어냈다. 北原秋白(키타하라하쿠슈), 萩原朔太郎(하기와라사쿠다로우) 같은 시인들이 새로운 시를 진지하게 시험

했으나 슬픔, 고독, 우울 등의 느낌을 주는 감각적 표현을 새롭게 하는
데 머물러, 고답적인 경향을 보여주고 많은 독자의 호응을 얻을 수 없
었다. 시인이 역사를 증언하고 사회에 참여해 널리 공감을 얻는 것과는
거리가 멀었다.

소설에서는 일인칭으로 전개하면서 신변의 사소한 관심사나 그리는
私小說이 성행했다.[330] 그것은 작가가 사회비판의 의지는 가지지 못하
고 민중과 단절되어 자기만의 세계를 개척하면서 신변잡담을 미문 취
향의 문체로 다루는 서정적 소설이다. 일인칭으로 전개되는 점은 유럽
소설과 상통하지만, 신을 향한 고백록의 전통이 없으므로 사상의 고민
은 배제되어 있고, 내면심리의 세계로 깊이 들어가지도 않는다. 자기
자신을 적당히 감추어두고 다 드러내지는 않는다. 그런 私小說은 일본
인의 미의식을 최대한 발현한 뛰어난 작품이라고 하지만, 기형적 근대
화의 산물인 기형적인 근대문학이라고 하는 부정적인 평가가 더욱 설
득력이 있다.

사소설은 근대일본문학의 또 한 가지 창안물인 수필과 밀접한 관계가
있다. 그 내력을 이중으로 설명해, 재래의 한자어를 사용해 '隨筆'이라고
일컫는 것을 유럽의 '에세이'에서 수입했다고 한 것은 근대일본인이 흔
히 사용하는 논법이다. 수필은 '에세이'처럼 이치를 세워 주장을 펴지는
않고, 일본인 특유의 정서와 감각을 나타내는 미문 취향의 잡문이다.[331]

---

330) Tom Suzuki, *Narrating the Self, Fictions of Japanese Modernity* (Stanford :
Stanford University Press, 1996) ; Masao Miyoshi, *Accomplices of Silence, the
Modern Japanese Novel* (Berkeley : University of California Press, 1974) ;
J. Thomas Rimer, *Modern Japanese Fiction and Its Tradition, an Introduction*
(Princeton : Princeton University Press, 1978) ; Janet A. Walker, *The Japanese
Novel of the Meiji Period and the Ideal of Individualism* (Princeton : Princeton
University Press, 1979).

331) Earl Miner et al., ed., *The Princeton Companion to Classical Japanese
Literature* (Princeton : Princeton University Press, 1985)의 용어해설에서
"Zuihitsu(bungaku) 隨筆(文學)"은 일본문학 특유의 갈래라고 하고,(305) 영어로
번역할 수 없는 말이라고 했다.(347)

사소설과 함께 수필이 성행한 탓에 일본근대문학은 신변잡기에 머무르고 역사나 사회의 심각한 문제에는 관심을 가지려고 하지 않았다.

일본 근대소설의 개척자로 평가되는 夏目漱石(나쓰메소세키)는 유럽에 유학해서 유럽문학을 직접 체험하고 돌아와서는 일본 특유의 작품을 쓰고자 했다. 초기의 걸작으로 꼽히는 〈도련님〉(坊っちゃん, 1906)을 보면, 주의력이 부족하고 특별한 의욕이 없는 젊은이가 시골에 가서 중학교 수학선생 노릇을 하면서 주변 사람들의 반응에 지나치게 신경을 쓰다가 적응하지 못하고 되돌아온 내력을 다루었다. 자기 집에서 오래 일하던 하녀하고만 진정으로 마음이 통할 따름이고, 가족과 헤어지고 동료와 화합하지 못하고 누구든지 적대자로 여기는 외톨이 심정을 그렸다.

근대소설 개척의 또 한 사람의 선구자 島崎藤村(시마사키도손)은 그런 경향과 거리를 두었다. 〈破戒〉(1906)에서, 사회에서 천대받는 천민 신분을 타고난 젊은이가 아버지의 당부를 어기고 자기가 천민임을 공개적으로 선언하는 파계를 감행하고, 온갖 모욕과 비난을 감수하면서 신분 차별을 철폐하기 위한 투쟁에 나섰다고 했다. 그런 방식으로 사회상을 그려 자연주의 작가라고 규정되었으나, 사회개조의 의지를 지속한 것은 아니다. 다음 작품 〈家〉(1912)에서는 시대변화와 더불어 오랜 내력을 가진 가문이 몰락하는 과정을 다루면서 전통적 가치관에 대한 회고를 나타냈다.(소설 3, 316~322)

사회문제에 관심을 가진 문학은 프롤레타리아문학에서 더욱 선명한 색채를 드러냈다. 그러나 藏原惟人(구라하라고래히또)를 위시한 몇몇 비평가들이 운동을 주도하면서 수입한 이론의 해석과 적용을 둘러싸고 논쟁을 벌이는 데 정열을 쏟았으며, 작품 창작은 활발하게 하지 못했다. 일본무산계급예술연맹(NAPF)이 1928년에 결성되어 1934년에 해산될 때까지 안으로는 노선 투쟁을, 밖으로는 정부의 탄압을 겪느라고 창작에 힘쓸 수 없었다. 小林多喜二(고바야시다키지)는 그런 사정을 무릅쓰고 작품을 쓰는 데 힘을 쏟다가 감내할 수 없는 시련을 겪었다. 〈1928

年 3月 15日〉, 〈黨生活者〉를 위시한 몇몇 작품을 가까스로 발표해 무산 계급의 투쟁을 그리고 고무했으나, 최대의 역작이라고 평가되는 〈防雪林〉은 발표하지 못하고, 1933년에 경찰에 체포되어 고문당하다 죽었다.

일본이 군국주의의 길로 가면서 프롤레타리아문학에 대한 탄압을 강화하자, 살아남은 가담자들은 전향을 발표하고, 멀리서 보고만 있던 사람들도 두려워해서 사회비판의 문학은 할 생각을 하지 못했다. 그 뒤에는 현실과는 거리가 먼 예술지상주의의 세계에 몰입해 탐미적이고 감각적인 私小說 풍의 작품을 쓰고자 하는 것이 지배적인 경향으로 나타났다. 그러나 그것이 즐거운 도피는 아니었다. 최상의 작품을 썼다고 거듭 칭송되는 芥川龍之介(아꾸타가와류노스케), 川端康成(가와바다야스나리), 三島由紀夫(미시마유키오)는 단명하거나 자살로 일생을 마쳤다.

三島由紀夫의 〈金閣寺〉(1956)는 일본의 국보인 그 건물의 방화사건을 취재해, 작가의 예술관을 나타낸 작품이다. 내성적인 성격에다 말더듬이여서 못났다는 열등의식에 사로잡혀 사는 일인칭 서술자는 금각사의 아름다움에 혼을 빼앗겨 그 곳에서 수도승 노릇을 하다가, 자기 또래의 젊은이들 남녀가 그 곳을 놀이 장소로 삼는 것을 보고 질투와 분노를 느껴 불을 질렀다고 한 것이 표면상의 사건이다. 금각사가 불멸의 존재임을 소멸을 통해 확인해야 한다는 믿음에 근거를 두고 그런 미친 짓을 했다. 금각사의 아름다움을 다음과 같이 묘사한 말에 일본인이 존중해 마지않는 최고의 미의식이 나타나 있다고 한다.[332]

석양을 받거나 달빛을 받을 때의 금각을, 무언가 신기하게 유동하는 것, 날개 치는 것처럼 만드는 것은, 이 물에서 반사되는 빛이다. 흔들리는 물의 반영으로 인하여 견고한 형태의 속박으로부터 풀려나, 그때의 금각은, 영구히 흔들리며 움직이는 바람이나 물 혹은 불 따위의 재료로 세워진 듯이 보였다.

---

332) 미시마 유키오, 허호 역, 《금각사》(서울 : 웅진출판사, 1995), 266

일본의 소수민족인 북쪽의 아이누인은 구비문학의 풍부한 유산을 오늘날의 문학으로 이어 발전시키지 못하고, 언어를 잃고 민족이 소멸할 위기를 겪고 있다. 남쪽의 유구인은 그쪽보다 형편이 나아 문학창작을 계속하면서도 자기 말을 살리지는 못한다. 일본어로 쓴 작품에 유구어를 삽입하면서 민족의 처지를 문제로 삼은 것들이 가장 주목할 만한 작품이다.[333]

그런 작품 가운데 특히 큰 충격을 주는 것이 知念正眞(찌넨세이신)의 희곡 〈人類館〉(1976)이다.[334] 아이누인·조선인과 함께 열등인종의 표본으로 박람회장에 전시되었다고 설정한, 유구인 남녀가 차별을 받으면서 동화되어 일본을 위해 충성을 다한다고 맹세할 만큼 의식이 혼미해진 상황을 고발했다. 일본어, 유구식 일본어, 유구어를 함께 사용해 서로 대조가 되게 하고, 유구 전통극의 수법을 이었다.

타이문학은 또 하나 주목할 만한 사례이다. 타이는 위에서 든 몇 나라처럼 식민지가 되지 않고 주권을 유지한 것은 자질이 우수한 증거라고 하면서, 자민족제일주의를 내세우고 소수민족을 억압했다.[335] 그러나 자기 전통을 발전시켜 근대문학을 이룩한 것은 아니다. 유럽문화를 받아들이는 데 앞서는 것을 또 하나의 자랑으로 삼았다. 유럽에 장기간 머물다가 돌아온 왕족들이 사회 전반을 지배하면서 문학에도 깊이 관여해, 추종과 모방의 풍조를 부추겼다.

새로운 문학의 중심을 이룬 소설을 보면, 유럽소설을 번안하고, 유럽인을 등장시켜 유럽소설처럼 보이게 하는 작품이 이어져 나오는 시기가 한참 계속되다가, 타이인을 등장시켜 자국의 현실을 다루는 창작물이 출현했다.[336] 시 부라파(Si Burapha)라는 필명을 사용한 작가가 내놓

---

333) 岡本惠德,《現代文學にみる沖繩の自畵像》(東京 : 高文硏, 1996)
334) 大城貞俊 外 共編,《沖繩の文學, 近代·現代編》(那覇 : 沖繩時事出版), 224~266
335) Scot Barmé, *Luang Wichit Wathakan and the Creation of a Thai Identity* (Singapore : Institute of Southeast Asian Studies, 1993)
336) Wibha Senanan, *The Genesis of the Novel in Thailand* (Bangkok : Thai Watna Panich, 1975)

은 〈진실한 사람〉(*Luk Phuchai*, 1928)이 바로 그런 작품이며, 계급 간의 갈등을 다루었다. 목수의 아들인 상민이 귀족들이 다니는 학교에 입학해 고통을 겪고, 사랑의 경쟁에서 실패한 다음 분발한 결과, 법학을 공부해 고시에 합격하고 프랑스 유학생이 되어 박사학위를 받고 귀국한 다음 높은 지위에 올라 우열을 역전시켰다. 상민도 뜻을 펼 수 있게 된 시대가 근대이고, 그럴 수 있게 하는 길은 법률가가 되고 유학을 하는 것이다.

시 부라파는 상민 출신이지만, 타이에서 신문학을 개척한 다른 작가는 거의 다 왕족이거나 귀족이었다. 시 부라파는 불온한 작가로 지목되어 중국에 망명했다가 귀국하지 못하고 세상을 떠났다. 문단의 주도권은 영국에서 돌아와 유럽인의 관점에서 타이문화를 비판한 〈황색 피부, 백색 피부〉(*Phiu Luang Phiu Khao*, 1930)를 쓴 왕족 작가 아카트담콩(Akatdamkoeng)이 장악하고, 과격한 풍조를 배격했다. 쿠크리트 프라모즈(Khukrit Pramoj)는 태국 근대문학의 최대걸작이라고 하는 〈네 시기의 통치〉(*Sii Phaeaendin*, 1954)에서 역대의 통치자들이 가장 소중하게 여긴 왕정, 불교, 가정의 가치가 흔들리는 것을 개탄했다.

타이의 보수세력이 왕정을 절대화해서 옹호하면서 사회개혁에 대한 요구를 두렵게 여기는 데 호응하는 작가들은 통속성을 거부하고 "문학을 위한 문학"을 한다고 표방했다. 본격적이고 순수한 소설은 사회문제에 관심을 가지지 않고 인간의 영원한 소망을 환기시키는 서정시가 되는 것이 가장 소망스럽다고 했다. 가혹한 검열을 실시해 사회개혁에 대한 주장이 등장하지 못하게 막고, 국왕에게 충성을 바치는 귀족 출신임을 자랑하고 신앙심이 두텁다고 자부하는 보수주의 작가들이 계속 문단을 지배했다.

그러다가 1973년에 학생들이 주동이 되어 민주화 시위를 벌일 때 사태가 달라졌다. 시위대는 "타이문학을 모두 물질러라" 하고 외쳤다. "정부관리들의 부패, 타이 땅의 미군기지, 심각하게 벌어진 빈부의 격차" 같은 현실 문제를 외면하는 문학을 정치 지배자와 함께 규탄했다.[337] 문학이 정치적 시위에서 직접 비판의 대상이 된 것은 다른 예를 찾기 어려운 일이다.

새롭게 등장한 작가들이 그 공백을 메우는 것 이상의 작업을 과감하게 했다. 그래서 이룩한 작품 가운데 놀라운 것들이 있다.[338] 라우 캄험의 〈옴개구리〉나 찬 껍찟의 〈몽상〉에서는 농민의 참상을 실감나게 그렸다. 그런 작품은 모두 단편이다. 기발한 구성과 극도로 절제된 표현을 갖추어 하층민의 삶이 얼마나 어려운지를 충격을 줄 만큼 잘 나타냈다.

단편소설에서 보이는 변화가 장편에서는 나타나지 못하고 있다. 출판이 발달하지 못하고, 독자가 부족해 장편소설은 자라나지 못하고 있다. 동남아시아소설은 단편이 특징이라고 하는 견해는[339] 타이의 경우에 잘 들어맞는다. 단편소설을 써서 잡지에 발표하고 소액의 원고료만 받아서는 생계를 이을 수 없어, 타이에는 아직까지 전업작가가 없다.[340]

그러나 어려운 조건을 비장한 각오로 돌파하는 시도가 있어 주목해야 한다. 위에서 든 〈몽상〉의 작가가 내놓은 〈무지에 의한 단죄〉를 보자.[341] 이 작품은 시골 사람들의 무지와 편견 때문에 한 젊은이가 부당하게 희생되는 과정을 그렸다. 주인공이 끝내 비참한 죽음을 맞이하게 한 사기꾼인 교장이 온 마을 사람들의 존경을 받고 있는 어처구니없는 현실을 고발했다. 그런 장편소설의 등장은 희망적인 사태라고 할 수 있으

---

337) Srisurang Poolthupya, "Social Change as Seen in Modern Thai Literature", Tham Seong Chee ed., *Essays on Literature and Society in Southeast Asia* (Singapore : Singapore University Press, 1981), 210

338) 니웻 짠타이랏 외, 김영애 역,《황색승복, 동남아문학상 수상작가 작품집》(서울 : 도서출판 창, 1991)에서 타이 단편소설의 다양한 모습을 확인할 수 있다.

339) Jeremy H. C. S, Davidson and Helen Cordell ed., *The Short Story in South East Asia : Aspects of a Genre* (London : School of Oriental and African Studies, University of London, 1982)에서는 그런 주장을 앞세우고 동남아시아 각국의 단편소설을 고찰했다.

340) Herbert P. Philips., *Modern Thai Literature with an Ethnographic Inter -pretation* (Honolulu : University of Hawaii Press, 1987), 20

341) 찬 껍찟, 김영애 역,《무지에 의한 단죄》(서울 : 한국외국어대학교 출판부, 1995)

나, 내막을 알고보면 그렇지 않다. 가방을 만드는 수공업을 해서 살아가는 작가가 자비로 출판한 소설을 가난한 사람들도 사서 볼 수 있게 하려고 싼값으로 팔았다.[342]

시에서는 노선 대립이 그렇게까지 뚜렷하지 않다. 오늘날 가장 인기 있는 시인 앙칸(Ankhan Kalayanaphong)은 시공을 초월한 영원한 문제를 불교사상에 근거를 두고 노래하는 고귀한 시인이라고 칭송되면서도, 현실의 추악한 모습을 거침없이 드러냈다. 대표작으로 평가되는 장시 〈방콕-타이랜드〉(*Bangkok-Thailand*)에서는 자기 나라 수도의 천태만상을 깊이 나무라는 어조로 묘사했다. 그 서두를 들어보자.[343]

방콕은 쓰레기, 시체 더미이고, 신들의 파편이다.
신성한 도시에 범죄를 저지르는 사람들이 모여든다.
외국인들이며 흑인들이 창녀에게 붙어살면서
커피숍에서 사랑을 나눈다.

에티오피아는 아프리카에 있지만, 주변의 다른 나라와 큰 차이가 있다.[344] 4세기에 동방기독교를 받아들여 기독교국가가 되고, 기독교 문헌을 게에즈(Ge'ez, Giiz)라는 자기네 종교어로 옮겨놓고 절대적 가치를 가진다고 숭앙하면서, 이슬람교를 믿는 주변 민족들의 포위공격을 견디어내는 데 필요한 정신적 지주로 삼았다. 십자군전쟁에 기독교군으로

---

342) 같은 책, 권말 해설 299~300

343) Klaus Wenk, *Thai Literature, an Introduction* (Bangkok : White Lotus, 1995), 90

344) Albert S. Gérard, *Four African Literatures, Xhosa, Sotho, Zulu, Amharic* (Berkeley : University of California Press, 1971) ; Roger Schneider, "Littérature étiopienne", Raymond Queneau dir., *Histoire des littératures I* (Paris : Gallimard, 1977) ; Aleksander Ferenc, "Writing in classical Ethiopic(Giiz)", Joanna Mantel-Niecko, "Ethiopian Literature in Amharic", B. W. Andrzekewski, S. Pilasszewicz, and W. Tyloch ed., *Literatures in African Languages* (Warszawa : Wiedza Powszechna, 1985)

참전했다. 14세기에 편찬한 〈왕들의 영광〉(*Kebra Nagast*)이라는 국사서에서, 구약성서의 한 주인공인 솔로몬의 혈통을 이어 영구불변의 신성성을 자랑하는 황제의 통치를 받는 에티오피아인은 하늘의 뜻을 땅에 펴는 임무를 맡은 선택받은 민족이라고 하는 자부심을 심어준 것을 오늘날까지 받들고 있다.

종교어인 게에즈와는 계통이 다른 세속어 암하릭(Amharic)을 사용하면서 중세에서 근대로의 이행기문학은 폭이 더 넓어졌다. 신성한 역사 예찬을 문학의 기본 임무로 삼는 것은 달라지지 않았으면서, 표현방법을 다양하게 했다. 암하릭 사용이 확대된 것은 주목할 만한 변화였다. 계통과 종교가 다른 여러 민족을 단합시키는 데 게에즈보다는 암하릭이 상대적으로 유리했다. 18세기의 군주 데오도르(Theodore) 2세는 암하릭을 공용어로 삼아 국가의 통일을 이룩하려고 하다가 영국군의 침공으로 실패했다. 그러나 주권을 빼앗긴 것은 아니다.

서방기독교문명권의 침략자들이 자기네 기독교를 침투시키는 데 암하릭을 사용했다. 이에 맞서면서 그 영향을 받은 에티오피아의 지식인들이 19세기말부터 새로운 문학을 하는 길을 찾았다. 근대소설의 첫 작품은 에티오피아의 국권 수호를 위해 진력한 외무부장관이었던 헤루이(Heruy Wäldä Sellasé)의 〈새로운 세계〉(*Haddis Alem*, 1924)이다. 아프리카와 유럽 두 세계를 왕래하는 주인공의 번민을 심각하게 다루면서, 밖에서 닥쳐오는 도전을 극복하기 위한 에티오피아인의 각성을 촉구했다.

에티오피아를 한때 강점한 이탈리아는 암하릭 사용을 금지했으나, 독립을 되찾자 표준화한 암하릭을 국어로 삼아 교육을 통해서 널리 보급하고 있다. 에티오피아는 짧은 기간 동안 식민지 상태에 있었을 따름이고 오랫동안 주권을 지켜 오늘에 이르고, 일부는 영어를 사용하지만 대다수의 작가가 국어로 창작하는 점이 특별하다. 특별한 점을 우월하다는 증거로 삼고, 자기네는 처음부터 신성한 민족이라는 데서 그 이유를 찾았다. 신과 가장 가까운 위치에 있는 황제의 신성통치를 받고 있

어 세상에서 으뜸이라고 자부하다가, 내부의 불만 때문에 혁명이 일어
나 정체성을 다시 정립하지 못해 혼미를 겪고 있다.

터키, 이란이라고 이름이 바뀐 페르시아, 일본, 타이, 에티오피아는
모두 특별하다고 자부하는 나라이다. 거룩한 역사를 중단 없이 이어왔
다고 자랑하고, 일시적인 불운을 겪는다고 해도 좌절하지 않고 선조대
의 영광을 이어받아 더욱 빛낼 수 있다고 자부한다. 자기네 군주는 신
과 아주 가까운 관계에 있다는 신성국가의 신화를 버리지 않고 어떤 형
태로든지 유지하고 있다. 주위의 다른 민족들을 억압과 멸시의 대상으
로 삼아 자기 민족은 신성하고 우월하다는 증거로 삼는다. 자기 영토
안에 있는 다른 민족의 독자적인 문화를 부인하고 강제로 동화시키려
고 하면서 심한 차별대우를 한다.

그 다섯 나라에서 모두 주권을 상실하지 않은 채 근대국가를 건설하
고 근대문학을 이룩한 행운이 의식을 왜곡되게 하는 불운을 초래했다.
행운을 자랑하는 들뜬 문학이 전부는 아니며, 불운 인식을 촉구하는 자
기비판의 문학도 있으나 그 목소리가 크지 못하고 의식을 정상화하기
에는 역부족이다. 그렇지만 사회내부의 모순이 격화되어 압제와 수탈에
항거해야 할 때에는, 자기비판의 문학이 설득력을 가지고 세계문학에서
소중한 의의를 가지는 작품을 산출한다.

5. 6. 동아시아문학의 향방

근대에 들어서면서 동아시아문명권의 동질성이 훼손되었다. 중국과
일본은 동아시아문명권의 중심부와 주변부였는데, 유럽의 침공에 대응
하는 방식이 달라 처지가 역전되어 선진과 후진의 격차를 나타냈다. 일
본이 유럽의 전례에 따라 근대화하고 제국주의 국가의 대열에 들어서
자, 중국은 침략을 당하는 처지가 되었다. 1840년의 아편전쟁 이래로 유
럽 열강과의 싸움에서 거듭 패배해 부당한 간섭을 물리치지 못하고 반

식민지 상태에서 머물러 있다가, 다시 일본의 침공을 받았다. 국공내전을 거쳐 1949년에 중화민국이 물러나고 중화인민공화국이 들어서서 사회주의 국가로 통일되어 오랜 진통을 일단 종식시켰다.

중국에서는 1917년에 일어난 문학혁명이 1919년의 5·4운동을 거치면서 더욱 확대되어 새 시대의 문학인 근대문학을 이룩하게 되었다.[345] 문어를 버리고 白話를 써서 의고적인 표현을 청산하고 당대인의 생각을 바로 나타내자고 하는 데서 시작한 그 운동은 반외세 개혁운동으로 발전해 사회 전체에 큰 충격을 주었다. "밖으로는 國權을 찾고 안으로는 國賊을 처단하는" 문학을 하자고 다투어 주장했다. 그러나 작품 창작은 쉽지 않았다. 魯迅이 〈阿Q正傳〉(1921)이라는 중편소설을 써서 시대변화에 뒤떨어진 우매한 중국인의 모습을 극명하게 드러내 야유한 것이 특히 자랑하는 성과이다.

그 때부터 중국문학은 중국이 나아가야 할 방향을 둘러싼 논란을 정면에서 감당하면서, 작품보다는 평론을, 문학평론보다는 정치평론을 앞세우는 특징을 보였다. 평론이 아닌 창작물 가운데서도 사회문제를 직접 거론하는 산문 또는 잡문이라고 일컬어지는 글이 커다란 영향력을 행사했다. 魯迅은 소설보다 산문을 쓰는 데 더욱 힘쓰면서 대작가의 위치에서 문단을 이끌었다. 좌우 노선이 대립하고, 좌익 내부에서도 시비가 많아 논란이 분분할 때 최종적인 해결책은 정치지도자가 내놓았다. 정치현실과 거리를 두고 창작에 몰두하는 작가는 있기 어렵고, 작가와 작품에 대한 평가가 정치정세에 따라 좌우되었다.

그렇게 된 이유는 세 가지로 생각할 수 있다. 첫째 문인은 나라에 벼슬하는 사람이거나 그 예비군이고, 문학의 기능은 세상을 감계하는 데 있다고 하는 오랜 전통이 이어졌다. 둘째 외세의 침공으로 말미암아 문학이 구국을 위해 나서야 했지만, 식민지가 되는 데까지는 이르지 않아

---

345) 黃修己, 고대중어중문연구회 역, 《中國現代文學發展史》(서울 : 범우사, 1991) ;
　　김시준, 《중국현대문학사》(서울 : 지식산업사, 1992)

검열을 피하려고 구국의 주장을 안으로 감출 필요가 없었다. 셋째 문학은 정치에 예속되어야 한다고 하는 공산당의 노선이 문학에 관한 논란의 최종적인 결론으로 등장했다.

첫째로 든 것은 한국이나 월남과도 공통된다. 셋째로 든 것도 월남과 공통되고, 한국에도 부분적으로 해당된다. 그러나 둘째 조건이 한국이나 월남과 다르다. 식민지가 된 한국과 월남에서는 구국의 문학을 하는 작가들이 자기 주장을 뒤로 숨기고 나서서 떠들지 않고, 검열에 걸리지 않는 표현을 개발하기 위해 고심하면서 작품으로 말을 해야 했다. 그러나 중국의 경우에는 외침에 어떻게 맞서야 하는가 하는 노선 논쟁을 작품 창작보다 힘써 하고, 주장의 타당성 경쟁으로 문학의 승패가 갈렸다.

중국문학의 전통은 시에 있었는데, 근대문학에서는 사태가 역전되었다. 시는 시대변화를 다각도로 나타내면서 정치적인 주제를 다루기에 적합하지 않아 힘을 잃었다. 그뿐만 아니라, 전통적인 율격을 버린 白話詩는 줄을 바꾸어 쓰는 산문과 다름이 없어 독자적인 의의를 주장하기 어려웠다. 劉半農 같은 시인은 일상적인 언사를 사용한 백화시도 시일 수 있다는 것을 보여주었으나, 그런 본보기가 많지 않다. 대개는 낭만적 영탄을 늘어놓으면 시적인 감흥이 고조된다고 했다. 고전시 때문에 잊혀져 있던 구비시가를 되살려 서사시 또는 장시를 쓰는 모형으로 삼고자 하는 운동이 있었지만 널리 평가되는 성과를 얻지는 못했다. 뛰어난 시인이라고 칭송되는 艾靑의 절창 대목을 들어보아도 다음과 같은 정도이다.[346]

> 수많은 불꽃과 한데 어울려
> 진리를 위해 싸우련다.
> 투쟁 속에서 인민들과 함께 전진하며
> 내 영원히 광명을 노래하련다.

---

346) 최종수·최건, 《중국당대문학사》(연길 : 연변인민출판사, 1990), 476

연극에서 京劇을 위시한 여러 형태의 전통극이 계속 공연되었어도 문단에서는 관심을 두지 않았다. 근대극을 하겠다는 작가들은 유럽연극의 번역을 출발점으로 삼아, 유럽연극의 공연방식에 따라 중국의 현실을 다루는 작품을 쓰는 방향으로 나아갔다. 田漢·曹禺 같은 작가들이 그 성공사례를 보여주었다. 그러다가 공산당의 문예노선에서 새로운 연극을 만들어냈다. 민중이 쉽게 이해하고 공감하는 방식으로 혁명의 주장을 펴기 위해 경극을 혁명가극으로 개조했다. 전설을 배경으로 삼아, 지주의 박해를 피해 도망쳤다가 머리가 하얗게 변한 여인의 비극을 다룬 〈白毛女〉를 그 대표작으로 내세웠다.

중국 근대문학의 주류는 소설이다. 정치논쟁에 휘말린 작가들은 단편을 쓰는 데 머무르고, 장편을 써도 지속적인 평가를 얻을 만한 수준에 이르지 못했다. 그러나 좌우 어느 쪽에도 적극 가담하지 않고 정치와 다소 거리를 두면서 작품 창작에 몰두하고자 한 몇몇 작가가 남긴 작품에는 완성도가 높은 것들도 있다.

巴金은 〈家〉(1931)로 시작되는 〈激流三部曲〉 삼부작에서 낡은 질서가 몰락하고 새 시대가 탄생하는 과정을 설득력 있게 묘사했다.(소설 3, 322~328) 귀족에 대해서 시민이, 시민에 대해서 민중이 반발하는 관계를 선명하게 다룬 '귀족-시민-민중소설'의 좋은 본보기를 보여주었다. 할아버지가 자랑하는 귀족 가문의 가풍에 대해서 손자가 한 말과, 신학문을 공부하는 손자에게 할아버지가 한 말을 들어보자.[347]

紳士 가문 속에 꽉 들어찬 공기를 감당할 수 없다……. 분명히 한 집안 사람인데도 방마다 딴 나라처럼 되어 하루도 겉으로 다투고 속으로 싸우지 않는 날이 없단 말야. 따지고 보면 모두가 재산 싸움에 지나지 않아!

너희들 학생은 하루 종일 독서는 하지 않고 시끄러운 일만 좋아한다.

---

347) 巴金, 《巴金 選集 第一卷 家》(成都 : 四川人民出版社, 1982), 18, 67

요즘 학교는 아주 몹쓸 곳이야. 난폭한 인간만을 만들어내고 있다.

巴金은 공산당의 시대가 시작될 때 대륙에 남아 있었으나 창작은 멈추었다. 또 한 사람 주목해야 할 뛰어난 작가 老舍는 〈駱駝祥子〉(1936)에서, 북경의 인력거꾼의 삶을 친근감 있고 생동하는 말씨로 묘사하면서 재래의 이야기꾼의 솜씨를 활용해서 당대의 고전을 이룩했다. 그런데 주인공의 죽음으로 끝난 것은 무산계급에 대한 정당한 인식이 아니라는 공산당의 비판을 받고 개작을 해야 했다. 그렇게 하고서도 문화대혁명 때에는 반혁명 작가로 지목되어 핍박을 받고 자결한 것으로 전해진다.

공산당에서는 지도노선을 충실하게 실현하는 긍정적 인물의 모습을 무산계급이 쉽게 이해할 수 있는 방법으로 그리라고 요구했다. 趙樹理는 그런 작가라고 칭송을 받다가 사회주의 아래 농업합작화 운동의 추진상황을 다룬 〈三里灣〉(1955)에서 새 시대 소설의 전형을 마련했다고 평가되었다. 그러나 낙후한 인물의 형상 창조에는 뛰어난 능력을 보인 반면에, 앞서나가는 인물은 개념적인 파악에 머물러 생동감이 모자란다는 것이 작품의 실상이다.[348] 공산당의 요구를 그대로 실현하는 작품을 쓸 수 있는 작가는 아무도 없었다.

오늘날 중국에서는 그런 잘못을 반성하고 소설을 다시 살리기 위해 애쓰고 있다. 그러나 그 방향이 문제이다. 서유럽소설을 따라가다가 소설을 죽이기도 한다. 제3세계소설과 함께 나아가는 것이 마땅한데, 과연 그럴 수 있는지가 문제이다. 사회주의 중국을 지배하고 있는 관료집단과 민중 사이의 대립을 나타내, 상이한 집단 사이의 경쟁적 합작품을 다시 만들어야 하는데, 계급대립이 있을 수 없다는 이유에서 그렇게 하지 못하게 막는다면 소설이 살지 못하고, 문화 창조가 활기를 잃는다.

---

348) 金漢, 김정호 역,《중국현대소설사, 1949~1989》(서울 : 문학과지성사, 1996), 146~147

중국문학에서 분리되어 별도로 전개된 대만문학은 다양한 양상을 띠었다.[349] 유럽문학의 새로운 사조를 받아들여 불안하고 초조한 심리를 나타내는 경향이 한동안 두드러지더니, 그 반발로 중국의 전통이나 향토의 정서를 찾는 유파가 나타났으며, 근래에는 사회모순을 고발하는 문학이 일어나고 있다. 대만 본바닥 출신의 젊은 시인 向陽은 고전시의 격조와 율격을 표준 중국어와는 다른 대만어의 일상적인 언사 속에 넣어 되살리면서 오늘날의 현실을 풍자하는 시를 썼다. 〈의원 나리 몸을 가만두지 않고〉(議員仙子無厝)의 한 대목을 보자. 중국 본토에서도 이런 시를 쓸 수 있었을까 의문이다.

> 의원 나리 몸을 가만두지 않아 애석하다.
> 새로 일군 한 칸 공장이 폐수를 방류해
> 논의 벼를 모조리 죽여버렸으니.[350]

중국어라고 하는 언어는 실제로 여럿이다. 사용자 수가 세계 여러 언어 가운데 1위인 普通話(北京語)라고 하는 표준어 외에, 10위인 吳語(上海語), 16위인 粤語(廣東語), 21위인 閩南語(福建語), 22위인 晋語(山西語), 28위인 湘語(湖南語), 30위인 客家語가 세계 전체로 보아 두드러진 위치에 있으며, 그 밖에도 많은 개별어가 있다. 언어 분포의 양상이 유럽이나 인도와 상통해, 이탈리아문학·프랑스문학·독일문학, 힌디어문학·벵골어문학·타밀어문학 같은 규모의 민족문학이 다수 공존해야 마땅한데 그렇지 않다. 중국에서만은 개별언어의 문학이 독자적으로 발달하지 못했다.

예외가 생긴 이유가 무엇인가? 중국에서는 중세에서 근대로의 이행기까지 통일국가 유지의 수단인 공동문어문학의 위세가 너무 커서 민

---

349) 中國社會科學院 文學研究所 少數民族文學研究所, 《中華文學通史》 8~10 (北京 : 畢藝出版社, 1997)에 대만문학에 대한 서술이 포함되어 있다.
350) 유성준, 《중국 현대시의 이해》(서울 : 한국외국어대학교 출판부, 1997), 327

족어문학의 발전을 억제했다. 오늘날도 뜻글자인 한자를 사용하므로 개별언어와는 다른 표준어 글을 읽고 쓰는 데 큰 불편이 없다. 표준어를 전국에 통용시키고자 하는 국가 시책을 강력하게 추진하고 있다.

개별언어의 문학이 아주 없는 것은 아니다. 吳語서사시를 비롯한 여러 곳의 많은 구비문학이 그 지방의 언어로 전승된다. 지방극이라고 하는 독자적인 전통의 연극은 각기 다른 언어로 공연된다. 粵語(廣東語)는 홍콩영화에서 맹활약을 한다. 그러나 그런 것들은 문학창작으로 인정하고 평가하지 않는다. 근대문학의 작가들이 개별어를 사용하는 것은 예외적인 일이다.

위에서 논한 向陽이 사용한 대만어는 閩南語(福建語)이다. 대만에서는 그럴 수 있지만, 중국 중앙정부는 개별어문학의 발전을 허용하지 않는다. 그러나 특별한 애착을 가지도록 하는 언어도 있다. 客家語는 1850년대에 太平天國의 지도자 洪秀全의 시에 등장하고, 1930년대는 蒲風이 주동이 되어 '방언문학운동'을 일으키면서 장시를 지을 때 표현의 모형과 방법을 제공한 전례가 있다. 그런 자랑스러운 전통을 이어 客家人의 주체성을 구현하자는 주장이 지금 대두하고 있다.[351]

소수민족의 언어는 표준어로 대치할 수 없다. 중국에는 54개 소수민족이 있으며, 모두 민족의 계통, 언어, 풍속 등에서 다수민족인 漢族과 명확하게 구분된다. 과거에 독립을 누리지 못하고 중국에 복속되었어도 중앙의 권력이 미치지 못해 문화에서는 자치를 누리고 민족문화를 이어왔다. 중화민국을 거쳐 중화인민공화국의 시대가 되자 중국은 다민족국가임을 명시하고 소수민족을 보호한다는 정책을 표방했으나, 실상은 그렇지 못하다. 단일체를 지향하는 근대국가 일반의 특성이, 공산당 지도 아래 이념결속을 강화한 형태로 전국 구석구석에 미쳐 민족어 사용자가 나날이 줄어들었다.

중국의 소수민족도 유럽의 소수민족과 마찬가지로 근대민족문학의

---

351) 羅可群, 《客家文學史》(廣州 : 廣東人民出版社, 2000), 403~404

독자적인 영역을 이룩해 독립의 기반으로 삼고자 염원하지만, 새로 이주해온 漢族보다 많은 수가 광범위한 공동체를 이루고 사는 곳이 자꾸 줄어들어 뜻을 이루지 못한다. 자기 언어를 버리고 중국어로 창작하는 소수민족 출신의 작가들이 늘어나고 있다. 그런 가운데 티베트(Tibet, 藏族), 위구르(Uighur, 維吾爾族), 壯族(Zhuang), 白族(Bai) 정도만 민족어문학 육성에서 가시적인 성과를 거두고 있는 것으로 짐작할 수 있을 따름이고, 자세한 사정은 알 수 없다.[352]

티베트는 산스크리트에서 직접 번역한 독자적인 경전을 가진 불교국이며, 한문도 유학도 받아들이지 않았다. 산스크리트문자를 이용해서 만든 자국 문자를 지금까지 사용하고 있다. 서사시, 불교시, 역사서 등 민족문학의 풍부한 유산을 자랑하는 나라가 중화인민공화국 군대의 침공을 받아 그 일부가 된 뒤에 독립운동을 계속하고 있다. 근대문학을 이룩하는 데 앞선 학식 높은 승려 차주 아왕글우오상(Cazhu Awangluosang, 擦珠 阿旺洛桑)은 불교시의 오랜 전통을 이었다.

서북쪽의 위구르인은 터키 계통의 민족이며 이슬람교도이다. 아랍문학을 공동문어문학으로 삼고 아랍어문자를 이용해서 자기 말을 표기하는 전통을 지금까지 잇고 있어, 어느 모로 보든지 중국이 아니다. 그런데 중화민국 시대에 중국의 일부가 된 이래로 어려움을 겪었으며, 독립운동이 일어나고 있다. 근대문학을 이룩한 시인 리 무탈리푸(Li Mutalifu, 黎 穆塔里甫)와 니미시이티(Nimixiyiti, 尼米希依提)는 중국 중앙정부 권력의 탄압을 받다가 각기 1945년, 1972년에 살해되었다. 소설가 주농 하디얼(Zunong Hadi′er, 祖農 哈迪爾)은 정치정세 변화를 잘 견디어 오늘날까지 창작활동을 하고 있으며, 단편소설집 〈鍛鍊〉(1956)에서 농촌사회의 변화를 그린 것이 커다란 업적으로 평가된다.

---

352) 毛星 主編,《中國少數民族文學》(長沙 : 湖南人民出版社, 1983) ; 《中國大百科全書 中國文學》(北京 : 中國大百科全書出版社, 1986) ; 特 賽音巴雅爾 主編,《中國少數民族當代文學史》(桂林 : 漓江出版社,1993) ; 中國社會科學院民族研究所主編,《中國少數民族語言使用情況》(北京 : 中國藏學出版社, 1994)

　　남서쪽의 壯族은 인구는 천만이 넘으나, 언어의 표준화가 이루어지지 않고 있으며 방언차가 심하다. 한자를 이용해서 만든 자기 재래의 문자가 있었으나 널리 사용되지 않아 다시 만들었다. 자기 언어와 중국어를 함께 사용하는 사람들이 늘어나고, 중국어로 창작하는 작가가 많아지고 있어 민족문화의 특징이 많이 퇴색된다. 그런 가운데 황용차(Huang Yongcha, 黃勇刹)와 웨이칠린(Wei Qilin, 偉其麟)은 자기 민족의 민요와 설화를 수집해 시 창작의 원천으로 삼아 민족문학을 지키려고 한다. 웨이칠린의 서사시 〈百鳥衣〉(1956)는 구비문학의 유산을 활용해 민중생활을 그린 작품의 좋은 본보기로 평가된다.

　　서남쪽의 白族은 南詔·大理國의 후예이며, 일찍부터 한문학 창작에 참여하고 민족어문학을 기록문학으로 육성했다. 시아오수에(Xiaoxue, 曉雪) 같은 시인이 구비문학의 전통을 재창조하기 위해 애쓰고 있지만, 민족문학의 장래는 밝지 못하다. 한자를 이용해서 만든 자기 재래의 문자가 장족의 경우보다는 널리 사용되었으나 버리고 다시 만들었다. 자기 언어를 사용하는 사람들이 백만 정도에 지나지 않고, 여러 곳에 흩어져 있으며, 가장 많이 살고 있는 곳인 大理白族自治州의 주민 가운데 漢族이 53퍼센트, 白族은 31퍼센트이다. 비교적 다수에 속하는 白族의 형편이 이러니, 인구가 소수인 다른 민족의 경우는 더 말할 나위도 없다.

　　몽골은 17세기부터 중국의 지배를 받다가 외몽골 쪽은 1921년에 독립을 선언했으나, 내몽골은 중국의 일부로 남아 있었다. 내몽골에서는 중세문학의 오랜 전통을 이으면서 근대로의 이행기의 발상을 나타내는 데 그치다가, 1949년의 중국혁명을 겪으면서 외몽골이 1921년에 겪은 것과 같은 변혁기에 들어섰다. 독립국이 아닌 자치구를 이루고, 한족이 더 많고 중국어가 일상적으로까지 쓰이는 조건에서, 중국문학의 일부로 취급되는 몽골어 근대문학을 힘겹게 이룩했다. 구비시 형태로 시대 변화를 노래하는 시가 수류를 이루나가 1950년대에 아 아오나늘러(A Aodesl'er, 阿 敖德斯爾), 마라친푸(Maraqinfu, 瑪拉沁夫)가 등장해 비로소 소설과 희곡을 쓰기 시작했다.[353] 나 살리인차오케투(Na Salyinchaoketu, 納 賽音朝克圖)의 정열적이고 혁명적인 시가 중국에서 대단한 평가를 얻었다.[354]

외몽골의 문학은 내몽골과 다른 길로 나아갔다.[355] 소비에트 러시아의 힘을 빌려 독립을 이룩하고서, 러시아의 뒤를 이어 세계에서 두 번째로 공산당이 국정을 담당하는 나라가 되었다. 자본주의 단계는 뛰어넘어 바로 사회주의로 진입해 근대민족국가를 이룩하는 최선진의 강령을 수행하게 된 것이 자랑스럽다고 했다. 그러나 러시아를 본받아 프롤레타리아 국제주의에 동참해야 한다는 이유에서 민족주의가 배격되고, 문화적인 자주성이 훼손되었다. 오랜 내력을 가진 독자적인 문자를 버리고 러시아문자를 사용해 문학유산 전승이 어려워졌다. 자기네 고전은 젖혀 두고 러시아 작품의 번역본을 읽도록 했다.

몽골의 근대문학은 공산당의 지도를 받들어 사회주의 혁명을 위해 봉사하는 방향으로 나아갔다. 지배층이 이룩한 과거의 역사나 문화는 비난의 대상이 되고, 찬란한 미래를 말하기 위한 대조의 자료로 이용되었다. 그렇게 정해진 공식노선과 어긋나는 문학의 유파나 작가는 있을 수 없었다. 그러나 실제 작품은 표방하는 노선과 거리가 있어, 사회주의 찬양의 문학에다 민족의식을 나타냈다. 구비문학의 유산을 새롭게 활용하려는 시도가 계속되어 독자노선을 개척했다.

나짜그도르즈(Natsagdorj, Nazagdordsh)는 1921년 혁명에 주역으로 참여한 정치인이면서 나중에는 작가로 활약해 몽골 최고의 시인으로 숭앙되는 작품을 남겼다. 대표작 〈나의 조국〉(*Minii nutag*, 1933)이라

---

353) 毛星 主編, 위의 책, 中, 158~160

354) 特 賽音巴雅爾 主編, 위의 책 ; 特 賽音巴雅爾 主編,《中國當代文學史》(海拉爾市 : 內蒙古文化出版社, 1996)에서 이 시인을 중국소수민족문학의 작가 가운데 가장 높이 평가했다.

355) Ludmilla K. Gerasimovich, translated from Russian by Members and Friends of The Mongolian of Society, *History of Modern Mongolian Literature* (1921 ~1964) (Bloomington, Indiana : The Mongolian of Society, 1970) ; Leitung von Jürgen Berndt et al., *Ostasiatische Literaturen* (Leipzig : VEB, 1987)

는 장시를 보자. "붉은 깃발 휘날리는" 사회주의 조국을 찬양한다는 것을 표면적인 주제로 삼아 국토의 아름다움을 그려 애국심을 불어넣었다. 구비시의 유산을 적극 활용해 누구나 환영하는 애송시를 만들었다. 다음과 같은 대목에서는 역경을 이기고 되살아나는 민족정신을 재발견하게 했다.[356]

　　내 조국에는 맑고 깨끗한 강도 많고
　　내 조국에는 눈동자 푸른 호수도 많아,
　　피로에 지친 사람들에게 기쁨을 주고
　　힘이 솟아나게 하는 원천이 된다.
　　너무나도 황홀하고 마음 깊이 다정한
　　몽골 아름다운 나라.

　소설가로서 가장 주목받는 에르데네(Erdene)는 사회적 대립의 문제를 다루면서도 의리와 인정에 관한 관심을 버리지 않고, 투사가 아닌 서정적 인물을 주인공으로 등장시켰다. 〈어둠에서 밝음으로〉(*Ot k'my k svetu*, 1961)는 1921년의 혁명을 다룬 수많은 작품의 하나인데, 눈먼 소녀와 가난한 청년의 사랑을 감상적인 필지로 그리는 것을 중심 내용으로 삼았다. 역사소설을 많이 쓰면서 변화가 많은 사건을 전개하고 서정적인 기풍을 지니는 것이 몽골소설의 전반적 특징이다.

　한국은 멀리 있는 유럽문명권의 어느 나라가 아닌 동아시아문명권의 이웃이며 한때 문명을 전해주었던 곳인 일본의 식민지가 되었다. 그 때문에 유럽의 근대문명을 일본을 통해 받아들여 이해가 깊을 수 없는 한계가 있었다. 일본은 식민지 통치의 근거로 삼을 정신적 우위를 확보하지 못하고, 한국은 폭압을 일삼는 일본에게 다른 어느 곳에서도 볼 수 없을 정도로 완강하게 저항했다. 유럽의 근대문학을 받아들이는 데

---

356) Ludmilla K. Gerasimovich, 위의 책, 80

서는 크게 뒤떨어졌지만, 민족해방투쟁 노선의 근대문학을 이룩하는 데서는 모범을 보여주었다.

한국의 근대문학은 1919년에 일어난 3·1운동에서 시작되었다. 독립운동으로 근대사회가 이루어진 것은 아니지만, 의식의 근대화에서는 그때 분명한 방향을 설정했다. 식민지 통치에서 벗어나 독립된 민족국가를 세워 신분제가 철폐된 평등사회, 누구나 대등한 권리를 행사하는 민주사회를 이룩하고, 민족문화 발전을 통해 인류 공영에 이바지하겠다고 했다. 그러나 그것은 이루어질 수 없는 희망이었다. 식민지의 현실에서 당장은 불가능한 목표를 일부라도 달성하는 길이 무엇인지가 문제였다.

정치노선에 관한 논란은 중국에서처럼 치열하게 이루어질 수 없었다. 국내에는 언론의 자유가 없고, 해외 망명지에서 펴는 주장은 전해지지 않았다. 문학은 정치노선과 직결되어야 한다는 좌익노선의 주장은 본론을 펴기도 전에 탄압받아 자취를 감추어야 했으며, 그렇게 하다가는 문학을 망친다는 경계심만 키웠다. 문학을 지도하겠다는 정치노선은 식민지 통치에서 해방된 1945년 이후에야 나타나 북한에서 영향력을 행사한 점이 중국과 달랐다.

문학을 어떻게 해야 하는가 하는 내부의 논란이 치열했다. 좌우의 다툼만이 아니다. 한편에서는 유럽문학을 그대로 받아들이자고 하고, 다른 편에서는 고전으로 되돌아가자는 복고적인 노선을 선택했다. 문학의 도덕적 효용을 중요시하자는 주장과 예술지상주의 사이의 논쟁도 만만치 않았다. 그런 시비가 엇갈리는 데서 한 발 물러나 창작에 전념하면서, 모든 발언을 작품을 통해서 한 작가들은 제3세계 민족해방운동의 문학으로 크게 평가해야 마땅한 성과를 이룩했다.

시에서 한편으로는 시조를 부흥하고, 다른 한편으로는 일본의 전례에 따라 자유시를 써야 한다고 할 때, 그 어느 쪽에도 기울어지지 않은 시인들이 있어 전통적 율격을 변형시켜 계승하면서 일제에 항거하는 민족의 의지를 고도의 시적 표현으로 나타냈다. 李相和·韓龍雲·金素月이 그 선두에 서서 남긴 뛰어난 작품이 널리 애송되면서 민족문학의 자

랑스러운 유산으로 평가되는 것은 일본이나 중국에서는 볼 수 없는 일
이다.

지금은 남의 땅—빼앗긴 들에도 봄은 오는가?

나는 온몸에 햇살을 받고,
푸른 하늘 푸른 들이 맞붙은 곳으로
가르마 같은 논길을 따라 꿈속을 가듯 걸어만 간다.

이상화는 〈빼앗긴 들에도 봄은 오는가〉의 서두에서 이렇게 노래했
다. 절규하는 말이 절실해서 감동을 주는 것만은 아니다. 전통적 율격을
변형시켜 계승한 성과가 또한 뛰어나다. 처음과 마지막은 한 줄로 하고,
그 중간에는 세 줄이 한 연이 되게 해 네 토막으로 이루어진 율격을 계
승하면서 기준음절수를 늘여나가는 변형을 이룩했다. 내용과 형식이 따
로 놀지 않는 작품 총체가 유럽에서 이룩한 전례를 넘어서서 제3세계
근대시가 나아갈 방향을 제시했다고 평가해 마땅하다.

일제 통치기 말기에 옥사한 李陸史와 尹東柱는 정치적인 시인이 되
고자 하지 않았다. 민족주의 이념의 시를 써서 민족의 시인이 된 것도
아니다. 고결한 마음씨를 가지고 시대의 어둠에 휩쓸리지 않고 부끄러
움 없이 진실하게 살고자 하는 염원을 소박한 서정시로 나타냈을 따름
인데, 일제가 체포하고 감금해 죽게 해서 민족해방투쟁을 위해 순교한
지사의 반열에 올려놓았다. 문학은 정치노선이니 민족의식이니 하는 명
분보다 월등하게 높은 위치에 있다는 것을 입증하게 만들었다.

근대소설을 확립하는 데 앞선 廉想涉은 초기의 단편에서 벗어나 장
편 〈三代〉(1931)에 이르러 원숙한 경지를 보여주었다. 이 작품은 이미
고찰한 일본과 중국에서 각기 〈家〉라고 한 두 작품과 마찬가지로 가부
장의 죽음을 통해서 구시대가 끝나는 과정을 다루었다. 그러나 새 시대
에 대한 낙관적인 전망을 보여주지 않고, 다시 제기되는 문제가 만만치

않아 심각한 대립이 벌어지는 양상을 그리는 데 더욱 힘썼다.

姜敬愛는 〈人間問題〉(1934)에서 지주의 수탈에 견디다 못하던 소작인이 도시로 나가 공장노동자가 되어 공장주를 상대로 더욱 거센 투쟁을 벌이지 않을 수 없게 된다는 것을 보여주었다. 식민지에서 전개된 무산계급 투쟁의 전형적인 과정을 연약한 여성을 주인공으로 등장시켜 섬세한 감수성을 보여주는 문체로 그려나갔다. 蔡萬植은 〈濁流〉(1937)에서 마음씨가 선량한 탓에 험악한 현실에 바로 대처하지 못하는 가련한 여인의 운명을 그리면서 의식이 깨어날 것을 암시하는 작업을 판소리를 계승하면서 전개했다.

희곡은 가장 뒤떨어진 영역이다. 전통적인 연극은 버리고 일본을 통해 받아들인 유럽연극을 번역하고 재현하는 것이 자랑스러운 연극운동이라고 하다가 불신을 사서 관객을 잃었다. 시대의 고민을 심각하게 토로한 金祐鎭 같은 작가가 없었던 것은 아니고, 대중연극으로 활로를 찾은 것마저 실패로 돌아간 것은 아니지만, 무대장치를 갖추어 산문대사로 공연하는 사실적인 연극 자체가 이질적이어서 호응을 얻지 못하는 근본적인 이유는 어떻게 할 수 없었다.

유럽 전래의 연극에서 벗어나고자 하는 운동이 있으나 그 성과는 크지 않다. 탈춤의 공연방식을 되살린 마당극은 1970년대 이래의 민주화 투쟁과 더불어 나타나 큰 충격을 주었다. 그러나 정치운동에 치우쳐 예술운동은 소홀히 한 탓에 지속적인 생명은 얻지 못했다. 북한에서 큰 힘을 기울여 육성하는 혁명가극은 공연의 규모를 자랑하는 것만큼 내실을 갖추었다고 하기는 어렵다.

식민지 통치에서 해방된 뒤에는 남북이 분단되고, 양쪽의 작가들이 교류하지 못한 채 서로 다른 문학을 했다. 남쪽에서는 유럽문명권 문학의 새로운 사조를 받아들여야 한다는 비평가들이 커다란 영향력을 행사하고, 북쪽에서는 사회주의적 사실주의를 창작의 지침으로 삼았다. 그러면서도 민족사의 전개를 서사시나 역사소설에다 담아 기념비적 작품을 이룩하고자 한 것은 서로 같다. 그런 작품인 북쪽의 趙基天의 〈白

頭山〉과 李箕永의 〈豆滿江〉이, 남쪽의 申東曄의 〈錦江〉과 朴景利의 〈土地〉가 높이 평가되고 많은 독자의 호응을 얻었다.

월남은 프랑스식민지가 되었다. 동아시아문명권의 여러 나라가 근대에 들어서면서 처지가 아주 달라진 또 하나의 사례를 월남이 보여주었다. 식민지 통치자가 프랑스어로 실시하는 교육을 통해 유럽문명권의 근대문학을 직접 받아들일 수 있었다. 유럽의 근대문학을 잘 알고 있어 동경이 아닌 비판과 극복의 대상으로 삼았다. 유럽 근대문학에 대응되는 독자적인 근대문학을 이룩하기 위해 민족문학의 전통을 계승하고 동아시아문명권의 가치관을 재인식했다.

유럽문학에 대한 월남의 태도는 일본과는 정반대이고, 중국이나 한국과도 달랐다. 일본은 유럽을 숭배하는 추종자이고자 했는데, 월남은 유럽을 나무라는 비판자가 되었다. 중국에서는 후진성의 원인으로 규탄된 동아시아문명의 전통이 월남에서는 주체성 인식의 근거로 존중되었다. 유럽문학의 영향을 일본을 통해 받아들여서 생긴 한국의 혼란이 월남에는 없었다. 알 것을 바로 알아 최상의 대응책을 마련했다.

월남의 근대시는 정형시의 율격을 재확립했다. 그 점은 일본이나 한국과 좋은 대조가 된다. 일본은 유럽의 근대시는 자유시라면서 자유시를 써야 근대시를 이룩할 수 있다고 했다. 한국에서는 일본의 전례에 따라 겉보기는 자유시인 시에서 전통적 율격을 변형시켜 계승했다. 그런데 월남은 프랑스가 정형시를 큰 자랑거리로 삼는 데 맞서기 위해서 전통적인 정형시의 율격을 가다듬고 새로운 정형시형을 여럿 만들어냈다.

월남소설에도 프랑스어로 쓴 작품이 있지만, 프랑스에 동화되는 동족의 잘못을 깨우치고, 프랑스인을 향해서 월남의 주체성을 옹호하는 것을 목표로 했다.[357] 대부분의 월남소설은 이미 잘 다듬어져 있는 월남

---

357) Jack A. Yeaber, *The Vietnamese Novel in French* (Hanover : University Press of New England, 1987)에서 월남인의 프랑스어소설을 개관하고, Nguyen Phan Long, *Le Roman de Mademoiselle Lys* (1921)를 대표작으로 들어 자세한 분석을 하면서 그런 견해를 폈다.

482

어를 사용했으며, '傳'이라고 일컬어지던 율문소설의 전통을 이었다. 고
전소설은 한자를 이용한 字喃 표기의 율문으로, 새로운 소설은 로마자
로 표기한 산문이어서 외형상으로는 커다란 차이가 있지만, 작품의 실
상에서는 연속성이 쉽사리 확인된다.

월남소설은 프랑스소설과 밀접한 관련을 가지고 성장했지만, 가해자
와 피해자의 처지가 다르고, 문화의 전통이 판이해 커다란 차이가 있었
다. 프랑스소설에서 흔히 볼 수 있는 치정범죄가 드문 것이 월남소설의
특징이라고 지적된다.[358] 여성과 농민을 가장 중요한 인물로 등장시켜,
자기를 희생하면서 시련을 견디는 모습을 계속 보여주면서, 식민지 통
치에서 해방될 수 있는 민족의 저력이 거기 있다고 했다. 그런 소설을
써서 세계사의 새로운 전환의 선두에 서는 제3세계문학의 좋은 본보기
를 보여주었다.

근대소설의 첫 작품 가운데 하나라고 하는 홍 녹 파크(Hoang Ngoc
Phach)의 〈토 탐〉(To Tam, 1925)은 가련한 여성이 겪는 사랑의 시련
을 전에 볼 수 있던 것과 비슷하게 다루었다.[359] 남녀 주인공이 모두 부
모 때문에 사랑을 이루지 못했으나 원망하지 않았다. 자살 같은 것도
생각하지 않고 주어지는 시련을 감내했다. 여주인공이 어머니를 위해
자기 사랑을 희생한 것은 고전소설 〈金雲翹〉의 주인공이 곤경에 빠진
아버지를 구하기 위해 사랑하는 사람을 버리고 몸을 팔아 창기가 된 전
례와 상통한다.

월남소설의 전통인 여인 수난을 다룬 작품은 낫트 린(Nhat-Linh)의
〈단절〉(Doan tuyet, 1934)로 이어졌다. 그 작품에서는 빚진 사람에게
시집가라고 임종이 가까운 어머니가 간청한 탓에 연인과 헤어져야 했
던 여인이 고약한 시어머니 밑에서 고된 시집살이에 시달리다가, 아들

---

358) Bui Xuan Bao, *Le roman vietnamien contemporain* (Saigon : Tu Sach
       Nhan-Van Xa-Hoi, 1972), 378
359) *Anthologie de la littérature vietnamienne tom. III* (Hanoi : Éditions en
       Langues Étrangères, 1975), 301~313에 해설과 함께 작품 일부가 수록되어 있다.

이 죽고 남편도 세상을 떠나자 자유롭게 되어 연인에게 달려가 새로운 삶을 시작했다고 했다. 오랜 주제를 새롭게 다루면서, 가족제도의 모순을 통렬하게 비판하고, 자기를 희생하는 데서 그치지 않고 절망을 넘어서서 자유를 찾은 여인의 새로운 모습을 제시했다.

농민의 처지를 다루는 것이 또 한 가지 중요한 주제였다. 그런 작품 가운데 가장 높이 평가되는 짠 티에우(Tran Tieu)의 〈물소〉(*Con Trau*, 1939)를 보자.[360] 가난한 농민이 암소를 한 마리 가지고자 하는 소원을 이루지 못해 계속 애쓰면서 빚에 시달리고, 가뭄과 싸웠다. 아내가 길쌈을 부지런히 해도 도움이 되지 못했다. 얼마 되지 않은 땅을 다 잃고 품팔이꾼 노릇을 하면서 시달리다가 마침내 쓰러지고 마는 모습을 처절하게 그렸다.

농민의 참상을 다시 그린 작품에 남 카오(Nam Cao)의 〈치 페오〉(*Chi Pheo*)가 있다.[361] 1945년 이전에 썼는데 식민지 통치자의 검열에 걸려 발표되지 못했으며, 저자가 프랑스군과의 전쟁에서 1951년에 죽고 몇 해 지난 1956년에야 비로소 빛을 보았다. 태어나자마자 버림받고 머슴살이를 하다가 억울한 누명을 쓰고 감옥에 갔다가 망나니가 되어 돌아온 주인공이 지체 높은 주인을 죽이고 자기도 죽은 참사를 들어, 토착지주와 식민지 통치자 양쪽의 억압 때문에 하층농민이 제대로 살아가지 못하고 미칠 수밖에 없다는 것을 보여주었다.

항거의 의지를 강력하게 나타내는 것은 시의 몫이었다. 그 선두에 선 시인 토 후우(To Huu)는 1930년대 후반부터 항거의 전선에 나서서 시를 쓰다가 투옥되는 고난을 겪었으며, 1945년에 독립을 선언한 기쁨을 노래하고, 역사가 새롭게 전개될 때마다 다시 나서서 프랑스와 미국을 상대로 한 싸움을 독려했다. 그 가운데 디엔 비엔 푸(Dien Bien Phu)에서 프랑스군에게 승리한 용사들을 칭송한 시의 서두를 들어보자.[362]

---

360) 같은 책, *III*, 522~528
361) Nam Cao, Le Van Lap et Georges Boudarel tr., *Chi Pheo, paria casse-cou* (La Tour d'Aigues, France : Éditions de l'Aube, 1997)

디엔 비엔 푸의 투사들 만세
뒤집혀진 산 속 쉰 날 쉰 밤을
불더미 잿더미에 머리 박고 견딘
영웅적인 투사들이여.

월남이 남북으로 분단되어 싸울 때 남쪽의 문인들은 비참한 전쟁을 중지하라고 요구하는 문학을 하고자 했으나 정치적인 여건 때문에 뜻을 이루기 어려웠다. 평화운동의 선두에 선 불교승려 티츠 냐트 하느(Thich Nhat Hanh)는 프랑스에서 활동하면서 미군의 화력에 희생되는 사람들을 애도하고, 고국을 떠나 바다에서 헤매야 하는 난민을 동정하는 시를 써서 스스로 영역해서 널리 알리면서, 그 어느 편에도 치우치지 않은 열린 마음을 가지고 희망을 잃지 말자고 했다. 〈고향〉(*Homeland*)이라는 작품 전문을 들면 다음과 같다.[363]

내 고향은 저기 있다.
바나나 나무, 대나무 숲, 강, 농작물.
아래 있는 땅에는 먼지가 가득하지만,
나는 위를 향해 얼굴을 들 때마다
언제나 아름다운 별들을 본다.

월남에는 상층전통극 '투옹'(Tuong), 민속전통극 '체오'(cheo), 개량극 '카이 루옹'(cai luong)이 식민지 시대에도 활발하게 공연되어 유럽 전래의 신극이 행세하기 어렵게 했다.[364] 그것은 비슷한 처지에 있었던 다른 나라에서는 보기 어려운 일이다. 독립 후 북쪽에서는 연극학원을 세

---

362) *Anthologie de la littérature vietnamienne tom. IV*, 204
363) Arthur W. Biddle ed., *Contemporary Literature of Asia* (Upper Saddle River, NJ : Prentice Hall, 1996), 488
364) Nguyen Khac Vien, *Aperçu sur la littérature vietnamienne* (Hanoi : Édtions en Langues Étrangères, 1976), 227~230

위 전통극을 새롭게 공연하고 다시 창작하는 데 대단한 열의를 보여, 투쟁의 연극을 만들어내는 원천으로 삼았다.

다시 진주한 프랑스군과의 싸움을 16세 난 마부의 딸을 주인공으로 전개한 〈붉은 땅의 딸〉(*Nguoi con gai dat do*, 1961)이 그렇게 이루어진 작품의 좋은 보기이다.[365] 미국을 상대로 한 투쟁을 주제로 한 신작 전통극을 남쪽의 근거지에서도 공연했다. 순회극단이 민중을 교화하고 투지를 불어넣는 데 크게 기여했으므로 미군 측에서도 대응활동을 벌여야 했다.[366] 월남은 전통극의 현대화에서 동아시아 다른 어느 나라보다 큰 성과를 거두었다.

5. 7. 북아프리카에서 동남아시아까지

북아프리카에서 동남아시아까지 펼쳐져 있는 아랍어문명권과 산스크리트문명권의 대부분은 유럽의 침공을 받고 식민지가 되었다. 민족해방투쟁을 거쳐 독립을 이룩한 경험을 공유하면서 문화의 주권도 되찾아 민족문학을 이룩하기 위한 노력을 일제히 전개하고 있다. 그 양상이나 성과가 제3세계문학이 제1세계나 제2세계의 문학과 다른 특징을 뚜렷하게 드러내면서, 지역이나 나라에 따른 특수성도 적지 않아 또한 주목된다.

서아시아 시리아·레바논에서 북아프리카 알제리·모로코까지의 넓은 지역은 원래 말이 서로 달랐는데, 중세시기에 이슬람교를 받아들이면서 아라비아의 언어인 아랍어를 함께 사용하는 단일 언어권이 되었다. 공동문어인 아랍어가 구어로도 쓰여 지역에 따라 달라졌다. 공동문어를 이은 표준아랍어와 서로 통하지 않는 지역 구어를 오늘날도 함께 사용

---

365) *Vietnamese Theatre* (Hanoi : Gioi, 1999), 84~85
366) Nora M. Alter, "Vietnamese Theatre of Resistance", J. Ellen Gainor, *Imperialism and Theatre* (London : Routledge : 1995)

하고 있다.

북아프리카는 그 가운데서도 변방이라 아랍문학의 전통이 뚜렷하지 않아 직접 계승할 만한 유산이 풍부하지 못하며, 프랑스의 식민지가 되어 다른 곳과 분리되었다. 프랑스문학의 압도적인 영향을 받고 새로운 문학을 시작하면서 자기 길을 찾으려고 했다. 그 점에서 월남과 비교할 만하다.

월남과 북아프리카는 프랑스식민지였다는 공통점이 있다. 식민지 통치에서 해방될 때 월남과 마찬가지로 북아프리카의 알제리에서도 치열한 무장투쟁을 벌였다. 양쪽 모두 프랑스어 교육을 받은 지식인들이 프랑스소설과 밀접한 관련을 가지고 자기네 소설을 이룩하면서 민족해방 투쟁의 의지를 나타냈다. 그런데 월남에는 프랑스어소설은 극소수 나타났다가 없어지고 이제는 월남어로만 소설을 쓰고, 북아프리카 알제리·모로코·튀니지에서는 지금까지도 프랑스어소설이 아랍어소설과 거의 같은 비중으로 공존하고 있다.

그런 차이점이 생긴 이유는 몇 가지로 이해할 수 있다. 우선 소설의 유산이 서로 다르다. 월남 사람들이 스스로 이룩한 근대로의 이행기소설 같은 것을 북아프리카에서는 찾기 어렵다. 소설에 근접한 서사시나 설화는 있었지만 소설이라고 인정되지도 않고 소설로 계승되지도 않았다. 북아프리카는 월남보다 먼저 프랑스식민지가 되어 근대로의 이행기의 역사 창조를 독자적으로 이룩할 기회를 잃었다. 월남에서는 민족어가 확립되어 있고 문자 해득률이 높지만, 북아프리카 사람들은 이중·삼중의 언어를 사용하고 문맹자가 많다.

언어 사용의 사정에 관해서는 자세한 고찰이 필요하다. 북아프리카의 원주민은 베르베르인인데 아랍인이 침공하고 이주해왔다. 베르베르인은 오랜 기간에 걸쳐 아랍인에게 동화되었으나 일부는 아직 고유한 언어를 사용하고 있다. 식민지 시대의 지식인은 프랑스어를 사용해서, 삼중언어사회가 되었다. 독립 후에도 두 언어 사용자를 연결시켜주는 구실을 프랑스어가 맡고 있다. 문맹자가 많아 국내에서는 책이 팔리지 않으므로, 외국의 독자를 상대로 작품을 쓰는 것이 유리하다. 프랑스어로 쓴 작품을 프랑스에서 출판할 때에는 국내에서처럼 검열에 시달리지 않고 더 많은 자유를 누리를 수 있는 이점도 있다.

그러나 세 가지 언어의 문학이 균형 있게 발전하고 있는 것은 아니다. 문학활동이 특히 활발해 자주 논의되는 알제리의 경우를 들어보면, 베르베르어문학에는 시만 더러 있을 따름이고 소설이랄 것은 이루어지지 않았다. 아랍어소설은 단편에 머무르다가 1970년대에 이르러서야 장편으로 성장했다. 그러나 프랑스어소설은 1950년대 이미 장편일 수 있었다.[367] 1962년에 독립한 다음에는 아랍어문학을 육성하는 데 더욱 힘쓰고 있으나 프랑스어문학의 우위는 무너지지 않고 있다.[368]

베르베르어문학은 오랜 내력이 있으나 구비문학에 머물렀다. 구비시를 이어받아 노래하면서 당대의 관심사를 보태는 과정에서 창작시가 나타났다. 19세기 중엽에 프랑스군의 침략에 굴복하지 않고 싸우자고 구비시인 유세프-우-카시(Yusef-u-Qasi)가 선두에 나서서 주장했다.[369] 알제리가 독립한 다음에는 아랍어의 위세에 맞서서 베르베르어를 살리는 것이 긴요한 과제가 되었다. 구비문학으로 만족하지 않고 기록문학을 발전시켜야 그럴 수 있었다. 알리 아자이쿠(Ali Azaykou)는 〈자취〉(*Timitar*, 1980)라는 시집에서 베르베르어가 삶의 조건이라고 했다.[370]

맘메리(Mouloud Mammeri)는 문법서를 만들고, 시문학의 유산을 정리하는 작업을 힘써 하면서 베르베르문학의 발전을 위해 진력했다. 그러나 자기가 본격적인 창작을 할 때에는 프랑스어를 사용해서 〈잊혀진

---

367) Eric Sellin, "Algerian Literature", *African Literature in the 20th Century, a Guide* (Harpenden, England : Oldcastle, 1988)
368) 알제리인 저자가 쓴 최근의 저술 Beïda Chikhi, *Littérature algérienne, désir d'histoire et esthétique* (Paris : L'Harmattan, 1997)에서는 불어문학만 다루었다.
369) Mouloud Mammeri, *Poèmes kabyles anciens, textes berbères et français* (Paris : La Découverte, 2001), 62~141
370) Abdellah Bounfour, *Introduction à la littérature berbere, 1. la poésie* (Paris : Perers, 1999), 59~65

488

언덕〉(*La Colline oubliée*, 1952)이라는 장편소설을 썼다. "우리 고장에서는 봄이 왔다가 바로 간다"는 말로 시련을 암시하는 것을 서두로 삼고,[371] 세상의 끝과 같은 곳에서 사는 베르베르인이 세계대전을 겪으면서 오랜 전통에서 벗어나 깨어나는 과정을 그렸다. 프랑스에 가서 활동하고 여러 저서를 출판하면서 베르베르민족의 문화를 널리 알리기 위해 애썼다.

아랍어문학을 이끄는 하두가(Ben Hadouga)는 외부의 평가를 바라지 않고, 자기 주변 사람들의 삶을 누구나 쉽게 이해할 수 있는 언어로 다루어 공감을 얻고자 했다.[372] 〈남풍〉(*Rih al-janub*, 1971)에서는 시골 마을에 가서 방학을 보내던 여학생이, 그 마을의 동장에게 시집가라고 하는 아버지의 명령을 어기고 도망을 가서 생긴 일을 다루면서 농촌 사람들이 살아가는 모습을 생동하게 그렸다. 아름답고 미묘한 표현을 잘 갖추었으면서 복잡하지 않은 말을 쓴 것이 프랑스어소설에서는 찾을 수 없는 장점이다.

케테브 야신(Kateb Yacine)은 독립운동의 투사로 활동했으면서, 프랑스어로 소설을 써서 프랑스에서 출판해 널리 알려지고 높이 평가되었다. 희곡을 창작할 때에는 자기의 방언을 사용해 주위 사람들이 즐길 수 있게 하고, 많은 독자가 필요한 소설은 프랑스어로 창작하면서 주체성을 확인하려고 이중의 노력을 했다.[373] 구비전승을 풍부하게 받아들여 오늘날의 현실을 문제삼는 것과 같은 방식으로 과거와 현재를 다각도로 연결시켜, 민족정신을 굳건하게 하고자 했다.

그 본보기가 되는 작품이 〈네지마〉(*Nedjima*, 1956)이다.[374] '네지마'

---

371) Mouloud Mammeri, *La Colline oubliée* (Paris : Gallimard, 1992), 13

372) Jean Déjeux, *La littérature algérienne contemporine* (Paris : Presses Universitaires de France, 1975), 112~114

373) Hafid Gafaiti, *Les femmes dans le roman algérien* (Paris : L'Harmattan, 1996), 13~14

374) Charles Bonne, *Le roman algérien de langue française* (Paris : L'Harmattan, 1985), 50~78 ; Jaqueline Arnaud, *La littérature maghrébine de langue*

는 여주인공 이름이고, '별'을 뜻하는 말이며, 자기가 속한 집단의 전설적인 선조이기도 하다. 그런 대상을 열렬하게 숭앙하는 사람들이 마음속에서 현재에서 과거로 넘나드는 신화적인 여행을 하면서, 프랑스 통치 때문에 단절되고 파괴된 근원적인 심상을 다시 찾아 알제리가 한 나라일 수 있게 하는 근거를 마련하자고 한 것이 기본설정이다. "우리가 합쳐질 수 있게 하든, 그 이상의 것을 바라든, 우리 겨레의 영광으로 되돌아갈 수밖에 없다"고[375] 하는 작품을 독립전쟁이 한창일 때 써서 주체의식을 드높이는 데 기여하려고 했는데, 유럽의 독자들은 소설 형식의 파괴에 더 많은 관심을 가졌다.

모로코에는 베르베르인이 알제리보다 많아 40퍼센트에 이른다. 그런데도 베르베르어를 버리고 아랍어를 쓰도록 하는 정책을 강행해 거센 반발을 사다가, 1996년에 공용어를 둘로 한다는 결정을 내렸다. 그러나 베르베르문학이 기록문학으로 성장한 성과는 아직 뚜렷하지 못하다. 아랍어문학이냐 프랑스어문학이냐 하고 다투는 것이 알제리의 경우와 같다.

아랍어문학의 대표적인 작가 벤 잘룬(Ben Jallun)은 단편집 〈피의 골짜기〉(*Wadi al-dima*, 1947)에서 식민지 통치의 불행을 다각도로 그렸다. 〈낯선 사람〉(Gharih)이라는 작품을 보면, 땅을 차지하러 농촌에 간 프랑스인 청년이 마을 사람들이 따뜻하게 감싸주는 인정을 저버리고 본색을 드러내 횡포를 부리다가 살해당하는 데 이르렀다.[376] 시대가 달라진 것을 이해하지 못하는 착한 마음씨를 버리지 않는 사람들의 모습을 다른 작품에서도 거듭 그렸다.

프랑스어문학은 그것과는 다른 방향으로 나아갔다.[377] 파리에서 살면

française tome II Le cas de Kateb Yachine (Paris : Publisud, 1986, 255~326 ;
   Beïda Chikhi, *Littérature algérienne* (Paris : L'Harmattan, 1997), 63~92
375) Kateb Yacine, *Nedjima* (Paris : Seuil, 1956), 128
376) John A. Haywood, *Modern Arabic Literature 1800~1970, An Introduction with Extracts in Translation* (New York : St. Martin's, 1972), 269~274
377) Lahcen Mouzouni, *Le roman marocain de langue française* (Paris : Publisud, 1987)

490

서 프랑스어로 창작한 샤라비(Driss Charaibi)는 〈단순과거〉(*Le Passé simple*, 1954)라는 자서전적 장편소설을 써서, 모로코에서 이어온 이슬람문명의 전통에 강한 거부감을 나타냈다. 〈문신을 그려 넣은 기억〉(*La Mémoire tatouée*, 1971)의 작가 카티비(A. Khatibi)는 계급혁명으로 새로운 역사를 창조하자고 주장한다. 모로코는 알제리와는 달리 독립전쟁을 거치지 않고 보호국 시대의 왕정이 독립국에서도 이어져 내부 개혁의 문제가 더욱 심각하게 되었다.

아랍세계 근대문학 형성을 주도한 곳은 이집트이다.[378] 이집트는 터키와 함께 이슬람문명권의 일원이지만, 유럽의 침략을 받고 처지가 달라졌다. 19세기초 나폴레옹이 이끄는 프랑스군의 침공을 받고, 1882년에는 영국의 지배 아래 들어갔다가 1923년에 명목상 독립을 한 뒤에도 정치적 간섭과 경제적 예속을 면하지 못했다. 왕정을 폐지하고 공화국을 만들어 외세를 배격하는 혁명은 1952년에 일어났다.

이집트에서 근대화를 지향하는 민족주의는 이중구조를 가졌다. 하나는 아랍민족주의이고 하나는 이집트민족주의이다. 처음에는 오스만터키의 책봉체제에서 벗어나 배타적인 주권국가가 되는 것이 근대화의 길이라고 생각해, 이슬람은 외래종교이고 아랍어도 남의 말이라고 배격하면서 이집트민족주의를 추구했다. 그러나 유럽문명권의 침공에 맞서는 것이 더욱 긴요한 과제라고 판단해 아랍민족주의의 공동노선을 선택했다.

이집트민족주의를 언어 사용에서도 관철시켜 아랍어를 버리는 것은 가능하지 않은 방안이었다. 아랍어를 사용하기 전의 이집트어는 소수 기독교도가 가까스로 보존하다가 사라졌다. 구어화한 아랍어가 이집트

---

378) John Haywood, *Modern Arabic Literature 1800~1970* (New York : St. Martin's Press, 1972) ; M. M. Badawi ed., *Modern Arabic Literature* (Cambridge : Cambridge University Press, 1992) ; Nada Tomiche, *La littérature arabe contemporaine* (Paris : Maisonneuve et Larose, 1993) ; 문애희, 《현대아랍문학강의》(서울 : 열린책들, 1998)

어였다. 그것을 전면적으로 사용하면서 중세공동문어의 유산인 표준아
랍어를 버리는 것은 아랍민족주의에서 벗어나는 길이라고 여겨 택하지
않고, 두 가지 언어를 함께 사용하는 절충에서 해결책을 찾았다.

그 양상은 문학의 갈래에 따라 달랐다. 시·소설·희곡 가운데 앞에 든
것일수록 표준아랍어를, 뒤에 든 것일수록 구어화한 이집트의 아랍어를
더욱 선호한다. 시는 표준아랍어를 사용하는 문어시로 거의 일관하고,
소설은 지문에서는 문어를, 대화에서는 구어를 사용하는 것이 상례이
다. 희곡은 연극으로 공연할 때 글 모르는 사람도 이해할 수 있도록 구
어 사용을 선호한다. 앞에 든 것일수록 아랍세계 전체의 공동유산을 계
승하는 데 한층 열의를 보이고, 뒤에 든 것일수록 나라마다의 차이를
더 많이 나타내면서 유럽문학의 영향과 깊이 관련되어 있다.

근대시는 신고전주의에서 시작되었다. 아랍문명의 유산을 재인식하
고 그 전통을 계승하는 '나흐다'(Nahda)라는 이름의 고전부흥 운동이
문학창작에서는 시를 통해 가장 적극적으로 구현되어, 신고전주의 시가
근대문학의 서두를 장식했다. 시를 가장 자랑스러운 고전으로 삼고 있
어 그 전통을 되살려 유럽시보다 더욱 격조 높은 시를 쓰고자 했다. 8세
기 압바시드제국에서 보여준 시의 전성시대를 재현하고자 했다.[379]

19세기말의 알 바루디(al-Barudi)는 신고전주의 운동의 선두에 선 시
인이면서 민족해방을 위해 떨쳐나선 투사였다. 아랍시의 전통에 깊은
애착을 가지고 되살려 영국의 지배에서 벗어나기 위해 투쟁하는 시를
썼다. 뜻을 이루지 못하고 투옥되었을 때 다음과 같이 술회했다. 모두
8행 가운데 처음 2행과 마지막 2행을 든다.[380]

밤의 어둠이 가지도 않고 하얀 아침이 대기하고 있지도 않다.
불평을 들어줄 사람도 없고 소식도 없고 지나가는 이도 없다……

---

379) M. M. Badawi, *A Critical Introduction to Modern Arabic Poetry* (Cambridge :
　　　Cambridge University Press, 1975), 14~67
380) 문애희, 위의 책, 274

나의 영혼이여 욕망을 성취할 때까지 참거라, 인내란 성공의 열쇠이다.
우리는 써서 없어질 한숨일 뿐, 사람은 어디 있거나 운명의 죄수이다.

20세기초 샤우키(Ahmad Shauqi)는 유럽에 오랫동안 머물렀으면서
도 아랍시의 전통을 다양하고 풍부하게 되살렸다. 뛰어난 기교와 능숙
한 표현을 고전에서 가져와 단시와 장시를 함께 쓰면서, 과거와 현재를
연결시키고, 유럽과 아랍세계를 넘나들면서 인생만사에 대한 갖가지 발
언을 했다. 유럽의 영향을 받아들인 자유시는 1945년 이후에 나타나고,
구어시는 1970년대 이후에 일부 시험되었다.

하이칼(Muhammad Husayn Hykal)의 〈자이나브〉(*Zaynab*, 1913)에
서 시작된 소설을 한 단계 발전시킨 사람은 하킴(Tawfiq al-Hakim)이
다.[381] 하킴은 〈영혼의 귀환〉(*Awat al-ruh*, 1933)에서 서술자가 자기 가
족과 그 주위 사람들이 터키인 특권층이나 영국인 식민지 통치자 때문
에 겪은 고통을 산산이 조각난 시체를 모아서 영혼을 다시 부르면 생명
을 소생시킨다고 하는 고대신화와 연결시켜 이야기했다. 움츠려 있던
사람들이 1919년에 독립운동이 일어나자 일제히 떨쳐나섰다고 하면서,
그것이 바로 영혼의 귀환이라고 했다.

아랍권 전체의 소설을 가장 높은 경지로 끌어올린 마흐푸즈(Nagib
Mahfouz)는, 유럽의 전례를 따르는 소설을 쓰다가 1970년대 이후에는
그렇게 하는 데 불만을 가지고 소설 창작의 독자적인 노선을 찾으려고
했다.[382] 그렇게 해서 이룩한 새로운 작품 가운데 〈거울들〉(*al-Miraya*,
1972)을 주목할 만하다.(소설 3, 146~151) 서로 독립된 사건을 여럿 모
아 삽화적 구성을 해서, 작품 전편은 〈천일야화〉나 역사상의 인물 列傳
과 연결되고, 개개의 사건 서술에서는 '마카마'의 수법을 이었다.

---

381) Nada Tomiche, *Histoire de la littérature romanesque de l'Égypte moderne*
(Paris : G.-P. Maionneuve et Larose, 1981), 47~51
382) Rasheed El-Enany, *Naguib Mahfouz, the Pursuit of Meaning* (London :
Routeledge, 1993), 128~131. 인용구는 130에서 가져왔다.

저자가 직접 접촉해서 알고 있다고 한 각계각층의 인물 쉰 다섯 명의 전기를 써서 이름 자모 순서로 배열해서 소설 같아 보이지 않는다. 그렇게 해서 이집트 현대사의 여러 단면을 드러내 진실되게 사는 길이 무엇인지 묻고, 갖가지 허위의식을 비판했다. 영국의 통치에 항거하다가 죽은 젊은이의 모습을 감동적으로 그리고, 주체성을 상실한 지식인, 권력 중독자, 정치적 변절자 등이 끼치는 해독을 날카롭게 지적하고 준엄하게 나무랐다.

희곡은 유럽의 작품을 번역하거나 번안하는 데서 시작되었다. 아랍문학다운 특징을 갖추도록 하기 위해서 문어시를 사용할 것인지를 고민하다가, 대중이 널리 이해할 수 있는 구어 산문을 사용하는 쪽으로 방향을 돌렸다. 소설가이기도 한 하킴 같은 작가가 이집트의 연극을 만들고자 열성적인 활동을 했어도, 희곡은 시나 소설에 결줄 만한 위치를 차지하지 못하고 있다.

이집트의 근대문학은 아랍세계 전역에 전달되어 광범위한 영향을 끼쳤다. 여러 나라에서 각기 자기 나름대로 창작 활동을 벌였으나 이집트의 전례와 밀접한 관련이 있어 독자적인 특징이 뚜렷하지 않았다. 지역의 구어보다 표준아랍어를 더 많이 사용해 작품을 서로 주고받으면서 읽을 수 있고, 작가들이 쉽사리 옮겨 다니면서 활동할 수 있었다. 그런 가운데 레바논과 팔레스타인은 특별한 사정이 있어 별도로 고찰할 필요가 있다.

레바논은 프랑스 통치를 겪으면서 프랑스문학의 직접적인 영향을 받은 점이 특이하지만, 아랍문학의 전체적인 흐름에서 벗어나지는 않았다.[383] 근대시의 개척자 무트란(Khalil Mutran)은 운율의 구속에서 벗어나 내면정서를 자유롭게 나타내겠다고 하다가, 전통적 형식으로 되돌아가 민족의 처지를 문제삼는 작품을 썼다. 지브란(Kahlil Gibran, Jibran)은 미국으로 이주해 정신적 탐구의 높은 경지를 보여주는 장시 〈에인

---

383) 문애희, 위의 책, 138~140, 284~288, 295~296, 396~397

494

자〉(*Prophet*, 1923)를 영어로 써서 널리 알려졌다. 아우와드(Tawfiq Yusuf Awwad)는 자국의 현실을 고발한 〈빵〉(*al-Raghif*, 1939)과 같은 사회소설을 썼다.

팔레스타인 사람들은 수난의 문학을 하고 있다. 이스라엘 때문에 시련을 겪으면서 나라를 되찾기를 염원하는 작품을 비통한 심정으로 쓰고 읽는다. 쫓겨나 떠나가야 했던 1948년의 비극을 아부 살마(Abu Salma)는 다음과 같이 노래했다. 중간의 한 대목과 결말 부분을 인용한다.[384]

> 사랑하는 팔레스타인이여,
> 그 들과 언덕을 떠나 어떻게 살겠나?
> 골짜기가 부르고, 해변이 울부짖는다.
> 이 시대의 눈물을 흘리면서……
> 어느 날 아침 우리는 물결의 꼭대기를 타고 돌아오리라.
> 번쩍이는 창 끝에 매단
> 피 묻은 깃발을 펄럭이면서.

이 시에서 다짐한 승리는 이루어지지 않고, 고통의 세월이 오래 계속되고 있다. 피는 피로 갚아 유태인을 내몰자는 주장은 실현 가능하지도 않고 정당하지도 못하다. 그러면 어떻게 해야 하는가? 나서서 외치는 것을 능사로 삼지 말고, 투쟁의 문학을 깊은 공감을 줄 수 있게 창작하는 방법이 문제이다.

그 때문에 깊이 고심한 작가에 카나파니(Ghassan Kanafani)가 있다. 카나파니는 팔레스타인해방기구의 대변인 노릇을 하다가, 이스라엘 첩보원에게 살해되었다. 그렇다면 강도 높은 투쟁을 선동하는 작품을 썼을 것 같지만 그렇지 않다. 대표작으로 널리 알려진 〈하이파에 돌아와

---

384) Salma Khadra Jayyusi ed., *Modern Palestine Literature* (New York : Columbia University Press), 96

서〉(*A'id ila Hayfa*, 1970)를 보자. 이산가족의 비극을 조용한 목소리로
이야기했다.

이스라엘을 건국한다고 영국군이 진주해 팔레스타인 사람들을 몰아
낼 때, 주인공 부부가 황급하게 떠나느라고 어쩔 수 없이 두고 온 아들
을 20년이 지난 뒤에 만나러 갔더니, 유태인에게 양육되어 이스라엘 사
람이 된 아들이 부모를 따라오지 않고 거기 머물러 살겠다고 했다. 부
모에게 커다란 절망을 가져다준 그 결말에 두 민족 사이의 적대적인 관
계를 해결할 수 있는 방안이 암시되어 있다. 민족의 구분은 절대적이지
않고, 사람은 누구나 같은 사람이다. 차이를 강조하면 끝없는 분쟁이 계
속되지만, 동질성을 찾으면 평화를 얻고 화합을 이룩할 수 있다.

이스라엘과 팔레스타인의 싸움은 무력으로 결판나지 않는다. 세계
여론에서 정당하다고 판단하는 쪽은 무력의 열세를 넘어설 수 있기 때
문이다. 피해자 쪽에서 복수를 맹세하는 대신에 평화를 원하고 화합을
이루고자 한다고 한 카나파니의 작품은, 팔레스타인에 대한 온 세계의
지지를 이끌어내는 힘을 가졌다. 이스라엘 쪽의 작품과 비교해보면, 그
점이 더욱 분명해진다.

이스라엘을 건국한 유태민족은 유럽 각처에서 유랑생활을 하는 동안
에 자기 언어 히브리어를 잃지 않고 문학창작에 활용했다. 특히 11·12
세기 이슬람제국 지배 아래 스페인에서, 19세기말 러시아에서 볼 만한
성과를 이룩했다.[385] 제2차세계대전 이후, 이스라엘을 건국한 시기의 문
학은 그 연장선 위에 있으면서 시대적 성격과 지리적 위치가 달라졌
다.[386] 팔레스타인 사람들을 밀어내고 나라를 세웠으므로 생긴 다툼이
문학에서도 계속 문제가 되었으므로, 이스라엘문학은 팔레스타인문학

---

385) David Aberbach, *Revolutionary Hebrew, Empire and Crisis, Four Peaks in
    Hebrew Literature and Jewish Survival* (Washington Square, New York ·
    New York University Press, 1998)
386) Leon I. Yudkin, *Escape into Siege, a Survey of Israeli Literature Today*
    (London : Routledge and Kegan Paul 1974)

과 견주면서 다루는 것이 마땅하다.

이스라엘문학의 선구자는 1922년에 팔레스타인에 이주해 1934년까지 살았던 시인 비아리크(Bialik)이다. 히브리문학의 전통을 되살려 자기 민족의 정신적 구심체를 마련하고자 한 비아리크의 시는 사명감의 소산이면서도 장래에 대한 확신이 없어 허무주의의 경향을 띠었다. 독립전쟁을 겪고 아랍인들과 싸우면서 나라를 건설하는 동안에 희망찬 미래를 말하는 문학이 생겨난 것은 아니다. 여류시인 골든버그(Leah Goldenberg)의 〈삶의 찌꺼기〉(*She'erith ha-hayim*, 1971)를 보자. 시를 쓸 수 없다는 것을 시의 주제로 삼고, 그 한 대목에서 이렇게 말했다.[387]

> 그 당시에 시를 썼다면,
> 지나치게 벌거벗은 진실이었을 것이다.
> 지금 시를 쓴다면,
> 그것은 온통 거짓이 될 것이다.

무엇이라고 말할 수도 없고 말하지 않을 수도 없는 참혹한 기억을 간직하고 있어 번민하는 심정을 이렇게 나타냈다. 나치 독일 때문에 겪은 수난은 문학작품에 올리기 어려울 뿐만 아니라, 팔레스타인 사람들에 대한 가해행위 또한 차마 그려내지 못했다고 추정해볼 수 있다. 팔레스타인문학이 이스라엘을 투쟁의 대상으로 삼는 주제를 줄곧 다루어온 것과 달리, 이스라엘문학은 팔레스타인 사람들이나 아랍인 전체에 대해서 모호한 태도를 가지고, 복합적이고 상반된 반응을 보였다.[388]

탐무즈(Benjamin Tammuz)의 소설 〈과수원〉(*Ha-pardes*, 1972)에서는 두 민족의 다툼을 본격적으로 다루고자 하면서도 현실을 직접 문제삼는 것은 피하고 우언을 선택했다. 유태인인 다니엘(Daniel)과 아랍인

---

387) 같은 책, 154
388) Gila Ramaras-Rauch, *The Arab in Israeli Literature* (London : I. B. Tauris, 1989)

인 오바디아(Ovadiah)는 이복형제이면서 각기 자기네 민족사회의 중견 간부로 활약하면서, 아버지의 유산인 과수원을 차지하고자 다투다가 비극적인 결말에 이르렀다고 한 것이 기본 줄거리이다. 다툼이 심해지자, 다니엘의 아내이면서 오바디아와도 관계를 계속한 여인이 낳은 아들이 자기 아버지일지도 모르는 오바디아를 살해하는 참사가 벌어졌다. 그 때문에 충격을 받은 다니엘은 과수원에 불을 지르고, 그 땅을 팔아버렸다고 했다.

두 민족은 형제이고 또한 후손을 남기면서 피를 섞는 관계이면서, 싸우게 된 것이 불행한 자해행위라고 했다. 싸움이 일어난 이유가 된 과수원을 종교적인 진리라고 보면, 두 민족 모두 그런 것은 버려야 싸움이 끝날 수 있다고 한 것이다. 과수원이 삶의 터전이라고 이해하면, 두 민족이 함께 살아가는 길을 찾기는 어렵다. 민족의 구분이 절대적일 수 없다고 한 점에서는 카나파니와 같은 주장을 폈으면서, 관심을 과거로 돌리고 미래를 전망하지 못했으며, 혈통의 동질성을 중요시하기만 하고, 사람은 누구나 같은 사람이라고 말하지는 않았다.

쿠르드 민족의 투쟁사는 팔레스타인의 경우보다도 더욱 처참하다.[389] 쿠르드 민족은 국가를 이루지 못하고 총수 3천만 가운데 1천 2백만은 터키, 6백만은 이란, 4백만은 이라크, 80만은 시리아의 지배를 받고 있다. 그 네 다섯 나라의 접경지역을 강토로 삼아 수천 년의 삶을 누려오면서 오스만터키에까지 이르는 이슬람제국 안에서는 어느 정도의 자치를 누리다가, 근래에는 주권을 아주 잃고 비참한 처지가 되었다.

중세제국이 해체되고 근대민족국가가 생길 때 쿠르디스탄(Kurdistan)을 세우자는 운동을 일으켰는데, 터키의 침공으로 억압되고 언어 사용마저 금지당했다. 다른 네 지배국가도 터키의 전례를 따라 소수민족으로

---

389) Pilip G Kreyenbroek and Christine Allison ed., *Kurdish Culture and Identity* (London : Zed, 1996) ; http : www.chez.com/bibelec/publictions/international/ nationKurde.html ; http : institutkurde.org/ikpweba/kurdora/litt.htm ; http : // www.kdp-akara.org.tr/literature.html

존속하지도 못하게 한다. 언어가 통일되지 않아 방언차가 그대로 남아 있으며, 아랍문자·로마자·러시아문자를 각기 사용하고 표기법마저 서로 다르다. 그런데도 문학을 통해 민족의식을 일깨우고 민족의 단합을 꾀해 독립국가를 창건하려는 염원을 나타내고 있다.

쿠르드민족은 구비문학을 풍부하게 전승할 뿐만 아니라 기록문학도 이따금 시도했다. 17세기의 시인 카흐니(Ahmed Kahni)가 불행한 연인들의 이야기를 통해 민족의 처지를 노래한 서사시 〈멤 우 진〉(*Mem U Zin*)을 자랑스러운 고전으로 삼는다. 베르디칸(Berdikhan) 집안의 형제 첼라데트(Celadet)와 카무란(Kamuran)은 이웃 나라를 떠돌면서 터키의 침공에 맞서는 민족문학을 일으켜 새로운 시발점을 만들었다. 쉐르코 베케스(Sherko Bekes)는 항거의 시를 쓰다가 스웨덴에 망명했다. "S.W.Z"라는 가명으로 시인은 다음과 같이 비통하게 절규했다.[390]

> 나는 아무 노래도 모른다. 금지당했다.
> 나는 춤을 추지 못한다. 못하게 했다.
> 나는 어떤 이야기도 들려주지 못한다. 들은 것이 없는 탓이다.
> 나는 부모가 없다. 처형당했다.

아프가니스탄은 제1차세계대전이 끝났을 때 영국의 지배에서 벗어나는 투쟁에서 승리해 가장 먼저 독립했으나, 근대국가를 이룩하는 데 많은 난관이 있었다. 공용어를 페르시아어에서 민족어로 바꾸고자 했으나, 동남쪽의 파쉬투(Pashtu, Pasto), 서북쪽의 다리(Dari) 가운데 어느 하나를 택할 수 없었다. 내분을 겪다가 승리한 세력은 압정을 하고, 외세의 침공을 초래해 고통이 더욱 가중되었다. 소련군은 고투 끝에 물리쳤으나, 미군에게는 처참하게 패배했다.

그런 상황에서 희망을 주는 과업은, 영국과 싸우다가 압제와 맞서서

---

390) http : //www.welat.50megs.com/swz.html

투쟁한 지식인의 선두에 선 고바르(Ghulan Muhammad Ghobar)가 맡
았다. 민족 구분을 넘어서서 누구나 읽도록 하려고 페르시아어로 쓴
〈아프가니스탄의 역사〉(*Afghanistan dar Masir-e Tarikh*, 1967)에서,
험난했던 과거를 되돌아보고 당대의 수난을 증언하면서, 외세와 압제
때문에 빚어진 수난을 이겨내고자 하는 불굴의 자세를 나타냈다. 첫 권
은 출판되자 바로 금서가 되었으나 몰래 읽히고, 둘째 권은 외부에서
출판된 것이 반입되어 많은 독자를 얻었다.[391]

  오랜 문명을 자랑하는 큰 나라 인도도 독립을 잃고 영국의 식민지가
되었다. 영국의 인도 지배는 중세까지의 우열을 결정적으로 뒤집어놓는
근대문명의 위력을 가장 잘 보여주는 사례였다. 영국이 그 때문에 자만
심을 높인 것만큼 인도는 굴욕을 느끼면서 반전의 논리를 힘들여 찾아
야 했다. 인도문학에 부과된 과제는 이란의 경우보다 더욱 무거웠다.

  인도는 그 도전에 사상의 전통을 되살려 맞섰다. 19세기말의 선각자
비베카난다(Vivekananda)는 모든 것은 하나라고 하는 베단타(Vedanta)
철학을 주체성 자각의 원리로 삼아 다시 깨어나자고 했다. 유럽은 배우
고 따라야 하는 스승이라는 주장을 비판하면서, 싸워서 이기는 것을 자
랑하는 침략주의를 평화와 평등의 논리로 논박했다. 인도 사회 내부에
서 차별을 철폐하고 평등을 이룩하는 사회개혁의 원리도 함께 제시해
정신투쟁으로 목표를 달성하고자 했다.[392]

  철학에서 개척한 길에 시가 호응했다. 서정시는 시련을 겪는 동안에
도 쇠퇴하지 않고 살아 있다가 크게 분발했다. 유럽의 전례를 받아들이
려고 하지 않고, 전통적 표현과 주체적인 발상이 뚜렷한 작품을 격조
높게 이룩하면서 새 시대의 현실을 높은 데서 조망했다. 벵골어 시인
타고르(Tagore)와 우르두어 시인 이크발(Iqbal)이 그 점에서 쌍벽을 이

---

391) http : //www.cpol.net/history
392) His Eastern and Western Disciples, *The Life of Vivekannada* (Calcutta :
    Advaita Ashrama, 1989) ; R. K. Das Gupta, *Swami Vivekannanda's Vedantic
    Socialism* (Calcutta : The Ramakrishna Mission Institute of Culture, 1995)

루었다. 외세의 침략에 항거하는 주체적인 자세를 가다듬는 데 그치지 않고, 살벌한 시대를 종식시키고 평화를 이룩하고자 하는 인류의 이상을 표명하는 사상시를 지었다. 그러면서 두 사람 사이에는 상당한 차이가 있었다.

님께서 이 몸을 무한하게 하셨나이다. 이것이 님의 기쁨입니다. 연약한 이 그릇을 비우고 비우시어 항상 새로운 생명으로 채우시나이다.

이 가냘픈 갈대피리를 님은 산을 넘고 골짜기를 넘어서 가져오셔서 영원히 새로운 멜로디를 불어넣으셨나이다.

두 사람의 시를 하나씩 들어 견주어보자. 앞의 것은 타고르의 시집 〈신에게 바치는 노래〉(*Gitanjali*, 1912)의 첫 작품 서두이다.[393] 다음 것은 이크발의 시집 〈동방의 사명〉(*Payam-i-Mashriq*, 1923)에서 가져왔다.[394]

일어나라, 내가 속한 세계의 가난한 이들이어.
부자의 궁전을 밑바닥부터 흔들어라.
노예의 피를 신념의 불로 뜨겁게 달구어라.
조심하는 참새에게 매와 싸울 힘을 주어라.
추수하지 못할 쭉정이 이삭일랑
하나도 남기지 않고 태워버려라.
근대문명이란 것은 유리를 달구어 만든 물건이라,
동방의 시인은 격분해 부셔버린다.

타고르는 주위의 사람들과 함께 사용하는 구어인 벵골어로 예전에도 있었던 것 같은 노래를 불렀는데, 이크발은 앞 시대의 공동문어 페르시

---

393) Rabindranth Tagore, *Gitanjali* (New Delhi : MacMillan India, 1998), 1 ; 유영 역, 《타고르선집》(서울 : 혜원출판사, 1994), 179
394) Syed Abdul Vahid, *Iqbal, His Art and Thought* (London : John Murray, 1959), 117

아어를 계속 사용하면서 당대의 현실을 문제로 삼았다. 타고르의 시가 간절한 기도라면, 이크발의 시는 격문이다. 타고르는 언제나 새로워지는 정신을 갖추어 영원한 생명에 동참하기를 원했다. 이크발은 유럽근대문명의 침략과 맞서서 싸울 수 있는 지혜와 용기를 갖추고자 했다. 그것은 힌두교와 이슬람교의 차이이기도 하고, 자아각성과 해방투쟁을 각기 중요시하는 노선상의 대립을 보여주기도 한다.

다른 여러 언어에서도 근대시의 독자적인 노선을 개척하는 시인들이 나와서 인도는 시의 나라임을 다시 입증했다. 시인들은 문명권 전체로 보아서나 민족문학의 차원에서나 자랑스럽게 가꾸어온 전통을 계승하고 있어, 영시를 보고 충격을 받거나 유럽의 사조를 따르려고 하지 않고, 겉보기로는 알기 어려운 깊은 진실을 찾아내서 노래하는 성스러운 임무를 계속 수행했다. 최고의 서정시를 이룩했다고 칭송되는 마라티 시인 레게(P. S. Rege, 1910~1978)가[395] 들려준 〈노래〉에 귀를 기울여 보자.[396]

> 나무에 앉아 새가 부르는 노래,
> 그 노래 속에 다른 나무가 있고
> 그 나무의 새도 제 노래를 부른다.

동쪽의 아삼은 몽골로이드 인종이 사는 곳이다. 오랜 기간에 걸쳐 힌두교문명의 세례를 받았으나 독자적인 문화를 지켜왔다. 그런데 영국이 식민지 통치를 시작하자 주체성의 위기가 심각해졌다. 벵골어를 공용어로 사용하면서 아삼어는 벵골어의 한 방언이라고 하는 주장을 분쇄하면서, 민족문화를 다채롭게 전개하는 데 앞장선 베즈바로아(Bezbaroa)

---

395) Vishwas Raghunath Kannadey, *Contemporary Marathi Literature* (Delhi : B. R. 1991), 65

396) Dilip Chitre ed., *An Anthology of Marathi Poetry (1945~1965)* (Bombay : Nirmala Sadanand, 1967), 28

는 〈아삼의 노래〉(Asama-sangita, 1913) 같은 찬가를 지었다.[397]

남쪽의 타밀에서는 드라비드민족 계통의 타밀문화의 독자적인 전통을 재인식하고 계승하는 것을 소중한 과제로 삼았다. 영어가 지배한 식민지시대를 청산하고, 힌디어를 공용어로 해서 문화의 통일을 이룩하고자 하는 독립 인도의 노선을 거부하고, 타밀어의 나라를 따로 세워 성스럽고 순수한 정신을 되살려내자고 했다. 그렇게 하는 데 시인이 앞장서서 타밀어를 신으로 섬기고, 어머니라고 예찬하는 시를 지었다. 무디야라산(Mudiyarasan)은 〈타밀은 나의 신〉(Tamil En Teyvam, 1976)의 한 대목에서 이렇게 노래했다.[398]

> 당신은 내 마음의 사원이 되어 은총을 내리시고,
> 시의 꽃다발의 꾸밈을 받으면서 나를 지켜주십니다.

서정시에서 이룩한 그런 성과가 문학 전반에서 나타난 것은 아니고 갈래에 따라 격차가 있었다. 서사시나 희곡은 기록문학 창작이 쇠퇴하고, 구비문학으로 되돌아가 다양한 형태의 민속극으로나 공연되고 있는 상태에 그대로 머물렀다. 유럽의 근대문학과 서사시를 되살려 맞서고자 하는 시도는 없었다. 희곡은 발전이 더디어 볼 만한 작품이 좀처럼 나타나지 않았다.[399] 그런데 전에 없던 소설이 적극적으로 나서서, 시와 함께 근대문학의 주역 노릇을 했다.

소설은 새로운 갈래이다. 인도소설이 영국에 큰 빚을 지고 생겨난 이

---

397) Tilottoma Misra, *Literature and Society in Assam, a Study of Assamese Renaissance 1826~1926* (Guwahiti : Osons, 1987), 199~205 ; *Nagen Saikia, Background of Modern Assamese Literature* (Guwahiti : Osons, 1988), 328~338
398) Sumathi Ramaswamy, *Passions of the Tongue, Language Devotion in Tamil India, 1891~1970* (Berkeley : University of California Press, 1997), 85
399) Krishna Kripalani, *Modern Indian Literature, a Panoramic Glimpse* (Ruthland, Vermont : Charles E. Tuttle, 1971), 51~55

식문학이라는 사실이 크게 강조되고 있다. 영국인이 기독교를 전파하고 식민지를 통치하는 데 쓸려고 인도의 구어를 적은 산문을 처음 마련한 것이 소설 문체의 기원이 되었다고 한다.[400] 영어로 교육받은 인도인 작가들이, 영국소설에서 얻은 견문을 자기 언어로 재현하고자 해서 인도소설이 생겨났다고 한다. 그런 소설이 인도 근대문학에서 커다란 구실을 한 것은, 사회문제를 제기하고 의식각성을 찾는 데 소설이 적극 기여를 한다는 사실을 깊이 인식하고 독자적인 작품세계를 이룩하고자 진력하는 작가들이 있었기 때문이다.

인도에는 영어로 소설을 쓰는 작가도 있다. 영어를 능숙하게 구사하고 영국에 가서 오래 머무르는 동안에 영국인을 추종해서 영어로 소설을 쓰면서, 영국의 인도 통치에 대해서 긍정적이거나 모호한 태도를 보인 작품들이 있었다.[401] 그러나 언어가 서로 다른 인도 여러 지역의 독자에게 자기 뜻을 전달하고, 영국인에게도 충격을 주기 위해서 영어를 사용하는 것이 더욱 중요한 동기였다. 아난드(Mulk Raj Anand) 같은 작가는 민중의 참상을 고발하는 좌파의 이념을 널리 펴기 위해 〈쿨리〉(*Coolie*, 1930), 〈불가촉천민〉(*Untouchable*, 1935) 등의 소설을 영어로 써냈다.[402]

영어소설은 오늘날까지도 이어지고 있지만, 주류는 되지 못한다. 인도의 언어로 쓰는 소설이 더 많고, 한층 뛰어나며, 널리 읽혀 깊은 감동을 준다. 타고르(Tagore)는 그렇게 하는 데서도 선구자 노릇을 하면서,

---

400) T. W. Clark, "Introduction", *The Novel in India, its Birth and Development* (Berkeley : University of California Press, 1970), 9~10

401) K. S. Ramamurity, "Ambivalence in Attitudes to Colonialism in the Pioneers of the Indian Novel in English", H. H. Anniah Gowda ed., *The Colonial and the Neo-Colonial Encounters in Commonwealth Literature* (Mysore : University of Mysore, 1983)

402) Suresht Renjen Bald, *Novelists and Political Consciousness, Literary Expression of Indian Nationalism 1919~1947* (Atlantic Highlands, N.J. : Humanities press, 1982), 96~146

인도인의 정신적 자각을 촉구하는 소설을 이룩했다. 벵골어로 쓴 〈고라〉(*Gora*, 1910)가 그런 작품이다.(소설 3, 134~142)

거기서는 고라라는 이름의 인도 민족운동의 뛰어난 지도자를 등장시켜 눈부신 활약을 보여주다가, 후반의 반전으로 뜻하는 바가 더 커지게 했다. 고라는 자기는 모르고 있었으나 인도에 와서 병사 노릇을 하던 아일랜드인의 자식이었다. 부모는 죽고 고아가 되어 인도인에게 양육되어 인도인이 되었다. 출생의 비밀을 알고나서 고라는 새로운 사람으로 거듭 태어나, 인종이나 종교의 차이를 넘어서서 모두 하나가 되는 보편적인 진리의 실천자가 되고자 했다.

그 뒤를 이어 사라트찬드라(Saratchandra Chattopadhaya)는 현실인식을 더욱 구체화한 사회소설을 이룩했다. 대표작으로 평가되는 〈스리칸타〉(*Srikanta*, 1917~1933)를 보자. "방황하는 삶이 오후에 이르러 사그라지려고 하는 지금 내 생애에 관한 이야기를 하려고 자리를 잡고 앉으니, 기억의 홍수에 잠긴다"는[403] 말을 서두에다 내놓고, 기댈 곳을 찾아 떠돌아다니는 주인공이, 건달을 주인공으로 한 유럽의 '고백록-소설'에서와 같이 자기 생애를 일인칭으로 서술한 작품이다.[404]

그것은 인도의 현실에 근거를 둔 대응방식이었다. 유럽에서처럼 일인칭으로 전개되는 건달소설을 써서 사회가 급변하는 모습을 나타내야 할 사태가 인도에서도 벌어졌다. 인도는 식민지 상태에서 어처구니없는 변동을 겪고 있었다. 마구잡이로 돌아가는 사회의 떠돌이 인생의 고난을 다루는 데 필요한 소설 형식을 받아들여 자기 것으로 했다.

사회소설이면서 또한 모험소설이고, 악인과 함께 선인도 등장시키면서 현실주의와 이상주의를 공존시킨 것은 유럽소설과 달랐다. 주인공의 어린 시절 여자친구가 결혼에 실패하고 창녀 노릇을 하고 있다가 주인

---

403) Saratchandra Chattopadhaya, Aruna Chakravarti tr., *Srikanta* (New Delhi : Penguin Books, 1993), 3
404) Meenakshi Mukherkjee, *Realism and Reality, the Novel and Society in India* (Delhi : Oxford University Press, 1985), 113~124

공과 다시 만났을 때도 순진함을 잃지 않았다. 자기희생·신앙심·동정심·감수성 같은 여성이 갖출 수 있는 미덕을 두루 보이면서 주인공을 구해주는 구실을 했다. 환경이 나빠지면 사람은 타락하게 마련이라는 주장을 받아들이지 않고 불변의 가치에 대한 기대를 버리지 않았다.

인도 작가들은 식민지 사회의 모순을 파헤치고 하층민의 고난을 나타내면서 비극적인 결말에 이르는 경우에도, 사람은 근본적으로 선량하다는 믿음이나 모든 갈등을 넘어선 궁극적인 조화에 대한 기대를 버리지 않았다. 식민지시대 소설의 가장 큰 성과로 평가되는 프렘찬드(Premchand)의 〈암소 바치기〉(*Godaan*, 1936)에서 그 점을 다시 확인할 수 있다.(소설 1, 153~169) 지주와 고리대급업자에게 착취당해 살 수 없게 되었으면서도 그 진상을 모르고 있는 농민을 주인공으로 등장시켜, 그 참상과 무지를 그려 의식이 깨어나 사회변혁을 이룰 것을 촉구했다.

그러나 투쟁만 주장하지 않고, 투쟁을 넘어선 화합을 염원했다. 인류 대화합의 사상을 전개하는 철학자가 가까이 있는 사람들에게는 감화를 주어 특권의식을 버리도록 했으나, 사회를 개조할 힘은 없었다. 이상과 현실의 거리가 좁혀지지 않는다는 것을 알고 다시 현실로 눈을 돌렸다. 주인공은 암소 한 마리를 가지고자 하는 희망을 이루려고 무리하게 일하다가 죽었다. 사람이 죽으면 암소를 바치는 힌두교 의식을 치러야 했는데, 수중에 남아 있는 돈 몇 푼으로 대신해야 했다는 것이 작품의 결말이다. 작품 이름에 등장하는 "암소"는 그런 이중의 의미를 지녔다.

인도의 비극은 독립과 더불어 해결되지 않았다. 독립을 이루는 과정에서 힌두교도와 이슬람교도가 각기 다른 나라를 세우면서 격렬하게 충돌했다. 비스므 사하니(Bhism Sahani)는 〈암흑〉(*Tamas*, 1973)에서 그때의 충돌을 그렸다. 작가 자신은 힌두교도이고 그 작품을 힌디어로 썼지만, 두 종교의 신도들이 오랜 적대감을 폭발시켜 서로 살해하는 참상을 그 어느 쪽에도 치우치지 않고, 사실대로 그리면서 화해의 길이

어디 있는지 간절하게 찾았다.[405]

　여러분! 힌두와 무슬림은 형제입니다. 도시에서도 소요가 계속되고 방
화가 번지고 있는데 어느 누구도 중지시키려 하지 않습니다. 지방 행정관
은 마누라를 끼고 앉아 방관하고 있습니다. 우리의 적은 영국입니다. 간
디 선생은 영국이 우리를 서로 싸우게 한다고 말씀하십니다. 우리는 형제
입니다. 우리가 영국인들의 계략에 말려들어서는 안됩니다.

　이렇게 외치는 지도자의 말을 듣지 않고, 흥분한 군중이 몽둥이로 쳐
서 죽이는 것을 안타깝게 여기고, 식민지 통치자에게 놀아난 음모꾼들
이 이면에서 활동하고, 양쪽의 강경한 주장을 거듭 천명하는 종교지도
자들이 표면에 나서서 선동을 일삼는 것을 개탄했다. 그러나 하층의 민
중은 신앙의 차이를 넘어서서 서로 사랑하는 마음을 가졌다. 도망치는
상대방 신도를 즉석에서 자기네 신도로 개종시키는 일방적인 조처를
하고서 형제라고 껴안으면서 진한 사랑을 나누었다.
　그런 문제가 심각하게 남아 있기는 하지만, 독립한 인도는 자본주의
도 사회주의도 아니면서 그 둘을 적절하게 조화시키려고 하는 제3세계
국가의 표본이다. 인도의 작가들은 해결해야 할 사회문제에 적극 참여
하면서도, 특정 이념에는 구속되지 않는다. 스스로 판단해 사회문제 해
결을 자기 소관사로 삼고, 사회정의 실현에 앞장서며, 미래의 역사를 창
조하는 방향을 제시하기 위해 진력한다. 집권정당을 위시한 어떤 권위
라도 비판할 수 있다.
　제1세계에도 제2세계에서도 없는 그런 조건이 작가에게 최상의 활동
을 보장해준다. 인도의 작가들은 제1세계 작가가 사회를 외면하고 자기
내부에 침잠하므로 아무 소용이 없게 된 사상의 자유나 언론의 자유를
소중하게 활용해, 제2세계에서는 허용되지 않은 사회비판을 소신껏 전

---

405) 비스므 사하니, 이정호 역, 《암흑》(서울 : 지학사, 1987), 180

개한다. 제3세계 작가는 어디서나 그럴 수 있어야 한다는 원칙이 실제로 시행되는 곳이 많지 않아 인도의 본보기가 더욱 소중하다.

인도의 작가들은 작품만을 써서는 살아가기 어려운 조건에서도, 사회문제 해결을 자기네 임무라고 여기면서, 사회적 갈등을 심각하게 그리면서 대융합이 이루어지기를 바란다.[406] 시민 출신인 작가가 하층민에게 호의를 가지고 그 대변자가 되고자 하지만, 두 계급 사이의 불일치가 스스로 의식하지 않는 가운데 잠재되어 있어 소설의 진행과정에서 충돌을 일으킨다. 시민인 소설가가 시민이기를 부인하고 하층민이 되고자 하기 때문에, 소설에서는 시민과 하층민이 대등한 위치에서 生克의 관계를 가진다.

인도 북쪽의 네팔은 여러 소왕국으로 분열되어 있다가 18세기말에 통일을 이룩하고 얼마 되지 않은 19세기초에 영국의 침공을 받고 보호국이 되었다.[407] 그런 조건에서도 민족문학을 일으키는 운동을 멈추지 않고 가속화했다. 주민의 절반 정도가 구두어로만 사용하던 네팔어를 표준화한 서사어가 될 수 있게 가다듬어 기록문학 창작을 활성화하고자 했다. 그렇게 해서 민족어가 있는 민족문학의 한 본보기를 마련했다.

19세기 중엽의 바누바카타 아카리야(Bhanughakata Acarya)는 산스크리트문학 번역과 자기 작품 창작에서, 쉽게 이해할 수 있는 네팔어도 훌륭한 시어가 될 수 있다는 것을 보여주었다. 레카나트 파우디얄(Lekhnath Paudyal), 락스미프라사드 데브코타(Laksmiprasad Devkota) 등의 20세기 시인들은 창작의 영역을 서사시나 희곡으로까지 넓혔다. 소설은 발전이 늦어 반그델(Lainsingh Bangdel)이, 고국을 떠나 인도에서 머무르고 있는 네팔인들의 고통스러운 삶을 그린 〈왕국 밖〉(*Muluk*

---

406) Sulochana Rangeya Raghava, *Sociology of Indian Literature, a Sociological Study of Hindi Novels* (Jaipur : Rawat, 1987)

407) Michael James Hutt, Nepali, *a National Language and its Literature* (New Delhi : Sterling, 1988)

Bahira, 1947)에 이르러서 뚜렷한 모습을 드러냈다.

스리랑카는 네팔보다 언어 통일이 더 잘 되어 있고, 기록문학의 역사가 더 오래 되었다. 북쪽의 타밀민족을 제외하면 주민 대다수가 싱할리어를 사용하는 같은 민족이다. 상좌불교의 경전어인 팔리어와 민족어 싱할리어를 함께 사용해 양층언어의 문학을 이룩하는 본보기를 보여주었다. 그러면서 역사 기록의 구실을 하는 팔리어 서사시를 민족문학의 소중한 유산으로 삼았다. 소설이라고 할 것은 없었어도 서사문학의 유산은 그만큼 풍부했다. 영국의 식민지 통치를 받는 동안에 유럽문학의 자극을 받고 소설을 이룩하면서도, 그런 이유로 전통 지향의 성향을 두드러지게 보여주었다.

소설의 창시자로 인정되는 피야다사 시리세나(Piyadasa Sirisena)는 사랑과 모험을 다루는 재래의 서사문학을 이어받으면, 타락의 길에 들어선 유럽소설보다 훨씬 훌륭한 작품이 된다고 했다. 가장 높이 평가되는 작가 위크레마싱헤(Martin Wickremasinghe)도 처음에는 그런 성향을 보이다가, 후기에 새로운 방향을 찾았다. 〈변하는 마을〉(*Gam Peraliya*, 1944) 이하 삼부작에서는 사회모순을 파헤치는 사실주의 작풍을 이룩했다. 그러면서도 이상주의 성향을 버리지 않고, 마르크스주의와 불교가 합치되도록 하고자 했다.[408]

인도네시아와 타이는 동남아시아의 이웃 나라이지만 시대변화에 서로 다르게 대처해 극과 극의 대조를 보여주었다. 타이는 유럽의 팽창에 굴복하지 않고 주권을 유지하면서 왕족들이 유럽에 가서 장기간 공부를 하고 근대문명의 하나로 근대문학을 받아들이는 데 앞장섰으나, 인도네시아는 네덜란드의 식민지가 되어 고통을 겪는 동안 사회적 위치와 교육 정도가 낮은 사람들이 투사로 나서서 민족해방운동을 격렬하게 일으켰다. 그런 사람들은 영어는 물론 네덜란드어도 제대로 알지 못

---

408) Ediriwira R. Sarachachandra, "Tradition Overturned : a Modern Literature in Sri Lanka", Guy Amirytanayagam ed., *Asian and Western Writers in Dialogue, New Cultural Identities* (London : Macmillan, 1982)

해 유럽에서 모형을 구하지 않고 자기가 겪은 투쟁의 경험을 나타내는 작품을 썼다.

오늘날 인도네시아를 이루는 여러 섬에는 서로 다른 언어를 사용하는 사람들이 살고 있다. 어느 시기에는 자바에서, 다른 시기에는 수마트라에서 일어난 제국이 넓은 지역을 복속시켜 다스리기는 했어도 지역 전체를 포괄한 것은 아니다. 중세전기의 불교-힌두교 시대에는 산스크리트를, 중세후기 이슬람교 시대에는 아랍어를 공동문어로 삼아 공통된 문명을 이룩하기는 했어도 민족문화의 통합은 없었다. 그러다가 그 지역 전체가 네덜란드의 식민지가 되자 비로소 공동운명체가 되고, 식민지 통치에 항거해 투쟁하는 과정에서 대단위 민족의식이 생겨났다.

독립된 민족국가를 이룩하기 위해서는 국어가 있어야 한다고 판단했다. 오랫동안 교통어 노릇을 해서 넓은 지역에서 통용되는 말레이어를 국어로 선택하고, '인도네시아어'라는 뜻으로 '바하사 인도네시아' (Bahasa Indonesia)라고 일컬었다. 사용자가 가장 많은 언어는 자바어이고, 자바 출신이 독립운동을 주동했으면서도, 그쪽에서 자기 언어를 버리고 남의 언어를 받아들여 통일된 국어가 마련될 수 있었다. 다른 어느 곳에서도 하지 못하는 일을 해내서 거대국가 인도네시아가 단일 언어문화권일 수 있게 했다.

국어가 아닌 언어는 지역어라고 폄하하고 문학창작에 힘쓰지 않아 각기 그 나름대로 풍부하게 간직하고 있는 문화유산을 활용하지 않는 것은 손실이다. 중세에서 근대로의 이행기에는 앞서나가던 자바어소설이 근대문학의 시기에 들어서자 뒤로 밀려났다. 그 밖의 다른 여러 언어를 사용하는 문학도 없어지지는 않았어도 잊혀졌다. 그래서 잃은 것을 '바하사 인도네시아'의 문학이 분발해서 보충해야 했다.

마르코 카르토디크로모(Mas Marco Kartodikromo)는 민족해방운동의 문학을 일으킨 선구적인 작가이다. 자바 사람이면서도 '바하사 인도네시아'로 작품을 써내서 널리 읽고 함께 투쟁하자고 했다. 〈학생 히드조〉(*Student Hidjo*, 1918)에서, 네델란드 여자를 아내로 삼아 유학생활에서 되돌아온 주인공이 동족 여성과 다시 혼인하고 민족해방 투쟁을 위해 평생토록 헌신하겠다면서 떨쳐나서는 변모를 그렸다. 그런 작품을 계속 써내면서 투쟁에 앞서다가 직접적인 탄압을 받아 유형지에서 세상을 떠나야 했다.[409]

세마운(Semaun)이라는 투사가 옥중에서 쓴 소설 〈카디룸 이야기〉(*Hikayat Kadirum*, 1922) 또한 항쟁의 문학이다. 네덜란드인에게 발탁되어 식민지 통치의 관리로 순조롭게 출세하던 주인공이 자기 위치에 회의를 품다가, 잘못된 길을 바로잡아 반성하고 비참한 생활을 하는 민중의 편에 서기로 작정하고, 투쟁의 대열에 참여하겠다고 결단을 내리는 과정을 보여주었다. 그러면서 사회모순을 진단하고 정치사상을 전개하는 것을 작가의 사명으로 삼았다.[410]

네덜란드 식민지 통치의 당국자는 탄압만으로는 그처럼 과격한 항거의 문학을 막을 수 없다고 판단해 우회적인 방법을 강구했다. '발라이 푸스타카'(Balai Pustaka)라는 관립 출판사를 만들어 작품 출판을 지원하면서 통제했다. 식민지 통치자가 그렇게 한 것은 다른 어디서도 볼 수 없는 일이다. 그 출판사에서 낸 소설은 표현을 다듬는 데 더욱 힘쓰고 주제의식의 강도는 완화되었으나, 다른 나라의 소설보다 주체성이 뚜렷한 것이 인도네시아소설의 특징이다. 거기서 낸 소설의 하나인 무이스(Abdul Muis)의 〈그릇된 교육〉(*Salah Ashuan*, 1928)에서는, 교육과 혼인을 통해 백인의 세계에 들어가려고 한 주인공이 자살에 이르는 과정을 그렸다.[411]

인도네시아소설의 항거정신은 제2차세계대전이 끝나고 독립전쟁을 벌일 때 강렬하게 되살아나, 프라무디야(Pramoedya Ananta Toer)의

---

409) Henri Chambert-Loir, "Mas Marco Kartodikromo(c.1890~1932) ou l'education politique", P.-B. Lafont et D. Lombard ed., 위의 책 ; A. Teeuw, *Modern Indonesian Literature* (The Hague : Martinus Nihoff, 1979), Vol. 1, 16~17
410) A. Teeuw, 위의 책, 15~16
411) 같은 책, 62~63

〈게릴라 가족〉(*Keluarga Gerilja*, 1950) 같은 작품을 산출했다.(소설 3, 174~183) 거기서 네덜란드군과 싸워 민족해방을 이룩하고자 하는 투사들이, 비록 생부는 아니지만 자기네 아버지를 죽이는 데서 시작해서 모든 것을 희생하는 모습을 그렸다. 네덜란드군에서 하사관 노릇을 하던 아버지가 네덜란드 식민지 통치가 다시 시작되는 것을 보고 기뻐하는 것을 두고 보지 못해 처형해야 했다. 네덜란드 병영에서 창녀 노릇을 하던 어머니가 낳은 자식들이 그 일을 담당하고 독립전쟁의 투사로 나서서 목숨을 바쳤다. 부끄러운 과거를 청산하고 새 출발을 하기 위한 진통을 그처럼 처참하게 그린 소설은 다시 찾기 어렵다.

그런데 독립 후의 인도네시아는 독립투사들의 희생을 보람되게 하지 못했다. 수카르노가 추구하던 제3세계의 노선이 나라의 안정과 번영을 가져오지 못하고, 우파가 정변을 일으켜 좌파를 대거 처형했다. 프라무디야는 재판도 거치지 않고 1965년부터 외딴 섬의 정치범 수용소에 감금되었다가 1979년에 석방되어, 현실 문제를 바로 다룰 수는 없었으므로 식민지 시대의 고난과 투쟁을 그린 〈인류의 대지〉(*Bumi Manusia*, 1979) 이하 4부작을 발표했다가 판매금지되었다.

창작의 자유가 없고, 부패와 수탈이 나날이 심해진 것이 인도네시아의 현실이었다. 억압을 무릅쓰고 항쟁을 하지 않을 수 없었다. 시인 렌드라(W. S. Rendra)는 민중의 목소리를 대변해 널리 사랑을 받았다. 하소연하는 말이 길게 이어져 서사시를 지향하는 장시를 쓰면서 다음과 같이 절실한 표현을 갖추었다.[412]

강은 위선을 안고
대양은 폭행을 당하고
택시 기사의 입에서는 저주의 욕설이 새어 나오고
탄식만이 근로자와 날품팔이 인부들의 손수건이 되었다.

---

412) W. S. 렌드라, 정영림 역, 《분노한 세상》(서울 : 전예원, 1987), 21

512

말레이시아는 인도네시아와 같은 언어를 사용하는 나라지만 문학의 성향은 많이 달라 훨씬 온건하다. 말레이시아의 작가들은 민족해방운동을 위해 적극적으로 나서지 않았지만, 자기 전통을 뚜렷하게 지켰다. 영국의 식민지 상태에서 소설을 쓰기 시작했으나, 같은 처지에 있던 인도와는 달리 영국문학의 영향을 많이 받지 않았다. 영어는 모르면서 전통적인 교육을 받은 지식인들이 작가로 활동했다.[413]

'히카야트'를 이어받아 새로운 소설을 쓰는 데 활용하면서 필요한 자극을 멀리 아랍세계에서 받아들였다. 아랍어는 해독할 수 있고, 이집트에서 새로운 소설이 먼저 생겨난 두 가지 조건을 유리하게 활용했다. 하디(Syed Sheikh al-Hadi)의 〈파리다 하놈 이야기〉(*Hikayat Faridah Hanom*, 1925)가 첫 소설이라고 하는데, 이집트의 작품을 번안한 것이다. 무대와 인물을 바꾸지 않았는데, 말레이시아의 소설로 받아들여졌다. 거기서 다룬 사회문제, 여성해방에 대한 관심 같은 것이 자국에 관해 말하고 있다고 이해되었다.[414]

말레이인의 삶을 직접 다룬 창작소설의 첫 작품인 〈훌륭한 친구〉(*Kawan Benar*, 1927)를 쓴 라시드 탈루(Ahmad bin Haji Muhammad Rashid Talu)는 별반 학력이 없으면서 구비전승의 수집과 번역에 종사한 사람이다. 말레이인의 주체의식을 드높이기 위해 쓴 그 소설에서 그릇된 삶을 바로잡는 길을 제시하고자 했다. 아내와 가정을 버리고 타락의 길에 들어선 사람이, 친구의 설득으로 정신을 차리고 재산을 털어 자기 고장을 위해 헌신하기로 했다고 했다. 그 뒤로 오늘날까지 말레이시아소설은 농촌을 소중하게 여기고 농민을 문화전통의 수호자로 받든다.[415]

---

413) Mohd. Taib Osman, *Modern Malay Literature* (Kuala Lumpur : Dewan Bahasa Dan Pustaka, 1964), 10~11

414) 같은 책, 5~6

415) David J. Banks, *From Class to Culture, Social Conscience in Malay Novels since Independence* (New Haven : Yale University Southeast Asia Studies, 1987)

근래의 소설 가운데 특히 높이 평가되는 사마드 사이드(Samad Said)
의 〈살리나〉(*Salina*, 1961)는 역경 속에서도 아름답게 살아가는 사람들
의 모습을 보여주었다.(소설 3, 98~101) 영국의 식민지 통치를 받다가
일본군에게 점령당한 싱가포르에서 있었다는 일을 다루면서, 부모와 연
인을 모두 잃고 창녀 노릇을 하면서 살아가는 주인공 살리나는, 악당인
기둥서방을 삼아 먹여살리면서 온갖 모욕을 받아도 언제나 따뜻한 마
음씨를 버리지 않는다고 했다.

살리나가 사는 곳은 이슬람사회여서, 교양과 학식이 많은 종교지도
자가 주위에 있어서 감화를 주었다. 그래도 세상이 달라지지는 않았지
만, 살리나는 어떤 역경에서도 굽히지 않고 바르게 살아갔다. 자라나는
아이들을 보살피면서 이렇게 말했다.[416]

비록 말레이 책들이 질이 낮다 할지라도 말레이 작가들의 마음속에,
그리고 생각 속에 담겨져 있는 사상이 무엇인지 살펴보고 또 동족에 대
해 뭐라고 썼는지 알아보는 것이 좋지 않겠어요.

말레이시아의 시인들은 민중을 위해 봉사해야 한다는 임무를 고전에
서 이어받아 자각했다.[417] 1950년에 '민중을 위한 예술'을 하겠다고 선언
한 시인들이 그 과업을 맡았다. 영국의 식민지 통치에 항거하면서 고통
받는 민중의 대변자가 되고자 했다. 그 선두에 선 우스만 아왕(Usman
Awang)은 독립 후에도 사회비판의 시를 계속 썼다. 〈대륙에 보내는 인
사〉라는 작품을 보자. 일상생활의 사소한 장면과 지구 전체에서 벌어지
는 세기의 투쟁이 다음과 같이 직결된다고 했다.[418]

---

416) 사미드 사이드, 정영림 역, 《살리나의 연인들》(서울 : 지학사, 1987), 316
417) Muhammad Haji Salleh, *The Puppeteer's Wayang, a Selection of Modern
Malaysian Poetry* (Kuala Lumpur : Dewan Bahasa dan Pustaka Maaysia,
1992)
418) 같은 책, 101

너는 먹고 마실 것을 구하려고
선인장을 짜고 돌을 갈아댄다.
소녀들은 먼지를 뒤집어쓰고 일한다.
어린아이들이 어깨에 총을 멨다.
너는 파이프라인을 터뜨려 하늘을 어둡게 한다.
다른 사람들은 감옥에서 노래한다
팔레스타인의 자유를.

필리핀은 스페인식민지가 될 때까지 중세문명권에 들어가지 못해 민족국가가 없고 기록문학을 이룩하지 못한 점이 인도네시아나 말레이시아와 달랐다. 구비문학 특히 구비서사시의 풍부한 전통을 가졌으나, 공동문어를 받아들이지 않고 문자생활에 들어가지 않은 변방지역으로 남아 있다가 스페인의 통치를 받고, 다시 미국의 식민지가 되었다. 필리핀 문학사는 여러 언어를 교체해서 사용해온 역사이다.[419] 그러면서도 주체의식을 확립하고자 하는 노력을 중단하지 않았다.[420]

스페인어를 사용하고 스페인 중세문학을 본뜬 것이 필리핀인이 이룩한 최초의 기록문학이었다. 민족의식이 고조된 시기에도 그런 관례에서 벗어나지 못했다. 독립운동을 하다가 처형된 리잘(Jose Rizal)이 스페인어로 써서 스페인에서 출판한 작품 가운데 〈나를 건드리지 말라〉(*Noli me tangere*, 1887) 같은 소설이 포함되어 있는데, 스페인에서 흔히 볼 수 있는 형식을 차용해서 식민지 통치에 항거하는 주장을 폈다.

---

419) Leopoldo T. Yabes, "The Modern Literature of the Philippines", P.-B. Lafont et D. Lombard ed., 위의 책 ; B. Lumbers, "Philippine Literature : Old and New", *Literaturen Abschnitt 1* (Leiden : E. J. Brill, 1976) ; Bienveido Lumbera, Cynthia Nograles Lumbera ed., *Philippine Literature, a History and Anthology* (Manila : National Book Store, 1982)

420) F. Sionil Jose, "Literature and Liberation, Art, Life and the Filipino Soul", Edwin Thumboo ed., *Literature and Liberation, Five Essays from Southeast Asia* (Manila : Solidaridad, 1988) ; E. San Juan Jr., *From Masses to Masses, Third World Literature and Revolution* (Minneapolis : MEP, 1994), 35~55

 그 작품의 주인공은 유럽에서 공부하고 귀국하면서 자기 나라를 발전시키고자 하는 이상에 들떠 있었다. 교육에 힘쓰고, 행정을 개선하면 동족의 수준을 향상할 수 있다고 믿고 노력했다. 그러나 하는 일마다 자기로서는 어쩔 수 없는 힘 때문에 저지당했다. 그 힘은 사랑과 가족, 자식마저 파괴했다. 주인공은 혁명가인 친구의 영웅적인 활약 덕분에 겨우 목숨을 구하고, 타협을 바라는 평화주의를 버려야 했다.[421]

 독립을 이룩하기 위해서는 독자적인 언어로 글쓰기를 해야 한다는 운동이 일어나, 가장 많은 사람이 사용하는 타갈로그어(Tagalog)문학을 발전시키는 데 특히 힘썼다.[422] 그 결과 장편소설 첫 작품 산토스(Lope K. Santos)의 〈일광과 일출〉(*Banaagag at Sikat*, 1906)이 나타났는데, 낭만적이고 이상주의적인 이야기를 통해서 사회주의 사상을 펴고자 한 것이다. 그 뒤를 이은 타갈로그어 소설들도 정치적인 주장을 앞세우고, 형식이나 표현은 돌보지 않았다.

 독립의 열망이 실현되지 못하고 미국의 식민지가 되자, 타갈로그어는 밀어두고, 영어로 소설을 쓰는 시대에 들어섰다. 독립 후에도 영어가 대단한 세력을 가지고 있으며 고급의 문화를 독점하고 있다. 미국에서 공부한 작가들은 영어로 소설을 써서 미국에서 출판해 그곳에서 평가받는 것을 최상의 영광이라고 여긴다. 그러나 그 가운데 자기 고장의 구비전승을 이어받아 농민의 삶을 그리면서 민족주체성을 되찾으려고 한 다기오(Amador Daguio)의 〈결혼 춤〉(*Wedding Dance*, 1953) 같은 작품도 있어,[423] 제3세계문학의 대열에 들어섰다.

---

421) Miguel A. Bernad, "Some Aspects of Rizal's Novels", Antonio G. Manuud ed., *Brown Heritage : Essays on Philippine Cultural Tradition and Literature* (Quezon City : Ateneo de Manila University Press, 1967)

422) E. San Juan, Jr. ed., *Introduction to Pilipino Literature* (New York : Twayne Publishers, 1974)

423) Jayana Clark and Ruth Siegel, *Modern Literature of the Non-Western World* (New York : HarperCollins College Publishers, 1995), 245~252

5. 8. 사하라 이남 아프리카

사하라 이남 아프리카 대부분의 지역에서는 제2차세계대전 뒤에야 비로소 민족해방운동의 문학을 일으켰으며, 지배자의 언어를 사용하는 경우가 많다. 식민지가 되기 전에 민족국가를 이룩한 경험이 없어 민족해방투쟁을 시작한 시기가 그만큼 뒤떨어지고, 구비문학으로 만족하지 못해 기록문학을 일으킬 때에는 민족어 글쓰기를 하지 못해 남의 말로 자기 주장을 펴는 불운에서 벗어나지 못한다고 일반화해서 말할 수 있다. 그렇다고 해서 문학이 뒤떨어진 것은 아니다. 오히려 세계문학이 나아갈 길을 선두에 서서 말해준다고 할 수 있다.

아프리카문학 가운데 자기 전통과 가장 밀착되어 있는 것은 연극이다. 연극은 글을 모르는 사람이라도 보고 들으면서 즐길 수 있으므로 자기 언어를 사용해, 구비문학의 유산을 직접 활용할 수 있다. 유럽연극을 본뜨고 유럽의 언어를 사용하는 연극도 있으나 소설만큼 많지 않고 인기가 없다. 제국주의와의 싸움을 아프리카 특유의 방식으로 전개한 연극을 여기저기서 만들어냈다.

아프리카에는 원래 굿놀이 형태의 연극이 있었다. 유럽의 식민지 통치자들이 재래의 신앙을 배격하고 기독교를 선교하는 연극을 하자, 자기네 전통을 재인식해 유럽의 것과는 다른 연극을 만들어냈다. 남아프리카 줄루어(Zulu) 사용자들은 1929년 무렵에 〈무당〉(*Umthakathi*)을 비롯한 여러 편의 연극을 독자적인 방식으로 창작해 사회를 풍자했다. 소토어(Sotho), 쯔와나어(Tswana) 등의 다른 언어 사용 지역에서도 전통적인 방식의 창작극을 하면서 백인의 지배에 투쟁했다.[424]

연극운동이 아프리카 여러 곳에서 활발하게 일어난 것은 1970년 이

---

424) Robert Kavanagh, *Theatre and Cultural Struggle in South Africa* (London : Zed, 1985), 45~48

후의 일이다. 코트-디브와르에서는 굿을 극으로 만들어, 공연자와 관중이 대등한 자격으로 각기 자기의 구실을 하면서 신명풀이를 진행한 것이 널리 알려진 사례이다.[425] 나이지리아에서는 구비문학의 전통을 활용해서 탈춤이나 창극을 만들었다.[426] 나이지리아 북부 하우사(Hausa) 민족의 경우에는 아미누 카노(Aminu Kano)가 선두에서 사회모순을 비판하는 많은 연극을 창작해 활발하게 공연했다.

문학을 독서물로 창조할 때에는 독자적인 언어를 사용하는 데 상당한 어려움이 있었다. 그럴 만한 전통이 마련되어 있는 곳이 많지 않기 때문이다. 아랍어를 받아들여 공동문어로 삼고 민족어 글쓰기를 발전시킨 말라가쉬어·스와힐리어·하우사어 정도가 그럴 수 있는 언어이다. 그러나 이들 문학도 여러 가지 제약 때문에 순조롭게 발전하지 못하고 있다. 스와힐리어는 탄자니아, 케냐, 우간다 등지에서 사용하지만 어느 나라에서도 국어가 되지 못했다. 말라가쉬어는 프랑스와의 힘든 투쟁을 거쳐 국어의 위치를 되찾았다. 식민지 통치에서 독립할 때 하우사는 한 나라를 이루지 못하고, 나이지리아의 일부가 되었다. 그래서 하우사어는 국어가 아닌 지방어가 되었다.

마다카스카르에서 사용하는 말라가쉬어는 식민지 통치자의 책동을 물리치고 되살아나 국어의 위치를 확립한 언어의 좋은 본보기이다.[427] 그럴 수 있었던 것은 식민지가 되기 전에 이미 국어를 마련한 유산이 있었기 때문이다. 18세기에 들어선 통일왕조에서는 말라가쉬어로 국사를 편찬하기까지 했다. 19세기초에는 아랍문자를 버리고 로마자를 사용하기 시작했다. 말라가쉬어를 교육의 언어로 사용해서 의학이나 자연과학을 가르칠 수 있을 정도에 이르러, 국어의 위치를 확립할 수 있게 했다.

---

425) M.-J. Hourantier, *Du ritual au théâtre-ritual* (Paris : L'Harmattan, 1984), 257

426) I. Peter Ukpokodu, *Socio-political Theatre in Nigeria* (San Francisco : Mellen Research University Press, 1992)

427) Zefaniasy Bemananjara and Suzy-Andrée Ramamonjisoa, "Malagasy Literature in Madacascar", B. W. Andrzejewski et al. ed., 위의 책

그런데 1895년에 식민지 통치를 시작한 프랑스인들은 말라가쉬어를 버리고 프랑스어를 쓰라고 요구했다. 프랑스가 식민지로 삼은 다른 곳, 가령 월남에서는 하지 못한 일을 마다카스카르에서 강행한 것은 저항이 약해 성사 가능하다고 판단했기 때문일 것이다. 프랑스는 마다카스카르에서 민족적 단합을 해체하고, 일부 특별한 사람들을 동화시켜 프랑스인으로 만들고자 했다. 주민을 구성하고 있는 하위집단 사이의 차이점을 강조해서 나라를 분할 통치하면서 외래문화의 지배를 정당화하려고 했다.

식민지 통치자들은 19세기 동안 언어와 교육에서 이룩한 발전을 파괴하고, 학교를 폐쇄했다. 국어가 아닌 한 방언을 서사어로 발전시켜 언어통일을 교란했다. 그전부터 특권계급이었던 사람들은 프랑스인과 비슷한 위치로 올라섰다고 자부하면서, 무지하고 미천한 동족들보다 우월하다는 의식을 명확하게 가지도록 만들었다. 말라가쉬어로 쓰는 글은 유럽화했으며, 식민지 당국의 명령을 전하는 데에만 이용되고, 기술이나 과학의 영역에서는 사용되지 않아 초라하게 되었다.

말라가쉬인은 '원주민'과 '프랑스 시민'으로 양분되었다. 자기 말이나 역사는 모르는 학생들이 프랑스어를 잘하고, 프랑스인으로 동화되는 교육을 받아 대학입학 자격시험에 합격하는 것을 최고의 목표로 삼게 했다. 그런 상황에서도 말라가쉬어로 창작을 하면서 민족문화를 지키는 라마난토아니아(Ramanantoania)가 있어 다음 시대를 준비했다. 라베아리벨로(Rabearivelo)는 프랑스어 작품을 더 많이 썼기 때문에 비난받고 마침내 자결한 사람인데, 〈꿈만 같다〉(*Saiky nofy*)라는 말라가쉬어시에서는 민족해방의 소망을 다음과 같이 노래했다.[428]

깔고 누울 짚조차도 없는 거지도
옷이라고는 자기 살갗뿐인 먼지 구덩이 속의 포로도

---

428) 같은 책, 440

둥지를 잃은 새들도
모두 해방될 것이다.

  마다카스카르가 독립한 뒤에 '프랑스 시민'의 프랑스어를 버리고, '원
주민'의 말라가쉬어를 국어로 삼아, 말라가쉬어로 문학활동을 하게 된
것은 당연한 일이다. 프랑스 식민지가 되기 전에 이미 축적해놓고, 식민
지 통치에 맞서서 지켜온 역량이 있어서 그럴 수 있었다. 프랑스의 통
치를 거치면서 말라가쉬어 글쓰기를 시작하고 문자문명에 참가해서 전
환이 가능했던 것은 결코 아니다.

  영국인은 프랑스인과 달리 식민지 통치를 하면서 자기네 언어를 사
용하라고 강요하지는 않아, 스와힐리(Swahili)·하우사(Hausa)·이그보
(Igbo) 같은 언어가 심각한 타격을 받지 않고 살아남았다. 그 가운데 가
장 널리 사용되고 작품 창작이 활발한 언어는 스와힐리어이다. 샤바안
로버트(Shabaan Robert)라는 대작가가 등장해서 수많은 시와 산문을
창작해서 그럴 수 있었다. 1940년대부터 풍부하고 다양한 시 창작에서
전통을 재창조하고, 장편서사시도 써서 스와힐리문학의 새로운 전성시
대를 이룩했다.

  샤바안 로버트가 전통적인 형태의 소설을 이어받아 당대의 문제를
심각하게 다루고, 식민지 사회의 모순을 비판한 것도 특기할 만한 일이
다.[429] 유고로 남아 있다가 작가가 세상을 떠난 1962년 이후에 출판된
〈농부 우투보로〉(*Utuboro mkulima*)라는 소설은 식민지 사회의 폐풍
이 도시를 황폐하게 하는 데 환멸을 느낀 주인공이 공무원의 자리를 버
리고 농촌으로 돌아가 농사를 지으면서 새로운 삶을 찾는다는 내용이
다. 사회개혁보다는 정신적 각성이 더욱 긴요하다 하고, 인류가 침략을
그만두고 서로 사랑하는 커다란 공동체가 이루어지기를 바랐다.

---

429) Elena Zubkova Bertoncini, *Outline of Swahili Literature, Prose Fiction and
    Drama* (Leiden : R. J. Brill, 1980), 36~46

520

샤바안 로버트가 스와힐리문학을 발전시켜 탄자니아는 민족어문학을 갖춘 나라이게 한 것을 그 나라 사람들은 아주 자랑스럽게 생각했다. 암리 아베디(Amri Abedi)는 인도에 가서 공부해 영어·아랍어·우르두어에 능통한 국제적인 지식인이지만, 민족문학을 소중하게 여겼다. 샤바안 로버트의 죽음을 애도하는 장시를 써서 스와힐리어를 가꾼 공적을 치하했다. 그 한 대목을 들어보자.[430]

> 스와힐리어를 돌본 샤바안은 우리 정신의 지도자였다.
> 소중한 시를 이룩해 이 땅의 자존심을 드높였다.
> 유능하고 성실한 분이며, 시에서 맞설 사람은 없었다.
> 그러나 아, 스와힐리어의 양육자 샤바안은 떠나갔다.

하우사어문학의 대표적인 시인 시피킨(Mudi Sipikin)은 종교, 정치, 과학, 경제, 사회 생활 등의 광범위한 주제를 다루면서, 아프리카의 전통을 자체 혁신을 거쳐 오늘의 것으로 계승해서 유럽문명의 도전을 이겨내는 지혜를 마련하고자 한다. 소설에서도 독자적인 전통을 살리고 있다. 일상생활을 있는 그대로 묘사하고자 하는 유럽소설과는 다르게, 이슬람의 가치를 존중하는 교훈적인 경향이 두드러지고, 모험과 상상을 펼치는 환상적인 작품이 적지 않다.

소설 분야의 선구적인 업적을 든다면 말람 벨로 카가라(Malam Bello Kagara)의 〈곤도키〉(*Gondoki*, 1934)가 있다.[431] 작품의 내용은 제목에다 이름을 내세운 곤도키라는 영웅이, 영국의 침략자와 싸우다가 따르는 사람들의 좌절 때문에 패배한 다음 성지 순례를 떠났다가 뜻하지 않게 별세계로 들어가 새로운 힘을 얻고 되돌아왔으나 이미 대세가 기울

---

430) Jan Knappert, *Four Centuries of Swahili Verse, a Literary History and Anthology* (London : Darf, 1988), 286
431) Stanislaw Pilaszewics, "Literature in Hausa Language", B. W. Andrzejewski et al. ed., 위의 책, 218~219

어 뜻을 이루지 못했다는 것이다. 새 시대의 영웅서사시를 산문으로 쓰면서 현실과 이상의 상이한 성격을 두 가지 서로 다른 수법을 이어서 나타냈다. 전반부와 결말에서는 실제로 있었던 사실을 전하면서 당대의 역사를 기록하고, 중간 대목에서는 설화적 상상력을 발휘하는 구비문학을 재현했다.

오늘날 하우사지방에서는 시를 지어 생각을 전파하고 주장을 펴는 일이 일반화되어 있다.[432] 장편교술시를 구전으로 옮겨, 신문이나 방송과 같은 구실을 하게 한다. 그 가운데 예찬시·정치시·신앙시·풍속시·계몽시 같은 것들이 있어 종류가 다양하다. 정치지도자 쿠라와(Aminu Abubakar Kurawa)가 1964년에 자유를 외친 노래가 정치시의 좋은 본보기이다.

나이지리아 이그보어 사용자들은 자기네 언어 소설을 일찍 이룩했다. 에크웬스키(Cyprian Ekwenski)는 〈사랑을 속삭일 무렵〉(1940)에서, 도시에서 결혼에 실패한 여인이 시골로 돌아가 전통적인 가치관으로 복귀해 행복의 의미를 다시 찾았다고 했다. 그러다가 이그보어 대신에 영어로 소설을 쓰는 쪽으로 방향을 바꾸었다. 소설 수법을 제대로 갖춘 본격적인 소설을 써서 자기 고장 밖에서도 많은 독자를 얻고자 했다. 그래서 내놓은 〈도시 사람들〉(*People of the City*, 1945)이 나이지리아에서 영어로 나온 첫 소설이며, 식민지 통치자의 언어를 사용한 작품이라도 아프리카의 현실을 다루면 독자적인 의의를 가진 아프리카문학이라고 인정되는 본보기를 마련했다.

그 작품은 대도시로 진출해 행운을 얻으려는 젊은이가 향락에 탐닉하는 모습을 그린 것이다. 밴드 마스타가 되어 흥청거리는 생활을 하면서, 어려서부터 좋아하던 착한 연인을 버리고, 밤의 여인들과 어울렸다. 도시로 떠날 때 어머니가 염려하지 않도록 하겠다고 맹세한 말을 실천

---

432) Graham Furniss, *Ideology in Practice, Hausa Poetry as Exposition of Values and Viewpoints* (Köln : Rüdiger Köppe, 1995)

해 착실하게 살겠다고 다짐하지만, 행동과 생각이 어긋났다. "순진한 생활을 도시가 파괴한다"고 한 데에 작품 전체의 주제가 요약되어 있다.[433] 그것은 이 작품에서만 다룬 특정 개인의 실수가 아니라, 아프리카 소설에서 두고두고 문제삼아야 할 심각한 현실이었다.[434]

아프리카 근대문학의 본격적인 성장을 살피기 위해 시로 관심을 돌려보자. 구비문학이 기록문학으로 이어지면서 제국주의에 반대하는 투쟁을 일관되게 벌여, 아프리카문학이 제3세계문학의 중심을 이룰 수 있게 한 것은 시의 공적이다. 오랜 전통이 있는 구비시를 오늘날도 계속 창작하고 있어서, 시대와 대결하는 새로운 시를 수준 높게 짓기 위해 유럽의 모형을 받아들이지 않아도 되었던 점이 소설의 경우와 커다란 차이가 있다.

구비시는 외세의 침략에 굴복하지 말고 맞서서 싸우자고 동족을 설득하는 효과적인 방법이다. 글을 모르는 사람들도 들어서 안 시를 어렵지 않게 외워서 멀리까지 전했다. 구전은 다른 어느 매체보다 위력이 크고 검열에 걸릴 염려도 없다. 20세기초 소말리아의 마함마드(Sayyid Mahammad)가 그런 구비시의 좋은 본보기를 이룩했다.[435] "선생님"이라는 뜻의 "사이드"로 불리면서 널리 존경을 받은 이 구비시인은, 이슬람교 구도자의 자세로 민족의 각성과 단합을 촉구하는 다음과 같은 시를 최상의 무기로 삼아 영국과 이탈리아의 침략을 격퇴하는 장기간의 투쟁을 이끌었다.[436]

나는 증오한다 늘어진 사람을,

---

433) Ernst N. Emenyonu, *The Rise of Igbo Novel* (Ibadan : Oxford University Press, 1978), 98
434) Noël Dossou-Yovo, *Individu et societé dans le romain nègro-africain d'expression anglaise de 1939 à 1986* (Paris : L'Harmattan, 1997), 480~481
435) SAid S. Samatar, *Oral Poetry and Somali Nationalism, the Case of Sayyid Muhammad Abdille Hasan* (Cambridge : Cambridge University Press, 1982)
436) 같은 책, 167

힘이 빠져 있는 비만을……

나는 증오한다 백인의 병졸을,
백인에게 고용살이하는 머슴을……

나는 증오한다 그릇된 군주를,
군대가 따르지 않는 깃발을.

아프리카의 언어로 창작해 출판하는 시를 찾으려면 남아프리카로 가
는 것이 좋다. 남아프리카의 여러 토착언어 호사(Xhosa), 소토(Sotho),
줄루(Zulu) 등은 문학창작에서 적극 활용되었으며, 그 가운데 시를 특
히 주목할 만하다. 소설에서는 토착언어 작품이 그곳의 백인이나 흑인
의 영어소설과 견줄 수 있는 수준에 이르렀다고 하기 어렵다. 그러나
시는 사정이 다르다. 시는 문학시장이 발달되지 않고 독자의 호응이 미
약한 조건에서도 시인 내면에서 우러나는 진실된 소리를 나타낼 수 있
기 때문이다. 빌라카지(Wallet Vilakazi)가 낸 줄루어 시집 〈줄루의 지
평선〉(*Amal'ezulu*, 1945)에 수록되어 있는 시 두 대목을 들어보자.[437]

백인이 가져온 이성이라는 것은
여기 와 있는 내 무릎을 짓누르고
생각하면 머리가 빙빙 돌게 한다.
한낮에도 내게 어둠이 내려오게 한다.

나는 줄루 아이들을 위한 지혜를
모아들여 덧보태고 간직한다.
내가 밤새워 쓴 것들을 모두
이야기하고 배우고 하는 날이 오리라.

---

437) Albert S. Gérard, *Four African Literatures, Xhosa, Sotho, Zulu, Amharic*
(Berkeley : University of California Press, 1971), 251

아프리카 불어시의 선구자인 세네갈의 셍고르(L. S. Senghor)는 아프리카 흑인의 정신적 자각을 고취하는 운동을 일으키고 '네그리튀드'(négritude)라고 일컬었다. "검은 것"을 뜻하는 말로 재인식해야 할 흑인문화를 상징했다. 셍고르는, 영국의 침략에 대항해서 획기적인 승리를 거둔 남아프리카 줄루민족의 지도자를 칭송한 〈샤카〉(*Chaka*, 1956)라는 시를 써서, 피압박민족의 투쟁이 세계사의 과제라고 선포했다. 작품의 전개방식은 "백인의 목소리"에 대한 샤카의 응답으로 전개되는 극시이다. 과격하고 잔혹한 행동을 한다고 나무라는 말에 응답하면서 이렇게 말했다.[438]

사방의 모든 나라가 이중의 쇠창살로 감금되어 있는 것을 나는 보았다.
남쪽의 백성이 개미떼처럼 묵묵히 노동하고 있는 것을 나는 보았다.
노동은 신성하지만, 이제는 자랑스럽지 않다.
계절의 노동을 하면서 북소리로도 목소리로도 장단을 맞추지 못한다.

샤카는 자기 민족의 투사만도 아니고, 아프리카의 영웅만도 아니고, 쇠창살에 감금되어 있는 "사방의 모든 나라"가 겪는 수난을 한눈에 보고 분노한다고 했다. 또 한 사람의 세네갈 시인 디오프(David Diop)는 제국주의의 지배에서 벗어나는 해방투쟁을 위한 전투적인 시를 썼다. 세계 어디서든지 나서서 싸워야 한다고 했다. 〈물결〉(*Vagues*, 1956)의 전문을 들어본다.[439]

자유를 찾는 성난 물결이
두려워하고 있는 짐승에게 덮친다
어제의 노예가 오늘은 투사로 태어난다

---

438) S. L. Senghor, *Poèmes* (Paris : Seuil, 1964), 124
439) Lilyan Kesteloot ed., *Anthologie nègre-africaine. la littérature de 1918 à 1981* (Verviers : Marabout, 1981), 150

> 수에즈의 부두노동자, 하노이의 천한 일꾼
> 숙명의 굴레 속에서 중독되어 지내던 사람들
> 모두 거대한 물결 속에서 엄청난 노래를 부른다
> 자유를 찾는 성난 물결이
> 두려워하고 있는 짐승에게 덮친다.

수에즈의 아랍인, 하노이의 동아시아인이 아프리카인과 동지라고 했다. 세계 전역에서 벌어진 제국주의 침략에 항거하고 해방을 이룩하는 성스러운 과업을 함께 수행한다고 했다. 제3세계 국제주의는 이렇게 탄생했다. 아프리카가 하나라고 하는 데서 시작해서 세계가 하나라고 했다. 그래서 이런 문학사를 쓰게 한다.

가나의 시인 아우너(Kofi Awoonor)는 영어로 쓴 시에서 아프리카와 유럽 사이의 문화갈등을 심각하게 문제삼았다. 구비시의 표현과 심상을 잘 활용해 감동을 주며 아프리카 전통문화를 열렬하게 옹호했다. 〈대지의 가슴, 아프리카의 문화와 문학에 대한 연구〉(*Breast of the Earth, a Study of African Culture and Literature*, 1973)를 써서 아프리카 전통문화의 가치를 이어받아 주체성 확립의 근거로 삼고, 구비문학의 적극적인 계승을 창작방법으로 삼아야 열등의식에서 벗어나 제국주의를 물리칠 수 있다는 방향을 제시했다.[440] 그렇지만 승리를 확보하기 위해서는 무기를 들고나서서 싸워야 한다면서 다음과 같이 노래했다.[441]

> 우리는 전장에서 죽으리라.
> 다른 곳에서 죽는 것은 원치 않는다.
> 총도 우리와 함께 죽으리라.

---

440) 조동일, 〈제3세계문학의 주체성 문제〉, 《우리 학문의 길》(서울 : 지식산업사, 1993)에서, 이 책이 제3세계문학을 제1세계나 제2세계와는 다른 제3세계의 시각에서 이해하는 본보기를 보였다고 평가했다.

441) Romanus N. Egudu, *Four African West African Poets* (New York : NOK, 1977), 81

날카로운 칼도 우리와 함께 사그라지리라.
우리는 전장에서 죽으리라.

무장투쟁을 오랫동안 완강하게 벌인 곳은 포르투갈의 식민지였다. 프랑스나 영국의 통치자들은 대세가 글렀다는 것을 알고 어느 정도 버티다가 물러났으나, 포르투갈은 식민지 지배를 계속하겠다고 해서 해방전쟁을 일으켜 희생이 큰 싸움을 하지 않을 수 없었다. 앙골라와 모잠비크가 그런 곳이었다. 독립 후에 대통령이 된 앙골라의 지도자 네토(Agostinho Neto)는 시를 지어 투쟁을 이끌었다. 앉아서 굴욕을 참지 말고 나서서 싸워 잃어버린 것을 되찾는 세계사적 과업을 수행하자고 〈재정복〉(*A reconquista*)이라고 제목을 붙인 시에서 다음과 같이 노래했다.[442]

아무도 우리를 침묵시키지 못한다.
아무도 우리를 가로막지 못한다.

우리는 온 인류와 함께 나아가면서
우리 천지와 우리 평화를 정복한다.

아프리카 각국이 독립한 뒤에도 제국주의 또는 신식민주의와의 대결이 남아 있어 시인들은 투쟁의 시를 써야 했다. 자기 사회 내부의 갈등을 해결하고 정신을 풍요롭게 하면서 싸움을 넘어선 화합을 이룩해 인류평화의 이상을 달성하는 것이 또한 긴요한 과제였다. 그 과제에서는 소설이 시보다 한 걸음 더 나아갔다. 상극 쪽으로 기울어진 시를 바로잡으면서 소설은 상생을 그리려고 했다.

---

442) Donald Burness, "Agostinho Neto and the Poetry of Combat", Donald Burness ed., *Critical Perspectives on Lusophone African Literature* (Washington. D.C. : Three Continents, 1981), 96

소설을 잘 쓰기 위해서는 자생적인 역량을 활용하는 것만으로는 부족했다. 재래의 설화에서 볼 수 있는 방식으로 이야기를 연결하면 소설이 되기는 하지만 그런 소설로 제국주의와 맞서는 문화투쟁을 전개하는 것은 역부족이다. 샤바안 로버트, 말람 벨로 카가라, 에크웬스키 등이 개척한 초기소설은 작가의 주체적 의지가 어느 정도이든 아프리카문학은 유럽문학보다 열등하다는 것을 입증할 따름이었다. 시와 소설은 서로 다르기 때문에, 시에서 이룬 성과를 소설에서도 확보하기 위해서는 특별한 노력이 필요했다.

유럽에서 가져온 소설의 모형을 철저하게 연구해 자기 것으로 만들어 더욱 수준 높게 재창조하는 비약을 이룩해야 했다. 두 문명의 합작을 주체적으로 이룩하는 결단을 작품 속에서 구체화해야 했다. 아체베(Chinua Achebe)는 영어로 쓴 작품에서 제국주의에 대한 적극적인 비판을 펴면서 손상된 주체성을 되찾았다. 유럽문학의 최고 걸작들을 넘어서는 발판을 마련하기 위해 아프리카의 구비문학을 적극 수용했다. 전통사회의 이야기꾼이 마을의 청중을 위한 교육자이고, 흥행사이고, 철학자이며, 상담사였던 전통을 적극적으로 되살리는 것이 소설가의 사명이라고 했다.

〈무너져내린다〉(*Things Fall Apart*, 1958)를 보면, 제국주의 침략세력이 기독교를 앞세워 아프리카 깊숙한 곳까지 세력을 뻗칠 때, 굽히지 않고 전통적인 신앙을 받들면서 자존심을 지키고자 한 인물이 뜻을 이루지 못하고 자살을 한 사건을 다루었다.(소설 3, 168~173) 영국인이 보기에는 우스꽝스러운 일이라고 작품 말미에서 말했으며, 제삼자인 독자도 그렇게 생각할 수 있다. 그러나 작가는 주인공의 생각을 그 자체의 맥락에서 부각시켜, 자존심이 주체성의 정당한 발현임을 입증하고, 기울어지는 사태를 바로잡고자 하다가 패배한 결말을 깊은 공감을 불러일으키는 비극으로 받아들이도록 했다.

그런 소설은 자기 언어를 버리고 영어를 택해서 잃은 것보다 더 많은 것을 얻었다. 영어를 영국인이 학교교육을 통해서 가르쳐준 대로 쓴 것

528

은 아니다. 자기 주변 사람들이 일상적으로 사용하는 구어 형태의 대화
에다 받아들이고, 지문에도 자기 언어의 어법을 살린 표현을 등장시켰
다. 변형된 영어를 창작의 기법으로 삼았다.[443] 그렇게 해서 아프리카에
는 아프리카영어가 있는 것이 당연하며, 아프리카영어로 아프리카 사람
들의 삶을 그린 소설은 아프리카소설임을 입증했다. 영어로 써서 영국
에서 출판한 소설이 아프리카문학으로서 대단한 의의를 가지고, 제3세
계문학이 나아갈 길을 제시했다고 평가하게 했다.

케냐의 독립투쟁을 다룬 은구기(Ngugi)의 〈울지 마라, 아이야〉
(*Weep Not Child*, 1964)에서는, 조물주 '무룽구'(Murungu)의 신화를
되살려 민족의 과거와 미래를 이해하는 작품 전체의 주제를 제시하려
고 했다.(소설 1, 170~180) 작품의 주인공인 어린아이가 백인이 운영하
는 학교에 다니면서 장래의 희망을 크게 가지고, 백인이 기독교문명을
가져와 흑인이 미개한 상태에서 벗어날 수 있게 해준다고 하는 그쪽의
신화에 현혹되었다가, 독립전쟁이 일어나 형이 싸우러 나가고 아버지마
저 희생되자 무엇이 잘못되었는지 알고 의식이 깨어나는 과정을 그렸
다. 백인의 신화에 맞서서 역사 이해를 새롭게 하기 위해서는, 일상의
경험을 논거로 삼는 것만으로는 모자라 민족의 신화가 필요했다.

근대화한 아프리카에는 여성교육이 뒤떨어지고 여성의 사회진출이
부진하다. 전통사회에서는 여성이 남성 못지 않게 중요한 위치를 차지
하면서 적극적인 활동을 했다. 근대사회의 제약을 깨고 전통사회의 관
습을 되살리는 것이 여성작가의 임무이다. 이론적인 논의를 펴서 그렇
게 할 수 있는 것은 아니고, 삶의 실상을 보여주면서 그릇된 생각을 바
로잡아야 했다.

에메체타(Buchi Emecheta)의 〈어머니 노릇의 즐거움〉(*The Joys of
Motherhood*, 1979)이 그런 소설의 좋은 본보기이다.(소설 3, 101~104)

---

443) Joseph Schmied, *English in Africa, an Introduction* (London : Longman,
    1991), 19~137

나이지리아 이그보민족이 영국의 식민지 통치를 받게 된 시기부터 제2
차세계대전이 일어날 때까지의 기간 동안에 있었던 일을 다루면서, 역
경을 견디어내는 여성의 자세를 그린 것이 그 내용이다. 여주인공은 귀
한 신분으로 태어났으며, 자식을 많이 둘 팔자라고 했다. 그런데 식민지
통치가 시작된 것을 근본 이유로 해서, 예정된 행복 대신에 가혹한 시
련이 닥쳐왔다. 두 번째 남편을 맞이했더니, 비굴한 자세로 비참하게 사
는 사람이었다. 남편의 무능을 탓하지 않고, 생계를 책임지면서 자식을
기르고 가르치는 데 열성을 쏟았다. 제3세계 사회 도처에서 볼 수 있는
억척스러운 어머니의 모습을 유감없이 보여주었다.

　식민지의 현실을 고발하면서 마땅한 삶의 자세를 묻는 불어권의 소
설은 별도로 성장해, 카메룬의 작가 몽고 베티(Mongo Béti)가 쓴 〈잔
인한 도시〉(*Ville cruelle*, 1954)에서 이미 뚜렷한 모습을 드러냈다.(소
설 3, 162~168) 주인공은 백인이 운영하는 학교에 다니면서 배운 것은
없이 노동력만 착취당하다가, 카카오를 재배해 도시에 팔려고 갔다가
험한 꼴을 당했다. 검사관이 불량품이라고 판정해 불에 넣는 데 항의하
다가 경찰에 체포되었다. 경찰서로 들어설 때에는 어머니의 모습이 다
음과 같이 떠올랐다고 했다. 어머니의 모습이 바로 조국이다.[444]

　　경찰서에 들어서기 전에, 어머니의 모습이 마지막으로 한 번 떠올랐다.
대나무 침대 위에 누워 있는, 가엽고, 깡마르고, 검고, 비참하고, 냄새나
고, 사람 같지 않으며, 동정받아 마땅한 어머니.

　　가까스로 풀려나, 백인에게 격렬하게 항거하다가 총에 맞아죽은 사
람의 누이와 결혼하기로 작정하고 마을로 돌아와서는, 어머니가 세상을
떠나자, 둘이 함께 멀리 떠나가서 살 것을 염원했다고 하는 데서 작품
이 끝났다. 적극적인 투쟁은 패배로 끝나고, 의식이 아직노 널 깨어난

---

444) Eza Boto, *Ville cruelle* (Paris : Présence Africaine, 1971), 51

주인공은 설화적인 상상을 버리지 않았다.

민족해방을 앞두고 아프리카의 어느 가상의 나라가 당면한 현실과 그 타개책으로 제시된 노선 대립을 그린, 셈벤느 우스만(Sembène Ousmane)의 〈열풍〉(*L'Harmattan*, 1964) 또한 불어로 썼지만, 아프리카의 역사를 외워서 노래하던 시인이 하던 일을 다시 한다고 했다.(소설 3, 195~201) 아프리카가 식민지 통치에서 해방되어 새로운 역사를 창조하는 과업의 일환이면서 그것을 이끄는 사명을 수행해야 하는 아프리카소설의 미학은, 구비문학의 자랑스러운 내력을 이어 마련해야 한다고 했다. 그 말을 들어보자.[445]

나는 아프리카소설의 이론을 따로 만들지 않는다. 그러면서 이곳 아프리카에서 이미 고전이 되어버린 관습, 구비시인이 종족·씨족·마을을 활기 있게 할뿐만 아니라, 개별적인 사건에 관해서 분명한 증인 노릇을 하던 것을 기억한다. 구비시인은 정자나무 아래에 모인 모든 사람 앞에서 개별 사건과 무용담의 기억을 말해준다. 내가 하는 작업의 개념은 이 교훈을 따르는 것이다. 그래서 진실에서 벗어나지 않고 민중과 아주 가깝다.

작품의 내용은 이름이 밝혀져 있지 않은 아프리카 어느 나라를 통치하고 있던 프랑스가 1958년에 주민투표를 실시한다고 했다. 찬성이 많으면 프랑스 공동체 안의 한 국가가 되는 것을 허용하겠다고 하고, 장래를 스스로 결정하라고 했다. 민의를 직접 묻는 방법을 쓴다 하고서는, 찬성을 유도하려고 갖가지 술책을 쓰는 데 맞서서 반대해야 한다는 운동이 전개되었다. 식민지 통치를 총체적으로 해부하면서 피지배자 각계각층 사람들이 살아오고 생각한 바가 서로 달라 내부적인 대립이 생기는 양상을 선명하게 나타내어, 마땅한 길이 어디 있는지 찾았다. 작가는 그 전체의 양상을 구비시인의 자세로 파악해 역사의 증언을 남겼다.

---

445) Sembène Ousmane, *L'Harmattan* (Paris : Présence Africaine, 1964), 9

  영어나 불어로 쓴 아프리카의 소설은 민족어문학이어야 근대문학일 수 있다는 요건과 어긋나고, 자국의 독자들에게 널리 읽히지 못하는 약점도 있다. 멀리 런던이나 파리에서 출판되어 외국에서 평가를 얻는 것은 배신처럼 생각될 수도 있다. 그러나 제1세계문학에 편입되고 마는 것은 결코 아니다. 아프리카의 발언을 세계에 널리 알리면서 제3세계문학의 진로를 개척하는 데 앞장선다. 유럽에서는 소설이 해체의 위기를 맞이하고, 동아시아소설은 방향을 정하지 못해 방황하고 있을 때, 아프리카 작가들이 세계 소설의 새로운 대안을 제시하고 있다. 〈울지 마라, 아이야〉의 작가 은구기는 이렇게 말했다.[446]

  얼마 전에 소설은, 적어도 18세기나 19세기 형태의 소설은 죽었다고 선언되었다. '신소설'을 찾는 운동도 있었으나, 그것이 새로운 신을 찾는 것과 같은 운동인지, 그런 노력이 성공을 거두었는지 나는 확실하게 알지 못한다. 소설이라고 응답하는 무엇이 아프리카나 라틴아메리카에서는 살아 있다는 신호를 보내는 것만은 확실하다.

  유럽에서는 죽었다고 하는 소설이 아프리카와 라틴아메리카에서는 살아 있다고 했다. 아프리카는 유럽의 식민지 지배를 받은 곳이고 독립 후에도 뒤떨어져, 소설을 써도 출판하기 어려우며, 소설을 읽을 만한 물질적인 여유와 정신적 능력을 가진 독자가 많지 않다. 그렇기 때문에 소설이 살아 있다. 식민지 통치와 맞서서 주체성을 찾고 해방투쟁을 전개하고, 독립 후에 다시 나타나는 사회모순과 싸워야 하므로 아프리카소설은 타락할 수 없고 깨어 있어야 한다.

  아프리카소설이 앞서 나가는 것은 세계문학사에서 거듭 확인된 후진이 선진이게 하는 이치이고 다른 제3세계소설에서도 공통되게 나타나는 현상이므로 새삼스럽지 않다고 할 수 있다. 그러니 문제를 자국의

---

446) Ngugi wa Thiong'o, *Decolonizing the Mind, the Politics of Language in African Literature* (London : James Currey, 1981), 64

532

범위 안에서 다루지 않고, 지구 전체의 범위에서 벌어지는 세계사의 진통임을 알려주는 점을 특별히 주목하고 평가해야 한다. 제1세계와 제3세계의 상극을, 상극이 상생이고 상생이 상극임을 밝혀 해결하는 과업을 수행하는 데 제1세계의 언어를 사용한 아프리카소설이 가장 앞서고 있다.

그뿐만 아니라, 아프리카소설은 출발 단계에서부터 불리한 여건이 오히려 분발을 촉구하는 조건으로 되었다. 소설의 원천으로 삼을 수 있는 동아시아의 '傳'이나 아랍문학의 '마카마' 같은 기록문학이 없어 유럽소설에 맞서는 발판을 마련하지 못하는 처지를 아프리카에서는 설화를 활용해서 극복했다. 설화는 세계 어느 곳에서도 소설의 원천 노릇을 해서 새삼스러운 것이 아니라고 하겠지만, 아프리카의 설화는 특별한 의의가 있다. 아프리카에서는 설화가 서사문학의 고전으로 절대적인 위치를 차지하고 오늘날까지 풍부하게 구전되고 재창조되고 있으며, 세계관 표현의 방법이기도 해서 독자적인 철학을 재인식할 수 있게 하는 구실도 한다.

유럽인의 편견을 가지고 비판하는 데 맞서서 아프리카소설을 옹호할 때 구비문학과의 관련이 소중한 논거가 된다. 아프리카소설은 자기 전통이 없어서 유럽소설의 모방에 머무르고 있다고 나무라는 데 대해서, 아프리카의 설화나 서사시에는 소설에 근접한 긴장된 대결을 자세하게 서술한 것들이 있어 소설의 직접적인 선행형태가 된다고 한다. 영어나 불어로 쓴 아프리카소설은 기록문학과 구비문학의 중간물이어서 그 양쪽의 특성을 함께 지녔다고 한다. 남들의 언어를 자기 것으로 만들어서 진실된 삶을 스스로 추구한다고 한다. 그 이유는 "구비문학의 전통을 소설가들이 진정한 문화, 다시 말하면 생생하고 역동적인 문화로 묘사한다"는 데 있다고 한다.[447]

---

447) Nora-Alexandra Kazi-Tani, *Roman africain de langue française au carrefour de l'écrit et de l'oral* (Paris : L'Harmattan, 1995), 37

　구비문학의 유산은 무엇이든지 소중한 의의가 있지만, 특히 중요한 것이 신화이다. 아프리카인이 의식 밑바닥에서 오랫동안 지녀온 신화를 되살려, 신화를 소설화하는 것이 가장 소중한 작업이다.[448] 이 세상의 창조·발견·변화에 관한 세 가지 신화를 모두 소설화해서 과거·현재·미래를 연결시켜 이해하는 관점을 마련한다고 한다. 제1세계나 제2세계에서 직수입한 학문이 남들이 하던 이야기나 되풀이하고, 아프리카의 미래를 예견할 수 없기 때문에 절실하게 필요한 통찰력을 신화를 재현하는 소설에서 맡아서 제시한다.

　신화는 소설과 기본적으로 동질성이 있어, 자아와 세계가 대등한 비중을 가진다. 자아와 세계를 어느 일방에 우위를 두지 않고 대등하게 다루기 위해서는 전설이나 민담을 넘어서서 신화를 가져와야 한다. 소설이 자아와 세계의 대결을 문제삼는 데 그치지 않고 화합을 이룩하기까지 하려면 신화가 필요하다. 아프리카의 현실은 절망적이어서 소설이 신화이게 해야 한다.

---

448) Kandioura Dramé, *The Novel as Transformation Myth, a Study of the Novels of Mongo Beti and Ngugi wa Thiong'o* (Syracuse, New York : Maxwell School of Citizenship and Public Affairs Syracuse University, 1999)

6. 다음 시대 문학을 위한 전망

이 책의 도달점은 세계사에 대한 거대한 전망이다. 세계사가 어디로
부터 와서 어디에 이르고 어디로 가는지에 대해서, 문학을 예증으로 삼
아, 유럽문명권에서 펴는 그릇된 견해를 부정하고 올바른 해답을 찾으
려고 하는 것이다. 유럽문명권에서 역사가 종말에 이르렀다고 하고, 거
대이론의 시대는 끝났다고 하는 것은 일방적인 주장이다. 그런 말에 현
혹되지 말자.

유럽문명권에서 주도하던 근대가 끝나고 다음 시대가 시작되어야 할
시점에 이르렀으므로 물러나야 할 쪽에서는 미래에 대한 통찰을 잃고
그렇게 말하는 것이 당연한 일이다. 유럽문명권에서는 죽은 문학을 제3
세계에서 살려내고 있다는 사실을 확인하는 데서 다음 시대로 나아가
는 길이 열린다. 강약으로 승패가 나누어져 어떻게 할 수 없게 되었다
고 생각되면 그 이면의 진실을 일깨워주어 절망을 넘어서게 해온 문학
이 이번에도 소중한 지침이 된다.

다음 시대는 무엇이라고 불러야 할지 정할 수 없다. 어떤 시대인지
알기 어렵다. 근대 극복의 의지를 아무리 강하게 가지고 있다 하더라도
우리는 아직 근대인이므로 다음 시대 창조의 주역이 되지는 못한다. 그
러나 기존의 관습에서 벗어나 슬기롭게 판단한다면 다음 시대를 예견
하고 준비하는 일은 어느 정도 할 수 있다.

다음 시대를 예견하는 방법은 셋이다. 하나는 역사철학의 일반적인 원리에 비추어 판단하는 것이다. 변증법과 형이상학을 합쳐, 상극이 상생이고 상생이 상극이며, 발전이 순환이고 순환이 발전임을 밝힌 生克論이 그 작업을 할 수 있다. 다른 하나는 다음 시대는 근대의 결함을 시정한 시대라고 보고 근대의 결함을 지적하고 시정 방향을 말하는 것이다. 또 하나는 근대를 이룩할 때 중세를 비판하고 고대를 계승한 것과 같은 일이 다시 일어나, 다음 시대에는 근대를 비판하고 중세를 계승하게 될 것이라고 예견하는 것이다.

이 세 가지 방법에 따른 작업이 합치되면 어느 정도 신빙성 있는 결과를 얻을 수 있다. 생극론에서 총론을, 다른 둘에서 각론을 맡는다고 갈라 말할 수 있지만, 그 셋이 결국은 하나로 모아진다. 모두 한꺼번에 말하지는 못하므로 논술의 편의를 위해 총론과 각론을, 각론을 다시 몇 가지로 갈라 제시하면 다음과 같다.

총체적인 양상에서는, 근대를 극복한 다음 시대가 되면 근대의 상극을 불리한 쪽에서 들고일어나 시정하고 상생을 이룬다. 국력의 선진과 후진이 문학을 하는 의식에서는 자만에 의한 파탄과 분발에 의한 창조로 나타나는 상극이 지나치면 역작용이 일어나, 양쪽이 서로 대등한 관계를 가진 상생으로 전환된다. 상생을 이루었다고 해도 상극은 없어지지 않고 다시 나타나지만 앞에 있었던 것과는 양상이 다르다. 다음 시대는 근대의 문제점을 해결하는 시대이지만 그렇다고 해서 이상적인 시대이고 역사의 도달점이라고 생각하면 잘못이다.

문학담당층에서는, 시민문학의 일방적 주도권을 시정하고, 다양한 집단의 생극관계가 되살아난다. 남녀관계에서도 최상의 협동을 하고 진정한 평등을 이룩해야 한다. 문학의 생산자와 소비자, 작가와 독자도 활발한 교호작용을 한다.

국제관계에서는, 제1세계·제2세계·제3세계가 우열관계를 가지고 나누어져 있는 불행을 제1세계에서는 확대하고, 제2세계에서는 은폐한 잘못을 제3세계에서는 바로 알아, 서로를 필요로 하는 대등한 세계를 만든다. 지배와 피지배, 수탈과 빈곤의 관계가 철폐된다. 세계를 단일화하겠다는 망상을 버리고 주체성의 다원적인 확립이 보편주의의 이상을 실현하는 길임을 명백하게 한다.

언어사용에서는, 민족국가 국어의 독점적이고 배타적인 위치를 완화해, 소수민족언어나 지역어 사용을 활성화하고, 공동문학 창작도 다시 하면서, 세계적으로 통용되는 언어를 사용하는 창작도 함께 한다. 번역이 활발하게 이루어진다. 이중언어 사용자가 늘어나고 존중된다.

유통방식에서는, 최대한의 다양화가 이루어진다. 구비·필사·출판·전자매체가 상호보완의 관계를 맺으며 함께 사용된다. 또한 문학과 다른 예술이 서로 겹치는 영역이 확대된다. 영화 또는 애니메이션이 예술활동의 중심을 차지하는 것을 인정하고, 영화의 발전을 위해 적극 기여한다.

문학갈래에서는, 교술문학 추방을 해제하고, 여러 갈래가 대등한 자격으로 각기 기여하면서 서로 분리되기보다 근접되는 쪽으로 나아간다. 서정시나 소설의 절대적인 위치는 부정되어야 한다. 문학이 다른 예술 갈래와도 섞인다. 문학과 문학 아닌 것의 구분이 최소화한다.

다음 시대에는 갈등과 번민이 없으리라는 것은 아니다. 근대의 문제를 일단 해결해 시대 전환을 이룩하고 나면 새로운 문제가 다시 발생한다. 다음 시대 또한 역사의 종말은 아니고 한 과정일 따름이지만, 근대와 마찬가지라고 할 수는 없다. 근대보다 한 걸음 더 나아간 발전을 이룩하고서 근대처럼 극복의 대상이 되는 순환을 겪을 것이다. 그래서 발전이 순환이고 순환이 발전이게 하는 것이 당연하다.

다음 시대의 모습을 좀더 구체적으로 그리는 것은 여기서 할 수 있는 일은 아니다. 이 문학사도 역사서이므로 지난 시기를 다루어 현재의 도달점을 확인하는 데 그치고 미래를 향해 나아갈 수는 없다. 그렇지만 지금 시점이 역사의 도달점도 종말도 아니고 한 과정에 지나지 않는다는 것은 명백하게 했기를 바란다. 그렇게 해서 근대에서 다음 시대로의 이행기가 시작되게 하는 데 기여하는 것이 최대의 희망이다. 지금까지 나온 기존의 문학사와 이 문학사의 차이가 바로 거기 있다는 것을 널리 인정해주기를 바란다.

지금까지의 서술에서 다음 시대를 너무 이상화해서 그렸다고 나무랄 수 있다. 근대의 차등이 시정되기는커녕 더욱 심해져서 대등의 세계로 나아가는 것은 불가능하다는 반론을 제기할 수 있다. 상극이 심해지면 상생이 생긴다는 원리가 그대로 실현되지 않을 수도 있다는 주장도 가능하다. 근대의 시련이 예상하는 것보다 훨씬 오랜 기간 지속되어 그런 비관적인 전망이 적중할 지도 모른다. 그 정도에 머무르지 않고 사태가 더욱 악화될 가능성도 배제할 수 없다.

지구 위에 존재하는 5천여 개의 언어 가운데 적어도 절반이, 많이 보는 경우에는 9할이 21세기 동안에 소멸할 것이라는 비관적인 관측이 있다.[449] 언어의 죽음은 문화의 다양성이 사라지는 손실일 뿐만 아니라, 오랜 기간 환경에 적응하면서 살아오는 동안에 누적한 지식이 소멸되어 인간과 자연을 연결하는 고리가 끊어져 생태계 파괴가 가속화하는 것과 직결된다. 전통 생활방식의 의의를 인정하지 않고, 근대의 기술을 과신하면 환경 파괴를 막지 못해 파멸을 자초할 수 있다. 지구 위에 출현한 생명의 다른 여러 종처럼 인류도 멸종할 수 있다. 극단적으로 상상하면 지구가 없어질 수도 있다.

그러나 그런 불행한 사태가 벌어진다 해도 생극의 원리가 부정되는 것은 아니다. 생극의 원리는 인류의 범위를 넘어서서, 지구가 없어진 우주에서도 타당성을 가진다. 인류가 아닌 다른 생명체가 지구로부터 아득히 먼 곳에서도 그 점을 파악할 수 있다. 아무도 파악하지 않는다 해도 천체의 운행 자체가 그 원리를 드러내고 있다. 그러다가 인류와 같은 생명체가 다시 생겨날 수도 있다. 그 가운데 누가 이런 책을 쓸 수도 있다. 길게 보면 비관할 필요가 없다. 그러나 우리는 유한한 생명을 보

---

449) David Chrystal, *Language Death* (Cambridge : Cambridge University Press, 2000) ; Daniel Nettle and Suzanne Romaine, *Vanishing Voices, the Extinction of the World's Languages* (Oxford : Oxford University Press, 2000)에서 그 위험을 경고하고 파국을 면하기 위해 노력하자고 역설했다.

람되게 누리고 싶다.

지금 인류는 근대를 극복한 다음 시대로 가고 있는가, 아니면 근대를 극대화하다가 파멸을 자초하고 있는가 하는 물음에 정확하게 대답하기는 어렵다. 두 가지 조짐이 다 보이기 때문이다. 그러나 파멸을 피하고 다음 시대로 나아가야 한다는 것이 강력한 희망이다. 그렇게 되도록 노력하면 파국을 면할 수 있다. 방향을 그쪽으로 돌리는 데 조그마한 힘이라도 보태려고 이 책을 썼다. 이 대목을 읽고 공감하는 독자는 각자 자기가 할 수 있는 일을 해서 힘을 키우기를 바란다.